社会史视野下的中国现当代文学研究

——以柳青为中心

程凯 编

Revisiting Chinese Modern and Contemporary Literature from the Socio-Historical Perspective

——Centering on Liu Qing

社会科学文献出版社
SOCIAL SCIENCES ACADEMIC PRESS (CHINA)

目极千年事，心地一平原

（代序）

柳青离开我们马上就要 50 年了。他的音容笑貌依然清晰地留在我的记忆中。1972 年 5 月，他到北京治病，就住在我家楼下。这是中国青年出版社的宿舍，确切地说，是朝阳区幸福一村一号楼。他住在四楼 342 房间。那年，我刚上初一，时常看到他下楼遛弯，不时和我们这些小孩子打招呼。深邃的目光，透过镜片，似乎洞察一切，留给我的印象很深。一身地地道道的农民打扮，温和的微笑，让人没有距离感。我那时还小，没读过他的小说，只知道他是大作家。大作家就是这副农民的模样，是我对文学的最初理解。后来，我也开始偏爱文学，通过各种渠道借阅小说，应当也读过《创业史》，可惜印象不深，应该没有读懂。但感到亲切，感到温暖，感到农村生活的丰富多彩，是一定的。高中毕业那年，我主动要求上山下乡，希望也能像柳青那样深入生活，实现我的作家梦，大约与此有关。

关于柳青的评论，关注得很晚。严家炎先生的名文《关于梁生宝形象》（《文学评论》1963 年第 3 期）我是上大学以后才知道的。他说："梁生宝形象的艺术塑造也许可以说是'三多三不足'：写理念活动多，性格刻划不足（政治上成熟的程度更有点离开人物的实际条件）；外围烘托多，放在冲突中表现不足；抒情议论多，客观描绘不足。"初读的感觉，批评得多，肯定得不够。因为与柳青有过浅浅的接触，对这种评价有点抵触。但这是专家之言，我无从置喙。再后来，又读到刘纳《写得怎样：关于作品的文学评价——重读创业史并以其为例》(《文学评论》2005 年第 4 期）一文。她提出了“写什么”和“怎么写”的问题，认为柳青只是“文革”前“十七年文学”那种“共同文体”的一个写作者之一。“在 21 世纪初，《创业史》已经是一部不适合阅读的作品——这里所说的阅读，是指专业阅读，即以阐释为目的的阅读。”从当时的学术背景看，这些批评也许不无道理，但从感情来说，依然觉得有些偏颇。我总是固执地认为，评价一部文学作品是否有影响，是否有价值，应持有两个维度，一是现实维度，一是历史维度。有的作品，当时可能很有影响，但是在文学史上并无价值；有的作品在当时默默无闻，却有文学史意义。如果说柳青的作品只是前者，时代的传声筒，并无文学史的价值，那么问题来了，学术界围绕柳青《创业史》召开的各种学术研讨会，还有大量的评论文章，特别是新时期陕西文坛上“三颗大树”的成长，都与柳青的文学史价值的讨论有关，这如何理解？我后来长期从事中国古代文学研究，对于现当代文学渐行渐远。但我意识到，围绕柳青《创业史》的争论，其实涉及很多基本的文学理论问题。

恩格斯《反杜林论》说：“因为一切存在的基本形式是空间和时间，时间以外的存在像空间以外的存在一样，是非常荒诞的事情。”过去，我们评价历史人物，常常脱离具体的历史环境，大而化之。只有将历史事件、历史人物放到特定的时间与空间中加以还原，走近真实的历史，所得结论才有可能切合实际。1943 年 2 月，中共中央决定文艺工作者到工农群众实际工作中去，柳青作为头一个被讨论通过鉴定的同志，被中央组织部抽调下乡，分配至米脂县民丰区吕家硷乡政府做文书。柳青的独特性在于，他兼具革命工作者和文学家的双重角色。他首先是一位革命工作者，理解党的农村政策，深知广大农民的迫切需求。在文学上，他是一个理想主义者，希望通过自己的笔触，把翻天覆地的时代风貌表现出来，创作属于自己的史诗。创作《种谷记》，也许还有很多不成熟的地方，但是他的现实主义创作倾向是显而易见的。他构思《创业史》时，并没有将革命理想与文学创作做分离式的理解，而是力图将两者有机地融合起来，试图从政治的、现实的、文学的高度去理解人物、塑造人物。1952年，已经成为著名作家的柳青主动要求离开北京回到陕西长安县工作，在皇甫村一住就是十四年，真正走进“生活的学校，政治的学校，艺术的学校”，不断拓展思维的广度和深度，终于写出史诗般的长篇小说《创业史》。柳青说：“《创业史》这部小说要向读者回答的是：中国农村为什么会发生社会主义革命和这次革命是怎样进行的。回答要通过一个村庄的各阶级人物在合作化运动中的行动、思想和心理的变化过程表现出来。”[①] 柳青最清楚农民想什么、农民最需要什么。一个批评家，如果脱离农村实际，或者用后来的眼光看问题，就会觉得柳青笔下的农民过于脸谱化、概念化。这样的问题可能是存在的，但更多的问题是我们对于历史比较隔膜。

与此相关联，文学研究工作者如何成为作家的知音，处理好文学理论与文学实践的关系问题，是一个长期以来并未得到很好解决的难题。《文心雕龙·知音》说：“音实难知，知实难逢。逢其知音，千载其一乎？”前面说过，围绕《创业史》的争论，已经远远超越小说本身，还涉及创作者、研究者的关系问题。柳青说“他的文章离开了事实，夸大书中的缺点，又要做出很切实际、全面的样子，想说服别人就有困难”[②]。对刘纳先生的文章，已经作古的柳青自然无法回答，但刘可风《柳青传》所载柳青对文学评论的看法，可以作为他对文学理论与文学批评的系统看法：“第一，向读者分析作品的社会意义和艺术技巧，这是很重要的工作。第二，受文学评论影响的，主要是广大读者，其次是成千成万青年习作者。不受文学评论影响的是已经成熟的作家。对他们不准确的赞扬能引起他们的反感，不准确的批评，不能动摇他们的创作规划，却能做他们加强规划的参考资料。作家成熟与否，看他在政治思想、生活阅历和文学修养三者达到大体一致的较高水平。而无论怎样‘权威’的批评家，在生活阅历这方面，不能和作家相比的。所以对不准确的批评能采取平静的、警惕的态度，这是作家成熟的表现之一。第

---

① 柳青：《提出几个问题来讨论》，收入蒙万夫等编《柳青写作生涯》，百花文艺出版社，1985，第95页。

② 刘可风：《柳青传》，人民文学出版社，2016，第422页。

三，文学作品的艺术生命，由它本身决定。批评家的影响是暂时的。任何‘权威的批评家’，虚捏作品的成就或抹杀作品的成就，都是暂时在读者和青年习作者中起影响。对文学作品最后的评断是时间的考验。好的作品总是逐渐被人承认，越来越有光辉的。”[1] 他承认文学批评很有用，但是做好文学批评并不容易，在政治思想、生活阅历和文学修养三个方面，都要有较高的水平，才能使自己的理论批评有深度，叫作家信服。什么叫有深度？还是得回到人民的立场。马克思《〈黑格尔法哲学批判〉导言》说：“批判的武器当然不能代替武器的批判，物质力量只能用物质力量来摧毁；但是理论一经掌握群众，也会变成物质力量。理论只要说服人，就能掌握群众；而理论只要彻底，就能说服人。所谓彻底，就是抓住事物的根本。但人的根本就是人本身。”农业合作化运动的核心是广大农民，农民是否喜欢，是否支持，是柳青小说亟待回答的问题。他说：“我研究农民为什么劳苦？我研究他们怎么那么爱儿子和土地？”中国农民的苦难与艰辛，他们的精神状态，他们对劳动的热爱，他们的理想，他们力图改变生活所做的一切努力，所有这些，都成为之后柳青小说反复书写的主题。而这些，脱离了农村实践的理论家，或者远离那个时代的研究者，未必能够有清醒深刻的体认。柳青坚持认为，文学批评、美学研究，必须结合艺术创作实践才会有说服力，否则，只是纸上谈兵，并无实际指导意义。

建安时期的大文豪曹植就以知文自居。他在《与杨德祖书》中说，世上大约只有孔子的《春秋》，弟子不能改动一个字。除此之外，所有的著述，都有修改的空间。“世人之著述，不能无病。仆常好人讥弹其文，有不善者，应时改定。”关键是谁来品评修改，确有一定讲究。“盖有南威之容，乃可以论其淑媛。有龙泉之利，乃可以议其断割。”南威，古代美女。《战国策》载，晋平公得南威，三日不听朝。龙泉，宝剑名。作者这样写，无外乎是想说，只有南威这样的美女才说得上美艳，只有龙泉这样的宝剑才谈得上锋利。还有一句话，作者没有说，即只有像作

① 刘可风：《柳青传》，第 424 页。

者这样懂得文章的人，才有资格品评文章。柳青亦有这种自信。他在给女儿刘可风写的一首诗中说：“襟怀纳百川，志越万仞山。目极千年事，心地一平原。”柳青作为“十七年文学”的代表性作家，也是“社会主义现实主义”创作方法最具创造力的表现者，他的文学是温暖的，也是忧伤的，贯穿始终的是坚强的品格。所以，他的作品，给人力量，让人产生崇高之感。这样的作品，“总是逐渐被人承认，越来越有光辉的”。柳青的创作，常读常新，经受住了时间的考验，成为一个时代的经典。我们的文学批评，也应当与文学创作保持密切的知音关系，为繁荣社会主义文学事业，贡献自己的力量。

刘跃进

中国社会科学院学部委员

中国社会科学院文学研究所研究员

《文学评论》主编

目　录

文学史中的柳青和赵树理
（1949~1970）

洪子诚

两个“作家群”

当代文学研究中，赵树理和柳青常被放在一起谈论。这是有道理的。他们是“十七年”写农村生活有成就的作家，他们的创作和文学道路，今天仍引发不限于文学问题的阐释和争论：这是“十七年”文学中并不多见的现象。另外，这两位作家不仅作为个体存在，还各自联结着不同的“作家群”，形成有影响力的理念和文学实践方式。“十七年”农村生活小说主要成果是在北方，包括作家所属地域和作品的取材。这里说的“北方”，指的是西北和华北的晋陕冀鲁豫。重要原因是，“当代”的农村题材写作，延续的不是现代的“乡土文学”（王鲁彦、蹇先艾、彭家煌、沈从文等）的艺术经验，而是20世纪40年代根据地、解放区形成的从阶级斗争和政治运动视角处理农村生活的传统。因此，像沙汀、刘澍德、陈残云（身处“北方”的骆宾基，其实他50年代的《山区收购站》等很有特色）等，虽说他们都有相当的艺术才能和生活积累，短时间内却无法与这种经验建立无间隔的流畅联系。50年代后身处湖南的周立波也许是个例外，一个可以考虑的理由是，他以自己的艺术才能，转化了他40年代后期在东北解放区获得的，以阶级斗争视野处理农村生活的积累。从这个总体状况来看，50年代产生的有别于

“乡土文学”的“农村题材小说”概念，和这种小说主要由“北方作家”承担，是合乎情理的。

“十七年”中赵树理和柳青周围，各自聚集着若干思想艺术追求相近的作家。对于山西的作家，在研究上早就有“山药蛋派”“火花派”的说法。1962年中国作协召开农村题材短篇小说创作会议（下面简称“大连会议”），组织者侯金镜有“山西作家”的说法。他倒不是有意作为流派概念使用，但也透露出这个作家群具有的流派性质。山西作家除赵树理外，还有马烽、西戎、束为、孙谦、胡正——都写小说，并且主要是短篇。陕西的情况较为复杂，虽然在理念和方法上有共同点，但将他们当作流派看待的情况尚不确定；曾经有过“渭河派”的提法，但没有流行，没有获得更多响应，原因可能是题材、样式的分散。杜鹏程开始以长篇《保卫延安》获得较高知名度，50年代中期之后，转到写工业建设题材的作品；王汶石写农村，是短篇作家（长篇《黑凤》并不成功）；李若冰、魏钢焰以工业建设的散文、报告文学为人所知。陕西还有自己的批评家胡采。

这两个与解放区文学有直接渊源关系的“作家群”，他们之间在文学—政治上的观念基本上是相同的，但是也有差异。这种差异属于人民文艺内部。从“外部”看，大概无关紧要，可是放在当代“一体化”的文学实践过程中观察，也曾经产生过重要的意义。这里说的“重要”，既指性质，也指曾经产生的历史效果。粗略地说，他们的创作倾向，一是更重视生活的“本来样态”，艺术方法也更多接受“本土”资源；另一则是强调理想、浪漫精神、英雄主义，有概括时代精神、历史本质的抱负。对比观察他们之间的异同，有助于深入了解在“人民文艺”框架内的多种选择，或者说作为结构的“人民文艺”的多层性的状况。

文学史位置的错动

40年代后期，赵树理声名鹊起，获得很高评价；柳青虽然出版了长篇《种谷记》和《铜墙铁壁》，文学史地位却不能和赵树理相比。赵树理引起注意的标志点，是1946年周扬《论赵树理的创作》的发表，和随后陈荒煤的“赵树理方向”的提出。而郭沫若、茅盾、邵荃麟、林默涵等的热烈赞誉，让这一高度评价获得新文学史层面的认定。[①]在1949年7月成立的中华全国文学工作者协会（中国作协前身）全国委员会委员（大概相当于后来的“理事”）中，赵树理列第5位（该排名不是按姓氏笔画排列）。50年代初出版的“中国人民文艺丛书”[②]和“新文学选集”[③]都有赵树理作品或专集。前者收入《李有才板话》《李家庄的变迁》，后者包括收录有《小二黑结婚》等的《赵树理选集》。茅盾主编的“新文学选集”编辑凡例说：“选辑的对象主要是在1942年以前就已有重要作品出世的作家们……在这一点上，和‘人民文艺丛书’作了分工。”[④]按照这个体例，丁玲、艾青作品被选入“中国人民文艺丛书”，也在“新文学选集”中有专集顺理成章，赵树理则不然，他的“重要作品”都问世于1942年之后。编委们应该意识到了这个违例，便事先在“凡例”中为赵树理的入选埋下伏笔，说1942年以前就已有重要作品出世的“这一个范围”“当然不是绝对的”。编委们当初商议的详情不得而知，猜测是仅凭“中国人民文艺丛书”，不足以让赵树理在“新文学史”上获得较为牢固的经典性地位。

50年代，周扬和中国作协继续关注赵树理的创作和作为“流派”的山西作家的发展。1956年2月中国作协第二次理事会（扩大）会议周扬的报告，将赵树理和郭沫若、茅盾、巴金、老舍、曹禺并列称为

① 自1947年到1950年，收入周扬、郭沫若、茅盾、力群、荒煤、李大章、冯牧、塞风等人文章的《论赵树理的创作》，有冀鲁豫书店1947年7月版，华北新华书店1947年9月版，华中新华书店1948年版，东北新华书店1949年5月版，苏南新华书店1949年6月版，中南新华书店1950年4月版等各种版本。各版篇目有所调整。

② 中国人民文艺丛书编委会编辑，于1949年5月起陆续出版，周扬主持，参加编辑的有柯仲平、陈涌、康濯、赵树理等。收入1942年延安文艺座谈会后根据地和解放区的优秀文艺作品。

③ 茅盾主编，叶圣陶、丁玲、杨晦等为编委。开明书店1951年出版，第一辑所收作家为“已故作家”，计有鲁迅、瞿秋白、郁达夫、闻一多、朱自清、许地山、蒋光慈、王鲁彦、柔石、胡也频、洪灵菲、殷夫。第二辑所收当时健在作家有郭沫若、茅盾、叶圣陶、丁玲、田汉、巴金、老舍、洪深、艾青、张天翼、曹禺、赵树理。

④ 见开明书店1951年《新文学选集》各卷的编辑凡例。

“语言艺术大师”。7月，周扬到了山西，明确提出有意识的创作流派的问题。10月，山西的文学刊物《火花》创刊[①]，提出总结和发展以赵树理为代表的山西作家文学经验。1958年6月，《火花》和《文艺报》编辑部在太原联合召开座谈会讨论山西文学创作特点，随后《文艺报》刊出“山西文艺特辑”的专栏。

不过，实际情况和预想并不切合，赵树理在当代的地位呈现下降的趋势。《邪不压正》1948年10月发表后，年底和第二年初，《人民日报》就刊发不同评价的争论。[②]1950年，竹可羽发表文章指出了《邪不压正》存在的缺点。[③]1950年担任《说说唱唱》主编期间，因为刊登小说《金锁》（淑池）赵树理受到批评，他有点不情愿地在《文艺报》做过两次检讨。[④]长篇《三里湾》出版后，虽然有不少推介和评论，也被作为“建国后”的优秀作品在总结性报告中提及，但总体反应并不热烈，[⑤]周扬的一次报告在肯定它是一部反映社会主义变革的“优秀成果”的同时，也指出它在表现农民走社会主义道路的巨大力量上还没有达到“充分真实”，对先进人物的描写没有表现出“实在的力量”。[⑥]1959年《文艺报》刊登《一篇歪曲现实的小说——“锻炼锻炼”读后》（武养）

① 《山西文学》1950年5月创刊，中间一度停刊，1956年10月与《太原画报》合并，改名《火花》至1966年6月停刊。

② 1948年12月21日《人民日报》发表了《〈邪不压正〉读后感》（党自强）、《读〈邪不压正〉后的感想与建议》（韩北生）观点相左的文章。1949年1月16日《人民日报》用了一个版篇幅刊登耿西、而乐、乔雨舟、王青对《邪不压正》的讨论。

③ 竹可羽:《评〈邪不压正〉和〈传家宝〉》,《人民日报》1950年1月15日;《再谈谈〈关于《邪不压正》〉》,《人民日报》1950年2月25日。

④ 赵树理:《〈金锁〉发表前后》,《文艺报》第2卷第2期（1950）;《对〈金锁〉问题的再检讨》,《文艺报》第2卷第8期（1950）。这两篇检讨文章也同时刊于《说说唱唱》。

⑤ 许多评论文章属于介绍性质的，另外，由于《三里湾》很快被评剧、豫剧、湖南花鼓戏等多种剧种改编，不少评论文章是讨论戏剧《三里湾》的成败得失。小说《三里湾》的比较重要的评论文章，是俞林《〈三里湾〉读后》（《人民文学》1955年7月）、王愚《谈〈三里湾〉中的人物描写》（《文艺月报》1955年9月）、康濯《读赵树理的〈三里湾〉》（《文艺报》1955年第20号）、傅雷《评〈三里湾〉》（《文艺月报》1956年7月）、巴人《〈三里湾〉读后感——为〈中苏友好报〉而作》（《遵命集》，北京出版社，1957）等。

⑥ 周扬1956年2月在中国作协第二次理事会（扩大）会议上的报告。

引发对这篇小说的争论。[①]《文艺报》组织这次讨论，是想借此探讨当年有关创作如何表现“人民内部矛盾”的难题；讨论的引导方式，和以细言（王西彦）的《〈锻炼锻炼〉和反映人民内部矛盾》[②]作为总结性文章，表明《文艺报》持的是保护、支持赵树理的态度。不过，《锻炼锻炼》在读者印象中也成为一篇有“问题”的小说。[③]接着，由于1958年到1959年，赵树理写信写文章，对人民公社运动、对农村所有制和具体政策提出批评和建议，“反右倾”运动中在中国作协内部受到批判。直至60年代初政治、经济和文化领域实行退却性“调整”，赵树理的地位才得到短暂回升。1962年8月的“大连会议”上，他被誉为写农村生活的“圣手”。参加这次会议的康濯随后发表文章说，“赵树理的魅力，至少在我接触到的农村题材作品里面，实在是首屈一指，当代作家都难以匹敌”[④]。但好景不长，紧接着发生了作为“文革”前奏之一的“中间人物论”批判，他与邵荃麟，连同山西作家西戎等，开始遭遇厄运。

如前面说的，柳青、王汶石等陕西作家在50年代初的文学史地位不如赵树理。柳青在写作《种谷记》和《铜墙铁壁》之后，潜心于生活积累和《创业史》的构思，其间只出版了散文特写集《皇甫村的三年》

① 刊于《文艺报》1959年第7期。

② 刊于《文艺报》1959年第10期。细言（王西彦）在文章末尾说，针对那时批评出现的轻率粗暴的风气，对《青春之歌》的讨论是一场《青春之歌》的“保卫战”，在关于赵树理小说的这次讨论中，“我愿意”“充当一名保卫‘锻炼锻炼’的战士”。

③ 在1958年到1959年批判巴金、郑振铎等的运动中，周扬和中国作协的高层虽然没有正式表态，事实上并不赞同。据严家炎回忆，1958年邵荃麟等来北大组织编写文艺两条道路斗争资料的时候，曾发脾气说：“姚文元怎么就那么胆大妄为啊，竟然批起巴金来！”还说：“巴金现在正在国外，开亚非作家会议，做团结亚非作家的工作，国内却批判起他来了，这叫什么话！”邵荃麟又气愤地说：“太不应该了，事先也不请示，根本不向作家协会报告，自己就在外面发这种批判文章。”见贺桂梅《从“春华”到“秋实”——严家炎教授访谈录》，《文艺研究》2009年第6期。我和同学组成的小组，1958年为巴金作品讨论曾经在中宣部访问过文艺处处长林默涵，他转达了周扬对国内批判郑振铎的忧虑和不满。当时郑振铎率团出国访问因飞机失事罹难。

④ 康濯：《试论近年间的短篇小说——在河北省短篇小说座谈会上的发言》，《文学评论》1962年第5期。

和中篇《狠透铁：1957 年纪事》[①]。但在 50 年代中后期，杜鹏程、王汶石等的写作，凭借高扬的英雄主义风格而崛起，大开大阖的气势、结构，着力塑造社会主义新人的作品，如《在和平的日子里》、《延安人》（杜鹏程）、《风雪之夜》、《新结识的伙伴》、《严重的时刻》（王汶石）、《船夫曲》（魏钢焰）等，在夸张的浪漫主义时代享有极高的声誉，被作为实践“二革”创作原则[②]的成功范例。至于《创业史》（第一部）产生的热烈反应，更是“十七年”小说所罕见。出版后的一年中，报刊发表的推介文章有 50 余篇。[③]许多著名批评家，如冯牧、李希凡、朱寨、阎纲等都纷纷撰文，这个盛况，是“十七年”其他的作品难以企及的。

不过，60 年代初对杜鹏程、王汶石评价的热度显然下降，从大连会议的发言中可以体味到。[④]对《创业史》的高度评价虽然没有改变，但在邵荃麟、严家炎那里，对它的思想艺术成就的指认，发生从先进人物（梁生宝）到时代变革中背负思想精神负担的人物（梁三老汉）转移的情况。由于由此引发的争论脱离了学术讨论正常轨道，邵、严的观点在提倡“中间人物论”的名目下受到压制。所谓的“中间人物”的问题，被上升到“不是一般的文艺理论上的争论，是社会主义与反社会主义的文艺路线之争”，邵荃麟匪夷所思地成了“反社会主义社会力量的代言人”[⑤]。

“文革”中的遭遇

“文革”发生后，除了极个别人，绝大多数知名作家都受到程度不

① 初刊于《延河》1958 年 4 月号，名为《咬透铁锹》，1959 年 11 月陕西东风文艺出版社单行本名为《狠透铁》。

② 指毛泽东 1958 年提出的“革命现实主义和革命浪漫主义相结合”的创作原则。

③ 据《陕西日报》1978 年 1 月 31 日《“创业史”第一部评论综述》，我在《当代中国文学的艺术问题》中转引了这个材料，见《当代中国文学的艺术问题》，北京大学出版社，1986，第 23 页。

④ 1959 年由于庐山会议彭德怀被定为“右倾机会主义分子”受到批判、排斥，杜鹏程的《保卫延安》受牵连，被作为禁书销毁，这是另一回事。

⑤《文艺报》编辑部《“写中间人物”是资产阶级的文学主张》，《文艺报》1964 年第 8、9 期合刊。

同的冲击、批判，柳青和赵树理也不例外。柳青在陕西作协系统和长安县受到批斗，被游街、抄家、关进“牛棚”，被迫做检查，身心受到严重伤害，妻子马葳不甘受辱自杀。

赵树理更为悲惨。1966 年 6 月“文革”开始，首先是山西省晋东南地区和县的党政机关发动对他的批判。8 月，山西省委宣传部、晋东南地委就相继召开批判赵树理的座谈会，把他定性为“周扬黑帮树立的‘标兵’”。《山西日报》在两三年间，连篇累牍刊发批判文章。1967 年初，批判扩展到全国。1967 年 1 月 8 日，舆论界的重要报纸《光明日报》[①]刊发了《赵树理是反革命修正主义文艺路线的“标兵”》的文章。1 月 9 日，《解放军报》以整版篇幅批判赵树理。此后，许多省的报纸都相继刊发批判文章。曾获“人民作家”[②]称号的赵树理，遭受长时间非人的折磨，1970 年 9 月 23 日被迫害致死。

可以看到，“文革”期间对柳青的批判，基本上是在他生活、工作的省和地区，他获得“解脱”的时间相对也较早。赵树理死的时候，则仍身负恶名和罪人身份。对赵树理的批判也不限于他生活的省区，他在全国范围内被作为“文艺黑线”的代表人物对待。翻阅 1967 年到 1968 年“造反派”组织编印的批判文艺界“黑线人物”书刊，也能发现这一点。如下面几种当年流传颇广的出版物。

《送瘟神——全国 111 个文艺黑线人物示众》，中国文联批黑线小组编写，北京师范学院《文艺革命》编辑部 1968 年 9 月印。文艺界“黑线人物”111 人分为三类。第一类“文艺黑线头目”10 人：周扬、林默涵、齐燕铭、邵荃麟、刘白羽、夏衍、田汉、肖望东、阳翰笙、刘芝明。第二类（文学类）依次为巴金、老舍、赵树理等 43 人，赵树理列第三名。第三类为美术、电影、音乐等艺术类。所列“黑线人物”中无柳青。

---

① 由于一段时间《人民日报》的暧昧态度，《光明日报》在“文革”初期扮演了重要的角色。

② “人民作家”是 40 年代后期开始对赵树理的称号。见塞风《人民作家赵树理》（《生活杂志》第 1 卷第 2 期，1948 年 9 月）。该文收入郭沫若等著《论赵树理的创作》（苏南新华书店，1948）。这一称号后来多次出现在论赵树理创作的文章中。

《文艺黑线人物示众》，武汉大学中文系鲁迅兵团《无产者》编，1968年5月印。第一类也是“文艺黑线头目”，除了没有刘芝明，其他与《送瘟神》一书同。第二类文学界共54人，头名是巴金，第二名赵树理。无柳青。

《六十部小说毒在哪里?》，人民文学出版社《文艺战鼓》编辑部、红代会人大三红文学兵团编，1967年10月印。所列小说不少曾被江青点名批判过。长篇为主，也有若干短篇集。当代知名小说几乎被囊括其中，如《太阳照在桑干河上》《暴风骤雨》《保卫延安》《青春之歌》《小城春秋》《红旗谱》《播火记》《在和平的日子里》《乘风破浪》《红日》《李双双小传》《山乡巨变》《刘志丹》《六十年的变迁》《三家巷》《苦斗》《大波》《苦菜花》《在茫茫的草原上》《上海的早晨》等。赵树理有《三里湾》《下乡集》《灵泉洞》三部列入。未见柳青《创业史》等作品。

《黑文艺家罪恶史》，广州红代会华师红旗《鲁迅公社》等编，1968年5月印。上下两册共列“黑文艺家”95人，无柳青。

另外，北京大学文化革命委员会《文化批判》[①]1968年第6、7期合刊为“打倒反动作家赵树理”专辑，共发表13篇文章，并附有年表性质的“赵树理罪恶史”。该刊到1968年10月共出版19期，提及的批判对象未发现柳青的名字和作品。

当年“造反派”的出版物和批判文章，其材料真实性历来被广泛质疑，研究者一般不会将它们作为可靠的资料征引。不过，在政治高度敏感的时期，这些出版物其实也遵循着权力高层设定的界限、规则。“文革”中对赵树理这样的怨妒嫉恨，可能的原因一是他的成名与周扬有关（“树立的黑标兵”），另一是他1958年到1962年并不呼应政治风潮的创作，和对人民公社、“大跃进”的批评性言论。他在山西受到的长期折磨，则可能与他的生活理念和个性相关。有研究者认为，“说理”是他的小说叙事的支撑点和推动力，也是他关于乡村社会良性运行提取的

① 1967年以新北大公社文艺批判战斗团《文艺批判》刊名出版，1968年3月改刊《文化批判》。1968年10月军工宣队进驻北大后停刊。

经验。[①]但在政治风暴中，在面对强大批判势力时，想以此作为辨真伪、明事理的原则和行事风格，显然铸成大错。他后来对此有了彻悟：我是农民里的圣人，知识分子里的傻瓜。[②]

柳青不同，虽然对农业合作化的进程、对人民公社运动也有看法，有批评，但他或基于生活、艺术目标，或因性格而能隐忍，将痛苦埋在心里，这从他女儿刘可风《柳青传》的记述中可以得知。他的作品和公开言论中，批判者难以找到“反社会主义”“反对三面红旗”的痕迹。况且，“文革”期间高层掌权者的态度，在当时也是左右作家命运另一更重要的因素。[③]

“新颖的”文学：赵树理，还是柳青？

50年代赵树理评价的下降，看起来似不合“情”，却于“理”有据。这一点，竹可羽[④]50年代初对柳青、赵树理的评论，提供了观察这

① 这里借用李国华《农民说理的世界》（《农民说理的世界——赵树理小说的形式与政治》，上海书店出版社，2016）的一些观点。

② 关于赵树理在“文革”中被批判和他试图“说理”、摆事实辩论，和被迫做检查的情况，荀有富《赵树理在文革中》一文（《长治学院学报》2006年第6期）有详细叙述，可参看。

③ 《创业史》刚出版，姚文元就写了《中国农村的社会主义革命史——读〈创业史〉》（《文艺报》1960年第17、18期）的文章，接着又发表了《从阿Q到梁生宝——从文学作品中的人物看中国农民的历史道路》（《上海文学》1961年1月号）。批判“写‘中间人物’论”时，他相继发表《使社会主义蜕化变质的理论——提倡写“中间人物”的反动实质》（《解放日报》1964年12月14日）、《驳“写普通人”——对于一种“写中间人物”论点的批判》（《萌芽》1964年第4期）。

据《柳青传》（刘可风）中的讲述，“文革”开始后，陕西作协针对柳青的大字报不多，柳青随后也成了黑作家、走资派，被强制劳动，挨打，被抄家，游街。后来经“造反派”调查，结论是柳青在长安县14年“整体是比较好的”，能深入农村，与贫下中农相结合，沿着毛主席的“文艺为工农兵服务”的方向做了不少探索。1967年9月30日宣告“解放”。

④ 竹可羽（1919—1990），浙江嵊州市人。1938年参加革命，三四十年代在桂林、重庆等地从事文化教育工作。1949年后先后任职于中共中央华北局宣传部出版科、《新观察》《文艺报》编辑部等单位。50年代前期在《文汇报》《人民日报》《人民文学》等报刊发表多篇评论文章。出版有《论文学与现实的关系》（作家出版社，1957）。反右运动后期受到批判，被下放河北怀安乡。后主要在当地从事围棋推广工作。

个现象的角度。当时，这位名不见经传的年轻批评家，对社会主义现实主义精义的把握，似乎比一些大牌批评家来得熟练。[①]1950年前后，他在《文汇报》《人民日报》等报刊发表多篇文章评论解放区作家的作品，这些作品有《高干大》《种谷记》《传家宝》《新儿女英雄传》《太阳照在桑干河上》等。他的主要看法是，它们虽然值得肯定，但还没有达到社会主义现实主义的要求。对于柳青的《种谷记》，说它“整个描写上没有达到理想的高度，使人感到只是‘平面的加工’而不是‘立体的加工’”；并提出他的假想：“如果能够不局限于他周围的生活，能够站得更高，把整个边区在党领导下组织变工队的运动中所发生的有普遍意义的思想问题更高地概括起来，或者说，如果作者当时已经能够自觉地掌握了革命浪漫主义的话，那是一定不会满足于现在这样子的写法的。”与对柳青作品的评论相似，对赵树理的《传家宝》，特别是《邪不压正》，在指出具体得失之后，也同样上升到普遍性问题的层面。他说，社会主义现实主义中心原则，是创造英雄人物的英雄形象，但“这在当前中国文艺界，似乎还没有被普遍重视起来”，赵树理在这个问题上更是处于“自在状态”。接着，他对当时“学习赵树理”的倡导做了这样的分析：

> 我们说“学习赵树理”，这是对的，赵树理把完全中国式的丰富的特别是积极的农民形象和农民语言带进了文艺创作，把作者的生活实践和创作实践的一致的重要原则，给了创作界以很好的启发，作者的对于文艺服务于人民的坚信和夺取封建文化阵地的艰苦的工作，给了我们以很大的鼓舞。所有这些，都是文艺界应该虚心和真诚地加紧学习起来的。但是，要使这种学习，环绕着创作，更具体更有效起来，就必须有一种工作同时进行，这就是全面地把赵树理的创作提高到理论上来，根据社会主义现实主义的创作原则来进行分析研究说明，确定赵树理创作各种特色的应有的意义和前进

① 虽说这一理论（或创作原则）在30年代就已经引进，但50年代初对许多作家和批评家来说，仍是陌生的理论。鉴于这个情况，中国文协（中国作协前身）在1953年4月，组织在京作家、批评家40多人学习社会主义现实主义。

的道路。否则笼统地说“学习赵树理”固然不很好，仅仅条目式地列出赵树理的创作特色，也不见得会有很大效果。[①]

这不仅是个人的见解，也是文艺界高层的看法。因而，1951年中宣部调赵树理任文艺干事，实际上是让他集中精力读书提高。“胡乔木同志批评我写的东西不大（没有接触重大题材），不深，写不出振奋人心的作品来，要我读一些借鉴性作品，并亲自为我选定了苏联及其他国家的作品五六本，要我解除一切工作尽心来读。”[②]不知道让赵树理读的是什么作品，据说有契诃夫、屠格涅夫等人的小说，也可能有社会主义现实主义的代表作，如农村题材的《静静的顿河》《被开垦的处女地》等。

面对社会主义现实主义这一被设定为“中国文学发展道路”的“原则”[③],赵树理和柳青的反应显然不同。柳青凭借他更多来自19世纪西欧、俄国，以及中国新文学的素养，由衷地意识到和这一“原则”存在的差距。他诚恳检讨自己“太醉心于早已过时的旧现实主义的人物刻画和场面描写，反而使作品没有获得足够的力量”[④]。他下定决心，像肖洛霍夫20年代离开莫斯科定居顿河乡村那样，在陕西长安县长期安家，开始了他走向四卷本（《静静的顿河》也是四卷本）《创业史》的撰写道路。经过将近十年的栉风沐雨、砥砺前行，1960年第一卷面世好评如潮：“深刻而完整地反映了我国广大农民的历史命运和生活道路”，“真实地记录了我国广大农村在土地改革和消灭封建所有制之后的一场无比深刻、无比尖锐的社会主义革命运动”（冯牧）[⑤]；“对于生活的反映，有其独到的深度”（李希凡）[⑥]；“当四部《创业史》完成的时候，能成为中国农村伟大的社会主义革命史的一块艺术丰碑，使这一代和后代的人民知道我们这个

① 《再谈谈〈关于《邪不压正》〉》,《光明日报》1950年2月26日。

② 赵树理:《回忆历史，认识自己》，见《赵树理文集》第四卷，工人出版社，1980，第1830页。

③ 周扬:《社会主义现实主义——中国文学前进的道路》，苏联《旗帜》1952年12月号，《人民日报》1953年1月11日转载。

④ 柳青:《毛泽东思想教导我》,《人民日报》1951年8月10日。

⑤ 冯牧:《初读“创业史”》,《文艺报》1960年第1期。

⑥ 李希凡:《漫谈“创业史”的思想和艺术》,《文艺报》1960年第17、18期。

伟大的时代彻底消灭几千年遗留下来的私有制所经历的艰巨的革命过程，看到英雄的劳动人民在党的领导下如何艰巨地创造社会主义、共产主义的大业的历史道路”（姚文元）[①]……历史概括、史诗性、远景、英雄典型创造——使用的是标准的衡鉴社会主义现实主义文学的标尺。

赵树理也反省自己“过分强调了针对一时一地的问题，忽略了塑造正面人物”[②]，不过后来的作品中，如《三里湾》以至60年代的那些短篇，这个问题并未得到真正改变。他后来的多篇创作谈[③]，仍一再申明他的写作动机、展开方式和试图达到的效应，都基于他“一时一地”生活、工作需要解决的具体问题，立足于他的亲身体验。他和柳青在这方面的不同，1962年大连会议上胡采做过分析。会上，当大多数人（邵荃麟、茅盾、侯金镜、李准、康濯、陈笑雨、西戎、束为、方冰……）都在热烈赞扬赵树理的生活态度和创作的时候，孤立无援的胡采坚持批评赵树理：

> ……问题是要对这复杂的生活，做出正确的评价……（有的作家）脑子里太多的是生活里原来的东西，消极的东西，而没有跳出来。一定要跳出来，改造，选择。因此我觉得（有的作品）把生活看得太实了，浪漫主义少了些。《实干家潘永福》是很朴素的，但老赵我还是觉得太实了些，甚至《套不住的手》，五百年前农民也是如此。今天的劳动人民有什么新的精神面貌，揭示得不够。
>
> ……看问题，也不应是从自己亲身感受的角度看，应看到宽广些，这些，对生活的评价就全面些。[④]

---

① 姚文元：《中国农村的社会主义革命史——读〈创业史〉》，《文艺报》1960年第17、18期。这一高度评价，延伸到“文革”结束后一段时间：“它反映农村生活的广阔程度，简直是无以伦比的”（阎纲《〈创业史〉艺术谈——在“对立”中刻划人物》，《上海文学》1978年7月号），“它的成就远远超过其他同类题材的作品”（《中国当代文学史初稿》，教育部委托编写，北京师范大学等十几所院校参与，人民文学出版社，1981）。

② 《再谈谈〈关于《邪不压正》〉》，《光明日报》1950年2月26日。

③ 如《〈三里湾〉写作前后》《我在创作中的一点体会》《与读者谈〈三里湾〉》等。

④ 胡采的发言，参见洪子诚《材料与注释》中有关大连会议的部分，北京大学出版社，2016，第91、92页。

不能说胡采是在代表陕西作家发言，不过，他的看法确实体现了柳青、杜鹏程、王汶石的文学观。这次座谈会发生的争论，可以将之视为当代“人民文艺”内部不同取向之间的冲突。[①]胡采的归纳大致没错。依照社会主义现实主义典型化的原则，赵树理确实站得不够高，看得不够广，缺少“浪漫主义”，在具有宏大视野的人眼里是过于执着生活中的“细枝末节”。傅雷曾好意地说《三里湾》“大大小小、琐琐碎碎的情节，既不显得有心为题材做说明，也不以卖弄技巧为能事”[②]；张颐武说《张来兴》《互作鉴定》对劳动神圣的赞美，并非诗化、浪漫化，“而是反复书写其平淡无奇甚至单调的特征”[③]。赵树理在大连会议上的发言，也多是谈论60年代初困难时期乡村的日常生活、农民的心绪、他们的柴米油盐：

> 日子愈过愈困难。过年，洋火买不上。一个县城，十味药，十有八成买不到，当归也买不到。……（年底）分了钱，只能买包花椒面，人把日子过成这样，就没有情绪生产。
>
> ……60年过年，是二两红糖，四两海带，几个门窗分几张纸，一户半斤煤油，两包洋火，有的农民因为半斤煤油闹分家。农民是觉得所有生产资料入了社，没钱就向社里要。说你账上没钱了，他不管。过去中农户有时能省也省一点，现在不了，也不省，说用就

---

① 在会议上，胡采的观点显得孤立，并和其他作家发生争论。座谈会组织者侯金镜（《文艺报》副主编）在“文革”期间写的“交代材料”有这样的说明：“胡采在会上对赵树理的作品提出批评，说他的作品‘太实’（没有理想），又批评了《套不住的手》没有社会主义气息。赵树理听了大不高兴。接着有好几个发言驳了胡采，我也为赵辩护；针对胡采，说赵树理的作品‘思想性强’，‘战斗性鲜明’。胡采在会上赞扬了孙峻青的作品，引起方冰的发言，说英雄人物写得‘好像吹猪似的，刮毛，把缺点都刮掉，洗得很漂亮，但不是活猪’等等。我说，有些作品描写新事物，但是‘没有生命力’，因为没有更深刻反映了矛盾。这也是针对胡采的。胡采反映大跃进初期有些作品有缺点原因是‘客观主义’‘自然主义’。我就说这是‘现实主义’不够，在作品中‘塞进作者的主观的东西’。”（参见洪子诚《材料与注释》第95页）方冰所嘲讽的峻青作品，指他的《山鹰》等短篇小说。

② 傅雷：《评“三里湾”》，《文艺月报》（上海）1956年第7期。

③ 张颐武：《从现代性到后现代性》，广西教育出版社，1997，第207~209页。

用，没有就借，就成超支户，几年也还不清。劳力少的，本来要省点，现在他就不了。别人买什么，他也买什么。

过去农民打算十年，一辈子总有个打算，现在不知道打算。只能原则上说，也不解决问题。[①]

未能做到更亲近社会主义现实主义，对赵树理来说，或许是不能（能力所限）。让在素养、爱好、文学社会责任的理解上更接近民间戏曲、说书，不那么醉心"主题提炼"[②]、升华的朴素的赵树理，归并入西欧、俄国现实主义文学（社会主义现实主义是它的延伸）轨道，那是强人所难。但或许是不愿：他并不觉得自己的道路就是"落后"的，而且在"亲身感受"的农民"琐琐碎碎"的切身问题面前，无法做到视而不见，若无其事地"跳出来"。

1951 年，孙楷第写有《中国短篇白话小说的发展与艺术上的特点》[③]的文章，概述中国"白话短篇小说"自唐至明演变的三个阶段，即"转变"（唐朝最盛）、"说话"（宋朝最盛）和"短篇小说"（明末最盛）。认为中国"短篇小说"出于"说话"，"说话"又出于"转变"。然后他说：

明朝人用说白念诵形式用宣讲口气作的短篇小说，在五四新文学运动时代，已经被人摒弃，以为这种小说不足道，要向西洋人学习。现在的文艺理论，是尊重民族形式，是批判地接受文学遗产。因而对明末短篇小说的看法，也和五四时代不同，认为这也是民族形式，这也是可批判接受的遗产之一。这种看法是进步的。我想，作短篇小说，用明朝的形式也好，用明朝的形式加以变通也好，可

① 洪子诚:《材料与注释》，第 82~84 页。

② 王汶石在 1961 年《漫谈构思》（《延河》1961 年 1 月号，《人民日报》随后转载）中说，写作和艺术构思中，"主题提炼"是"中心环节，中枢神经"，有了明确的主题就有了心脏，有了主题思想照耀，所有生活现象，一切细节，都向着主题的观点靠拢。

③ 刊于《文艺报》第 4 卷第 3 期（1951）。孙楷第（1898—1986），字子书，中国古典小说、戏曲文学研究家，敦煌学家，目录学家。著有《元曲家考略》《也是园古今杂剧考》《傀儡戏考原》《中国通俗小说书目》《日本东京所见小说书目》《沧州集》等。

以不必过拘。而明朝人作短篇小说的艺术精神，却值得我们注意。因为，他们作短篇小说，的确是将自己化身为艺人，面向大众说话，而不是坐在屋里自己说自己的话。所以，我觉得这一点，也可以供热心作短篇小说的同志们参考。

孙楷第的观点，能让人想起竹内好的《新颖的赵树理文学》。竹内好说，赵树理“有意识地试图从现代文学中超脱出来。这种方法就是以回到中世纪文学作为媒介。就作者与读者的关系而言，中世纪文学是处于未分化的状态。由于这种未分化的状态是有意识地造成的，所以，他就能以此为媒介，成功地超越了现代文学”①。孙楷第的意思自然不尽相同，但是，在将“中世纪文学作为媒介”这一点上，想法也有相似的地方。《新颖的赵树理文学》写于1953年，翻译到中国并被大量征引，却是80年代特别是90年代之后的事情。②即使竹内好的论述50年代就得到译介，即使那时就有“反现代的现代性”的说法，就有人敢于挑战“典型环境的典型人物”的经典论述，宣称“不要特殊环境特殊人物；不要材料太多；不要语言的风格化；不要独特性”③——那也无济于事。诚如贺桂梅所言，50年代日本学者关于赵树理小说的争论中，洲之内彻认为以心理主义、人物分析为基本创作方法的“西化”，是文学现代化的“宿命”，而竹内好关注的是现代化内部的不同层次，他们的差异，即认为赵树理那样的以“中世纪文学”为“媒介”，有可能超越这个“宿命”而产生“非西方”的东西。④就五六十年代中国文坛状况而言，不要说竹内好这一超越“现代文学”的设想，就是孙楷第的可以加以注意的一个方面的提议，在“尊重民族形式”的50年代也难以被

① 〔日〕竹内好:《新颖的赵树理文学》，黄修己编《赵树理研究资料》，北岳文艺出版社，1985，第430页。

② 原载日本《文学》第21卷9期，岩波书店，1953。迟至80年代初才有中译（晓浩译，严绍璗校定）。

③ 王安忆在20世纪90年代后期关于小说写作的一个说法。她自然不是要制定新的“定律”，大体上是在说明自己的小说观。

④ 参见贺桂梅《赵树理文学的现代性问题》，见唐小兵编《再解读——大众文艺与意识形态》，北京大学出版社，2007。

认真看待、讨论。

解放区文艺家离开乡村进城之后，普遍的趋向是告别“游击作风”，以苏联为榜样迈向正规化、精英化，是总体趋势。五四以来一直有一种急于融入“世界文学”的倾向，在当代，指的就是19世纪现实主义和它的延伸线上“更高级别”的社会主义现实主义。五六十年代，以至“文革”期间，居权威地位的文学家、文化人——周扬、丁玲、冯雪峰、胡乔木、夏衍、邵荃麟，无一不是为19世纪西欧、俄国现实主义文学所惠泽、浸染。当年冯雪峰说，五四以来新文学“在许多方面，它确实是‘外国化’了；但实质上，这正是中国文学在中国革命的要求与推动以及世界进步文学的影响之下的现代化”①——这是当年文学界普遍的看法。在这样的情境下，所谓东、西总布胡同之争②，以“中世纪文学”为“媒介”的赵树理等“土包子”们，显然处于下风，属于文艺界的“弱势群体”。也就是说，不是赵树理，倒是明显“外国化”的柳青等的创作才会被看作“新颖”的文学。今天，洲之内彻的“宿命”论可能不被大家怎么喜欢，却说出了内在的、在当年难以找到出路的矛盾：超越个人心理主义的“新文学”的“概念之所以暧昧”，其原因就在于“一方面想从封建制度下追求人的解放，同时另一方面又企图否定个人主义”③。

邵荃麟“邂逅”赵树理

由于“大跃进”遭遇挫折，60年代初政治、经济和文化的浪漫主义一度退潮。这段时间文学界开始强调“现实主义深化”。这是针对社会主义现实主义的教条化所做的反拨。从50年代开始，西方左翼文学界和社会主义国家内部，不断出现质疑、反拨的理论和写作实践。1962

① 冯雪峰：《中国文学中从古典现实主义到无产阶级现实主义发展的一个轮廓》，《文艺报》1952年第14、15、17、19、20号连载。

② 参见邢小群《丁玲与文学研究所的兴衰》，山东画报出版社，2003；苏春生《从通俗化研究会到大众文艺创作研究会——兼及东西总布胡同之争》，《中国现代文学研究丛刊》2003年第2期。

③ 〔日〕洲之内彻：《赵树理文学的特色》，黄修己编《赵树理研究资料》，第405页。

年 9 月，路易·阿拉贡在捷克查理大学授予荣誉博士学位的演讲中说，在 20 世纪，“现实主义是一只左右两舷都遭到斧劈的船”；相比起右面的斧劈，他认为当前主要危险是“来自左面的海盗”，即左翼文学界内部的教条化，它让社会主义现实主义“面临的最大的损害信誉危险”，“在于把谄媚当作现实，在于使文学具有煽惑性”，让现实主义“像装饰教堂一样用窗花来装饰生活”[①]。为了抗拒这种教条化，在理论上西方左翼作家提出“无边”的现实主义（罗兰·加洛蒂），中国的是现实主义“广阔道路”（秦兆阳），而在苏联是 70 年代的现实主义“开放体系”。加洛蒂的“无边”是向“现代主义”开放，与之对话；而胡风、秦兆阳们的“广阔道路”则是向 19 世纪“回归”；邵荃麟 60 年代初提出的“现实主义深化”，是这个“回归”理论的另一表达方式。这些论述，在 50~70 年代都因“修正”正统社会主义文学观受到批判。

“现实主义深化”的论述，也运用到对柳青和赵树理的阐释、评价上面。就《创业史》而言，针对批评界一致地高度赞扬新人梁生宝的形象，邵荃麟、严家炎认为《创业史》的主要成就并非表现在梁生宝身上，而是在梁三老汉的塑造上。1960 年在《文艺报》的一次会议上，邵荃麟说，“《创业史》中梁三老汉比梁生宝写得好，概括了中国几千年来个体农民的精神负担”；梁生宝不是最成功的，而梁三老汉是很典型的人物。[②] 在此前后，严家炎在多篇文章中也发表了相似的观点，[③] 说梁三老汉形象塑造最成功，而梁生宝虽说是“水平线以上”，却存在“三

① 〔法〕路易·阿拉贡：《布拉格演说》，原载《法兰西文学报》1962 年 9 月 20 日，中译本刊于《现代文艺理论译丛》1963 年第 1 期，人民文学出版社 1963 年版。

② 见《关于“写中间人物”的材料》，《文艺报》1964 年第 8、9 期。

③ 在《创业史》评价上，邵荃麟与严家炎几乎同一时间发表相近的观点，若干措辞也类似。他们之间在这个问题上是否存在沟通或影响？对此严家炎说，他们之间没有就这个问题交流过。“我写那篇《谈〈创业史〉中梁三老汉的形象》，完全根据个人读作品得来的感受。我认为《创业史》这部作品水平相当高，而人物中写得最成功、最丰满的就是梁三老汉。这是自己读作品而且连续读了两遍，边读作品边做笔记，用第二遍来验证第一遍的印象是否正确，这样才形成的一些思想。荃麟读过我发表在《文学评论》上的这篇文章。据冯牧在 1961 年秋末《文艺报》评论员会后对颜默和我的谈话透露，作协党组书记邵荃麟，曾对这篇评论梁三老汉的文章相当欣赏，给予了较高的评价。”见贺桂梅《从“春华”到“秋实”——严家炎教授访谈录》，《文艺研究》2009 年第 6 期。

多三不足”的缺陷。邵荃麟和严家炎讲这些话的时候，大概都没有想到，柳青为此会按捺不住地发火，撰文予以批驳。他在1963年的《提出几个问题来讨论》中说，《创业史》第一部出来后，报刊发表许多评论文章：

> ……对于我所不同意的看法，我根本不打算说话。但《文学评论》杂志这回发表的这篇文章[①]，我却无论如何不能沉默。这不是因为文章主要是批评我，而是因为文章……提出了一些重大的原则问题。我如果对这些重大的问题也保持沉默，那就是对革命文学事业不严肃的表现。[②]

事后知道，柳青的难以容忍，一是怀疑严家炎背后有“大人物”指使撑腰（他提到林默涵）[③]，更重要的是他认为这是革命文学的大是大非问题。梁生宝的创造，虽然只是作品的一个部分，却是《创业史》的核心，柳青心血所在，也是区分“新”“旧”现实主义的重要标志。历史本质、历史前景等等，主要是通过先进人物的创造来体现。评论界当年的赞扬，也最集中在这上面。因此，贬低这个成就，或将《创业史》的成就转移到梁三老汉等在“旧现实主义”作品中并不罕见的人物身上，无异于整体贬低《创业史》思想艺术高度，也无异于模糊了社会主义现实主义原则的边界。

邵荃麟其实没有提出，也没有使用过“现实主义深化”的概念，这

① 指严家炎《关于梁生宝形象》，《文学评论》1963年第3期。据严家炎说，文章1961年就完成，但《文学评论》在是否发表上有犹豫，两年后才刊出。

② 柳青：《提出几个问题来讨论》，《延河》1963年8月号。

③ 严家炎后来回忆说：“1967年在西安我跟柳青见过一次面。……柳青问我：‘你当时为什么要写批评梁生宝的文章？是不是有大人物做你的后台啊，是不是林默涵让你写的啊？’我告诉他：‘没有人指使我，是我自己想写的。可能语气上有点轻率，冒犯了。’他问我：‘你写这文章时多大岁数？’我说‘二十六七岁吧’。他就说：‘我要知道你还是一个年轻人的话，我也不该写《延河》上那篇文章的。’”（贺桂梅：《从“春华”到“秋实”——严家炎教授访谈录》，《文艺研究》2009年第6期）刘可风《柳青传》的记载与此相似：严家炎来西安，见到柳青，问是否有人指使，严说没有，就是他自己的想法。柳青说，“那我就没有必要写那篇文章”。

是后来批判者的归纳。不过这个归纳和他的意思也大致不差。[①] 而且它不仅是个人的观点，也是一种思潮。体现在对赵树理的评价上，则是以“真实性”来提升赵树理的文学地位。大连会议的主题，是质疑 1958 年后创作的浮夸的浪漫主义，强调“现实性”；对农村题材小说而言，提出要表现农村社会主义革命的艰苦性。邵荃麟说，“如何表现内部矛盾的复杂性，看出思想意识改造的长期性、艰苦性、复杂性，更深刻地去认识、了解、分析、概括生活中的复杂的斗争”[②]，是我们作家的新的任务，并指出 1958 年后几年间的创作存在“革命性强，现实性不足”的问题。他在这样的背景下来阐述赵树理的价值：

> 在现实性方面，我们的有些作品也达到了相当的深度。有些作家对农村斗争的长期性、复杂性、艰苦性有深刻的认识。这次会上，对赵树理的创作一致赞扬，认为前几年对老赵的创作估计不足，这说明老赵对农村的问题认识是比较深刻的。[③]

大连会议之后康濯的文章，延续了这一思路，说赵树理作品的“思想和形象始终不移地来自当前的生活底层”，他的“那种革命现实主义的深厚功夫和老实态度”“是文学创作的灵魂所在”：

> 赵树理在我们老一辈的作家群里，应该说是近二十年来最杰出也最扎实的一位短篇大师。但批评界对他这几年的成就却使人感到有点评价不足似的……事实上他的作品在我们文学中应该说是现实主义最为牢固，深厚的生活基础真如铁打的一般。这几年来，不论

① 这延续了邵荃麟 40 年代的主张，参见他的《向深处挖掘》《伸向黑土深处》等文和他评论赵树理《李家庄的变迁》的文章。

② 邵荃麟：《在大连“农村题材短篇小说创作座谈会”上的讲话》，白烨主编《中华人民共和国成立 70 周年优秀文学作品精选・文学评论卷》，北京十月文艺出版社，2019，第 101 页。

③ 邵荃麟：《在大连“农村题材短篇小说创作座谈会”上的讲话》，白烨主编《中华人民共和国成立 70 周年优秀文学作品精选・文学评论卷》，第 100 页。

> 是《老定额》，是《套不住的手》，或是《实干家潘永福》以及其它各篇，思想和形象都始终确切不移地来自当前生活的底层，并极其真实地站在当前生活的前哨位置。[①]

不过，拿赵树理作为“现实主义深化”论的重要例证，看来有点勉强；无论是《锻炼锻炼》，还是《老定额》《套不住的手》《实干家潘永福》，都不足以有力地支撑这一论述。从赵树理方面说，他也无意表现农民思想意识改造和农村斗争的“长期性、复杂性、艰苦性”。40年代末，林默涵在评论中将鲁迅的阿Q和赵树理的福贵加以连接，说“把这两篇小说连起来读，恰好可以看到三十多年来中国农村的变化，和中国农民由蒙昧到觉悟的历程”[②]——不知道赵树理是否认可这个说法。虽然可以将阿Q和福贵列入新文学中的同一人物“谱系”，但阿Q和福贵的创造者的“农民观”却大不相同。

可以说，60年代邵荃麟与赵树理的相遇，带有偶然的性质。对赵树理的创作既不能归纳为“新现实主义”原则，也难以放进“旧现实主义”的箩筐。这既是艺术方法的问题，更是基于对中国农村发展道路的不同认识。

在中国农村现代变革问题上，邵荃麟等与柳青的理解其实更接近，而与赵树理的距离倒是较远。对于农民问题，邵荃麟和柳青基本是五四新文学的启蒙观，赵树理也受到这种观念的影响，但相对要弱许多，他持有的更多是“农民内部”的视角。段从学比较《三里湾》和《创业史》这两部长篇，讨论了它们对农村社会变迁的不同理解。他认为，《创业史》强调合作化运动与传统乡村社会之间的断裂，认为“在私有制条件下，农民自己的创业史实际上乃是一部‘劳苦史、饥饿史和耻辱史’”，“它将梁生宝的社会主义创业史与现代时间观联系在一起”，而表达了“在传统的乡土社会秩序死亡的地方，一种全新的，前所未有的历史开始了”的认识。《三里湾》则不同，它是“从乡土社会的生活秩序

---

① 康濯:《试论近年间的短篇小说》,《文学评论》1962年第5期。

② 默涵:《从阿Q到福贵》,《小说》1948年第1卷第5期。

内部来理解和叙述农业合作化运动”，“在赵树理看来，投身农业合作化运动，告别私有制，走社会主义道路乃是从乡土社会内部生成的一种愿望，同时乡土社会自身也有能力来完成这一任务”。[①]

“乡土社会”内部自身能产生合作化、告别私有制的愿望和实现这一任务——如果说这是赵树理小说告诉我们的，肯定不是事实。相反，赵树理充分肯定、重视新的政权和政治力量在这方面起的重要甚至关键的作用。但是这个论述的启发意义在于指出，赵树理不认为农村的社会变迁应该与传统乡村社会断裂，不是全新的时间的开始。毫无疑问，旧的、落后的、违反人性的制度、观念、习俗需要改变，应促使其消亡（正如他在《小二黑结婚》《李家庄的变迁》《传家宝》《登记》等中表现的），但乡土社会有生命力的制度、观念、习俗因素，可以，也应该融入这一变革。可以这样说，赵树理表达的是，新的政权和政治力量领导、推动的变革，要建立在“传统乡村秩序”（包括制度、伦理人情、习俗）合理的、值得延伸的那些部分的基础上。

因此，农村合作化道路的斗争，在赵树理的作品中就不会是“摆开阵势打起仗来”。针对他写的先进人物不够高大的批评——“对劳动中的精神面貌写得还不够”“《套不住的手》，五百年前农民也是如此。今天的劳动人民有什么新的精神面貌，揭示得不够”——赵树理不以为然：“我对共产主义思想的写法有些想法。‘小二黑’没有提到一个党员，苏联写作品总是外面来一个人，然后有共产主义思想，好像是外面灌的。我是不想套的。农村自己不产生共产主义思想，这是肯定的。写农村的人物如果落实点，给他加上共产主义思想，总觉得好像不合适。什么‘光荣是党给我的’这种话我是不写的。这明明是假话，就冲淡了。”[②] 在依据真人真事的《实干家潘永福》（可以将它看作赵树理对生

① 段从学:《〈三里湾〉与〈创业史〉之比较》，《晋东南师范专科学校学报》2001年第4期。

② 洪子诚:《材料与注释》，第96页。1962年8月8日的大连会议上胡采对赵树理小说的批评，和赵树理的回应，参见洪子诚《材料与注释》，第94~96页。

活、艺术的“宣言”[①]）中，赵树理着重写的是“他的‘实干’的精神和行事风格：在有关群众生产、生活问题上，‘没有一个关节不是从“实”利出发的，而且凡与“实”利略有抵触，绝不会被他忽略过去’”[②]，并特别交代这种思想品格的来源：

> 他是个贫农出身，年轻时候常打短工，体力过人，不避艰险，村里人遇上了别人拿不下来的活儿，往往离不了他。抗日战争开始以后，他参加了革命工作……从他一九四一年入党算起，算到现在已经是二十年了。在这二十年中，他的工作、生活风度，始终是在他打短工时代那实干的精神基础上发展着的。[③]

相较起柳青来，这显然是不同的思路和关注点。柳青在批驳严家炎的文章里说的是：“‘只要对农村情况稍有了解的人’，或者只要对列宁和毛泽东同志关于农民问题的著作稍有了解的人，‘都会知道’农村党员和积极分子的社会主义革命思想都是党教育的结果，而不是自发地由批评者所谓的‘萌芽’生长起来的。”[④]

“文学家”与“乡村治理者”

竹可羽在《再谈谈〈关于《邪不压正》〉》中，说赵树理的“作者的生活实践和创作实践的一致的重要原则，给了创作界以很好的启发”。竹内好《新颖的赵树理文学》里的“以回到中世纪文学作为媒介”来超越“现代文学”，而“就作者与读者的关系而言，中世纪文学是处于未

① 《实干家潘永福》刊于《人民文学》1961 年第 4 期。侯金镜用卞易的笔名在《文艺报》1961 年第 5 期刊文推荐，说不应单纯当成小说来读，称它“从密切地联系群众，求实精神，一切从调查研究出发的实事求是作风等方面来为潘永福立传”；“用事实本身作证，越朴实，越真切，越能达到它的教育目的”（卞易：《实干家潘永福》，《文艺报》1961 年第 5 期）。

② 洪子诚：《材料与注释》，第 74 页。

③ 赵树理：《实干家潘永福》，《下乡集》，作家出版社，1963，第 77 页。

④ 柳青：《提出几个问题来讨论》，蒙万夫等编《柳青写作生涯》，第 90 页。

分化的状态”。孙楷第说到明朝白话短篇小说的特点，是作者化身为艺人向大众讲述。——他们都涉及了作家的身份和这一身份与艺术方法的关系这个问题。

作家职业化是现代社会专业分工出现的现象。卢卡奇（又译作卢卡契）在《叙述与描写》中区分了“危机中的资产阶级社会”的两类作家，说他们在生活实践和创作实践关系上呈现不同处理方式。他说歌德、司汤达、托尔斯泰是“文艺复兴时期和启蒙时期的古老作家、艺术家和学者的后继者：那些古人都积极地、多方面地参与了当时伟大的社会斗争……他们还不是资本主义分工意义上的‘专家’”：巴尔扎克是“新生的法国资本主义的狂热投机事业的参加者和牺牲品”，“歌德和司汤达还参加过行政管理，托尔斯泰作为大地主，作为社会机关（户口调查局、赈灾委员会）的活跃分子，经历了最重要的历史事件”。而另一类作家，如福楼拜、左拉则不同。由于他们对当时的政治、社会制度的憎恨、厌恶和轻蔑，不愿成为辩护者而选择了孤立的道路，“他们变成了资本主义社会的批判的观察者”，“但是，他们同时也就成为职业作家、资本主义分工意义上的作家”[①]。卢卡奇在评价上，显然向前一类作家倾斜。

20 世纪，重视文学与社会实践关系的左翼文学家，在身份、存在方式上都不同程度表现了对职业作家的超越。40 年代的根据地和解放区，文人、作家和实际的社会工作者之间的界限并不很清晰；强调的是“革命者”与“作家”身份的统一。在当代，这一观念虽说也得到延续，但事实上，现代分工意义上的职业作家的观念、制度占据主要地位。资格认定意义上的“专业作家”与“业余作家”概念的产生，带有垄断性质的“作家协会”的行会式机构的成立，作家的经济收入生活来源等，既是职业性的表征，也是这一制度的保障。

在这样的背景下，柳青和赵树理的处理方式就显示了他们的独特性。一个被经常谈论的特点是，他们不是以“体验”的方式去接近所要表现的“生活”，而是在事实上参与到农村的生产劳动、治理和经营等

① 〔匈〕卢卡契：《叙述与描写》，见《卢卡契文学论文集》（第 1 卷），中国社会科学出版社，1980，第 46~47 页。

实际事务中去。他们都在地方的政府机构担任领导职务（虽说是属于没有主要权、责的“挂职”性质），柳青还在1953年举家落户皇甫村。他们自然仍是职业作家，但是也试图超越这一身份。

在当代，这样的身份也导致另外的问题产生：越是深入参与到社会实践中去，作家的感受、经验与写作之间的关系也就越发复杂。1957年，曹禺在一次访谈中提出了“生活的事实是怎样，作家的感觉是怎样，和应该是怎样”的关系，[①]周扬大连会议讲话也谈到作家所见、所感、所信和“党的观点”（曹禺说的“应该是怎样”）的距离、矛盾如何处理。虽然所有的当代作家的航行都会遇到这个礁石，都会选择不同的处理方式，但是，深刻地嵌入社会生活的作家在这上面可能遇到更大的困惑和危机。

赵树理说，他50年代头几年在农村工作比较顺利，1957年特别是公社化之后，就为农村某些政策对农业生产造成的破坏而忧虑。他感到“彻底无能为力”，“不但写不成小说，也找不到一点对国计民生有补的事情”。他明白不可能按照他的“所见、所感、所信”写作，但又无法“超越”这“所见、所感、所信”，只得放弃文学写作，改为多次写信、写文章向高层领导反映农村存在的问题，如1956年给山西长治地委的信，1959年给邵荃麟的信，和给《红旗》杂志写的《公社应该如何领导农业生产之我见》文章。他在信和文章中，详细触及农村生产资料所有制，生产任务确定权，产品交换、分配方式，社员生活消费，农民思想状况等问题——这些都和“文学”无关。他这样做的后果，是1959年“反右倾”运动中，在中国作协内部受到批判。[②]

柳青1952年就在长安县挂职，参与当地农村发展规划、建立合作社的工作。1957到日本访问时还带回稻种，甚至写过《耕畜饲养管理三字经》。在20世纪50~70年代，人们并不知道他当年对农业合作化运动有过不同的看法。80年代以后发表的材料（学术论文、回忆文章

① 张葆莘：《曹禺同志谈创作》，《文艺报》1957年第2期（4月21日出版）。

② 具体情况，详见陈徒手《人有病，天知否——一九四九年后中国文坛纪实》（人民文学出版社，2000）一书的相关章节。

和传记[①]）才逐渐披露这方面的情况，我们才得以了解他和赵树理一样，自 1956 年高级社开始，对农村政策、开展的运动就有怀疑、不满。他认为农村社会主义改造存在“冒进”的错误，说“高级社风一吹是经济走下坡路的起点”，还说，他的《狠透铁》“是对高级社一步登天的控诉”[②]，说“中国农村一贫如洗，地主、富农比例很小，尤其是富农”，这和苏联的情况不同，“中国的富农就没有发展起来”。读着这些记叙，我们可能感到意外，超出我们的想象。这和我们对五六十年代的“柳青印象”有很大的距离。不仅这些看法在当时从未公开发表过，就是从《狠透铁》，从《创业史》第一部，从《提出几个问题来讨论》中，也难以读出这样的柳青。

在面对所感、所信和“应该怎样”的冲突上，赵树理选择的是直接发表自己的意见，争取决策者重视、解决这些有关“国计民生”的问题。孙晓忠说，“赵树理是大众现实主义，而当国家要求史诗式的现实主义和社会主义远景的时候，要求从更大视野上来理解乡村问题，社会主义需要政策和策略的政治的时候，赵树理的治理者的位置和实践哲学，就体现了他和主流思想的冲突，暴露了危机”，说他是“以一个乡村治理者的身份坚持写作并参与到实际斗争去的”。[③] 换一个角度，也可以说在面对这样的困境的时候，赵树理将“乡村治理者”的立场、责任置于首位；“文学”被放在一边；况且，在他的“文学观”中，写作本来就是服务于实际的生活和斗争的。

对于柳青来说，他秉持的是成为人民的“大作家”的意识，他的目标是积聚全部生命能量完成具有“史诗”高度和规模的杰作。为着这一崇高的目标，就要有所放弃，在难以协调的特定困境面前，知道需要隐忍。这就像他说的，他是挑鸡蛋担子上集市的，他不敢碰别人，

① 参见李士林《关于〈创业史〉和极左思潮》（《延河》1981 年 3 月号），蒙万夫、王晓鹏《柳青传略》（陕西人民教育出版社，1988）。下文柳青的观点主要见刘可风《柳青传》，（人民文学出版社，2016），第 299、397、399、402 页。

② 这一点，不管是《狠透铁》发表的当年的反应，还是后来的评论，都未出现如作者这样解释的结论。

③ 孙晓忠：《当代文学中的“二流子”现象》，《文学评论》2010 年第 4 期。

只怕别人碰他。[①] 而社会主义现实主义的典型化、写远景的浪漫主义方法，也有助于他超越具体的现实矛盾，就如胡采在大连会议上说的，对“生活里原来的东西，消极的东西”“一定要跳出来，改造，选择”。这样的选择取舍，让柳青为当代文学贡献了《创业史》这样的作品：一部今天仍不断引发争论，仍具有生命力，而且让一些读者读过之后心潮澎湃的作品。

① 参见刘可风《柳青传》。

柳青、皇甫村与20世纪80年代

程光炜

1960年因出版“反映我国农村社会主义革命的史诗性”的“长篇巨著《创业史》”，柳青被称为“当代文学史上的一位杰出作家”。[①]重写文学史思潮兴起以来，这种评价不复存在。有的文学史教材，用6页篇幅叙述赵树理小说成就，仅给了柳青3页。[②]有的教材章节，没出现柳青的名字。[③]柳青文学史地位的跌落，与20世纪80年代以来文学观念的重新洗牌有关，1979年的“农村家庭联产承包责任制”政策，也成为阅读《创业史》的障碍，并进一步带来历史遗忘的效果。

这个“文学史角落”，对理解以往历史的完整性丰富性究竟有没有意义，现在看不清楚。不过，假若以问题为导向来分析材料，就会牵连到这位作家与20世纪60年代的关系，牵连到80年代的评价标准，也就会“首先了解事实，然后解释事实，并在一套融贯的话语中将事实联接起来”。[④]虽然，现在还不到准确和全面地认识柳青的时候。

---

① 张钟、洪子诚等:《当代中国文学概观》，北京大学出版社，1986，第417页。

② 在洪子诚修订版的《中国当代文学史》（北京大学出版社，2008）中，讲述赵树理创作的内容是第85到90页，柳青是第91到93页。而在50~70年代，柳青的地位似乎还要高于赵树理。

③ 在陈思和《中国当代文学史教程》（复旦大学出版社，1999）的第二章“来自民间的土地之歌”中，提到的以农村题材创作的作品是《山乡巨变》、《锻炼锻炼》和《李双双》，未见对柳青创作的描述。

④〔法〕安托万·普罗斯特:《历史学二十讲》，王春华译，北京大学出版社，2013，第45~46页。

一 柳青在 1978 年谢幕

1978 年 6 月 13 日，柳青在北京朝阳医院病逝，终年 62 岁。物理时间上的 80 年代还没有开始，它却因“四人帮”的倒台提前翻开了新的一页。1978 年，便在这个枢纽点上紧密联系着 20 世纪 80 年代。

1978 年春节期间，由长期哮喘转为严重肺心病的柳青，[①] 在西安第四军医大学西京医院治疗效果不佳，一个月后感染上绿脓杆菌，病情转危。为抢救柳青，出版《创业史》的中国青年出版社向中央有关部门打报告，为他申请来北京救治。经文化部副部长林默涵 [②] 和沙洪等人出面协调，柳青被安置在朝阳医院三病房。据柳青女儿刘可风说，因床位紧张，柳青整天咳嗽影响同室病友休息，这使父女俩极度不安。经出版社斡旋，后来换到一个小单间。一次谈到战争的残酷时，柳青说如果身体不允许他把《创业史》写完，就写一篇不太短的短篇小说，以纪念战争中牺牲的战友。但最让他放不下的还是《创业史》。柳青的病情时好时坏，精神状况也不稳定，医院虽全力治疗，效果仍不理想。此时，中国文联正召开第三届全国委员会第三次全体会议，这是那场浩劫之后文艺界的第一次聚会。很多延安时期的老朋友、刚解放的老同志，不时来医院探望。有人叙述，会议开始，宣读“文革”期间被迫害致死的文艺工作者名单，长达半个小时。“沉默，许久的沉默，父亲终于没有控制住自己的感情。”“在最后的日子，父亲能见到他们，得到难言的宽慰”，然而，愈发耿耿于怀那部没写完的长篇小说。柳青真切感到，稍微延长

① 据邢小利、邢之美《柳青年谱》，柳青从小体质很弱，1933 年十七岁在榆林中学念初二时，因“咯血过半月之久，肺结核病大作”，一个学期休学在家自学；次年 8 月，一边备考西安高中，一边“每天到医院打针，先后打了一百多针，止住了肺结核的发展”。长期困扰他的过敏性哮喘，由此而来。1970 年五十四岁时，“原来的哮喘病发展为严重的肺心病”。儿子搀扶他到陕西泾阳县三渠公社杨梧村的“杨梧五七干校”，领导不敢收留这位生活不能自理的病人，他又由儿子送回西安小南门的家里。见《柳青年谱》，人民文学出版社，2016，第 11、13、109 页。

② 林默涵（1913—2008），福建武平人。1929 年入团。1938 年入党，到延安马列学院学习。先后在《中国文化》月刊和《解放日报》工作。1952 年后任中宣部文艺处处长、副部长，文化部副部长，中国文联党组书记等职。他是柳青延安“文抗”时期的朋友。另一个同柳青无话不谈的朋友是刘白羽。

的生命对于他多么重要。刘可风说，一次“查房的时候，父亲苦苦地请求医生：‘再给我一年时间，让我再写一年吧！’医生走后，我酸楚的泪流不止，父亲说：‘你不要难过，肉体对我就这么一点意义，给人们留下一些研究上个时代的真实材料。’”柳青喘口气后接着对女儿说：“爸爸不是怕死，有一天，我离开这个世界，会非常非常平静。”“他明亮的眼睛里没有一丝悲伤和恐惧。”①

老编辑王维玲回忆说，1978年他到朝阳医院看望柳青时，也碰见过这种情形：“他的病情太严重了。24小时离不开氧气，还要不断地使用喷雾器、雾化器的辅助才能呼吸喘气。柳青聪明绝顶，他预感到留给他的时间不长了，但他又是一个十分理智，能克制自己的人。”“一次医生来查房，刚好可风出去了，他睁大了那双发光的眼睛，诚挚中带着几分乞求，悄悄地说：‘你让我再活上两年，有两年的时间，我就可以把《创业史》写完了！’”王维玲接着说道，1976年、1977年这两年，柳青就想奋力完成《创业史》的写作，即使完不成原计划的四部，也想让这部长篇留一个较为理想的结局。柳青在1976年10月15日致他的信中说：“原想今冬争取将二部上卷发到工厂，现在看来已经无望了。形势大好，自己倒更差了。不得已时请考虑先出一部。”王维玲不同意先出一部，致信柳青：“文革”前一部印了70万册，至今还在流传，这说明第一部的寿命。读者仍在关心第二部，不如先出二部上卷，再重印一部。柳青来信同意：“七十余万册也不少了，至于书的寿命，确实只取决于它内在的思想力量和艺术功夫，某个时期的评价、销数和其他，随着时过境迁，肯定会失去影响，我已经不是一个青年，懂得一些道理。短暂的名利是一条无情的绊马索。许多有才能的作家被它摔倒了。革命家只有抓住真理，站稳立场，认清方向，一心一意地走下去就对了。”

① 刘可风：《柳青传》，人民文学出版社，2016，第365~369页。刘可风是柳青与前妻马纯如女士生的第二个孩子。两人在延安离婚。1949年马纯如带着三个孩子在北京生活，柳青一直给孩子寄生活费。“文革”前，刘可风考上北京大学无线电电子学系（今北大信息科学技术学院）。“文革”中柳青妻子马葳自杀，身边留下五个年幼的孩子。因柳青病重，1970年大学毕业的刘可风自愿到离西安不远的永寿县工作，就近照顾父亲，一直到1978年柳青去世，长达近9年时间。

他意识到自己的身体，已不允许像50~60年代那样长久地思考，在一种惊人的耐力中写完这部长篇了。1978年春节病情恶化住进西安第四军医大学西京医院，柳青抱病修改二部上卷的前十二章。因担心写不成三、四部，修改时很注意人物思想发展的完整性和段落感。有些章节近乎重写，有的改动很大，消耗了他大量精力。在第四军医大学，他看到病房紧张，觉得自己患的慢性病，在此修改作品影响不好，坚决要求转到长安县第六医院。该医院医疗条件不好，病情出现反复，这样又回到第四军医大学。直到4月中旬，才把第十三章改完。柳青在信中说："直到现在才完成十三章……望你们很快发工厂，补排上去。我最近开始给改霞擦点红。完了，如果有时间，如果赶得上——十三章字数如太少，我想把十四章也添上去。不过，十四章放在下卷开头最好。"最后一次来北京住院，柳青还告诉王维玲，如果不写三、四部，就把二部下卷的"口子"留小一点，人的思想、面貌，争取基本完成。王维玲说，你在长安县生活14年，四部的构思已完成，如精力不够，就用录音机把三、四部的构思录下来。柳青告诉他："长安县委有好几部录音机，回去就借一部，先录起来……"①

但历史与柳青《创业史》之间出现了错位。就在他来京治疗的半年前（1977年11月20日），刘心武短篇小说《班主任》在《人民文学》1977年第11期刊出。人们从作品释放的强烈信息捕捉到：50~70年代整整一个时代结束了。而这个时代，正是《创业史》描写的中心。刘心武在创作谈《根植在生活的沃土中》中信心满满地说："不少读者热情地肯定《班主任》'写真实'、'摆脱了帮味'，'能使人想到身边的人和事'、'感到亲切'。为什么我以前发表的作品不能获得这样的评价？仔细想来，关键在于以前或多或少总是有点从概念出发，而《班主任》却是从生活本身出发来构思的。"②刘心武这句话并非影射柳青，但他与柳青之间的确出现了"现在"/"以前"的错位。众所周知，在1963年严

① 王维玲：《回忆柳青同志——纪念柳青逝世两周年》，《收获》1980年第4期。

② 刘心武：《根植在生活的沃土中》，《人民文学》1978年第9期。这篇小说在社会上产生很大的影响，除杂志发表外，中央人民广播电台的朗诵也起到了十分重要的传播作用。

家炎批评梁生宝等“新英雄人物”身上的概念化问题，而柳青进行反批评的时候，这种错位就已经出现。新时期文学与“十七年文学”争论的问题，其实早就埋伏在 60 年代，只是人们习焉不察。[①] 刘心武所忧虑的“真不真实”的问题，曾经是严、柳争执的焦点。[②] 年轻的严家炎挺负气地指出：“在他们看来，仿佛对新英雄人物形象既需要热情，就可以不必从艺术实际出发作出实事求是的评价；仿佛探讨新英雄人物创造上的某些弱点，跟热情对待是不能并存的，或者简直就是不热情的表现；仿佛人物形象的思想教育意义，可以跟艺术表现的实际成就无关。”[③] 柳青笔含不悦地回应道：“《创业史》这部小说要向读者回答的是：中国农村为什么会发生社会主义革命和这次革命是怎样进行的。回答要通过一个村庄的各阶级人物在合作化运动中的行动、思想和心理的变化过程表现出来。”而“批评者不分析这部小说的内容，强使内容服从形式，根据他自己关于英雄和‘尖锐的矛盾冲突’（他指的是‘面对面搏斗’）的特殊理解和特殊爱好，就批评这部小说主人公不真实，情节也是‘比较静止的状态’。在这个问题上，小说的描写和严家炎同志的分析，也存在着不可调和的矛盾。请大家讨论”。[④]

越过案头这些暗黄的文献资料，笔者略微感伤地看到了 1978 年春节伏在第四军医大学病房木板上艰难地修改二部上卷前十二章的柳青先生。他没想到，1963 年他与严家炎先生之间“现在”/“以前”的错

① 参见严家炎《关于梁生宝形象》，《文学评论》1963 年第 3 期。在此前后，作者还发表了《梁生宝形象和新英雄人物的创造问题》《谈〈创业史〉中梁三老汉的形象》等文章。柳青的回应文章《提出几个问题来讨论》，刊发于《延河》1963 年 8 月号，参与讨论、实际是声援柳青的，还有蔡葵、卜林扉（林非）的《这样的批评符合实际吗？》（《延河》1963 年 11 月号），李士文的《关于梁三宝的性格特征》（《延河》1963 年 11 月号），冯健男的《再谈梁三宝》（《上海文学》1963 年 9 月号），吴中杰、高云的《关于新人形象的典型化》（《上海文学》1963 年 10 月号）等等。这些批评家都以“典型论”为标准，批评严家炎对柳青小说的无端指责，以维护这位作家崇高的社会声誉。

② 严、柳两人原不认识，因 1963 年严著文批评《创业史》产生过误会。1967 年初，严家炎去西安出差时，向陕西作家协会提出访问柳青，柳青本不想见他，但见面谈话后，化解了误会。1978 年 5 月柳青在北京朝阳医院治病，严家炎曾到医院探望。

③ 严家炎：《关于梁生宝形象》，西北大学中文系现代文学教研室编《〈创业史〉评论集》，陕西人民出版社，1980，第 258 页。

④ 柳青：《提出几个问题来讨论》，蒙万夫等编《柳青写作生涯》，第 97 页。

位，1978 年再次被刘心武先生的文章提起。当刘心武奋力创作新时期小说的时候，他还在修改以前的 60 年代小说。在“现在”/“以前”的历史枢纽点，他正与刘心武这一代新生代作家擦肩而过。笔者明显感受到 1978 年柳青身上的悲剧性，却没有在这种悲剧性中释然，反而察觉到它在增加 80 年代后认识柳青的难度；或是从另一方面又丰富了他的精神世界。确实，我的感伤是来自自己“现在”对于“以前”的柳青的蒙昧无知。

二　在历史深处看皇甫村

在 80 年代以来中国当代文学史频繁更新的地图上，位于陕西省长安县的皇甫村，是一处被废弃的遗址。然而柳青在那里落户 14 年，坐落在关中平原上的这座村落今天仍值得细细地打量。

1949 年 4 月 16 日，柳青离开延安赴北京，7 月参加第一次全国文代会。1951 年应团中央书记冯文彬和副书记蒋南翔邀请，参与《中国青年报》创刊工作，任编委和副刊部主编。10 月随中国青年作家访问团出访苏联。刚出版的长篇小说《铜墙铁壁》受赏识。[①] 次年夏，“为方便深入生活和写作”，在对生活根据地进行选择后，“决定在西安附近落户”。柳青多方考察，后听从中共中央西北局宣传部部长张稼夫建议，到距西安二十里、“开会、听报告”都较方便的长安县落户。担任长安县委副书记，后改为县委委员。9 月 30 日，柳青写道：“我已经下了决心，长期地在下面工作和写作，和尽可能广大的群众与干部保持永久的联系。”于是，从 1953 年到 1967 年，柳青在长安县王曲区[②] 皇甫村半山坡那座旧庙中宫寺一住就是 14 年。[③] 临行前西北局书记习仲勋找他谈

① 据刘可风《柳青传》，1951 年底柳青访苏回国，听说江青希望他将长篇小说《铜墙铁壁》改成电影剧本。经胡乔木接洽，他到中南海的毛泽东家与江青面谈。“江青对他很热情。实事求是地说，当时他觉得江青和蔼谦虚，柳青也就直言自己的想法，他说他要从互助组阶段起，把参加中国农村社会主义改造的全过程写成一部大型的长篇小说，已经想好了回陕西农村安家落户。”人民文学出版社，2016，第 111 页。

② 王曲区是当时的俗称，王曲称乡、镇、区，时有变动。

③ 邢小利、邢之美：《柳青年谱》，人民文学出版社，2016，第 29~38 页。

话，好心地说："给你配辆汽车，就放在省委。"旁边的第三书记马明方插话道："没有紧要的事，你来回不要坐汽车，最好坐马车，这也是接近群众、了解群众的好机会。"①

柳青不像50年代有些作家把"深入生活"当成走马观花，而是真正扎根于农民中间。"他不仅在县上兼了一定的领导职务，而且简直把自己变成了农民中的一员，与他们同甘苦共欢乐。因此，他对农民有了很深的感情。"他了解农民的利益，更关心他们的命运和心曲。②皇甫村距王曲镇五里地，每逢三、六、九集日，村里人吃过早饭，就掩上家门，三三两两走上去王曲镇的大路。柳青也提上筐，放上醋瓶子、酱油瓶子，夹杂在人群中，跟几个老汉边走边说。他戴个瓜皮帽，穿一件中式对襟褂子，把眼镜放在兜里，粗糙的棕色皮肤和农民风吹日晒的皮肤完全一样。"到了王曲镇南街供销社门前，他故意挤着排队，并和排队的人交谈，问这问那。到了跟前又借故不买，又跑到后面挤，有时还与一些人争执：'我这里站着，你为啥要站到前头？'"他这是"为了熟悉生活，体会排队的滋味和观察群众的心理活动，倾听排队人群对组织互助组、建立农业社的建议"。③

柳青没觉得自己是作家，而像基层干部直接参与了成立互助组和农业社的全过程。县委指示，王曲地区的互助合作运动由他具体领导。1953年3月，为方便工作，柳青把自己和妻子马葳的组织关系转到皇甫村。马葳担任皇甫乡党支部副书记兼文书职务。后来调到王曲区委任团委书记、党委副书记。1955年5月，胜利社肖德胜等三户社员，见自己地里麦子长得好，闹着要退社。区委书记孟维刚和乡支部冯继贤赶紧向柳青汇报。"柳青听后，要亲自去处理这个问题。三人走向蛤蟆滩的潏河边，河里涨水，河上无桥，从秦岭流出消融的雪水，一浪接一浪地奔流，水面上还漂浮着白色泡沫、树枝、杂草等。孟维刚劝柳青不要过去

① 刘可风：《柳青传》，第114页。

② 何西来：《流派开山之作——柳青〈创业史〉重印本序》，《延河》2006年9月号。

③ 孟维刚：《忆柳青深入生活轶事》，董颖夫等编《柳青纪念文集》，西安出版社，2016，第233页。

了，柳青坚持过河，一手拿着拐棍，一手挽裤腿脱鞋，准备涉水过河。孟维刚先下河探水深浅，发现河中间水挺深，消融的雪水冰冷入骨，就背上柳青过河。晚上十点多钟，二十九户社员代表都到了会场。柳青喘着气，拄着拐棍，站在群众中，讲了旧社会农民的苦难、合作化道路的前途、社会主义的好光景，讲了一个多小时。会议一直开到次日凌晨四点多，平息了退社风波。散会时，东方已经发白，三人来到社主任王家斌家里，柳青哮喘病加重，咳嗽不停，上气不接下气，只喝了半碗汤，然后用被子垫在草棚炕上睡了会儿。天大亮时，三人离开胜利社。”[①]

王家斌[②]乃《创业史》梁生宝的原型，一个踏实、沉稳和吃苦耐劳的社主任，是柳青着力培养的乡村基层干部。有一天，一个驻社干部向柳青反映，社里的账目很乱，柳青听说后心急火燎地跑到县上，在县委门口就劈头盖脸地批评起王家斌来：“社里没安排好就到县上来，屁股擦干净才能走，没擦净怎么出门呢?”王家斌丈二和尚摸不着头脑，被当众批评得眼泪哗哗地流。柳青回去向村民调查，很后悔自己听了不实之词。王家斌后来这样说柳青：“他对普通农民从来不发脾气，也不说重话，要求脱产干部和俺也要这样。他经常提醒我们做农民工作，说明问题不要面面俱到，一次就讲一两个问题，用农民熟悉的语言和实例，把道理说深说透，让人们真正理解党的政策。”因为感念柳青把自己这个解放前的长工培养成党的基层干部，成立高级社的狂风刮下来的时候，省委工作组想把柳青打成“右倾分子”，计划从王家斌这里找突破口。这个诚实的农村汉子，承受着巨大的压力，又想极力保护自己的恩人。工作组让他“交代”，说交代了就没事了。“王家斌一下悟出来：‘这是要找柳青的岔子，贵贱不能把柳青说出来。’最后就干脆放声大哭，再问，他就是个哭，会议只是把陈尊祥和他的报告批了一通，无果而散。”[③]1969 年，在马葳不堪凌辱跳井自杀，柳青被关在“牛棚”，家

① 邢小利、邢之美:《柳青年谱》，第 45 页。

② 王家斌，原名肖浩奇，人称浩娃。1919 年 12 月生，小柳青三岁，原籍长安县子午镇张村。1929 年随父母逃荒讨饭到皇甫村。父亲病逝后，母亲改嫁王三，于是随继父姓，改名王家斌。

③ 刘可风:《柳青传》，第 221 页。

里剩下五个年幼的孩子，春节揭不开锅的艰难日子里，还是这个有情有义的农民，悄悄拿来了20元钱和一袋大米。

这些史料文献让人看到，作为一个高级干部（行政十级），[①]柳青宁愿放弃北京和西安优越的生活待遇，放弃独栋小楼、司机、勤务员和厨师，穿中式对襟衣服，戴农夫的草帽，拄着拐杖，与皇甫村的农民和基层干部朝夕相处。他的举止言谈、黝黑的面孔，与当地农民无异。他为他们成立互助组、解决邻里矛盾出谋划策，参与社里账务，穿过湍急的河流亲自处理农民退社问题，还放下正在写的小说，错过对作品人物一瞬即逝的宝贵艺术感觉，潜心为长安县农民编写了《耕畜饲养管理三字经》等通俗读本；本村农民在他创作之余，可以随时到中宫寺家中与他聊天，这些百姓亲切地称他为“那老汉”。“柳青完全农民化了。矮瘦的身材，黧黑的脸膛，和关中农民一样，剃了光头，冬天戴毡帽，夏天带草帽。”[②]

王维玲在回忆60年代初去皇甫村看望柳青的情景时说：

> 他在皇甫村的住房，就是农村一座略加修缮的破庙。庙内一大一小并排两个庭院，柳青住在靠里边的院子，有三间正房。我去时是深秋季节，柳青、马葳从正屋里迎出来，柳青穿一身中式对襟小褂，马葳穿一身灰色制服。生活在农村，看到远方来客，自然意外高兴。天黑时，马葳端上饭菜，我见只有两双筷子，便要马葳和孩子一起过来吃饭。马葳笑答：“我们家有两个灶。小灶，专门给柳青，因为他体质弱，写作又对他身体消耗大。”饭后，在院中散步，无意在厨房，看到马葳和孩子们团团围在一个大锅旁，满满一锅菜粥，没有干粮，也没有炒菜，每人捧个碗就这么吃着……回到屋

① 柳青跟女儿说，他最初行政定级是九级，因让给民主人士郑伯奇一级，变成十级。后来提级又让了一次。这个行政级别，当时相当于陕西省委或省政府的副秘书长、西安市常务副市长一级的干部，在省会可拥有单独一栋楼，包括司机、勤务员和厨师等待遇。

② 白烨:《人之楷模 文之典范》，仵埂等编《柳青研究文集》，西安出版社，2016，第334页。

里，我再也克制不住自己，问柳青：“你生活这么紧迫，为何还要将《创业史》的一万多元稿费，都捐献给皇甫村人民公社呢？你留一部分不好吗？你做得也太过分了！”柳青望着我，慢慢地说：“我这一生再不想有什么变动，只想在皇甫村生活下去。我在这里，只想做好三件事：一是同基层干部和群众搞好关系，二是写好《创业史》，三是教育好子女。你想想，我身在农村，生活在人民群众之中，谁都知道我写书，宣传和私有制、私有观念彻底决裂。今天出书了，拿了巨额稿费，全部揣进自己的腰包，改善个人的生活，农民会怎么看呢？他们会说：这老汉住在这里写我们，原来也是为他个人发家呀！如果这样，我还怎么在皇甫村住下去！《创业史》还能写下去吗？”①

人是自然和社会环境的产物，柳青也是50~70年代社会历史的产物。理解分析柳青，离不开他赖以生存的社会土壤。柳青不是“现代隐士”，也不是鲁迅那种从乡村走向城市的乡土小说家，而是一个革命者。他1928年入团，1936年入党，曾是中华全国文艺界抗敌协会延安分会党支部干事，解放战争时期任大连书店主编，1951年任《中国青年报》编委和副刊部主编，1952年回陕西兼任长安县委副书记等职。他是一个经过战争和政治运动严峻考验的老革命、老干部、老作家。在皇甫村14年，除基层工作、写作和家庭等难以避免的困扰外，还要经受上级组织不正确方针政策的困扰，因为他是“组织上”的人。1955~1956年，《创业史》第一部写到第二稿，遭遇了很多困难。省里主要领导找他谈话，让把作品拿出来，写不出来就不要再待下去：“要跟上形势，看来 ××× 的道路是正确的，跟上铁路跑，写些及时反映人民群众火热斗争的文章。”柳青表示，每个人对文学有不同的理解，即使失败也

① 王维玲：《回忆柳青同志——纪念柳青逝世两周年》，《收获》1980年第4期。《创业史》第一部的基本稿酬和印数稿酬，共16065元，柳青将它全部捐献给王曲公社，做工业基建的费用。公社用这笔款项修建了机械厂，这些房屋后来又被让给了王曲卫生院。柳青还向中国青年出版社预支过5000元，用于胜利大队高压线的建设。“文革”后，这件事变成他的罪状之一。

要坚持下去，结果不欢而散。又一度，省委让他到宣传部做领导工作，也被他拒绝。[①] 领导只把柳青看作一个干部，柳青则认为自己是革命队伍中的作家，这是主要分歧所在。还有一次，省委宣传部通报批评柳青，说他在接待英国作家格林时丧失原则。格林在西安访问时见过柳青，回北京向有关方面说，地方上的看法和中央不同，西安作家柳青说，胡风问题不是反革命问题，是学术问题。[②] 更令柳青苦恼的还有，上级领导在跨越历史阶段和农民承受能力搞农村政治运动时，对基层干部进行的粗暴批判和撤职。1964 年搞"四清"，各地"左"风盛行，伤害了很多在农村一线辛勤工作的基层干部。工作组人员审问王家斌：你贪污了多少粮食？王回答：我没有拿过社员的粮食。又逼问：一百担麦子、五十担豌豆的黑仓库在哪里？于是把王家斌关在家里，"交代问题"。西北局领导驻点的长安县，在这场疾风骤雨式的激烈运动中变成重灾区。"四清"在王家斌的胜利大队搞了 7 个月，"全大队 45 名党员中，受留党查看处分的 6 人，开除党籍 7 人，大队和生产队干部以'四不清'而打下台的 45 人"。[③] 为保护基层干部骨干，柳青到处找人谈话做工作，去县里讲党课，启发开导大家不要放弃革命精神。柳青还找刘澜涛反映情况。"刘澜涛表情严肃，态度冷淡"，"柳青三点钟到，他说四点钟还有事，不时看表，最后对柳青说：'你到皇甫村也只是比完全不下去强。'"[④] 柳青是"组织上"的人，他当然会根据党章向上级领导正常地反映问题。他又生活在农民中间，他要让农民感觉到党组织的责任感和严肃性。然而农民是把他当作一个真实存在的老领导、老朋友看待的。1981 年长安县大多数乡镇实行了家庭联产承包责任制，胜利社到 11 月还没有落实。县里很着急。在西安召开的《创业史》座谈会上，胜利社干部董炳汉说："还介绍什么呢？现在穷得鼓都打不起了，原来柳书

---

① 刘可风：《柳青传》，第 172~173 页。

② 邢小利、邢之美：《柳青年谱》，第 51 页。

③ 西安市农经委调研处、长安县委政策研究室联合调查组：《〈创业史〉取材地胜利农业合作社发展史》，董颖夫等编《柳青纪念文集》，第 198 页。

④ 刘可风：《柳青传》，第 238~255 页。

记整天操心我们，现在你们要来就来，要走就走。”[①] 时间到了 2006 年，长安的老百姓依然记得这位柳书记：“我们在筹集柳青文学奖基金的时候，一位 80 多岁的农村老人闻知我们做这件事，他硬要给我 100 元钱。他告诉我们：‘柳青是个好人，你们做这个事，是个正事、善事。’”[②]

三 今天认识柳青的困难

何西来在评价柳青时，也表达了类似的看法：“《创业史》是柳青小说创作达到的最高成就，也是他个人创作生涯的终结。正是这部作品，决定了 20 世纪他在中国当代文学史上一流作家的地位。”今天研究界虽有“三红一创”之说，“但综合来看，《创业史》成就最高”。“文革”结束后，“中国的文化思想界开始了对历史的反思”，“以农业合作化为题材并且产生了巨大影响的《创业史》，自然而然地会进入当代理论批评家和文学史家文化反思的视野”。作品所反映的农业合作化运动自然不能绕开：“我国的农业合作化，由于指导思想上‘左’的倾向长期居于主导地位”，“致使占全国总人口 80% 以上的农民长期无法真正摆脱贫困”。而且“这种错误在事情发生的当初，并没有被多数人认识到”。这些做具体工作的干部和作家里面，当然也有柳青。不过何西来像 80 年代以来很多人一样，对文学界的好人采用把人与时代分开的分析方法。他找到了“现实主义的创作方法”这个历史切入口。“尽管《创业史》存在着题材本身所必然带来的历史局限和作家本人政治立场、政治倾向的局限，但是因为柳青在创作原则上忠实地贯彻了现实主义的创作方法，就使他在艺术图卷的展示上坚持了从生活出发而不是从既定的理念出发，以政策条文出发的相对客观的立场”，这使《创业史》“仍然有其认识的价值”。这个价值即是柳青当时可能已经意识到，又不情愿地通过小说曲折地展现出来的这几点：一是当时农业合作化运动并非农业经济发展的需要，而是根据上面政策借各级组织向下贯彻的；二是蛤蟆滩

① 西安市农经委调研处、长安县委政策研究室联合调查组：《〈创业史〉取材地胜利农业合作社发展史》，董颖夫等编《柳青纪念文集》，第 200 页。

② 董颖夫：《对一座文学高峰的回望与礼赞》，仵埂等编《柳青研究文集》，第 398~399 页。

很多人都不愿意入社，如郭世富、郭二老汉，也包括代表主任郭振山；第三，土地改革把地主的土地分给农民，他们的“土地所有证揣在怀里还没有暖热”，又鼓动入社，“他们当然不情愿”。另外，他认为《创业史》的价值不仅在艺术上成功塑造了梁三老汉的形象，也成功塑造了郭振山的形象：“郭振山有远较梁生宝以及乡党支部书记卢明昌等开阔得多的文化眼光。他利用自己掌权的有利地位，让村里有钱的人出资办了学校。”“他认为，庄稼人必须有文化。他不仅把改霞从封闭的徐寡妇的家里引出来，让她参加农村工作，参加青年团”，鼓励她上学、退婚，而且启发她离开农村到城里当工人。“改霞是柳青特别偏爱的一个人物”，但因郭振山的引导，她选择了一条不同于梁生宝的人生道路。[①]

贾平凹和路遥认为，柳青有国家大局观，他放下作家身份，甘愿在皇甫村与当地农民打成一片，与此是有着内在联系的。贾平凹说，柳青受人尊敬，首先是他有“旷世才华”和“文学上的远大抱负”，“当杜鹏程的《保卫延安》轰动全国后，又刺激了柳青，这就使柳青不满足于以前的创作”，“他常讲文学是马拉松长跑，是以60年为单元的。他的强大的内心就是《创业史》的写作动力”；其次，柳青起初去长安县是为写作，在深入生活的过程中，“他就有了一般作家所缺乏的使命感，这才有了他参与农村一切事务的行为，把自己变成了一个农民，变成了一个农村基层干部，变成了与人民同呼吸、共命运的一个作家，而不是一个搜寻写作材料者、一个旁观者、一个局外人”；另外得益于“柳青的土气和他的现代性学养”。柳青的生活习惯乃至衣着和言语都和农民一样，农村的事他没有不知道的，他的写实功夫扎实深厚皆源于此。“据说，他曾去广州开会，住一旅馆，服务员以为他是农民，不让他进。但柳青在骨子里是很现代的，他会外语，他阅读量大，他身在农村，国家的事、文坛上的事都清清楚楚。”《创业史》的“结构、叙述方式、语言，受西方文学影响很大”。[②]路遥说，《创业史》让柳青付出了很大的代价。他的《病危中的柳青》描述了晚年柳青的形象：“严重的哮喘病

---

① 何西来：《流派开山之作》，《延河》2006年9月号。

② 贾平凹：《纪念柳青》，董颖夫等编《柳青纪念文集》，第6~8页。

使得他喉管里的出气像破风箱发出的声音一般，让站在他面前的人也压抑得出不上气来。胸脯是完全塌陷下去了；背却像老牛背脊一般曲折地隆起来。”“探访他的人看见他住在这么简陋狭窄的病房里，都先忍不住会想：这样一个有成就、有影响的作家……再不能得到条件更好的治疗环境吗?”他还告诉读者:“第一次看见他的人，谁能想象得来他曾多次穿越过战争的风暴，而后在皇甫村的田野里滚爬了十几个年头，继《种谷记》和《铜墙铁壁》之后，又建造起像《创业史》这么宏大的艺术之塔呢?”路遥最后深有感触地说:“他雕刻《创业史》里的人物，同时也在雕刻着他自己不屈的形象——这个形象对我们来说，比他所创造的任何艺术典型都更具有意义。”[①] 李建军在艺术上肯定了柳青:“从语言能力和小说技巧方面看,《创业史》无疑内蕴着值得挖掘的财富。在当代作家中，柳青的文学才华无疑是第一流的。他把陕西的方言土语，融入人物语言和叙述语言，创造出一种耐人寻味的美学效果；他有很强的景物描写能力，寥寥几笔，略加点染，便能写出丰富的诗意，使人有身临其境的真切感；他很善于揣摩人物的性格，能通过生动的细节，写出人物的心理活动和性格特点。例如，梁三老汉因为生儿子的气，突然向家人宣布，自己要开始吃鸡蛋了:‘我早起冲得喝，晌午炒得吃，黑间煮得吃!’你简直无法相信这样的人物是虚构出来的。”[②]

上述作家批评家是在超越严家炎们“错位理论”的愿望中热情拥抱柳青的世界，但约定俗成的“错位理论”也在限制着他们的思考。当陈忠实在 1982 年回望当年柳青的时候，他意识到他的渭河和柳青的滈河之间，出现了一道无法逾越的历史鸿沟。因此在某种意义上，他和路遥所继承的“柳青传统”[③]，实际只是柳青的写实的传统、文学为人生的传统，却不包括柳青作品所反映的社会内容。历史这把剪刀，对柳青的创

① 路遥:《病危中的柳青》，董颖夫等编《柳青纪念文集》，第 9~16 页。

② 李建军:《被时代拘制的叙事——论〈创业史〉的小说伦理问题》，仵埂等编《柳青研究文集》，第 25 页。

③ 在杨晓帆《路遥论》（作家出版社，2018 年，系据其博士学位论文《路遥与“柳青的传统”》修订而成）中，“柳青的传统”是作为中心问题来讨论的。这个被大大提前的文学命题的复杂性，也远远超出了研究者的视野。

作悄悄做了纯化的剪辑。而作家批评家们都是历史的协助者。他们分明清楚地看到了，《创业史》最后部分令人激动地描绘了农民被组织起来的未来图景，然而这个“未来”却没有被今天的农村和农民的现状所证实。“现实”在那里倒逼着“错位理论”，作家批评家不可能脱离现实而思考。“错位”不光是在历史整合过程中出现的问题，其实也是对未来的判断与后来历史的发展不匹配的结果。被裹挟在未能达成和解的两种历史叙述中间，这正是作家批评家思考柳青现象时所面临的社会语境。虽然，已有有识者提出：“我们必须在‘文学’与‘这30年’的相互生产的互动性关系中来进行讨论。一方面我们要谈，文学是如何介入到、参与到这30年的历史变迁和社会变革之中的；另一方面，我们也要谈文学怎样被这30年的中国现实所深刻界定并制约。”[①]

阻碍研究界与柳青沟通的阶级叙事，也有待清理。1978年5月柳青在北京最后一次露面时，拟将国策从“以阶级斗争为中心”转向“以经济建设为中心”的十一届三中全会还在酝酿准备的过程中，但在文学界，否定阶级叙事的《班主任》等一大批伤痕小说已登上了历史舞台。1960年版的《创业史》是以阶级叙事来创作的。1963年，当这种叙事因“大跃进”失败而受挫，严家炎便对梁生宝形象的理想色彩进行了质疑。这倒不是严家炎有先知先觉，而是60年代初的纠“左”思潮给了他批评柳青的视野。然而实际上，小说《创业史》虽在贯彻阶级叙事，柳青思想已经在各种运动的教训中发生着悄然的变化。“作者”与“作品”，在严峻的现实面前出现了不易觉察的“错位”。许多研究者更关注的是1960年的《创业史》，却没有兴趣注意到1960年以后的作者柳青。1965年1月中央新的文件《农村社会主义教育运动中目前提出的一些问题》，也即著名的“二十三条”公布后，在“四清”运动中受到不公平对待的长安县基层干部普遍感到委屈。柳青给干部做了一次报告：“咱们的这个集体好像一座房子，有人总想破坏这个集体，想乘机拿镢头把你的房子挖倒，你当干部，多吃多占，搞特殊化，不是等于不去制

① 蔡翔、罗岗、倪文尖:《文学：无能的力量如何可能？——“文学这30年”三人谈》（上），北京文艺网2009年“文艺理论”版。

止用镢头挖墙的人，反而帮助他们用手指头抠墙吗？不怀好意的人挖，咱自己还抠啥呢？同志呀，不要抠啦！……以后还好好工作，为大伙服务，群众是会原谅的。”话是在批评无端打击基层好干部的工作组，实际是在安慰在“四清”运动中受委屈的村干部。“说到王家斌，有些人哭了，所有的人都赞叹：‘没见过这么好的人呀！’家斌从他们来到走，不管是被斗争的一段，工作组道歉以前还是道歉以后，一直是热情诚恳，面色平静，没说过一句怨言，怎么能不让人感动？”[①]“文革”中，妻子身亡，柳青多次被打，身体严重受损。他对这种叙事进一步萌生出怀疑。1972 年春，为了“躲病”，柳青在女儿陪同下秘密住到北京一个亲戚家。王维玲闻讯赶来看望他，并与他有一次思想上的长谈。柳青说：“这几年我想得很多，经过牛棚一段的考验，我告诉你，在任何情况下，我也不会消沉的！尽管我自己，我的亲人，我的孩子，都付出了重大代价，但是，我们都有一颗纯洁的革命良心，都有一颗随时准备为我们的信念牺牲的决心！”[②]

刘可风的《柳青传》和邢小利、邢之美的《柳青年谱》，也试图向研究界强调柳青身上这种“革命者的觉醒”。《柳青传·下》“柳青和女儿的谈话”用“口述史”形式，记录了作家在“文革”中的反省。[③]《柳青年谱》附录一“柳青晚年的读书和反思”认为，他思想的波动变化是真实的：“由于常年患病和‘文革’中的各种折磨，身体越来越差”，“他就以谈话的方式，告诉在身边照顾他的大女儿刘可风以及少数信得过的朋友，或以片段的笔记，记下他的所想所思”。例如，他对李旭东说：“农业合作化是做了一锅夹生饭。”他告诉刘可风，如果有时间写《创业史》第四部，“主要内容是批判合作化运动怎样走上了错误的路”。柳青赞成在当时生产力水平比较低的历史阶段，通过合作化组织农民来提高生产力的水平；但不赞成超越历史阶段和农民接受能力，迅速地将

---

① 刘可风：《柳青传》，第 258、259~260 页。

② 王维玲：《回忆柳青同志——纪念柳青逝世两周年》，《收获》1980 年第 4 期。

③ 这种通过亲属笔录的著述形式，虽然能够展现作家较为丰富的思想活动，也会因为笔录者的敏感身份，或其他旁证的支撑，而容易被质疑。作为稀见的史料文献，它仍然具有一定的参考价值。

“初级社”提升到“高级社”和“人民公社”。邢小利指出:《创业史》是一部只写了一半的小说，是一部未完成的小说。因此，他强调不能只在已完成的《创业史》的小说文本上做文章，还应该结合作者的“后期思想”来分析他。在他看来，80年代整个思想文化界的觉醒不是1978年后凭空出现的，它的思想源头是在1966年到1978年这整整十二年。“从1966年至1978年这十二年，是柳青的晚年，是他从人间到地狱、由死到生的十二年。他作为一个名作家、‘黑权威’，经历了‘文革’的全过程和‘四人帮’的覆灭。”从这个角度看，“他与在孤独中陪伴他的大女儿以及与友人在长夜中的谈话，在自知来日无多的时日里自觉的遗言式的留言，留下了一个时代的代表性作家的深刻反思，这是一份丰富的需要慢慢整理”的文学和思想遗产。它使柳青的形象更立体，“复杂未必是贬义，复杂的往往是深刻的”。①

从以上种种观点看，人们不怀疑柳青《创业史》写作的过程，认为他对农村农民怀有朴素真挚的感情，在皇甫村14年生活的点点滴滴真实感人。在实现两种历史叙述的和解之前，能够做的也许只有将具体的柳青与抽象的历史暂时分开。一些研究则有向前推进的意思，具体的柳青显然处在比抽象的历史更加优先的叙述位置。这种焦虑不安表现在作者对史料文献的选取上，也渗透在传记和年谱的字里行间。但从80年代重返柳青和皇甫村，并不是一个轻松短暂的旅程，却可能是持这种看法的观察家另一种或明或暗的历史的感觉。

① 邢小利、邢之美:《柳青年谱》附录一:《柳青晚年的读书和反思》。

《创业史》：合作化小说和农民小说

吴　进

乍看上去，将《创业史》分称为“合作化小说”和“农民小说”是故弄玄虚。“合作化”是在农村进行的，也可以叫作“农业合作化”。农民是合作化的主体，没有农民，哪来的合作化？

但细想一下，它们的区别还是明显的。尽管两者密不可分，但各有历史和侧重，也有不同的语义内涵。“合作化”是现代的政治“运动”，如果不计人民公社成立之后的岁月，作为“运动”只持续了数年而已；农民则是一个延续了数千年——也许更长——的社会群体，合作化只是它漫长历史中的一瞬而已，但这“一瞬”却对它产生了巨大冲击。小生产汪洋大海的农村数年内就成了国家体制的一部分，农民成了“社员”。历史与现实，主体与客体，政治与经济，“运动”与“日常”……它们不但有统一，更有对立，这是将它们区分的外部原因。

就内部原因而言，将它们做适当区分也有坚实的理由。“合作化小说”是20世纪50~70年代农村题材小说的大宗，大多数这一时期的农村题材小说写的都是合作化。它们达到的高度可以争论，但作为20世纪中国文学的重要方面——而且它的历史内容是难以重现的——它的存在不能被无视。而“农民小说”更重要。虽然这是一个出现频率不高的概念，但很多与它有关的概念我们已经耳熟能详了，如农民叙述、农民叙事、农民想象、底层文学、乡土文学、农村题材小说，等等。而且，20世纪中国文学关于农村和农民的叙述已经蔚为大观，成为不可忽视的传统，“合作化小说”只是这个传统中的组成部分而已，或者说，“合作化小说”就是“农民小说”在特殊时期的特殊类型。看看它在这个传统中引起些什么变化，留下了一些什么遗产，应该是一项有价值的工作。

一 合作化“运动”与合作化小说

“合作化小说”中的“合作化”带有明显的“运动”性质，所以严格说来，应该是“合作化运动小说”。它的这种性质对理解这种小说类型非常重要。

洪子诚先生认为，当代农村题材小说有一个重要特点，即它往往以“运动”和“事件”作为作品的主要背景或者框架，而在这种题材的挤压下，“乡村的日常生活，社会风习，人伦关系等，则在很大程度上退出作家的视野，或仅被作为对‘现实斗争’的补充和佐证”。[①] 洪先生对这种现象是不满的，起码是不以为然。这种看法当然有其合理性，因为“题材决定论”不但会限制作家的视野，而且自然带有“价值决定”的意味，更会限制作家的思想。不过，如果换一个角度看，这种引起洪先生不满或不以为然的现象也有其自身的合理性，因为50~70年代是中国政治运动频发的时期，政治运动也形成了那一时期历史的主线。“乡村的日常生活，社会风习，人伦关系等”并不只在文学意义上是“现实斗争”的补充，首先在现实中就是如此。从反映论的角度看，这种现象也无可厚非，是现实中的“运动”和“事件”挤压了日常生活、社会风习和人伦关系。所以，合作化作为一种“运动”，尤其是在相当程度上决定了之后20年大多数中国人基本生活制度的“运动”，对它的文学反映就有了一种合理性。这是评价“合作化小说”必须考虑的背景。

在这种情况下，搅动原来“自然”生活状态的“运动”反而成了标志革命意识形态的常态，甚至成为革命美学的历史形态，而回避这种“运动”、追求生活“日常”性的文学表现只能成为配合“运动”的

① 洪子诚:《中国当代文学史》，北京大学出版社，2007，第82页。

点缀，失去了其自身的合理性。文学中的“运动”就这样成为革命历史和革命美学的连接点，不但反映了革命时代的历史真实，也反映了那个时代的理想。专门研究合作化运动的杜国景曾经提出了一个有意思的观点，认为“合作化小说”并不是一个简单的概念，因为它应该是对从互助组到初级社、高级社和人民公社的合作化历史的全面反映。[①]粗看上去，这种对合作化的定义并无新意，因为他说的不就是合作化运动所经历的四种形态吗？问题在于，人民公社是合作化“运动”的完成，在它之后，“合作化”虽然还在，但“合作化运动”已经终结，以后存在的只是体制化了的集体化而已。“运动”所激起的特殊的心理动荡过程已经不存在了。失去了“运动”形式的“合作化”，对作家的吸引力已经大不如前。正因为如此，几乎所有的合作化小说写的都是“运动”。

作为“运动”的合作化对乡村的日常生活的确有一种挤压甚至吞噬，尤其在高级社以后，当农民已经基本丧失了对合作化选择权的时候，他们已经从“农民”变为“社员”，生活已经被“一体化”了，他们的日常生活、社会风习和人伦关系也已经有了很大改变，这个时候的“运动”和“日常”的分别也已经没有原来那样明显。这种情况对拥护合作化但对原有的乡村生活有深刻情感记忆的作家也是一种挑战。柳青在一定程度上也是这样，虽然他在同时代作家中是将这两者结合得最好的。柳青对《创业史》的构想本来是写四卷，分别为互助组、初级社、高级社和人民公社，用他自己的话说，即“互助组阶段”、“农业生产合作社的巩固和发展阶段”、“合作化运动高潮”及“全民整风和大跃进”，[②]从而覆盖了合作化的全部进程，但最后只完成了第一卷和第二卷的初稿，而其中的原因耐人寻味。这种情况表面上看来是由于20世纪50年代末以后各种新的运动的干扰以及柳青的身体原因，但另外一个很重要的原因是他对高级社以后的合作化运动的看法。柳青对合作化运动看法的一个非常重要的原则就是“自愿”，而且这是一种长期的并非

① 杜国景:《合作化小说中的乡村故事和国家历史》，中国社会科学出版社，2011，第2页。
② 王维玲:《柳青和〈创业史〉》，蒙万夫等编《柳青写作生涯》，百花文艺出版社，1985，第131页。

过后就收回的原则，但1955年以后合作化运动的进程完全与他的看法相异：取消土地分红以及实际限制农民在加入合作社方面的选择权，这些做法不可能对他以后的写作没有影响。就此而言，柳青最后没有完成《创业史》的写作不是偶然，不是没有他主观上的原因，只是由于当时的环境所限他不好明言罢了。

对于当代农村题材小说而言，合作化小说具有特殊意义。大多数农村题材小说的代表作都是合作化小说。能够勉强与合作化小说并列的只有土改小说，但其内涵远没有合作化小说丰富。王西彦早在50年代就指出了这一点："对农民来说，农业合作化运动，是一种比土改运动更深刻的革命。农民们在土改运动中所表现的那种对地主阶级的仇恨，那种对土地的渴望，是孕育在长期的阶级剥削和阶级压迫的关系里的，只要剥削和压迫的锁链一解除，就会爆发出来。可是，农业合作化运动，却要求农民们抛弃那长期相沿的私有制的经济基础，排除自己头脑里那种根深蒂固的私有观念。这个转变，自然更困难，也更深刻。"[①] 土改就其"均田"的性质而言，与历史上农民运动的目标并无二致，没有显示出其社会主义革命的性质，只有将它与后来的合作化运动视为一个整体才能显示出其时代意义。而且，如同王西彦所说，土改符合一般农民的愿望，所以它的过程一般是短期和比较顺利的，不会像合作化运动有那么大的阻力，也不会像合作化运动那样深层次地触动不同农民阶层的利益，使农民经历一个异常复杂和艰难的心路历程。再者，土改是要无偿地剥夺地主的土地，在这个过程中就免不了会有暴力，或者说，土改就是一种革命暴力支持下的社会运动，这与合作化运动大相径庭。就其本质而言，合作化是一场以说理和利益对比为主要手段的社会运动，起码在高级社以前的阶段是这样。土地分红和退社自由是初级社最重要的原则，体现了那时合作化运动的非强制性质。[②] 所以，相对于土改这样一步到位的历史运动，合作化必须经历一个相对漫长的历程。《创业史》中的梁三老汉对于梁生宝的合作化事业由反对到拥护，几经波折，

① 王西彦：《读〈山乡巨变〉》，《人民文学》1958年7月号。

② 罗平汉：《农业合作化运动史》，福建人民出版社，2004，第84~86页。

但土改对他来说却全然不同，“人们只要告诉他一声，十来亩稻地就姓梁了”。[①]其过程简单得让他觉得不真实，以致他要常跑出去印证这不是梦。两个运动之间的差异使人能更深切地感到合作化运动导致的农民的深层心理变化，能看到巨大的历史变化给农民带来的影响。这也正是柳青写作《创业史》的目标，即着重表现中国农村社会主义革命中“社会的、思想的和心理的变化过程”[②]。

不过，不论土改小说与合作化小说有多大差异，它们反映的都是具有全国性规模和深远历史意义的当代“运动”，以这样的“运动”作为文学的对象就自然会有“史诗”的潜质。这也是50~70年代文学对“日常”叙述排斥的重要原因。当然，中国作家大多出身乡村，所以也会在坚持讲述“合作化故事”的同时顽强地表现乡村生活的日常性。在经典的合作化小说中，作家都很注意作品内容的史诗性和日常性之间的平衡，但要做到这一点并不容易。《三里湾》就可以看作两条线合成的“合作化小说”：一条是以“开渠”和“扩社”为主线的“合作社故事”，另一条是马、王、袁、范的家庭故事以及三对年轻人之间的恋爱为主要内容的“日常故事”，但两条线之间显然不平衡，“日常故事”要生动得多。虽然这种“日常故事”与“合作化故事”往往交织在一起，但读者看到更多的还是这种“在合作化运动影响下的日常生活”，而“开渠”和“扩社”则退为日常故事的背景。《山乡巨变》中的合作化故事要集中得多，但评论者们对它的印象依然是“生活常态”：“与一些不满阶级斗争火药味的小说相比，作品更多地带着对时代落伍者会心的微笑……”[③]不过，这种现象并不一定值得赞扬，因为它说明作品中的“生活故事”并没有同“合作化故事”有深层的融合。比较一下《山乡巨变》中的陈大春与盛淑君的恋爱故事和《创业史》中梁生宝与徐改霞的恋爱故事，可以很明显地看到这一点。改霞与陈大春有一个情节上的相

---

① 柳青：《柳青文集》第二卷，人民文学出版社，2005，第16页。

② 王维玲：《柳青和〈创业史〉》，蒙万夫等编《柳青写作生涯》，第131页。

③ 董之林：《沉浸在理想王国的史诗写作——关于50年代农业合作化小说》，见《盈尺集——当代文学思辨与随想》，河南大学出版社，2009，第227页。

似之处，即他（她）们都在作品中途消失了。陈大春进了株洲的工厂，这正与改霞后来到北京长辛店进了工厂一样。但柳青在改霞身上做足了文章。改霞与生宝之间的恋爱最后之所以失败很大程度上是由于改霞要进工厂，而改霞虽然在《创业史》的“合作化故事”中基本上置身事外，但她对城市的向往以及她因此与生宝之间的误会，她对郭振山看法的转变，她不想做“三合头瓦房院”的农家媳妇等，都使她与合作化运动建立了深层的联系。而陈大春则全然不同，他的消失没有任何情节铺垫，也没有任何主观意愿，是一个与人物本身性格无关的、外来的或插入的决定：去工厂只是由于组织上要人，点名要他去而已，随意得近乎任性，而且也没有在他与恋人盛淑君之间产生任何实质性的波澜。而他的遗憾也只是没有像他计划的那样，完成如同《三里湾》中画家老梁描绘的家乡美好远景。这样的遗憾遵循的是一个理想的革命青年应该有的情感逻辑，而不是一个恋爱中青年的真实心理，起码过于简单了。这样的人物似乎像通俗的政治宣传画那样空洞。相比《创业史》，《三里湾》和《山乡巨变》都更为“日常”，但这种“日常故事”却没有同作品的“合作社故事”建立更加自然而且深刻的关系。

广义地说，合作化小说也属于农民小说，或者叫作“农民叙事”，[①]不过，“农民小说”并不是一个常见的说法，只是为了说明合作社小说的历史渊源，才被引入的这么一个冷僻的概念，也可以叫作农民叙述或农民叙事。不过，不论是农民小说还是农民叙述，其内涵外延都不清晰，因为既可指农民的叙述，也可指对农民的叙述。即是说，农民在这类小说中，既可能是叙述的主体，也可能是被叙述的对象。不过，由于真正的农民作家很少，所谓的农民小说或农民叙述大多还是指叙述农民的作品，而不是农民叙述的作品。曾经有一种颇为流行的观点，认为中国现代作家中最能代表农民的是赵树理，因为赵树理最像农民，也能以农民最理解的方式去讲述故事。这样的看法隐含着一种理论，即只有农民讲述的农民故事才最受农民欢迎，才有资格叫“农民小说”。我们可

---

① 李祖德：《“农民”叙事与革命、国家和历史主体性建构——“十七年”文学的“农民”叙事话语及其意义》，《中国现代文学研究丛刊》2011年第1期。

以凭着直觉去证实这种理论，因为其中的逻辑不言而喻。但这样的理由未必成立。归根结底，“农民小说”最根本的还是要拿出真正站得住并经得起检验的农民人物形象，而这正是柳青的优势，也是《创业史》的真正成就。“合作化小说”不过是“农民小说”在特定时期的产品罢了。要成为优秀的合作化小说，首先要写好农民。

二 《创业史》与农民小说

将农民小说或农民叙述放在中国文学发展的大背景下去看，这类作品无疑是一种现代叙述，因为在中国古代文学中农民基本是缺位的。直到近代，随着民众意识的觉醒，农民才作为“民”的主体被“发现”，才成为文学叙述的合法对象。[①]然后到了延安和赵树理时期，农民才真正成为创作的主体，即是说，他们不再仅仅是知识分子观照和施加想象的对象。而在1949年后的文学作品中，尤其是在“合作化小说”中，文学中的农民形象才真正有了历史“主人翁”的气概，有了与其他阶层同等的社会地位，摆脱了一直挥之不去的低下和屈辱。柳青、赵树理、周立波等作家就是在这样的历史变化中向世人昭示了一种新的农民小说。

不过，这里所说的《创业史》与农民小说还有另外一层意思。与其他“合作化小说”相比，柳青的《创业史》是“以人物为中心”的。[②]合作化作为“运动”有一种由其本身逻辑带来的自足性，构成一种由于要反映运动全貌和社会结构而形成的叙述压力，人物容易在这种结构中失去自己的特性，但《创业史》却由于其“以人物为中心”的结构而化解了这种压力。柳青没有在作品中跟随合作化的节奏来安排结构，而是把重点放在人物上，从而使人物有了立体感，更富于由于合作化运动而深化的历史内容。在能够看到的《创业史》第一卷和第二卷中，可以称作“故事”的情节只有“活跃借贷”、“进山砍竹”、“科学密植”、“牲口合槽”和“白占魁事件”等几个大的回合，舒朗而不密集，而且其中

---

① 张丽军：《想象农民——乡土中国现代化语境下对农民的思想认知与审美显现（1894—1949）》，山东人民出版社，2009，“导言”第1~4页。

② 贺桂梅：《“总体性世界”的文学书写：重读〈创业史〉》，《文艺争鸣》2018年第1期。

没有强制性的逻辑关系，从而腾出大量空间来较为充分和舒展地表现人物。程凯在论及梁生宝形象时曾经谈到，《创业史》中“梁生宝买稻种”一章就情节而言不是必需的，因为这虽然是生宝在作品中第一次露面，但前面几章已经通过其他人物为他的出场做了充分铺垫，这一章只是要展示他性格中那些核心的还没有充分表现的特点而已。[①]虽然程凯没有谈到“农民小说”，但已经在实质上论证了这一点。所以，这里的“农民小说”并不是一般所说的“农民叙述”和“农民想象”，它实际上就是“人物”小说。《创业史》独有的“对象化”方法也凸显了“‘人物’的完整性和内在一致性”[②]，显示了柳青的眼光之独特和用心之专，同时也说明，在“合作化小说”和“农民小说”之间，《创业史》更偏重于后者，最起码在它的文学意义上是这样。“合作化”只是他写农民的一个特定的时空框架。当然，严格说来，“合作化小说”和“农民小说”在这部作品中是难以剥离的，前者是后者特殊表现的历史规定性，而后者使前者以一种更生动和更深入的方式被反映出来。

就写好农民小说而言，柳青有两个其他作家不具备的前提，即他对生活的深入程度和对农民人物的对象化程度，以及一种超越性的理论视野。所谓“对生活的深入程度和对农民人物的对象化程度”实际上是一个问题的两面，两者之间有一种相互促进的正相关关系。“深入生活”是以对农民的对象化为目标的，而对农民的对象化必须以长期专注的“深入生活”为基础。至于“超越性的理论视野”，则是指对被观察的生活——农民是其中主要的部分——有一种探究和创造性解释的欲望，并将这种探究和解释提升到带有普遍性的理论高度。这种“普遍性”的理论高度因为有了异常坚实的生活支撑而不显得高蹈，而有了这种视野和高度，对生活的深入也就有了更为深广的历史内容。这是《创业史》能够被称作“农民小说”的内在机制。

① 程凯:《“理想人物”的历史生成和文学生成——“梁生宝”形象的再审视》,《文艺理论与批评》2018年第3期。

② 程凯:《“理想人物”的历史生成和文学生成——“梁生宝”形象的再审视》,《文艺理论与批评》2018年第3期。

柳青在深入生活方面显示了比同时代所有作家远为坚定的意志。他在长安皇甫村一待就是14年，如果不是“文革”使其中断，他还会在那里长期待下去。这种方式体现了极强的对事业的热爱和献身精神。对柳青来说，扎根皇甫村并不仅仅是要反映合作化，如果仅仅这样，他用不着在皇甫村“扎根”。其他合作化小说作家只是把作品看作他们文学创作生涯中的一个插曲。赵树理写《三里湾》前后只在山西平顺县川底村待了几个月的时间，主要是1952年9月到年底的一段，[①] 周立波写《山乡巨变》也只在湖南益阳断续生活了两年，[②] 但柳青则用了他整个的后半生，而且只完成了当初写作计划的不到一半。只有把《创业史》理解为农民小说，他的这种壮举才能得到合理解释。

当然，《创业史》首先是“合作化小说”，所谓“农民小说”只是说他对“合作化小说”的深化程度。在所有合作化小说作家中，柳青是唯一计划反映合作化全程的，即从互助组到初级社和高级社，最后到人民公社。而且他注重生活体验的完整性和原发性。所以，当1952年他在长安县决定要把那里作为他生活基地的时候，他没有选择已经有很好基础的王莽村的“七一初级农业合作社”和那里有经验的合作化带头人蒲忠智，而是选择了去皇甫乡，因为那里有他看中的未来小说主角原型王家斌，也因为王家斌互助组刚起步，而他要经历合作化的全过程，而且在这个过程中要亲自获取第一手的经验和材料。[③] 柳青比所有作家都更深地介入了合作化运动的实际过程，其具体程度无人能及。但之所以还把《创业史》称为“农民小说”，是因为他对农民的深层关注。简而言之，作品要叙述的重点不是合作化是怎样进行的，而是农民怎样在进行合作化，或者说是合作化怎样改变着农民。

乡土文学或者农村题材小说是20世纪中国文学最有成绩的领域，但在中华人民共和国成立前，很少有作家会专门为写作去“深入生活”。

① 山西省史志研究院编著《赵树理传》，当代中国出版社，2006，第170~187页。

② 胡光凡、李华盛编《周立波生平年表》，李华盛、胡光凡编《周立波研究资料》，知识产权出版社，2010，第10~48页。

③ 刘可风：《柳青传》，人民文学出版社，2016，第115~119页。

尽管大多中国现代作家都来自乡村，但他们对农民的观察注意并不够，他们的作品如鲁迅所说，是在城市中做的“侨寓文学”，是对乡村生活的回忆，作家并没有有意为“叙述农民”做好准备，这在他们的年代和文学体制下也不现实。这种情况限制了作家们在“写农民”方面的成就。当然，1949 年后又出现了一些对作家农民想象的新限制，一些更明确也更狭隘的对农民想象的规定，但不论怎样，要写好农民，首先要在文学的意义上观察他们，对他们越熟悉越好，这是写好农民的前提。1949 年后一段时期的文学体制保证了作家可以长时期心无旁骛地去农村“深入生活”，这在那以前和以后都是难以做到的，[①] 问题是作家有没有这种“深入生活”的决心和意志，因为它要求作家在各方面都做出巨大牺牲，如乡村生活的艰苦，家人的不理解，甘于寂寞等等。尽管 1949 年后的作家们都在不同程度上“深入生活”，但像柳青那样彻底和自觉的却绝无仅有。

写好农民的另一个前提是对农民的独到发现，而这种发现需要一个与众不同又沛然成理的视角。在谈到《创业史》的创作意图时，柳青明确指出：“《创业史》这部小说要向读者回答的是：中国农村为什么会发生社会主义革命和这次革命是怎样进行的。”[②] 这是一个看起来似乎平常但实际上非常深刻的思路。一般的合作化小说作家只是在回答第二个问题，即“这次革命是怎样进行的”，但不会问“中国农村为什么会发生社会主义革命”这样的问题，即使问了也缺乏自己的“创造性解释”。但是，只有问了第一个问题，对第二个问题的回答才会有可能达到的深度。贺桂梅曾把《创业史》的叙事称为“主题的政治元叙事”，其特点是，“它不是对国家政策的简单转述，也不是对社会变动的旁观写照，而是从马克思主义理论的基本命题出发，用文学形式来书写和论证这场运动的合法性、动力形态和可能的展开过程”。[③] 正是这种“元叙事”才使得它对农民人物形象有了一个更深的、可以挖掘的空间。萨支山在比

① 见拙作《“柳青现象”和“深入生活”》，《中国文学批评》2016 年第 3 期。

② 柳青：《提出几个问题来讨论》，《延河》1963 年 8 月号。

③ 贺桂梅：《“总体性世界”的文学书写：重读〈创业史〉》，《文艺争鸣》2018 年第 1 期。

较《三里湾》、《山乡巨变》和《创业史》这三部有代表性的合作化小说时认为，合作化运动的历史合理性取决于农民对于合作化的需要程度，但是这个问题在《三里湾》和《山乡巨变》中都未得到足够的重视，这也是《创业史》的优势所在，因为“探讨合作化运动是‘自上而下’还是‘自下而上’，探讨何者更接近‘真实’是没有意义的并且也永远纠缠不清。重要的是作为现实的意义秩序建构，它要求在展现历史发展过程中凸显出作为行为者的农民的自觉的选择。正是这种自觉的选择才赋予行动者以主体的意义，而在行动者获得主体意义的同时也就建构了现实的意义，并使现实具有了合理性”[①]。这种所谓“农民的自觉的选择”是《创业史》要解决的核心问题，在这样前提下的农民形象才可能有其他合作化小说缺乏的历史深度。

合作化运动的历史合理性是吸引农民参加合作化的根本动力，只有这样，“历史发展过程”才能成为“农民的自觉的选择”。这种“历史合理性”涉及两个方面。一是经济层面，即贺桂梅所说的“情节的政治经济学”的内容，使合作化通过“增产”[②]来获得农民的认同，以一种平和的方式使农民完成由私有制向公有制的转化。鉴于一般农民的现实性，这种方式的革命对农民最有说服力也最立竿见影，但仅仅靠着这一点来完成合作化，又没有完成它的全部使命，即除了抑制土改之后两极分化的倾向，还要使它成为所有制变化的必由之路，并在这种过程中“改造农民”，使他们有一种“精神提升”。这就是所谓合作化的“历史合理性”的又一个方面。按照萨支山的解释，这才是《创业史》作为合作化小说的真正“成功”之处。《三里湾》就没有达到这个层面。它只是在经济合理性的层面来理解这个问题，也正因如此，“糊涂涂”这样顽固的老中农最后才能痛快入社，因为他想通了，入社其实“有利”。《山乡巨变》虽然已经意识到这一点，但也没有写到“农民的自觉的选择”，没有写到伴随着合作化农民的“精神提升”和心理变化，没有体现出合

① 萨支山:《试论五十至七十年代“农村题材”长篇小说——以〈三里湾〉、〈山乡巨变〉、〈创业史〉为中心》,《文学评论》2001 年第 3 期。

② “增产”的实质是“增收”，在这种前提下的“入社”是一种利益驱动下的政治行为。

作化的“社会主义革命”的性质。在这里，对合作化的“农民的自觉的选择”至关重要，如果只是那种锣鼓喧天的强制性合作化——不论是赞成还是批判式的回顾，虽然也有其价值，但只会因此而丧失《创业史》式的人物丰富性，会遮蔽只有在农民有选择权利时才能暴露出来的深层心理。萨支山就此问题已经做出了清晰的梳理，可说是切中要害，也抓住了作品作为合作化小说的真正独到之处。不过，由于篇幅所限，在合作化运动中农民“精神提升”的问题上，萨文主要集中在梁生宝的“农民气质”问题上，以此来彰显梁生宝作为“社会主义新人”的必要性。这当然是必要的，也反映出《创业史》的主题指向，但除此之外，作品中由合作化触及的农民的精神和心理变化的描写相当广泛，涉及几乎所有的阶层，他们的状况是复杂的，精神不会都在“提升”，而是沿着不同的方向在发展。那些不“自愿”加入合作化的农民得到了同样强度的重视，并没有因为他们的身份而被漫画式地或者漫不经心和随意地处理。他们都是合作化运动不同程度的反对派，如郭振山、郭世富、姚世杰、梁大老汉父子、王二直杠，等等，但每个人反对的原因都不同，作品对支持他们“自觉的选择”后面的心理也做了非常深入的展示，从而完整地成就了柳青的“农民小说”。当然，如前所述，这种展示是柳青对农民深度的观察了解和他据以进行这种观察了解的“元叙述”交融的产物。

三 《创业史》中的农民形象与布局

由于合作化是国家层面的运动，而且作家们对整个运动的认识及对各个阶层人物的理解也有相似性，在《三里湾》、《山乡巨变》、《创业史》这些典型的合作化小说中，就有一些对应的人物，并形成了某种相似的作品人物结构，如作为合作化带头人的王金生、刘雨生和梁生宝；他们的主要党内对手范登高、谢庆元和郭振山；合作化的积极分子王玉生、王玉梅、王满喜、陈大春、盛淑君、盛清明、冯有万、高增福、任欢喜；富裕中农糊涂涂、菊咬筋、郭世富、梁大老汉；普通农民或落后农民袁天成、陈先晋、亭面糊、梁三老汉、王二直杠；反动分子龚秋元、姚士杰等。但在几乎每一组对应的人物中，《创业史》中的人物都显得更充实丰满，有更丰富的历史内容。除此之外，《创业史》中还有一些柳青发现的独特人物，如素芳、白占魁等。正是这种人物的丰满、深刻和多样化，说明了它在任何意义上都可以成为合作化小说中的农民小说。

程凯把他最近一篇专论梁生宝的论文题目定为《"理想人物"的历史生成和文学生成》，可谓意味深长，因为这样的人物有明显的"生成"过程。塑造带头人形象是"合作化小说"的难题，因为他们是"社会主义新人"，在现实中很难发现直接的对应人物，但在"合作化小说"的结构中，他们又是不能缺少的一环，还要有坚实的可信度，所以怎样处理就颇为棘手。梁生宝就是这样经常被批评的人物，但对比一下《三里湾》的王金生和《山乡巨变》的刘雨生，不难发现，只有梁生宝才最有"意识到的历史内容"。王金生属于那种很难给人留下印象的人物，或者简单地属于结构需要但作者对之缺乏激情的人物，所以没有被赋予可以让人记住的个性。他基本上没有介入具体矛盾，也没有什么使他焦虑的事情。他的干瘪个性暴露出赵树理对这类人物事实上的冷淡。《山乡巨变》中的刘雨生情况要好一些，性格轮廓清晰，但就"合作化带头人"这样的角色而言，他也缺乏特色。在"上卷"里，他的主要矛盾是家庭矛盾，即落后的妻子同热心工作的积极分子之间的矛盾，这种矛盾曾在"四五十年代农村题材小说中""占有突出位置"，[①] 沿用下来缺乏新意。"下卷"中他虽然更加贴近合作社社长的角色，但那已是合作化后期，最考验"带头人"的时期已经过去。他也没有经历什么最能表现他性格的事件，不过是一个普通的合作社管理人员而已，没有太多的主动精神。赵树理和周立波都没有就他们在塑造"社会主义新人"方面的不成功做出解释，面对塑造这么一个结构上必需而现实中又缺乏的人物的棘手工作，他们选择了低调处理。相比较之下，梁生宝形象虽然不是作品中最成功的人物，却是柳青花费心力最多的人物。他对这个人物的

① 程凯:《"理想人物"的历史生成和文学生成——"梁生宝"形象的再审视》,《文艺理论与批评》2018 年第 3 期。

原型王家斌极其熟悉，而且王家斌的被“发现”和成长都与柳青密不可分，作品中与梁生宝有关的许多事件都实有其事。他是把梁生宝形象放在决定作品成败的意义上去看待的，所以在严家炎批评梁生宝时，他才会那样冲动。[①]他对整个作品的构思和深厚度的期待决定了他对这个人物不会像赵树理和周立波那样低调处理。而且所谓“不是作品中最成功的人物”也只是相对而言，即使严家炎也承认他是一个“取得了相当成就的社会主义新农民形象”[②]。程凯对此有非常扎实的论述，从他的分析中可以看到，梁生宝身上有深厚的可挖掘的历史内容，这些内容在王金生和刘雨生那里是没有的。柳青注意到一个辩证的事实：生宝是个农民，他的一切觉悟和与普通农民不同的超越性都建立在这个基础上；倒过来说，他又是一个党员，一个“工作积极分子”，他的所有觉悟和超越性都应有一种农民式的表现。柳青是有意识地向这个方向努力的，虽然的确有勉强的时候。整体来说，他是“柳青的人物”，也就是说，他意义饱满。比方说，与刘雨生一样，梁生宝也内向，但当作者把他这种个性与他的党内对手、“轰炸机”郭振山放在一个相互映衬的话语环境中，他的“内向”就有了丰富得多的意义。

《创业史》中的郭振山和《三里湾》中的范登高都是“合作化小说”中的重要人物，他们都是解放前入党的老党员，资历老，在土改中立下了功劳，也获取了利益，并在土改之后的“新民主主义”秩序中经济地位急剧上升，成为新中农，丧失了搞合作化的动力，并成为运动实际上的反对者。但他们依然“在党”，忍受着来自党的压力和怎样处理他们的经济利益与政治利益之间矛盾的煎熬。但是，相对而言，郭振山显然更具历史内涵。范登高已经基本丧失了他的政治企图，在王金生等后辈党员对他的政治攻势中节节败退，而且这种政治上的溃败之势并没有引起他真正的恐慌。他的“煎熬”程度比郭振山要低得多。赵树理注重人物言语行动而放弃心理描写的方法很难触及人物的深层心理，而他也没有把合作化运动看成非常严重的不同势力之间的斗争，这与柳青完全不

① 柳青：《提出几个问题来讨论》，《延河》1963年8月号。

② 严家炎：《梁生宝形象和新英雄人物创造问题》，《文学评论》1964年第4期。

同。《三里湾》被改编成电影后的名字叫《花好月圆》，那种轻喜剧的调子与原作是比较吻合的。《山乡巨变》的情况也差不多，那里甚至找不出来一个与范登高和郭振山功能和分量相似的人物，也没有相应的合作化运动的上层斗争——作家几乎把全部精力都放在了村或乡一级的基层水平上。这样，在作品中就缺失了党内斗争这条线，没有一个与合作化运动有不同意见的党内不同路线的代表。而这正是柳青在《创业史》中的用力所在。郭振山形象表现出了柳青对合作化运动在农民中影响的深层思考。他是“轰炸机”，有威信，有能力，又有资历，而且非常看重自己在村中的影响力，所以他不像范登高那样在村里干部之间的斗争中完全采取守势，反而常常咄咄逼人。但在实际上，他也为由于工作影响而不能全心全意发家而苦恼，甚至认真地考虑这样下去要不要“在党”。他具有在《三里湾》和《山乡巨变》中相应人物都没有的力度，也使整个作品有了一条极具历史深度的矛盾线索。

被公认为写得最出色的梁三老汉形象则是《创业史》农民群像中普通农民的代表。《三里湾》中没有这样与他具有相似结构功能的人物，因为作品中真正的核心事件是“分家”，而表面上的中心事件“开渠”和“扩社”都是通过“分家”来展开的，或者说“开渠”和“扩社”基本没有成为作品中的可视性场面，结构设计中并没有像梁三老汉这样一个相对来说缺乏倾向性和明显政治归属的普通老农的位置。而《山乡巨变》中的亭面糊则缺乏自己的独立价值，发挥的更多的只是情节过渡的功能，与梁三老汉不能同日而语。梁三老汉也许不是作品中作者最用心塑造的人物，却有作品中任何人都无法取代的位置。在作品中起到至关重要作用的“题叙”就是以他的视角展开的，而且他在私有制条件下个人创业的失败最后成为作品中合作化运动的逻辑起点。他的创业梦以及后来对生宝的合作化事业态度的转变，都将作品的深度推向了一个其他“合作化小说”很难达到的层面。而且叙述者对他的一系列地地道道的农民式举动的捕捉和表现，堪称入木三分。这种似乎“无意”塑造的人物堪称典范。

之所以把《创业史》称为“农民小说”，除了这些已经深深卷入合作化运动并且能够划为围绕“运动”的基本人群及他们的代表人物，还有一些运动中的特殊人物，或者身处合作化大潮之外，或者与运动关系不那么直接的农民形象，如白占魁、孙水嘴、改霞、秀兰、素芳、生宝妈、改霞妈等。这些人物不但能从非常规的角度介入运动，展示出运动的深入和乡村社会的丰富性，调节作品的气氛，更重要的是，能够显示出作家对于合作化小说的独特视角。赵树理和周立波也会在他们的合作化小说中去展示那些非合作化运动的内容，正是从这些内容中，我们可以看到他们对合作化以及乡村的独特理解。《三里湾》由于篇幅较短，所以人物也相对较少，用以调节作品气氛的主要手段就是把乡风民俗融入合作化运动的进程中，具体的表现就是王、马、范、袁四个家庭在运动中的变化——尤其是马家院的分家——以及三对年轻人的恋爱故事，并没有直接塑造一些特异人物。《山乡巨变》在对合作化运动本身的表现上并没有什么出众之处，它之所以能够打动人是由于其中一种相对放松的心境，以及湖南乡野的山水人情之美。但《创业史》与它们不同。柳青会通过特意挑选的人物去将自己的笔触深入到乡村的角角落落，在表现“运动”之外生活“日常性”的同时让读者感受到乡村文化的脉络，让读者感受到合作化运动得以开展的文化土壤。这是把《创业史》称为“农民小说”的另一原因。

白占魁是《创业史》中一个不能忽视的角色。这是一个乡村的“流氓无产者”。由于作品中人物众多，一般人在评论时会将他遗漏，但他并不是一个小人物。他的形象渊源可以追溯到阿 Q，新时期的乡村小说中也有许多类似的人物，如古华《芙蓉镇》中的王秋赦和张炜《古船》中的赵多多。他是“前国民党军下士”“大车连副班长”，娶了“以风骚有名的婆娘李翠娥”，好逸恶劳，整天想着“二次土改”，但另一方面，他又“天不怕地不怕，有时候也的确热心，够吃苦”。[①] 因为在延安时期（1943 年）有过所谓“反二流子运动”，柳青对这样的人物有很深的印象，他也在自己的短篇小说中写过这样的人物，[②] 所以他才在《创业史》

① 柳青：《创业史》，《柳青文集》第二卷，第 119~122 页。

② 柳青：《土地的儿子》，《柳青文集》第四卷，第 91~108 页。

中把他写入蛤蟆滩合作化的农民群像中。白占魁不多的几次出场都对情节的进展起了很大作用:“活跃借贷”不成而恼羞成怒，主动甚至热烈地要求加入梁生宝互助组，因为不爱惜牲口而引起合作社危机。从中可见柳青对他的重视程度。他了解这类人物的多面性和不可靠，但也深知他们没有固定的阶级归属，属于乡村社会的边缘阶层，极不安定，又有很大的搅动局面的能量。对白占魁的关注和描写反映出柳青的广阔视野，也意味着他并没有机械地随着合作化“运动”的节奏走，而是将这场“运动”视为整个乡村社会在特定时段经历的时空环境，从而印证了这是一部写合作化运动的“农民小说”。

素芳是比白占魁更边缘的人物。就“合作化小说”的界定而言，她是一个完全可以忽略的人物。尽管作品也提到富农姚世杰企图用她来破坏合作化运动，但素芳本人完全没有这样的念头，这是她与白占魁不同的地方。素芳的边缘化不仅体现在合作化“运动”中，更体现在乡村的“日常”生活中。换句话说，即使没有合作化运动，她也是一个孤独的“被侮辱与被损害者”。这样的人物在现代文学中有一个系列，熟悉现代文学的柳青对这些人物应该是有印象的，在素芳身上也有这些人物的影子，只是柳青把她们具体化、纵深化、历史化了。现代作家不可能有柳青那样的乡村生活积累，准确地说，不可能有柳青那样对农民的长期专注的观察。素芳形象显示出柳青是在一个新的文学时代写作，但他却有过去时代的精神遗存。对素芳的关注显示了柳青在他的合作化叙述的特殊结构中暂时离开了对作为社会主义革命之“运动”的关注，进入另一个层次的“元叙述”，显示了他对农民的“人”的关怀。赵树理和周立波都没有进入这个层次的对农民的关注，在《三里湾》和《山乡巨变》中也没有与素芳对应的人物。实际上,《创业史》其他人物身上也在不同程度上有这种关怀，只是由于他们与“运动”的关系而使这种关怀被遮蔽了而已。

素芳的被鄙视也表现了一种乡村文化的舆论环境，可以证明柳青不是不关心乡风民俗，而只是把它放在大的社会变革的背景下去表现罢了。与素芳相映成趣的是改霞妈，这是一个一般评论家不会提及的人物，即使在《创业史》中她也是被边缘化的。她是一个谨守妇道、几乎与社会完全隔绝的寡妇，本来与合作化运动完全没有交集，就主题而言，她在作品中可有可无，但作者却在不多的篇幅里赋予她丰富的悲喜剧内涵。改霞是她生活的全部内容，所以她会要求郭振山“把梁生宝开除出团”，因为“梁生宝不是人，胡骚情”。[①] 这种极富个性又极其自然的语言，只有改霞妈才说得出来，而这样有着可追寻的历史深度的喜剧场面，在同时代其他作家的作品里是难以看到的。这些边缘化的人物与“运动”旋涡中心的人物一起构成了柳青“农民小说”的宏观视野。

人物塑造是否有深厚的历史内涵与作品的构思紧密相关。如果没有相应的思路，没有为人物提供可以展示他们历史内容的平台，没有为他们安排一定的人物矛盾，就无法赋予人物饱满的性格内涵。《创业史》把公有制取代私有制作为作品的中心思路，写出了在这种所有制转换过程中人们的思想变化和一种新的生产关系的诞生的艰难，写出了《三里湾》和《山乡巨变》所没有的历史意义。

四 《创业史》与农民小说的表达

人物是小说构思的中心，这是柳青的一贯看法，也是《创业史》的结构原则。不过，仅仅从结构上加大人物描写的比重还只是“农民小说”重视人物的一种外部措施，最根本的问题还是“写得怎样”，还是在这种大比重的空间里怎样将农民写得更真实更有深度。将《创业史》作为“农民小说”的创作路径就是“进入农民”，或者说把自己置换成农民，以农民的方式感受世界。这种所谓“对象化”的方法最早由柳青的早期研究者刘建军、蒙万夫等发现，但现在已经成为许多柳青研究者的共识了，并且给予了理论的总结和深化。但与这种“对象化”写法相关的，还有两个要点，即“去过程化叙述”和“感觉的辩证法”。回顾一下中国现代乡土小说史，可以了解，这两种方法有着意味深长的历史和文化意义。

---

① 柳青:《创业史》,《柳青文集》第二卷，第 85~86 页。

所谓“去过程化”就是减少或者剔除那些思想和历史意义稀薄但为了“过程”的连贯而不得不有的部分，至于连那种不得不有的连贯意义也不存在的过程自然更不待说。如柳青所说：“既不写矛盾，又不写人物性格，就不能算作故事情节，只能说是生活过程或工作过程。这种生活过程、工作过程，在当代著名的作品中，随处都是。这是作品冗长无力的一个原因。”[①] 不写那种无意义的“过程”，这是一个很高的要求，虽然带有柳青的个人风格特点，但的确是为大家忽视却有着普遍意义的文学方法。

《三里湾》中这样的过程性描写就有不少，如从第十二章“船头起”到第十五章“站得高，看得遍”，用了四章、近整个作品十分之一的篇幅，就只是由村里的干部带领专署的何科长巡视村里的地形和生产状况，没有任何矛盾和性格描写及冲突，本来进行着的村里各种政治斗争也因此中断。类似这样没有实质性内容的部分——比方说情况介绍和技术性细节——在作品中占有相当的篇幅。当然，也有一些并不注重性格和矛盾的作家照样取得了很高的成就，所以也有自己的合理性，如沈从文这样的抒情小说作家，但赵树理明显不是这样，他只是没有像柳青那样专注于对人物性格和情节矛盾的高强度描写而已。《三里湾》的第二章是“万宝全”，仔细介绍了王宝全和王申两位技术老农，中间有很多知识性和技术性的文字，但与人物的性格关系不大。这在柳青那里是不会出现的。在大会上宣布开渠的具体计划和管理机构的构成，完全是照本宣科，制造气氛，因为作品已近结尾，已经没有空间再讲后面的故事了。《创业史》也有这样的介绍，但都是通过作品中人物的口说出的，有明显的情绪和倾向性，让读者在了解情况的同时，也了解了矛盾和性格，使全书所有的部分都为作品增添“意义”。如第二卷开始时，灯塔合作社即将成立，但它的机构构成却是郭振山互助组的组员给郭世富“透露”的，这种“介绍”冷嘲热讽，含义要比单纯的介绍丰富得多。

在《山乡巨变》中，也有很多“过程式”描写，尤其是在“下卷”

---

① 刘可风整理《柳青随笔录》,《长安学术》第十一辑，高等教育出版社，2017，第6页。

中，但呈现出另一种状况。在上卷中，许多人物的性格还是清晰的，但到了下卷，这些性格并没有发展，而性格一旦停滞下来，进行的就只有"过程"了。柳青早已发现了这个问题，所以他说："人物必须作为矛盾的一个方面行动，有些小说，人物一开始非常吸引人，以后没有矛盾了，或者矛盾不尖锐了，人物变成某种事物演变过程的工具了，人就看不下去了。"①而在《山乡巨变》下卷中，清溪乡的合作化最复杂和困难的阶段已经过去，作品中最重要的情节已经成为合作社与菊咬筋这样的单干户劳动竞赛和与龚子元这样的阶级敌人斗法，没有太多有深度的历史内容了，那种关于劳动场面的细致描写就成为"过程性"的了。虽然劳动竞赛本身作为一种社会生产形式带有那个年代的时代特点，而且与单干户竞赛的意识形态内容更是显而易见，但由于这时的单干户已经完全是散兵游勇，完全不是集体劳动者们的对手，所以这种描写就充满了欢快的气氛，也符合偏爱它的论者对它的看法。可以想象，如果柳青有机会再往下写，写到他计划的第三卷——高级社阶段的合作化——他也将面临这样的问题，这样他的全面反映合作化运动的计划将会与他的不写"过程"而要写性格和矛盾的方法冲突，怎样协调也会成为他的难题。在这样的情形下，让菊咬筋这样的单干户与合作社劳动比赛只是无奈的选择。虽然过程有相当的喜剧色彩，但其中的性格和矛盾——或者"意识到的历史内容"——是贫乏的。那种劳动过程并没有揭示新的、推动整个故事实质性前进的矛盾，人物性格也基本丧失了进一步深化的机缘。

《山乡巨变》的"过程化"倾向比较突出的部分还有第二卷结尾时与龚子元的较量，已经有些侦探小说的意味了，而侦探小说最注重的就是"过程"。相比较之下，《三里湾》中没有"阶级敌人"，因为赵树理的"农村想象"是"温和"的，"尽管他不否认阶级对立的存在，但在现实中他似乎并不希望以暴力的方式来解决问题，至少在农村内部来说他希望保持一种传统温和的人际关系，而将冲突交给政府来处理"。②

① 刘可风整理《柳青随笔录》，《长安学术》第十一辑，第9页。

② 萨支山：《赵树理小说的农民想象》，《中国现代文学研究丛刊》2006年第4期。

《创业史》中一直活跃的“阶级敌人”只有富农姚士杰，但他除了奸污素芳，并没有明显的对合作化运动的直接破坏过程。“活跃借贷”时他偷运粮食严格意义上也是合法的，而作品对试图阻止他的高增福的描写也主要是表现高的性格以及他与郭振山由此开始的思想分歧。简而言之，是写“过程”后面的意义的。柳青即使写敌人的破坏，也不会专注于其过程，而是表现破坏后面的历史动因，如《狠透铁》。

除了情节层面，在语言层面上也有这种“过程化”的问题，在这方面《三里湾》表现得更明显，有很多只有过程而不能深化作品矛盾和人物性格的人物对话。《山乡巨变》中也有很多诸如此类的对话，但与《三里湾》有别。周立波只是喜欢农民对话中带有的那种乡野趣味，由此造成作品中某些缺乏实质性内容的“过程化语言”，不像赵树理那样有对乡村生活中技术性细节的特殊兴趣。柳青则不同。柳青对细节的要求相当严苛，总是希望在所有细节中保留或者创造尽可能丰富的历史和美学内涵，反映人物的性格及其发展。①

《创业史》是典型的现实主义作品。不过，与一般现实主义注重叙述的真实性不同，柳青特别强调“表现”的重要性。但他这种强调“表现”的观点完全不同于“表现主义”。“表现主义”是叙述者在“表现”，而柳青则是让叙述对象去表现，是叙述者通过叙述对象去表现，更准确地说，是叙述者让自己隐身，或者说是叙述者自己以叙述对象的声音去“表现”。叙述者要“表现”的不是他自己的感受，也不是他在观察和叙述叙述对象的感受，而是自己以叙述对象的方式去感受。这与他的“深入生活”和“对象化”的理论是一脉相承的，也是那些理论在作品中具体和最后的实现方式。柳青曾经明确地说：“要在作品中以农民的眼光来看事物，以农民的心情来体会事物，就要作者有农民的感觉能力……但是，为了具有农民的感觉能力，却不必要一定把自己变成农民……”②“以农民的眼光来看事物”是“对象化”理论对特殊人群的强

① 见拙著《柳青新论》中“饱满的细节”一节，陕西师范大学出版总社，2013，第128~134页。

② 刘可风整理《柳青随笔录》，《长安学术》第十一辑，第10页。

调，实际上，如果“对象化”理论可以成立，它应该是适用于所有叙述对象的，只不过相对而言，知识分子作家与农民的“感情”鸿沟最大，“以农民的眼光来看事物”最不易行，柳青才做了这样的强调。他实际上并没有忽略他的这种看法的普遍性，所以他说：“作家要在感情上变成自己所描写的一切人，包括英雄、滑头、阴谋家和坏蛋，但是作家不能在实际上变成任何人，相反的，每个作家必须保持他的独立性。”[①]他的所谓“为了具有农民的感觉能力，却不必要一定把自己变成农民”和“每个作家必须保持他的独立性”，是在说明他的这种观点所界定的“叙述”与“表现”以及“主体”与“客体”之间的特殊互换关系，说明他的现实主义方法中的“表现”因素和这种转换中叙述者与叙述对象之间的复杂关系。这些观点将“深入生活”的政治号召变为一种具体可操作的文学方法。这种方法一方面要求作家“以农民的眼光来看事物”，从而将“深入生活”的理论推向一个新的高度，另一方面又强调在“具有农民的感觉能力”的同时，“不必要一定把自己变成农民”，不让叙述者失去“历史老人”的叙述视角，忘掉自己的客观性。

贺桂梅注意到柳青的这一特点，并称之为“感情的辩证法”。她认为：“‘思想’与‘感情’（感觉）表现为这样一种辩证关系：需要将‘思想’转化为‘感情’的形式，因为正是透过感性，才能赋予‘思想’（人物的阶级性和文学的感染力）以具体而普遍的形式；同时也意味着，只有当一种思想转化为‘感情’时，那种思想才真正成为‘自然’，并转化为‘行动’。”[②]她的这一看法非常重要，既说明了“感情”相对于“思想”的可视性，也说明了“情感”对于“思想”的普遍性。但是，贺没有特别强调却很重要的一点是，柳青的“感觉辩证法”是与他的“深入生活”的观念处于同一体系中，有明显的逻辑关系，并且实现了他的革命文学家的理念。让一个人进入另外一个人的感情世界，并以那个人的眼光看待事物，何其艰难！更何况“那个人”还是与自己感情距离甚大的农民。这中间的距离及其翻转可以说是整个中国革命的浓缩。

---

① 刘可风整理《柳青随笔录》，《长安学术》第十一辑，第 10 页。

② 贺桂梅：《“总体性世界”的文学书写：重读〈创业史〉》，《文艺争鸣》2018 年第 1 期。

周扬在评论赵树理作品的时候曾经谈道："他没有以旁观者的态度，或高高在上的态度来观察描写农民"，"因为农民是主体，所以在描写人物，叙述事件的时候，是以农民直接的感受，印象和判断为基础的"。[①]但周扬这里所说的赵树理是以"农民直接的感受，印象和判断为基础"去"描写人物，叙述事件"，说的是农民的视角，并没有真正写到农民的感受，因为赵树理的描写没有真正深入人物感情和感受的层次，没有那种知识分子叙述人在感情上的转换和书面表达。柳青的"对象化"理论讲的是知识分子叙述人与叙述对象之间的融合，是这个叙述人以叙述对象的语气观察和感受，两者的融合是以他们的相互独立为前提的，所以有"表现"和"叙述"之间的复杂转换。但在赵树理那里，叙述人与叙述对象并没有这种转换过程，没有知识分子叙述人及其书面语的语言工具成为他们之间的障碍，所以也没有唯有"对象化"才能产生的审美空间。

"对象化"作为方法对今天的作家并没有令人耳目一新的感觉，它依然是在现实主义的框架内，但是并不意味着这种方法今天已经没有意义。纯粹的方法论之争意义有限，因为方法的花样翻新最后还是要落实在描写的深化上，而"对象化"理论所提供的"深化"空间还远远没有被穷尽。

① 周扬:《论赵树理的创作》,《解放日报》(延安)1946年8月26日，收入《周扬文集》第一卷。

“总体性世界”的文学书写：重读《创业史》

贺桂梅

引论："社会主义现实主义"的历史实践

“社会主义现实主义”是由苏联提出并在冷战格局中的社会主义国家普遍施行的一种世界性创作和批评方法。这一理论方案的提出，有一个明确的历史动因，即伴随苏维埃俄国作为第一个社会主义国家的成立，如何在马克思主义理论指导下创造“无产阶级文学”开始成为国际共产主义运动实践的重要课题之一。这也可以说是20世纪世界性左翼文学实践的起点和动因。所谓“无产阶级文学”包含了马克思主义理论的总体性方案与现实主义文学实践的综合性构想，事实上也意味着马克思主义唯物论和辩证法理论直接进入文学创作与批评实践。在1932年提出、1934年由苏联作家协会明确规定“社会主义的现实主义”这一创作方法之前，有关“革命文学”“新写实主义”“唯物辩证法的创作方法”等提法中已经包含了马克思主义理论与文学创作及批评的基本内容，只不过“社会主义的现实主义”做了更明确和具体的界定，并将之作为全苏作家必须遵循的最高原则。[①] 1933年周扬首先把这一创作方法介绍到中国，毛泽东、周扬、冯雪峰、胡风等重要文艺理论家在他们的阐释实践中，对之做了不同程度的推进和发挥。[②] 到1953年中华全

---

① 艾晓明:《中国左翼文学思潮探源》，北京大学出版社，2007，第295~296页。

② 陈顺馨:《社会主义现实主义在中国的转换与接受》，安徽教育出版社，2000，第76页。

国文学艺术工作者第二次代表大会上，“社会主义现实主义”被确立为文学创作与批评的“最高原则”,[①] 为中国作家普遍遵循和实践。20 世纪 50~60 年代中国出现的重要文学作品，大多笼罩在这一创作与批评方法的影响之下，被誉为当代文学八大经典的“三红一创，山青保林”[②]，也被视为社会主义现实主义的经典之作。

在这些经典作品中，柳青的《创业史》往往被认为是最成功地实践了社会主义现实主义创作方法的作品之一。《创业史》第一部于 1959 年在《延河》杂志刊出（初名《稻地风波》)，继而在《收获》杂志重刊，1960 年由中国青年出版社出版单行本。很快即引起评论界的高度关注。1963 年第三次文代会上，周扬在列举社会主义文学创作成果时，将其排在第一位，路遥因此称之为当时文学的“领跑者”。[③] 从小说文本与创作理论的关系来看，柳青的《创业史》也确可说是更吻合社会主义现实主义理论构想的作品。它第一次成功地塑造了“社会主义新人”（梁生宝）的形象，在人物的“典型性”和叙事的“史诗性”等方面，也比稍早赵树理、周立波等的创作达到了更成熟境界[④]。这部作品的典范性，使其可以成为探讨社会主义现实主义在中国转换与实践的一个代表性个案。如果说关于“社会主义现实主义”的诸多讨论更倾向于将其视为一种“理论方案”（即创作批评和文学理论原则），那么柳青和《创业史》的更重要意义在于，这是一个作家以高度的理论自觉完成的文学创作。它将理论界长期争论和倡导的议题具体地实践于文学文本的构建与书写中，一方面与理论家（如毛泽东、周扬、冯雪峰等）构成或隐或显的对话关系，同时又以文学的方式对这一理论方案做了创造性的具体呈现。在理论与实践、批评与创作、理念与文本等之间，柳青和他的《创业史》都具有格外值得重视的意义。

---

① 朱寨主编《中国当代文学思潮史》，人民文学出版社，1987。

② “三红一创，山青保林”是当代文学界流行的说法，指的是《红日》《红岩》《红旗谱》《创业史》和《山乡巨变》《青春之歌》《保卫延安》《林海雪原》。

③ 路遥:《病危中的柳青》,《延河》1980 年 6 月号。

④ 萨支山:《试论五十至七十年代“农村题材”长篇小说——以〈三里湾〉、〈山乡巨变〉、〈创业史〉为中心》,《文学评论》2001 年第 3 期。

《创业史》是柳青在陕西长安县皇甫村生活的过程中，基于对“社会主义革命”的理解而力图“全景性”地呈现农村合作化运动的长篇“史诗”。这是一部内在地包含着“社会主义”与“现实主义”、乌托邦远景与社会现实、普遍性的现代化诉求与独特性的中国经验等一系列二元分裂与融合的小说。这既源自小说所借鉴的“社会主义现实主义”创作方法的内在二元性，也是作家柳青综合政治与文学、社会实践与文化想象、社会主义普遍性与国家政治的民族性等互动、冲突而进行创造性融合的产物。作为社会主义现实主义的典范之作，《创业史》不仅是中国当代同类小说中的佼佼者，也表现出了与苏联作家如高尔基、肖洛霍夫等相关作品不同的创作特点。柳青是20世纪40~70年代少有的具有世界视野（对英语文学和俄国文学的了解）、自觉的理论眼光（超越自然主义、批判现实主义而创造一种融汇政治、文学与历史叙述的创作方法）和长期创作实践摸索（从《种谷记》、《铜墙铁壁》、《皇甫村的三年》、《狠透铁》到《创业史》）的成熟作家。凝聚了他一生心血的《创业史》，并非对当时社会运动和国家政策的简单附庸之作，而在如何理解作家的位置、政治构想与文学实践的关系，特别是文学叙事的具体方法等方面，都做了许多独创性的探索，可以说是一种世界性创作方法的中国化实践。

但这种文学探索的历史意义和成败经验没有得到很好的学理性探讨，往往被政治（理论）与文学（创作）的二元对立研究框架所消解。学界关于社会主义现实主义的一般研究和评价，往往强调其政治性或二元性，即社会主义与现实主义、政治观念与文学实践、历史远景与现实问题之间的矛盾性张力。其典型如佛克玛和易布斯，称社会主义现实主义为一种“折衷主义方案”，在“现实主义”与“浪漫主义”、“观察者”与“教育者或宣传家”之间两面摇摆而缺少确定性。[①] 但事实上，“社会主义现实主义”的提出包含了马克思主义唯物论与辩证法的融合，其二元性并不必然是分裂的，而可以在辩证法的意义上达到一种“总体性”的统一。这里并非要去肯定作为一种官方教条的社会主义现实主义的具

① 〔荷兰〕佛克马、易布思：《二十世纪文学理论》，林书武等译，生活·读书·新知三联书店，1988，第107~109页。

体说法，而是强调，从理论层面上探讨这一文学方案的历史构成性，与从实践层面上探讨这一方案的成败经验，需要深入马克思主义理论特别是辩证法的内部逻辑加以分析。在这一意义上，重新探讨《创业史》的创作实践、具体的文本构成及其文学叙事形式，不仅对于讨论作家柳青与50~60年代当代文学（乃至20世纪中国左翼文学实践）是必要的课题，也可更深入地触及社会主义现实主义作为一种政治哲学、理论构想和文学实践所包含的内在问题及可能蕴含的历史经验。

一　书写“社会主义革命”

作为一部表现农村合作化运动的小说，《创业史》在主题的设定上有其独特之处。它并不像此前的《三里湾》（赵树理，1955）、《山乡巨变》（周立波，1958~1960）那样，就事论事地描述运动的展开过程，也不像此后的《艳阳天》（浩然，1963）、《金光大道》（浩然，1972）那样，突出“阶级斗争”“两条路线斗争”的重要性。柳青在多次论及小说主题时，反复强调他要表现的是“社会主义革命”。1963年在与严家炎论辩的文章《提出几个问题来讨论》中，他如此概括：“《创业史》这部小说要向读者回答的是：中国农村为什么会发生社会主义革命和这次革命是怎样进行的。回答要通过一个村庄的各阶级人物在合作化运动中的行动、思想和心理的变化过程表现出来。”[①]在小说第一部单行本的出版说明中，他这样写：“《创业史》是一部描写中国农村社会主义革命的长篇，着重表现这一革命中社会的、思想的和心理的变化过程。”[②]在“文革”后期的几次座谈中，他反复说明“我写的是社会主义制度的诞生”[③]。

1. 主题的政治元叙事

《创业史》从“社会主义革命”的高度来理解和表现农村合作化运动，意味着柳青不仅仅将农村合作化运动视为一场经济运动，即如赵

① 柳青：《提出几个问题来讨论》，《延河》1963年8月号。

② 王维玲：《柳青和〈创业史〉》，蒙万夫等编《柳青写作生涯》，百花文艺出版社，1985，第131页。

③ 柳青：《在陕西省出版局召开的业余作者创作座谈会上的讲话》（1973），《延河》1979年6月号。

树理的《三里湾》那样从经济、技术、管理的社会化角度强调合作化的必要性，也不仅仅将其视为一场社会运动，即如《山乡巨变》或《艳阳天》那样强调阶级群体的关系变动和矛盾冲突，而更强调其同时作为一场文化运动（革命）的意义，更注重人的“思想的和心理的变化过程”。它将经济、社会和文化这三个层面融合起来，试图表现的是“这个制度的新生活”，一种新的“世界”形态。梁生宝带领蛤蟆滩的村民们走合作化道路，从来就不仅仅是一场经济运动或社会运动，而被柳青更自觉地看作一个创造“新世界”的过程。

在这一点上，蛤蟆滩的新事物与旧事物之间的斗争与转变过程，具有了“世界史”意义，因为它逼近的是当代中国社会变革的核心理论命题。小说对这场运动的描述，也因此具有了“政治元叙事”的高度。它不是对国家政策的简单转述，也不是对社会变动的旁观写照，而是从马克思主义理论的基本命题出发，用文学形式来书写和论证这场运动的合法性、动力形态和可能的展开过程。

“政治元叙事”的基本含义在于，它提供的是对基本政治理论命题的创造性阐释。尽管高层对于为何发动农村合作化、集体化运动做过具体的理论和政策表述，如《关于农业合作化问题》《中国农村的社会主义高潮·编者按》等，但应该说，这些论述并非确定的政策解说，更不用说提供具体的实践方案，而是一种基本理念和政策的导向性要求。在这一意义上，合作化运动的发动始终包含了自上而下与自下而上的互动过程。[①] 当文学家对这一社会运动做出历史描述时，并非仅仅作为“转述文学”，从政策到文本解说到批评阐释形成一个“封闭的语意大循环”[②] 这样一个简单的过程，而包含了不同的政治化叙事的态度和策略。相比而言，柳青的《创业史》更注重从马克思主义元理论命题出发来组织小说叙事，比如“写社会主义思想如何战胜资本主义自发思想，集体

① 参见杜润生《杜润生自述：中国农村体制变革重大决策纪实》，人民出版社，2005。

② 唐小兵：《暴力的辩证法——重读〈暴风骤雨〉》，刘再复、林岗：《中国现代小说的政治式写作——从〈春蚕〉到〈太阳照在桑干河上〉》，收入唐小兵编《再解读——大众文艺与意识形态》（增订版），北京大学出版社，2007。

所有制如何战胜个体所有制、农民的小私有制”[①]，比如“公有制战胜私有制”，比如“新旧事物的斗争”等。

柳青关于“社会主义”的理论界定，总是在一种二元对立的关系格局（社会主义与资本主义、公有制与私有制、集体与个人、新与旧）中描述其内涵。事实上，在50~70年代的冷战格局中，“社会主义”一方面作为最大的能指而存在，另一方面其内涵又常常缺少更明确的理论阐释。可以说，这个时期诸种政治批判运动特别是“文革”的发生，都表明“社会主义”内涵的不确定性及其始终处在建构过程中的特性。关于“社会主义”的一般理解，源自斯大林的一些规定性论述，不过正是在中国社会主义实践过程中，尤其是以中苏理论大论战的形式，形成了更为中国化的马克思主义理论表述与实践。因此，与其说“社会主义”是确定的范例或方案，不如说它更主要的是一个探索性的理论和社会实践过程，其理论性内涵总是需要同时从社会实践的层面加以把握。柳青事实上是以小说叙事的方式，参与到相关的理论实践过程中。在这样的意义上，《创业史》正是透过作家的想象性书写，在国家自上而下的推动、农村社会的合作化运动实践、乡村社会“公”的传统和乌托邦愿景的不断角力过程中呈现其对“社会主义”的基本理解。

具体到《创业史》的写作，由于这是与国家建构同步展开的文学实践过程，因此柳青始终需要面对国家政策与文学书写之间的紧张关系。他曾这样写道：“由于我写作上的需要，我对党的方针、政策总是努力体会的。有些是我很容易理解的，我就很愉快地把它体现在我的工作中。有些是我很难理解的，我不轻易写文章、发表意见或随便谈论。到了后来，实践表明有不符合客观实际的，党就改变了这些方针、政策；实践表明是自己水平低，长期住在一个地方，观察问题有局限性，我就受到了教育，提高了认识水平。”[②]这既是柳青作为一名基层党员干部的政治表态，也可以说是他写作《创业史》这一文学作品的基本态度。但实际上，

① 柳青：《在陕西省出版局召开的业余作者创作座谈会上的讲话》（1973），《延河》1979年6月号。

② 柳青：《关于我的思想和生活方式》，蒙万夫等编《柳青写作生涯》，第103页。

关于“政策”和社会主义政治理论的关系，柳青有着远为复杂的理解。

合作化运动在中国的展开并非一种纯粹的社会主义理论实践，它是在50~70年代中国大陆的具体语境和地缘政治场域中展开的，也是新国家完成“现代化”任务的重要环节。所谓“社会主义的又富又强的国家”，内在地包含了资本的原始积累、工业化体系的配备以及国家对乡村社会的重构等历史要求。因此，小说文本如何处理村庄与国家、农民愿景与国家制约、农业与工业、乡村与城市等关系，就成为“社会主义革命”书写的重要内容。《创业史》的文学叙事不能简单地等同于对当时农村合作化运动的历史解说，而包含了既呼应又偏离的特殊内涵。柳青从“政治元叙事”的高度来表现这场社会运动，就意味着希望在保持文学叙事、理论实践和政治构想这三者之间辩证性关系的前提下展开历史书写。

2. 村庄与中国

将“中国农村为何和如何发生社会主义革命”的宏大理论命题落实到对一个具体村庄（下堡乡第五村蛤蟆滩）的描写，《创业史》的这一基本叙述结构的安排背后，包含了理论的抽象性和实践的具体性之间的辩证关系。

在文学书写视野中，蛤蟆滩是可见可视的，其地理形态、空间环境、人物面孔和人际关系都是明晰可感的，也是小说叙事的基本内容。但与此同时，无论写作者还是阅读者，又同时意识到这一具象形态所包含的普遍性内涵。因此，每个人物不仅是他们自己，同时也是社会主义现实主义理论所谓的“典型”。诸多评论文章关注的是小说人物的典型性呈现的社会历史内涵的丰富性和深刻性，即每个人物都成为某种“阶级”理论的化身。同样值得关注的还有空间的典型性。也就是说，蛤蟆滩不仅是“这一个”，它也是中国农村的整体性化身。柳青在写作中充分意识到这一空间单位的有限性与普遍性，而采用了“显微镜”与“望远镜”[①]这一表达方法。事实上，这也是50~70年代农村题

① 柳青：《谈谈生活和创作的态度》，《文艺报》1960年第13、14期。

材写作的一种普遍手法，即通过对一个具体村庄的描写来呈现在全中国农村展开的社会运动。但《创业史》还有其独特的地方。

与《三里湾》《山乡巨变》不同，蛤蟆滩（下堡村以及后来的灯塔农业社）并非一个可以抽取出来的单质细胞，它同时具备封闭性（各人物的阶级代表性使村庄成为一个普遍的“模型”）和开放性（一个基层单位，而与作为国家行政机构的乡、县乃至后面设想的省之间发生关系）。作为“村庄”，蛤蟆滩并不具有《三里湾》那样的作为传统乡村社会“自然单位”的稳定性。小说通过对各人物历史的交代，描述出这个村庄的形成史，特别是它作为一个“困难户”、流民聚集地的阶级特性（“草棚院”）。事实上，皇甫村的相关村社史、地方史记载，都显示出这一空间单位具有漫长的文化前史，比如柳青居住过的中宫寺，比如小说中汤河原型是作为“八水绕长安”之一的滈河。接近西安的地理位置使其具有不亚于陈忠实《白鹿原》所描述的那种地域文化史的丰富性。不过这些都基本没有出现在小说叙事构成中。[①] 小说着重叙事的“前史”，主要是“题叙”部分，写到 1929 年的陕西大旱，同时交代梁生宝的身世和梁氏父子发家梦的破灭。可以说，《创业史》在将蛤蟆滩确定为一个空间叙事对象的同时，也有意抹去了其地域性文化特点，而侧重从政治经济史的维度突出这一空间的形成过程。土地改革、消灭地主阶级（吕二细鬼）也被当作合作化运动叙述的前史，出现在郭振山、郭世富、姚士杰、王瞎子等人身世交代的描述中。正因为蛤蟆滩源自难民、破产农民的聚集地，因此阶级叙事就成为几乎“自然”的人际关系维度。

不过，社会学、人类学方面的相关研究，也提出了关中地区在阶级关系上的独特性，即“关中无地主，关中有封建”[②]。“封建”指人身依附关系，而“地主”指土地集中情况，前者涉及思想、意识和社会构

---

① 值得注意的是，《创业史》第一部初版中，在写到 1953 年春天时，提及长安、汉唐等历史背景，但在修订版中删除。

② 秦晖、金雁：《田园诗与交响曲：关中模式与前近代社会的再认识》，中央文献出版社，1996。

成，后者涉及土地制度与阶级群体的关系。蛤蟆滩可以说是陕西现代史变迁过程中，由流民、破产农民这些被甩在“正常乡村秩序”之外的人群所构成的聚居地。费孝通在《乡土中国》《乡土重建》等著述中曾描述，在乡村社会秩序之外形成的聚落，更容易打破传统伦理和权力秩序的限定而形成新的社会形态。按照马克思主义理论，最早的商品交换关系恰恰是在这些脱离了乡村村社的边际区域产生的，也产生了脱离了乡村共同体的“自由人”原型。[①]事实上，如何理解社会主义“公有制”的形成，柳青在小说叙述中几乎很少在乡村共同体意义上借鉴传统村社形态，而更倾向于把农民视为自主性的个体，并将合作化、公有制视为农民在“自愿”这一原则上形成的现代组合。在这一意义上可以说，蛤蟆滩并非经典意义上的乡土中国村庄形态，其人际关系的流动性决定了经济地位带来的阶级关系具有比共同体传统更重要的意义。梁生宝与梁三老汉并非亲生父子，蛤蟆滩中几乎每个人物都因柳青的“写出人物的感觉”的叙述手法而具有特殊的主体性（自由度），与柳青所要表现的“社会主义战胜资本主义”“公有制战胜私有制”这一主题的书写也有密切关系。正是在这样的村庄形态中，“资本主义”“私有制”具有确切的内涵，指向的是传统乡村共同体解体之后的“自由民”状态。而这才是马克思主义阶级叙事的更确切历史语境。正是由于对“村庄”形态的基本理解方式不同，柳青的蛤蟆滩不同于赵树理的三里湾，也不同于周立波的清溪乡，它不是传统乡村社会的“自然”形态，毋宁是现代流民、移民的聚集地。无论有意无意，这种村庄书写正是“社会主义革命”这一极其现代的主题能够在中国乡村展开叙述的一个前提。

同样与《三里湾》《山乡巨变》不同的是，《创业史》开创了在“国家”全景中叙述村庄的书写范式（此后浩然的《金光大道》、路遥的《平凡的世界》延续并发挥了这一叙事模式）。它以蛤蟆滩为基点，将叙述的触角伸向乡与县的全景式描写。但小说基本的叙述重心并未上移，而是以梁生宝为中介，显现上下（村社与乡县）之间的互动关系。在结构

---

① 〔日〕柄谷行人：《世界史的构造》，赵京华译，中央编译出版社，2012，第57页。

的意义上，梁生宝成为村庄与国家之间交涉的真正媒介和具象意义上的“中转站”。在村庄描写上，家户单位与主要人物构成了一个彼此连接的乡村人伦关系网，并从这种人伦网络内部理解社会主义的动力诉求和相关问题；而在乡县描写上，则同时凸显了“两条路线”的分歧与矛盾，明确显示出在如何理解“社会主义”这一核心理念上的不稳定性和非确定内涵。所有这些力量的互动交织在梁生宝身上，转化成一种关于“社会主义革命”在“中国”如何生成的人格化的自我争辩、转变与转化的叙事形态。

村庄的可视性同时展现的是“生活”与“政治”的辩证关系。柳青将这部小说称为“生活故事”——“于是梁三老汉草棚院里的矛盾和统一，与下堡乡第五村（即蛤蟆滩）的矛盾和统一，在社会主义革命的几年里纠缠在一起，就构成了这部‘生活故事’的内容……”生活是可感的、经验的内容，而“社会主义革命”却是有理论含量的命题，如何将这二者结合起来，或者说如何通过生活来写政治，表现的是柳青在理论与实践统一的高度来理解历史的能力。与浩然小说相比，柳青的《创业史》表现了极其丰富的生活叙事内容。其中梁三老汉与梁生宝的父子关系、梁生宝与徐改霞的恋人关系、梁生宝与郭振山的竞争关系、梁生宝与冯有万的朋友关系，以及郭振山与徐改霞家、姚士杰与王瞎子家、郭世富与白占魁等，构成小说中“现实主义”书写的主要内容。在这部小说中，一个村庄里的种种人伦关系、人际交往和各色人等的心理活动，都有极其生动出色的描述。这也是柳青所谓“生活的真实”。在转化为“艺术的真实”时，柳青显然依照“典型化”的原则做了理论（政治）和艺术的处理。这个文学世界中的人物具有高度的仿真性，但并不能将每个人物的意义都回收到政治意义之中去。生活的真实同时也意味着经验与感官印象的芜杂性，及其拒绝简单理论化归纳的复杂性。

经常谈到的例子是徐改霞这一人物形象。小说第一部用大量的篇幅描写了她与梁生宝的失败恋情，其中书写少女情怀的文字也在很长时间里成为最具可读性的内容。但关于她的描写并不具有明确的政治意义。柳青在后来的解释中强调，关于徐改霞的描写只是为了突出郭振山与梁生宝的不同思想，[①] 但事实上，这却是全书最美的段落，几乎使第二部才登场的真正女主人公刘淑良黯然失色。曾有人谈及是否应该删掉徐改霞这个人物，柳青批评这是只懂“政治”不懂“生活”，并将“生活”比喻为“第三条战线”。[②] 这也意味着他强调“生活”有“政治”所不能包纳的内容，与此同时，也正是“生活”（而非政治）构成了“文学”更为本质性的内容。

很大程度上应该说，对村庄里的生活故事的重视，也是柳青理解理论与实践辩证关系的一种方式。村庄赋予了“生活故事”具体的空间场景，文学所能提供的具象性正是借助村庄这个小舞台而得以展开的，而理论（政治）的内涵正包容在这个生活故事之中，但并没有全部覆盖整个故事的意义。“文革”时期，浩然在《金光大道》中构造的叙事形态，要求赋予每个人物和意象以象征性内涵，大大缩减了文学叙事的丰富性，从而形成了一种“政治美学化”的书写形态；[③] 而在理论层面，郑季翘则提出要抹掉“形象思维”和“真实性”这个环节，直接从“形象”跳跃向“理论”。[④] 柳青对生活故事的强调，事实上正完整地呈现了黑格尔理论所谓感性—知性—理性这三个环节的辩证关系。如果说“社会主义革命”乃是一种抽象的理性的话，那并不意味着它可以缩小为理论化的“知性”，而是在“感性”与“知性”的辩证统一关系中形成“理性”的具体内涵。可以说，生活故事是社会主义理念的具象化的总体性呈现，它唤起的是阅读者的感性经验和情感认同，“社会主义革命”的理念涵融在这一感性内容中而被接受。正是通过这样的方式，社会主义理念的抽象性找到了自己的媒介和传导体。在这个意义上说，村庄与生活故事，正是中国与社会主义理念的“面孔”与“容器”。本尼迪克

① 蒙万夫、王晓鹏：《柳青传略》，陕西人民教育出版社，1988，第 164 页。

② 蒙万夫、王晓鹏：《柳青传略》，第 172 页。

③ 贺桂梅：《重读浩然：“金光”与“魅影”之外的文学世界》，《南方文坛》2008 年第 4 期。

④ 郑季翘：《文学领域里必须坚持马克思主义的认识论——对形象思维的批判》，《红旗》1966 年第 5 期。

特·安德森曾用“想象的共同体”来描述民族的特性，[1] 其想象的跳跃性和赋形的具象性也正是同一道理。

3. 情节的政治经济学

选择一个具体的村庄承载“社会主义革命”这一叙事主题，不仅使抽象的理论命题显现为具象的“小世界”，同时，小说情节的构成又必须完成理论命题的内在逻辑演绎。《创业史》的叙事情节并不具有一般小说的戏剧性程式，而表现出很强的纪实性政治经济学取向。

小说第一部的叙述时段是 1953 年春到夏，从困难户度春荒到互助组获得大丰收，四个大段落的情节构成严密的逻辑关系：第一个段落是“活跃借贷”，郭振山出面动员村里的余粮户借贷粮食给困难户，同时写第二个段落梁生宝买稻种，为互助组改良稻种获得大丰收做铺垫，“活跃借贷”的失败导致第三个段落进山砍竹编笤帚，解决困难户度春荒的问题，第四个段落写的是省技术员韩培生到村中指导新法育秧，结尾则写大丰收，不仅完成了国家交粮任务，也发展了互助组并最终转化成灯塔农业社。大情节段落中交织的是梁生宝父子关系和梁生宝与徐改霞恋情的生活故事，同时也写到蜕化干部郭振山与梁生宝的矛盾、中农郭世富和富农姚士杰的捣乱，但核心的叙事主线并没有被“两条路线斗争”左右，而是在极为具体地描写农民如何度春荒、解决资金困难、增加粮食收入和提高生产技术。这种情节的纪实性和细致程度，使其表现出明显的政治经济学叙事的特点，提供的是解决农村问题的具体方案和途径。

如果说小说的总主题关注的是“社会主义革命”这样的宏大政治理论命题，那么在具体情节的构成上则具有特别“实用”的色彩。《创业史》能成为“农村工作手册”[2]，很大程度上应该说源自这种情节设计的

① 〔美〕本尼迪克特·安德森：《想象的共同体——民族主义的起源与散布》，吴叡人译，上海人民出版社，2011。

② 阎纲：《四访柳青》，《当代》1979 年第 2 期。其中写道：“不少有文化的农村干部，把《创业史》当成了他们的工作手册，尤其是在陕西。他们在《创业史》里学习党的农村政策，学习公道、积极、实干苦干的精神，学习怎样耐心地、细致地、实事求是地对农民进行教育的方法。”

特性。这一方面表现出柳青对农村工作的熟稔和丰富经验，同时也包含了他关于如何通过合作化运动而展开社会主义革命的理论认知。柳青始终不是作为一个文学家在记录和描写合作化运动，而是用他丰富的农村工作经验、通过文学形式在“展示”他所理解的农村合作化运动“应该怎样”展开。这里的叙事既是文学的，也是政治经济学的，包含了他对合作化运动具体实践和社会主义革命的双重理解。

在友人和同事的回忆中，柳青对合作化运动有着十分成熟的看法。他强调“自愿、互助、增产”的三原则[①]，用政治经济学的“科学”描述来论证合作化道路的合理性。其起点在于克服乡村贫困，增加粮食产量，提高农民的生活水平，因此在小说叙述中，“活跃借贷”的失败与新法育秧具有同等重要的意义，而梁生宝与郭振山的两种政治态度和思想，也正是在这个过程中表现出来的。虽然梁生宝的互助组并非完全由农民自发地形成而有上级政府的扶助和引导，但是这一组织的真正意义不在于是否响应国家号召，而在于能够真正地为贫雇农解决贫困问题，避免他们陷入卖地困境而导致农村再次两极分化。“互助组”及由其发展起来的“合作社”，将农民组织起来的现实必要性归源于经济发展的压力和动力。在柳青看来，如果互助组和合作社不能增产，不能提高农民特别是贫困户的生活水平，它的意义就不复存在。这也是能够吸引农民“自愿”加入集体组织的原因，正是这种经济发展上的优越性决定了它作为一种社会制度的必要性和合法性。与此同时，“社会主义革命”的文化和社会意义，正在于在共同艰难的劳动过程中彼此扶助、互相支援，依靠集体的力量渡过个人的难关，而这也是“公有制”的前提。小说特别详细地写到在终南山艰苦的生存条件下砍竹创收的农民们，如何在梁生宝的带领下体会到集体生活的乐趣，在互相扶持中体会互助同伴的温暖，并在劳动过程中感受到精神的提升。由此，合作化运动不是一种抽象的政治组织过程，而是有着极为现实的经济动力、明确而具体的精神意识提升过程。在当代表现合作化运动历史的小说中，可以说唯有

① 刘可风：《柳青传》，人民文学出版社，2016，第398~405页；另见蒙万夫、王晓鹏《柳青传略》中关于安于密、孟维刚的访谈。

柳青的《创业史》提供了最为具体的政治方案及其叙事形式。

也正是在这样的情节叙事内容中，“社会主义”获得了相应的政治经济学动力形态。从思想和心理层面描述人们如何克服私有制观念和意识，与这样的写实性情节紧密地结合在一起。小说开篇就凸显了梁三老汉与梁生宝的紧张冲突，沉溺于小农意识的继父完全无法理解儿子为何放弃个人发家而专注于别人的事务。这一矛盾的解决不是依照戏剧性关系转换完成的，而是通过梁生宝互助组的丰收、他在村民中威望的提升，并且切实地满足了父亲的物质愿望（新棉袄新棉裤）而达成的。梁三老汉与乡支书的一席谈话成为他思想的转折点，使他心安的真正原因是他了解到儿子身后有一群“姓共的”人存在。在他与儿子的矛盾解决中，物质匮乏并非核心原因，更重要的是“尊严”的获得。烟酒门市部前因身为“梁主任他爹”而获得的尊重，使他真切地感受到“一辈子生活的奴隶，现在终于带着生活主人的神气了”。梁氏父子矛盾的解决，也是小农意识与集体化这两种创业道路的冲突在家庭内部的解决。事实上，在第一部结尾处，所有与梁生宝的合作化道路存在这样那样矛盾的人物，都在大丰收的粮食市场上有了结局：郭振山的嫉妒、姚士杰的痛苦、郭世富的沮丧以及徐改霞的出走……这意味着矛盾的阶段性解决，同时也昭示了新的矛盾出现。小说并没有给出皆大欢喜的结局，而真实地展示出合作化道路的具体延展性。小说第二部写农业社成立、牲口合槽、郭振山与农业社的较量、梁大老汉大闹牲口队……又将叙事的主要矛盾集中在初级合作化后牲口管理这一核心问题上。而人物矛盾冲突的形态，不再限于意识改造的层面，同时也写出意识的冲突如何导致人群的阶级关系变化。

可以说，从政治元叙事高度展开合作化叙事，是柳青用小说形式完整地也是创造性地书写这一运动的缘起、动力、形式和合法性依据。他并不仅仅在政策理念的层面论证和记录合作化运动的意义，而同时从政治经济学的逻辑给出了可行性的情节形态，并将其视为普遍性的马克思主义理论和政治信念（社会主义革命）在中国的具体实践形态。但同时因为柳青的书写是与国家主导的合作化运动同步展开的，如何处理社会发展的现实与小说叙事的现实之间的关系，就始终是一个需要考量的问题。可以说作家越不甘于仅仅做一个记录者和观察者，而力图从政治元叙事高度书写合作化的总体性形式，就越有可能与现实运动产生紧张关系。这也使得作家必须在历史运动与文学叙述之间做出策略性考量。

4. 文学叙事的策略

《创业史》是一部多卷本长篇小说，最早的写作计划是以四部本的规模写出当代中国合作化、集体化运动的全过程。在第一部出版前夕，柳青亲自执笔的“出版说明”这样介绍：“第一部写互助组阶段；第二部写农业生产合作社的巩固和发展阶段；第三部写合作化运动高潮；第四部写全民整风和大跃进，至农村人民公社建立。”[①] 但实际上，这一写作计划一直处在调整和改变过程中。第一部完成后，柳青原计划在60年代中期写完第二部，但不得不卷入“社教”“四清”“文革”等一系列政治运动中，被迫停止小说写作。70年代初期，他再度考虑小说计划，但真正动笔是“文革”结束到1978年去世前的两年。最终出版的第二部上下卷也是未完成稿。

在后期写作过程中，柳青多次谈到小说结构的调整。一次是1960年，柳青与中国青年出版社编辑谈及，决定不写第四部“大跃进”和人民公社阶段。[②] 在1973年陕西省出版局召开的业余作者创作座谈会上，柳青于“文革”开始后第一次在公开场合发言，提及四部的总体构思，“第三部准备写两个初级社，梁生宝一个，郭振山一个；第四部写两个初级社，合并变成一个社，成了一个大社，而且是一个高级社”[③]。到1977年动笔时，结构又调整为“第三部写退社风对合作社的考验，第四部写合作社的最后巩固，情节结束的时间是一九五五年”[④]。1978年再次谈及小说的总体构思时，他决定将原计划放在第三部的内容提前写进第二部，即“县上开会，省委书记出场”，“这是一个农业社的代表会，

① 王维玲：《柳青和〈创业史〉》，蒙万夫等编《柳青写作生涯》，第131页。

② 江晓天：《也谈柳青和〈创业史〉》，《文艺理论与批评》1990年第1期。

③ 柳青：《在陕西省出版局召开的业余作者创作座谈会上的讲话》（节录），蒙万夫等编《柳青写作生涯》，第107页。

④ 蒙万夫等编《柳青写作生涯》，第187页。

全县已经发展了十个农业合作社，会议期间，村子里发生了事故，一解决就结束。事故——乱了——吵架——解决——完了”[①]。实际上，最终的出版稿只有二十八章，还没等到写完梁生宝如何解决事故，作家就溘然长逝了。

多次调整中，柳青最重要的决定，是将叙事时间限定在 1955 年前，即全书只写互助组到初级农业社，而不涉及此后高级社、“大跃进”和人民公社阶段。这也意味着他对合作化运动的基本历史判断。柳青研究的诸多资料，特别是西北大学中文系蒙万夫带领学生们对曾与柳青共事的长安县基层干部和《创业史》人物原型的访谈材料，以及 2016 年出版的刘可风《柳青传》，都提及柳青对 1955 年下半年以后合作化运动的发展有不同看法，认为“要求过急，发展过快”[②]。而 1955 年恰是在毛泽东的《关于农业合作化问题》这一纲领性文件推动下全国展开合作化运动的高潮期。周立波的《山乡巨变》开篇所写县三级会议，即是指此。在浩然等小说中，有关合作化运动中的“两条路线斗争”也均以 1955 年为开端。事实上中共高层关于农村合作化运动的核心分歧即产生于此时。[③] 因此可以说，柳青将合作化运动的历史书写限定在 1955 年之前，也正是他政治态度的明确表达。

80 年代以来，关于表现合作化运动的文学作品的相关研究，往往并不细致考察作家们在叙事态度和政治态度上的差别，而笼统地否定所有表现这一运动的作品。事实上，同样以这一运动为写作对象，赵树理、周立波、柳青和浩然等的态度和写法存在各种差异，其中柳青的态度尤其值得重视。一方面，他直至 1978 年去世，也从未动摇过对集体化道路的信仰，因此他给《创业史》规定的基本写作原则是“写集体化道路的大方向不变，但具体的演变过程，则不受当时具体方针政策的束

① 阎纲:《四访柳青》,《当代》1979 年第 2 期。

② 《孟维刚谈柳青在长安的生活和创作》，蒙万夫、王晓鹏《柳青传略》，第 215 页。

③ 参见杜润生《杜润生自述：中国农村体制变革重大决策纪实》(人民出版社，2005)，温铁军:《中国农村基本经济制度研究——“三农”问题的世纪反思》(中国经济出版，2000),〔美〕莫里斯·梅斯纳:《毛泽东的中国及其后》(杜蒲译，香港中文大学出版社，1999)。

缚”[①]；另一方面，他不认同1955年国家自上而下发动的合作化运动高潮，认为这种“一哄而上”的做法违背了“用经济实惠吸引农民”参加合作社的自愿原则，而且过快的发展导致农业合作社在组织、管理和干部培养等方面都跟不上新形势的要求。

1959年，柳青停下《创业史》的写作，完成了一部中篇小说《狠透铁》，副标题为“1957年纪事”。作品写政治品德高尚但不熟悉高级社管理技术的农民干部“狠透铁”，在新的组织形式中疲于应付，因一次耕畜死亡事件而被免职，高级社的领导权因此落到徇私舞弊的中农手中，结尾是通过“狠透铁”的斗争揭发出了搞破坏的中农干部。小说在情节设置和叙述语言上带有较为明显的阶级斗争痕迹，但初级社转换到高级社后，对社务管理、经济组织等方面存在的问题，却有非常细致具体的描写。柳青对朋友孟维刚说，这部小说的真实意图是“对高级社一步登天的控诉：干部水平跟不上，群众思想没准备，伤害了中农利益，商品流通跟不上”[②]。晚年与女儿刘可风的谈话中，他认定“中国的农业合作化是做了一锅夹生饭”[③]，并进一步提出了“社会主义民主”“在现在的体制下，没有电器化和机械化之前，要提高生产率，主要是改进生产管理制度，而不是加强劳动强度”，“用试办取得经验，准备一批、成熟一批、成立一批”，“合作化是农民自己的事情，不能用工人和士兵去代替他们”[④]等观点。

可以说，理论思考和基层工作实践两个方面的经验，使柳青对合作化运动有较为成熟的思考。并不能简单地将他对合作化运动的历史态度视为中央高层路线斗争的延伸。70年代后期，在出版第二部上卷的同时，他也对第一部做了大量修改。其中特别引起争议的一处是柳青在新版“出版说明”中提及的“重要修改”，即将徐改霞离开农村的动机与“党中央书记刘少奇”的“国家要先工业化，农村才能集体化”直接

---

① 《安于密谈柳青在长安的思想和创作》，蒙万夫、王晓鹏《柳青传略》，第201页。
② 《孟维刚谈柳青在长安的生活和创作》，蒙万夫、王晓鹏《柳青传略》，第216页。
③ 刘可风:《柳青传》，第405页。
④ 刘可风:《柳青传》，第394~404页。

联系在一起。也是在第一部结局中，他在小说中直接点了刘少奇的名，视其为“资本主义思想泛滥”的源头。批评家阎纲对《创业史》的修改做了详细比较，[①] 并在此后的文章中，将柳青的这一态度归结为他僵化地信从毛泽东路线斗争的“政治悲剧”。[②] 事实上，《创业史》关于蛤蟆滩这样一个小村庄里所发生事情的描写，始终是在极为阔大的叙事视野中展开的，他要写的是“全中国”的合作化运动如何展开。对刘少奇的批评，与其说是高层“路线斗争”的回响，毋宁说主要因为柳青并不认同刘少奇关于合作化运动的基本理论设想和实践方式。这与他不认同毛泽东 1955 年之后的做法并无不同之处。柳青和刘少奇的根本冲突在于，柳青从未否定过合作化运动作为“社会主义革命”的必要性和可行性；而与毛泽东的分歧，则在展开合作化运动的具体步骤和方式上有不同的构想。

作为一位文学家，柳青只能用具体的叙事内容和艺术形式来表明自己的政治态度。选择 1955 年作为叙事年限是一大态度，情节设置、人物关系上的具体书写，则是另一态度。“不能说，不让说的真话，我就在小说里表现”[③]，又引用恩格斯的话“作者的见解越隐蔽，对艺术作品来说就越好”[④] 来表明自己的写作态度。可以说，在村庄的“生活故事”和国家的政治主题之间保持平衡关系，用严密的政治经济学逻辑来组织情节内容，都可以被视为这种文学叙述策略的表现。而更重要的则是小说叙事形式的整体构建。

二　文学世界的总体性与“感情的辩证法”

柳青在《创业史》中形成了许多富于独创性的艺术手法和叙事形式。这不仅包括“史诗”的规模形态、关于“新人”的突破性书写，还包括每章都从一个人物的主观视角展开叙事的结构方式，叙述人直接出

① 阎纲:《新版〈创业史〉的修改情况》,《新文学史料》1980 年第 2 期。

② 阎纲:《柳青的悲剧》，收入《文学警钟为何而鸣》，作家出版社，2012，第 171~176 页。

③ 刘可风:《柳青传》，第 397 页。

④ 《马克思恩格斯文集》第十卷，人民出版社，2018，第 570 页。

现在文本中发表议论并对小说人物加以评判的叙事方式，以及多层文化内涵的人物典型性塑造等。其独创性表现在多个层面：在同样具有“史诗”诉求的当代小说中，《创业史》表现出了最为严谨的叙事结构和整体形式的构想；在同样以追求人物的典型性和塑造理想人物为基本取向的当代小说中，《创业史》首次正面地塑造了无产阶级“新人”形象（梁生宝），并创造出了一系列阶级人物群像；同样，在“真实地历史具体地描写现实”和“用社会主义精神教育人民”之间，找到了一种夹叙夹议的小说叙事形式……可以说，“社会主义现实主义”在中国的转化与实践，直到柳青的《创业史》出现，才算找到了一种相对成熟的叙事形式，并塑造出了一种“以人物为中心”的小说叙事形态。

1. 以人物为中心的小说

在1973年陕西省出版局召开的业余作者创作座谈会上，当被问及小说构思过程时，柳青详细地阐述了他对小说的基本理解：“人物是你小说构思的中心，也是结构的轴承”，“作品不是故事发展的过程，不是事件的发展过程，不是工作和生产过程，而是人物发展的过程，是人物思想感情的变化过程，是作品中要胜利的人物和要失败人物他们的关系的变化过程”，又说：“写人的什么东西？我想主要写思想感情的变化过程。主要写人的思想变化表现在行动中间。”[①]将小说创作的核心归结为人物，叙事过程则是展示人物的“思想感情的变化过程”，并通过人物的“行动”来加以表现，这也可以说是柳青对《创业史》的基本理解，因此他反复说明这部小说写的是“一个村庄的各阶级人物在合作化运动中的行动、思想和心理的变化过程”[②]。

同样表现合作化运动的历史，赵树理称自己的《三里湾》是“重事轻人”[③]，周立波的《山乡巨变》被批评者认为是“为写人而写人，为写性格而写性格”[④]，《创业史》则可以说是以人物为中心组织并带动了整

① 柳青：《在陕西省出版局召开的业余作者创作座谈会上的讲话》（节录），蒙万夫等编《柳青写作生涯》，第106~109页。

② 柳青：《提出几个问题来讨论》，蒙万夫等编《柳青写作生涯》，第95页。

③ 赵树理：《关于〈三里湾〉写作前后》，《文艺报》1959年第19期。

④ 萧云：《对〈山乡巨变〉的意见》，《读书》1958年第13期。

个叙事过程。将人物放在比“故事”“事件”“工作和生产”更核心的位置，不仅涉及对小说技法的理解，更意味着对“文学”的基本理解。赵树理追求小说的故事性和事件化情节，相应地，人物通过其外在行动而成为整个社会意义再现体系中的一个结构性功能存在，这种创作路径借鉴了中国古典章回小说和说唱艺术传统的叙事手法，呈现的是一种“差序格局”社会组织形态中的人，而不同于一般现代小说的心理透视法则；[①]周立波的《山乡巨变》则借鉴了《水浒传》《儒林外史》等“串珠式”人物素描手法与结构方式，[②]并将其结合在一种“外来者”的观看视点中，从而使乡村人物与事件呈现为一种“景观”式存在。[③]与之相比，柳青“以人物为中心”的结构原则和叙事手法，则试图呈现的是对“世界”的马克思主义辩证认知方式。

黑格尔所谓“不仅把真实的东西或真理理解和表述为实体，而且同样理解和表述为主体”[④]，突出了“意识”“精神”等在历史实践中的辩证性作用。也就是说，客体性世界的存在只有在被转化为主体的意识内容过程中，并在主体的实践过程中，才能达到“客体”与“主体”的统一。马克思把这种唯心论的历史图景颠倒了一下，将其置于唯物论的基石之上——“只有马克思才有能力把实现被认识到的总体集中于和局限于历史过程的现实，并借此规定可认识的和必须认识的总体，从而具体地发现这种‘作为主体的真实的东西’，并借此确立理论和实践的统一”[⑤]。卢卡奇正是在这一理论基础上强调了“阶级意识”的重要性。一方面，只有“无产阶级”才具有认知“作为总体的社会”的能力，同时，如果无产阶级不能将物化的现实转化为能动的阶级意识，他就无法“作为主体”而采取行动。[⑥]简言之，马克思主义辩证法的最终诉求“哲

① 参见贺桂梅《村庄里的中国：赵树理与〈三里湾〉》，《文学评论》2016年第1期。

② 参见周立波《关于〈山乡巨变〉答读者问》，《人民文学》1958年第7期。

③ 参见贺桂梅《“民族形式”的风格化书写：周立波与〈山乡巨变〉》，《文艺争鸣》2016年第9期。

④ 〔德〕黑格尔：《精神现象学》，贺麟、王玖兴译，商务印书馆，1979，第4页。

⑤ 〔匈〕卢卡奇：《历史与阶级意识——关于马克思主义辩证法的研究》，杜章智等译，商务印书馆，1996，第91页。

⑥ 〔匈〕卢卡奇：《历史与阶级意识——关于马克思主义辩证法的研究》，第91页。

学家们只是用不同的方式解释世界，而问题在于改造世界”[①]之所以能够实现，关键在于无产阶级作为实践主体能够将批判理论转化为自身的内在视野，进而在行动中将理论转化为实践。这一理论与实践辩证统一的中心环节在于实践者的主体意识（阶级意识）的获得。汪晖在讨论当代中国的阶级政治理论时也涉及相同的问题。他区分了“作为社会的阶级”和“作为政治的阶级”，前者是客观的社会人群的结构性区分，后者是获得了政治意识因而具有社会实践能力的阶级主体，他认为，只有将政治理论转化为“社会运动的内在视野”，即政治实践者的主体意识时，理论与实践的二元分裂才能真正被打破。[②]

关键是如何理解实践者的主体意识在理论与实践统一过程中作为中心环节的意义。借用社会主义现实主义的理论表述，一方面，“意识”是对真实的历史具体的社会现实的反映或再现，但在将“意识”提升为“理论”的过程中，由于实践者（人或阶级）包含的自我能动性，这里的“理论”不是对“意识”的客观反映，而纳入了对世界的理想观念；另一方面，实践者只有在“意识”的指导下才能行动，由于他在将“意识”转化为“理论”的过程中已经纳入了对现实的理想认知，因此在“理论”指导下的实践过程就可以也纳入“社会主义精神”（如果将其准确含义理解为对世界的理想观念的话）。这是一个从经验—意识—理论再到理论—意识—行动的完整的转换过程。正是在这样的过程中，“真实地历史具体地描写现实”与“用社会主义精神教育人民”才能获得辩证的统一。这种理解有三个要点：其一，理论与实践的统一必然要经由的中心环节是实践者，所谓主客体的统一是针对实践者而言的；其二，这里的“理论”必须是建立在唯物论基础上的批判理论，是在与社会现实的直接互动关系中产生的，它不是“形式主义的理论”的自我循

① 马克思：《关于费尔巴哈的提纲》，《马克思恩格斯选集》第四卷，人民出版社，1995，第57页。

② 汪晖：《去政治化的政治、六十年代的消逝与霸权的多重构成》，《开放时代》2007第2期；相关阐释另见贺桂梅《作为方法与政治的整体观——解读汪晖的“中国问题”论》，《天涯》2010年第4期。

环，而应该是对“实质的历史关系”[①]的理论表达；其三，这里的“实践”不是一般意义的实践，而是以“改造世界”为取向的有目的和理论方案的实践行动。这三个要点也可以说是马克思主义辩证法的核心。

柳青将小说的中心归结为“人物”，与此有相通之处。以人物为中心，就意味着小说真正关注的并非故事、情节和事件，毋宁是外在世界的客观形态在实践者那里的主观转化形态；透过人物的主观思想、感情和行动来表现故事、情节和事件，则意味着小说关注的是客观世界在人物那里的主观呈现，并在人物的行动（实践）中展示事件的变化过程；而正是通过各种人物的行动，客观世界才发生了变化。也可以说，柳青是将文学叙述的焦点，放置在理论与实践、主体与客体发生辩证转化的交汇点即作为实践者的“人物”身上。因此，“以人物为中心”的小说不是在记录客观世界，而是在展示客观世界在行动主体那里的内在视景以及由其行动引起的社会关系变化，同时，又通过作用于读者的主观世界，而使文学作品在现实世界中发挥作用。

2.“对象化”理论和“感情的辩证法”

更值得注意的是，在谈到如何理解“人”以及小说为何要写人的变化过程时，柳青明确地区分了“思想”、“感情”和“行动”这三者的关系，并由此引申出他关于小说乃至全部美学理论的基本看法。仔细探讨这三个概念及相关的理论思考，可以深入柳青文学实践的核心。

“感情”被柳青解说成“喜、怒、哀、惧、爱、恶、欲”这“七情”，是“人之常情”。但感情是社会存在对人的直观影响，而且会随着社会实践而发生变化，因此“感情的基础是思想”，而“思想”是有阶级性的，他由此总结道：“归根结底感情是人的阶级性的具体表现。”他认为文学要感动人，“就要把由于人的社会实践造成的这几种感情的变化形象化，化在人的‘七情’上”。人物因不同思想和感情而造成的矛盾冲突，“则

① “形式主义的理论”与“实质的历史关系”这两个概念，由汪晖在《是经济史还是政治经济学?》(《天涯》2000年第5期）中提出，相关阐释参见贺桂梅《作为方法与政治的整体观——解读汪晖的“中国问题”论》。

是通过人的行动表现出来”。[①]——可以说，这里的“感情”是一种自发、自然的情绪和知觉状态，“思想”是“阶级意识”的呈现，而“行动”则是实践本身。相比而言，柳青赋予了“感情”以最重要的位置，他认为“思想”只有转化为“感情”，才算是真正“自然”的状态。

这也是他提出的“对象化”理论的核心。他引用马克思的论述即“人不仅通过思维，而且以全部感觉在对象世界中肯定自己”，来理解“文艺工作者的对象化”问题，并且说：“不仅作家的五官感觉对象化，而且包括精神感觉对象化的功夫，决定艺术对象化的程度。”他认为这也是《讲话》所说的“文艺工作者的思想感情和工农兵大众的思想感情打成一片”的具体含义。[②]“对象化”要求作家用“五官感觉”和“精神感觉”在生活实践中去体认所要描写的对象，并且在艺术实践中表达对象。

蒙万夫等研究者特别强调了柳青提出的“对象化”理论的重要性，认为这一理论实质上是理解柳青生活道路与创作实践的最核心问题：“在作家‘对象化’的问题上，柳青的理论说明并不多，但他的实践经验却是丰富的，深刻的。……从某种意义上可以说，长安十四年，也是柳青在生活和创作中对象化的十四年。”[③]这是一种非常中肯的论断。可以说，柳青的所有实践都可以统一到这一理论形态中。这既指柳青的生活实践方式，即通过长安十四年的长期生活，真正做到与所要表现的农民大众在“思想感情上打成一片”；也指创作实践中的创作方法，即“不能采取旁观的第三者的态度，首先要把自己变成作品中的人物，即通过书中某一个人物的角度来表现所描写的一切”[④]。

在具体的艺术表现手法上，柳青在《创业史》中采取的最成功叙事形式，即是每一章都从一个或两个人物的主观视角来展开叙述并推动

① 柳青：《在陕西省出版局召开的业余作者创作座谈会上的讲话》（节录），蒙万夫等编《柳青写作生涯》，第107~108页。

② 柳青：《关于〈创业史〉复读者的两封信》，蒙万夫等编《柳青写作生涯》，第84页。其中所引马克思观点已按照新版翻译加以校改。

③ 蒙万夫、王晓鹏：《柳青传略》，第119页。

④ 蒙万夫、王晓鹏：《柳青传略》，第118页。

情节的展开，他称之为“写出人物的感觉”[①]。《柳青传》提到，柳青自40年代开始尝试长篇小说写作时，即通过阅读和借鉴托尔斯泰的《安娜·卡列尼娜》、高尔基的《福玛·高捷耶夫》等小说，意识到这样一种写法：“在人类历史上流传下来的成功作品，写得生动的部分大多是用人物的心理和眼光反映周围世界，推进情节，较少作者的‘平面叙述’，这样人物才有了立体感。”这种带有人物特定感觉视角的描写方法，他曾多次尝试而未能成功，直到《创业史》第四稿才真正摸索出了自认满意的叙事形式。[②]已出版的《创业史》第一、二部，几乎每章都严格地遵循了这一叙事手法。比如第一部开篇的人物出场，即通过梁三老汉、徐改霞、郭振山、高增福、梁生宝这五个核心人物的主观视角，交代了蛤蟆滩的人际格局、主要事件和矛盾冲突，又通过每一人物心理和情绪状态的主观呈现，表现出了生活故事自身的丰富性和生动性。人物的主观情绪和行为逻辑，不仅表现为生动的日常生活细节，同时表现为可知可感的心理演变过程。

柳青的“对象化”理论包含了三个层面：其一是作家与所要描写的实际对象的关系，其二是作家如何将生活经验转化为艺术思维，其三是具体的艺术表现手法。[③]这一理论有两点特别值得重视。

首先是它与文学创作的“自我表现论”完全不同。文学不是表现作家的自我，而是将作家自我和描写对象同时“对象化”。这同时包含了作家“放空”自己而进入所要描写对象的感觉体系中，和所描写的对象影响改造作家的主观感觉体系这样一个双向的过程。由此，文学创作就不是作家的自我表现（毋宁说要最大限度地使作家的自我消失），而是表达对象本身，同时由于需要将各种描写对象纳入作家的感觉世界，作家的精神世界就空前地阔大，具有以主观形式把握世界对象总体性的可

① 刘可风：《柳青传》，第179~181页。《柳青传》中多次提到柳青对这一创作手法的重视。新近公开的《柳青先生给东京日本人民文学研究会的一封信》（《长安学术》第十辑，高等教育出版社，2017）、《柳青随笔录》（刘可风整理，《长安学术》第十一辑，高等教育出版社，2017）等中，也多处谈到这一创作手法。

② 刘可风：《柳青传》，第160~161，178~179页。

③ 这里借鉴了蒙万夫、王晓鹏在《柳青传略》中的部分概括，第118~119页。

能性。可以视之为黑格尔所谓“不仅把真实的东西或真理理解和表述为实体，而且同样理解和表述为主体”的一种通俗化理论形态。

其次是“对象化”的具体含义就是要达到与对象在“感觉”上的同一性。为什么“感觉”如此重要？柳青对此很少做理论的说明，他是以作家的经验和直觉意识到这一问题的重要性，并将其实践在《创业史》的创作中。唯一的一次集中说明，是1973年在陕西省出版局那次业余作者创作座谈会上提出的“以人物为中心”和写出人物的“思想感情的变化过程”。在《创业史》中有一次提及人物（梁秀兰）情绪时，叙述人这样议论：“直接感觉是人类共同的，随后才因不同的思想感情，而改变感觉。”可以说，柳青认为“感觉”和“感情”不出“七情”的范围，是人的自然而普遍的感性状态。“思想”与“感情”（感觉）表现为这样一种辩证关系：需要将“思想”转化为“感情”的形式，因为正是透过感性，才能赋予“思想”（人物的阶级性和文学的感染力）以具体而普遍的形式；同时也意味着，只有当一种思想转化成“感情”时，那种思想在实践者那里才真正成为“自然”，并转化为“行动”。可以说，“感情”是生活的最终也是可视的“形式”。同时因为“感情”总是在社会实践中形成与产生，因此它总是在与现实生活互动的过程中发生变化，人物的思想感情就具有可转变性。而文学就是要表现人在与现实的互动关系中思想感情的变化过程。

这可以称为柳青的“感情的辩证法”。他将“感情”（感觉）视为作家思想改造、人物形象塑造和小说表现手法的终极演练场。借助这一媒介性场域，思想的冲突和变化过程宛如一场保留了生活自身丰富性的化装舞会。正是这种理解，使他与那种阶级论的概念化演绎区分开来，使他与社会生活始终保有生动的关联，也使他找到了独具特色的艺术表现形式。文学作为“世界的总体性”展示正由此而来。正如实践者的主体意识是马克思主义辩证法的核心，柳青的“感情的辩证法”最终统一于作家博大的精神世界，作家仿佛上帝一样重新创造了一个文学的总体世界：在这个世界里，人物各有其复杂面孔和性格，而同时他们都由作家柳青所扮演。柳青明确地用“演戏”来比喻自己的创作：“作家呢？就是用笔来扮演自己书里的人物。……演员每人只要扮演一个角色，而作家呢？要扮演他书里所有的角色。”[①]他不仅扮演正面人物，也扮演反面人物，并在各种人物的思想感情的变化与碰撞中，总体性地创造了一个源自生活又高于生活的文学世界。

3.“史诗”：“感觉”视野中的总体世界

对“社会主义革命”的政治元叙事追求，使得柳青对于合作化运动的书写必然采取“史诗”的规模和形态。这一方面意味着小说所写的并非某些特殊的事件和人物，而试图总体性地呈现合作化运动的普遍历史过程，多卷本长河小说形态表明的正是“历史”与“叙述”之间的直接互动；[②]同时，借助文学叙事，历史的总体性和完整性也得到了具象的展示。卢卡奇曾将“史诗”这一叙事形态视为现代社会在宗教崩解之后，对作为有机社会的完整世界图景的一种重构，这一世界的有机性表现为人物存在和价值的统一。[③]如果说现代社会意味着人的主观价值与客观存在之间的分裂的话，那么“史诗”要在更高的层次上修复世界的完整性。这种理论设想与柳青的“对象化”理论有着内在的契合之处。“史诗”世界的完整性建立在一个宗教的支点上，即上帝创造了世界，而世界则表现了上帝的神性。柳青的“对象化”理论的终极实践者其实是作家，他通过进入对象世界而将生活现实转化为作家主体的精神构成，并通过他的文学书写创造一个包容了现实和精神的总体性世界。在这一意义上，“作家”是真正的“上帝”：他创造世界并表现世界。这种在作家、对象和文学三者之间形成的有机世界统一于“感觉”，这是一种主观存在也是一种客观存在，是价值与存在的辩证统一。也可以说，正是借助“感情的辩证法”，柳青赋予了《创业史》的文学世界以一种史诗的完整性和有机性。

“感情的辩证法”包含了感情、思想和行动的辩证转化过程，它有明确的“理论”动机，但并非阶级斗争或合作化运动政策的观念演绎，

① 柳青：《生活是创作的基础》，《延河》1978年5月号。

② 经典论述参见阎纲《史诗——〈创业史〉》，《延河》1979年3月号。

③ 〔匈〕卢卡奇：《小说理论》，燕宏远、李怀涛译，商务印书馆，2012。

而是另一个在更高层次上呈现出理论所指向的“总体性世界”的具象性存在。这种“具象性”统一于“人物的感觉”，因为正是在人物的感觉视野中，生活和世界保持了其“活生生”的原生态和复杂性。同时，因为柳青并非一般性地记录或再现生活世界，而是在“社会主义革命”的政治理论意识中再现并构造社会运动的内在视野，因此这个世界必然打破它的封闭性，而具有朝向现实世界的开放性和实践性。

《创业史》在叙述视点上的一大特点，是小说中被赋予感觉视角的人物，并非仅仅主人公及作为反动力量的反对者，也并非第一人称式的见证者或记录者视角，同时也不是由隐藏自身行迹的叙述者“全知全能”地客观呈现世界。其独特性表现在，《创业史》赋予了多个人物以主观感觉视角。在小说涉及的 50 多个人物中，表现了其主观视角和心理过程的，共有 17 人。这使小说的叙述达到了前所未有的厚重与复杂。“写出人物的感觉”意味着小说中每一个被赋予了叙述视角的人物，自身都是一个完整的小世界，他们透过自己的主观视角来理解客观世界并采取行动，客观世界的面貌就表现为多个主观小世界的碰撞和关系的消长，直至其中一种具有“真理”性的视角取得主导地位。这也是柳青所谓“写新旧事物的矛盾”。这样的小说世界是一个具备充沛“多元性”的复杂构成，其丰富程度不仅 50~70 年代追求概念化政治主题表达的小说无法比拟，即便与 80 年代以后借鉴“意识流”“现代派”手法的小说实践（典型如戴厚英的《人啊！人》、赵振开的《波动》等）相比，也有无可取代的独创性。从诸种人物的感觉世界及其碰撞关系中写出历史的新旧转化过程，表现了柳青对“走集体化道路”这一理论认知的充分自信和深刻理解。人物并非理论观念的面具和符号，而获得了感性的肉身形态，这使其与那种图解政治观念的小说完全区别开来。

《创业史》的另一大叙述特点，则是叙述人的活跃。不同于一般现实主义小说尽量隐藏叙述人的痕迹，这部小说中的叙述人几乎现身于每个时刻，他对小说人物的心理和行动发表意见，做出评判，抒发感情。[①]

① 最早提出《创业史》这一叙事特点的是洪子诚的《中国当代文学史》，北京大学出版社，1999 年初版。

但这个叙述人也是一个无法指认的形象，他不是“我”也不是任何一个小说人物。一方面，他了解小说中的所有人物，在这一点上他是“全知全能”的；另一方面他又是一个来历不明的人，是一个站在小说世界的“外面”而又出现在小说文本中的人。可以说正是这个人物的存在，打破了小说文本的自足性，他直接引导的是读者的阅读效果和价值评判，使得小说的叙述不是客观的记录或再现，而是充满感情和认同的指向性引导。显然，这个叙述人的存在打破了小说文本的边界。这是作家柳青直接现身于小说文本的方式。他一边扮演着多个角色，同时又忍不住对每个人物发表议论，从而打破小说的封闭性，而使其敞开面向现实世界。正是这个叙述人的存在，使得每个拥有自己主观感觉视角的人物都表现出他们的有限性和某种间离感。戏剧大师布莱希特曾反对斯坦尼斯拉夫斯基的封闭表演体系，而强调要打破“第四堵墙”，让演员直接在舞台上与场下的观众互动。[①] 很大程度上，这个叙述人的存在也扮演着同样的角色。他高于小说人物，他懂得所有人物，也知道他们的好坏优劣，他唯恐读者误解了文本的意思，忍不住越过文本直接与读者对话。这使得读者阅读小说世界的过程，并不是一个孤独地自我体认的过程，而仿佛与这个叙述人一同在阅读，在感叹，在评判。这与其说是一种教化读者的冲动，不如说是作家在进入写作状态的时刻再度“对象化”：他充分地意识到他在“写作”“他人”的故事，作家与这个文学世界的距离使他清醒地意识到对象化的限度而忍不住发出声音。正是这种“声音”的在场，暴露了作家的存在，使小说世界不再是封闭的存在，而变成了一个小说文本、叙事人（作家）、读者情感交流的场域。

活跃的叙述人的另一种功能，是使具有感觉视角的人物不再具有一般现实主义小说所展现的充分自主性。叙述人评价议论每个人物的心理和行动，从而使这些人物不得不纳入一个共存的世界整体关系中。而正是这种实际存在的人与人的关系，是阶级斗争的实质性内涵。从多个人物的感觉世界这一角度来表现阶级斗争的具体转化，既保留了理论的丰

① 《论布莱希特的戏剧艺术》，中国戏剧出版社，1984。

富性，同时也呈现出了世界的总体性和丰富性。如果说“史诗”要求同时保留“史”的普遍性和“诗”的具体性，那么《创业史》这一叙事形式则是这种文体的成功实践。

通过对这些人物的分析，可以看出小说在总体叙事上的意图与效果。这些人物从其社会类型可以分为几组。

第一组是以梁三老汉为主的普通农民序列，还包括梁大老汉、王瞎子、生宝娘等，他们仍沉溺于小农意识，相信可以通过个人的勤劳发家创业。同时基于个人思想品性的差别，他们又表现出不同的思想感情状态与变化过程。梁三老汉虽然在发家方式上与养子梁生宝存在尖锐的分歧，但他“心可正”，一旦意识到梁生宝道路的合理性与在新生活中得到的“尊严”，他就完全转向儿子这一边。小说写出了他对梁生宝的“怨恨”情绪如何化解的全过程，展示的是“小农意识”如何从内部自我说服而非从外部强制性瓦解。尽管第一部中梁三老汉的思想疙瘩得到圆满解决，第二部中的他仍旧并不完美，种种小农意识的残余使他总是把合作社的创建看成“儿子的事业”，而无法完全懂得“新生活”的真正意义。不过这也正是“小农”精神状态的生动展现：他们生活方式和心理格局之“小”，使其需要在种种切实可见的利益考量中艰难地与新生活磨合。他的正派、善良又与梁大老汉的吝啬、顽固形成了对比。事实上，梁三老汉对养子的怨恨与梁大老汉如何看待他的大黑骡子，在根本逻辑上并无差别，都是基于私念的利益逻辑。是梁生宝对养父的忍让与回护，以及卢支书、杨副书记和村人们的尊重，使梁三老汉得到了做父亲的尊严和社会荣誉感。不过，梁大老汉却无法从大黑骡子那里得到相应的回报。这样的文学再现表明柳青从未对小农意识的改造做过度理想化和简单化的理解，他关于合作化运动的“自愿、互助、增产”三原则，事实上正是在尊重小农个人意识的前提下提出的。

第二组人物是中农郭世富、富农姚士杰和蜕化干部及新中农郭振山。他们的共同之处是为维护个人私有财产已具有不同于普通农民的“资产阶级”意识。一方面不择手段地累积个人财产，以之为内在动力，同时在占有财产的过程中将他人视为物化对象而不予尊重。如果说小农意识仍旧遵循着“独善其身”的道德逻辑的话，那么这些人则可以为了累积个人财产而破坏、损伤乃至消灭他人。这也正是资产阶级基于资本逻辑的贪婪性与残酷性。小说写到郭振山的私心与对梁生宝的嫉妒，写到郭世富的胆小与狡诈，写到姚士杰的残忍和仇恨，从而赋予同一阶级意识的不同表现形态。在60年代的“阶级斗争文学”中，这些人物大多被做了漫画式处理，基本不被赋予自足的主观意识和心理过程，但《创业史》却生动地展现了这一阶级意识的主观形态和心理过程。特别是对郭振山从革命干部到新中农的心理蜕变，做了极其丰富和生动的描写。他既拥有干部身份的权威，又以劳动致富的方式快速地累积了资本，同时还保有在蛤蟆滩的能人威望，正是这样的人而不是过去的富农和中农，成为最顽固也最有力地阻碍合作化运动的反对势力。因此，小说将他塑造为梁生宝最强大的对手，并以两人的冲突转化关系作为小说叙事的主轴，体现的正是柳青对中国农村现实状况的深刻洞察。也是在这一点上，《创业史》可以说更为准确地阐释了“资本主义”的含义。如果说赵树理和周立波的小说主要是在“事件”的层面叙述合作化运动，而此后的浩然是在“阶级斗争”的观念层面阐释合作化运动，那么《创业史》则因其对反面人物的内在感觉和心理活动的深入揭示，展示的是“资本”之为“主义”的真实含义。这也使得小说相关的描写，即便在合作化运动成为历史的今天，仍有值得解读的丰富含义。

第三组是作为贫雇农的高增福，相关的人物序列还有冯有万、任欢喜、任老四等。小说多次赋予高增福主观视角：他因贫穷而有的忧愁，他的正直、拘谨与本分。事实上，他是小说中仅次于梁生宝的人物。正是他的处境代表着一无所有的贫雇农为何必然地要走上合作化道路。这一方面意味着他无法凭借自己的努力改变贫困状态，属于农村新的两极分化中最有可能再度丧失土地的人群，另一方面他保有劳动者的自尊和敏感，并对这一因经济地位决定的阶级处境有着自觉的认知。可以说，他代表的是贫雇农自发地走合作化道路的阶级动力。他是梁生宝真正的左膀右臂和最有力的支持者。但同时小说也写到他作为农民的拘谨和自卑。特别生动的是，正是过去的兵痞、真正的“流氓”白占魁的鄙视和捣乱，使高增福无法真正获得相应的权威和自信。与“当代英雄”梁生宝相比，他仅仅是“农民”，尽管有强烈的阶级认同感，但他还需要更多的阅历和磨炼，才能真正独当一面。他的“无产阶级意识”与其作为“农民”的现实经验之间的张力和自我怀疑，一方面切实地写出了“社会主义革命”在乡村社会发生的动力土壤，另一方面也写出了农民转化成“无产阶级”的必要的意识提升和自我改造过程。在这一点上，高增福也是当代文学史上一个值得关注的人物形象，而不仅仅是“贫雇农”的阶级观念图解。

第四组人物是徐改霞、梁秀兰和刘淑良。其中徐改霞对梁生宝的爱慕、思念和犹疑心理，成为《创业史》第一部最为华彩的段落。从这一人物的主题叙事功能上，柳青并未赋予她相应的政治意义，而仅仅是将其作为表现郭振山和梁生宝思想冲突关系的一个“棋子”。[①]但尽管如此，柳青也从未想过要“删除”掉这个人物形象。无论柳青如何解说这个人物，对她情感和心理的生动书写，或许更准确地呈现的是与“政治”不同的“生活”面貌本身。徐改霞身上的“知识分子气息”和“浪漫色彩”，与其说出自陕西乡村特别是作为文学世界的“蛤蟆滩”的现实构成部分，不如说那更是浪漫主义文学和柳青个人趣味的一种呈现。这一方面表明了柳青对“生活”本身的尊重，另一方面更可能是作家柳青精神气质的投影。柳青曾与路遥谈及在徐改霞身上投射了对陕北故乡的感情，[②]并在文章中说:“我写她时，经常想到我国民歌中情歌所表现的丰富感情。问题是她的天资、气质和教养，是否协调，并且形成统一的性格。”[③]如果作家对这片土地的情感认同落实在徐改霞身上,那么应该说徐改霞是一个带着作家“精神胎记”的人物，正如丁玲曾在《太阳照在桑干河上》中以同样的方式写了黑妮这个游离出阶级叙事的人物形象。[④]同时，徐改霞与梁生宝的不成功恋情，也可以获得某种象征性的阐释：徐

① 刘可风:《柳青传》，第409~410页。

② 路遥:《病危中的柳青》,《延河》1982年6月号。

③ 柳青:《艺术论（摘录）》，蒙万夫等编《柳青创作生涯》，第80页。

④ 李向东、王增如:《丁玲传》，中国大百科全书出版社，2015。

改霞的浪漫气息不符合梁生宝的需要，正如在长安十四年的艰苦生活中，柳青一定不无痛苦地一层层褪去自己的知识分子情调。[①]而在第二部出场的刘淑良，尽管她与梁生宝是那样的般配，但这两人的关系更像一个现实的婚姻故事，而褪掉了爱情书写那种令人心悸的浪漫色调。“真正的女主人公”以这样的方式出场，无论如何都可以被视为作家柳青某种精神症候的呈现。

第五组人物是作为领导者的乡支书卢明昌和县委副书记杨国华。直到小说第二部，这两个人物才获得了主观叙述视角，这也意味着柳青有意识地在第一部中将叙述重心放在蛤蟆滩，而从第二部开始逐渐上移。在柳青的计划中，还将写到省委书记，“写县城，是不想将作品局限在一个村子，当然，要以一个村子为基础。省委书记是个重要人物，这个人还去过苏联”[②]。视点的上移，意味着小说叙述视野和政治视野的扩大，不过，对这两个领导人物的感觉描述，更多是一种自上而下地观察乡村的视角，而对他们作为个人的丰富经历则缺少足够的呈现。事实上，就小说的叙事效果而言，他们更像是主人公梁生宝不断地获得精神和实际支援的“姓共的人”的化身：一方面小说通过写乡委、县委主要领导人之间的分歧，将合作化运动的内在理论冲突呈现出来，另一方面，这两张活生生的面孔代表的正是党的“正确路线”形象。如果结合柳青在创作第二部过程中遇到与国家政策相冲突这一事实，这两个人物描写的政治指向就更清楚了。

这些不同的人物（群）构成了《创业史》的文学世界，并通过他们的感觉，写出了这个世界的内在视景和生生变化的流动过程。而在所有的人物中，像“轴承”一样支撑了整个叙述结构，推动这个世界转动并决定其方向的人，则是梁生宝。

4.“改造世界的人”

梁生宝是《创业史》的中心人物，几乎可以说，小说中所有人物、事件和矛盾关系都集中在这个人物身上。引出小说主题并以其高度历史

① 刘可风:《柳青传》，第411~412页。

② 阎纲:《四访柳青》,《当代》1979年第2期。

浓缩性而为人称道的“题叙”，可以说是一部梁生宝前史；小说开篇部分的各个人物，包括梁生宝的养父（梁三老汉）、恋人（徐改霞）、上级（郭振山）、战友（高增福），都指向他在第五章的出场；此后，小说叙事最重要的四个事件中，正是他组织并带领村民进终南山砍竹编扫帚，解决了贫困户度春荒的资金问题，也正是他从郭县买回“百日黄”新稻种，为下卷的新法育秧和大丰收打下坚实基础。他是蛤蟆滩的中心。小说用两章写梁三老汉，也是为表现他和养父在发家创业观念上的冲突，用六章写徐改霞，是为表现他的恋情，高增福、冯有万等贫困户正是在他带领下巩固互助组，郭振山越来越紧张地感到的压力和竞争，也来自梁生宝在村民中越来越大的影响……他同时也是蛤蟆滩与乡、县等国家机构发生直接关联的中介，“党”正是通过乡支书和县委副书记而在梁生宝这里显现为具体的人物形象。更重要的是，正是梁生宝的存在，互助组这一集体化道路新形态才得以在蛤蟆滩立足生根。

可以说，整部小说都是围绕着梁生宝这个人物展开的。他是改变蛤蟆滩世界的支点和动力。小说有两处直接点出这一点：一处是梁三老汉的不解和嘲讽，“他看不惯生宝这股叱咤风云的劲头！就像他真是治国平天下的人！”另一处是梁生宝与徐改霞的最后一次约会，在恋情眼看成功的时刻，他提醒自己“没有权利任性！他是一个企图改造蛤蟆滩社会的人！”互助组以及集体化道路的新生活形态经由梁生宝这个人物而在蛤蟆滩扎根、发展并最终取代过去的旧社会形态。《创业史》用对十多个具有主观感觉世界的人物的深度描写，围绕着梁生宝展开的种种关系博弈形态，表现了这个新旧变化的过程。

但梁生宝作为“中心人物”，是指他在小说主题上的重要性，而不是指他相应地拥有同等分量的叙事篇幅。以他为叙述视角的章节只有五章，两章写他买稻种、分稻种和准备进山，一章写他进山前与卢支书、杨副书记的谈话，一章写他在山中砍竹，一章写他如何处理互助组的退组和重组。在占据很多篇幅的与徐改霞的恋情中，主要是从徐改霞视点写对他的思慕，而在与养父的冲突中，矛盾也并非由他解决。对他的表现主要从侧面，由人们对他的关注、谈论和理解组成，而并不直接表现为他作为行动者的情节叙事。严家炎因此在那篇著名的批评文章《关于梁生宝形象》中，评价这个人物形象不如梁三老汉那样成功，而表现出“三多三不足”的缺点。[①]李希凡在评论文章中也认为梁生宝没有被写成一个“‘传奇性’的英雄”，而是由“朴实的行动、朴实的内心生活”构成。[②]

柳青在针对严家炎的回应文章中，解说这涉及如何理解合作化运动作为一场“革命”的具体表现形式，以及由此应当采取的相应叙事形式。特别是梁生宝作为英雄的品质，一方面指明梁生宝的政治思想源自“1952年冬天的整党学习”，同时强调“我要把梁生宝描写成为党的忠实儿子。我以为这是当代英雄最基本、最有普遍性的性格特征”，他所做的一切表明“是指导互助合作运动的党成熟了，而不是梁生宝成熟了”。[③]在与中国青年出版社编辑王维玲的谈话中，柳青曾详细解说梁生宝的个性，概括为“听话”、“用心”、“有耐性”和“务实”。同时又说：“《创业史》也是我自身的经历，我把自己体验的一部分和我经历过的一部分，都写进去了。生宝的性格，以及他对党、对周围事物、对待各种各样人的态度，就有我自身的写照。”[④]

在这些解说中，包含了几个层面的问题。其一是“党”和“英雄人物”的关系。这里不是用英雄人物来表现党（比如“文革”时期的“三突出”，通过英雄人物的等级关系来构建党的视觉形象），而是将英雄人物视为党的“媒介”。这种媒介性一方面表现为党的政策是以理论的形式为英雄人物所理解，并转化为其意识与行动；与此同时，英雄人物表现出某种非自足性，即他并不是“自发地”理解了党的政策和理论。小说展示了梁生宝“如何”理解党的政策和理论的心理过程。比如进山前，他与卢支书、杨副书记关于合作化运动如何看待贫雇农和中农关系的谈话，比如山中砍竹时，他如何领会“改造农民的主要方式，恐

① 严家炎：《关于梁生宝形象》，《文学评论》1963年第3期。所谓“三多三不足”指“写理念活动多，性格刻划不足（政治上成熟的程度更有点离开人物的实际条件）；外围烘托多，放在冲突中表现不足；抒情议论多，客观描绘不足”。

② 李希凡：《漫谈〈创业史〉的思想和艺术》，《文艺报》1960年第17、18期。

③ 柳青：《提出几个问题来讨论》，《延河》1963年8月号。

④ 王维玲：《柳青和〈创业史〉》，蒙万夫等编《柳青写作生涯》，第139~143页。

怕就是集体劳动吧？不能等改造好了才组织起来吧？要组织起来改造吧？”事实上，梁生宝确实并非叱咤风云的行动派英雄，他更多地耽于沉思，而思虑的内容则是如何将抽象的政治理论与具体的生活形式连接起来，并使其成为自觉的政治意识。很大程度上，这与卢卡奇所讨论的“阶级意识”有诸多相通之处，其要点在于，阶级意识的获得到底是“自发的”还是“逐渐被赋予的”。卢卡奇区分了“无产者实际的心理意识”与“无产阶级的阶级意识”，认为前者并不会自发地导向后者。他写道：“阶级意识不是个别无产者的心理意识，或他们全体的群体心理意识，而是变成为意识的对阶级历史地位的感觉。这种感觉总是要在眼前的局部利益中变具体的。”又说：“无产阶级的历史使命是要超越现存的社会，作为这一历史使命基础的意识结构造成了这一意识中的辩证分裂。在别的阶级那儿，表现为阶级利益和社会利益的对立，表现为个人行为及其社会结果的对立，因此表现为意识的外部界限的东西，在无产阶级这儿，则作为眼前利益和最终目标的对立被移入到无产阶级意识的内部。”[①]“党”作为“阶级意识”的化身，并不是权威而封闭的组织，而是其总体性的代理人，因此卢卡奇说“党不存在，党在生成”[②]。

“党”和梁生宝的关系，一方面表现为梁生宝的半主体性，即他不能自发地生成并提出党的理论和政策，另一方面当他将党的理论和政策转化成自身意识的内部构成时，他就代表党在行动和实践。从这个层面，柳青称梁生宝是“党的忠实儿子”，正在一种有意无意的父子关系比喻中表明了这种半主体性和阶级意识的由来。而只有当作为行动者和实践者的梁生宝将党的理论和政策转化为自身的意识构成，“党”才真正存在，并且作为实践主体改造世界。

这个“改造世界的人”，他在心理意识和经验世界中是一个独立体，同时在阶级意识和理论世界中是一个“崇高客体”的化身。追问这一“崇高客体”的最终现实所指，同样是问题的关键，因为这种“崇高客体”的

---

① 〔匈〕卢卡奇：《历史与阶级意识——关于马克思主义辩证法的研究》，第133页。

② 〔匈〕卢卡奇：《列宁——关于列宁思想统一性的研究》（1917），张翼星译，远流出版事业有限股份公司，1991。

空洞性是不是“极权政治”的根源，这正是80年代中国“新启蒙”思潮中的提问方式。《创业史》中并非没有涉及类似的问题。真正重要的并非梁生宝的合作化运动是否源自国家政策，而是他如何理解这一政策。展示他理解的意识和心理过程，就是一个真正的政治化过程，因为他是通过结合自身经验和“局部利益”的理论思考而将政策转化为一种理论性的主体“意识”。同时，当从梁生宝上溯到乡支书和县委副书记，他们关于合作化运动主体的争论最终依据的文件，并不是《关于农业合作化问题》这一政策性文本，而是小说中提及的《矛盾论》这一理论文本。这意味着他的“半主体性”并不是主体意识的丧失，而是源自将主体“对象化”的同时所获得的超越了个人化主体的更高阶级意识。

简而言之，《创业史》关于梁生宝的表现方式，源于他的“半主体性”，即他并不是他自身（而是“党的忠实儿子”），同时他大于他自身（当他获取阶级意识时他就是“党的化身”）。当柳青强调说，英雄“不能决定社会发展的趋势，而是他们自己顺应这社会发展的趋势而出现”时，他也正是在论及同样的问题。决定英雄之为英雄的不是其“传奇性”或“叱咤风云”，而是他顺应了历史之“势”并成为新势能的化身。这“势能”决定着历史的走向，也意味着不同力量汇聚于一个中心点，并通过寻求其肉身形态而在具象世界中展开行动。

梁生宝可以说是势能中心点的一个化身。他是小说中十多个具有主观叙述视角的人物得以发生思想感情变化的一个支点式存在，占据着思想的制高点。他是一个置身于生活世界又连接理想世界的人物，他的存在不完全是经验性的，同时也包含了理论性。梁三老汉作为“小农意识”的化身，完全是经验性的存在，因此他的形象具有严家炎所说的“丰满”；而梁生宝作为“无产阶级意识”的化身，则是“革命现实与未来理想之间的枢纽”[①]，是一个半经验性半理想性的存在。这也就意味着他是作家在“对象化”的过程中，既需要从生活实践中获取“生活的

① 李士文：《从生活素材到艺术形象——谈〈创业史〉中的梁生宝的形象创造》，《人民日报》1961年8月9日。这是一篇比严家炎的文章稍早发表，也讨论梁生宝形象，并得到柳青认可的文章。

真实”（如《皇甫村的三年》写到的王家斌原型），又需要包含作家本人的“理想”（理论）素养和认知投射的人物。而其作为理想形象的具体内涵，当然最终指向作家自己在对象化过程中所能达到的精神高度。也可以说，作家的精神高度决定了理想人物性格和心理的高度。所以柳青说，“生宝的性格，以及他对党、对周围事物、对待各种各样人的态度，就有我自身的写照”，正是这种精神实践的结果。

结　语

可以说，《创业史》是一部深谙马克思主义唯物论与辩证法精髓的小说。从小说与社会现实的关联性这个侧面，它塑造了一种政治元叙事的主题形态，并通过具有纪实性政治经济学内涵的情节构成，来展示从“社会主义革命”高度所理解的合作化运动文学叙事。“社会主义现实主义”所谓“从现实的革命发展中真实地、历史具体地去描写现实”，也正表现在这一方面；从文学世界及其叙事形式的构建这一层面，它创造了从多个人物的主观视角出发展开叙事并推动情节发展的表现手法，同时通过活跃于文本内外的叙述人的存在，沟通文本世界与现实世界，以达到“艺术描写的真实性和历史具体性必须与用社会主义精神从思想上改造和教育劳动人民的任务结合起来”[①]这一目的。而这两个面向能够统一起来的关键，则在于作家主体在生活、理论、艺术这三方面素养所达到的精神高度。柳青曾提出“作家的三所学校”[②]，并对马克思的“对象化”理论，即“人不仅通过思维，而且以全部感觉在对象世界中肯定自己”有深刻理解。他不仅将“对象化”理论实践于作家主体的思想改造，真正做到“在思想感情上与工农大众打成一片”，而且将其运用于文学创作实践中，即“不仅作家的五官感觉对象化，而且包括精神感觉对象化的功夫，决定艺术形象化的程度”[③]，最终塑造了一种将“思想、感情、行动”统一起来的总体性文学世

① 《苏联作家协会章程》，曹葆华等译《苏联文学艺术问题》，人民文学出版社，1959，第29页。

② 柳青所提“三所学校”即“生活”“政治”“艺术”，最早于1962年在中国作协西安分会的报告会上提出，并在此后多次强调。

③ 柳青：《关于〈创业史〉复读者两封信》，蒙万夫等编《柳青写作生涯》，第84页。

界，并形成了独具特色的“史诗”叙事形态。

但《创业史》的未完成也提示着柳青创作实践的内在限度。这一方面源自作家在创作过程中文学书写与现实社会间的紧张关系，源自作家在艺术探索过程中时刻面临的将“生活的真实”转化为“艺术的真实”的具体问题，更重要的原因则来自“社会主义现实主义”追求“总体性世界”文学书写所依赖的文学与政治联动机制的历史转换。与一般将“文学”与“政治”对立起来的理解不同，毋宁说马克思主义文学实践本身就是一种政治实践，并且与现实的政治实践机制处于同一社会结构当中。这也正是“总体性”所要求的理论与实践、主体与客体的统一必然借重的社会体制形态。当这种联动机制本身发生变化乃至断裂时，文学就逐渐开始显露其有限性，被迫从政治化实践机制中“脱落”出来。

70 年代后期重新修订《创业史》第一部，并继续改写第二部时，柳青对小说文本及其叙事手法做了许多有意味的调整。其中最突出的是对叙述人诸多议论的删减，并再次强调了恩格斯关于如何通过人物形象与细节而非作家的议论来表现“真实”的观念。[①] 在某种意义上说，柳青对作家书写态度“隐蔽性”的强调，相对于 60 年代初期他的文学态度是一种后撤，同时也是一种“坚守”。这意味着当社会政治的形态和运行机制发生变化，当那种将文学与政治统一起来的总体性世界自身发生分裂时，作家依然在他的文学世界里坚持书写他所认定的理念形态。在他看来，这未尝不是另一种更“真实”的历史书写。尽管此时他书写的仅仅是“历史”，但同时也保存了一种可以延伸至现实中的可能性世界的样态。它对现实世界而言，既是一种启示也是一种矫正。柳青曾对女儿说：“下一个时代，你们会右，也许右得不能再右了，走不下去的时候，就会回过头来再寻找正确的路”，并对如何评价自己的作品很自信，需要“五十年以后再看吧”。[②] 或许，今天正是人们撇开种种成见，更客观地评价柳青和他的《创业史》的时候。

---

① 阎纲:《新版〈创业史〉的修改情况》,《新文学史料》1980 年第 2 期。另见刘可风《柳青传》,“父亲和我谈读书和写作”部分，第 432~441 页。

② 刘可风:《柳青传》，第 469~470 页。

“理想人物”的历史生成与文学生成

——“梁生宝”人物形象的再审视

程　凯

在“十七年文学”的形象系列中，梁生宝是一个别具认识价值的人物。自诞生之初，这个“理想人物”就曾遭遇是否过于“拔高”的质疑。但梁生宝的“理想性”并非“理念先行”，作者柳青是试图通过梁生宝的品质、性格、精神、素质来呈现他对于在合作化运动的“现实”中需要什么样的人的理解。这种人既是“现实”所必需的，也是“现实”所应该培养、生成的。就前一个角度而言，人物折射出的是“现实”的矛盾构造，只有理解、把握“现实”矛盾的结构性要点才能理解为什么这样的品质是可贵、必要的。就此而言，一个“新人”典型的背后对应着一套新的社会构成原理。所谓社会主义改造不仅意味着改造所有制形式，也不仅仅是建立、巩固一套生产关系、生产制度或政治体制，还需确立一套社会制度，一套新的人与人的关系以及思想意识状态。这个思想意识状态包含着认识机制、道德品质和精神诉求，概言之，可称之为一种社会主义的主体形态。在这套新的社会制度中，什么样的人要被放置在结构性的、组织性的位置上决定着这套生产制度和社会制度的运行状态，最终作用于集体关系和群众日常生活中的情理、气性。从后一个角度讲，社会主义革命的落实也有待于不断发现、调动、养成、提升能够与之配合的主体。于梁生宝这样的形象中恰好可以体察出社会主义应该培养什么样的人所具有的挑战性。

事实上，在农村的社会主义改造基本完成后，“社会主义革命”的重心经历了以所有制改造为牵引转移到以政治、思想改造为牵引的变化。这一变化体现为，强调不仅在所有制层面、生产关系层面，更要从观念意识层面消除再产生资本主义的种种因素。然而，与这种“不断革命论”持续深化所同步的现实却是小农经济惯习的破坏和新的生产组织、经营管理制度不尽如人意。目睹这些起伏波折，柳青在梁生宝身上所赋予的就不单纯是对合作化运动的信心——基于信任、积极性而投入社会主义改造大潮的英雄主义气度——而是超常的责任心，谨慎的态度，反思性，斗争意识与实践能力。以至于很多人认为梁生宝在性格上过于谨小慎微，偏于“沉重”，而在思想意识上又过于敏锐，近于成熟干部或知识分子。[①]而这与柳青要赋予主人公的“理想构成”有关。即，一方面他在意识观念上有着高度自觉，并不断培养、提升自己的意识习惯，养成一种“社会主义新人”的思想品质；另一方面，他在置身、处理错综复杂的社会关系时又是不脱离实际、埋头实干而谨慎小心的。这折射着“大跃进”后的“调整时期”所设想的某种理想形态。就此而言，梁生宝的“觉悟”并未流于对政策的直线说明，亦难还原到“指导/接受”的单向关系中。他是不断将政策方针、政治理解融化、统摄到一个更浑融的精神原则层面，使之成为培育“脱俗”而“纯粹”人格的阶梯，再经由“诚意”的中介化为行动原则。这一系列养成不拘于在一个主体内部完成，而是持续将自己重置于乡亲、邻里、伙伴、同志的多重伦理、责任关系中加以锤炼、培养。这个理想主体的构成方式和生成过程都“层积”着作者的实际经验、现实体会与历史理解，它也蕴含着对现实和历史的机能性把握。

之所以说是“层积”着作者的理解，因为这一把握非一时产生的，它既是作者在长期扎根基层工作中渐渐摸索、体会出来的，也是经过曲折的写作探索锻造出特有表现方式才能够加以塑形与传达的。《创业史》第一部书写了1952年底“查田定产”结束到1953年末“总路线、

① 严家炎在《关于梁生宝形象》一文中就指出梁生宝“能够处处从小事情上看出大意义”，几乎带有思想家的面貌。(《〈创业史〉评论集》，陕西人民出版社，1980，第264页)

总任务”颁布带来第一轮合作化高潮之前的农村状况。彼时正是互助合作跌入低潮，基层组织趋于涣散，干部退坡现象严重的时期，也是柳青刚下到基层开始工作的阶段。在普遍的低落形势中他发现了坚持下来的王家斌互助组，被这个“有社会主义新人性格”的人物所吸引，确定了他要培养的工作典型和人物原型。1954 年，柳青完成了《创业史》第一部初稿，主要人物基本具备，小说框架也已奠定。[①] 但从 1954 年第一稿到 1959 年正式发表，期间又经历了多次修改。如果我们意识到，在“十七年文学”创作所遵循的原则中“及时反映现实”占有特别核心位置的话，那《创业史》的“晚熟”显然是不同寻常的。其间柳青所遭遇的政治和创作压力也就不难理解。

在较长的修改过程中，中国农村社会主义革命的形势以及中央的判断、政策都发生了密集而大幅度的变化。形势的冲击、带动使得柳青有时不得不搁笔投入运动热潮里，有时又要带着对现实的困惑、忧虑和思考再回到写作中。在经历了较为漫长的修改、探索、锤炼后，小说的矛盾构成、冲突设计、人物塑造、思想深度都发生了实质性变化。在这个变化过程中，如何在现实主义创作中注入理想性，如何创造有现实主义品质的理想人物成为作者重点考虑和特别用力的地方。因此，梁生宝一定是他用力最深的人物。这个人物的塑造凝聚着作者结构小说矛盾的方法，灌注着他对合作化运动需要什么样的群众带头人的理解，更体现着他对农村社会主义革命需要什么样的社会主义主体状态来支撑的设想。梁生宝这样一个典型人物身上汇聚着柳青、王家斌等人在实践中摸索出来的现实感，体会到的理想性的可能。对这些“现实”与“可能”既要通过作品去体会，也要再还原到历史现实中去认识。更确切地说，作品

① 刘可风《柳青传》中对这一稿的内容有所交代：“这一稿写了二十四章，出场人物约二十七个。成书的主要事件在这里大部分都出现了，围绕着互助组的成立和发展展开矛盾。这一稿人物的名字和后来的几稿有些不同：梁三老汉叫杨永泰，梁大老汉叫杨永明，梁生宝叫杨生斌，欢喜叫任子广，白占魁叫薛得胜，姚士杰叫姚士林，徐改霞叫徐淑霞，梁秀兰叫杨秀兰，韩培生叫韩志杰等等；也有些人物的名字一直没有变，如冯有万，冯有义等；有些人物在第一稿中有，以后没有了，在第一稿没有，以后添了的也有一些。”（刘可风：《柳青传》，人民文学出版社，2016，第 159 页。）

的表现是为我们提供了一个不那么直观的通道，去把握历史现实中不那么直观存在的“现实”与“可能”。

梁生宝这一理想人物的诞生交融着历史生成与文学生成的双重过程，只有充分还原这一双重过程的诸多褶皱才能逼近其认识价值。再者，作者的现实把握不是只聚焦在一个主人公的身上，而是体现在一系列人物错落、交织的矛盾关系上。作者在创作上的探求也特别诉诸如何通过结构一系列人物关系和矛盾构成来折射现实问题。梁生宝作为第一主人公正是诸种矛盾的汇聚点，把握了他与作品中其他主要人物——梁三老汉、郭振山、高增福、徐改霞——矛盾的构成与实质，就能够在相当程度上击中作者现实认识与表现的要点。因此，本文虽意在揭示梁生宝这一理想人物的历史生成与文学生成机制，激发其认识价值，但切入方法却是对梁生宝与其周边人物关系、写法、区别的逐一对比、解读。试图经由“写法”的剖析逐步还原其矛盾构造方式、指向与认识意涵。

两个“主人公”和两种“历史”

梁生宝在《创业史》中有两轮出场。正文第五章“梁生宝买稻种”表现了一个“新人”的出场。他的“前史”则集中在题叙中交代。表面看，题叙历史与正文历史紧密衔接，其实，正文展开的是一种新的“历史”，题叙中“写”梁生宝与正文中“写”梁生宝存在某种断裂。

作为主人公，梁生宝在正文中一出场就有高度的精神完整性，既有性格上的成熟，也有政治意识上的觉悟。而题叙作为“前史”概括了这位主人公之前的经历，却没有给出足够空间讲述其精神养成的内因与过程。正文中梁生宝性格的稳重与其政治觉悟互为表里，其性情的各种特点与其在工作中所受的考验、锻炼相关。如果真要追溯作为“新人”的梁生宝之“来历”的话，身世只能是背景，决定性的变化当在迎接解放、参与土改之后。因为，经由参与一系列运动、工作而产生的与新政权、共产党的互动才是使其从庄稼人变成“在党”“姓共”的枢纽。事实上，土改之后，对农村共产党员的发现、培养、教育相当具有挑战性，是一个反复筛选、互动的过程。[①] 但这部分历史在题叙中几乎空缺。这造成了很大的不平衡。一方面，正文中，梁生宝对农村社会主义道路的认识已经达到了可以同最高决策者内在一致的程度，但这个认识的来源却并不清晰。另一方面，题叙中突出了他的魄力，他的爱憎分明和斗争性，可这些品格在正文中反而不那么突出。换句话说，在题叙中勾勒的一些决定性品格到正文中变得不具决定性了，正文中具有决定性的品格——沉稳、耐心、坚定、公心、敏锐等却在题叙中找不到来源。

从题叙到正文的某种断裂其实是主题、矛盾构成与写法的断裂。不难感觉到，题叙的主人公是梁三老汉而不是梁生宝。题叙中对梁生宝的描写是外在行动式的。整个创业前史是在梁三老汉的内在视野中展开的。梁生宝的行动是由梁三老汉的视角能够看到的行动，因此，对于梁生宝至关重要的转变经由梁三老汉的视角就变成了“鬼迷心窍”。比如，发了土地证后，很多干部退坡，但梁生宝“比初解放的时候更积极”。这个“更积极”是梁生宝开始区别于郭振山等一般干部的一个基点。还原到历史中看，它一定不是自然发生的。但题叙中的叙述直接转入梁三老汉的诧异：

> 梁三老汉独独地站在那里，奇怪起来：为什么那样机灵的小伙子，会迷失了庄稼人过光景的正路？……他的心变了。种租地立庄稼时的那个心，好像被什么人挖去了，给他换上一个热衷于工作的心。[②]

梁三老汉眼中的“变心”捕捉到梁生宝的变化，但那个变化的内容和过程却失于抽象。《创业史》正文的一个叙述特点就是它深度进入每个角色的思想意识，构造一个内在视角，从不同人物的内在视角出发

① 参见拙文《〈创业史〉前史——一个基于地方经验的考察》(《长安学术》第十三辑，高等教育出版社，2019）中对五十年代初培养农村共产党员经验的讨论。

② 柳青:《柳青文集》第二卷，人民文学出版社，2005，第 19 页。

来展开叙事。因此，虽然整体的结构是按“两条道路”的矛盾关系来构造，但每个人物都有一个完整的精神世界，小说的矛盾同时借助这种精神世界的冲突展开。题叙没有采取这种充分内在化的构成方式，也没有建立差异性的内在视角，整个叙述焦点集中在梁三老汉身上。

而到了正文，梁三老汉就不再足以成为主人公，主人公变成了梁生宝。正文开头，矛盾的形式是梁三老汉对一心为公的梁生宝越来越难以抑制的不满。可这矛盾的“激化”几乎都是在梁三老汉单方面展开的，且富于喜剧色彩——老汉刻意趁着梁生宝不在时夸张地发泄自己的愤怒。这意味着他已构不成对梁生宝要走新路的阻拦。如果说，围绕社会主义的“新路”所展开的斗争是小说要表现的主要矛盾，那么，梁三老汉已不在这个矛盾的主干上。这可以从梁三老汉缺乏行动上看出来。事实上，梁三老汉这一人物在正文中更多表现为“内面”的，心理活动远多于行动。他看不惯梁生宝的“叱咤风云”，他纠缠、煎熬于自己的焦虑、抱怨、担心，却很少能让这些抱怨转化为对梁生宝的实质性阻碍。

这种主人公的转移与正文的矛盾结构方式有关。一定意义上，题叙是以“创业”为主题串联起来的历史，它是社会主义革命的前史。这个“历史”带有庄稼人眼中“世事变迁”的表征，它与大历史相勾连，却更标记着家庭和个人记忆中最刻骨铭心的部分，充满了灾变、动荡，却缺乏动因和方向。越是认同于这样的“历史”的人就越会被桎梏于现实中。题叙中这样描写梁三老汉创家业梦想破灭后的状态：

> 老两口头上都增添了些白头发，他们显得更加和善、更加亲密了。他们没有什么指望，也没有什么争执，好像土拨鼠一样静悄悄地活着。生宝她妈领着闺女和童养媳妇两个十三四岁的女孩儿，春天在稻地南边的旱地里去挖野菜，夏天到北原上拣麦穗，秋天在庄稼路上扫落下的稻谷，冬天在复种了青稞的稻地里拾稻茬。人们赞美这对老夫妻，灾难把他们撮合起来，灾难使他们更和美。[①]

① 柳青:《柳青文集》第二卷，第 14 页。

在他分得了土地重新激起发家理想时，其梦想生活是：

> 后院里是猪、鸡和鸭的世界。前院，马和牛吃草的声音很响。管理着所有的家畜和家禽，对梁三老汉来说，活儿已经不轻了。但他不把这当做劳动，而把这当做享受，越干越舒服。猪、鸡、鸭、马、牛，加上孩子们的吵闹声，这是庄稼院最令人陶醉的音乐。梁三老汉熟悉这音乐，迷恋这音乐。①

无论是面对灾难随遇而安，还是重燃发家梦想，其生活本质都是趋于静态的。“历史”似乎只是一种纷扰。然而，正文围绕社会主义革命展开的历史图景却不是“纷扰”，它是要将所有“生活”搅碎和重组的现实力量。这个“历史”是有方向的，它是被前进方向带动的对过去、现实、未来的本质认识。它的方向感被置于对人类历史予以整体把握的基础上，其目标不能化约为一套社会经济指标，而是导向人类解放的终极目的，是对被桎梏于现实的决定论的超越。其前进动力不单来自直观的社会力量，更需诉诸历史哲学的视野，透视出历史发展的矛盾结构，并把这种认识转化为现实社会关系的斗争、改造与重组。因此，社会主义革命所诉诸的矛盾动力固然被一时概括为社会主义道路与资本主义道路的斗争，但它不是能被一次性解决的，而是不断再生产的，相应的斗争关系也是不断再生产、不断转化的。

《创业史》所要把握的就是这个农村的“社会主义革命”过程中不断再生产和转化的矛盾关系与斗争关系，而不只聚焦某个具体冲突。可以对比的是，一般的反映合作化运动的小说容易沦为“问题小说”，其矛盾设置、情节构造、叙述动力常来自一些工作问题，问题的解决就是情节高潮也是叙述终点。而《创业史》，哪怕它大量借助阶级规定性和“两条路线斗争”的框架，但没有哪对矛盾是可以完全回收到工作中“解决”掉的。小说起首，“活跃借贷”失败，显示阶级关系的再分化

① 柳青：《柳青文集》第二卷，第18页。

与发动互助合作的必要。梁生宝带队进山割竹是对这一危机的化解，形成扩大互助组的契机。但割竹的成功却并没有带来互助组的顺利发展，反而导致两户退组。直到第一部结尾，互助组的危机始终没有根本解除。与之互为表里的是郭振山与梁生宝的矛盾。正文开端，郭振山"轰炸机"式的工作方式后继乏力，梁生宝作为新带头人崭露头角，此消彼长，形成暗暗的较量。但在第一部结尾，"统购统销"再度诉诸群众运动加政治压力的途径使得郭振山又大显身手。那个从郭振山式工作向梁生宝式工作转化的"进步"过程至少是被阻滞了。这些"不理想化"的设计都超越了那种将社会改造写成自始至终朝向合理性的简单构造。

《创业史》拒绝以事件、问题来型构而一定要以"人物"完整性与内在一致性为构成基点正是要找出在表面工作问题、阶级斗争结构之下不断再生产那个表层结构的，基于人的精神、理想、品格、欲望、感情所生成的矛盾。这个"生活世界"意义上的人的矛盾性又不断被革命的上层结构再塑形、再打造。更进一步讲，"生活世界"意义上的人只有不断突破自然决定性，不断突入到有意识的斗争性关系中才能摆脱那个桎梏性的"历史"，走向自我解放和共同解放的"历史"。在丧失乌托邦维度的认识中，"现实"只是被动的现状，但对柳青而言，"生活世界"不可缩减的复杂性与社会主义革命引导的历史方向都是"现实"，其"人物"要在这两重聚光灯下显影。

两个"积极分子"

60年代的评论中常批评梁生宝作为主人公"斗争性"不足，尤其缺少面对面斗争。这与彼时重申阶级斗争原则和"革命化"要求有关。而在50年代农村社会主义改造初期，两条道路的"斗争"更多地被设定为一种竞争关系，即，互助组、合作社与单干户之间的生产竞赛和群众争夺。彼时，"先进"多体现为引导性，而非斗争意识。在梁生宝的人物塑造中，对创集体之业的热衷与投入是主导性因素。梁生宝对这个"大业"的理解较少诉诸社会主义蓝图。如果对比同样表现合作化运动的《三里湾》就能看出来。《三里湾》里详细交代了全村合作化后对耕作和生活的整体规划、未来远景，以此作为调动群众积极性的动力。而创集体之业对梁生宝的意义更多出于他对穷苦乡亲的责任感以及创小家之业的旧路必然导致剥削、不平等的认识。

这意味着，在柳青看来，庄稼人对社会主义道路能够产生认同的基础是道德和伦理性的，植根于庄稼人的“道义”理解，而非经济社会目标的感召。经济利益可以激发一时的积极性，可一旦生产、经济遭遇挫折或分配出现问题，这种动力也容易丧失。诉诸“利”而组合起来不免是脆弱的。共产党在解释农业合作的必要时非常强调它对有困难的劳动者、家庭的带动与救助。这在《创业史》中也有所反映。困难户确实是互助合作的主力。但，为脱困参与互助合作难免在条件改善后回到发家创业的老路上。毕竟，互助合作哪怕成功也不足以自动产生对旧思想的替换，庄稼人原有的意识仍会故态萌生。因此，超越“利”的考虑，将对集体经济的认同植根于“义”的伦理与责任基础就至关重要。

对比梁生宝与困难户高增福这两个积极分子，可以看出梁的身上更有“义”的成分。单看对互助合作的热忱，高增福不低于梁生宝——他为加入梁生宝互助组放弃了自己在官渠岸的家。在斗争性上他似乎还强于梁生宝，无论是对富农姚士杰还是对二流子白占魁，他都有毫不掩饰的痛恨与警惕。但这种热情和斗争性恰好与他作为蛤蟆滩困难户的代表相关。对其“单纯”“直接”“坚定”的设定对应着对哪些力量构成互助合作的基本群众和政治依靠力量的估计。小说中这样描述走投无路的困难户对互助合作的期待：

> 现在坐在蛤蟆滩普小教室里的、这帮从前被压在底层的庄稼人，巴不得明天早晨实行社会主义才好呢。历史如果停留在这查田定产以后的局面，停留在一九五三年的话，那么，他们将要很快倒回一九四九年前的悲惨命运里头。[①]

① 柳青:《柳青文集》第二卷，第116页。

进一步，作者把这种基于自身处境的选择升华为一种集体意志和感情的凝聚：

> 他们坐在教室里汽灯的强光下，非常的安静。安静是内心平静的表现，因为他们不急不躁。尽管父母的血液和童年的环境，给了他们不同的气质和性格，但贫穷给了他们同一个思想、感情和气度。这使得二十几个人坐在那里，如同一个人一样，纯朴的脑里，进行同一种思索，心情上活动着同一种感受。①

这里塑造的是，共同的处境会产生共同的意志与选择，其选择固然有趋利的动机，但当它集中为意志时却具备高度的政治性——其对立面是："那些躲会的自发户庄稼人，有二三十亩地，一头大牛，两三个劳动人，就以为他们是自己过光景的主席，掌握了自己的命运！……他们希望历史永辈子停留在这里，他们希望新民主主义万岁！"②于是，庄稼人基于自身处境的适应性选择具有了"两条道路"框架下的政治倾向性。相比之下，困难户选择时的不得已更有凝聚为共同意志的可能，这种意志是潜在的，具有上升为主动意识的动能。之所以说是潜在的，因为假如没有现实力量对其集中、引导，这种凝聚就只是一种可能。柳青捕捉的这个场面极富表征性：困难户们安静地坐在一起，这个无声的表象下面却是内在一致性的凝聚，这个一致不需要交流而孕育着潜在的意志与力量，其中还蕴含着等待，谁能够回应这个等待谁就能捕捉到这个力量。

随之出场的高增福正是困难户这个群体的意志、品质与感情的代表。其品质被刻画为崇高而无私的：

> 他不管光景过得怎样凄惶，精神上总是像汤河岸上的白杨树一般正直、白净，高出所有其他的榆树、柳树和刺槐，树梢扫着蓝天

① 柳青：《柳青文集》第二卷，第117页。
② 柳青：《柳青文集》第二卷，第116页。

上轻柔的白云片。[①]

对高增福品质美学式的刻画是对困难户群体本质与政治可能性的进一步提升。他的日子是凄惶的，他却因此有更彻底的公心。但相对于梁生宝的“心回肠转”，他的直率与直接恰好对应于他不必担负深重的责任，不必考虑复杂的关系。而梁生宝是随时随地把对他人的责任、群众关系、群众意见、领导意图放在心里的。

梁生宝的“觉悟”意识之锻造很大程度上与其“责任的重负”相关。这个人物具有理想性的一个基点不在于他的魄力或觉悟，而在于他超乎常人的责任承担意识。柳青曾提到过梁生宝的特点是“毫不任性”和“听话”——小时在家听父母亲的话，跟了共产党则听党的话。[②]看起来“听话”是一个被动的、缺乏主体性的状态。但“听话”的另一面连带着责任担当，置身“听话”位置的人往往将成为家里的顶梁柱、当家人。所谓“听话”不能化约为“服从”，让人放心的“听话”是尽力还要尽心，鞠躬尽瘁之外还要兼顾各方。好的当家人往往能够成为好的带头人，因为其在家庭中得到培养、锻炼的责任感、公心与处事能力扩大至乡里是同心同理的。当然，由家庭扩延至家族、乡里的过程中，徇小家、小宗之私难免成为侵害公心的一大阻碍，能够破小家利益的执障以谋公益尚需另一番功夫。对于梁生宝这样的“新人”，其破私立公的要害端取决于责任感的延伸：

> 他看见这伙人，比看见他家里的人亲！……他们的要求不仅引起生宝的同情，而且引起一个共产党员对群众的困难要帮助的那种责任感。他觉得从这群穿破烂衣裳的人中间悄悄地溜掉，是可耻的。[③]

① 柳青:《柳青文集》第二卷，第 122 页。

② 见王维玲《柳青和〈创业史〉》，蒙万夫等编《柳青写作生涯》，百花文艺出版社，1985，第 141 页。

③ 柳青:《柳青文集》第二卷，第 126~127 页。

这里的同情结合进了阶级意识，但仅仅是同情是难以付诸行动的，只有再加上责任感才能令他担起这个担子。而这副担子的重量和工作难度是他充分意识到的：

> 吸收他们参加他的互助组吧，怕户数太多弄不好；而且新收几户没牲口的组员，畜力又成了大问题。不成，万万不成。他想起窦堡区大王村的劳模王宗济在县上介绍的经验了："互助组要好，开头要小。"他不能冒冒失失，办出没底底的事。[①]

因此，他调整了进山计划，想出能照顾到所有困难户的周全办法，由此引发了任老四的佩服和担心：

> 在回家的路上，任老四一路慨叹着，慨叹着。生宝问：
>
> "老四叔，你心里思量啥呢？"
>
> "我思量你人年轻，肚肠宽大，"任老四溅着唾沫星子说，"你揽事这么宽，心里有底吗？"
>
> 生宝显出痛苦的脸相，摊开两只手，要哭的样子说：
>
> "有啥法子呢？眼看见那些困难户要挨饿，心里头刀绞哩！共产党员不管，谁管他们呢？"[②]

梁生宝敢于"揽事"似乎基于他的魄力，但这里刻画的恰是揽事的不得已。作者把这个不得已安排在活跃借贷失败、困难户生活没着落的急迫形势中。这个危机同时折射了自发势力上升、政权号召力衰落的拉锯局面。作者做了充分的铺垫把梁生宝置于众望所归的位置上。但作者对他"揽事"的描写却非英雄式的、果敢的，而是刻意写他的"为难"——"生宝完全没有预料到这一着，站在褴褛的破衣裳中间，一只手摸着耳朵

① 柳青：《柳青文集》第二卷，第126页。
② 柳青：《柳青文集》第二卷，第128页。

后面的脖颈，脸上带着作难的苦笑”。[①] 这个“为难”来自他同时要对互助组负责，“不能冒冒失失，办出没底底的事”。此环节上的责任感又体现为谨慎、冷静。他的“揽事”是把同情心、责任感以及谨慎、周全，再加上阶级意识、政治自觉等诸多因素糅合在了一起。所谓共产党员的觉悟是要在这一系列的情感结构和意识结构的构造下才成型、表露出来的。

两种“带头人”

柳青塑造梁生宝这个理想人物时特别着重写其意识锤炼而达至习惯、性格、品质的层面。换句话说，小说中着重表现的梁生宝的一系列性格不能被简单归结为塑造人物所必要的外在性格特征，毋宁说它们是对于一个合格的、理想的群众带头人应有品质的要求。梁生宝身上集中体现着达至这些要求后对人的性格、品性能够改造并塑造到什么程度。这体现着柳青对“典型”的理想性的理解：

> 按照朱光潜先生的叙述，亚里士多德的观点仅仅认为典型与理想是密切联系的；但马克思主义者则认为典型就是理想的，它高于真实，只是表现出来令人感到是真实而已。因此，典型是真实和理想的结合，它既不仅仅是真实，也不仅仅是理想。[②]

进一步讲，理想人物的“理想性”须植根于“典型环境”而产生效应，仅诉诸高尚性的罗列会使人物的“理想”虚高，脱离构成“典型环境”的现实脉络。因此，对理想性把握的另一面恰是要对现实的矛盾关系有深入理解，这样才能贴切地设想置于现实矛盾中心的典型人物应该具备哪些性格、品质。

众所周知，梁生宝这个人物的原型王家斌正是柳青在皇甫村扎根时重点培养的对象。也就是说，王家斌首先是柳青在实际工作中培养的工

① 柳青:《柳青文集》第二卷，第 126 页。
② 柳青:《美学笔记》,《柳青文集》第四卷，第 281 页。

作典型，随后才成为柳青笔下的人物原型。塑造梁生宝之前，柳青已把王家斌写入了纪实散文《皇甫村的三年》。从现实的王家斌到《皇甫村的三年》中表现的王家斌，再到《创业史》里的梁生宝，人物经过了一个连续而有差异的作品化、典型化过程。

很多人都曾注意到《皇甫村的三年》中王家斌与梁生宝的差异，比如《灯塔，照耀着我们吧！》中记录王家斌在查田定产后也动过买地的念头。这种心思动向在梁生宝身上是不可能出现的。其实，实际情况更严重。1952 年的整党报告中曾反映，时任农会主任的王家斌因为晚交公粮被罚了几斗麦子，受到家里埋怨，不想再当干部，要回家生产，但不好意思辞职，辗转反侧多日，最后想到去偷别人家的猪，故意让人发现，好免了自己的职务。[①] 在后来，这很容易被归结为立场动摇，但就当时而言，部分干部接触革命不久，视当干部如同当差，既然土改运动已过，形势转入生产，差事就可以卸去了。由此，形形色色的“退坡”倾向在那时相当普遍。1952 年的查田定产结合整党很大程度上是针对党员、干部的退坡风。但那次教育仅仅是刹住了退坡风，并没有使上级期望的政治觉悟、社会主义理解真正在农村党员身上扎下根来。“退坡”从公开辞职转为隐性的更多考虑家业而对公事采取应付态度。

《创业史》第一部聚焦的正是土改过后到合作化运动之前农村基层趋于涣散的阶段。小说对干部退坡的表现集中在郭振山身上。其身上的矛盾性特别对应着共产党在推动合作化运动时对农民身上两种积极性、两条道路的估计——所谓走自发道路（个体经济）的积极性与走社会主义道路（互助合作）的积极性并存。[②] 小说写郭振山也会受到政治教育的感召产生走社会主义道路的积极性：

> 在头年冬天整党的会上，郭振山也曾热过：

① 《长安县第二期查田定产结合整党教育的报告》，1952 年 12 月 30 日，长安区档案馆：1-1-71。

② 见，《中国共产党中央委员会关于农业生产互助合作的决议》（1953 年 2 月 15 日），中华人民共和国国家农业委员会办公厅编《农业集体化重要文件汇编·上册（1949-1957）》，中共中央党校出版社，1982。

……

他和下堡乡的其他共产党员，一块走出下堡村乡政府的大门洞，脑子里充满了崇高的社会主义理想。……但是当他睡在炕上婆娘娃子们中间的时候，西厢屋郭振海强壮的鼾声，东厢屋牛棚里牛啃铡碎的玉米秆的声音，棚上头保卫粮食的猫咬住老鼠的声音，一下子就把他拉回现实世界了。……

“咱当个普普通通的党员算哩！咱光把村里的行政工作办好算哩！”他想，“光荣！光荣！咱没那条件光荣啊！”[①]

小说中的郭振山不是个一般庄稼人，他争强好胜，是个能人，也是个强人。当他看到领导重视梁生宝时，好胜心激起他放弃家业创大业的冲动：“他脑袋一想热，就想豁出来不创家立业了，创国家大业吧。叫你生宝看看谁把互助组闹得更欢腾。”[②]同时，政治教育也会调动他的荣誉心、“光荣”意识。本来，好胜、光荣也可以在庄稼人发家的理想中得以满足——郭世富盖屋架梁招来全村人羡慕也是一种争强、荣耀。但“光荣”这个新社会流行起来的词，其标准并不如传统庄户人习惯的那样稳定——“光荣”的标准会随着工作要求的提升而水涨船高。当互助合作成为主导方向时，仅做好行政就算不上光荣了。

需要看到，所谓走社会主义道路和走自发道路不仅是创大业和创家业的对立，而且是两种世界观的差异：一种是配合社会主义革命的——这个革命是辩证发展的，它不能将现状固定下来，或者说它不满足于任何固化的现状，而须不断向新的阶段迈进，不断发现现实中促成向新阶段迈进的因素，不断向参与革命的人提出进一步要求，不断诉诸精神的提升与超越[③]；另一种则被界定为庄稼人的：它是物质的、可见的，它也

① 柳青：《柳青文集》第二卷，第155~156页。

② 柳青：《柳青文集》第二卷，第180页。

③ 1958年1月，中共八届六中全会通过的《工作方法六十条（草案）》中有突出的一节谈到“不断革命”的必要与方法：“我们的革命和打仗一样，在打了一个胜仗之后，马上就要提出新任务。这样就可以使干部和群众经常保持饱满的革命热情，减少骄傲情绪，想骄傲也没有骄傲的时间。”（《毛泽东文集》第七卷，人民出版社，1999，第350页）

有自己的理想，为了这个理想庄稼人可以忍受难以想象的劳动艰苦和生活艰苦，但这个理想是稳定的、静态的。农村共产党员要接受的考验就是被置于这样一个矛盾结构中经受锤炼，其考验的核心在于能否从那个直观的庄稼人理想经由“光荣”“责任”的中介一步步实现对它的超越，产生能够配合社会主义革命的主体状态。

庄稼人的“改造”——相当程度上这是《创业史》的真正主题——不能诉诸理念化的方式进行，更具体地说是不能以澄清理念为前提进行，它要结合社会主义改造的实践来实现。因此，对于参与到这个实践中的庄稼人来说，首要的尚非对社会主义的理解是否准确，而是对共产党在农村的每一步工作——它们指向社会主义的目标而又根据每一阶段的具体需要来设计——积极配合。在这个配合的内在意愿与动力上，“光荣感”和“责任感”的作用至关重要。《创业史》在刻画另一个“新人”徐改霞时就赋予她这样的意识：“对这个二十一岁的团支部委员来说，光荣就是一切。她简直不能理解，一个人在这样伟大的社会上，怎样能不光荣地活着。”[①]这种单纯的、对光荣的无条件渴望是其成为“新人”的基础，而另一面是这种单纯缺乏有穿透力的现实感的支持。因此，社会主义道路的现实复杂性和矛盾性令其选择充满波折。而对于郭振山这个已占据重要位置的党员而言，当他滋生“光荣！光荣！咱没那条件光荣啊！”的意识时就意味着思想与行动必然蜕化。

郭振山一度对“在党”产生了犹豫。但郭振山作为蛤蟆滩的能人是有权力欲的，并已置身村庄的权力关系中。最终使他悬崖勒马的是权力意识带来的现实感：

> 你胡思乱想个啥？你想往绝路上走呀？放清醒点！你把眼睛睁亮！你怎敢想离开党？要在党！要在党！离开了党，蛤蟆滩的庄稼人拿眼睛能把你盯死！离开了党，仇人姚士杰会往你脸上撒尿呀！[②]

---

① 柳青：《柳青文集》第二卷，第158~159页。

② 柳青：《柳青文集》第二卷，第157页。

这里的“在党”不再与光荣等价值相关，而是一种现实权力。郭振山的蜕化特别体现在这一转化上。当“在党”更多地与权力欲相关时，也就意味着他会与梁生宝产生真正的、持续的矛盾。

柳青在把握郭振山这个农村干部的蜕化时是要努力揭示其精神构成的内在矛盾性与限度，以及在现实条件下思想精神的斗争与转化路径。其不能克服的私心固然是根本（在土改中分好地时已显现），但这种私心是在好胜心、光荣感、权力欲等多重因素的拉扯下发酵、变形的。它已不同于农民的自发意识那么单纯。

“病症”的不同诊断

农村干部在合作化初期遭遇的困境、思想变化是很多合作化运动小说表现的重点，但不同时期揭示的问题症结各不相同。其背后是不同时期政治标准、解读的变化。比如，可以同《创业史》形成对比的是秦兆阳的长篇小说《在田野上，前进！》。

出身于晋察冀根据地的秦兆阳几乎与柳青同步，也从1952年底开始“深入生活”，赴河北雄县挂职县委宣传部部长，在崔村蹲点试办合作社。《创业史》初稿完成的1954年，秦兆阳开始动笔创作反映合作化运动的长篇小说《在田野上，前进！》，其描写时段与《创业史》基本重合，要表现的过程也是陷入危机的互助合作运动如何经过整顿从低潮走向高潮。但与《创业史》的“晚熟”不同，《在田野上，前进！》于1956年写完后立即发表、出版，成为早期表现合作化运动的代表性作品。

《在田野上，前进！》聚焦的问题同样是农村基层组织的涣散和干部退坡，但它并没有把这种现象单纯归结为农村党员、干部自发思想的抬头，而是特意强调土改运动过后上级工作方式积弊给基层带来的困难。这个积弊尤其表现为一种不顾实效的强迫命令。比如，在春耕播种时号召打井抗旱：

> ……砖井打不起，土井，挖深了就塌，挖浅了出水少不顶事，

> 白白糟蹋地。可是，上级的任务能不完成吗？模范村的挑战条件能不保证吗？再加上县区干部督促得又紧，挖吧！郭大海和全村干部费了九牛二虎的力量，硬逼着人们每六亩地挖了一眼应付上级的不出水的土坑坑，全村合计有几百个这样的土坑坑——完成了任务。
>
> 接着，上级又布置了清洁卫生运动、爱国日、有奖储蓄等一连串的中心工作，每一样工作都需要数目字，都经过村与村的互相挑战，每一样都是以上面那样强迫命令的方式完成的。①

种类繁多的“中心工作”并置的后果是没有真正的“中心”。而作为“方向”的互助合作问题如乱麻，村干部没能力、没经验解决，区县干部也不在行：“他们只是把互助组当做推行各种临时任务的组织机构，无论什么工作总要召开若干次互助组长和组员的会议，要求他们起带头作用。”本来，互助组是生产机构，要用有效组织生产带动个体农民逐渐纳入集体劳动。但互助组并不容易稳定，由集体生产导致的矛盾层出不穷：

> 为了上面所说的那些工作，夜里开会开到半夜，白天下地干活时到得先后不齐，影响了组员们的团结和生产上的积极性。下雨了，必须抢种，该先种谁家的地呢？伙买的牲口，确定了大家摊钱摊草料，轮着喂，大家使的原则，可是，草料有的摊得起，有的摊不起；有的愿意喂，有的怕责任不愿喂；有的人使牲口细心爱惜，有的人却相反。劳力评分，强的弱的，男的女的，发生了争执。牲口和人力换工，不是牲口户说吃亏，就是劳力户说吃亏。副业账目不清，或是赔了钱。②

土改之后互助合作运动的基本方向是扩大互助组数量、范围，努力将临时互助组转为常年互助组。可正如秦兆阳小说中揭示的，上级多把

① 秦兆阳:《在田野上，前进!》，人民文学出版社，1982，第93~94页。

② 秦兆阳:《在田野上，前进!》，第94页。

互助组当成推行临时任务的组织机构，未真正照顾其生产组织的特点。这样一来，加重了互助组的负担，既不能有效组织生产，解决内部纷争，又要负担各种附加任务，互助组难免垮台。由此造成党与行政组织的威信丧失：“从此人们就越来越不听村干部和郭大海的话，到处是怨言，甚至连党团员大会和群众大会也召集不起来。”[①]

“中心工作”的层出不穷，组织互助合作的乏力，如在小说中所表现的，均与行政化的领导方式相关：“县委办公室里的两名搞互助合作的专职干部，一名经常在家收集汇报和整理材料，只有一名经常在外面跑……”[②]这一时期内，互助合作虽是“方向”，但“社会主义”毕竟是“远景”，抓互助合作常被淹没在日常性的“中心工作”中。连基层党组织也没有被有效结合进互助合作工作：“上级只注意从原来互助组的基础上办社，所以没有特别动员党员们入社；郭大海他们对农业社的事比对互助组的事更加外行，怕进去后无法插手；农业社果真能办好吗？不会象互助组一样闹得一团糟吗？”[③]1952 年年底的整党试图解决基层党组织的涣散，却反而加重了干部的无所适从：

> 冬天，县区工作组来到村里，进行了一个半月的整党工作，在党内外配合下，对形式主义和强迫命令的工作作风进行了很严厉的批评。但是，新的作风呢？没有建立起来。
>
> “以后工作怎么做？”大多数干部心里都有了这样的疑问。
>
> 大多数干部都像郭大海一样，耷下了脑袋。[④]

秦兆阳没有把干部退坡、涣散直接归根于农民自发思想，却着重挖掘这一时期整个农村工作的弊病，尤其是区县级领导在政治意识和工作方法上的缺陷。证之于档案记录，这些问题在这一时期的农村工作中

---

① 秦兆阳:《在田野上，前进!》，第 95 页。
② 秦兆阳:《在田野上，前进!》，第 94 页。
③ 秦兆阳:《在田野上，前进!》，第 95 页。
④ 秦兆阳:《在田野上，前进!》，第 95 页。

确实普遍存在。柳青蹲点的长安县在 1953 年 3 月 27 日的一份“春季生产工作汇报会议”记录上记载着时任县委副书记、县长李浩对互助合作状况的报告：1952 年春耕中全县有互助组 21788 个，夏收中垮台 2414 个。到 1953 年 2 月下旬召开三级干部会议时，全县仅剩 11469 个组，减少 47.4%，大部分地区互助组织倒退到 1951 年水平。春耕之后，由于干部放松，互助合作进一步陷于自流，甚至一些重点组也停顿下来。[①] 这种普遍倒退和停顿直接源于之前大规模组织互助组是在 1952 年的春耕防旱运动中，发动方式有强迫命令之嫌，一旦压力放松则很快垮台，且比未经组织更难恢复。更深层的原因还在于此阶段干部对领导互助缺乏内在动力，放任自流。

这里隐含的问题是，如果有效调整工作方法和工作作风，改进上级的行政化工作方式和强迫命令，基层干部的退坡是不是就不至于那么严重？要害在于，要改变工作作风以什么为突破口？按后来推动农村社会主义改造的思路，只有在思想上树立社会主义认识，在组织上以社会主义性质的生产组织来带动——走群众路线，典型试办、以点带面，发动群众广泛参与——形成新的社会运动才能打开局面。《在田野上，前进!》和《创业史》都符合这个大思路。不过，《在田野上，前进!》更强调自下而上地冲击行政化、官僚化的工作方式。这实际上是 1954 年、1955 年整风批评教条主义的反映。秦兆阳这一时期号召的“写真实”“干预生活”也意在发挥文学的现实批判功能。所谓“写真实”就是要敢于触碰、揭露现实矛盾最尖锐、集中的部分。因此，不同于一般“问题小说”，其写作不是将已有预先答案的具体问题作为小说情节构架，而是注重挖掘现实工作困境中的核心“问题”。这个“问题”就《在田野上，前进!》而言特别表现为上级领导的教条主义、形式主义和官僚主义。小说结尾曾借中央领导荆国卿之口发出一系列追问：

比如，你说在工作里应该有热情，是一种什么样的热情？是从

① 李浩：《目前长安县互助合作运动中存在的问题及今后意见》（1953 年 4 月 5 日），长安区档案馆：1-1-106。

> 哪里来的这些热情？怎样去发现去认识客观情况里面的积极因素？很多同志为什么老是对社会主义改造这样大的工作缩手缩脚？省委在这个问题上为什么也老是不敢大胆放手？比如，各县都有搞互助合作的专职干部，为什么要让两三个人去专职？其他的干部就都可以不专职吗？为什么不利用这两三个专职的内行的人去训练那些非专职的不内行的人？……为什么从解放以后，无穷无尽的中心工作都往农村里压下去？为什么每一样中心任务都要开那么多会？还有，随着春夏秋冬季节的变换，水旱虫雹灾害的发生，是不是有盲目布置、强迫完成、只要数字、不问实效、干部和群众忙得团团转的现象？是不是我们进城以后就逐渐忘记了过去根据地时代那种切实的、细致的、讲实效的、群众路线的作风？是不是我们逐渐滋长了脱离群众的官僚主义作风？这可是个大问题呀！[①]

这段反思的蓝本依据了毛泽东提出“中国农村社会主义高潮”前后对“小脚女人”的批评，对“调动一切积极因素”的强调。恰如关于农业合作化速度的争论主要发生在上层，迟滞农村社会主义改造的阻力也一度被归结为上级领导的动力、认识不足。小说正是按照这一逻辑来设定的——具体的混乱、偏差虽然发生在村里，但根源在区县，甚至省里。矛盾焦点特别集中于负有指导责任的领导身上。基层干部群众的精神、工作状态，积极或消极很大程度上取决于上级的工作方式。这还原到历史中亦有相当的真实性。小说中村支书对自己的工作状态曾有一大段检讨，呈现的正是基层干部的被动：

> ……想来想去，只有一句话：“懵头转向”。什么叫懵头转向？光知道对工作傻卖力气；光是想要跟别的村比高低，逞英雄；光知道上级怎么布置就怎么干，干完了怎么着呢？结果怎么样呢？咳，总以为：反正完成了任务，反正没有落在别的村子的后边。要说缺

① 秦兆阳:《在田野上，前进!》，第 478 页。

点，谁没有缺点？谁在工作里不出一点不大不小的毛病？就这样，糊里糊涂。……怎么动员的呢？召集人们开会，开一次不行，开它个三次！“上级的任务是增加生产，抗美援朝，你是中国人不是，你不爱国？”不愿意来开会吗？就让村剧团给他们演戏，等他们来看戏就把会场门儿一堵，谁也不准出去——开会！就这样，可真闹了个突出的啦——倒突出的啦！就这样，俺们村里也跟别的村一样：互助组伙买的猪发瘟啦，互相埋怨啦；伙买的牛，抢着使，使完了没人喂；打的土井，糟蹋了地，不出水，一个也用不上；互助组评工记分不公平，吵架。……就这样，互助组“百分之百的完成任务，百分之九十九垮台”。去年秋后，整党啦，反对强迫命令啦，反对形式主义啦，检讨啦，克服啦，整得可是不轻。咳！以后怎么工作呢？可就没了招儿啦！[①]

小说力图揭示，基层干部当“夹馅饼子”与荆国卿批评的上级教条主义、官僚主义有内在因果关系。因此，小说的主人公——县委副书记张骏——被设定为一个有高度责任感，对互助合作运动有认识、有热情，又善于深入群众工作的干部。一开篇，这个人物在县委就处于“光荣孤立”的境地，他下村去整顿将要垮台的试办合作社，由此揭示出基层的重重矛盾。作为反面典型的县委书记王则昆则呈现出在新形势下一个老革命的“热情”是如何消退的：

在战争的年代里，在多少回带领民兵破坏敌人的交通和围攻敌人的据点时，在以后的反霸和土地改革等运动中，王则昆不止一次体会过群众的政治热情，不止一次受过感动。从土地改革以后，特别是最近两三年来，他觉得人们的政治热情象是慢慢冷下来了，工作也越来越难做了。……如果你这样问他：“这是不是跟工作里边的乱抓一气和强迫命令等等缺点很有关系呢？”他就会回

① 秦兆阳:《在田野上，前进!》，第 338~339 页。

> 答说：“咳！当然是有关系的啰。”“那么，为什么不改正呢？”“改正，咳，可不简单！比如象去年突击组织互助组的事情，上级这样主观主义要求县里，县里有什么办法呢？”“那么，为什么不对上级提意见呢？”“咳，不体谅上级的困难，胡冲八撞提意见，不怕受批评吗？不怕弄坏了上下级的关系吗？”“那么，为什么不整顿下级呢？”“咳，整当然也整过，可是，下级，文化低，能力差，任务又多，能怪他们吗？”“那么，你自己有没有责任呢？”“咳，我当然有责任。我也是个大老粗出身，无论从哪一方面说，反正就只有这么两下子，有什么办法？”……“咳，有的工作，应该突击完成；有的工作，应该稳步前进，那就是慢慢来，慢慢来，因为，有些事情，真不是那么简单！”①

专写王则昆的一章题为“头脑‘冷静’的人”。这个“冷静”被描述为脱离群众之后日渐产生的丧失主动性、畏首畏尾、得过且过。所谓“冷静”背后是一种市侩主义的人生态度。相比之下，张骏的“热情”首先来自不能容忍市侩式的生存：“我不过是象王老梗这些人一样，心里有火，压不住，无论怎么着也压不住；无论怎么着也不能不死不活，敷敷衍衍……”②他对官僚主义的痛恨也是针对“为什么他们就愿意敷敷衍衍的过日子呢？”这个“热情”与“冷静”的对立，认真与敷衍的对立，批判精神与市侩主义的对立有超出当时政治规定性的层面，却是秦兆阳着力捕捉的现实政治矛盾背后的精神矛盾。

作为革命的信仰者，秦兆阳这一类新文化传统熏陶下知识分子眼中的理想革命包含着对庸常、市侩式生活的颠覆与超越，也包含革命者主体、精神的提升。所谓“热情”正是一种批判和超越的动力，也是一种打破区隔、界限的熔炼。作为经历过革命战争年代的革命者，其对“热情”的理解、体会已经超出小资产阶级革命者对个人激情的信仰，而更多从“群众的政治热情”的角度来体会。革命战争年代的经验使他们

① 秦兆阳：《在田野上，前进！》，第 348~349 页。

② 秦兆阳：《在田野上，前进！》，第 380 页。

相信，一旦找到正确的工作方式——荆国卿所说“根据地时代那种切实的、细致的、讲实效的、群众路线的作风”——群众的政治热情就能被调动出来。这种热情之所以必要不仅因为它产生行动动力，也由于要用这种上下一心的热情打破革命政治中难免出现的权力分层与区隔。而后者在取得政权后因为与行政权力相结合而日益强化、固化。所谓官僚主义愈演愈烈正肇因于此，它不断侵蚀革命肌体的有机性。群众身上蕴藏着进一步革命（社会主义改造）的“热情”和积极性在这样的认识结构中是前提性的。它既是一种认定，也是一种需要——它在把革命不间断地推向下一阶段的动能中力图恢复革命组织与群众的有机关系。而群众理应具备的“热情”不能发挥出来，则被归咎于上级的官僚主义：

> 我看，严重的问题不在农民本身，而在于教育，在于党的领导，在于我们这些干部是不是都打通了思想，是不是真正懂得农民的要求，是不是对社会主义有认识……①

当互助合作运动普遍发动起来之后又遭遇挫折时，“严重的问题在于教育农民”曾被反复提及——农民的社会主义觉悟跟不上社会主义改造的步伐，要诉诸“社会主义教育”来提高农民认识，消除其自发的抵制。但在互助合作的发动阶段，严重的问题似乎不在教育农民，反在教育领导。仿佛只要形式主义、教条主义被破除，群众的生产、工作热情就能被充分激发，农村的“社会主义高潮”就指日可待。

“新人”的发现

而《创业史》的写作、修改已经跨越了合作化运动几轮的“发动—高潮—收缩”循环。单纯地认定农民有潜在的社会主义积极性，只要领导得当就可以迎来高潮被证明是过于乐观的。“严重的问题在于教育农

① 秦兆阳:《在田野上，前进!》，第 381 页。

民”再度被置于首要位置。使社会主义在农村的思想与现实中真正扎下根来成了一个长期、持久，充满起伏波折的艰苦工作。因此，相比《在田野上，前进！》,《创业史》的矛盾构造有一个明显下沉和内化的趋势。虽然小说中也设置了县乡干部不同工作作风的对比，但它们对于小说的矛盾构成不具有决定性影响。矛盾是发生在梁生宝、郭振山这样的具有不同主体状态的农村基层党员身上。两条路线斗争这时的内涵已经不再是自发道路与集体化的斗争，而是两种主体形态的斗争。《创业史》的问题核心已不在工作方法层面的教条主义、形式主义，其追索的焦点在于社会主义与资本主义两条道路两种思想所植根的精神土壤、思想机制和主体状态。所有的现实较量都由此生成亦归结到这一层次上。

郭振山的“退坡”首先源于其不能消除的私心。小说把他的出身写成非本分的庄稼人（解放前曾走街串巷卖瓦盆），带着小商贩的习性；写他在土改时分好地，半推半就地接受；写他对孙水嘴的恭维安之若素；写他对梁生宝的嫉妒；写他的计较、夸饰、强词夺理——这些都在表现他品质上的缺陷。正是这些缺陷——而不是工作上遭遇的困难——使他在面对新的考验时一步步退缩。如果单从工作角度理解，郭振山的发家理想和他做好行政工作并没有那么矛盾。但是，小说着力揭示的是，互助合作并不是一般的行政工作，它所蕴含的社会主义精神、品质是对小农精神、思想的超越与改造。尤其是小说第一部所表现的阶段——“总路线”尚未提出之前，“社会主义觉悟”尚未成为普遍要求，互助合作动力不足的状况下——哪些品质、精神能促使庄稼人中的先进者产生坚持、发展互助合作的责任感和积极性就显得至关重要。柳青所赋予梁生宝的正是这样一些品质。而他能够塑造梁生宝这样的人物又是因为他在现实工作中看到王家斌的所作所为中蕴含着这样的品质。

在《灯塔，照耀着我们吧！》里，柳青称王家斌身上具备“一个具有社会主义觉悟的新人的性格”。其实，这个“性格”里囊括着品质。和一般地宣传劳模、典型看重“事迹”不同，柳青看重的不是“事迹”的突出，而是支撑他的品质与性格。王家斌的事迹也可以说“突出”。其突出之处在于他领导的一个并不被重视的互助组在互助普遍垮台的情况下默默坚持了下来，并取得丰产。如之前的分析里呈现的，这一阶段互助合作工作遭遇危机与基层工作的一系列积弊和结构性矛盾相关。除了《在田野上，前进!》里反映的教条主义之外，“典型带动”的工作方法也遭遇瓶颈。柳青自己刚下到长安县时一度选择在模范村王莽村蹲点，帮蒲忠智筹办试办社。但试办社遇到的问题是，资源过于向典型倾斜实际造成了典型的孤立，并不能自然起到带动作用。试办社自身的管理也碰到一系列问题。[①]在工作停顿的情况下，农民的自发倾向会进一步加剧。《灯塔，照耀着我们吧!》前半部分描述的正是这样一种令人泄气的局面——“我那时听到的尽是困难和麻烦”，“夏收以后，我的劲头也不那么大了。局面并不是容易搞出的，我开始很少跑，关住门写东西了。”[②]正是在普遍倒退的衬托下，王家斌的坚持才显得醒目、突出。

柳青尤为重视的是，王家斌是在没有人注意、扶植的情况下做出来的成绩。作为典型，在上级的指导、培养下做出成绩和在“没有人注意”的情况下凭自己的自觉、摸索做出成绩在成色上焕然有别。因为，其间有一个如何把外在号召默默消化并转为行动的过程。这可以说是一种“觉悟”，但又与可表述、被规范化的“觉悟”不同，它需要有一系列超出“觉悟”范畴的品质来支撑。因此，柳青在听到王家斌的事迹后，惊喜之余首先关注的是他的性格：

> “家斌和梦生不一样。”区委书记给我夸耀，“他不大爱说话，只是眼睛注意盯着听人家说话，完了低下头想想，抬起头笑笑……”[③]

“梦生”就是郭振山的原型高梦生，是皇甫乡四村的代表主任，土改运动中的积极分子，查田定产后他“对一般工作还是照样积极”，就

① 参见拙文《“社会主义高潮”之前——“稳步发展”阶段的王莽村农业合作社》，收入贺照田、高士明主编《人间思想·第九辑·作为人间事件的社会主义改造》，人间出版社，2018。

② 柳青:《灯塔，照耀着我们吧!》,《柳青文集》第四卷，第115、117页。

③ 柳青:《灯塔，照耀着我们吧!》,《柳青文集》第四卷，第118页。

是不愿意参加互助组。《创业史》中郭振山被设计为能说敢干的强人，其高门大嗓不仅是人物特征，也联系着“轰炸机”式的工作方法。事实上，当革命诉诸群众运动的方式时，那些能说敢干、争强好胜的“勇敢分子”一般会首先冒头，很快占据领导位置。但“勇敢分子”的成分与动机往往复杂。到了革命转向日常状态时，常伴随着对“勇敢分子”的筛选和剔除。与之形成对照，王家斌的不爱说话、心里有数、爱琢磨在柳青看来之所以吸引人，正是因为互助合作运动的长期性、复杂性、艰苦性决定着它所要求的群众带头人不是那种紧跟表面形势的、一呼百应的强人，而是稳重、周全、“走心”、能动脑筋的人。不爱说话，不急着表态，不突出自己，不轻易挑头，这些都会使群众带头人规避许多歧路。而郭振山“轰炸机”式的做派虽不一定必然关联着自私，但会使他在一些工作中失去耐心，而在另一些不正常的、激进的形势下反而显得特别配合，乃至受器重和重用，进而，容易成为激进形势的推波助澜者和牺牲品。这样的人如若果真另有自私心，则会成为危害更大的投机分子。而王家斌式的不说话、实干，一方面有其弊端，比如不利于讲道理、搞宣传，因此往往在推向高潮时心有余力不足，但另一方面他在不张扬的情况下埋头实干其实更符合本分庄稼人的道德、行为标准，因此更具说服力和感召力。

这在强调典型示范的阶段更有意义。因为示范阶段被树为典型、模范的很多是过去运动中表现突出者，性格强势的人占很大比例，一旦成为典型，地位迅速上升，得到各种重视和资源后容易变得霸道，由此不免造成合作社内部以及合作社与村子、邻村等方方面面的矛盾。《创业史》中劳模王宗济的原型蒲忠智就不免有这方面的问题。[①] 王家斌以这样的腼腆性格是很难上升为一线劳模的，但他更踏实，更稳重，更能为大家着想、负责。如果说搞互助合作的目的不止于发展生产，也在于重组基层，在于邓子恢所说的“发现好人”，“把好人组织成领导核

① 参见拙文《“社会主义高潮”之前——“稳步发展”阶段的王莽村农业合作社》。

心”[①]，那么，王家斌这样的人才是老百姓真正欢迎、喜爱、拥护的群众带头人。

王家斌的许多性格后来被柳青原封不动地移植到梁生宝身上，成为这个人物的性格基础，同时，去除了较为腼腆的一面，增加、强化了一些新的品性，比如自觉性、坚定性、爱憎分明等。而王家斌最初的“事迹”几乎原封不动地被写进了《创业史》。

> 王家斌在人们不注意他的时候，偷偷地下了决心干。农业技术指导员曹大个帮他们的互助组订了水稻合理密植计划，他就自告奋勇坐火车到几百里以外的眉县去买优良稻种。他除了车票、稻种价、脚价，没多花一个钱。他用竹篮子提着干锅饼，来回吃了一路。他在眉县下车时，天下大雨，光脚片走了三十里，找到良种户。他买了二百五十斤稻种，雇毛驴驮了二百斤，自己背了五十斤，赶脚的说他是傻瓜。他回来把稻种分给大家，分冒了，自己少了，他就用当地能找到的次品稻种。他为了要达到计划里订的施肥标准，满头大汗地跑钱项。他到合作社交涉油渣，他到银行请求贷款；数不够，他掏了在区上工作的一个亲戚的腰包凑数。他为了组织组员们进终南山搞副业生产，把他母亲喂的正下蛋的母鸡卖了，凑伙食钱。大风卷起了一个组员的破茅棚顶，他在风雨的夜里上房顶帮人家缮稻草。在那个被自发思想迷了心窍的组长董廷义一再拒绝给缺粮组员借粮，宁肯放账不借钱给组里买油渣以后，王家斌代

① 邓子恢在1955年中国共产党全国代表会议上曾以乡级干部为例说明基层工作方式如何造成党群、干群关系的脱节：“许多工作到了乡里都落在三、五个干部身上。这些干部思想作风好的，因整天忙于完成任务，没有时间向群众做耐心的政治工作，日子久了也和群众有所隔离。思想作风品质不好的，就称王称霸，把好事做成坏事，甚或故意做坏事情。县区工作人员或者因本身工作不深入，发现不了这种情况，或者发现了也不敢改变，因为即使发现了坏人，但如果还未发现好人，未把好人组织成领导核心，也怕投鼠忌器，不敢更动，更动了也可能引起新纠纷。既然上级都不敢动他，群众就连话也不敢说了。”[邓子恢：《在中国共产党全国代表会议上的发言》(1955年3月21日)，《农业集体化重要文件汇编·上册(1949~1957)》，中共中央党校出版社，1982，第306页]因此，互助合作的推行也是为了更深入地改造基层社会组织，就是邓子恢所说“发现好人”“把好人组织成领导核心”。

> 替他当了组长。现在，全组丰产以后，没有一个男女不感激他们的“家斌”的。孟维刚说好多人要求参加这个互助组，王家斌不敢接受，他怕人多了顾不来；他说他的互助组不光在劳动方面互助，经济方面也要互助。[①]

对比小说就会发现，这里记述的几乎就是第一部中梁生宝绝大部分“事迹”的蓝本，确切地说是在王家斌“事迹”的基础上做了删减而更加集中于买稻种、分稻种、进山割竹三件事上，而保留的部分中很多细节都是一致的。如果说梁生宝是柳青创造的“社会主义新人”的典型的话，那么，他的现实基础在通讯报道的王家斌这个人物身上已经奠定了。值得注意的是，《灯塔，照耀着我们吧！》写于 1954 年 9 月，其创作节点与《在田野上，前进！》同步，但问题焦点相异，其重心不在通过批判教条主义调动热情、积极性，而是落在挖掘王家斌这样的基层新式带头人，从产生了这样的人物的现实性中看社会主义在农村扎根的可能。正因为它是在政治发动处于低潮状态中产生的自觉行动，努力理解这个自觉行动的现实基础、现实条件实际上就是对规范认定的现实认知的某种突破，这种突破将有助于建立起一种较为长效、独立的把握现实的视角。它和农村社会主义革命的方向是一致的，但又能超越频繁更替的政策性认识，努力在生活世界和政治要求相交叉的层面去理解什么是农村需要的社会主义，一个更合理的社会主义革命以及与之相对应的社会主义主体应该是什么状态，它又怎样能从现实条件中产生出来。

《灯塔，照耀着我们吧！》中的王家斌既是这个新人的胚胎，又是这个新人实在的现实。因为后者，新人才是可能的、可把握的、可塑造的，因为前者，新人又不能止于此。当柳青在《创业史》中塑造梁生宝时，重点不在写出一个比王家斌更正确、更高大的新人，恰恰具有挑战性的是要挖掘出他们共享的“事迹”背后的支撑性力量——品性、觉悟、意识结构与情感结构，这个力量既可以还原到王家斌身上，又有超

① 柳青：《灯塔，照耀着我们吧！》，《柳青文集》第四卷，第 118~119 页。

越王家斌特殊性的能量。

《灯塔，照耀着我们吧！》作为纪实性作品保留了很多王家斌的“原貌”以及柳青对他的培养过程。柳青开始接触王家斌的时候正是“总路线”开始宣传和统购统销开始布置的时候。陕西省已在长安县郭杜区试办粮食计划收购，国家将要征购余粮的传言闹得人心惶惶，秋后粮食市场格外紧张，土地买卖频繁。此时的王家斌面临的考验是丰收后要不要到市场上卖余粮，要不要买地。之前，在组织互助生产上，国家号召与农民利益相对一致，而统购统销则针对农民手中的余粮。是否主动卖余粮给国家，是否抵制私商，是否拒绝买卖土地成为衡量“社会主义觉悟”的考验。确切地说，新考验的焦点在于农民利益与国家利益发生冲突时，能否无条件响应国家号召，为一种“长远利益”不惜损失眼前利益。面对一系列政策转弯激发的紧张局势，王家斌实际上和一般农民一样疑惑、担心。而柳青作为一个能够理解整体形势的干部并不急于在初次接触时就展开说服教育。他更着重观察他，注视他在认识上不理解前提下的心理状态和反映方式。柳青早就听说王家斌要买地，但故意不直接问他，只旁敲侧击地打听其余粮如何处理。

> 果然，他脸红了。他支支吾吾，半晌说不出个啥，只用羞怯的眼色瞅着我。我故意不提他可能买地的话，劝他继续发扬他这一年帮助组员的精神，扩大再生产……。他一声没响，把我领出大门，指着和他的地毗连的一段地。他说，这是河那岸一村的一个农民的三亩地，要卖，已经上门问过他两回了；要是再过几天他还拿不定主意，人家就要另寻主了。
>
> “不买吧，这地终究是卖的货；卖给旁人，咱那牛犊、猪、鸡出来就要伤人家的庄稼，断不了是非……”他的大嘴痛苦地歪咧着，他那略微长的下嘴唇显得更长了。
>
> “买了呢？”我有趣地笑问。
>
> “买下名难听得很呐！我就估量来，我连谁的面也见不得了。眼下孟书记、乡长和支部上的同志都看咱一眼着哩；组员们还都眼

盯着咱，我一买全买开了……”[①]

按后来节节上升的觉悟标准，动买地心思就是立场动摇。《创业史》中只有郭振山才想买地，梁生宝是绝对不会的。但《灯塔，照耀着我们吧！》对此并不避讳，反而由此写出王家斌思想的朴实和纯正。毕竟，在“总路线”宣传铺开之前，“社会主义道路”与“资本主义道路”的对立对一般农民而言是抽象而模糊的。王家斌动买地的心思并不意味着特别的“落后”。所以，柳青尤为瞩目的是他的不好意思与不安。这个不好意思与不安是在柳青鼓励他继续进步时特别表现出来的。这是一种农民式的思想斗争——不好意思、不安不是一种直接诉诸价值、认识、觉悟的思想提升，而是经由“良心”的中介所构造的思想基础与底色，它把外在要求不断转化为内在的“良心”加以衡量。从“不安”到“安心”就不只是一种配合意识或完全意识化的转变，而是混合着顺应、名声、信任等诸多因素。王家斌“一下子还不能理解总路线和粮食统购统销政策的全部意义”，他对孟书记叮嘱他“粮食除了吃用，一颗也动不得了”感到神秘，但基于对区委书记的信任他会照做。他对买地根本的顾虑来自：“买下名难听得很呐！我就估量来，我连谁的面也见不得了。眼下孟书记、乡长和支部上的同志都看咱一眼着哩；组员们还都眼盯着咱，我一买全买开了……”细审这些顾虑的构成——名声、信任、关注、示范作用——显示其意识结构中哪些成分是特别被看重的。这些成分决定着其做出判断、选择、行动的基础。正是看到这些，柳青不急于让他表态，也对他能够成长有信心。

最终，王家斌在统购统销的宣传铺开后打消了买地念头，转而以丰产组的名义首先卖余粮给国家。这当然与大形势有关，但也和柳青不厌其烦的思想工作相关，包括通过算细账的方式帮助互助组成员理解卖余粮给国家的必要，使得组员主动自报余粮，提前、超额完成计划收购任务。在可称为“严峻”考验的统购统销工作中表现“先进”使得王家斌

① 柳青：《灯塔，照耀着我们吧！》，《柳青文集》第四卷，第119~120页。

从一个不太被人注意的互助组长变成了新涌现的先进典型。一向不服王家斌的高梦生也服气了。之后，王家斌在柳青的帮助下牵头成立了全区第一个，也是长安县第四个农业生产合作社。从此，王家斌成为长安县有影响的劳动模范。在这一系列“进步”中，柳青的指导、督促、培养作用至关重要。王家斌在后来的回忆中曾描述过柳青紧逼盯人式的工作方式:“他在这，整天就好像有个圈圈在你头上圈着哩”——“你啥也不敢胡来……咻把咻小小一个事，给你说的多大多大的，严重的就不得了。你一句话说不对，咻都卡住榜批评哩”[①]。严家炎当年在评论中指出梁生宝总是能从小事情上看出大意义，那并不是王家斌固有的品质，而是柳青把自己的工作意识融入梁生宝的意识描写中，写出一个理想的群众带头人应该有的思虑。

“新人”的出场

不过，在创作小说时，柳青是把自己的角色、作用全部隐去了。这导致很多评论批评其表现党组织的指导不够。虽然，小说中特别交代了梁生宝与乡支书、区支书，乃至县委副书记的亲密关系，并专写了一章两位书记与梁生宝的谈话。但即便这个专门谈话也没有被设计为领导对梁生宝的单向的指导，反而被写成梁生宝与最高决策者在政策理解、思想认识上的不谋而合。《创业史》中的梁生宝确实是一个思想认识相当高的“新人”。但柳青在作品中并未抽象地写其思想认识，他更要写出一个新人必要的自觉性转化，这个“自觉”中包含着外来的指导、要求，但要害在于他如何把觉悟转化成内发的、像性格一样自然的品性与行动。因此，梁生宝的正式出场（“买稻种”一章）不是从外向里写，也不是把他直接放置于村庄的矛盾关系中，而是让他单独出场，处在一种独立的状态中，这个状态看似隔离开他与乡亲，却是通过写他一路的惦念、通过写他的责任心更深地表现出他与亲人、

① 《王家斌谈柳青在皇甫的生活》，蒙万夫、王晓鹏:《柳青传略》，陕西人民出版社，1988，第235页。

同伴的内在关联。同时，通过把他置于单独行动的场景中也便于集中表现他每个动作、意识中渗透着的“自觉”——它们因没有熟人的注视而更显得自然、内发，其自然、内在的程度对应着主人公自觉、自律的程度。主人公的意识自觉通过一系列无声的、自然的、日常化的举手投足透露出来。这些又结合着大自然场景的衬托写出一种满怀信心的、置身于历史进程中的行动感。①

“梁生宝买稻种”这一章的“事迹”相比《灯塔，照耀着我们吧！》中已交代的并未增加什么，作者用力之处在于如何穿透“工作”层面，通过写一系列日常化的举动来表现支撑主人公的精神。它完全略去买稻种的场景，着重写梁生宝一路上的吃饭、打地铺、睡觉、行走……这些举动足够“平凡”“简单”，以至于支配这些行动的不是思想，几乎只是下意识和无意识，但作者正要通过挖掘已融入下意识和无意识层面的“原则性”来彰显一个“新人”的品质和觉悟。相对于这个“本源”，“买稻种”的事迹只是一个表征。“买稻种”本身的意义不是在这一章体现的，它是经由前四章的矛盾铺垫被定位的。当梁生宝出场时，他所作所为的外在意义已经得到充分说明，真正充分展开的是这个“人”的状态，要专注地写这个人的本质、品性、精神，反而要脱离“事”的羁绊，不让“情节”对人的塑造造成干扰。

这一章的写法在一定程度上是反情节的、充分细节化的。这个细节化并非现代主义式的“细节肥大症”。而“买稻种”中的细节充满意义感，这种意义感的获得来自历史整体性和方向感的支撑。同时，写梁生宝单独赶路又便于展开写他的心理活动。因而，穿插于行动中有大篇幅的心理描写。这些心理是与互助合作的“内容”密切相关的回忆、估计和感想。它从梁生宝的内在视野展开对互助合作所涉及各方面关系的评价、描述，构成对前四章内容的回应。这个充分撑开的内在视野与细节化的动作、宏阔的自然风景相交替构成富于张力而又浑融的叙述。

---

① 像后面这段写到的：“一霎时以后，生宝走出郭县东关，就毫不畏难地投身在春雨茫茫的大平原上了。广阔无边的平原上，只有这一个黑点在道路上挪动。”——有一种在历史中行进的感觉。

第五章的开头从风景开始：

春雨刷刷地下着。透过外面淌着雨水的玻璃车窗，看见秦岭西部太白山的远峰、松坡，渭河上游的平原、竹林、乡村和市镇，百里烟波，都笼罩在白茫茫的春雨中。[①]

这个开头非常具有抒情性。《创业史》整部小说的情感非常淳厚、浓烈。这种感情基调不只通过对人的感情的直接书写来达成，也经常通过风景的穿插来烘托，自然与人的心思、心情常构成时而呼应、时而反衬的关系。第一部正文的开端，梁三老汉出场前就有大段自然描写，当他转向独处场景时又插入一大段风景：

在春季漫长的白天，蛤蟆滩除了这里或那里有些挖荸荠的和掏野菜的，地里没人。雁群已经嗷嗷告别了汤河，飞过陕北的土山上空，到内蒙古去了。长腿长嘴的白鹤、青鹳和鹭鸶，由于汤河水混，都钻到稻地的水渠里和烂浆稻地里，埋头捉小鱼和虫子吃去了。

日头用温暖的光芒，照拂着稻地里复种的一片青翠的青稞。……

春天呀，春天！你给植物界和动物界都带来了繁荣、希望和快乐。你给咱梁三老汉带来了什么呢？[②]

这里，自然的恒常与阔大构成对人物心情翻腾的反衬，随时把日常近景拉到一个宏阔的远景中。结尾处的反问则从一种全景客观视角突然下落，聚焦成一个虚拟、全知的主观视角，似乎叙事者突然现身发声。而且这个特写式的视角不是中立的，它尤其带出一种主观认同感——体现在“咱”这个用词上。这种类似画外音的声音在小说中反复出现。“买稻种”这章，勾勒出梁生宝的身影后，也立即出现了这样的声音：

---

① 《柳青文集》第二卷，第 71 页。
② 《柳青文集》第二卷，第 29 页。

……只有他——一个年轻庄稼人，头上顶着一条麻袋，背上披着一条麻袋，一只胳膊抱着用麻袋包着的被窝卷儿，黑幢幢地站在街边靠墙搭的一个破席棚底下。

你为什么不进旅馆去呢？难道所有的旅馆都客满了吗？①

这种“画外音”似乎是代关切的读者发出的疑问。它实际上构造的是叙述者和假定读者间的认同感。这个声音的出现意味着它所召唤的理想读者是高度认同叙述者提供的小说陈述、价值、意义取向的。它意味着叙述者和理想读者共同构成、分享一种内发的、探寻的、关切的视角。这个想象的内在一致性是整部作品高昂基调的一个基石。它的外在保证来自写作语境、阅读语境被高度整合在一个历史认识之下。只有全然一致的、没有裂缝，或者确切说是认为不会有裂缝的读者认同期待才能使一种“画外音”自然地插进叙述中，变成一种对叙述的引导。

梁生宝一出场先遭遇的“难题”是要不要住店。这个“难题”之小几乎不足挂齿。且这里的“难”之设定并未超出王家斌的行为。就是说，作者并未在买稻种的过程上平添多少戏剧性波折与难度。相比之后梁生宝进山割竹的难，这里“难”的成色要弱得多。但作者对这些小挑战连带出的意识的浓墨重彩的描写却超出很多实际难关。

梁生宝舍不得住店是因为他没有预留这笔钱。他的每笔开销都是精打细算计划好的。其精打细算和斤斤计较并非单出于节俭的习性，而是基于对乡亲的体贴、责任：

钱对于那里的贫雇农，该是多么困难啊！庄稼人们恨不得把一分钱，掰成两半使唤。他起身时收集稻种钱，可不容易来着！有些外互助组的庄稼人，一再表示，要劳驾他捎买些稻种，临了却没弄到钱。本互助组有两户，是他组长垫着。要是他不垫，嘿，就根本没可能全组实现换稻种的计划。②

① 《柳青文集》第二卷，第72页。

② 《柳青文集》第二卷，第72页。

之前提到过，责任感是梁生宝最核心的品质。这里写到的惦念、牵挂是支撑责任感的情感形式。“离乡”的孤身处境使得一系列更自然也更具支撑性的情感能得到有力呈现，有一种拉得越远贴得越近的效果。这一段惦念从是否住店的犹豫中生发出来，更多带出梁生宝对互助组和村内外关系的感觉：对贫雇农的体贴，对梁生禄自私的“恨”，对富农中农的“不平服”以及组员的寄托和领导期待。它是经由梁生宝的感情意向对互助组现实处境的再整理，其出发点在于对穷人办组、办社之难的体会。合作化运动早期，是依靠贫雇农还是依靠中农，怎样真正贯彻依靠贫雇的方针，怎样看待中农作用，一直是争议焦点。争议的结果是越来越强调穷人办社的意义，强调条件差的贫雇农更有走互助合作的积极性。柳青的设定当然与阶级路线一致。但他描述梁生宝的心理是要力图写出这个规范认定的基础与后果：由于贫雇农和困难户有需求但条件差，这就特别需要带头人有一种感同身受的同情力——带头人往往是能力强者，强者如何能同情弱者并带动他们，首要具备的是正义感和感同身受的同情力（后来被归于阶级感情）。贫雇农办组办社条件差则又特别要求带头人敢想敢干、以身作则，否则很难在固有条件下取得突破。梁生宝“买稻种”正是这种魄力的表现。本来，技术改良是有冒险性的，但柳青的写法是把技术改良能彻底解决生产问题的信心放在前提性位置上——借任老四的嘴挑明：“你这回领着大伙试办成功了，可就把俺一亩地变成二亩啰！”[①]——来说明梁生宝责任感的来源。

梁生宝对新稻种有信心和他要省下两角钱并无必然因果，甚至可以说，两者的指向有些相反。新稻种可以使穷苦人摆脱困境，是外向的、物质性的；而省下住宿钱是把对穷苦人的感同身受转向一种自律和自我牺牲，是经由自我约束而摒弃私欲，使自然、放任的自我提升为自觉的、自我克制的主体——“他觉得：照党的指示给群众办事，‘受苦’就是享乐。”[②]受苦人出身的梁生宝一向不怕吃苦，但原先的吃苦是被动的、自然的吃苦，只有它变成一种自觉的、有充沛意义感的“吃苦”，

① 《柳青文集》第二卷，第 73 页。

② 《柳青文集》第二卷，第 74 页。

乃至乐在其中，才完成一种精神转换与升华。为了省两角钱不去住店这种“自找苦吃”的行为正是意在写出这种精神转换。

基于这样充沛的意义感支持，接下来写梁生宝吃饭时是通过大量的动作细节写他的从容不迫、写他的“坦然”和“稳”：

> 他要了五分钱的一碗汤面，喝了两碗汤面，吃了他妈给他烙的馍。他打着饱嗝，取开棉袄口袋上的锁针用嘴唇夹住，掏出一个红布小包来。他在饭桌上很仔细地打开红布小包，又打开她妹子秀兰写过大字的一层纸，才取出那些七凑八凑起来的，用指头捅鸡屁股、锥鞋底子挣来的人民币来，拣出最破的一张五分票，付了汤面钱。这五分票再装下去，就要烂在他手里了。①

这里描写的“细”和作者要着力表现的梁生宝心态上的“不局促”互为表里。这些动作很容易被看成乡下人的“抠门”，所以堂倌和管账先生“一直嘲笑地盯他”。梁生宝的不为所动来自他精神上的自信与脱俗，这里面交融着政治上的觉悟和庄稼人的自尊：

> 他更不因为人家笑他庄稼人带钱的方式，显得匆忙。相反，他在脑子里时刻警惕自己：出了门要拿稳，甭慌，免得差错和丢失东西。办不好事情，会失党的威信哩。②

这种时刻提醒自己要稳重的意识可以说是一种性格的延展。其性格中本有“稳重”“谨慎”的一面，但这里强调它们是经由自觉到政治意识层面而不断得到强化，又因回收到性格中而显得自然、内发。进一步，作者是把梁生宝的“稳”关联到他的政治品性：

> 即使在担任民兵队长的那二年里头，他也不是那号伸胳膊踢

① 《柳青文集》第二卷，第 74 页。

② 《柳青文集》第二卷，第 74 页。

腿、锋芒毕露、咄咄逼人的角色。在一九五二年，中共全党进行社会主义思想教育的整党运动中，他被接收入党的。雄心勃勃地肩负起改造世界的重任以后，这个朴实庄稼人变得更兢兢业业了，举动言谈，看上去比他虚岁二十七的年龄更老成持重。和他同一批入党的下堡村有个党员，举行过入党仪式从会议室出来，群众就觉得他派头大了。梁生宝相反，他因为考虑到不是个人而是党在群众里头的影响，有时候倒不免过分谨慎。[①]

这一段是对梁生宝政治前史的第一次交代，弥补着题叙中对其成长过程的模糊讲述。这个交代中着意突出入党并未使他变了个人，或附加上许多东西，相反，党员所要求的觉悟和自觉性使得他把自己原有的品性更加深化了——“更兢兢业业”“更老成持重”“不免过分谨慎”。也就是说，以往只是源于性格、习惯的品性有意得到护持、运用和提升。这样一种自我肯定式的提高也可以说是一种改造。本来，似乎是那种自我否定式的改造才会产生特别紧张而敏感的意识，时时审视、检讨自己。而自我肯定容易产生自满、松弛。但柳青通过梁生宝的意识状态要表现的是，入党激发的使命感、责任感可以使其有意识地发扬好的品质，在发扬正面品质的基础上不断提出更高的自我要求。当然，这里的前提是主人公的品质在作者看来是作为农村党员和群众带头人特别必要的。换句话说，“兢兢业业”“持重”“谨慎”，不“伸胳膊踢腿、锋芒毕露、咄咄逼人”在柳青看来是合作化运动“稳步发展”阶段党员干部急需的工作作风，不仅应该选拔有这种品质的人来当带头人，还要在一切党员、干部的培养中养成这种品质。

这与柳青自己在工作中的体会相关。当年任皇甫乡支书的冯继贤曾回忆，因为和社员聊天时手插在裤兜里，柳青曾对他大加批评：“一个干部，最要紧的是接近群众，和群众打成一片，群众才能对你说心里话。你把手插在裤兜里，站在那，像这官僚的样子，群众就在心里和你

① 《柳青文集》第二卷，第 74 页。

划了个道道，在心里说，你才脱离生产几天，就摆官僚架子，比大家高一头。他有话就不想给你说了，天长日久，你不就脱离群众了？”[①]这种流于无意识的心态、行为变化在柳青看来蕴含着变质的苗头。对这种心态、行为的自审、检讨不能时时刻刻依靠组织监督而需借助党员干部自身的修养意识。从这个角度讲，梁生宝的“过于谨慎”就显得非常必要，是把自律性内化、性格化的体现。正因为柳青要写的是这个主体自觉转化的过程与程度，所以，他反而不写组织的培养，而通过理想人物的表现直接来写这个阶段的革命运动所要求的、应该的、应然的主体状态。可以这么说，通过梁生宝的“稳”，柳青是要写出他认为的合作化运动本身应该的“稳”。这里面包含着他对于合作化运动能够健康发展应诉诸的工作方式和主体状态的理解。运动要健康发展就要找到这样的人，培养、使用这样的人。

写完梁生宝在车站找到栖身地之后，叙事再次转入他的惦念。这次的惦念不是围绕互助合作的“工作”展开的，而是进一层到亲人式关系中——依次想到的是他妈、继父、妹子秀兰、互助组的基本群众（有万、欢喜、任老四），最后是改霞。这个顺序在一定程度上对应着他感情的层级关系。虽然与改霞的关系是最搅动人心的，但与家人和邻里、乡亲的感情则更是底色的、支撑性的——“不管他在火车上也好，下了火车也好，不管他离开家乡多远，下堡村对岸稻地里那几户人家，在精神上离他总是最近的。”[②]这个越远离越亲近、越惦念的心理意识是他的责任感的动力来源。为家人和乡亲负责，并从家人、乡亲的爱护、信任、尊敬中得到回馈，这是他获得意义感的基本方式。因此，一方面他的思想意识是指向社会主义前景的，另一方面，他的责任视野和意识结构却从没有超出村庄范畴。他似乎没有可能在脱离自己村庄的条件下发挥作用。

在梁生宝这个人物身上，在这个阶段，柳青强调的是他精神上牢牢扎根乡村的一面。与之构成矛盾的是改霞的不那么必然扎根乡村。改

① 《冯继贤谈柳青在皇甫十四年》，蒙万夫、王晓鹏：《柳青传略》，第206页。

② 《柳青文集》第二卷，第75页。

霞的可能“进城”与她的文化水平、形势需求有关，但她与梁生宝的根本差异就在于她的“惦念”，情感责任只是设定在她与梁生宝一对一的、新式的恋爱关系中，而较少关涉她与家人、邻里、乡亲的层面。相比梁生宝“泥腿庄稼人”本色所生成的一种命定式的使命感，改霞身上则带着现代的不稳定性——无论恋爱关系、朋友关系、工作、前途都是可以选择的，并由选择的自由带来取舍间不断的犹豫。改霞作为另一种“新人”，其新的价值基点是“光荣感”，这意味着其意义感的来源更多地与大环境赋予和引导相关。而梁生宝与家人、同伴、乡亲难以割舍的精神关联使得他少了很多选择的自由，却多了很多天然的责任心。

相比改霞的“光荣”，梁生宝价值诉求的基点被设定为“理想”：

> 他心中燃烧着熊熊的热火——不是恋爱的热火，而是理想的热火。年轻的庄稼人啊，一旦燃起了这种内心的热火，他们就成为不顾一切的入迷人物。除了他们的理想，他们觉得人类其他的生活简直没有趣味。为了理想，他们忘记吃饭，没有瞌睡，对女性的温存淡漠，失掉吃苦的感觉，和娘老子闹翻，甚至生命本身，也不是那么值得吝惜的了。[①]

如果说，“光荣”较多地导向一种配合，那“理想”则突出与世俗对立的一面。理想不仅是对一种超越性状态的向往和努力，还会导致对世俗性事物有意识地否定。在理想的照耀下，“人类其他的生活简直没有趣味”。这样一种对立与社会主义革命要扎根于庄稼人的日常生活似乎存在矛盾。但它确实指向一种激进目标，就是这个革命的最终目的是要把庄稼人的日常生活、精神构成、思想意识改造成高度自觉、自律、合目的性的，在此基础上建立一种新的生活形态。那个理想生活本身或许归于自然、和谐，但达到它的每一步却是对固有现实的不断否定、检查、超越。

---

① 《柳青文集》第二卷，第 78 页。

在梁生宝这个“理想人物”身上，柳青既要写出“理想主义”的逻辑，又要写出其现实条件与状态。因此，梁生宝既高度自律、自省，近于清教徒式的“脱俗”，但又与那些不够理想甚至“落后”的群众有割舍不掉的体贴与亲近。“理想主义”对精神的引导和决定更多作用于梁生宝的自我要求，而他把带领群众通向理想境界的过程看成高度政治性的，而非单纯、抽象的理想所引导。所谓政治性的意思就是充分考虑到现实条件和现实变化，根据每时、每种状况来决定应采取的方式，它有原则性，但又充分结合状况。因此，梁生宝不是一个只有理想的宗教徒，小说更多写到在每一个工作环节上、每个现实处境中他的“政策水平”。他扎根现实的能力不断在对政策的理解、运用中得到培养、深化，只有以这种能力为前提，对日常生活的改造、翻转才是可能的。

余　论

在《创业史》第一版的出版说明中，作者陈述这部小说的抱负是要写出中国农村社会主义革命“社会的、思想的和心理的变化过程”。落实到梁生宝这个理想人物的塑造上，柳青的意图更在于写出与中国农村的社会主义革命相配合的社会主义的主体的生成。这个主体的形态不是在现实中已经完成的、完整存在的，却是依据历史和现实条件可以设想和应该要求的。我们或者可以把它称为“主体的可能性”。柳青一方面要写出其动力、机能扎根于传统、现实条件的依据和深度，另一方面又要写出其蕴含着超越现实条件、历史状况的潜在性和主动性。柳青在王家斌这样的人物身上看到了这个主体状态的胚胎，通过自己的工作培养他、浇灌他，同时，经由塑造梁生宝这样的理想人物呈现其应该达到的状态。因此，这个“社会主义新人”身上凝聚着柳青、王家斌以及其他实践者在共同的实践中一起去型塑、寻找的那个“新人”。

问题是，这个“新人”不能只在作品中完成，其塑造的难度从根本上来自农村社会主义革命本身遭遇的现实挑战，经历的起伏与顿挫。柳青不断调整写作计划，乃至最后未能如愿完成整部作品正与历史本身的加速、转弯、转折相关。当中国农村的社会主义革命已成为历史时，我们反而要借助《创业史》这部未完成的作品来把握曾经的理想主义努力。或许如马克思主义者曾经对经典现实主义所期待的，这个融汇着深厚现实感、政治理解力、乌托邦激情和艺术创造力的文本能够提供比历史记录更多的信息与线索，促使我们逼近那段历史的挑战。

《创业史》与 20 世纪 50 年代的创业史

何　浩

一

柳青 1954 年完成《创业史》第一部的第一稿，此后增删修改多次，1956 年删改完第二稿，1958 年改定第三稿。1959 年《延河》杂志连载了《创业史》第一部。1960 年小说在中国青年出版社出版。①就在这 7 年（1954~1960 年）里，国家处于中华人民共和国成立后的再一次巨变过程之中，诸如从新民主主义过渡到社会主义，工商业完成了社会主义改造，农村从单干、互助组发展到合作化社会主义的高潮阶段，随后又推进到"大跃进"中的人民公社，以期探索社会主义道路新的可能性，等等。《创业史》的创作修改虽然历经多年，但实际只写了 1953 年这一年关中蛤蟆滩的社会变迁（题叙部分单独叙述了 24 年的社会主义前史，可除外）。小说对这一年的历史实践状况并没有全盘刻画，而是对这一历史过程进行选择、浓缩、扩展，从而形成了我们所看到的《创业史》风云画卷。我们不妨把柳青《创业史》中打造的国家—社会—村庄图景，看作他对自己投入的 20 世纪 50 年代历史实践经验的某种再认识和再反思（而不是直接再现）。如果我们考虑到《创业史》的出版时间是在中共中央办公厅编《中国农村的社会主义高潮》（人民出版社，1956）一书出版之后，考虑到当时的政治环境和氛围对于作家认知的规定性，我们会发现柳青在

① 刘可风：《柳青传》，人民文学出版社，2016，第 482 页。

小说中对历史经验的某些认知和整理，与中共的政治认知共享了不少相同的结构性内容，比如使用阶级论来结构村庄人物关系与两条路线斗争等；不过，我们仍能从《创业史》中发现柳青在构想中国人进入社会主义这一历史瞬间时，提供了诸多超出当时政治认知的独特感受与视野，而这些正源自他对自身历史实践和文学实践经验的独特认知和理解。

从这个角度来说，《创业史》中的每个字词、每段话、每个人物的构成都可能叠加和缠绕着20世纪50年代中后期官方的政治认知及其引导的文学创作观念与要求，柳青自身对1953年社会主义实践经验的某种认知、感发和期盼，以及柳青在创作时有意或无意中所透露的社会生活中的某些观念意识及认知状态。这使得我们需要拉开20世纪50年代的创业史（尤其是1953年的历史实践经验）、柳青创作过程中党在政治观念和政策上的变化及其对文学创作观念和机制的影响、柳青自身对社会主义实践的认知理解和构想，以及《创业史》所呈现的文学图景等之间的距离，仔细辨析柳青以怎样的认知和感知方式，在怎样的历史实践和处境中，构造他所理解的新旧中国和新旧中国人。

我们且看《创业史》正文之前的三段题记：

> 社会主义这样一个新事物，它的出生，是要经过同旧事物的严重斗争才能实现的。社会上一部分人，在一个时期内，是那样顽固地要走他们的老路。在另一个时期内，这些同样的人又可以改变态度表示赞成新事物。——毛泽东
>
> 创业难……——乡谚
>
> 家业使弟兄们分裂，劳动把一村人团结起来。
>
> ——中国农村格言

第一段题记引自《中国农村的社会主义高潮》一书“河北省”部分第四篇《他们坚决选择了合作化的道路》。[①] 在1956年《中国农村

① 史树芳：《他们坚决选择了合作化的道路》，中共中央办公厅编《中国农村的社会主义高潮》（上），人民出版社，1956，第37页。

的社会主义高潮》出版之后，如果柳青想引用此书中的话，原本按语中可以有很多既更加配合当时中共政治形势需要又符合一般所理解的《创业史》主旨的其他选择。比如，柳青可挑选突出党的路线与人民结合将战无不胜的词句“社会的财富是工人、农民和劳动知识分子自己创造的。只要这些人掌握了自己的命运，又有一条马克思列宁主义的路线，不是回避问题，而是用积极的态度去解决问题，任何人间的困难总是可以解决的”①,或突显政治挂帅的口号“政治工作是一切经济工作的生命线”②，等等；这些都更能配合20世纪50年代后期各种政治运动的思想倾向。他也可选择一些突出合作化优越性、必然性的按语，比如“现在的社会主义确实是前无古人的”③,或“社会主义不仅从旧社会解放了劳动者和生产资料，也解放了旧社会所无法利用的广大的自然界。人民群众有无限的创造力。他们可以组织起来，向一切可以发挥自己力量的地方和部门进军，向生产的深度和广度进军”④，等等;这类按语在书中并不少见。他还可以摘录按语中凸显合作化的中国史意义甚至世界史意义的段落，如:“穷人要翻身了。旧制度要灭亡，新制度要出世了。鸡毛确实要上天了。在苏联，已经上天。在中国，正在上天。在全世界,都是要上天的。”⑤而柳青在《创业史》题记中所引毛泽东的这段话强调的是，即便在社会主义的历史时期，社会上有一部分人仍会顽固地走老路，但是当社会主义再次发展和变化到另一个历史状态时，这些顽固者也可以改变态度。柳青题记中选择这段话并没有紧密配合1956年后党中央所期待的宣传口吻和政治态度，他的择选

① 《书记动手，全党办社》按语，中共中央办公厅编《中国农村的社会主义高潮》(上)，第5~6页。

② 阎广洪《严重的教训》按语，中共中央办公厅编《中国农村的社会主义高潮》(上)，第123页。

③ 中共曲阜县委《一个在三年内增产百分之六十七的农业生产合作社》按语，中共中央办公厅编《中国农村的社会主义高潮》(中)，第475页。

④ 中共肥东石塘区委员会《多余劳动力找到了出路》按语，中共中央办公厅编《中国农村的社会主义高潮》(中)，第578页。

⑤ 中共安阳地委合作运动办公室《谁说鸡毛不能上天》按语，中共中央办公厅编《中国农村的社会主义高潮》(中)，第778页。

毋宁说体现了柳青对新中国成立初期创业史实践的内在发展逻辑的理解转移到了其他方面。

这一点如果结合第二句题词“创业难”，更能看清楚。《中国农村的社会主义高潮》中的大量案例，大多叙述的是一个人只要特别投入并赞成党所指引的方向，他就很容易跟党中央保持思想上的相通性，新中国开创的社会主义事业也将势如破竹。而柳青这里的“创业难”要说的是，旧中国整个社会状况不理想，大部分人要创业，很难；但即便到了新中国，创造社会主义大事业，先进者要让那些顽固者改变态度，仍然很难。也就是说，柳青用这两句题词来指认他所理解的新中国的创业史经验时，其所内含的方向性和倾向性，跟《中国农村的社会主义高潮》一书和此书出版之后的整体社会政治氛围，并不完全相符。柳青所认知和要强调的新中国创业史实践经验中的内在逻辑，一开始就以题记的形式被凸显出来，区别于 1956 年后形成的对新中国初期“建国创业”实践经验的主导叙述方向和态度。

这一区别我们也可以在第三句题词“家业使弟兄们分裂，劳动把一村人团结起来”中再次看到。柳青在这里强调的不是阶级剥削和政治压迫的问题，而是人们如何因家业纷争从内部分裂，怎样才能再次团结的问题。强调团结，而不是单纯地考量经济效益，可将我们的思考牵引到如何才能把包括弟兄们中的顽固者在内的中国人团结起来、顽固者为什么顽固、我们自己需要在工作思路和方法上做什么调整等问题上。相反，如果过于强调经济剥削和压迫，则可能诱导我们以效益为基准，再按照阶级论将某些实际上可能转变的顽固者排除在社会主义之外。其次，我们常见的有关合作化的叙述中，合作化的必要性之一是，如果新中国的农民不团结合作，就会有新的剥削和压迫产生。这强调的是“团结”作为社会组织行为的政治经济功能。而在《创业史》第一部、第二部中，柳青不断强调，旧中国之所以不好，在于旧社会把人的“性气”扭曲了。他通过文学实践实际上呈现出新中国社会主义实践的关键之处在于，如何重新把中国人的“性气”捋顺。柳青希望能在社会主义打造的新社会中，每个人的性气都能得到正面的发抒。从这个角度而言，柳青这段题词是说，在中共当时所面对的中国社会里，其实存在两种人。一种人重视家业，家业比什么都重要。他们中有不少人在20世纪50年代经由土改逐渐富裕起来，可是富裕起来的人如果不能团结，只能分裂，那每个人的生命状态仍然不会令人满意。还有一部分人则想超越这种状态，特别典型的就是梁生宝。梁生宝这样的人就会感到性气正的人在新的社会氛围下发抒自己很容易。在老农民王瞎子眼中，中国古代社会曾经可以使人富而好礼。一定程度而言，中国近现代时期，中国社会内部仍然存在着这样的人，并且同样继续存在着这样的可能性。中共在面对这样的社会时，面临的一个实践再造任务，就是如何使梁生宝这类想超越糟糕社会状况的人，能特别发挥积极作用，进而克服家业使人分裂的社会状态。柳青认为，那些因“求家业”而分裂了的很多人，那些顽固者，他们也不是不可以改变的。只是，“变”不是容易的事情，不能随着社会主义国家制度的确立而自然达成，需要在社会主义实践中开展出某些特别的社会组织、工作、交往方式，才能带动这些人转变。

而题叙中最后提到的矛盾和统一，其中的一个矛盾（梁三老汉草棚院里的矛盾）就是家业和想超越家业的矛盾。但这并不是说，重视家业的梁三老汉身上不存在可以超越家业的因素，而是说，梁三老汉在某些历史情况下会被以家业为重的方向所左右，可一旦超越家业的现实契机出现，他就可以转变。而这一转变实则意味着社会主义具体形态的变化，意味着柳青所理解的新中国的“新”之所在。柳青在《创业史》中对这些问题的处理和结构方式，对历史经验的选择性呈现，对诸如《中国农村的社会主义高潮》等叙述的偏离，都体现出他对社会主义新中国带给人哪些变化和应该带给人哪些历史变化的独特思考，体现出对于新中国到底要如何构成的理解。从这个角度来说，他对创作的更加负责的认真探索，也就是对新中国社会主义事业到底要走向何处的更加负责的思考。下面我们根据《创业史》的文本具体来谈这些问题。

二

《创业史》的不少地方都以新 / 旧中国、新 / 旧社会的对照来展开人物命运和推进故事情节。从这一点来说，其文学构架的确分享了 50 年代中后期政治所要求的历史叙述方式：推翻反动政权把持的旧社会，建立人民当家作主的新中国。新 / 旧关系的历史叙述在这个意义上也的确对应了历史事实。可这种历史叙述即便在某种程度上符合历史实际的展开过程，但在认知上，中共或柳青对历史的这种叙述既简化了历史，也使文学结构变得过于简陋。但在另一方面，柳青又有自己的着眼点，这就使得我们仍须继续考察他在作品中到底是怎样对宏大历史认知框架进行具体拓展和改编的，是怎样具体展现这样的历史认知框架中的社会及人的变化的，并怎样由这些改写来呈现出他对社会主义到底要构造何种中国社会的独特理解的。柳青的这些理解和思考如果能被我们恰当地加以思想化，就可以反过来撬动或矫正一般历史叙述所提供给我们的历史认知。

另外，柳青通过文学对政治的重编和改写，与一般意义上文学对政治的偏离不同。某些文学对政治的偏离（如“纯文学”），并不必然具有重要的认知意义和对历史实践的校正价值。因为在某些时候，文学对政治的偏离很可能是在文学对政治的排斥或封闭之后型构出的某种“艺术性”或“艺术标准”，我们不能用这种“偏离”方式来理解柳青和柳青的创作。[①] 柳青的创作方式的特别之处在于，对现实政治和社会实践过程保持着高度的介入性，进而在作品中再理解和再叙述了实践中的进展与困惑。革命实践需要被再检讨，而文学也与民族兴衰紧密相关，以此形成了他对待革命事业和文学事业的严肃态度。要理解《创业史》中的文学构造，我们需要把特定历史时期的社会状况和文学叙述的特定视角、构造方式结合起来反复考量，单纯从艺术性或思想性、政治性来认

---

① 这也是严家炎在发表关于《创业史》的几篇论文后，被柳青和当时诸多批评者反驳的原因之一。参见孟广来、牛运清编《中国当代文学研究资料 · 柳青专集》，福建人民出版社，1982。

识柳青，反而可能轻看了他的创作对于我们认知历史和文学的挑战性和开放性。

我们且以梁三老汉和梁生宝为例。他俩常常被看作《创业史》中体现新旧社会鲜明对比的最有代表性的人物关系之一。不过他们并不是从一开始就构成新旧矛盾的两极，起初梁家父子同心同德，都想发家致富而不得，直至梁生宝参军，从蛤蟆滩的社会空间中消失。随着他的再次返回，梁三老汉发现，梁生宝身上出现了他无法理解的变化，被“换上一个热衷于工作的心”，开始变得不喜欢创立家业，“而对公家的号召着了迷”[①]。至此，梁三老汉和梁生宝才构成了围绕家业不断发生新 / 旧、公 / 私矛盾的一对人物。

梁三老汉通常被视为具有小农自私意识的典型人物。有学者认为，小说题叙中所描述的那一场梦，特别能够体现梁三老汉的“私”和“旧”：

> 有一天，梁三老汉在睡梦中忽然间恍恍惚惚觉得：他似乎不住在草棚院里，而住在瓦房院里了。过了一刻，他的这种模糊的感觉，才更加明确起来：不是别的地方，就是他早年折掉的那三间房，现在重新盖起来了。那一东一西的稻草棚棚，现在也换成瓦顶的东西厢房了。啊啊！这是一座三合院嘛！
>
> 噢噢！梁三老汉现在是一个三合头瓦房院的长者了。穿着很厚实的棉衣裳，腰里结着很粗壮的蓝布腰带。暖和倒暖和，行动起来却有些笨手笨脚，怪不灵便的。但是有什么办法呢？儿子和媳妇给自己做下了嘛！为了不辜负他们的一片孝心，只好穿得像一个客人一样，在院子里走出来走进去。
>
> “你们有孝心，我有疼心！”梁三老汉忠厚地想着，更带劲地干着庄稼院永远干不完的杂活。
>
> 后院里是猪、鸡和鸭的世界。前院，马和牛吃草的声音很响。

① 柳青:《创业史》第一部,《柳青文集》第二卷，人民文学出版社，2005，第 19 页。

管理着所有的家畜和家禽，对梁三老汉来说，活儿已经不轻了。但他不把这当做劳动，而把这当做享受，越干越舒服。猪、鸡、鸭、马、牛，加上孩子们的吵闹声，这是庄稼院最令人陶醉的音乐。梁三老汉熟悉这音乐，迷恋这音乐。

但是当他醒来的时候，他依然睡在破草棚屋的炕上……[①]

这段梦境有时被论者征引，以证实梁三老汉并不只是讲求实际利益，他也有自己的梦想，这一梦想甚至被看作小农生产者梁三老汉的主要生活热情。[②]这种分析实则把人物本质化和固化了。需要注意的是，这个梦境是由作家柳青构造出来的。如，柳青控制着梁三老汉做梦的时机（题叙里，土改颁发土地证后）以及梦境的内容（稻草棚与瓦房院的对照、新棉袄等）、情绪（对家景和声音的陶醉）和界限（只有房屋，没有土地，没有村民）。这个被构造出来的“梦”，刻意凸显了某些内容而略去了其他。从梦境的内容（主要是对更好生活条件的向往）来说，它当然对应着相当的历史真实性。不过如果柳青把梁三老汉做梦的时机放置在 1949 年或 1953 年秋收之后，或者放置在《创业史》第二部的某处，似乎也并不会显得特别不合理。因为柳青把这个梦境构造为一个静态的家景，家景之外无外人。这个梦境并不涉及现实矛盾和历史发展状况，单纯承载了梁三老汉对于改善生活的渴望，因此被放置在合作化之前或之后都无不妥。而柳青刻意安排梁三老汉在此时做梦，意味着梁三老汉在精神上被新中国土改这一历史境况的突变所带动，对家业的渴望被再次激发。我们可以推测，梁三老汉在 30 年代对家业的渴望并不会弱于此时（那时他也不知道自己发家的梦想会破灭），但柳青不会让他在那个时候就做这样的梦。即便在此时（颁发土地证后），柳青虽然让梁三老汉做梦以确证新中国带给旧农民的变化，但他并没有赋予梦境更多的社会内容，也就没有简单地划定梁三老汉的阶级属性。柳青只是

① 柳青:《创业史》第一部，《柳青文集》第二卷，第 18 页。

② 严家炎:《谈〈创业史〉中梁三老汉的形象》，孟广来、牛运清编《中国当代文学研究资料・柳青专集》，第 364 页。

说，在经历了颁发土地证这样巨大的历史变动后，梁三老汉这样的人就会被激发出相当大的新的生活热情。[①]但这是否就是梁三老汉的全部生活内容和目标？柳青认为是，但不全是。梁三老汉理解的父慈子孝和家和业兴带给他、他人、世界的安慰感、满足感，本可以是他的全部。但新中国还要把中国社会推向更好，当新政权建设初期的历史实践构造出新天地时，当这个历史动向推进到更深层面时，梁三老汉可以再变，而且实际上也的确变了，变得更加有尊严感，并为命运将他带入如此深广的境地而落泪。到《创业史》第一部结尾梁三老汉转变的时刻，柳青不但没有否定梦境中梁三老汉的生活理想，反而把它包孕在更具扩展性、包容性的尊严感之中。

> 梁三老汉在庄稼人们谈论灯塔农业社和社主任梁生宝的时候，他想起了他爹和他两辈子创业的历史。实在说：那不算创业史！那是劳苦史、饥饿史和耻辱史！他爹和他合起来，在世上活了一百来年，什么时候倒在一个冬天同时穿上新棉袄新棉裤来？总是：棉袄是新的，棉裤是旧的；几年以后，棉裤是新的，新袄又是旧的。常常面子是新的，里子是旧的，或者絮的棉花是旧的。土改后，梁三老汉曾经梦想过，未来的富裕中农梁生宝他爹要穿一套崭新棉衣上黄堡街上，暖和暖和，体面体面的！梦想的世界破碎了，现实的世界像终南山一般摆在眼前——灯塔农业社主任梁生宝他爹，穿上一套崭新的棉衣，在黄堡街上暖和而又体面！秋收后，宝娃子对他妈说，旁的什么都不忙，先给他爹缝全套新棉衣，给老人“圆梦”要紧！老汉说：
>
> “宝娃子！有心人！好样的！你娃有这话，爹穿不穿一样！你好好平世事去！你爷说：世事拿铁铲子也铲不平。我信你爷的话，

① 从小说的逻辑来说，这时梁三老汉虽然有了土地证，但他的生活处境跟解放前其实类似，仍然有创业失败的危险，比如很难抵御生老病死、天灾人祸等无常之变。所以让梁三老汉在此刻做梦，更能看出梦境只是在修辞上凸显了新中国的新局面，并不能承载更多的内容。

听命运一辈子。我把这话传给你，你不信我的话，你干吧！爹给你看家、扫院、喂猪。再说，你那对象还是要紧哩。你拖到三十以后，时兴人就不爱你哩！寻个寡妇，心难一！"

但生宝娘俩，还是坚持给老汉"圆梦"。老汉想起这些，感动得落泪了。人活在世上最贵重的是什么呢？还不是人的尊严吗？

当排队的庄稼人顾客知道这是灯塔农业社梁主任他爹的时候，一致提议让老汉先打油回去，老汉上了年纪，站得久了腿酸。梁三老汉不干，大伙硬把他推拥到柜台前面去了。

梁三老汉提了一斤豆油，庄严地走过庄稼人群。一辈子生活的奴隶，现在终于带着生活主人的神气了。他知道蛤蟆滩以后的事儿不会少的，但最替儿子担心骇怕的时期已经过去了。[①]

我们或许可以这样说，柳青认为，社会人群中就是存在梁三老汉这样的人：他们并没有本质规定性，他们的梦想可以随着时代的变化而变化，只是梦想的变化有时容易，有时非常困难。原因之一是，梁三老汉在新的历史情境下被激发出的梦想，是由他身处的特定社会结构内在决定的。当社会结构内部只做出幅度相对不大（合作化之前，国家虽然巨变，但村庄内部的经济、生产、社会、组织等的变化并不大）的正面调整时，他们的变化就可以比较容易跟上（社会经济状况也能与之配合），梦想被激发也就顺理成章。这种梦想当然很好，父慈子孝，家和业兴。但当社会历史的推动速度和幅度超出他们的感知和构想，相应的社会互动又不足以让他们对历史推动者产生足够信任时，他们就会严守自己已有的感知界限而观望。直至历史推动者撬动局面达到一定程度，并在相当程度上回应了梁三老汉这类人对基于人心人情的交流沟通的需要时，他们才会慢慢觉得"他自己在精神上和王书记、卢支书、生宝他们挨近着哩!"，他们也才会逐渐随着人际关系、人心亲疏、人情厚薄等的改变而改变。一旦他们固守此前社会状况所给定的观念意识，无法理解历史

① 柳青:《创业史》第一部，《柳青文集》第二卷，第433页。

推动者的工作，即便他们会动心，也很难进一步跟进。如《创业史》第一部第七章里，梁三老汉和梁生宝第一次正面谈心时，梁三老汉本来被生宝关于剥削的道理说动了心，可是当他一听到那些他所认为的不着边际的空谈时，又消解了之前的动心。[①]其实关于剥削问题，原本就是梁生宝从上级会议中生硬地学来的，一定程度上也超出了梁三老汉能够理解的范围。梁三老汉觉得“动了心”，一方面源自某些感性经验，另一方面也是被梁生宝跟他谈话时的耐心、恳挚所营造出来的家庭亲和氛围所感染。也就是说，梁三老汉在动心的一瞬，其实已经超越了经济地位对他的规定性，但要继续扩大这一突破口，既需要经济层面的实际动作，也需要梁生宝开展更加深入人心的沟通和交流。梁三老汉的顽固，有时恰恰表明了他对后一层面的渴求。只有当梁生宝对他“心回肠转”，以及卢支书等人与他进行态度和蔼亲切的谈话、互助组其他成员与他有了更多的沟通之后，梁三老汉的心，才会在第一部结束时被群众议论深深震动，并为梁生宝感到自豪。而如此受人尊重的儿子又如此善待和尊重自己，梁三老汉感到另一种尊严。到第二部，他的“性气”也在新的历史状况下被释放得更具有社会性。这个时候梁生宝的“公”才有可能真的带动梁三老汉的“私”在历史中朝着“公”的方向运转，把“私”消融在自身内部。

《创业史》第一部的结尾展现了梁三老汉尊严感的扩展，但其实尊严感生成和变化的历史与现实逻辑不在“尊严”自身之中。道德伦理在历史中、在不同的人身上的存在和发挥作用的方式，是因条件、因个体而有所差别的，这同样是梁三老汉和梁生宝的区别。经由梁生宝这种更具精神超越性的人物在特定历史条件下的努力开拓，旧社会梁三老汉式的旧梦境、旧理想仍然保留在了新社会之中，创立家业的私人梦想在一个更加追求公义公德的新社会里，得到了包容和扩展。如果我们结合小说的叙事过程来看，柳青在题叙中颁发土地证不久让梁三老汉做梦，是用这种构造性来凸显旧社会农民在新历史状况刺激下产生的精神状态，

① 柳青:《创业史》第一部,《柳青文集》第二卷，第99~100页。

又在第一部结尾处让梁三老汉的梦想得以延续，毋宁是要凸显梁三老汉本身的被动性，他总是被更具超越性之人所推动的历史变动所带动和赋形，同时，这种新形态也是他觉得更好的自我状态。

从这个层面来说，我们就不能同意以下看法，即认为梁三老汉的转变，不决定于谁的主观愿望，而是取决于他的经济地位，取决于党对农民的领导和党的政策的贯彻。[①]此类过于简单化的论述，实则遗漏了柳青对合作化实践进程中中国人与中国社会之间更复杂关系的理解和观察，并把梁三老汉的顽固性回收到了以经济地位作为划分标准的阶级论之中，这也简化和忽略了梁三老汉在合作化实践中对于梁生宝、卢支书等人有着更多基于人心人情的渴望和要求（如他虽然觉得跟他们精神上接近，但为何迟迟有距离感）。他的确顽固，但这个顽固本身是历史情境构造出来的人物性格状态，它也可以在历史中被打破和重塑。用阶级论将梁三老汉本质化，其实强化了只要农民走合作化道路便能“自动”获救的历史认识。这种历史认识，不但取消了梁三老汉转变过程中实际存在的对社会关系的探问和对社会伦理的诉求，而且会误以为从私到公不需要更复杂的互动和过渡，从而以为只需要确立公有制，就可以让私自然地融入公，进而退出历史舞台。但柳青在《创业史》中的叙事恰恰观察到了社会主义在确立其制度性优势时的复杂性。“公”要克服顽固性的“私”，需要拥有更多更有效的实践方式和更多更有包容性的耐心，比如在认知上不能将顽固者本质化为自私狭隘的小生产者，以及需要对顽固者看似拖后腿的情绪给予更积极的回应和互动等等。由此，我们才有可能通过柳青的历史观察和文学实践意识到，要改变“创业难”，并不必然要全部依赖经济条件的改变，而社会的成功改造也并不只是依靠生产资料所有制的改造就能顺利完成的。梁三老汉对合作化的抵制，也并不完全是他作为小农生产者的“个人发家”的经济意识所规定的。对于他的顽固性，我们也应该从社会结构重组与互动的角度加以理解，并在工作意识和方式上给予充分的重视和创新。如果以柳青开启的这一视

① 严家炎:《谈〈创业史〉中梁三老汉的形象》，孟广来、牛运清编《中国当代文学研究资料·柳青专集》，第 364 页。

野来看 20 世纪 50 年代的创业史，如果进一步去打开社会主义的实践经验，实际上也会改变我们对于社会主义的“公”的感觉和体认，这同样涉及我们到底如何认识新中国的社会主义实践，以及中国社会到底还可以如何构成的问题。

三

新中国成立初期的社会主义实践不断把“公”更深地扩展到整个国家社会系统，这包括社会经济制度层面对合作化的逐步推广。如果说前文谈到的梁家父子的公私观念的嬗变更多地体现出党内先进分子与党外群众的碰撞、牵引与磨合，那在合作化实践中，“公”的程度进一步加深，是否会在基层党组织内部引发新的问题？

我们以小说中郭振山的变化为例。

有论者认为，郭振山是“抱着个人目的参加革命、在革命过程中又没有得到很好改造的人，在革命的转折关头，在更为艰巨的革命任务面前，往往跟不上革命的发展，被现实生活甩在后面，甚至成为革命的绊脚石”[①]。的确，柳青在《创业史》中也说：“活跃借贷的失败，中农纷纷退互助组，粮食自由市场的紧张，使这个经济上还在向富裕中农发展的郭振山，头脑中已经形成了富裕中农的意识了。”[②]有人由此认为：“革命事业迅速地向前发展了，他却仍然停留在原来的水平上。个人主义迷住他的眼睛，使他看不清社会主义发展的远景，认为这是一条渺茫的漫长道路。”[③]

但郭振山并非一开始便如此。《创业史》在拉开蛤蟆滩的帷幕时，郭振山是这一社会空间里创世般的英雄，蛤蟆滩新局面的开创与他的勇武行为息息相关（当然郭振山有中国共产党的支持），似乎整个蛤蟆滩

① 徐斗文：《蛤蟆滩的“三大能人”》，孟广来、牛运清编《中国当代文学研究资料 · 柳青专集》，第 383 页。

② 柳青：《创业史》第一部，《柳青文集》第二卷，405 页。

③ 徐斗文：《蛤蟆滩的“三大能人”》，孟广来、牛运清编《中国当代文学研究资料 · 柳青专集》，第 381 页。

只回响着他的说话音和脚步声：

> 土地改革的风浪，涌到动荡不安的下堡村来了。郭振山在稻地中间的路上走过去，踩得土地都在颤抖。他是蛤蟆滩第一个要紧人。他的热烈的言词和大胆的行动反映着穷佃户们的渴望土地和生产条件的意志。由于缺乏睡眠，他大眼珠经常罩着血丝网。[①]

这个英雄般的党员一开场并不是孤立的个人英雄，而是能深刻影响和左右蛤蟆滩最出色青年之一改霞的英雄。改霞眼中的这个新中国造就的新英雄，就与梁三老汉眼中的能人形象不同：

> 这个很会说话的强有力的农民共产党员，在下堡乡五村，是改霞最崇拜的人物，他最会解人心上的疙瘩。蛤蟆滩流行一种私下的议论，认为论办事的能力，郭振山不在他乡支书卢明昌之下；振山光是户大口多，贪家事，才没脱离生产。改霞在心里同意这种看法。妈告诉过她：郭主任年轻时，地不够种，担着瓦盆串乡村卖。他把担子放在某一个村当中一吆呼，召集起许多妇女。他会把那些仅仅来看看他的货色而根本不想用粮食换瓦盆的妇女，说得高高兴兴改变了主意，并且暂时认为：只有在那一天用粮食换瓦盆最聪明，最合算。郭振山就是这样善于运用语言的魔力！
>
> ……改霞崇拜郭振山，还因为这个精明的庄稼人对她是兄长般动机纯洁地关怀。他把一个无依无靠的寡妇的女儿，引导到下堡乡五村的政治舞台上来，使她这个农村闺女，尝到了她所没有梦想过的社会斗争的生活滋味。现在她是下堡小学的团支部委员。她觉得解放后，天也比解放前蓝，日头也比解放前红，大地也比解放前清亮。她内心投向社会事业的欲望越来越强烈，总觉得她要有所作为，才不枉解放，才不枉党的教育、培养……[②]

① 柳青：《创业史》第一部，《柳青文集》第二卷，第 56 页。

② 柳青：《创业史》第一部，《柳青文集》第二卷，第 41~42 页。

改霞眼里心中的郭振山热情真诚、友爱纯洁，[①] 而且在她看来，党所带来的解放时代是与郭振山的这些品质共生的。蛤蟆滩当然还有其他党员，但青春期的改霞在观念认知上的成长，她对社会和时代的感觉与理解，主要是经由郭振山伸出的双手的力量和温度来实现的。郭振山的双手能帮助改霞剥离多少旧社会、旧道德的外壳，她就能感受到多少时代解放所带来的阳光，以及阳光所能穿透的深度，并顺着阳光的方向滋长自己的革命欲望。尤其这几年，在郭振山之外，我们见不到蛤蟆滩任何其他人跟改霞有实质性的互动。

郭振山的影响力不仅如此，他在蛤蟆滩的荣耀还在于他对全村的贡献：

> 郭振山站在桌旁，背靠着白泥墙讲话。泥墙上，两面缎子锦旗发光：一面是一九五〇年夏征红旗竞赛，本村是全黄堡区第一；另一面是为了一九五一年抗美援朝爱国运动，本村搞得最热烈。这两面奖旗是郭振山领导下的下堡乡五村的荣耀。任何人走进这草棚屋，他都要增加几分对郭振山的敬意，心里暗暗对自己说："噢！这是个先进人物哩！"[②]

郭振山不只是一个传统意义上的乡村能人，更重要的是，他曾是能够配合国家的政治运动、带领村庄获得国家荣誉的"先进人物"。两年前（仅仅两年前）的他热爱家业，但同时与国家所要求的"公事"并不矛盾。他是两年前公私统一的典范。如果单纯从《创业史》题叙结尾处所谈的矛盾与统一性本身来说，郭振山也曾符合柳青的要求。

但问题恰恰出在历史的发展和变化之后。两年后的郭振山的确让村里人觉得变了。当国家政治在新的历史状况下要推动合作化，重新打造新的农村经济结构和社会运作机制时，就需要引导农民去重新构想，也

① 即便到第一部结尾，改霞虽然认识到郭振山的引导跟时代的要求有距离，但也没有否认郭振山动机的纯洁，也没有忘记当年她最需要帮助的时候郭振山帮助了她。

② 柳青:《创业史》第一部,《柳青文集》第二卷，第47页。

势必要求党员和干部具备应有的品质和伦理精神，而郭振山却仍以他在之前历史状况下塑造出来的处理方式来应对问题，因此村民认为他不够贴心，认为他变了。此时，“公”的历史内涵变了。比如高增福是这样感受的：

> 高增福在回转的路上，心是凉的，腿是软的，脑袋是木的。他感觉到郭振山对他的关心和表扬，是空洞洞的，没有价值的。他感觉到自己前途茫茫，往后的光景难混了。他承认不该挡富农的粮食，郭振山比他更懂得政策。但是郭振山的言词，他说话的神气和他的笑，却表现出他现在已经变富了，不再能体会困难户的心情了。他再不能像解放初期，特别是土改初期发动贫雇农的时候那样，对穷苦人说些热烈的同情话了。这个在村里威望极高的共产党员的变化，给可怜的高增福精神上增添了负担。[①]
>
> “哭做啥！”他责备自己软弱，“骨头挺硬！到哪里说哪里的话！你不是从旧社会也熬出来了吗？即便郭振山靠不上了，共产党不是只他一个人，怕啥！”[②]

郭振山的确变得不能像梁生宝那样，去发现并体贴农民在新的社会状况下的艰难处境，并敢于把农民在活跃借贷中的不幸遭遇担当起来[③]（郭振山曾经敢于担当）。可至此为止，郭振山都不能算一个应该被排除在革命事业之外的社会成员，更何况他仍然是党员。但我们自始至终没有看到任何上级党组织（无论卢支书还是王书记、杨书记）或同级党内同志（梁生宝还曾与他愉快共事），用无比耐心地对待梁生宝的方式来对待郭振山。卢支书与他的谈话更多是批评指责，梁生宝则

① 柳青:《创业史》第一部，《柳青文集》第二卷，第 70 页。

② 柳青:《创业史》第一部，《柳青文集》第二卷，第 71 页。

③ “大伙听了生宝和有万的谈话，霎时间高兴得沸腾起来。生宝从他们身上，卸下了沉重的精神负担，他们顿时感到轻松了许多。他们用喜欢和感激的眼睛，在刚刚上来的月光中，盯着生宝敦厚的脸盘。他们恨不得抱住他，亲他的脸。他胸怀里跳动着这样一颗纯良而富于同情的心。”（柳青:《创业史》第一部，《柳青文集》第二卷，第 127 页。）

总是囿于个人情绪而尽量回避与他谈话，[①] 其他的互动方式更是看不到。当梁生宝进山砍竹推动合作化进程中碰到任何困难时，党总是出现在他身边，给予思想上、物质上的帮助。但郭振山发生“天人之战”时，他是独自一人。

> 郭振山啊！郭振山啊！有几千年历史的庄稼人没出息的那部分精神，和他高大的肉体胶着在一块，难解难分。旧社会在他的精神上，堆积了太多的旧思想，卢支书已经批评过他了，他刚才开始进行自我分裂。是共产党员郭振山战胜呢？还是庄稼人郭振山战胜呢？
>
> 家人们散去以后，他浑身冷汗，独独躺在被窝里。共产党员郭振山痛斥庄稼人兼卖瓦盆的郭振山：
>
> “你胡思乱想个啥？你想往绝路上走呀？放清醒点！你把眼睛睁亮！你怎敢想离开党？要在党！要在党！离开了党，蛤蟆滩的庄稼人拿眼睛能把你盯死！离开了党，仇人姚士杰会往你脸上撒尿呀！……”
>
> 在一霎时间，事物在创业的庄稼人郭振山眼前，显得比较清晰了：党是伟大无比的力量！它现在有效地掌握了中国历史的发展！它的政策影响着每一个中国人的生活——它使饥饿者食饱，使奢侈者简朴，使劳动者光荣，使懒鬼变勤，使强霸者服软，使弱者胆振，使社会安定，使黄堡镇的集日繁华……而他郭振山呢？一个普普通通的庄稼人，只有在执行党的政策前两年，人们才真正重视起他来。离开了党，他就重新只剩下一个高大的肉体，能扛二百斤的力气，和一个庄稼人过光景的小聪明啰！
>
> ……
>
> 水嘴孙志明来看代表主任，给郭振山带来村内的新消息……
>
> 郭振山听了难受。他这代表主任已经失去控制蛤蟆滩局势的能

① 全书梁生宝只有两次跟郭振山对话，一次是在第八章的结尾，一次是在第二十九章。

> 力了。村内的事态，离开他的影响，各自发展着：富农对他似乎不再有所畏惧；贫农对他好像也没有什么指望了。梁生宝和冯有万，也不来请教他，要求他指点他们进山应注意的事项。他听孙水嘴滔滔不绝地说着，听着听着，脑子里就明确了一点：他已经被自己的自发行为，拉出了蛤蟆滩的斗争行列。他已经变成革命的局外人了。难怪卢支书拿不喜欢的眼光看他哩。[①]
>
> ……
>
> 郭振山已经从一个危险的思想里，苦斗出来了。他竭力往宽处想，往亮处想。他警告自己：只要和姚士杰居住在这同一个行政村，就永远也甭离开党！姚士杰和他的仇恨，在两人同时都在地球上活着的时候，是解不开的。他倒是经过土改，解了点心头之恨；而姚士杰则更仇恨他了，其所以不敢向他呲牙咧嘴，仅仅因为他这阵站在好汉台上。对他来说，离开党等于自找苦吃。一对一，他怎么能拼过姚士杰呢？他想开了，决定接受卢支书的批评：把投资给韩万祥砖瓦窑场的大米，改成定买砖瓦，推脱“做生意”的指责。至于互助组，他只有忍受卢支书的批评和王书记的冷淡了。他只有等待看生宝最后能弄成什么样子，再说话。他不能拿十几口人的光景孤注一掷嘛。自己既不愿积极响应党的号召，就不能像土改时那样好叫人表扬了。他决定：闷倒头过日子吧！[②]

当然，郭振山以自我分裂的方式展开天人之战，是由作为作家的柳青设置的。此处我们暂且跟随柳青给出的逻辑来理解：看似共产党员的郭振山战胜了庄稼人兼卖瓦盆的郭振山，他仍然决定依靠党，但这时的他在组织结构关系中变得完全不同。党被他界定为与姚士杰斗争的工具，因而党的社会目标的任何调整都变得与郭振山没有内在关联，郭振山只需要亦步亦趋地跟随党即可。郭振山把自己理解为党—富农姚士杰利益结构关系中的产物，他越是依靠党与姚士杰争夺利益和势力，他

① 柳青：《创业史》第一部，《柳青文集》第二卷，第157~158页。

② 柳青：《创业史》第一部，《柳青文集》第二卷，第160页。

也就越是把自己规定在了姚士杰的范围之内。而这之外的其他因素，即便曾经对他很重要，但在他现在的思想意识和精神伦理结构里，也不会再真正被重视。比如他曾无私且真诚关心过的改霞，最后责怪他，疏远他，对此他认为：

> 他给改霞出主意，一片好心肠，只是碰得时机不巧。自己没什么歪心眼，他问心无愧！改霞不高兴他吗？他不到柿树院去串门，不结了吗？谁离了谁，过不了日子呢？至于互助组，是个临时季节性的互助组。改霞她妈找到门上，互助上两回；不找他，拉倒！什么了不起！①

郭振山在这里表现出的对改霞的情绪上的不耐烦，与我们在前几章中看到的他与改霞家的亲密无间的互动形成了巨大反差。即便郭振山觉得改霞无礼，按照他最初与改霞家建立亲密关系的逻辑，他完全会有耐心事后去找改霞妈妈谈心了解情况。可当郭振山把自己界定为党—姚士杰结构关系中的存在时，他其实很难在这个新的结构中恰当地安放之前多年乡里乡亲患难交往所产生的生活情谊。这实际上会影响一个人感觉生命世界里那些看似软心肠实则有重要意义感的部分，这些部分在他新的结构图景中变得可有可无。如若有，他也会重视、高兴；但若出现其他状况，他也不会努力解决——“谁离了谁，过不了日子呢？”这部分内容即便不会在他意识中被淡化，也很难经受误会、谣言等波折和考验。当面临这种小波动时，郭振山可能更多地会像这次对待改霞的态度那样，没有耐心再去细致处理。当这些护持生活意义的空间和激发生命意义感的因素在生活中变得没有重要位置时，郭振山也就会越来越觉得一切印证了他的话：谁都离得了谁，除了能给予他权力的党。在郭振山自我意识的构造关系发生变化之后，他的整个生活空间也在随之变形，而他自己对村庄社会的感受方式、情感反应方式，也会随着空间的重塑

① 柳青:《创业史》第一部,《柳青文集》第二卷，第 405 页。

（不断切割、压缩和窄化）而变得向某些特定的方向发展。比如，他会比之前更加无须自责地在政治上投机。

但我们也看到，郭振山的自我意识构造方式并不必然会在历史中变成这样。尤其与梁生宝在成长过程中所获得的帮助相比（柳青指出梁生宝的每一步进步都与党的指导分不开），郭振山几乎一开始就被党组织指责、孤立。我们当然可以责怪此人在革命事业中的蜕变，但如果党组织和党员干部更有耐心地对待这样的党员，及时地引导和纠偏，郭振山并不必然会走向“性气”如此扭曲的人生。

另外，我们很难把郭振山的性格发展逻辑单纯看作柳青为构造人物关系的需要而设置的。对柳青而言，如果50年代合作化运动中的实践经验充分开展出了如何恰当对待郭振山这类农村干部的工作方式，很难相信他会为了小说故事的构造而回避现实中这么重要的经验。更大的可能是，新中国的农村实践既没有在农村实际变动中耐心对待郭振山，柳青也没有在文学书写机制中通过人物构造来反思历史实践经验中存在的这一问题。比如，从郭振山天人之战的自我整理方式来说，他对自己经验的整理，几乎没有涉及他当年如何与郭世富斗争，并在稻地赢得威望，被穷雇农当作被压迫者的领袖的诸般经历。更重要的是，当时党的力量还没有进入蛤蟆滩。也就是说，郭振山的威望并不必然要依靠党，即便依靠党，他与党的关系的构成也并不只限于利害得失。柳青让郭振山在最关键的自我斗争中忽略这一点，并非柳青刻意的文学技法，而是柳青共享着50年代中后期便开始的关于合作化的历史叙述：合作化是中国农村的必然且正确之路，必须无条件不犹疑地投入到党所规划的国家发展方向之中，没有别的选择；一切犹疑都是障碍，党的工作正确无比；只存在“私”无条件服从“公”这一种形态。正因如此，柳青才会让郭振山自我反省，但又不让他充分反省自我经验中的重要部分。柳青对历史的认知决定了小说人物和情节的走向与变化。

这实际上提出了一个问题：我们如何理解历史中每个时刻的实践所面对的那个被“理”所确指、实际上又更为复杂的社会个体？卢支书、王书记、杨书记的确帮助了梁生宝很多，这对于梁生宝的成长、合作社的成立，都非常重要。和睦顺畅的干群关系也是我们今天仍然会肯定初级合作社这一段历史的重要原因之一。但在我们肯定的目光之外呢？那看似被历史自然淘汰的曾经英雄、如今没落的郭振山呢？如何才能让他回到我们讨论文学和历史的视野之中？看似辉煌的历史中有没有暗淡灰色的背影？在新中国的那段辉煌历史中，如何才能给他一个恰当的位置，并用这一重构的视野重新讨论我们对于合作社的理解，对于"实践"的理解，对于"社会"的理解呢？

四

从这样的分析出发，我们也许可从对柳青《创业史》的再讨论中，打开20世纪50年代历史实践经验的诸多思想意涵。

比如，实际上我们看到，柳青以文学的方式叙述了他所理解的更为复杂的历史动力机制所在：梁生宝、梁三老汉这样的中国人重新被带动和被激发，他们的"性气"在社会组织结构中重新被抒发，这才是50年代初期新中国获得巨大成就的关键，而不仅有赖于政治制度和社会经济制度的建立。中共在50年代政治实践中所激发出的新的人心性气，使得我们在理解何为"中国人"时，可以超越之前的固定化理解。而柳青的《创业史》所努力去把握和描述的，正是在这段历史里中国人的旧状态是如何被改变的，新状态是如何被塑造的。

《创业史》同样也挑战了我们之前对于历史的认知和叙述。我们一般都认为50年代历史实践获得的成就巨大，柳青实际上也非常肯定这一时期的实践成果。但我们通过对郭振山的分析可以看到，这一实践过程内含隐患。当50年代频繁推动农村工作计划时，那些路线、方针政策往往会在社会层面形成各种新的道理，比如小说中的郭振山、梁生宝就比较擅长学习完阶段性政策之后回村传达。而传达的这些政策文件，又在村庄里形成舆论（梁三老汉就差点被梁生宝所传达的文件中关于剥削的"道理"说动了心）。农村工作在认知和打造社会时所颁发的政策文件随着对现实状况的构想认识的变化而变化。这些政策文件触及中国社会的程度有所不同，有些会与中国社会中既有的观念、意识、伦理、情感等磨合，并在不同阶段的实践中激发和塑造出不同性格能力的人，以配合农村工作所希望推动的实践工作（如土改时期的郭振山）。但“时”有变，有些应“时”而生的“理”也要变，也该变。这些变化了的新的“理”有时能相当有力地回应现实的新状况，又会激发和塑造新的性格能力之人（如梁生宝）。反过来，这些新人自身努力到一定程度，又会引发村庄社会情势的变化，人们的日常交往、伦理感情也会因势再生再造（不断调整发抒“性气”），并在这种再生再造中积淀、型塑和重构中国社会的感觉意识与伦常习俗。比如，人们会逐渐肯定梁生宝的“公”，贬斥郭振山的“私”。可这些历史构造过程的每一步都需要重新检讨。也许在取得最辉煌成就的时刻，恰恰就隐藏了极大的危险。比如，“公”的形成一定与“私”势不两立吗？“公”与“私”的内涵如何在历史中不断变化？郭振山的“私”必然与“公”无缘吗？他对“私”的感觉意识的变化，本身是否也随着“公”的内涵边界的移动和施压而在不断变化？实际上，在 50 年代农村工作实践经验中，公与私可以在社会运转机制下形成更加互为包容的关系。在 50 年代农村工作获得高度成就的时刻，其内部却已然包含着危机和克服危机的可能。

这也是柳青《创业史》的独特视角为我们提供的重新理解和认识中国的契机。我们看到，新中国成立初期的良好社会状态，更多地体现在中国人“性气”在社会生活中的抒发顺畅，并在这个基础上使得整个社会组织和工作的运转达到一个高度。这不只是一个国家经济组织方式的问题，更是一个中国人的精神伦理以何种方式才能被重新打开，进而重组现代社会的问题。抽象地肯定柳青作品的政治性或伦理性，其实都缺乏内在于柳青作品的历史穿透力：50 年代实践经验的关键之一恰恰是既能激发中国人的“性气”，又能将这种中国人重组到社会之中，从而应对现代世界的挑战。公与私、集体与个人、国家与社会并非必然互为排斥，两者在历史中建立起互为支撑的生长关系，进而形成互为需要的有机体，是有历史可能性的。基于这样的理解，我们或许便可在历史经验之中重新讨论“现代中国”如何构成的问题。也是在这样的视野下，我们可以发现，在西方自由主义式个体和高压式的集体主义之外，柳青以《创业史》的文学书写表明，中国 50 年代的历史经验曾经提出了“再造中国”的另一条路。

（本文的写作受贺照田老师的直接启发，文中关于“性气”的解读是他提供的，在此表示感谢。还要感谢“北京·中国当代史读书会”诸位朋友多次对柳青的讨论。）

“心回肠转”与“直杠子”

——《创业史》视域中的干部、群众与国家

李　娜

引　子

“心回肠转”与“直杠子”，一个理解合作化运动中的干部的视角

“心回肠转”这个词第一次出现，在《创业史》第一部的第十六章。[①]1953年的春天，梁生宝要带着互助组进山割竹子，行前到黄堡区委会找王佐民书记，适逢渭原县委副书记杨国华也在，正要“到蛤蟆滩去呢”。庄稼院办公室里，这场区、县干部和村社干部之间亲热而严肃的谈话，很值得琢磨。两个书记殷殷询问梁生宝互助组的情况，由此展开了一场从对“依靠贫农，团结中农”政策的理解，到干部工作方法出现的新问题，到对小农意识的认知、克服，层层递进的讨论，直至杨书记以新旧事物的斗争哲学，讲解“互助合作和小农经济”的关系……这是《创业史》中的重要“一课”，一方面，在“政策与现实”的对接中，对国家为何、如何发动合作化运动，做了富有紧张感、理论化，又极为

① 本文引述《创业史》版本，为《柳青文集》第二卷（《创业史》第一部）、第三卷（《创业史》第二部），人民文学出版社，2005年版。

生动的阐释；另一方面，透过梁生宝的视角和感受，传递了一些不易为国家视角所体察的信息。看起来在激动地领会学习的梁生宝，有着引导上级领导更细腻地进入乡村现实的能量。两方面都表达得这么深入，当来自柳青扎根乡村的经验和他特别的思考意识。

得知梁生宝互助组在“活跃借贷”失败后，以组织进山割竹子的方式，解决了贫困户度春荒和肥料问题，高兴的杨书记被触动了心思，说“有两种意见”，一种意见是互助组要依赖中农的车、马才能搞好生产，问梁生宝是否同意。梁生宝让杨书记“把另一种意见给咱说一下”，就在这里出现了:“生宝是个心回肠转的人，不是直杠子人。”[①]

> 杨书记很满意地笑了笑，说：
>
> “另一种意见嘛，说：没有中农的车、马，贫农互助组也能搞好生产喀；勉强地拉扯中农，反而把互助组弄成形式，或者弄起一大堆意见，不能解决，后来干脆散伙了。这就是大伙常说的‘春组织、夏垮台、明年春上可再来’那话。这号意见的人们还说：党的政策说团结中农，意思只是互助组里不能打击中农，不能损害中农的利益，并不是说互助组非沾中农的光不可，要看中农的脸色办事情，不然就弄不成互助组。你觉得怎样?”
>
> 生宝听了一半，紧张起来的精神，立刻轻松下来了。他变得十分畅快。他的行动已经替他做了回答。他明白杨书记问他的意图。他说：
>
> “党的政策是依靠贫农，团结中农。要是没中农的车、马，就不能增产，那不是依靠中农去了吗? 简直没贫雇农的一点骨气!”
>
> 杨书记听得哈哈大笑。但他随即收敛了笑容，严肃地问：
>
> “可是有人说，党的政策是依靠贫农去团结中农。你怎样回答?”
>
> “太咬文嚼字了！那么党做什么呢?”率直的区委书记对这号书生的迂腐语调，很不满意。

---

① 《创业史》第一部，第204页。

生宝同意王书记，说："王书记，你该知道俺互助组的情形吧？有万是贫农，生禄是中农，我是共产党员。我代表咱党。我不能靠有万去团结生禄嘛，两个人老矛盾哩。我一定是靠有万他们把互助组撑架起来，我又想办法叫大伙和生禄团结。杨书记，这如今的互助合作，我看，我看……我看和土改……"

……

生宝使了使劲儿，大着胆子放炮："这如今的互助组和土改不同哩！土改中间，贫农和中农没矛盾，一股劲儿斗地主。这如今互助组里头，贫农和中农的矛盾才大哩。"[①]

由此看来，"心回肠转"，不只是对待问题不鲁莽、不直观的反应，还表现为，梁生宝对土改后农村社会关系的变化有着敏锐的知觉：他对"依靠贫农，团结中农"政策的理解，不只是顺着政策说，他的回答里，提到了贫雇农的"骨气"，同时，"骨气"是骨气，对土改过后这一时间点上互助组里贫农有万和中农生禄的变化、关系的把握，才是他理性的依据。

之后，王佐民书记提出有的基层干部认识不够、方法简单，某乡长在会上跟群众说："没有共产党，你们怎能分到地嘛？共产党号召互助合作，你们对互助组不热心，还闹自发！把良心拿出来！……"[②] 乡长的急躁和要群众"感恩"，被两位书记批评为"没出息"：关键在于教育和示范嘛。而梁生宝由此想到了本乡樊乡长对自己继父梁三老汉的批评，不由"激动起来"，说：

庄稼人眼见过小家小户小光景，没见过社会主义嘛！……咱只能做出样子给他看。可是俺的樊乡长说俺爹扯我的腿，对不起共产党，是忘恩负义，是没良心，根本不像个贫雇农样子。俺爹为啥不像贫雇农样子？土地证往墙上一钉，就跪下给毛主席像磕头，这是

① 《创业史》第一部，第205页。
② 《创业史》第一部，第208页。

没良心吗？……俺爹是好农民。王书记，你该知道俺滩里的白占魁吧？你就是赶明日要实行共产主义，他也赞成。你喜爱这个人吗？他倒是脑筋灵敏着哩！”[①]

梁三老汉一心想创自己的家业的“落后表现”，在推行合作化之初具有普遍性、代表性，梁生宝认为，这来自庄稼人“过小光景”的身心，只能在合作化推进的“大光景”中慢慢改变。换言之，要靠合作化的实质推进。樊乡长式的“讨要良心”，是“没出息”的。梁生宝在这里展现的“心回肠转”，在于对乡村社会中各种类型的人内在的、历史的、动态的认识，从而在工作中表现为耐心和细心，以及信心。“俺爹是好农民”，这个回应超出樊乡长所要的“良心”，它提示了：为什么在梁生宝的意识里，一个小光景经验里的“好农民”是终于会接受社会主义的，且一旦接受就是扎实的。这里埋下了伏笔，这里也先不说。

再看樊乡长对梁三老汉的粗暴，有他性格思维的“简单”因素；同时，“忘恩负义”的指责、“讨债”的方式，也与合作化运动初期国家在宣传动员方式上过分强调“忆苦思甜”有关[②]——基层干部的“直杠子”，与政策的“直杠子”有关。这种状况下，一个对村子没有深入了解的外来干部，如果仅凭是否拥护政策，是否积极，很有可能把梁三老汉当作“落后分子”，而把白占魁这样的军痞、二流子的积极钻营当成进步——在赵树理的小说中和有关四五十年代乡村的材料中，土改后的乡村干部中不乏白占魁这样的人物。

梁生宝层次丰富的“心回肠转”和樊乡长同样包含了许多层面的“直杠子”，其实在第十六章之前，在蛤蟆滩的生活故事中，一直上演着，而在黄堡区办公室这个谈话场景中被明确地提出，且形成一组对

---

① 《创业史》第一部，第209页。

② 《人民日报》1953年12月30日社论《启发农民自己教育自己》所讲“启发”，主要是开展多种形式的“忆苦思甜”，基层干部执行时，就容易出现樊乡长那样要老百姓“报恩”的动员方式；1954年1月5日《人民日报》社论《对待农民应坚持说服教育的方针》，则能够针对合作化过程中出现的各种状况，谈“说服教育”的问题了。（参见《农业社会主义改造文集》第一集，财政经济出版社，1955）

照，这是特殊的无意中的安排，还是它实则是一个自觉的、贯穿性的角度？

《创业史》写了很多干部，从村社到乡、到区、到县委，多姿多彩。在柳青的认识里，首先对革命事业真诚很重要，因此可以做一个区分：有的干部对党和国家号召的合作化作为社会主义道路，是真诚相信、愿意它在中国社会迅速落实的；有些，如土改中表现突出的官渠岸上的能人、党员郭振山，因发家的私念，对这一号召和工作是三心二意的。所以姑且不论郭振山，来看“真诚”的干部：对于“真诚”的干部，重要的区分就是“心回肠转”和“直杠子”了。“直杠子”对工作会有很大的损害，而“心回肠转”则对工作特别有意义。要明确的一点是，在柳青这里，作为将国家政策（合作化道路）落实到社会的执行者，干部的“心回肠转”和“直杠子”，显然不只是通常会有的一种理解层面——个人成熟与否，或者“斗争策略”的问题，柳青把它看得更重、要求更高，甚而包含了认识论和理论层面。

因此，将“心回肠转”与“直杠子”这个认知视角推广到这些“真诚”的、不同层级的干部身上，可以看到推动合作化时期（柳青所观察、思考的）共产党对不同层级干部的不同要求和培养方法，进而有可能对整体上群众、干部与国家在此一时期的关系，有个展开的思考。

以下，分成村社、区乡和县这三个层面来做逐级梳理，在此基础上，进一步探讨乡村干部“心回肠转”对于革命、土改后重构乡村伦理的意义。

村　社

一　有万和高增福：从直杠子到“心回肠转”

柳青把有万、高增幅、欢喜这些和梁生宝一起搞互助合作的村里的年轻人，称为要“改变蛤蟆滩命运”的人。在第二部里，灯塔合作社成立时，梁生宝被选为社长，原来的民兵队长有万是合作社的第一队生产队长；高增福从官渠岸搬到下河沿，当了合作社副主任，还是少年的欢喜则是记分员。“共同的事业常常把肉体上是两个人，变成精神上是一个人，彼此难舍难分。”[①]他们与梁生宝精神相通，性格各异——对于他们共同的事业来说，这差异就是“直杠子”与“心回肠转”的差异了。柳青同样给出了他们各自“性格形成的全部基础”。

比梁生宝还“彪小伙子”的有万，不但是“直性子”，而且是“火药性子”，“谁说话做事不合他的脾性，他好像滚油煎心般，不能忍耐”。[②]他从小失去父母，是跟路边的野草一起长大的孤儿，“在他懂得道理之前，他只知道恨”，渗透入气质的恨变成了暴躁的性格。分稻种时，他无法忍耐梁大老汉要给“坐娘家”的女儿分稻种的不合理要求，以至于扔下秤杆——自己的职责，走掉了。

高增福的苦出身，是六岁时父亲断了手指，讨饭把他拉扯大；长大后熬长工熬到土改，刚开始创立家业，他的女人死了，他又独立拉扯四岁的儿子才娃。柳青描述赤贫、处境最为艰难的高增福，在精神品质上却有同等强度的高洁和坚强，一言以蔽之，这是中国农民的“认真活人”——柳青以“白杨”譬喻之。同有万一样，从苦难中生成的正直、革命性的另一面，是不利于革命的“直杠子”；但不同于有万的“暴躁”，高增福的“直杠子”被描述为一种正直的“狭隘”。在合作社成立前，他领导着官渠岸一个穷互助组，对剥削者的痛恨和对穷人的情感，使他不能容忍任何“敌人”对互助合作的捣乱，也不能容忍内部成员的动摇。活跃借贷失败后，他的哥哥高增荣去向富农姚士杰低声下气借粮，他视之为背叛而气恨。梁生宝带领互助组进山割竹子时，负责组织掮扫帚的高增福，得知王瞎子让儿媳素芳去姚士杰家“熬汤”（做女工），又大受打击。“气恨”不但消耗了他的体力，也因他的“脸色阴沉、灰暗、难受……谁也问不响”，“弄得热热闹闹的掮扫帚队，没意思极了”。[③]这种“直杠子”带给高增福的局限，是容易受事物起伏的影响

① 《创业史》第一部，第 102 页。
② 《创业史》第一部，第 104 页。
③ 《创业史》第一部，第 322 页。

的同时，难以从大局和长远眼光来展开工作、解决问题。

也就是说，有万和高增福的“直杠子”的表现和性质各有不同，如果作为群众，这些都是可理解和容许的，但作为村干部，要想为党工作，就必须改，必须学习“心回肠转”。

在第二部的第四章，灯塔社成立后，在高增福和有万经由梁生宝介绍入党的支部会上，柳青甚至让他们对此做出了宣誓一般的承诺。

乡委卢书记让两人讲讲“对党的认识”，高增福总结了自己从父辈以来空有穷志气而成不了事的经验，得出“没党领导，庄稼人治不了世”的结论之后，如此检讨：“介绍人提我的两点意见，我全承认。我有庄稼人的一股别扭劲儿。当了党员，我要把心胸放宽豁一点……从今向后，我要站党的立场，不能站贫农立场。生宝同志，多谢你。我今日才明白了：依靠贫农和站贫农立场不一样。”[①]

有万则从头至尾检讨自己的“野性子”，如此表达“改造”的决心：

> 我是个野性子人。党里头规矩严！我想入党想了几年，只怕自己火性一发，坏了党的名声。
>
> ……
>
> 毛主席交待得清清楚楚，只许办好，不许办坏。我有万任性，把事办坏，对得起谁呢？旁人拿田地、牲口和农具入社。我心思：有万连这条命也入社了。咱八岁死了老子，七岁死了娘。父母双亡，给撂到马路旁边的官树底下没人管。咱和野草一块往大长的。那时间死了有万，和死了一棵小树苗一样简单。嗬！想不到我活到今日，入共产党！同志们！王书记和我谈了半夜话，说要改造社会，就得先改造自己。[②]

高增幅、有万，从苦难中长大的青年如璞玉，他们身体里的正义感、坚忍、热情为合作化运动所选择、所珍视，与梁生宝一起，成

① 《创业史》第二部，第 40 页。

② 《创业史》第二部，第 41~42 页。

为“为改变蛤蟆滩的命运”而献身的人；他们身上不利于领导合作化的“直”，也将因为这改天换地的事业，不断得到锻造。入党强化了责任心，使得高增福明白贫农的阶级情感也要服从于整个庄稼人解放的事业，所谓“站党的立场，不能站贫农立场”，明白这一点，既是从“直杠子”向“心回肠转”转化的表现，也是转化的深层动力。“入党”，也因此是柳青对“心回肠转”之于村社干部的必要性的一个特别明确、郑重的表达。

高增福和有万，在入党发言中能如此总结经验，强调改变自己的“野性子”和“别扭”，更直接的原因是有梁生宝这个参照。日常生活工作中生宝给他们做了示范，在入党提批评意见时，为他们接受，这是“心回肠转”在政治意识上落实的兼具感性与理性的方式。

但是，“心回肠转”不是一蹴而就的，如何才能从政治意识落实到具体工作呢？高增福入党了，在合作社工作的展开中，虽在对待落后分子的态度、团结人方面，有了明显的改善，但仍然不免对有关合作社的敌意、议论等，听风是风，反应直观。这首先表现在，自己有了觉悟而不能忍耐别人的没有觉悟或觉悟低。其次，他对“尊严”“荣辱”的重视，从一己的荣辱走到了合作社这个集体的荣辱，这是扩展，但是是一般的扩展，而不是“心回肠转”的扩展——不像梁生宝那样“放眼量”，从全局甚至“反过来”、内省地、发展地看待困难和不好的风评。

对高增福这样一种“正直的直杠子”要怎么教育，柳青是特别费心的。

入党之后，标志灯塔社成立的“牲口合槽”的前夜，高增幅和梁生宝有一段“交心”的谈话。起因是，因为不服气梁生宝的互助组先办社，郭振山带着官渠岸互助组，敲锣打鼓地去申请办社，高增福听了难受，做不到像梁生宝那样“没听见一样”：

> “我不行。就像饭里吃出老鼠屎一样，我发呕，蛮想吐，吐不出来。郭振山是故意和咱们唱对台戏！”

“快不敢这样想！”生宝连忙劝说充满实干精神但多少有点狭隘的副主任。[①]

高增福也生气杨加喜说灯塔社正副主任只种过小家小户小庄稼，弄不成合作社的大摊子的话，梁生宝说：

增福，反话有时候要正听。我心思杨加喜这些话对咱们有好处。[②]

待到用一个赶考故事（有才的骄傲、怠惰，误了考试；没才的谨慎、勤奋，中了状元）把高增福的心说开了，梁生宝又对高增福严肃地打开一个“内心最深处的秘密”：

我有时候觉得心里头沉沉的……啊呀！办社可不简单呀！上有毛主席的指示：只许办好，不许办坏。下有社员们的思想问题儿、生活问题儿。当初，建社的开头，我看得没这么清楚。我光看见革命，没看见复杂。增福同志，咱俩的行李可不轻啊！我有时候思量：我能行吗？区委和县委对我这么信任，我可是不敢粗心大意啊！

……

咱俩现时站在好汉台上了。不能光想自己能干！要想想自己有不够的地方，虚心能得到大伙的帮助。……远处的庄稼人不清知我，以为我这个农业社主任了不起。咱蛤蟆滩的庄稼人清知我哪一年不穿开裆裤了，清知我不行。你说不是这个理吗？增福同志？[③]

高增福由此想起县上来的工作组干部魏奋转弯抹角含含糊糊的态

① 《创业史》第二部，第 96 页。

② 《创业史》第二部，第 97 页。

③ 《创业史》第二部，第 98~99 页。

度，似乎不欲灯塔合作社上马，梁生宝不再是娓娓劝喻了，他严肃地对朋友宣告：“我说：灯塔社要是不办，我梁生宝活得没一点意思了。不是我好胜，也不是我好面子。自决定办灯塔社，除过互助合作，我啥话也听不进耳朵里去了嘛！……我就是这号货嘛。拿起来就放不下，一条路跑到黑！我给老魏说：县上要是决定停办灯塔社，我不服从！”

高增福使着劲听着。他感动得声音颤抖着，说：“我知道你的性气了。你也知道我的性气，死，我也情愿跟你在一块办这个社。就是这话！……”①

这里分明看到了柳青和梁生宝的合体：这是柳青柳书记在皇甫村做干部工作，他把自己植入了梁生宝的身体，用懂得朋友“性气”的梁生宝的肺腑之言，也是高增福特别能感受的方式，推己及人。感动了高增福的梁生宝，没有停步：

“增福，千言万语，最要紧的是一句话——甭骄傲，甭任性，甭大意……”

“嗯！对！”

“不光咱俩要这样，要叫他有万和大海也这样！”

……

要是怎样把冯有万的性气改变好，别那么任性，灯塔社就更好办了。一个人办事多用些方式方法，少动些态度，这中间该差别多么大啊！什么时候有机会，他要和有万照这样叙谈一回。②

从这里也可强烈感受到，乡村干部的成长，除了依靠上级干部、派驻工作组培养的方式，更日常也从而更稳定的是梁生宝这样先进人物的知根知底的、伙伴式的帮助。而梁生宝何以能如此呢？这个形象不只是

① 《创业史》第二部，第 100 页。

② 《创业史》第二部，第 100~101 页。

一般意义上的“理想人物”，他包含了柳青在现实的皇甫村发现的王家斌身上的社会主义“萌芽”，以及在合作化运动开展中如何培育这一萌芽、使之在乡村发挥能动性的政治设想。

梁生宝“听党的话”，高增福说“站党的立场”——从柳青看，可以从几个层面理解。在1953~1956年的乡村，（柳青所参与的）党的政策和工作推进显示为正确、有力的这个时期，第一，执行党的立场是理想党员；第二，执行党的立场的方式就是“心回肠转”；第三，这需要党的政策也不能是“直杠子”的。如果就此仔细体会，联系《创业史》从写作到定稿出版，经历了合作化运动特别多的起伏和挫折，在《创业史》所写的“1953年”中，实则有着从后来的起伏和挫折回望1953年的特别关注点。也就是说，柳青对于国家政策的推行，不只是接受和落实，也包含了经由实践反观其历史过程的意识；他的文学书写因此并不只是赋予现实发生的事物以文学形象和意义，更包含了一个如何走向未来的文学构造。梁生宝的形象中，凝聚着这样的文学－历史构造。

二　村社干部“心回肠转”的人伦基础、历史要求与现实内容

在著名的“梁生宝买稻种”章节中，柳青如此描述梁生宝“心中熊熊的热火”：“为了理想，他们忘记吃饭，没有瞌睡，对女性的温存淡漠，失掉吃苦的感觉，和娘老子闹翻，甚至生命本身，也不是那么值得吝惜的了。”[①] 这样的精神连接着柳青所熟悉的、革命年代参加陕北的赤色游击小组的年轻人。

精神是继承的，但任务变了。“靠枪炮的革命已经成功了，靠优越性，靠多打粮食的革命才开头哩。”[②] 这场新的革命与减租减息、土地改革的性质有本质的不同，是对确定了土地私有权之后看起来是农民“自然”的生活要求和“自流”的历史走向的否定，换言之，合作化将改变古老的个体生产方式，从而更内在、更彻底也实则更剧烈地冲击中国农

① 《创业史》第一部，第78页。
② 《创业史》第一部，第79页。

民的行为与思维。

合作化对乡村干部提出的要求，也因而不同于土地改革时期。蛤蟆滩上，对从土地改革中涌现出来的农村积极分子、“能人”但三心二意的郭振山不必考虑了，此外还有与梁生宝有着同样热情和献身精神的高增福和有万。但梁生宝才是最为新任务所需要的。除了“毛主席指示：骨干要公道、能干”，柳青所珍视的梁生宝的品性还有“毫不任性”。[①]“他的这种（想要处处听党的话的）社会意识特征和他由于受出身的影响和受艰难生活的影响而形成的毫不任性的个性特征相结合，就是我现在所描写的精神面貌。”[②]

作为乡村好人的“毫不任性”的个性特征，是作为合作化干部“心回肠转”的政治要求的基础。幼年跟着母亲逃荒得以在蛤蟆滩落脚的梁生宝，在种种艰辛苦难中，始终有梁三老汉和母亲给予的呵护和温暖；而梁三老汉的“软白刃”（总要显示厉害，实则软心肠）和母亲的克己宽厚，或都是梁生宝对人对事总能多一点“体谅”之心的来源。服膺真与善，所以“毫不任性”。如得其情，毫不任性。“毫不任性”还带来了不从表面、直接反应，而总能退后一步，往里、往远处看的长处。这样的梁生宝有了献身觉悟，并不会因此对身边“不觉悟”的人不耐烦，而这正是有万和高增福若想从“直杠子”到“心回肠转”，首先要面对的问题。

《创业史》第一部第七章，梁生宝买稻种回来，草棚院里开始了欢乐的分稻种。梁大老汉的到来，打破了这团欢乐。梁大还是贫穷的豆腐客时，曾帮助兄弟梁三和寡妇生宝妈结合；自己发了家，但分家时连一根柴禾都要争……此刻，梁大不讲理地要求给他来坐娘家的女儿分上“五升”稻种。对此，有万“气得鼓鼓。他对于不合理的事情，极端缺乏忍耐心”。梁生宝也心里翻腾：仗着互助组对他家的车和马有依赖，梁大“欺人太甚”了！但，“生宝心里又拐了弯”，不合为稻种惹老汉退组，于是提个少些的数量。老汉再争，梁生宝便强硬起来：“你老人家

---

① 《创业史》第一部，第431页。

② 柳青：《提出几个问题来讨论》，孟广来、牛运清编《中国当代文学研究资料·柳青专集》，福建人民出版社，1982，第284页。

也给我留点情面！……叫大伙能看得下去！”老汉让步了。而负责捉秤杆的有万已气得走掉了……

这一场分稻风波，是柳青描画梁生宝“心回肠转”的第一笔浓墨。

之后梁生宝如此教育有万：“王书记帮咱们订生产计划时，说你啥来着？要想引导农民走互助合作的道路，就得有忍耐心。你忘了吗？像你这样，到四五月生产紧忙的时光，咱能团结住大伙吗？”而有万早已追悔，恨自己：“你这是做啥？一点也沉不住气！看人家生宝拿得多稳！”[①]

对共同事业的责任心是一个极为有效的激励，让柳青不惜在两部《创业史》中反复通过各种场景叙写：

> 忍耐有时是比激动更强大的精神力量，但并不是每个人的天然禀赋。这是事业对人的一种强制。要是肩负着重大任务而任性，就不值得党和群众信任。[②]

如果说，面对梁大这样作为族中长辈却很难让人尊重、摆明了不讲理的组员，梁生宝的“心回肠转”意味着耐心、责任心，以及对旧秩序的某种兼顾情与理的工作方法；那么面对郭振山，这个蛤蟆滩上响当当的代表主任、第一党员，梁生宝的“心回肠转”就具有了认识能力的发展的意义。

梁生宝父子一起吃饭、劳动的场景，常常拉开了乡村新旧思想反复争辩、论说的幕布。这天，两人一起挖荸荠，梁三老汉埋怨梁生宝为公家忘自己，拿“郭振山也是党员（人家咋不像你这样……）”来做对比时，原本在辩论中占了上风的梁生宝不说话了，不只是因为涉及组织纪律，“这是党里头的问题”，更因为对郭振山这个土改后专心发家、思想退坡，但仍在群众中有着很高威望的党员，梁生宝既为之惋惜，以之为警戒，更期待着在互助合作工作中能重新把这个有能力的党员“团结”住。当郭振山来到，且倚老卖老地教训他“你甭钻了生产，就脱离了政

① 《创业史》第一部，第 103 页。

② 《创业史》第二部，第 47 页。

治哇”，梁生宝不还口，不为自己委屈或恼怒，只在心里替郭振山难受，“你长嘴，怕专门为说旁人吧？”[①]

梁生宝不曾与郭振山发生冲突或进行“面对面的斗争”，郭振山或堂皇或小家子气的言行，却让他在认识能力上有了一个突破。在要不要接纳军痞二流子白占魁加入互助组的问题上，梁生宝遭遇组员的反对后，不肯死心，“庄稼人不愿要二流子，这是能想通的，但共产党员不应该顺着庄稼人跑嘛。”于是来找郭振山请教，在他几乎接受了郭振山语言的“魔力”，决定不接收白占魁时，却被得意的郭振山一句“你想当劳动模范，要慢慢来嘛”惊醒了。“自己掺杂着个人利益办事，对人家也是什么都从个人利益的角度猜想”的郭振山在梁生宝心中的道德形象破产，让梁生宝得以独立地思考从白占魁的历史到互助组的现实力量对比到将来的发展，也即“辩证”地、“发展”地重新思考接纳白占魁的问题。不管吸收白占魁是不是正确，是不是真的符合其时的政策（后来白占魁在合作社建立后，不但因赶牲口惹来麻烦，根据《柳青传》，柳青还打算在后面两部中让他有目的地搞破坏[②]），梁生宝经历了这场波折，同时在认识和思考上得到了“发展”。[③]

同样，有了责任心的“直杠子”想要“心回肠转”，完成从“认识”到行为能力的成长，关键是独立承担责任。

高增福在入党宣言甚至在与梁生宝的“交心”夜谈之后，仍一再为合作社琐碎、层出不穷的问题而情绪起伏不定，“心回肠转”真正在他性格里落下来，出现在梁生宝去县上开互助合作积极分子大会，他这个副主任担当起责任之后。当梁大老汉因为白占魁不善待大黑马而闹起抢马风波，哥哥增荣又跑来惊慌失措地担忧他“社散了怎回官渠岸呢”，“都说社要散了……众人是圣人！”以往，哪怕明知他哥是好心也会生起厌恶情绪的高增福，此时能“心回肠转”了，想到社外随时都有人在议论合作社这个新生事物的每一个困难和问题，“这么一思量，反又对他

① 《创业史》第一部，第113页。

② 刘可风：《柳青传》，人民文学出版社，2016，第417~418页。

③ 《创业史》第一部，第403~408页。

哥哥的紧张心情有点原谅了”。这个下午，高增福成功地领导了社员们对白占魁的批判会，又慎重地把梁大和梁生禄这父子俩“影响大”的问题留置日后……

至此，综合本文开头黄堡区办公室里梁生宝的“心回肠转”来看，对村社干部来说，“心回肠转”究竟有多少意味？他们面对乡里乡亲、街坊邻居，既有知根知底的优势，又有各种传统、日常关系的牵绊顾忌；他们的觉悟和视野，在普通的村民看来，不管赞不赞成，往往是“太远”“太大”的事情。他们需要对合作化运动作为一种从根底上改变农民意识的革命的艰巨性有认识，而这要落实到最具体的人和最细微的生活中。所以，他们必须耐心、从容、宽让。历史要求他们要对村庄里各种类型的人有由外及里的认识，同时要对新的时势如何引发这些人的状态变化乃至乡村社会关系的变化有正确的敏感。他们要照顾乡村中原有的关系、伦理乃至舆论，更要珍视乡土社会中那些好的品性和风气，甚至，这要与他们对于合作化之为一种社会主义道路的认识，以最朴素和自然的方式结合起来……这就是此间要求的“心回肠转”，包含了个性、态度、工作方法、意识和认识能力。在柳青笔下，村社干部的“心回肠转”，以及从“直杠子”到“心回肠转”的改造，已然是一种包含了历史要求和现实内容，且在运动和理论之间往复、相互校正的政治设想。

区　乡

一　乡书记卢明昌：“心回肠转”的桥梁

蛤蟆滩，这稻地里“不像村庄”的村庄，在 20 世纪初乡村接连不断的苦难中，由外来的逃荒者和本地的破产者逐渐聚居而成，解放后被划归下堡乡下堡村第五村；下堡乡政府就在汤河北岸的下堡村。

蛤蟆滩与乡政府隔着一条汤河。乡党支部书记卢明昌常常“过河”来。这天，“忙得连鞋也穿不住”的他又准备过河了。因为郭振山的互助组竟然不顾区上对蛤蟆滩互助组发展的整体安排，到区上敲锣打鼓去申请“办社”。

下堡乡乡长樊富泰——樊乡长出场并不多，却是一个能导引出多层次对照关系的人物——对卢明昌说不必过河去，干脆把郭振山叫过河来，“咱们在支委会上狠狠斗他一顿！给他点颜色看！啥共产党员呀！上天呀！”①

这是《创业史》第二部开始不久，梁生宝带领的灯塔社已经成立，梁三老汉也已经穿上了象征庄稼人尊严的“一整套新棉衣”，支持着梁生宝“平大事”“奔社会（主义）”了，而且，如梁生宝所设想的，经历了“扎实”转变的梁三老汉，对合作社更有特别的责任心。这些事实可以成为卢支书教育樊乡长的有力证据，让他对自己“要良心”的工作方法有所“惭愧”，但阻止不了他对事情的反应依然是“简单”，这是樊乡长的直杠子的另一个特性。“樊简单”这个绰号提示着，在乡干部这个层级，承担的任务和村社干部不一样，“心回肠转”有不一样的要求了，特别要求，不能“简单”：怎么对乡所管辖的每个村庄的状态都能有具体、准确的把握？特别是，怎么对待各村党员干部的“进步”或“退坡”，以及他们的团结问题？

在这个层面上与樊乡长的“直杠子”形成对照的，是支书卢明昌。

卢明昌为什么就可以不“简单”？

卢支书的出场很早，在第一部第九章郭振山主持活跃借贷群众会议的夜晚，卢支书和郭振山站在苜蓿地里谈话。

> 卢明昌和郭振山一般年纪、比郭振山身量低、外表显得平常、渺小。支书穿着脱离生产干部的制服，也不能改变他庄稼人的体型——粗大的手、一尺的脚，出过力的胳膊和腿，微驼的背和被扁担压松弛的肩膀。中国有几百万、几千万这样的同志，他们穿上制服、毛呢料子衣服，还是那么和蔼可亲、平易近人。不会装腔作势。他们联系过和继续联系着不知其数的群众。②

---

① 《创业史》第二部，第72页。

② 《创业史》第一部，第123页。

卢支书穿着制服的庄稼人的体态特征，既流露着他和村社干部同源共生的密切关系，也隐喻着他在干部体系中的位置和重要功能：他是连接群众和党 / 国家的桥梁。他的话不多，也不显得理论多深，作为乡支书，他对村庄的复杂性特别是党员干部的把握最为关键；他必须把乡村的动向准确传递到区——这一领导基层农村工作的核心所在。

如何传递这种复杂性？柳青特别描写卢支书的，是他对乡村党员干部的知根知底。他与郭振山的关系，是土改中一起工作，1949 年同时入党。在苜蓿地的谈话中，他不留情面地要郭振山别再为自己的失职和错误做掩饰，并且提醒郭振山的“斗争”方式已经不适应新的革命：“你总相信你那套‘轰’的办法。振山，不行哩！今后要做艰苦、细致的工作哩！”①

卢支书对人的准确把握并不只仰赖经验，更因脱产但不脱离乡村和群众。如同他和樊乡长的对照，听到问题樊乡长的反应是“叫过来批评”，而卢支书的反应是马上到蛤蟆滩去了解情况。他熟门熟路，一路上，“不管每个人的觉悟程度怎样，所有的庄稼人都问询党支书到哪里去呀”。他正面反面地思量着郭振山这一举动的动机和目的。他不在乎郭振山对他这个乡书记的轻视，“卢明昌心中有数。他心气很平和，毫不急躁”。②

于是，在蛤蟆滩上遇到做了郭振山互助组副组长的乡村秀才杨加喜和孙水嘴，看牛、谈话，卢明昌就敏感地觉察到“蛤蟆滩的另一股力量”要做什么了。不由在心中对着樊乡长感叹：

> “樊简单！你简单？事情可不简单哪！这个革命可和土改有些不同。‘朝山的不是全为了敬神！’杨加喜是活周瑜。他看见蛤蟆滩贫农互助的声势浩大，要比旁的村早合作化。他在全下堡乡，也是最会看大势的人。他心思：眼看非走这条路不结，与其将来跟上梁

---

① 《创业史》第一部，第 123 页。

② 《创业史》第二部，第 73、75 页。

生宝和高增福走，不如赶紧把郭振山抬起来吧！”[1]

卢明昌了解村庄里的重要人物的历史和性格，因而能够敏锐感受到、警惕这种封建色彩的“能人”想借合作社的壳复活的动向。同时他是自信的：“他穿着家做的庄稼人鞋，很自信地踩着郭振山领导下的这个村的道路。什么事他也不怕！不是昨天才组织起来的中国共产党，什么阴谋诡计，党也有办法识破……只不过事情增加一些曲折的过程罢了。”所以，待卢支书见到郭振山，不管郭振山给他准备了什么样胸有成竹的嘲讽，不管郭振山的眼神多么“变化无穷”，卢支书都不在乎，因为他不但了解郭振山的“个性”和“本性”，并且知道这场风波的核心所指——他提醒郭振山，“甭坐了人家的没底轿！”[2]柳青把卢明昌如何做郭振山的工作，批评，教育，团结，写得起伏多姿。奔波在汤河两岸的卢明昌，是一架联系着群众和国家的桥梁，一架心回肠转的、可靠的桥梁。

二　区委书记王佐民：“坚强的心情”

黄堡区的区委书记王佐民很年轻，“身量不高大，但却敦实”。他与卢支书不同，是个知识分子，他也不像卢支书“善于用庄稼人的语言讲道理”，在梁生宝进山割竹子之前和两位书记的那场谈话中，王书记的语言是知识分子的，但他的问话中，显示出了对梁生宝互助组的人事物的熟悉——这个互助组是他的重点，并且在全县试办十个合作社时，因为他的努力争取，这个被县委陶书记认为“条件”不够格——太穷的社，成了区里唯一的试办社。

给予村乡干部思想、理论的指导，是区委书记工作的重要工作。王书记就是生宝的“启蒙人”。

---

① 《创业史》第二部，第 81 页。

② 《创业史》第二部，第 83 页。

> 就是这位外表似乎很笨，而内心雪亮的区委书记，去冬在下堡乡重点试办整党，给生宝平凡的庄稼人身体，注入了伟大的精神力量。入党以后，生宝隐约觉得，生命似乎获得了新的意义。简直变了性质——即从直接为自己间接为社会的人，变成直接为社会间接为自己的人了。他感谢他的启蒙人王书记。[①]

但柳青并没有集中展开王书记如何启蒙梁生宝“直接为社会间接为自己”，而是散落在梁生宝被触发的一些场景中，每每让梁生宝说，“王书记讲过……”；同时，王书记的“启蒙”不是高高在上的，而是在一种兄弟般的同志情感中发生的。他让梁生宝感慨：“同志感情是世界上最崇高、最纯洁的感情；而庄稼人之间的感情，在私有财产制度之下，不常常是反映人与人之间利害关系的庸俗人情吗?”[②]

随着合作化运动开展，农业技术革新的重要性越来越凸显，相应地对区乡干部提出了“技术领导”的要求。柳青对王佐民书记的具体工作不多的描写，就与农业技术有关。当生宝进山割竹子之前去找他，他提醒梁生宝把欢喜留下来下稻秧子，为培养自己的技术人才做准备，因为县上要派技术员来，“要从培育壮秧做起，实行一系列的新技术，不是光搞密植”。[③]或也因此，透露王书记工作方法和思想意识的“心回肠转”，要由一个与他还没见面的技术员——韩培生来承担。

韩培生被县里派到蛤蟆滩，帮助梁生宝互助组下稻秧子，作为一个有政治自觉的技术员，他努力帮助互助组团结中农梁生禄，他的小徒弟欢喜却不以为然：

> 王书记在这里整顿互助组的时候说来：团结中农的意思，是互助组甭损伤中农的利益，甭打击中农就对哩。并不是叫俺互助组迁就中农、巴结中农。王书记说得对嘛！越迁就、越巴结、越不能团

① 《创业史》第一部，第199页。
② 《创业史》第一部，第201页。
③ 《创业史》第一部，第212页。

> 结……生禄就这神气！不理识他，看他能怎？[①]

韩培生心里“顿时压上一块石头”。他对县委陶书记报告里说的“没有中农参加，互助合作运动是搞不起来的；因为一切运动是否搞起来了，最终都取决于中间分子的态度”深信不疑。而这个没见过的区委王书记是个何等偏激、没有原则的冒失鬼呢？他隐约觉得：“一个非常轻率的危险人物，掌握着黄堡区的各项工作哩。”[②]

韩培生继续努力团结生禄，生禄却打破了他的愿望——互助组的老顽固王瞎子，因为得知在山中割竹子的儿子拴拴受伤，来梁生宝家闹着退组，梁大老汉也跟着愉快地退组了，韩培生找生禄，生禄“假装难受”说拗不过老头。韩培生这才看清楚了：“你看！他说互助组合作是‘国事’，而不是庄稼人自己的事情哩。”韩培生被乡村的复杂所教育，开始想王书记在互助组里讲那样坚定的话，“也许有道理”。但他依然相信陶书记的话“绝对正确”，“那些话可能是从高深的理论书上引来的，是不容怀疑的”。在这里，我们看到了一个与陶书记一组的新的“直杠子”干部类型，或许可以叫作“尽信书 / 文件”。而韩培生打破了这样一个书生状态，在村庄的现实教育之外，尚未谋面已让他经历了认识上的曲折的王书记，又给了他一个冲击：王书记正在东原上的村子打一场“防治吸浆虫的”仗。

> 王佐民书记在蛤蟆滩的互助组问题上，要大家不要吃力不讨好地去硬拉扯中农；但他在东原上治虫，却自动挪到群众把吸浆虫当神敬的地方去了。这个区委书记可真有一手！[③]

韩培生以为团结中农虽然吃力，但革命不应该回避吃力；却得知王书记治虫到最难攻克的地方去——他是不怕吃力，不怕硬仗的，关键在

① 《创业史》第一部，第 367 页。
② 《创业史》第一部，第 367~368 页。
③ 《创业史》第一部，第 377 页。

于对主要矛盾的认定。韩培生初步体会到，一个共产党员干部“坚强的心情”，不只建立在责任感、激情上，更建立在精准的现实感上。

县

一 杨书记：制度设计之外

渭原县委负责互助合作工作的副书记杨国华三十岁上下，是陕北的烈士遗孤。

> 高大、结实，留着很精神的小平头，脸上带着一种健康的粗糙，给人的印象好像是在旷野里长大的劳动人，不像是房子里长大的知识分子那么纤细、白净和文雅。生宝看着看着，动了感情。[①]

更让生宝动感情的，当是杨书记一开口，就问到了蛤蟆滩上正遭遇的难题。

> 党里头就这么知疼知热吗？农村党员遇到困难，县委马上就觉着哩！[②]

县委书记其实是很容易脱离群众的，柳青设置了一个对工作特别认真、耐苦，却让“文件摞起的一堵墙”把自己和群众隔开了的正书记——陶书记，作为杨书记的对照。杨书记是一个走群众路线的人，政治上有相当的责任心，表现出的性格特质就是热情；只读文件的直杠子陶书记的特质就是“文静”。但同样走“群众路线”，杨书记的“心回肠转”与乡书记卢明昌相比，有着不同的要求和特质。譬如，在工作作风上：卢明昌是和农村最接近的，容易被“不当回事”，因此重在“从

① 《创业史》第一部，第 201 页。
② 《创业史》第一部，第 202 页。

容”，不怕人家对他的“不尊重”；杨书记，作为更“大”的干部，则重在清醒，分得清下级的朴实和油滑、尊重和巴结。

杨书记骑着自行车满县跑，虽然不可能做到对辖区内的每个村庄都熟悉，但希望至少把互助合作的重点村跑遍。跑遍不是根本，对乡村状况的敏感，建立在可获得信息的准确性和分析能力的基础上。如何准确、及时地获得关于地方的信息？

1954 年元旦大雪后，杨书记扎起裤腿徒步七十五里走到蛤蟆滩，参加刚成立的灯塔农业社的牲口合槽仪式。杨书记的到来是很大的精神鼓舞，对灯塔合作社的具体工作并没有特别强的作用，柳青反而是让杨书记上了梁三老汉的一堂课，听老汉讲了他父子三代养牲口的伤心史。

> 杨国华多么感动！庄稼人对牲口看重，他是知道的。但像梁生宝的父亲这样动感情地叙述他养牲口的历史，在整个创办农业社的过程中，他还是第一次碰到。
>
> “老人家！”杨国华安慰梁三老汉说，“这回你草棚院不喂养牲口，可不会过可怜光景了。绝对不会的！建社的两条道路学习，你参加了吗？”杨国华想了解一下这里的思想教育工作做得怎样。
>
> “参了加了。”老汉声音有点哽咽地说。
>
> “你相信工作同志的话吗？”
>
> “相信。相信。可是要到那个天地，要共产党领导好哩。就是这话！我不会拐弯抹角说话。”老汉说着，用那双小眼睛察看着“县书记”是不是见怪他直言。
>
> 杨国华感到很有趣地笑了，问：
>
> “你看共产党能领导好吗？”
>
> 老汉嘴上使着劲儿说：“你书记要勤来俺这个地方呢！……”①

如此安排，或许第一是让杨书记亲自感受，梁生宝曾经在王佐民的

① 《创业史》第二部，第 112~113 页。

屋子里讲述的，梁三老汉这样的农民为什么会愿意走社会主义道路，也就是乡村内部的动力；第二，“要到那个天地，要共产党领导好哩”“你书记要勤来俺这个地方呢!”即便是梁三老汉与“社会主义”内在相亲，也要看共产党是如何领导落实的；共产党的落实要好，依赖对乡村变化着的状况的即时把握。

杨书记另一个作为，是对县委派驻到蛤蟆滩的建社工作组的“整顿”。同样的，工作组对灯塔社的创办似乎也没有特别的作用，甚至是反作用——因为组长魏奋在办社过程中只看到郭振山的能干，看不出梁生宝的容让，更看不出他“轻易不外露”的才能和德性，而误以为这个年轻人“不行”；又因为怕担责任，事事电话请示遥远办公室里的陶书记，差点让灯塔社因为“条件不够”而“流产”。牲口合槽仪式后，杨书记特意与工作组进行了一次谈话。原来，县委的笔杆子魏奋是被杨书记特意“挤”下来受锻炼的。

杨书记和工作组，都是到村庄来接受教育的。

杨书记与工作组的谈话波澜起伏，最后在白占魁的问题上戛然而止，留下了一个开放的、不确定的思虑。本来听了工作组汇报，杨书记也认为军痞白占魁是合作社的安全隐患而紧张起来，接下来却听到梁生宝为何轻视这个问题：

> 你们要是说白占魁是个危险分子，还不如说我梁生宝是个危险分子。只要我梁生宝不和白占魁往一条板凳上坐，拍肩膀拉手，称兄道弟，把他拉到灯塔社管理委员会里来，把咱的高增福同志排挤出去，那白占魁再过二十年还是个普通社员。蝎子的尾巴，有点毒水，也不多！……[①]

杨书记“目瞪口呆 ”，想起毛主席的一句教导：“群众是真正的英雄，而我们自己则往往是幼稚可笑的。”[②]

① 《创业史》第二部，第 139 页。
② 《创业史》第二部，第 139 页。

不管杨书记的反应是不是有点生硬，柳青似乎是在借此提示：即使是杨书记这样骑着自行车满县跑，下雪就扎起裤腿步行来到村里，这样勤奋地走到鲜活现实中——面对现实，仍然是稍不小心就可能出现偏差的。对干部的养成，共产党在制度设计上已经提出了许多，“密切联系实际”“没有调查就没有发言权”“群众路线”等等——但走到现实中，仍然看到大量问题对这些设计的偏离，这就突出了“心回肠转”的重要性。柳青在文学中提出的这个视角，特别基于制度设计涵盖不到的问题，或许有必要在这点上重新定位柳青。

二　县级“直杠子”：尽信文件与尽信领导

刻苦而“文静”的县委陶书记，总是在办公室聚精会神地批阅文件，因睡眠不足、慢性胃炎而脸色苍黄，“缺乏光气”。面对这样勤奋又似乎牢牢掌握了理论政策的书记，下级干部们无不钦佩，而杨书记看过去的眼睛，则是关切、惋惜和担心。

在《创业史》第二部第九章中，陶书记听下乡回来的杨书记汇报大王村的合作社建设，讲到关于劳力和土地算工分的比例，“看起来是个经济问题，实际上是阶级路线问题”，却发现陶书记脸板平，没有一点反应。

> 他似乎是听不明白，又似乎是没兴趣听。这使杨国华禁不住大吃一惊。极用心地体会上级文件里说些什么，而对下面发生些什么无心细问，掌握政策的人这种领导作风，使杨国华不止一次为他负责的互助合作运动的发展担心。[①]

陶书记的不出门，其中一个原因是对此一时期党的政策和执行能力的自信，“伟大！嗯！就是伟大！我们党每提出新的任务，都要出现新

① 《创业史》第二部，第88页。

的局面”[①]。因此他相信做好政策的解读和传达，听取分析下属的汇报，就能做好工作。这可说是一种尽信文件的“直杠子”。

陶书记听了工作组组长魏奋的报告，即刻做出了与蛤蟆滩事实偏离，却看似有理有据而且来自我党历史经验的分析：“一个人在一个地方的历史地位，不是一回简单的事情。郭振山一时间认识的模糊，不能否定他的能力、经验和群众威信。梁生宝一时间突出的表现，也不能把他估计高了。有年龄的限制嘛。老杨，你说不是这个道理吗？”[②]

而杨书记从陶书记对自己汇报中的真正问题做不出反应，意识到：即便自己也尚未了解蛤蟆滩的具体情况，也不能对这一基于“正确道理”的分析表示赞同。

> “道理是完全正确的，”杨国华淡淡地笑说，“事实是怎么样，现在还难说。”[③]

作为一县之领导，陶书记的“直杠子”对乡村合作化工作的损害也更大，然而如何改变？柳青没有给出直接的设想，但给出了对陶书记影响下的县级干部韩培生、魏奋等人的“改造”。

回到上节所讲，杨书记在“整顿”工作组时对魏奋的批评，看起来指出的是“不尊重地方党委，不向下堡乡党支部和黄堡区委了解蛤蟆滩的认识和历史”而导致错误，实则有关脱离群众的领导人的问题了。此外，他特别注意到魏奋在准备挨批评时的脸红不安，“患得患失”。患得患失是私心和怕负责任的表现。魏奋之前分别向杨书记和陶书记汇报时，内容有所不同，比如顾虑杨书记积极主办灯塔社，对梁生宝的不好的评价就“不好意思”当着杨书记面讲。最终，灯塔社的现实发展和杨书记讲究方法的批评，使魏奋醒悟：“党性！党性！……我以前总是以

① 《创业史》第二部，第 88 页。
② 《创业史》第二部，第 90 页。
③ 《创业史》第二部，第 90 页。

为听党的领导人话就是有党性。”[①]

考虑到《创业史》一直修改到1960年才出版，经历1957~1958年以来政策和推行出现的各种问题，魏奋的这句话是特别有意味的。

“心回肠转”与“在中国建设社会主义”

一 “心回肠转”的干部，看得到乡村走社会主义道路的内在动力

合作化运动对农村所有制和生产方式的变革，伴随着对农民观念、意识与情感结构的改造，新事物与旧事物之间既是“严重斗争”，更包含千丝万缕的联系。《创业史》的“题叙”，追溯的是梁生宝父子从并肩发家到冲突不断的“合作化史前史”，或许包含着一个问题：小农创立个人家业的梦想，能否转化、涵容在通过合作化走向社会主义的实践中？

第一部的故事开始不久，梁生宝一家三口挖荸荠，在劳动中梁生宝与梁三老汉展开了辩论，像过招一样，梁生宝常常“忍不住笑”。梁生宝对继父的转变充满信心。“他一天吃饭、干活、咄呐，三样事。咄呐是咄呐，心眼可正。今年他和咱们不一心，明年他就是咱们里头的人了。谁也没我清楚俺爹！”[②]梁三是个众所周知的“软白刃”,看着明晃晃很厉害，实际是软心肠。在柳青看来，显然这个软心肠里包含了连接社会主义、连接集体救赎的心性。

首先，正直，这使得梁三是可以被“道理”说服的：从别处受到的剥削和压迫不能再加给别人。然后是尊严，从前梁三希望作为大庄稼院的长者被尊重，现在发现为大伙活着的人受尊重，更有力量，更像个人。然后是“志气”所指向的平等意识：梁三老汉观察杨书记来时郭振山和生宝的表现，对梁生宝感到满意，因为他没有“对领导溜须殷勤，转过来对百姓拿腔作势”。这样一个让正直的人受尊重，让人活得像人

① 《创业史》第二部，第133页。
② 《创业史》第一部，第172页。

的乡村，以前是不可得的，梁三老汉的父亲说“世事拿铁铲子也铲不平”，现在，梁生宝终于召唤起了这个父祖辈以来深深压抑也深深烙印在庄稼人心中的平等意识和热情了。

因此，虽然在故事开始梁三创立家业的理想和生宝的工作形成紧张感，存在矛盾，但他的精神是和梁生宝“有出息的”创业追求相通的。柳青其实从故事一开始，就春风化雨地、用各种交错的眼神絮叨着了：合作化运动不是依靠农民感恩，而是顺承、依靠乡村社会内部的动力；乡村存在这样一条要求合理社会的精神脉络，或曰，“性气”。梁三老汉身上的这一呼应，直杠子的樊乡长看不到，心回肠转的梁生宝、卢明昌、杨书记等却都看得到。

柳青先是借着改霞的眼睛，望向先觉悟、行动起来的梁生宝：

> 改霞知道蛤蟆滩多少庄稼人，都在准备着过几十年没有苛捐杂税、没有兵灾土匪、没有恶霸地主、没有强盗小偷，只有庄稼人和庄稼人互相争财夺利的日子。而整党学习从精神上动员起来的生宝，却领着一帮基本群众，发动了新的斗争。①

下堡乡的党员发展大会上，梁生宝想起了那些有志气却憋屈而死的上一代：

> 在那个时代，庄稼人里头也有饱受过惨痛生活磨练的一部分人，非常不满意兄弟之间和邻居之间为了一点可怜的家业，互相竞争、互相嫉妒、互相仇视，甚至互相打得头破血流。他们艰难地熬完了自己的一生以后，常常是憋着一肚子气死的。只有当他们的子孙和工人阶级有了联系以后，社会生活的变化才进入了历史的暴风雨时代。②

① 《创业史》第一部，第186页。

② 《创业史》第二部，第37页。

高增福入党了，他从自己的生活经验谈对党的认识：

俺爸是有一股穷志气。他不到财东街门口去讨饭。他到庄稼院街门口讨饭，看见人家打发时不高兴，他就不要了。……可是，这有啥意思呢？我长大了，还是低三下四给财东做活哩。……庄稼人没党领导，治不了世。[①]

梁生宝、高增福这样的年轻人从父祖辈的历史命运中看到了未来应该走、可以走的方向。过去时代里正直又有志气的庄稼人，包含了高增福那不肯到财东门口讨饭的父亲，也包含了梁三老汉这样的人。即使是改霞的妈妈，一个谨小慎微的寡妇，当她确定郭振山对改霞的关心和帮助的无私时，如此认识“在党”的意义：“共产党能把庄稼人教育成更厚道、更大方、更深谋远虑的人，这符合她的心思。”[②]

柳青对文学的要求是不但精准地统摄生活真实，而且要引导生活的道路和方向。要引导，看到社会主义是可以从乡村内部推动的就非常重要，既在于少数先觉者、在革命中锻炼而有了明确信仰者，也存在于更普遍人群的细微但闪光的品性中，存在于民间社会对“正气”“正性”的要求，这是为什么农民是可以教育的一个深层的支撑点。

那么这一民间的朴素要求，如何进入合作化这场变革中落实？

二 “心回肠转”中的伦理弥合与重建

《创业史》第二部第四章，高增福和有万的入党仪式结束，“当支部大会开始讨论如何以灯塔社为中心建立互助合作网的时候”，拴拴来跟农业社的两位主任和生产队长“报丧”，王二瞎子死了。

于是有了“灯塔农业社埋人”的篇章。合作社甫一成立，柳青就把旧的亲族伦理与新的共同体伦理的关系问题，摆了出来。

---

① 《创业史》第二部，第 39~40 页

② 《创业史》第一部，第 182 页。

“生平第一次帮邻人主办丧事的梁生宝”，埋的又是这样一个为社员们所不喜的顽固的前清老汉，他格外谨慎，表现在要“把老汉埋好”。

> 拴拴在下边（墓坑）中紧张地踩着土，一边大声地认真号哭着：“爹爹呀！爹爹呀！”
>
> 只有一个孝子踩土，如果填到墓坑里的土太虚了，下暴雨时，进了洪水怎办呢？生宝向大伙提出这个问题。死者的外甥任老四跳下去了。任老四只是踩土，不哭他舅。生宝叫欢喜也下去踩。年轻气盛的农业社小会计干脆拒绝为他所反对的舅爷服务，惹起了社员们几声有控制的笑声。
>
> 生宝不满意地说欢喜：“你和死骨头斗气吗？”
>
> 把这当做灯塔社的葬事，社主任自己跳下墓坑去了。要是踩不实土，头一场暴雨就陷一个坑，人家该笑说：“这就是农业社埋的人！”
>
> 掘墓人不再任意乱丢土了。他们小心用铁锹从坑沿上往下溜着土，不让掉在梁主任身上。他这一行动使所有在场的人惊叹。①

新的共同体并非经历了土地革命就自然形成。当“创业”不再是个人的发家，灯塔社就是一个朝向乡村共同体的实验田。旧的伦理被成为“社员”的人们打破了，欢喜不愿意为落后的舅爷踩土，这似乎应该是被肯定的革命的一个后果，然而梁生宝并不这么认为。透过梁生宝为王瞎子踩土的行为，可以看到柳青对乡村伦理弥合与重建的自觉。

此时，已经经过了王书记“启蒙”、得到村民以“老韩”相称的驻村干部韩培生，也来“看农业社埋人”。

> 向来在刚埋毕人的墓地上，庄稼人们要是谈叙死者，那就只说他一生的好处，大伙都说老汉也可怜，老韩严肃起来不同意：

---

① 《创业史》第二部，第47~48页。

“有啥可怜？华阴知县衙门八十大板打得他晕头转向以后，一辈子再没觉醒过来。是这样不？”

……

生宝说：“老韩，你说得太对了！八十大板打得拴拴他爹，一辈子没堂堂正正活人嘛。旧社会叫庄稼人受穷，这算啥哩？最可恨的是把挺精明、挺有力气的庄稼人，性气给弄歪了。去年整党时，学习社会发展史，今年建社又学习两条道路，给我的教育性可大哩！我想：要是一千年以前，庄稼人们就像咱现时一样，把田地、牲畜、大农具凑在一块堆，大伙商商量量订计划搞生产，多好呢！大伙都好好劳动，按规程分到各人的一份，谁也甭占别人劳动出来的东西。互相帮助，甭互相妨碍。互相提意见，就像咱农业社现在这样。那么，谁还能欺负谁呢？谁还能害怕谁呢？谁还能把谁不当人呢？人人都志气刚强。吃的、穿的、住的、用的，样样都有。要是那样，拴拴他爹一辈子会是啥样子呢？他劳动那么好，会那么低三下四吗？他心眼那么多，会办事那么蠢吗？鬼！他比谁也强！他比谁也精！……”[①]

梁生宝的这篇墓前演讲，提出了建立在共同劳动之上的新的社会关系：那是父祖辈都曾盼望的公义和平等，不但一个人的“性气”得以在新伦理中舒展，人的主体也得以在此中“刚强”，人因此像一个人。而与此理想的宣讲交织的，是实践的艰难。拴拴媳妇素芳的故事反映了这一艰难。素芳在葬礼上止不住地痛哭，引起了梁生宝和有万的不满甚至猜疑，以为她果然是“贱骨头”，那样压榨她的王瞎子死了，她却哭成这样！对素芳的轻视，是几个村社干部，甚至尚年幼的欢喜都曾有的，虽则理由与表现不甚相同。也就是，村社干部其实共享了旧意识中某些落后的东西，对此的克服是更难的。因为它既拥有某种传统伦理的正确性（认为素芳是不正经的、自轻自贱的），又拥有革命的正确性（认

① 《创业史》第二部，第 51~52 页。

为只要压榨人的实体消失了，人就可以站起来）。素芳精神上的“被奴役的创伤”，竟然是不容易被同一阶级的人所感受和理解的。以“心回肠转”为个性特征的梁生宝，也有其“直杠子”所在。一直到墓地演讲发表完，看到“已经不哭的素芳听了主任的话，重新又哭起来了”，才“明白了为什么素芳哭得那么伤心……”[①]

但是，梁生宝是真的明白了吗？素芳以痛哭与死去的父亲和解，谅解父亲是在旧社会被觊觎其财产的人设计害成烟鬼的；也与自己和解，看到了重新“活人”的希望。而村社干部们对素芳的重新认识、理解和安排，刚刚开始，在伦理的弥合与重建上，或许将产生对“心回肠转”又一层的要求。

结　语

从根据地走出来的作家多曾有“文艺工作者 / 革命干部”的叠合身份，自 1952 年开始到陕西长安县皇甫村“落户”十四年的柳青，始终没有失去这双重身份所内含的张力、生气和能量：《创业史》写合作化中的乡村之“变”，基于对乡村之“常”的细致把握；在“变”的文学性记录中，蕴含着走向未来之“常”的政治实践和理论想象。

《创业史》从 1953 年春天写起，写关中平原上一个“稻地里的村庄”蛤蟆滩发生的“生活故事”。此时，国家在集中搞工业化的同时，在农村开展互助合作化运动，逐渐明确成为农村工作的中心；合作化引发了乡村内部经济、文化、社会关系各种状态的变动。对此，国家文件和学术研究中有大量的讨论和历史叙述，那么柳青和《创业史》为什么可以依赖？为什么重要？如果对照赵树理写合作化“扩社”时期的《三里湾》，其中人物的转变多是“形势比人强”，潮流裹挟着人走上合作道路，而柳青在《创业史》中力图给出多数人物的性格形成的“全部基础”和他们在合作化运动中确实的和可能的变化。文学不能等同于现

① 《创业史》第二部，第 52 页。

实，但《创业史》对现实的把握和表达，即便有时候看起来过于惊心动魄，内在实则有着非常强的构造和逻辑，小说人物的个性和这些构造、逻辑的关系，是鲜活地贴合的。也就是说，《创业史》的确在书写国家构造出来的社会，但这个国家是具体的，这个构造里呈现出来的国家和社会的关系是饱满的，这样的《创业史》带来了一种认识上的引导，超过了相关材料中的历史论述；而它提供的一些视角，譬如“心回肠转”，可能是当时和后来的历史叙述中都缺乏的却对理解这一时期的社会历史非常重要。

从“心回肠转”与“直杠子”的视角看《创业史》所呈现的群众、干部与国家，提示着：国家对乡村社会打造的结构和逻辑，除了生产力、生产方式等政治经济因素，能不能很好地基于历史中人的个性、情感和意识状态，能不能很好地对接、涵容乡村已有的伦理、文化资源来展开？如果对此有自觉，“心回肠转”，并进行不断的调整，这一打造的落地会更扎实；而“直杠子”的方式则可能会压迫社会现存的某些资源和可能性。这个层面，在国家有关乡村革命经验的总结、乡村工作方法的制度设计中，不容易被明晰描述；而在有关合作化的文学书写和历史叙述中，正是柳青这样的写作所能提供的特别的贡献。

（本文的写作缘由是2016~2017年“北京·中国当代史读书会”的朋友们围绕柳青的共同阅读、调研和筹办研讨会；深深感谢包括吴景祥、贺照田、何浩、莫艾、程凯、刘卓、何吉贤、萨支山、符鹏等师友的日常讨论，团队赴陕北榆林和西安长安区皇甫村的参访，和陕北榆林学院、“柳青研究会”师友们的交流，以及冷霜、金浪、罗成、吴志军等师友坦诚的评议和意见。）

“生活深入作家”*

——试讨论柳青的“创作过程”

刘　卓

一

《长安学术》第十一辑上发表了柳青女儿刘可风整理的《柳青随笔录》，收录了柳青写于60年代初（最早的几条在1958年）的一些未刊发的创作笔记，其中的观点与《柳青文集》第四卷中的《美学笔记》大体一致。根据年谱记载，在1960年后的一段时间，柳青“为了解决艺术创作中的一系列疑难问题，一边写作，一边较系统地研读美学和文艺理论著作，结合自己的创作实践，写了一些美学论文和读书笔记”[①]，《随笔录》和《美学笔记》应是这一时期所写，收到《美学笔记》中的是一些较为成章的部分。名字《随笔录》是刊发时刘可风所取，比较而言，《随笔录》中的一些观点，确实不是“美学”笔记，表述中很少用当时常见的理论范畴，更像是创作的梳理和反思，贴着经验来谈。后来刘可风

* 本文由《柳青随笔录》所提供的基于创作经验之上对艺术创作问题中的理论反思路径之一“生活深入作家”，尝试指出柳青60年代的美学思考是对延安时期“作家深入生活”的提法的继承和在艺术创作规律层面的补正。这个补正并不是技法意义上的创作手法强调，而是重新锻造“创作过程”，这使得柳青在同一时期有关现实主义的系列论争中有着特殊的位置；与此相关，对柳青小说的形式分析也需要从20世纪中国社会主义实践，而非旧有理论论争路径中来阐发。

① 邢小利、邢之美:《柳青年谱》，人民文学出版社，2016，第60页。

写作《柳青传》时大量使用了这些笔记，使得这部传记有半自传性质。

这些笔记不太同于那个时候流行的“作家创作谈”。“创作谈”多会以回溯的方式讲一个完整的叙事，或者是写作者的成长经历，或者是一部作品的构思完成过程，它是在一个已被确认为“作家”或“作品”的出发点上重构创作经历，叙事的内部非常稳定。而柳青的笔记更多地保留了思考状态，有来自自己的创作经验的确信，与之相关也有对于同一时期文学批评和文艺政策上的一些提法的不同意见。就这个层面而言，这些笔记并不完全是经验形态的叙述，而是有着“美学的”或者说是“理论的”追求，只是表述的形态不像一般意义上的文学理论，有所差异。对比《随笔录》的写作时间和《创业史》的写作进程：1957 年前后《创业史》第一部的第二稿完成改订，1959~1960 年完成第四稿修订后出版。上文中提到的“研读美学和文艺理论著作”的时期，正是柳青有了较为坚实、自信的创作经验之后。因此，这个时期的笔记并不仅仅是对于“美学和文艺理论著作”的观点的简单学习或者摘抄，而是有着自己的独特的理解（同或不同的意见），它更像是对于自身创作经验的理论化反思，特别是克服一些写作上的难题后产生的“理论自觉”。

《创业史》发表之后很快得到读者的喜爱，在 1963 年第三次文代会上被列为社会主义文学创作成果的第一位。这一“经典化”过程中的重要方面是将《创业史》纳入现实主义的阐释框架中。对于批评界的诸多反响，柳青大多很少回应，除了于 1963 年写《提出几个问题来讨论》回应严家炎文章，柳青并没有直接参与到当时的文学批评中。《美学笔记》题名为“美学”，也并没有参与到当时的文学理论论争中，但无可否认，柳青拒绝仅仅提供“文本”《创业史》，而将小说写成后的阐释权完全让渡给批评和理论。这一时期的柳青形成了自己的文学理念（或者用他自己的话来说，美学观念），它与文学批评、理论之间有着潜在的对话性，甚至是论辩性。在他的作品越来越被树为现实主义创作的高峰时，柳青的独特思考和内在的紧张感就越为突出。柳青不是从某个特定的理论体系或是立场出发的，而是从写作的实践、对写法难题的克服中所获得的一些甘苦，就其表述方式来说，是片段的、零散的，但透过这些片段折射出来的是一个成熟的、完成了一个创作过程的经验形态。在这个意义上，他的《随笔录》提供了一个批评和理论话语表述之外的可资讨论现实主义问题的理论文本。下面尝试以《随笔录》和《美学笔记》为线索，将其作为相对于《创业史》文本而言更为直接的表述，来尝试勾勒柳青的自觉的“创作过程”。

二

“创作过程”是从柳青所期待于批评家的一段话中转化来的：

> 许多评论家不是针对作家的生活过程和艺术加工过程估价作品，而是根据主题估价作品。应该根据主题，但这不是唯一的根据。最重要的是作家本人的生活过程和艺术加工过程。评论文章应当涉及这两方面。[①]

这一段中所指的“主题”不是唯一的根据，在一定程度上是对稍早时期有关“题材”在创作中占首要位置的质疑，其中相对于“主题”而被提到的“作家本人的生活过程和艺术加工过程”，这两者之间的区分看似近于通常所说的“写什么”和“怎么写”。不过“怎么写”更近于写作的技巧，或者作品的文本形态所呈现出来的形式构造，“作家本人的生活过程和艺术加工过程”不同于写作技巧，或者今天的“文本”概念（及其所指向的互文性、文本的动态生成等），它将重心从作品最后的完成态转移到创作过程。创作过程不再是作家个人天分的灵感爆发意义上的、不可言说的神秘过程，而是将作家参与实践（生活实践和艺术实践两个方面）的过程呈现出来，并以此作为理解作品的重要根据，号召批评家加以注意。需要指出的是，这并不仅仅是柳青从身为作家的“视角”补充了一个有别于理论抽象的经验层，它是通过呈现过程将文

① 《柳青随笔录》第 85 条（1963 年 3 月 25 日），《长安学术》第十一辑，高等教育出版社，2017，第 11 页。

学（艺术）– 生活这个关系析出更为复杂的层面，有关什么是“作家”、什么是好的“作品”不是从确定的、形式的标准来判断，而是还原到一系列的关系之中：作家怎么深入生活，如何形成艺术的表达，不是被区分为主题与技法，而是统合在一个创作过程中。

上一段引文中所着重的“作家本人的生活过程和艺术加工过程”，实际上是唯物主义视野下的文艺理论的核心命题之一，即艺术和生活的关系，不过作家所需面对的并不仅仅是这个抽象的关系，而是具体怎么做，怎么呈现。《随笔录》中就这个命题有多条笔记，柳青之所以用了“作家本人的生活过程和艺术加工过程”这个略显繁琐的表达方式，在于它的意图或者说效果是在文学（艺术）– 生活的这个连接中，补充进了一个被忽略的环节，即作家，他与生活是什么关系，他怎么进入艺术的创作；特别是对于创作者个体来说，这个“在场”尤为清晰，没有一个“天生的”作家（不是否认天分），作家是在这个处理与生活、艺术创作的过程中呈现为“作家”的身份。就柳青而言，他的笔记是贴着自己的创作经验，从反观自身看到了文艺批评和理论的旁观视角所触及不到的艰苦过程；柳青之突出作家的位置，与一般的现实主义的理论路径很不同。从创作主体入手来把握创作过程，以及在文本层面强调作者隐藏在人物后面，这两方面在柳青那里是兼容的，是同时都被强调的。在一定程度上，柳青的例子可以说是揭示了延安时期所形成的文艺生产机制——与从欧西经验中发展出来的现实主义理论不同的一些特质。

柳青是延安时期成长起来的一代作家。他不是先成为“作家”而后来到延安，而是作为革命青年奔赴延安，同时开始创作。除了少年时期所阅读的英文小说、传统小说等，他的文艺观点的核心部分是在延安的氛围中形成的。到了 20 世纪 60 年代初期写作《随笔录》时，柳青的基本表述方式仍是借助毛泽东的《在延安文艺座谈会上的讲话》（简称《讲话》）来阐发自己的看法。当然，到了 60 年代，特别是 1962 年正值纪念《讲话》发表二十周年，《讲话》已经为批评界和理论界规定了主导性的框架和主要语汇。在 1962 年纪念《讲话》二十周年时，柳青写了一篇《二十年来的信仰和体会》。对于延安成长起来的一代作家而言，

《讲话》不是一个外在的文艺政策或者理论，用他自己的话来说是“信仰”，就柳青而言，这一信仰并不仅仅是情感式的回忆，而是更近于理性的认可，特别是在发展、反思的基础上得出的确信。《二十年来的信仰和体会》一文，以分析高尔基的创作道路开端，认为高尔基的道路与《讲话》的精神是一致的，即与群众相结合，试以这一段为例：

> 在这个基础上，我们大家就可以在党的“百花齐放、百家争鸣”的政策指导下团结起来，为社会主义文艺做出贡献。但是如果进一步要求，特别是党对革命斗争中成长起来的作家要求，那就不仅仅要正确的政治立场，而且要正确的美学观点。正确的政治立场和正确的美学观点，这两者的一致性，我的理解就是毛泽东文艺思想对我们的全面要求。①

这一段中开始一句中的“百花齐放、百家争鸣”的政策指导下，应是与1960~1961年的调整时期的相对平稳的氛围（同一时期也开始了“左”的反击）相关，“文艺八条”中重申了1956年“百花齐放、百家争鸣”时期的一些主张，侧重点在作家在题材、技法上的自由度。这一时期也有从不同角度对于《讲话》精神的阐释，比如荒煤更多是从“百花齐放、百家争鸣”的意义来坚持②，而柳青的这一段表述中侧重点在于与群众相结合。简略来说，柳青认为创作的原动力不是有关自由，而是来自深入群众，深入生活。在这一时期柳青对于《讲话》也有所补充，认为《讲话》中对文艺规律的部分阐释不够，这是上一段引文中“正确的政治立场”和“正确的美学观点”并举的一个思考背景。“生活深入作家”是柳青随笔录中常用的提法，如“生活深入作家没有，可以看作是作家深入了生活没有的客观标准”，大致是指人物和作品整体有生活气息，不简单是技巧和概念化呈现。“生活深入作家”的精神线索仍是在作家深入生活、体验生活的脉络上。对于柳青来说，这个脉络也就是

① 《柳青文集》第四卷，人民文学出版社，2005，第273页。

② 参考严平《潮起潮落：新中国文坛沉思录》（人民文学出版社，2015）中对荒煤的记述。

《讲话》的精神谱系，即延安成长起来的作家内在化的一个确信，同时也是对延安精神的创新发展。正是在这个脉络中，柳青从《种谷记》走向了《创业史》。

1942 年柳青下乡当文书，《种谷记》写的就是他这一时期参与村里变工合作的情况。《种谷记》在延安有很好的反响，1949 年被收入“中国人民文艺丛书”。1950 年上半年在上海举行了《种谷记》座谈会，参与的人员有周而复、冯雪峰、李健吾、许杰、巴金、以群、唐弢等，主要的批评意见是耽于细节，结构把握不足等。[①] 柳青没有参加这次座谈会，他得到有关《种谷记》的批评意见是在 1951 年前后。据《柳青传》的记载，这一次座谈会的批评意见对柳青的震动很大，“这使他对自己继续从事文学创作的能力产生了怀疑。‘文学创作是要有一些天分的，我有这种天分吗？’‘是我不够刻苦，还是方法不对？’”[②] 这个时期正是柳青开始修订《铜墙铁壁》第二稿的时候，也是柳青在创作上“困而知之”的时候。他在分析《铜墙铁壁》时自陈：“不像《种谷记》，一疙瘩稠，一疙瘩稀。’人物的多少也不像《种谷记》那样杂乱，但是，作品的生活气息不浓，人物的立体感不强，缺少生动的细节。……经过这次反思，他明确了差距和目标，决心按照认定的方向坚持走下去，不管吃多大苦，决不回头。”[③] 从柳青的反思的表述来看，这一时期围绕《种谷记》的自然主义 / 现实主义的论争[④] 并没有真正地困扰他，他所专注的是创作中的一个一个问题：人物、细节、生活气息、结构等等怎么解决。换言之，这个时期柳青思考的是技术问题，是写法问题。

写法或者说创作方法问题是冯雪峰在《种谷记》座谈会上的着重点

① 参考 1950 年召开的《种谷记》座谈会中周而复、冯雪峰、巴金、李健吾等的发言。转引自山东大学中文系编《中国当代文学研究资料 · 柳青专集》，1979，第 83 页。

② 刘可风：《柳青传》，人民文学出版社，2016，第 104 页。

③ 刘可风：《柳青传》，第 105 页。

④ 座谈会上的论争焦点之一是《种谷记》是否为自然主义的写法，冯雪峰持不同意见，认为并不是自然主义，而是创作方法的问题，人物描写没有达到典型性；李健吾也认为作品的基本风格不是自然主义，而且作品行文中有着难得的朴素自然；而后同一年竹可羽发表文章也反驳自然主义的评断，认为作品深植于生活，只是人物的思想性、典型性提升尚不够。

之一。对于《种谷记》，冯雪峰的看法有两个："真实、准确"。作为社会学的材料有意义，"这种材料，虽然我们可以在文学作品以外去更多地得到，但在现在，这在文学上是更可贵的。假如它能够取得文学的更久的生命而留传得更久，在将来也自然还有意义。在现在，不用说，这在文学上是越丰富越可贵"；另一方面，"不够'深刻'、不够'动人'，不够'典型性'，这里，我想照我的理解来谈到一点这部小说的**创作方法**的问题。这是我刚才以为值得讨论的"。[①]从而引入了创作方法的讨论，亦即如何增强典型性。冯雪峰认为《种谷记》之所以不够动人，并不在于细节不真实，没有经过"立体的加工"，"它的内容和人物，都是很真实的。但为什么不动人，给读者的影响不深刻呢？很明白，这是写法上的问题。作者只在求平面的加工。重要的关系，我觉得就在这里。"[②]"问题只在'加工'。而且，问题只在于是平面的加工呢，还是立体的雕塑式的加工。是锦上添花式的现象上的精磨细琢的加工呢，还是深掘的、推广的、概括和透视的发展的加工。我们都知道，'典型化'决不会失去真实和精确。并且，概括也决不和详尽与生活上的细节相冲突。事实上，倒是相反，我们都知道，典型化是更大的真实。"[③]如果简略地概括一下，冯雪峰的达致"典型"的方法是"概括""立体的加工"，以避免细节的平铺直叙。在这个语境中，冯雪峰有关"典型"的问题并没有说透，反倒在一定程度上陷入了理论表达的干枯和循环论证。

之所以会出现这样的问题，本文尝试提出这是由于现实主义框架中世界观和创作方法的二分所带来的阐释困境。世界观和创作方法是20世纪40年代国统区左翼文艺理论阵营中的主导性理论命题之一，冯雪峰的看法是两个都要，不能只谈世界观的正确，同时也要注意创作方法。这是针对当时左翼文艺中的概念化、主题过于抽象而人物单薄等现象而提出的，在面对柳青和《种谷记》时，冯雪峰也强调提升创作方

---

① 《中国当代文学研究资料·柳青专集》，第88页。黑体为引者所加。冯雪峰在座谈会上的发言后来以《柳青的〈种谷记〉》为题单篇收入《冯雪峰论文集》中卷，人民文学出版社，1981，第213~214页。

② 《中国当代文学研究资料·柳青专集》，第88页。

③ 《中国当代文学研究资料·柳青专集》，第87页。

法，其基本理路是一以贯之的，不过这次的情境不同。关于《种谷记》的讨论焦点是现实主义 / 自然主义辨析，《种谷记》的问题不在于概念化，而是相反，过于铺陈生活细节，没有提升。这个争论不仅是文艺界内部的流派、技法，而且直接涉及作者对于现实的立场问题，对现实处于被动地位还是发挥主观能动性认识到矛盾的本质等。因此，冯雪峰一开始就做了这样的区分：“作者是一个革命的人，从事着实际工作，忠诚地为人民服务的，所以从思想观点上说，我们绝对不能把他和自然主义混在一起来谈。因为自然主义主要的坏处就是对客观现实的宿命论的观点。自然主义的被奴役于现象以及烦琐的描写，是从宿命论的思想根源出发的。不过，现在我们的作者手法上的这种缺点也有近似自然主义的倾向，这都可以说的。”[①] 这虽然可能是冯雪峰的个人看法，实际上也受制于当时的批评环境，即将作品的主题、表现效果等，直接归结为作家立场的决定性影响。特别是对从国统区走向新中国的文化工作者，世界观、政治立场的正确是被特别强调的一点。因而冯雪峰虽然也认为《种谷记》主题不够深刻，不过仍然将其“细节”、平淡与西方的细腻描写区别开来，他将问题概括为世界观正确的作者如何提高创作方法，从而归为创作方法上不够“典型”的问题，典型既是写作手法，也是写作手法要达到的效果。这就进入了一个讨论上的不宜转圜的死角：“这种缺点，虽只是手法上的，但也影响到作品思想内容之积极的展开，这是特别值得注意的”[②]，即一方面肯定他的真实、准确，另一方面认为作者过于屈从事实，而没有积极性的展开，达到更高一层的真实，即典型的力量。这使得从创作方法推导到“典型”，又回到了政治主题的规定性轨道上来。问题的关键并不在于辩护柳青是现实主义的还是自然主义的，而是有效的创作方法从哪里来？冯雪峰对于《种谷记》的批评很具有症候性，他的困境在于世界观和创作方法的二分，创作方法是在区别于世界观的，同时也是脱离于现实的、技术的层面被强调。

这一时期柳青所面临的、关注的是同样的问题：写法。在当时有关

① 《中国当代文学研究资料 · 柳青专集》，第 88~89 页。

② 《中国当代文学研究资料 · 柳青专集》，第 89 页。

《种谷记》的批评中，柳青受触动的也是“写法”，这不仅是因为他专心创作、不在意批评界的现实主义/自然主义名目之争，还有一个原因是柳青出身延安，并不像来自国统区的作家那样担心被质疑世界观问题。文章《转弯路上》(1949年)[①]、《毛泽东思想教导着我——〈湖南农民运动考察报告〉给我的启示》(1951年)[②]，就自己的成长历程谈思想的转变、克服自身的小资产阶级意识等。这两篇文章也反映出，柳青始终坚持着延安整风的一些信条，在对知识分子的改造接受上很自律，将之当作一个共产党员应该有的自我要求，而非外在的运动规训。他所思考的“写法”并不担心世界观是否正确，而是能否更好地把握住对象。这与冯雪峰所要求的写真实、写典型表面上一致，不过根底的思想方式不同，最后通向的路径也不同。

1951年3月完成《铜墙铁壁》后，柳青被调到《中国青年报》编辑部做副刊主编，同年9月底出访苏联，1952年5月下旬返回西安，1953年4月到皇甫村。上面所引一段话中所说的“认定了的方向”，就是这个继续深入生活的方向。他的“写法”提高并没有循着冯雪峰的路(创作方法)，而是遵循他自己的提法“更加深入生活”，使得生活中的细节能够自然地成长到小说里，并且是与思想圆融的。在一定程度上，柳青所探索的这个路径是从克服自身的创作难题出发，而在理论层面上修正了40年代现实主义讨论中所形成的世界观和创作方法的讨论模式，不是二分基础上的统合，而是一个过程——继续深入生活。这个时期柳青所指的深入生活、深入群众并不是指向延安语境中的包括作家在内的小资产阶级的思想改造，成为革命队伍的一部分，而是更多地指向对于作家的创作过程的重新锻造，他为了表述的清晰起见，用了“生活深入作家”这样的提法。作为当时所概括的“自然主义”(“有些同志有丰富的生活经验，却缺少艺术创造的经验，因此在作品中表现出堆积素材的

① “1949年6月26日匆草于北京”，见《中华全国文学艺术工作者代表大会纪念文集》，收入《中国当代文学研究资料·柳青专集》，第7~11页。

② 《人民日报》1951年9月10日第3版，收入《中国当代文学研究资料·柳青专集》，第11~21页。

自然主义倾向”[①])、公式化、概念化（“有时候又有些同志有了相当的艺术结构的经验，却没有丰富的生活经验，因此在作品中表现出公式化、概念化的缺点”[②]）等问题的克服方案，柳青将这些问题归结为生活与艺术的关系问题，这是1960~1962年的一系列读书笔记和美学论文中所探讨的核心。

对这一关系探讨的第一层，是将艺术和生活区分开来。对这一时期的柳青而言——他到皇甫村的下乡实践已将近十年，而《创业史》第一部的写作也已完成，他是同时进入了这两个世界的人，用他自己的话来说，写小说“真像一根扁担，一头挑的生活，一头挑的技巧”[③]。作家深入生活，与群众打成一片，感受到写作对象的所思所想，学习他们的语言、习惯，在这个过程中改造自身，这是自延安以来形成的文艺思想的重要原则，这也是1949年之后作家培养的重要途径。不过，什么叫深入生活呢？柳青讲过一个效果有些相反的例子，一个好的青年作家到生产队里当社员，三五年以后变成了五好社员，不过却写不出好的作品。对这个现象，柳青给过一个解释：

> 我认为：如果他能够把这种精神坚持到底，总结经验，改变方式方法，他比那些脱离生活的作家更有可能获得成就。但是现在，他成为了一个好社员，暂时还没有成为一个好作家。这位同志把自己对象化了，却没有按照工作的要求保持住自己的独特性。[④]

这一段解说是在大的方向上仍坚持深入生活，但要区分生活和艺术。这个区分有什么意义呢？这里不是在“艺术为艺术”的前提下提出艺术与生活的脱离，而是在将“深入生活”作为前提下提出艺术与生活的区别，强调在深入生活过程中写作，作家的独特性是作家区别于写作

① 《柳青文集》第四卷，第273页。
② 《柳青文集》第四卷，第273页。
③ 杨广虎:《在终南》，西安出版社，2020，第371页。
④ 《美学笔记》,《柳青文集》第四卷，第297页。

对象的地方，不过并不是作家脱离于具体生活的存在。柳青这里所指的对象化更近于一个朴素的说法，即完全变成农民不直接等于能够写农民，就像基层干部要深入群众，并不是完全变成群众，做群众的尾巴，而是要有党员干部的先锋模范作用。这与作家先了解农民，而后在艺术世界中再现农民关系近似，不过前者并没有党员与群众之间所隐含的先进 / 落后关系，文学创作层面的作家与作为观察对象的农民、农村之间的关系，要更为纠结缠绕。

上文柳青指出的好社员 / 好作家的误区与此相关，这也并不是 20 世纪 60 年代才出现的，在一定程度上也可以说是柳青的创作变化之路，即从《种谷记》的创作到《创业史》。这是柳青个人的坚持，不过同一时期的大环境也是如此。1951 年《实践论》重新出版，1952~1953 年文艺系统的整风是将《实践论》和《讲话》结合起来学习，这一时期的导向之一是鼓励作家下乡、下工厂。困难的是，下乡、下工厂并不见得马上会出来作品，这也是二次文代会（1953 年）讨论的问题之一，创作落后于现实形势。1953 年在下到皇甫村之前，柳青在县委工作阶段已经完成了一部反映农民出身的老干部在新时期的处境、新老干部之间矛盾的小说，约有 9.7 万字[①]，这部书稿被废弃，直接的原因是柳青自己觉得技巧不够。需要注意的是他对于技巧不够原因的分析，《柳青传》中在记述这一段（即 1954 年的重新动笔）时提到了两个事情，一个是 1954 年杜鹏程《保卫延安》的出版，看完了《保卫延安》,《创业史》第一稿暂时搁笔；还有一个是 1955 年因病住院，将精力相对转入文学创作上（即相对脱离农村的具体工作），在这一时期，柳青“研究了一些现实主义、浪漫主义、批判现实主义和自然主义的代表作，将这些作品的表现手法进行对比，对它们的共同点和不同点进行总结。对不同的作家、不同的作品，分析其优点在哪里，不足在哪里”。[②] 写于 1958 年的《一个总结（节录）》中的一段记述，可以与《柳青传》中这一段互相参证：

① 参考《柳青传》，第 156 页；另外，《柳青写作生涯》中所收录柳青写于 1958 年的《一个总结（节录）》中提到 1953 年这部书稿约有 20 万字。

② 《柳青传》，第 165 页。

> 我分析杜鹏程同志写《保卫延安》成功的原因：一个是自始至终生活在战斗中，小说是自己长期感受的总结和提炼，所以有激情；另一个是写作的时间长，改写次数很多，并且读了许多许多书，使写作的过程变成提高的过程。当时我想，既然要搞创作，就要认真地搞；不苦搞的话，何不做其他工作去呢？55年春天，我下了最大的决心，搬到村里住，把合作化运动搞到底。为了能够坚持下去，住了三个月医院，治愈拖了多年的阿米巴痢疾，戒了烟，减轻支气管喘息对我的威胁。这一年为了长期安家落户，克服了生活上许多新安家的困难，终于稳定下来了。这时我所从事的合作化的胜利对我的鼓舞也很大。同时在医院里的时候，读了一些书，一边严格地检查了自己写作上的缺点；关于这部分，我写在中国作协二次理事会上所作的发言里。到56年，在乡下的生活大体上有了秩序，创作和参加村内活动相结合，也大体上摸出适当的安排。这本书的二稿，主要是在1956年写的；55年秋冬和57年春季，只写了头尾的部分。[①]

之所以完整引这一段，是因为这是柳青自觉地提升写作方法技巧，并且将技巧的提升与深入生活紧密连在一起的一段时期，这个时期对小说写作的反思和提升，进而成为60年代的美学笔记中一系列理论提法的经验基础。比如柳青对《保卫延安》的成功分析，“自始至终生活在战斗中，小说是自己长期感受的总结和提炼”，柳青将小说中人物的饱满、结构的精巧合理归结于对于生活的熟悉程度，基于生活经验饱满上的写作学习，而不是脱离生活经验的技巧，或者书本的知识。相比起来，柳青学识和理论修养不低，在延安时期柳青即能够用英文阅读《安娜·卡列尼娜》等小说；当然，这也并不是从题材的角度来印证“写熟悉的生活”更为得心应手，它所强调的是“自始至终”“长期感受”，即作家、作品与生活本身的血肉共生的同源的关系。因而，在60年代的

① 蒙万夫等编《柳青创作生涯》，百花文艺出版社，1985，第41~42页。

读书笔记中柳青才会写下这些看似教条的断语：

> A：作家是怎样成长的？
>
> B：作家是生活里成长的。
>
> A：难道艺术也从生活里来的？
>
> B：艺术技巧主要的也是从生活里钻研出来的。脱离生活不能很好地接受前人的经验。[①]

这里有一个隐含的揭示——“作家深入生活”的提法本身所含有的悖论，并不是已经成为“作家”而后去体验生活，[②]而是“作家”是从“生活”中生成出来。在这个关系中“生活”就不仅仅是唯物意义上的物质前提、观察的一个客观对象，柳青更为常用的词语“生活”“生活实践”侧重作家自身也在其中历练，而这个实践所带来的历练是形成独立的认识。只有深入生活才能了解写作对象，持续地深入生活才能够摆脱生活表象的束缚而达到艺术上再现（艺术上的真实）。“生活深入作家”的说法实际上深化了40年代延安时期所侧重的作家培养之路，不能只谈思想改造，而是关注作家的成长。这里的论证角度是落在作家，而不是作品上，也隐约指向了另外一点，即作家的自我确证并不是从与作品完成的关系中来，而是与作品的完成固然有关，不过作品的写作、完成是“表”，作家的思想洞察力、艺术表现力的不断成熟是“里”，柳青常用的表述方式是“反复思考”“反复体验”“不断修改”等。换言之，作家的自我确证是一个不间断的过程，它是在与生活实践的关系中形成的，这个过程也可以说是一个不断地摆脱“经过的生活”“读过的书”，同时自己“写过的东西”“认识的人物”不被“对象化”而保持“独特性”的过程。就这一点而言，柳青不仅不同于作家擅写生活细节（有艺术天分），作家经历了深刻的思想改造，而且引向了对于“作家”

① 《柳青随笔录》第53条，《长安学术》第十一辑，第7页。

② 丁玲对于“体验生活”的提法有过近似的质疑，见1955年的《生活、思想与人物——在电影剧作讲习会上的讲话》，《人民文学》1955年第3期。

与现实生活世界之间关系的重新界定，这个“作家”不是被固定在“艺术”的位置上，因而这个关系也并不是文艺理论中的“模拟”或者“再现”等关系，而是近似于革命者与现实世界之间的认识、改造等关系。

实际上，柳青在对上面的当五好社员却写不出作品的例子进行分析时也推导出了作家 / 革命者的类比性关系，以切近作家在创作过程中思想认识、化用、移植生活细节等工作所内含的激进性，如“真正的革命作家永远也不会把艺术当作目的，这就是为什么在社会生活激励矛盾和冲突的时代，产生杰出的作家和诗人，是不可避免的，无法阻挡的历史必然性……谁是杰出的作家和诗人，最终地决定于他对现实生活的态度”[①]。这一段表述有可能被理解为“革命家” / “文学家”的提法,但沿着柳青的论述脉络而言，这里的论述重点在将创作的本源落在“矛盾和冲突”（略不同于马克思所说的美学与历史的不同步性）上，革命家要把握住这个，才能把握住革命的可能性，对作家来说也是一样，这里所提到的“态度”不是一个外在于整个矛盾运动发展过程的旁观，而是身在其中的思考和抉择。这一段论述的启发之处并不在于反驳“把艺术当作目的”或者“为艺术而艺术”等观点，而是真正地处在矛盾之中，作家的态度应该如何形成。这应该是柳青对自我的反复拷问，不过这个拷问、思索的过程并没有见诸《随笔录》，或许可以从他在 1949 年之后远离行政岗位、远离文坛[②]的政治斗争等选择之中感受到一些。很难把握

① 柳青:《美学笔记》，第 298 页。

② 这个印象从《柳青传》和 1958 年的《一个总结（节录）》中来。1952 年 5 月回到西安到 1954 年，柳青在组织上，“没有同文艺单位发生关联，也没有想过到文艺单位去”，1954 年中国作协要求陕西成立作协西安分会，柳青推辞未果担任副主席，同时参与了《延河》的创刊。在这个时期，柳青的注意力是在互助组、统购和初级社的工作。到 1956 年，参加过作协第二次理事会，不过他自己认为“‘百花齐放、百家争鸣’在文学界引起的波动，对我没有多大影响。我由于早晚的时间大多被农村工作占去，所以没有充裕的时间阅读报刊上的文章。许多有问题的文章，我是在被批判的时候才看。我的注意力主要集中在农业社的事情上，所以对文艺思潮方面的问题，注意也不够。有时看了一些文章有意见，很想反驳，但村里七事八事，又怕影响正常的写作，过一晌也就忘了。五七年三月完成了小说二稿，四月间就修理房子；因为破庙的屋顶大多漏雨，有一些山墙倾歪，用椽顶着。五月间支气管哮喘照例发作，住了医院。医院出来以后，我能够出大门的时候，已经开始反右斗争了”。（1958 年 11 月 9 日）

住柳青的这个思考脉络，不过他远离行政岗位，更为深入地进入群众政治之中，应该是农村生活、农民走向集体化的进程，而非行政体制，是柳青所认可的真正的政治空间，是在这个政治空间的介入和锤炼中产生了作为“作家”自觉的柳青，或者说是在《创业史》中显现出来的作家，而在同一时期的《随笔录》中表现得更为直白。这个相对的远行政、近群众的概括并不能够充分、完整地概括柳青这一时期对于现实政治（社会主义中国的整体实践）的诸多思考面向，不过它能够相对有效地呈现出柳青所思考的“作家”与革命家的区别。这是从艺术特性，或者说两者的工作方式，认识改造社会的工具、武器的性质不同而产生的区别，与“同源”是两个层面的问题。

三

这个深入生活的创作过程产生了柳青所自觉坚持的“作家”态度，有论者指出：“对柳青而言，不能将文学者柳青与革命者柳青割裂开来，两者水乳交融地统一在一起，甚至可以干脆地说，在柳青身上并不存在文学者与革命者的矛盾，它是一个整体，它就是柳青全部的生命历程。”[①] 郭春林的这段评论侧重于说明柳青不同于纯文学作家的根本分歧，在根本分歧之上来理解《创业史》，那么作品就不是被框定到形式、流派中，而是从柳青的生命历程中来理解作品的写作历程，“‘写作历程’不仅仅指作为文本的写作过程，即从构想到实际写作直至最终完成乃至完成后的不断修改，而同时包含了作者全部的日常生活在内”[②]。把作品从静态的形式分析还原为一个过程，这个过程是从生活走向艺术的过程，通过这个还原产生的是思维方法的转变，“文学者”这些词也随之在固定的位置上动摇，即我们不是用既定的文学的标签来把柳青

① 郭春林：《我们如何面对柳青的遗产？——从柳青“随笔录”谈起》，《长安学术》第十二辑，高等教育出版社，2018，第 9 页。

② 郭春林：《我们如何面对柳青的遗产？——从柳青“随笔录”谈起》，《长安学术》第十二辑，第 9 页。

分类，而是从柳青的创作过程、从他生产出自己的表现形式的过程来理解他所谓“文学”。柳青所找到的这个特定的表现形式，用他自己的话来说叫作“带有人物特定视角的描写”。“带有人物特定视角的描写”的一层意思是作家并不直接出场，而是退隐在人物、细节的安排之后，这是现实主义写作的特征之一，下面尝试对柳青的文学与现实主义做一些辨析。

柳青写作的思想资源之一是19世纪的现实主义小说。根据《柳青传》的记载，在1955年之后至1957年初柳青还有一段研读作品的时期，书目中有高尔基的《母亲》《福玛·高捷耶夫》，肖洛霍夫《被开垦的处女地》，托尔斯泰的三部长篇小说，巴尔扎克的几部作品，《悲惨世界》《包法利夫人》《红与黑》《红楼梦》《三国演义》《水浒传》，托尔斯泰的《艺术论》，刘勰的《文心雕龙》[①]，同时也阅读了当时“内部发行”的书籍，了解西方出现的有影响的几种流派的作品[②]，“他被一些艺术技巧的创新所震动”，《柳青传》中并没有介绍这几种“内部发行”小说的名称，不知是否为现代主义的作品。在延安时期，柳青已经开始阅读现实主义的作品，当时他称之为“现代文学”。《柳青传》中有几处提到了柳青在1943年读英文版的《安娜·卡列尼娜》时的话，写得生动的部分大多是以人物的心理和眼光反映周围世界、推进情节，而不是直接以作者的声音叙述。在其中一处，这种写法被柳青认为是“现代文学”的手法：“1943年，我已经看到现代文学中运用这种手法的不同和高明。我学习运用这种手法，但拿起来笔来怎么也学不来。”[③]“学不来”是指《种谷记》写作的失败，柳青认为失败的原因是生活不足，对人物不够熟悉。换言之，对柳青来说，要达到这种作家站在人物背后，通过人物的心理、行动来“说话”，要做到持续地最大限度地熟悉写作对象本身。

如果说延安时期的下乡是对当时整风号召的呼应，50年代决定深入皇甫村则是双重任务的叠加，即深入写作对象之中来磨炼、提高写作

① 《柳青传》，第179页。
② 《柳青传》，第181页。
③ 《柳青传》，第180页。

的技巧，对于后者，柳青是有着自觉的。不过对于小说中的人物、蛤蟆滩上的各阶层的精神面貌的呈现，既有从旁的描写，也有作者直接出场的评断，如上面对梁三老汉的评断，对郭世富的评断，如“富裕中农啊！富裕中农啊！原来是农村中最势利眼的一个阶层啊！……他们拚命地劳动，狠着心俭省节约，动物一般自私，比泥鳅还滑哩”，并不是隐在人物背后，而是直接以作者的声音说话。为什么要有这样的作者声音的插话，柳青考虑的是《创业史》中借人物角度、人物关系来传达所要表达的时代冲突太过隐晦，不够大众化，“但这种手法虽然‘对于艺术作品就愈加好些’，对一般水平较低的读者，却不大容易一下子就明白作品的全部思想内容。这就使作品的表现手法和群众化有了相当的距离。要使作品既深刻生动，又明白易懂，缩短表现手法与群众化之间的距离，就是我们艺术技巧方面一个较大的问题”[①]。在人物语言之外增加作者的叙述与人物的内心独白就是柳青的补救办法，“内心独白未加引号，做为情节进展的行动部分；两者都力求给读者动的感觉，力戒平铺直叙、细节罗列。我想使作者叙述的文学语言和人物内心独白的群众语言，尽可能地接近和协调，但我的功夫还不够。为了使读者不至于模糊了作者的观点，只好在适当的地方加上作者的评论，使思想内容更明显、更强烈一些”[②]。从这些表述来看，《创业史》所采用的各类形式中，创作者始终有着在场的自觉，值得注意的是为什么这些以作者声音直接出现的插话并不给人主观强加的印象。本文尝试给出一个解释——《创业史》中作者柳青和描写对象之间并不是主观和客观的对立关系，这些插话即便是主观的，它也融在了对于当时生活的感受、判断之中，它追求的不是一个纯客观呈现的效果，这或许可以作为理解柳青的写法与19世纪现实主义的不同之处的一个入口。

现实主义创作中的作家隐藏在人物之后，这是现实主义在形式上的两个重要设定，一个是作家与对象之间，另一个是单个的文本与生活之间，这两个设定是为保证真实性的效果。现实主义的设定是作品产生于

① 《美学笔记》，第300页。
② 《美学笔记》，第300页。

对生活的描摹，因而它不是来自此前的文本（或者叙事套路），它的期待是你的写作不是对传统文学范本的借鉴，也不依赖作家的想象力，而是写作来自生活本身（或者可以更进一步缩减为同时代的生活）。镜子说源于此，而将现实主义小说视为一种认识论实践也源于此，它的工作是探索意识（观察主体，或者是 agent）如何将现实转化为语言结构，它对“客观性”的无限追逐（对外部世界的冷静观察和非神秘化，否定写作者的主观介入，与启蒙思想所确立的批判、理性立场有关）和同时伴生的高度“主观化”（或者呈现为非理性化的情感，或者呈现为超越历史的洞察，比如卢卡契的“无产阶级”视点）存在很紧张的关系。① 简单地讲，19 世纪现实主义作品的写作者并没有或者说是有限度地参与到他所处的历史进程中，作品中的客观性是与作者的旁观视点相关的。不过，就中国新文学的发生而言，存在大量的不合“现实主义”标准的写作实践，即便是不被称为现实主义的作品中也有着写真实的诉求，而被称作现实主义的作品中则能够看到作者强烈的主观意图呈现，这是安敏成所观察到的 20 世纪 20~30 年代的新文学文本的特征：“写作是一种简单明了、意志坚定的实践，可以受到某种明确的意图指导或操纵”，虽然在实际写作中与意图会发生背离，不过能从中观察到，“作家们一次又一次将自反性因素坦率地引入作品，这一点常常表现在作者的自我多重化形式和对作为‘现实主义’标志的特定技巧的讽刺化炫耀上”。②

安敏成的研究并没有推到 40 年代的小说中，在 40 年代的社会变革中，它的基础条件发生变化，其中重要的一点是，写作者和他的写作对象（主体为农民）同时参与 / 卷入到了革命进程之中，作家隐藏在人物背后说话，不是一种模拟出来的客观性，而是分享着共同的行动者的经验，这使得“写他人”的基础不是置于想象的或者启蒙的关系，而是书写革命经验，这个基础使得柳青（延安之后的一代作家）能够进入

---

① 这一段的表述参考了安敏成《现实主义的限制：革命时代的中国小说》（江苏人民出版社，2001，第 11~13 页）中对于西方经验中的“现实主义”小说形式及其思想渊源的理解。

② 安敏成：《现实主义的限制：革命时代的中国小说》，第 7 页。

同一个革命运动中的各个人群的个体“生活”之中（程度有所不同）。换个角度来说，40 年代（土地改革运动之后）到 50 年代的农村叙事中围绕如何写农民的分歧和论争，是因为转换已经发生，即农民已经成为革命和社会主义建设主体，农村问题是革命和社会主义建设的重要组成部分，这个客观环境的变化使得作品中的“人物”（写作对象）压倒作者的意图成为显性呈现，并不是指作者的意图不重要，而是指作者的意图是依托于人物（现实中的活动主体）而来，依托这样的人物描写方式才能逼近并有可能重构今天的生活图景。

柳青所追求的“作家用人物来说话”，其作品中的“人物”[①]凸显，并不完全出于现实主义的形式要求，而是与时代的变革和要求相关。这个时代的要求，既是 1949 年之后的客观现实，即各行各业出现了新生的人物，也有着意识形态的要求，即写出具有社会主义特征的模范人物以起到教育引领作用。[②]就柳青而言，这也并不仅仅是时代的要求，也是他感受到了一种与读者的新关系的出现，即上文所引的，写人物的“动”（而不是景物）才能引发“读者的共鸣”，“有感染力”，这与赵树理和他的读者所分享的乡村文化、伦理秩序很不同。这种新型的作者 /

① 人物的凸显还有另外一层意思，即人物压倒自然风景成为小说写作的规定性。比如，从沈从文 50 年代初对小说的理解来看，这一时期沈从文写作上的停顿，与题材无关，主要是因为只能写平静乡村中的人物，无法写计划中变动的农村。写平静的农村，其中自然景物的描写在沈从文的小说写作中有着不可替代的位置，是小说之为小说的意义来源。而对于柳青来说，如果不是人物眼中的景物，直接写景物本身是一种冗余，如他对《种谷记》的反省，“狗呀，猫呀，写了一些与人物感觉无关的景物，不但不能引起读者的共鸣，反而冲淡了作品的感染力，也使得文章变得臃肿”（《柳青传》，第 179 页），这就是“以作者感觉代替了人物感觉”（《柳青随笔录》第 79 条，《长安学术》第十一辑，第 10 页）。

② 在 50 年代初期，这个写“英雄人物”（尚不同于后来的写“社会主义新人”的提法）中所包含的两层已经出现，参考《中国当代文学思潮史》（人民文学出版社，1987）中由朱寨执笔的对 1952~1956 年有关“英雄人物”的梳理。此外，我在这一部分的论述过于强调柳青的“作者通过人物来说话”的中国革命的历史语境，需要注意的是不能忽视现实主义写作技巧上特别是契诃夫的影响，如柳青常提及，“契诃夫是用‘人物的感觉和心理’完成情节的高手”（《柳青传》，第 179 页），他指出了高尔基在早期短篇小说中的一些缺点，即“作品中罗列了一些与人物关系不大的景物描写”，这与柳青所追求的小说所要达到的效果——像生活一样，有生活气息，不使读者感受到技巧有关。

读者关系（即同为社会主义的建设者[①]）进而影响了作品内部的作者 / 写作对象的关系，换言之，“人物”身上所承担的信息是多重的。这个从“人物”通向“时代”（时代精神）的链接关系，并不是教条意义上的“题材决定论”（即只有工农兵题材才是重大题材、正确方向），不过它从属于一个宽泛意义上的“典型”问题（典型人物、典型环境）的脉络。在这个问题上，柳青与当时的一些文艺政策中将“典型”归结为党性、阶级性的观点有所不同，“生活”是在这个意义上作为一个重要范畴被引入到柳青有关人物生成的相关论述中：

> 典型：
>
> 第一，社会意识的特征，即阶级的特征。
>
> 第二，社会生活的特征，即职业的特征。
>
> 第三，个性的特征。
>
> 马林科夫所说的，“典型问题永远是政治问题”，是指第一个特征说的。
>
> 高尔基说的一百个商人，一百个农民……等等，指的第二个特征说的。
>
> 这两个都属于共性范畴。仅仅这两个特征，不能构成文学现象的典型，只能做社会问题的典型例子。文学现象的典型还需要个性化的特征。[②]

这一段在《随笔录》中没有标明写作时间，按编排时间推断大体应该是在 1961~1962 年。这与收入在《美学笔记》中有关“典型化”的段落（1961 年 11 月 26 日）中的观点是一致的：

> 先说典型性格。我理解：人物的社会意识的阶级特征、社会生活的职业特征和个性特征，互相渗透和互相交融，形成了某个人的

① 参考柳青《皇甫村三年》,《柳青文集》第四卷，第 139 页。

② 《柳青随笔录》第 58 条,《长安学术》第十一辑，第 8 页。

> 性格，就是典型性格。三种特征不是混合起来，而是活生生地结合起来，成为一个活的人，就是典型。没有阶级特征不能成为典型，没有职业特征也不能成为典型，没有个性特征也不能成为典型。三种特征高度结合，就具有充分的典型性。三种特征有一种不充分，就是典型性不够。三种特征缺少一种，就不是典型了。

“个性化”这个说法的提出，应该是在作协二次理事会前后所产生的一个讨论空间。作协二次理事会批评了马林科夫在苏共十九大有关“典型性”/“政治性”的提法，这与这一时期译述赫鲁晓夫对于马林科夫的批评有关，也与“反右”到调整时期中国文坛的特殊语境相关[①]，即产生了对于“典型”的多重提法（共性、个性、代表性）。在这个语境中，柳青辨析了典型并不是阶级性、代表性，是对当时论争的稍微滞后的回应。不过他并没有单独突出“个性”，有关“高度结合”偏于描述，并不能说是一个具有很高理论质量的提法。它的意义还与他对于“人物”从哪里来这个问题的思考相关，从创作过程来看，人物的来源是生活，在有关“典型”的这篇美学论文的论述中，人物来源于生活这一层观点是与另外一层历史创造英雄的观点相联系而被提出的。换言之，“生活”不是作为“阶级斗争”的具体的经验源泉而出现，而是与柳青的历史思考——他以20世纪革命中农民英雄人物的成长历程为例——相联系，这个农民英雄身上有着阶级意识、农民意识、个性等诸多层次的统合：“在艺术上来说，英雄的血肉是逐渐丰满起来的，不是第一章就是典型的英雄形象，而是最后一章才完成了英雄形象的典型化过程。在哲学上来说，不是英雄创造历史，而是历史创造英雄，这是历史唯物主义的基本原理。”[②]换言之，柳青的“生活”范畴（作为作家参与其中的生活过程，和作为艺术加工过程的起点的生活）是与“历史”范畴相联系的，略微进一步来说，对于“人物”的描写（艺术世界）所呈现的

① 参考《中国当代文学思潮史》中有关作协二次理事会一章，以及《潮起潮落》中通过对周扬、荒煤、夏衍的言论和文艺观点的梳理而勾勒的影响文坛的多种力量消长态势。

② 《美学笔记》,《柳青文集》第四卷，第279页。

是对于历史（或者说革命何由发生）的认识。

在这个意义上，重新来看柳青所强调的生活世界与艺术世界的区隔。“生活”的被引入是为了反对从抽象概念、理念出发的写作和文艺观点。不过柳青的写作追求不止于此。在这个问题上，他略微转换了辩论的角度，从“典型人物”（典型性格）的构成性特征转而辨析什么是“典型环境”，来重新论述区分生活的内容和艺术的创作之不同的重要性，指出二者“有着血肉相连的关系；但是如果把二者混同起来，必然会有一些根本性的问题解释不清楚了”[①]。有关“典型环境”，柳青回溯到车尔尼雪夫斯基与恩格斯的不同来区分什么是写生活的细节，什么是他所追求的艺术世界：

> 譬如有人说：“……在实际生活中，每个具体环境所包含的因素都是异常复杂的，不仅有民族的、社会的、历史的条件，阶级的关系，人与人之间的关系，还有地区的自然条件，风土人情、生活习惯等等。”（《文艺报》1961年第9期11页，《典型形象——熟悉的陌生人》）这是目前流行的关于典型环境的解释里，最有代表性的一种解释。这显然有点离开了艺术创造，着重于从生活内容上来解释典型环境的一种论调。这种论调的实质已经接近于取消恩格斯的典型环境学说，退回到车尔尼雪夫斯基所说的论点上去了。车尔尼雪夫斯基所说的“环境怎样影响人的”和“人又怎样影响他周围的世界”，实际上仅仅是恩格斯所说的“细节的真实”，而不是恩格斯所说的“典型环境中的典型性格”。[②]

柳青对于“生活的细节”和“典型环境”的区分，大致是对“生活的环境”和“作品的环境”的区分。是否典型是艺术世界的一个问题，即艺术作品中的环境需要既有普遍性，又有特殊性，不能仅有细节意义上的特殊性。值得注意的是，柳青这里对于“生活的细节”的辨析并不

---

① 《美学笔记》，《柳青文集》第四卷，第280页。
② 《美学笔记》，《柳青文集》第四卷，第280页。

是直接在作为“形式流派”的自然主义和现实主义的意义上来说，“不管什么文艺理论，无论什么主义，现实主义、浪漫主义、自然主义、形式主义……一切文学作品，都是靠生动的细节打动人”[①]，进而他提出了一个对于“生活的细节”的不同表述：

> 艺术的永恒，是细节的永恒，那么细节就既要生动，也要丰富。生动，就是说细节活生生的，每一个细节都合乎人物的性格和场景的内部特征，虽然这是作者经过安排、移植和改造过的生活，但读者看起来就像真的发生过一样，它要经受住最熟悉被描写对象的那些人的推敲。丰富，不是作者挖空心思找细节，而是细节排着队让作者选择哪些是典型的东西，这一切都必须有作者丰富的生活积累做基础。[②]

柳青对于“生活的细节”的重视和他对于“人物”的多重构成理解是一致的，这看上去近似于强调“个性”，或者回到他创作初期的耽溺于“细节”的自然主义倾向，但要是联系柳青这一时期对于典型问题的把握来看，就不会发生误解，柳青的论述路径是“把典型环境解释为典型的冲突”。观察生活，即是要从事物的相互关系，从事物、现象的运动、发展和变化中去观察事物，“我们立刻就进入矛盾的领域了。……新与旧的斗争是事物发展的客观规律”，在这个视野中，柳青认为恩格斯、列宁和毛泽东的方法论是一致的，“毛泽东同志著名的《矛盾论》详细地、准确地阐述了这个法则。社会生活的环境脱离不开这个法则，艺术作品里创造的环境也脱离不开这个法则……区别在于经过作者的头脑反映和没有经过作者的头脑反映”，[③] 正是在这个思路中，柳青反驳上面所引用的从生活内容上来理解典型环境的观点，那些是创作典型性格的素材，并不是典型环境，而这个典型环境是冲突（矛盾）。对于什么

① 《柳青传》，第 180 页。

② 《柳青传》，第 180~181 页。

③ 《美学笔记》，《柳青文集》第四卷，第 282 页。

是典型的冲突，柳青所举的例子是《白毛女》：

> 这部作品的冲突是地主催租逼债发展为霸占民女。这在民主革命时期写农民的觉醒和反抗，是典型的冲突。如果不是由于催租逼债，而是由于地主见色引诱或设计威迫，那么乡村姑娘杨喜儿就会脱离开艺术的典型环境，就像城市姑娘海丽·阿姆布洛兹一样，变得典型性不够充分了。①

这个分析思路很清晰地佐证了前面柳青所提到的生活世界和艺术世界的血肉联系与根本不同，《创业史》一遍一遍的修改所调整的就是人物的细节和情节的细节，以达至“典型”。这个过程一面呈现为写作技巧，而从另一面呈现为对于农村问题的认识②，而这两者融合在柳青所说的“生活的细节”中。柳青在什么是艺术作品中的冲突的讨论中对此做了进一步的辨析：

> 政治思想的冲突和文学作品的冲突，有很大原则性区别。
>
> 政治思想的冲突在文学作品中是通过个性化的人物来进行的。如果作品没有写出个性化的人物，那么，政治思想的冲突，无论如何尖锐，都不能算是描写了冲突，只能说是说明了冲突。这是因为文学作品的政治思想冲突只能通过性格冲突来表现。③

可以将这一段的解说理解为对当时指责《创业史》没有描写正面冲突的反驳，柳青的反驳方式是确立什么是文学艺术作品中的冲突——它的表现形态需要遵循着艺术的客观规律。理解这一表述的关键在于柳青的“生活世界”和“艺术世界”的血肉相连而又区隔的关系，《创业史》

---

① 《美学笔记》,《柳青文集》第四卷，第 283 页。

② 有关《随笔录》中柳青的表述，与 1960 年前后有关农村问题、怎么写农民问题的关联，请参考孙晓忠《我们一直都是在寻找正确的路——读〈柳青随笔录〉有感》,《长安学术》第十一辑。

③ 《柳青随笔录》第 49 条,《长安学术》第十一辑，第 7 页。

中的情节设置源于柳青对这一时期的中国农村的观察，但不直接等同。柳青曾用要写得“合乎生活的逻辑”（《随笔录》第 86 条）“像生活的本来的样子”等来表述，这个表述方式与通过具象（通过生活的细节）抵达本质的路径有所差别。虽然柳青也常借用现实主义（本质）/ 自然主义（细节）的分析路径，不过细微的差别在于从细节到本质这个过渡过程，就认识论来说，这个“飞跃”的过程是认识深化的过程。不过柳青扣着自己的创作经验来谈，并不倾向于将作品的构成看成一个细节和思想（比如某一特定的政策），至少是在最后的作品呈现阶段，要看不到这些构思的痕迹，而完全就是生活氛围本身。换个角度来说，生活的细节（艺术性）和冲突的实质（思想性）在创作过程中是目的和手段的合一，是形式和内容的合一，在读者那里，是两者同时抵达。柳青的态度融化在小说通过人物、情节的设置而营造的生活氛围中，没有可直接叙说的主题思想，相反，主题思想是这一切带来的效能。

在这个意义上，柳青批评了郑季翘有关“形象思维”的提法。在第 113 条中，柳青将“美学上的形象”做了一个简单的界定，“（1）活生生的人物精神面貌；（2）构成情节的冲突；（3）细节 – 人物的行动；（4）场景 – 行动的空间和时间”，作家在构思时将这四个方面作为整体，才叫作形象思维，“郑（季翘）文写了几万字，牛头不对马嘴，无的放矢。所谈尽是逻辑学，哲学，并未谈美学”。这一条中所提的四个方面，在第 86 条“生活进入作家”中也有所提及。第 113 条中，柳青虽然明确地表示了与“形象思维”的分歧，不过并没有充分展开，仅说到“当作一个整体”，结合第 86 条来看，这个“当作一个整体”最后所要达到的客观效果应该是“人物行动和场景描写的合一，场合（空间和时间的特征，包括形态、音响、色彩和动态）反映在人的感觉和情绪上，而不是反映在作者的情绪上”，这里的“人”应是作品中的人物，即柳青常说的，借助人物来说话，作者不要直接出场。换个角度来说，柳青的作品中最后所呈现出来的、为批评家所称道的“生活细节”并不是由第一个阶段的“社员”柳青熟知农民生活直接而来，而是“作家”柳青经过深入的构思而最后选定的重又回到生活表象的表述方式。到了最后的作品呈现阶段

（不是作家的构思阶段），作品的结构与细节是内在连通的，细节的整体便是结构。

四

《创业史》从人物的特定视角来描写这一特征，在60年代时已经为评论所注意，比如李希凡所捕捉到的：“郭世富新瓦房架梁的一节描写，实际上是通过梁三老汉的眼睛对蛤蟆滩富裕户的一次巡礼。富裕中农郭世富、富农姚士杰、中农郭二老汉、新中农郭振山都在梁三老汉特有的精神活动里，得到了生动的反映。这些富裕户暂时还是蛤蟆滩一大部分人心目中的榜样。不是吗?”[①] 梁三老汉的眼睛或者说视角在《创业史》中占了不少篇幅，小说中也采用了其他人的视角，值得注意的是李希凡的分析，其着重点并不在于柳青隐藏在梁三老汉这一人物背后，而是指出这些特定的描写背后是真实的历史生活的底蕴，“蛤蟆滩各个阶层的精神面貌都呈现在我们面前了。在这里，生活海洋里振荡出来的每一个波纹，几乎都带有鲜明的阶级烙印”[②]，这个写法，在李希凡的分析中，既是“生活的波纹”，也同时是柳青的理性认知、政治判断（写出人物的阶级性），生活细节并不是在偏离政治判断的意义上被强调，这个生活的细节更准确地说，是对生活的洞察。比如小说中梁三老汉“作为小私有者的农民，他的生活愿望，是要向郭世富看齐的；作为一个勤劳朴实的农民，他的‘劳动者的善良’，‘被剥削过的痛苦记忆’，‘受压迫的心灵’，又终究使‘他知道，他在精神上和王书记、党支部、生宝们挨近着哩!’”[③] 综合来看,这与其说是技术层面上的以某个特定人物为视角，不如说是对世情的熟稔，对普通人的平视，落笔时带着普通人的生活感觉，同时也有着坚定的立场。能够达到这一点，与柳青长期以来

---

① 李希凡:《漫谈〈创业史〉的思想和艺术》，1960年9月18日,《文艺报》1960年第17~18期，转引自《中国当代文学研究资料·柳青专集》，第131页。

② 《中国当代文学研究资料·柳青专集》，第131页。

③ 《中国当代文学研究资料·柳青专集》，第137页。

的内心的坚守、对现实的关怀和政治的敏锐密切相关，这使得柳青能够在生活的纷繁中保持清醒的判断，又落笔有生活的气息。把这个写法和80年代以至今天的解读对照，可以发现80年代是在与政治相区隔的维度上来凸显生活之于艺术创作的意义，在60年代的批评视野中，生活细节不是空洞的具象。与此相关，政治也并不是完全抽象的、外在的概念，它不仅内在于柳青的观察，也内在于小说中村庄里每个人的生活之中，冲突、变动的生活场景中的人际关系，政治性、立场问题、不同的道路是一直都存在于蛤蟆滩的。

《创业史》小说叙事的一个难点，也是它与现实的农村问题中最具紧张感的一个点，是用“生活的细节”的方式写成一个“新人”梁生宝。回到艺术的冲突怎么写这个节点来梳理，看上去回到写人物性格的冲突是退了一步，即相较思想、理论的方式所表述的新旧冲突，这个“冲突”表达得不够鲜明。当时的语境中所出现的两种批评——“梁三老汉”更为真实，“梁生宝”有些拔高、虚假，是文学批评者比照自己的生活经验而得出的，在经验的层面上，可能确实如此。问题在于柳青写“人物”的出发点并不是对现实生活的被动的观察，他所着眼的是现实生活中的变动性、建设社会主义的主动性因素。也就是说，他要的是介入的、行动者的视角。与之相关，那些认为“梁生宝”不够“新人”的高度的批评，与经验式的批评分享着同一个视角，即自外于这个行动进程，而从一个外在理想起点来看待这个人物。我尝试辨析的，并不是经验批评和抽象批评的不足，而是柳青的这种行动者的视角是如何获得的。

这需要回到这一时期的农村问题中获得理解，即上面引文中所提到的“所从事的合作化的胜利对我的鼓舞也很大”，亦即梁生宝的现实依据来自柳青所观察到的合作化进程。落实到这个人物身上——

> 柳青的意图更在于写出与中国农村的社会主义革命相配合的社会主义的主体的生成。这个主体的形态不是在现实中已经完成的、完整存在的，却是依据历史和现实条件可以设想和应该要求的。我

> 们或者可以把它称为主体的可能性。柳青一方面要写出其动力、机能扎根于传统、现实条件的依据和深度，另一方面又要写出其蕴含着超越现实条件、历史状况的潜在性和主动性。柳青在王家斌这样的人物身上看到这个主体状态的胚胎，通过自己的工作培养他、浇灌他，同时，经由塑造梁生宝这样的理想人物呈现其应该达到的状态。因此，这个“社会主义新人”身上是凝聚着柳青、王家斌以及其他实践者在共同的实践中一起去型塑、寻找的那个“新人”。问题是，这个“新人”不能只在作品中完成，其塑造的难度根本上来自农村社会主义革命本身遭遇的现实挑战，经历的起伏与顿挫。[①]

这一段对于梁生宝的“理想人物”的特质的表述很详尽贴切，而之所以能够做到这一点，在一定程度上是因为研究者重返了柳青的人物所由产生的那个“生活的海洋”。以一个粗略的方式来概括，“梁生宝”身上的“理想性”和他的“现实性”是合一的，并不是静态的合一，而是在行动（主体）的逻辑上基于现实而产生未来视野，人物身上的理想性是当时出现的现实主义视野的可能性。在这个意义上，我们或许可以做出一个推论，即柳青所代表的这一时期的中国的现实主义创作与 19 世纪的现实主义写作面对着不同的命题：如果说 19 世纪的现实主义创作追求的是“写真实”，一个尚未进入真正的行动状态的主体要尽可能对他所生活的时代做出清醒的、总体性的认识，并不是指这样的认识没有意义，它的因趋近真实而产生的认识也是一种实践的、介入的知识，批判现实主义的意义也在于此；相对而言，柳青的人物有着创造历史的主体性力量，并不是指这个主体对于历史进程全知，梁生宝的成长过程，遵循的不是“从胜利走向胜利”的逻辑，而是在实践中不断地扩展有限的认知而展开的探索之路。这是两个不同的写作状态。

从一个宽泛的意义上，我仍将柳青的这个写作状态归到现实主义的脉络中。不过，就小说的形式而言，梁生宝这个人物身上所呈现的理想 /

---

① 程凯:《“理想人物”的历史生成与文学生成——“梁生宝”形象的再审视》，原载《文艺理论与批评》2018 年第 3 期，另见本书第 145 页。

现实的聚合 / 裂变方式，实际上浓缩了《创业史》的“艺术冲突”所蕴含的历史叙事。也就是说，什么是柳青所给出的“历史”，它存在于人物的理想 / 现实的裂变之中，人物组群的力量消长中，它并不需要套在单一英雄“人物”为中心的成长过程中，如《青春之歌》等“成长小说”模式，它也并不采取以长时段的事件、历史变迁为主题，如《红旗谱》中把人物镶嵌在故事进程中，柳青的人物冲突与故事性有着自觉的距离。这个有关“历史”的叙事，也是有关“革命”的叙事，即革命的可能性存在于实践中才能产生的与过去世界的决裂。《创业史》所捕捉到的“阶级斗争”或者说冲突，正是这个断裂的瞬间，也是主体行动的瞬间，舍此之外，历史无从发生。因而也就不难理解，在后革命的叙事中，如《白鹿原》需要铺陈大量的历史、文化背景以凸显其历史感，这是因缺失而产生的替代性补偿。在这个意义上，不能够仅仅从柳青与19世纪现实主义小说的形式渊源上将《创业史》归为19世纪意义上的，相对于赵树理的传统、民间叙事而言的“西方”叙事，它是在20世纪中国革命的意义上的现代叙事，即20世纪的小说。

回溯来看，20世纪80年代以来产生了两种截然相反的对于柳青作品的理解，一种认为其人物太过政治化，小说的主要结构为阶级斗争；另一种则认为柳青擅长写生活，即将柳青所追求的栩栩如生的生活氛围仅仅指认为艺术表现才能。这是仅仅从生活世界和艺术世界的分离关系来看作家的创作过程，而非柳青的视野。柳青的视野是基于行动者的逻辑而产生的“作家”视野和创作过程，借用柳青的同时代人的概括来说:“柳青是一个作家，但首先是一个共产党员。他不但立志要用自己的作品来推动生活的前进，而且直接参与了改造生活的斗争，但不是什么高高在上的‘干预生活’。他关心人民的利益胜于关心自己的创作，他的作品反映的是他自己参加创造的生活。”[①] 这是1982年林默涵所写的悼念文章中的一段论断，正处于柳青的“经典”地位快要被颠覆、《创业史》被重新讲述的前夜。他肯定柳青的角度是柳青作为行动者，

① 林默涵:《涧水尘不染，山花意自娇——忆柳青同志》，写于1982年9月末，转引自蒙万夫等编《柳青写作生涯》，第123页。

这也是本文肯定柳青、肯定梁生宝的角度，即他们有实践的能力，是这个能力以及因此而产生的话语表达构成了柳青的创作动力。需要指出的是，这个能力并不悖离社会主义现实主义，而恰恰是社会主义现实主义富于时代创造性的实践表现。无论是柳青还是赵树理，都是这样。这个大的机制不应当仅仅被表达为“文学为政治服务”，并且在这个大的机制下一直发生着激烈的甚至是矛盾的、左支右绌的调整。上面的粗略分析是尝试从这个节点上退后一步，以柳青的创作过程为例探索社会主义时期的文艺生产方式。

再读《创业史》:“史诗—小说”的文体难题和社会主义新人的道德谱系

何　翔

引子:《创业史》的批评史

65年前,《创业史》在《延河》杂志上开始连载而后出版,立刻迎来了全国范围内的热烈讨论。半个多世纪以来,小说有不同的版本问世,又几经讨论,可说的似乎已经不多了。2015年夏初,有着新鲜偶像面孔的电视剧《平凡的世界》在国内热播,黄土地和这片土地上人民的命运,路遥和柳青的师承关系,路遥笔下与政治权力联姻的主人公和《创业史》中梁生宝、徐改霞的异同,以及“社会主义新人”这个巨大的文化—政治符号从20世纪50年代到80年代的变化,又成为讨论的热题。这至少证明了一点,柳青十四年皇甫村生活创作出来的作品,是很难被后来人遗忘的。

80年代后期,在“重写文学史”的批评话语里,《创业史》被认为是意识形态的传声筒,是对基本政策和路线的文学图解,小说中的社会主义新人梁生宝则成了“假大空”的宣传品。而梁生宝的生活原型王家斌,有余粮以后曾经动过买地的心思,这被认为是符合人性的、真实的。在这样的批评视域里,“梁生宝”成了意识形态驾驭的抽象符号和理念,既不是经典文学人物的“这一个”,也不符合现实主义文学所追求的认识客观世界的功能。作为“十七年文学”的代表作品,在什么意义上,《创业史》还值得一代又一代人继续读呢?

90年代在讨论当代农村问题和农民命运时,一些研究者重新高度赞扬并认同柳青和梁生宝,被称作"新左派"阵营。[①] 而在60年代,青年学者严家炎身处社会主义农业集体化时代,却强调农民保守的——也是真实的——对私有财产的欲望,认为"中间人物"梁三老汉的文学形象比社会主义新人梁生宝更成功。两种逆流而上的解读都有可圈可点的历史意义,然而也有各自的不足和弱点。柳青的创作意图是要从内至外地写出社会主义这一新事物在中国农村的发展过程,而梁三老汉始终只是一个旧农民的形象,他的行为、心理活动和价值观不能从根本上阐明"新事物"的意义。另一方面,以韩毓海为代表的新左翼批评家,又都是从文学社会学的角度——小说的外部世界——来肯定其文学价值,例如根据宏观政策来解释社会主义新人的行动和心理活动。一贬一褒,两种看似截然相反的观点,实际上都是把文学对现实生活的再现当作一个不言自明的场域,进而要求现实主义文学回应"真实性"的命题。仅就研究小说文本的方法而言,这是保守的、陈旧的。

60年来,《创业史》在文学史上的命运浮浮沉沉,然而,众多的批评声音尽管立场迥异、褒贬不一,却都约定俗成似的把《创业史》称为史诗作品。原计划为四卷本的《创业史》没有写完,一般的文学史都把未完成的原因归结为"文革"冲击。从1964年"四清"开始到1966年柳青被迫离开皇甫村、被关进牛棚,以及同甘共苦的妻子马葳跳井自杀,在家庭和个人都受到巨大影响的情况下,创作无疑是难以为继的。然而,这是柳青搁笔《创业史》的根本原因吗?根据江晓天(时任中国青年出版社编辑)对1960年同柳青谈话的回忆,早在"文化大革命"开始之前,柳青就不打算继续写"大跃进"和人民公社时期了,他

① 参见韩毓海《春风到处说柳青》(《天涯》2007年第3期),鲁太光《被分成两半的农民——〈创业史〉等作品中的农村世界》(《文艺理论与批评》2005年第2期)等文。

说:“感受到的不一定能深刻地理解。”[①] 这句话看起来浅显、直白，但它提出来一个难题：作家应当如何认识、理解当下的生活？或者说，把一部未完成的、书写当代生活的小说称为史诗作品，究竟意味着什么？是指创作中含有一些史诗的要素吗？例如场面宏大、具有真实的历史感等等。还是在文体的意义上，柳青进行了不同一般的探索？

一 作为民族开端的“史诗－小说”：透明叙事与生活世界的整体性

在“十七年文学”的长篇作品里,《创业史》一直被誉为描写农业合作化运动的史诗。洪子诚曾这样评价《创业史》:“‘广阔’和‘深刻’，这是当时对‘史诗性’的‘现实主义小说’品评的最高尺度。不过，有关‘广阔’、‘深刻’揭示现实矛盾的评定，无论是柳青自己，还是批评家，依据的都是50年代人们已耳熟能详的政策文件，而柳青独特的艺术创造不过是把他的有时相当出色的艺术体验和想象，纳入这一框架之中。”[②] 洪子诚肯定了柳青“有时相当出色的艺术体验和想象”，但是，就作品的整体文学价值而言，他持有很大的保留态度。在洪子诚看来，如果文学创作来源于宏观政策和文件所提供的框架，“广阔、深刻”的史诗特征恰恰就限制了它的艺术价值，使文学成为历史的注脚。因此，对于史诗写作的宏大叙事，洪子诚批评道：

---

① 江晓天《也谈柳青和〈创业史〉》主要是反驳1988年《上海文论》“重写文学史”栏目中宋炳辉《“柳青现象”的启示——重评长篇小说〈创业史〉》一文。江晓天回忆道：“在前后长达二十年的时间内，柳青为什么没有写完最初原计划的四部呢？‘文革’中遭受迫害，家破人亡，哮喘病恶性发展到肺心病，是主要原因之一，另一个更重要原因，是随着事件的推移，现实情况的发展，经过不断思考，认识上有发展，原计划改变了。1960年他来北京参加第三次文代会时，就对我说，第四部大跃进、人民公社不写了。他还和我谈过对‘间距论’（也有译为‘距离论’的）的看法。他说，不能一概否定，要分析，绝对地说上一代人经历的生活只能由下一代人来写，不对；但一个作家对自己经历过的熟悉的生活，要间隔一段时间再写，是对的。尤其是写长篇小说，因为需要一定时间的检验、思考，再认识，感受到的往往不能深刻理解。”（《文艺理论与批评》1989年第5期，第22页）

② 洪子诚:《中国当代文学史》，北京大学出版社，2007，第113页。

> 这种创作追求，根源于作家充当“社会历史家”，再现社会事变的整体过程，把握“时代精神”的欲望。这种艺术追求及具体的艺术经验，主要来自19世纪俄、法等国的现实主义小说，和20世纪苏联表现革命运动和战争的长篇。中国现代小说的这种“宏大叙事”的艺术趋向，在30年代就已存在。茅盾就是具有“大规模地描写中国社会现象”、“反映出这个时期中国革命的整个面貌”的自觉意识的作家。……到了50年代，作家的“时代”意识更加强烈，反映“伟大的时代”，写出“史诗”性质的作品，成为最有抱负的作家的崇高责任。这在表现‘现实生活’的创作中也得到体现，如柳青的《创业史》，但最主要的“实现”，是在“革命历史题材”的创作中。“史诗性”在当代的长篇小说中，主要表现为揭示“历史本质”的目标，在结构上的宏阔时空跨度与规模，重大历史事实对艺术虚构的加入，以及英雄“典型”的创造和英雄主义基调。[①]

虽然不太欣赏试图把握“时代精神”的史诗性现实主义小说，洪子诚仍然敏锐地对革命历史题材和当代生活题材做出了必要的区分。具体来讲，第一类作品主要通过回溯重大历史事件及社会面貌的大规模变化，来再现社会事变的整体过程。也就是说，如果以1949年中华人民共和国成立的历史时刻为起点，对自鸦片战争以来的百年民族解放史的刻画就可以建立在一个具有整体性的价值基础上，包括了民族独立和革命建国。而第二类作品以“伟大时代”——当代生活——为小说的题材。对此，洪子诚列举了四个描述性的特征：揭示“历史本质”的目标，结构上具有宏阔的时空跨度与规模，对重大历史事实加入艺术虚构，以及对英雄“典型”的创造和英雄主义基调。可见，对以当代生活为题材的小说，洪子诚不再强调“社会事变的整体过程”“中国革命的整个面貌”等等与“整体性”相关的特点。“当代”本身是剧烈变动的时代，是一个各种价值、观念激烈冲突的战场。然而如果离开“整体

① 洪子诚:《中国当代文学史》，第118~119页。

性”的预设，上述的描述性特征恐怕也是难以达到的。如果把1949年中华人民共和国成立作为描写当代中国社会的起点，那么，任何试图揭示“历史本质”的目标、塑造社会主义时期英雄典型的作家，都必须面对“整体性”的问题：在什么样的价值基座上，可以安放、包含变动不居的当代生活，可以组织一个整体性的世界和把握“时代精神”？

文学批评家们意识到了这个难题，一种论述方式是把文学的史诗性替换为“历史性的巨变”。例如，旷新年就把柳青称为“史诗的记录者”。[①] 从历史巨变的角度赋予文学“史诗性”，似乎不容易反驳。然而，过于强调历史性，文学也就失去了“虚构”这一天然的阵地。在一篇回忆性散文里，师承柳青的陕西作家路遥从创作者的眼光出发，触及了这个“整体性”问题，他是这样描述柳青的：

> 作家当年毅然地离开繁华的大城市，身居皇甫村一个破庙改建的院宅里，眼睛琐碎地扫描着周围的每一个人和每一件事，而另一方面又把眼光投射到更广大的世界。他一只手拿着显微镜在观察皇甫村及其周围的生活，另一只手拿着望远镜在瞭望终南山以外的地方。因此，他的作品不仅显示了生活细部的逼真精细，同时在总体上又体现出了史诗式的宏大雄伟。只有少数天才才能把这两个方面统一起来。[②]

文学当然要建立在多样而生动的细节上，然而，有了“显微镜”，不少作家就扔掉了“望远镜”，也就是放弃或者否定了对整体性的追求。对于史诗所具有的这种“总体”“整体”的属性，黑格尔曾经说：“史诗就是一个民族的‘传奇故事’，‘书’或者‘圣经’。每一个伟大的民族都有这样绝对原始的书，来表现全民族的原始精神。”[③] 也就是说，

---

① 旷新年：《“当代文学”的建构与崩溃》，《读书》2006年第5期。

② 路遥：《柳青的遗产》，《路遥文集·早晨从中午开始》，陕西人民出版社，1998，第137页。

③ 黑格尔：《美学》第三卷下册，商务印书馆，1997，第108页。

史诗表现的是处在开端的全民族的原始精神，心灵在自身的运动中找到家园——那是没有分裂的整体性，那是不知道问题只知道答案的时代——卢卡契在《小说理论》里如此描述荷马史诗。① 这个被全新的"文化－政治"所定义的民族，在张旭东看来，就是"新人"。他写道：

> 什么是新人？新人是被人民共和国所界定的人。什么是人民共和国？人民共和国是以这样的人民作为精神、伦理和文化基础的新国家。但一种认同、一种哲学意义上的同一性，就沿着这样一种辩证逻辑，从这样一种"同语反复"里生发出来。……这个新人的本质同族裔概念毫不相干，但却又构成了文化和政治意义上的新物种。这个"新"带有一种突破既有社会文化和政治框架的形式。一方面，它以阶级的普遍论述超越了简单的文化、地域甚至是国籍。但另一方面，被新的阶级意识（或者说阶级的政治性）所超越的固有的历史范畴、文化范畴、地域范畴，同时也以它们特殊的方式被保持在新的阶级意识里边，同阶级范畴一道，成为一种更为普遍的新文化、新价值和新人概念的内在组成部分。②

正如路遥强调柳青写作中"显微镜"和"望远镜"的辩证统一，张旭东把普遍性和特殊性这对矛盾辩证地统一在"新人"的定义里：离开了关于"阶级"的普遍性论述，人民共和国的"人民"在20世纪的历史大时代中并无新意；与此同时，"新人"如果剔除了"固有的历史范畴、

① "对于心灵而言，根本就没有什么内部，因为对它来说，既没有外，也没有什么'他者'。心灵远行涉险，经历了万般险恶，但它其实并不知道寻觅的真正痛苦和发现后的真正危险。一颗这样的心灵是不会将自己作为赌注孤注一掷的。它既不知道自己会迷失自我，也从未想过要去寻找自我。这样的年代就是史诗时代。……希腊人只知道答案而不知问题，只知（甚至是玄妙的）谜底而不知谜面，只知形式而不知混沌。"（卢卡奇：《小说理论》，选自《卢卡奇早期文选》，张亮、吴勇立翻译，南京大学出版社，2004，第5~6页。）

② 张旭东在《两个"六十年"与人民共和国的根基》一文里，提出人民共和国的"新人"已经构成了"文化和政治意义上的新物种"。见罗岗主编《现代国家想象与20世纪中国文学》，上海人民出版社，2014，第525页。

文化范畴、地域范畴”，那就容易沦为理论教条的空洞产物。由此，“新人”必须在内部保持普遍性与特殊性的张力，并将二者统一起来，作为新生的人民共和国的政治和文化的根基和精神源头，而描述、呈现以及为这个精神源头赋形的冲动就是撰写史诗的动力。

《小说理论》是一本不足200页的雄辩小册子，大部头的《摹仿论》则是奥尔巴赫极具个人风格的文学批评。奥尔巴赫从荷马史诗和《旧约》讲起，把二者在文体上的双峰对峙作为欧洲现实主义文学的起源。在文学批评史上，奥德修斯归来的段落对于荷马的史诗文体而言非常重要。老奶妈欧律克勒娅奉命给客人洗脚，从他腿上的旧伤疤认出眼前这个疲惫的旅客正是失踪多年的男主人，然而，奥德修斯此刻还不愿意与家人相认。在荷马史诗里，这惊心动魄的一幕叙述得细致从容，中间还插入了一大段对往事的插叙，把年少的奥德修斯被野猪獠牙刺伤的细节、相关人物以及他们的情绪与行动都描摹得十分详尽。在插叙之前，老女仆的手刚刚碰到那块伤疤，她乍然认出旧主，又惊又喜，而直到一大段不慌不忙的插叙结束之后，史诗作者才让惊喜的欧律克勒娅松开了手，奥德修斯那只抬起来的脚才总算掉进了水盆。歌德和席勒把这种特殊的叙事方式称为“延缓法”，是叙事诗区别于悲剧的文体法则。[①]然而，奥尔巴赫不愿把这一叙事方式的意义局限在审美效果里，而是把它同荷马文体联系了起来。他这样论述道：

> ……歌德和席勒自己及所有受古典主义文学影响的作家也都接受了这个概念。但我仍然觉得这种延缓现象的存在另有别的原因，这就是荷马文体的需要。这种文体要求凡是提到的事情就不能模模糊糊，不能不加表述。那段关于伤疤来历的说明与许多段落都大致相同，要么是描述新出现的人物、事物或器具的种类或来源，哪怕

① 奥尔巴赫：“歌德和席勒在1797年4月底的通信中虽然没有提到这里所说的插曲，但却论及了荷马诗篇中的‘延缓法’，他们直截了当地指出，这种方法与制造紧张气氛的写作方法全然不同。……这种延缓法本来属于史诗，它与悲剧截然不同。”（〔德〕《摹仿论》，吴麟绶等译，商务印书馆，2014，第3页）

> 是正在进行最激烈的酣战……在这里，伤疤出现于情节的展开之中，而对于荷马的情感来说，仅仅让伤疤浮现于若明若暗的往事中是不能容忍的，应该让伤疤明朗化，与它相关的是主人公青年时代的一段经历……[①]

奥尔巴赫所要强调的是，对于荷马史诗而言，悬念、高潮等等都是后起的叙述技艺。史诗的叙事方式使得无论是回忆、提前的叙述、插话，还是人物的内心独白，都一一着墨均匀，构成一个个完整的故事。也就是说，史诗英雄的一举一动都在叙事的前景里，即便是心灵瞬间那最隐秘的波澜，在透明的叙事里也不会有丝毫的隐瞒和遗漏:“在荷马史诗中发生了许许多多可怕的事情，但这些事情从来都不是悄然发生的；波里芬和奥德修斯侃侃而谈，奥德修斯动手杀自由民时也与他们交谈；战前和战后黑克托及阿基琉斯都有十分详细的道白；……对话如此，作品的整个叙述也都是如此。”[②]在奥尔巴赫看来，这一叙事手法不仅是出于美学考虑，而且是荷马文体最感人的地方:“所描述的事件的每一部分都摸得着、看得见，可以具体地想象出各种情况发生的时间和地点。内心的活动也是如此:没有可以隐瞒的、不可表述的事情。人物的情绪也处理得很好。荷马笔下人物的言谈话语毫无保留地表达出自己的内心世界。他们要是不说给别人，便在心里说给自己听，因此读者知道他们在想些什么。”[③]无论对话还是叙述，都是如此，因此“所有事件便都呈现出一种连续不断的、有节奏的动态过程，任何地方都不会留下断简残篇或不明不白的表达方式，任何地方都不会有疏漏和裂缝，不会有可以继续深究的地方”。[④]也就是说，在荷马史诗所构成的具有整体性的意义世界里，所有的人、物和事件都处于彼此通畅和完备的联系中，史诗英雄的性格特征和他们所遵从的价值是明确不变的。

---

① 〔德〕奥尔巴赫 :《摹仿论》，吴麟绶等译，第 4 页。
② 〔德〕奥尔巴赫 :《摹仿论》，吴麟绶等译，第 5 页。
③ 〔德〕奥尔巴赫 :《摹仿论》，吴麟绶等译，第 5 页。
④ 〔德〕奥尔巴赫 :《摹仿论》，吴麟绶等译，第 6 页。

奥尔巴赫进一步指出荷马史诗和《旧约》文体风格迥异，是西方古典叙事作品的两大起源：前者在一个整体性的世界里记录英雄的神迹，即便粗鄙轻狂，也仍然天真坦荡；后者则是以严肃文体描写凡人日常生活和有深度的心理活动的开端。当上帝要求亚伯拉罕献祭唯一的爱子时，《圣经》的叙事笔墨极其节省，人物的行动和心理都让人捉摸不透，需要阐释。神的召唤彻底笼罩了一切，故事的前景里，只有上帝若隐若现的声音伴随着亚伯拉罕赶路的脚步，无论通向多么灰暗和可怖的地方！奥尔巴赫认为，《旧约》和《新约》对荷马史诗的价值体系所造成的最大破坏——同时也是最大的契机——是把平凡人在日常生活中所必经的伟大挫折纳入到严肃的叙事里。在《旧约》里，那个最高的、永恒的价值从不现身，上帝总是深不可测，因此，《圣经》故事里的人在“时间、命运和意识上都更有深度”[①]。比如，《新约》里的彼得，这个出身低微、放弃了打鱼营生的平凡人，既勇敢而又半心半意地追随他的老师耶稣，在著名的彼得三次不认主的《圣经》故事里，奥尔巴赫认为，正是通过对这个悲剧人物“内心钟摆的巨大摆动”的描写，我们得以窥见“新的心灵和新的精神”。正是这种新的心灵和新的精神，使得渔夫彼得被作为悲剧英雄写进了严肃的叙事文学，因为他所经历的内在冲突“从根本上来说会涉及每一个人，因此它也是一个开放型的、永无终结的冲突——这个冲突使人类世界处于运动之中”。[②]

从形式结构的角度来看，《旧约》不曾像荷马史诗一样创造出一个整体性的世界，而是分散、支离破碎、模模糊糊。然而，由于《旧约》（以及《新约》）要把自身的真实性作为全部的真理，因此，“这种一统天下的要求又迫使全部的真理对自身内容进行不断变换的解释”。[③] 也就是说，不同于荷马史诗里那个静止不动的世界，《旧约》和《新约》所展示的是一个动荡的、不断变化的欧洲人的生活世界。奥尔巴赫认为，只有通过形象阐释（*figural interpretation*，中译本里作“喻象阐

① 〔德〕奥尔巴赫：《摹仿论》，吴麟绶等译，第13页。
② 〔德〕奥尔巴赫：《摹仿论》，吴麟绶等译，第52页。
③ 〔德〕奥尔巴赫：《摹仿论》，吴麟绶等译，第19页。

释"）的法则，表面支离破碎、矛盾重重的《旧约》和《新约》才找回了整体性。[①]

因此，本文试图指出，柳青的魅力或者说他所面临的最大挑战，恰恰就在于他试图以小说来塑造一个史诗英雄，或者说，试图以史诗世界固定不变的普遍价值来贯穿每个普通人的心灵冲突所构成的内在历史。由于包含了史诗和小说这两种文体的内在要求，《创业史》在形式上就具备了一种紧张感。史诗写作要求透明的叙事、传达固定的价值和构建意义世界的整体性，而小说实际上是在一个不断分化和运动的世界里，通过描写人物"内心钟摆的巨大摆动"来回应那些"开放型的、永无终结的冲突"。当柳青决定为他的时代建立起一种整体性叙事时，他就既要塑造史诗英雄和他所象征的价值，又要面对人物画廊里那些"内心钟摆的巨大摆动"。史诗和小说的形式张力使得《创业史》既包含了社会主义中国具体的、不可逾越的历史矛盾以及对矛盾特殊性的自我理解，也通过对社会主义新人形象的塑造和阐释，赋予了这些特殊矛盾以新的、普遍的意义和价值。

二　自由插叙和透明叙事：从歧路到认同的父与子

1952年，为了响应"到人民中去，到生活中去"的号召，柳青离开北京，落户陕西省长安县，1954年开始写作《创业史》，1957年初稿完成，1959年在《延河》杂志上连载发表（原名《稻地风波》），1960年中国青年出版社出版了《创业史》第一部。在写作《创业史》的半生里，柳青践行了毛泽东1942年的延安讲话精神，如同盐溶化在水里一样，他把自己融入了长安县民众的日常生活和喜怒哀乐中。根据《柳青传》的

① 奥尔巴赫在"结语"部分把"喻象阐释"的法则总结为："世界上所发生的事件，不管它在何地何时的具体真实情况如何，都不仅仅意味着该事件本身，同时也意味着该事件预示或证实性重复的其他事件；事件间的关联主要不是被看作事件或因果的发展，而是被看作上帝安排中的整体性，这个整体的各个环节及其不同的反映就是全部发生的事件；而这些事件中尘世上彼此间的直接联系是微不足道的。对于写实的诠释来说，对这种联系的认识有时可以完全忽略不计。"（〔德〕奥尔巴赫：《摹仿论》，吴麟绶等译，第654页）

记载，《创业史》的写作曾经被打断过很多次，不是因为政治风暴，也不总是有创作上的瓶颈，而常常是为了满足皇甫村群众具体而微的需要。这个时候，陕北人柳青就不再是书斋里的作家，而是关中乡亲的教员，从编写识字课本到总结、发表易学好记的耕畜喂养法，从对重新买卖土地现象的思考到培养和保护基层干部，柳青在皇甫村的生活和小说里蛤蟆滩剧烈深刻的变化，几乎是同步的。小说总体上采用了“群像式的人物画廊”的结构，每一章都集中在一个或者一类主要人物的行动和思想感情上。[①]“题叙”部分从四岁的宝娃和妈妈逃荒来到蛤蟆滩开始，用简练、白描的语言概述了梁三老汉父子两代人“创家业”的失败、土改分地带来的惊人变化和土改结束后遍布田间地头的思想分歧。梁三老汉在继子身上寄托着传统小农“求个富足”的希望，而梁生宝却嘲笑继父“你那是个没出息的过法”。《创业史》第一部就从梁三老汉责怪梁生宝“对发家淡漠了，而对公家的号召着了迷”“迷失了庄稼人过光景的正路”发展开去。在故事的结尾，他从对儿子的疑虑、责怪转变到佩服、认同和自豪。

梁三老汉思想守旧，一般被当作社会主义新人梁生宝的对立面，在过去60多年对《创业史》的数次讨论中，这对父子的矛盾常常居于中心地位，曾被经典地概括为小农的个人发家与社会主义集体富裕道路之间的矛盾。也是在这个意义上，严家炎把梁三老汉称为最成功的、真实可信的“中间人物”，根子就是赵树理一再强调的农民对私有土地的感情。如实、生动地再现传统小农思想感情上的矛盾，再现广袤的乡村土地上与主流意识形态不合拍的“思想潜流”，是大多数文学史家、批评家给予柳青较高评价的原因。梁三老汉确实是一个成功的文学形象，然而，如果不是从文学社会学的角度来解释（即梁三老汉是大多数贫下中农的代表，因此他面对合作化的内心冲突是真实的、深刻的），那么到底是怎样一种叙述和描写，使得梁三老汉这个形象鲜明、真实呢？另

① 从这个角度，我们可以理解柳青和《创业史》英译者沙博理对小说题目的争执。在柳青的坚持下，“创业史”最后被译为“The Builders”（“创业者”），而不是“The History of Building”（“创业的历史”）。

外，梁家父子真的是水火不容、势不两立吗?

首先，小说第一部从题叙到第五章的90页里，就出现了八处或长或短、自由详尽的插叙。故事从中年梁三在饥荒年里“拾婆娘”开始，一个带着四岁儿子的寡妇“竟跟他到汤河南岸的草棚屋里过日子去了”，从这句话往下，立刻就接上梁三的个人历史:“梁三的草棚屋，座落在下堡村对岸靠河沿那几家草棚户的东头。稻地里没有村庄，这边三家那边五家，住着一些在邻近各村丧失尽生存条件以后搬来租种稻地的人。”[①] 梁三为什么搬来蛤蟆滩，他如何苦干创业又是怎样被坏运气撂倒的，叙事者都在这处插叙里一五一十地告诉了读者。第二、三、四次插叙的篇幅都不大，寥寥几句话勾勒出孝顺父亲的中农郭庆喜和年轻时擅长走街串巷卖瓦盆的老党员郭振山，以及郭振山如何在土改时期立功，获得“轰炸机”的绰号等等。这两个人是梁三老汉羡慕的孝子和能人。而主人公梁生宝直到第五章才出现，在此之前，蛤蟆滩的主要人物已经一一登场。在第三章，插叙的部分甚至占了差不多半章的篇幅，详细讲述了老富裕中农郭世富的发家史，以及他在土改前后的今昔对比、阳奉阴违。在这些插叙里，人物带着他们各自的生活历史、性格特征站到了故事的前台，蛤蟆滩所发生的一切都看得见、摸得着，没有丝毫的模糊和遗漏。在这样一种史诗文体的叙事方式里，梁三老汉这个人物形象所体现的价值观——以富裕中农为理想的自给自足的小农——就是一个传统生活世界里的具有整体性的地基。

创了一辈子家业都没能到手的土地，现在一夜之间就“姓了梁”，梁三老汉自然做起了“瓦房院长者”的梦。这个隐秘的梦，这个梁家三代人的愿望，现在对读者毫无保留地敞开了:

> 有一天，梁三老汉在睡梦中忽然间恍恍惚惚觉得，他似乎不住在草棚院里，而住在瓦房院里了。……噢噢！梁三老汉现在是一个三合头瓦房院的长者了。穿着很厚实的棉衣裳，腰里结着很粗

① 柳青:《创业史》第一部，中国青年出版社，1960，第3页。

> 壮的蓝布腰带。暖和倒暖和，行动起来却有些笨手笨脚，怪不灵便的。但是有什么办法呢？儿子和媳妇给自己做下了嘛！为了不辜负他们的一片孝心，只好穿得象一个客人一样，在院子里走出来走进去。……后院里是猪、鸡和鸭的世界。前院，马和牛吃草的声音很响。管理着所有的家畜和家禽，对梁三老汉来说，活儿已经不轻了。但他不把这当做劳动，而把这当做享受，越干越舒服。猪、鸡、鸭、马、牛，加上孩子们的吵闹声，这是庄稼院最令人陶醉的音乐。梁三老汉熟悉这音乐，迷恋这音乐。①

梁三老汉的想法、做法、念叨、情绪变化甚至内心深处的矛盾，一切的根源和基础都包含在这个梦境里了。作为生产资料的土地构成了农民整体性生活世界的地基，不仅关乎他们的生存，而且是他们的情感依托和生活方式。然而，这个看似温暖自足的生活世界的经济基础是什么呢？是庄稼人相互竞争、自生自灭的小农经济。一辈子累弯了腰也没能创起家业来的梁三老汉，朴素地明白剥削不是好事儿，因此，他跟生宝强调说，想“发家”不是为了剥削穷人，而是为了让后代儿孙们不再挨饿，图个富足，听起来当然是正当的。然而另一方面，他不但不情愿借钱给互助组的穷乡亲买肥料，而且还忍不住琢磨怎样从出借的款项里得点儿利，因此他朝着梁生宝抱怨：“嘴是无底洞，又填不满的。借的时光说还，还的时光没钱。这社会，你把他看上两眼！我看，不如取他们几个利息。自古常理：庄稼人们嫌背利，吃不上也尽着还账哩……”②这是梁三老汉（中间人物）和梁生宝（社会主义新人）不断发生冲突的根源所在。

然而，如果要全面地讨论人物形象，父子二人的认同感也同样重

① 柳青：《创业史》第一部，第20页。

② 柳青：《创业史》第一部，第126页。

要。[①] 题叙开篇，四岁大的宝娃跟着妈妈从渭河以北逃荒来到关中平原，没有血缘关系的梁家父子，他们认同的基础是什么呢？从传统小农到社会主义合作化的同路人，梁三老汉转变的契机来自两个方面：第一，作为一个传统的中国农民，他所向往的伦理世界——孩子孝顺、物质富足——得到了承认和满足；第二，更为重要的是，梁生宝身上干大事、创大业、走大道的气魄征服了他，激发了梁三老汉意识里几乎已经消失殆尽的尊严感。对于讨论梁三老汉这个人物，这两个转变在小说中出现的顺序也非常重要，下文还要提及。

小说第一章透过梁三老汉忧愁的视角，描写了富裕中农郭世富架梁盖屋的场景：

> 啊呀！多少人在这里帮忙！多少人在这里看热闹！……戴着毡帽的中年人和老年人的脑袋，戴着黑制帽和包头巾的年轻人的脑袋，还有留发髻的、剪短发的和梳两条辫的女人们的脑袋，一大片统统地仰天看着这楼房的房架。梁三老汉把自己穿旧棉衣的身体，无声无息地插进他们里头，没有引起任何人的注意，连他左右的人也没扭头看看新来了什么人。他在大伙中间，仰起戴破毡帽的头看着。[②]

在看热闹的人群里，孙水嘴拿梁生宝互助组试用新稻种、提高产量的大胆举动嘲笑梁三老汉，在村里地位微不足道的老人只是默默地转开头，因为他知道，只有创起了家业的人才能获得尊严，没有家业的人是不被

---

① 鲁太光认为梁三老汉和梁生宝之间存在一种结构上的“互文”关系，在《被分成两半的农民——〈创业史〉等作品中的农村世界》一文里，他以抒情的口吻描述了这种略显简单的“同一”关系：“梁生宝和梁三老汉不仅不是彼此外在的他者，而且更是彼此内在的自我，或者说，梁生宝不过是一位生活在新时代的梁三老汉，而梁三老汉也不过是生活在旧时代的梁生宝，他们是彼此照亮的镜子，通过对方的一举一动而再现自己，从而再现历史的沧桑巨变。……他们共同的梦想都是想做自己的主人，只不过一个是想做‘三合头瓦房院’里的主人，而另一个则是想做互助组里的带头人和社会主义大家庭里的主人翁……”参见鲁太光《被分成两半的农民——〈创业史〉等作品中的农村世界》,《文艺理论与批评》2005 年第 2 期。

② 柳青:《创业史》第一部，第 31 页。

尊敬的，这是蛤蟆滩人认同的传统。等到第一部结尾，秋收以后，穿着全套新棉衣的梁三老汉去黄堡镇上打酱油，排队的庄稼人认出来，他就是大家正在议论的“灯塔农业社梁主任他爹”：

> 排队买东西的第十七个老汉……他穿着笨手笨脚的新棉袄新棉裤，左胳膊上挂着一个竹篮子，里头平放一个空豆油瓶。他低头用右手指抹眼泪，抹掉又溢出来了。
>
> 大伙终于注意了这个奇怪的老汉。为什么在大伙高兴的时候，他流泪？而且看样子流上没完了。
>
> 所有的人都看见：这个老汉满面很深的皱纹，稀疏的八字胡子，忧愁了一辈子的眼神，脖颈上有一大块死肉疙瘩，看来，几十年沉重的劳动，在这个人身上留下过多的痕迹，很明显、很突出。……
>
> 当排队的庄稼人顾客知道这是灯塔农业社梁主任他爹的时候，一致提议让老汉先打油回去，老汉上了年纪，站得久了腿酸。梁三老汉不干，大伙硬把他推拥到柜台前面去了。
>
> 梁三老汉提了一斤豆油，庄严地走过庄稼人群。一辈子生活的奴隶，现在终于带着生活主人的神气了。[①]

至此，从题叙开始的梁家父子的矛盾——是走“创大业”的新路，还是走个人“创家业”的旧路，在第一部的结局里几乎圆满地解决了。与郭世富起梁架屋的场景相比，黄堡街上的这一幕可以被看作一场新戏。这一次，梁三老汉不再默默无闻，更不是孙水嘴以及郭振山等新旧富裕中农所嘲笑的对象。没有得到过乡邻尊重的老人，第一次成为大家谈话和目光的中心，他甚至被重新命名了，从无名的“梁三老汉”成了“灯塔农业社梁主任他爹”，这个新式的、带着鲜明的国家现代化进程烙印的命名，取代了那个在梦里被左右乡邻羡慕的“瓦房院长者”。

① 柳青:《创业史》第一部，第509~511页。

严家炎的论点主要基于梁家父子的冲突，却没有注意到他们在精神深处的某种一致性。关于这种认同的基础，蔡翔在《革命/叙述：中国社会主义文学—文化想象》一书里已经明确提出，这就是劳动和尊严的关系:“劳动直接指向尊严，这一尊严不仅是个人的，更是阶级的，离开个人从属的阶级（或族群），空谈个人尊严，实际并无太大的意义。而在某一方面，中国革命同时也是这一尊严政治的实践过程，或者说，离开这一尊严政治的支持，中国革命实际上并不可能存在。”[①] 尊严并不是新的价值，然而在社会主义中国，劳动者获得尊严的方式却是新的。互助组一起换新稻种、科学育秧、进终南山砍竹子和秋季大丰产在事实上教育了梁三老汉，儿子梁生宝的孝心在情感上打动了他。秋收以后，梁生宝做的第一件事就是给继父缝一套全新的棉衣棉裤，给老人“圆梦”。[②] 对此，梁三老汉半是感动半是羞愧，他终于挺直了腰板说:“宝娃子！有心人！好样的！你娃有这话，爹穿不穿一样！你好好平世事去！你爷说：世事拿铁铲子也铲不平。我信你爷的话，听命运一辈子。我把这话传给你，你不信我的话，你干吧！爹给你看家、扫院、喂猪。”[③]

“铲不平”的世事，就是梁家三代人共同经历过的苦难史、屈辱史，在这个基础上产生的劳动者的尊严，使得梁三老汉这个文学形象非常成功。然而，社会主义中国并非荷马史诗里静止不动的英雄世界，它是一个方生方成的新事物。从政治经济学和社会制度变迁的层面，社会主义的“新”很容易辨识。就文学的任务而言，新的制度规定、物质基础、社会风习、精神面貌都必须通过人物形象的塑造、内心活动的刻画，从而保持在活生生的、感性的经验世界里。关于“新事物”和旧传统的关系，蔡翔是用“革命中国”和“传统中国”来描述的。他写道:“一方

① 蔡翔:《革命/叙述：中国社会主义文学—文化想象》，北京大学出版社，2010，第271页。

② “梁三老汉曾经梦想过，未来的富裕中农梁生宝他爹要穿一套崭新棉衣上黄堡街上，暖和暖和，体面体面的！梦想的世界破碎了，现实的世界象终南山一般摆在面前——灯塔农业社主任梁生宝他爹，穿上一套崭新的棉衣，在黄堡街上暖和而又体面！秋收后，宝娃子对他妈说，旁的什么都不忙，先给他爹缝全套新棉衣，给老人‘圆梦’要紧!”（柳青:《创业史》第一部，第433页）

③ 柳青:《创业史》第一部，第433页。

面，中国革命极为彻底地颠覆了传统的等级秩序，甚至瓦解了乡村的宗族社会，这一瓦解显示了‘革命中国’的现代性质，但是，另一方面，它又利用了多方面的传统资源并同时加以成功地转换为一种‘地方性’的现代形态。这一转换的例证是多重的，比如说，我们既可以看到乡村宗族社会在革命的扫荡之下如何土崩瓦解，又可以看到，中国的当代社会由于保留了‘自然村’的治理形态，得以成功利用传统的宗族治理模式，包括‘带头人’（或‘当家人’）的文学叙述（比如《创业史》中的梁生宝），多少可以使我们感觉到传统的‘德性政治’在中国当代社会的延续及转换的可能性。”[①] 这是一种对新与旧、现代与传统、断裂与延续的辩证把握。更进一步，为了阐明传统“德性政治”的现代转化，为了把握“革命中国”和“传统中国”的辩证关系，可以从旧的传统伦理价值入手，因为旧世界的地基孕育着新世界的种子。[②]

三　社会主义新人与旧道德：良心和恩义

土改分地以后，满心期待发家的梁三老汉对一心扑在互助组工作上的儿子极其不满，面对生宝妈妈好言好语的劝慰，这个善良、勤劳的贫苦人迸发出了一连串的刺心话：“他为人民服务，谁为我服务？啊？”“三岁上，雪地里，光着屁股，我把他抱到屋里。你记得不？你娘母子的良心叫狗吃哩？啊？我累死累活，我把他抚养大，为了啥？啊？”[③]

良心、恩义是梁三老汉一生遵从的价值准则，跟勤劳、节俭、孝顺、能干一样，是蛤蟆滩的祖祖辈辈都推崇的。以良心为价值原则，梁三老汉眼中最理想的儿子是中农郭庆喜。郭庆喜外号“铁人”，每天不知疲累地在自家地里干活儿，而且，“见天给老爹爹保证二两烧酒，报答当年抚养的恩情”。[④] 这种基于“良心”的父子关系，表面上温情脉脉，可是一旦算计起来，就把父子关系变得像债权人和债务人一样，和

① 蔡翔:《导论：事关未来的正义——“革命中国”及其相关的文学表述》,《革命/叙述：中国社会主义文学—文化想象》，第8页。

② 孔飞力:《中国现代国家的起源》，陈兼、陈之宏译，三联书店，2013，第84页。

③ 柳青:《创业史》第一部，第32页。

④ 柳青:《创业史》第一部，第37页。

欠债还钱的关系差不多。尽管梁生宝一直处于继父保守、顽固、追求“小家小户”光景的对立面，他仍然对梁三老汉表现出了充分的尊重。比如，当梁三老汉被樊乡长斥责“对不起共产党，是忘恩负义，没良心”，梁生宝激动地为继父辩护：

> 我的天！杨书记，庄稼人都是务实的人嘛，不保险可不干。嘿！耳听为虚，眼见为实——这是庄稼人的口头语。庄稼人眼见过小家小户小光景，没见过社会主义嘛！就拿俺爹说吧，俺父子在一口锅里舀饭吃，我做梦，梦互助组；俺妈说，俺爹做梦，梦他当上富裕中农哩！……富裕中农的光景，在他眼里再美没有哩嘛。旁的他没见过，咱不能强迫他相信。咱只能做出样子给他看。可是俺的樊乡长说俺爹扯我的腿，对不起共产党，是忘恩负义，是没良心，不象个贫雇农样子。俺爹为啥不象贫雇农样子？土地证往墙上一钉，就跪下给毛主席象磕头，这是没良心吗？……[①]

良心和恩义都是旧的道德价值，诉诸“良心”的报恩、报答原则，看似温情脉脉、有来有往，然而在实质上是被动的、算计的。在这方面，代表性的人物是农会主席、老共产党员郭振山，他被梁三老汉尊为蛤蟆滩第一个“精明人”，总是能转着心思、想方设法地让别人报答他。土改时的郭振山外号“轰炸机”，嗓门大、胆子大，敢跟地主富农面对面地斗争。于是，在分地的集体评议会上，得到他授意的孙志明大讲特讲:“大伙长眼睛的，都能看见：郭主任跑前跑后，误工搭夫，熬眼饿肚子，全为了大伙。……郭主任不是为了他自个儿，他是为了大伙。因此上我说：他有情来咱有意。给他分的地比一般庄稼人好些，亩数一样，他工作组也没话。”[②] 囿于“知恩图报”的道德观念，贫苦农民们最后一致同意，把最好的地分给了郭主席。一番假意推辞后，郭振山接受了全部一等一级的好地，他说:“我感谢大伙知疼知热的深情。”作为报

① 柳青:《创业史》第一部，第 243 页。

② 柳青:《创业史》第一部，第 128 页。

答，郭振山就积极推荐“一身街溜子气”、外号“孙水嘴”的孙志明入党。在整党会议上，郭振山因为分好地受到了第一次党内批评，区委王书记说：“振山同志！全照你这样，中国人民要用什么来感谢毛主席呢？孙志明不是给你脸上贴金，他给你脸上抹狗屎哩！你不烦他，反倒介绍他入党！你想想，这是多危险的思想啊！”① 党组织不留情面的批评让郭振山的脸当场红得像猪肝一样，尽管如此，“知恩图报”的观念仍然在他心里扎着根。梁生宝从郭县买稻种回来，把新种子分给了集资的组员和另外几个互助组的组长们，并没有给郭振山。郭振山就仗着自己是梁生宝的入党介绍人，不太高兴地说：“没给我留下几升吗？”“我心里你忘不了我。”②

不仅如此，出于感恩的心态，小说的另一个主要人物——社会主义新人徐改霞一开始也是几乎无条件地信任郭振山。郭振山曾经帮助她说服寡母退掉包办婚姻，又鼓励她继续上学读书，因此，在重大的生活道路的问题上，徐改霞一度轻信了郭振山。身为进步的共青团员，她并不清楚在查田定产、土改结束以后，共产党员郭振山实质上成为新中农，专注个人发家。当老富裕中农郭世富在蛤蟆滩盖起了新房，当底子薄、劳力畜力都不够养活一家人的贫雇农还拿不出让人心服口服的实际成果来，对徐改霞来说，蛤蟆滩就恢复到了土改以前的旧模样，令人泄气。这时，当郭振山打着团员青年应该积极参加社会主义工业化的旗号，三番五次地鼓动改霞参加城市招工考试时，她的内心由于对梁生宝真挚的爱而充满了矛盾，她甚至告诫自己：“违背了代表主任的意思，就是违背了党的意思，就是忘恩负义。”③ 对此，叙事者的评价是：“传统的人情又一次战胜了现代的爱情。”也就是说，从守旧的农民梁三老汉到社会主义新人徐改霞，从共产党员郭振山到告诫穷佃户们不要忘恩负义的富裕中农郭世富，都遵从着“有恩报恩”、做人要讲良心的旧道德，这是蛤蟆滩伦理风俗的一部分。

---

① 柳青：《创业史》第一部，第128页。

② 柳青：《创业史》第一部，第131页。

③ 柳青：《创业史》第一部，第52页。

然而，作为一个现代政党，共产党教育群众的基础是觉悟，超越了特殊的旧道德。季节性的春荒开始时，手里有了土地证的富裕中农敢于不再借粮食给贫雇农了，蛤蟆滩的当家人郭振山拿消极抵抗“活跃借贷”的富农们没有办法。这时候，梁生宝主动挑起了担子，把全蛤蟆滩的贫雇农都组织起来，一起进终南山砍竹子、捆扫帚，还从供销社预支经费给大家买口粮、度春荒。这些新的、实实在在的帮扶措施让贫雇农们对党和政府感恩戴德。可是，在草棚里组织大家开会的梁生宝，既没有像郭振山那样居功自傲，也没有大讲一通我们要感谢政府感谢党的大道理，而是用大王村王宗济农业合作社的例子告诉大家，如果能把全村的贫雇农都组织起来进山，改变春荒缺粮缺钱的力量会更强大。这时，通过贫农任老四的心理活动，就揭示了共产党所强调的“觉悟”和旧道德所谓的“良心恩义”完全是两回事：

> 他（指任老四）原来听了生宝的报告，立刻想起政府对贫雇农的恩情，却没有想到这件事的意义，就在贫雇农本身。就是说党的力量，实际就是贫雇农的团结。[①]

社会主义毕竟是一个新事物。一方面，旧的价值还活在人们的行为语言、思想感情中；另一方面，社会主义的新价值还常常停留在概念的层面。在小说开端，“党”还是一个外在于蛤蟆滩春种秋收的组织，在传统庄稼人的眼里，它甚至没有个确定的名字。比如，梁三老汉就想不通，儿子怎么会迷失了好庄稼人的“正道”，而去干“拿开会当营生”的“那个东西”。[②]因此，柳青这样写道：

> “社会主义”，这是人们刚开始在嘴上谈论的名词。到处有人关

① 柳青:《创业史》第一部，第196页。

② “当听说生宝入了党的时候，老汉受了最大的震动，在炕上躺了三天。‘哎，宝娃，咱入它那个做啥？咱种庄稼的人，入它那个做啥嘛？咱又不谋着吃官饭？拿开会当营生哩？有空儿把自家的牲口饲弄肥壮，把农具拾掇齐备，才是正事啊。赶紧退党去吧，傻瓜！’”（柳青:《创业史》第一部，第19页）

> 切地问：咱中国什么时候实行社会主义，没有一个地方有人明确地回答过。可见庄稼人面前，摆着的是一条渺茫的漫长道路。也许这一代人走不到，需要下一代人接着走哩！[①]

作为一个政治的、社会的概念，“社会主义”这个新事物在普通人眼里是抽象的、艰涩的。作为一幅宏伟的历史远景，“社会主义”承诺通过互助合作、集体农庄“给子孙创业、走大伙富足的道路”，固然十分吸引人。但是，对于还没填饱肚子的贫雇农来说，梁三老汉对互助合作的怀疑显得更务实、靠谱：“你们把种地的机器拿来，再闹腾嘛！离社会主义还有几十年，空吹做啥？”[②]贫雇农看得见、摸得着的事情是斗倒了恶霸地主、烧了地契、废除高利贷、给贫下中农分了土地。因此，不花一分钱就分到了土地的梁三老汉，把土地证往墙上一钉，就跪下给毛主席像磕头，正是表达朴素的感恩之情。但是，千百年来小农自给自足的禀性不是那么容易改弦更张的。又如贫农任老四，家里地少人多，本来是互助组的铁杆儿组员，可是一旦靠进山的副业赚了几十块钱，他就立刻对互助合作的计划犹豫了，甚至发展到想要退组单干的地步。在广袤而贫瘠的广大农村走社会主义道路，把地少、牛马也少的贫下中农作为主要依靠力量的共产党，如果不用抽象的概念来强迫命令，也不靠“良心”“报恩”等旧道德来跟广大群众讨债，又能靠什么来教育人民、启发他们的觉悟呢？

四　社会主义新人与旧伦理：内疚意识和作为积极自由的羞愧

借用尼采在《论道德的谱系》里对“内疚意识”的分析，《创业史》的人物群像可以分为两大类。第一类以“恩义”“良心”为乡村道德秩序，包括玩弄“恩义”的富农和富裕中农，以及自觉或不自觉地接受了这一价值的贫穷农民。如果违反道德原则，就会感到内疚。除了内

① 柳青：《创业史》第一部，第179页。

② 柳青：《创业史》第一部，第219页。

疚意识，与第二类人相关，《创业史》还写到另外一种心理活动——羞愧。羞愧（Shamefulness）和内疚意识都属于旧的习俗道德（customary morality）。然而，和代表消极自由的内疚意识不同，羞愧指向的是积极自由。[①]简单地说，内疚意识发生在行动之后，是基于负面后果所产生的一种消极心理反应，即行动的主体做了不应该做的事情，因此感到内疚。而羞愧感则是使行动的主体意识到自己应该做但是还未做的事情，进而促使主体采取积极主动的行动。正因为行动还未发生，无法计算具体的利益得失，羞愧感就让行动的主体获得了一种内在的能动意识。前文已经提到，梁三老汉知道自己在精神上和梁生宝、卢支书他们挨得近，他只是不理解为什么刚分了土地就要搞互助合作。[②]梁生宝也说过，庄稼人都是眼见为实的。然而，梁三老汉对生宝的认同是在秋收丰产以前发生的，促成这一关键心理转变的却不是“眼见为实”，而是梁三老汉内心羞愧感的驱动。

第一部上卷的最后一章，故事来到了清明时节，为帮大家度春荒，梁生宝主动组织起半个村子的贫雇农，一起进终南山砍竹子、绑扫帚、捎扫帚。为了给进山做准备，他在村里、镇上、蛤蟆滩的上下河沿忙碌着，压根儿没想起来给去年刚刚过世的童养媳扫墓。在一辈子逆来顺受的梁三老汉眼里，为了公众事务撇开世俗人情，就是“铁石心肠”；不好好经营庄稼人过日子的光景，而是带领大队人马去大山里安营扎寨砍

① “再重复一遍，我们已经看到，罪恶感（the feeling of guilt，本文译作‘内疚感’）和个人责任感起源于最古老、最原始的人际关系中，起源于买主和卖主的关系，债权人和债务人的关系中；在这种关系中第一次产生了人反对人的现象，第一次出现了人和人较量的现象。…… 人把自己看成是衡量价值的，是有价值、会衡量的生物，看成是‘本身会估价的动物’。买和卖，连同它们的心理属性，甚至比任何一种最初的社会组织形式和社会联合还要古老：在人们最原始的表示权利的方式中，恰恰是那些关于交换、契约、罪孽、权利、义务、协调等等的萌芽意识首先转化出最粗放、最原始的公共群体（和其他类似的群体比较而言），与此同时还形成了比较、计量和估价权力的习惯。”（〔德〕尼采:《论道德的谱系》，周红译，三联书店，1992，第 49~50 页）

② “‘我说你们在党的是一家人，一点没说错！一家人看见一家人亲嘛！你们说话一个调调。你们全姓共，是不是？’……卢明昌是个务实庄稼人，后来才办党务工作。梁三老汉喜欢这号人。他知道，他自己在精神上和王书记、卢支书、生宝他们挨近着哩；仅仅他们搞的互助合作，他眼时无论如何想不通：‘你们把种地的机器拿来，再闹腾嘛！离社会主义还有几十年，空吹做啥？’”（柳青:《创业史》第一部，第 219 页）

竹子，简直就像是要“治国平天下”，“哪里有点庄稼人的气味呢?”梁三老汉十分不满，主动过河找卢支书谈话。他焦虑地描述着互助组内部人心不齐的情况，卢支书一边劝慰他宽心，一边鼓励他说:“河这岸，下堡村的人都说，‘看人家稻地里梁三老汉指教出来的子弟吧！生宝骨血是渭北人，心术是梁三老汉的心术，真是好样!’人家这样高看你老人家，你千万不要做低了，叫人家笑!”听到村民们给他这么高的评价，“老汉羞惭地低垂了光头。真是隔河千里远！原来下堡村的人竟这样抬举他啊！他谨小慎微的庄稼人狭窄心境，怎能和生宝叱咤风云的气魄联系起来呢?”这时，梁三老汉的羞愧感使得“他劳动人民的自尊心，现在翻到他庄稼人的小气上头来了”。[①] 作为传统农民的代表，梁三老汉有保守、胆小、自私的一面，但是他对互助组的仔细观察和评价，就说明他并不是任性地、无理地反对互助组。最终，是“羞愧感”这一更加古老的伦理价值帮助他解开了内心的疙瘩，他用一种独特的、打着深刻的生活烙印的语言与儿子和解了。秀兰给生宝转述道:“哥，卢支书的话，可说进他心里头了。爹从乡上回来，和气得很了。说你是干大事的人，他愿意老天保佑你，甭栽跤最好。他说干大事的人，栽大跤，庄稼人走千辈子踏平的老路，不栽跤，稳稳当当活一辈子。你说他多有意思？……”[②]

同样因为“羞愧感”转变的还有中农孙兴发，人称“虎头老二”。秋收以后，郭振山发动虎头老二向国家平价出售五石余粮，支援工业建设，但是，任凭“轰炸机”磨破嘴皮子，孙兴发都只卖三石。对这种由于思想认识的不同而产生的人民内部矛盾，一心争取先进的郭振山无计可施。最后，当梁生宝走进孙兴发的草棚院，不用他开口动员，虎头老二的心理活动就发生了变化:“虎头老二惭愧地低了脑袋，再没有抬起头来。眼前站的是民国十八年来蛤蟆滩的小叫花子嘛。可怜娃子后来给人家看桃园，后来割牛草卖给没娃的庄稼人，后来当吕老二的长工、佃户，后来怕抓兵，是个钻终南山不敢在平原上露面的黑人。现在蛤蟆滩

① 柳青:《创业史》第一部，第257页。
② 柳青:《创业史》第一部，第260页。

人人尊敬他，个个喜爱他。……虎头老二抬不起头来了。郭振山再来说服十回，他可以不应。但他怎么能折梁代表的面子呢？折了这个人的面子，全蛤蟆滩的庄稼人都会对他孙兴发老汉冷淡的。”[①]同梁三老汉的内心转变一样，正是梁生宝在蛤蟆滩树立起来的形象使得虎头老二从心底感到“羞愧”，与梁生宝“创大业”的气概相比，他们意识到在一家一户的小算盘之外，还存在一个更高、更普遍的新价值。归根到底，这个新价值的根基是从他们共同的“屈辱史、饥饿史、苦难史”里生长出来的，承担着广大农民的共同命运。

蔡翔也曾指出，社会主义新人梁生宝具有强烈的传统“当家人”的特征，这个特征也和“羞愧”有关。春荒时节，当蛤蟆滩的二十几户贫农都要求参加梁生宝互助组时，他为难了。一方面，“他不能冒冒失失，办出没底底的事”；另一方面，他又从心底深深地同情这些农闲时候年年闹春荒的困难户，感到“从这群穿破烂衣裳的人中间悄悄地溜掉，是可耻的”，这是“一个共产党员对群众的困难要帮助的那种责任感”。[②]在“可耻”和“羞愧”的心理感受中，共产党员必须帮助群众的责任感——一种崭新的观念——找到古老的伦理价值源泉。对于广大不识字的中国农民来说，关于社会主义的理论、学说、政策和共产党的纪律、原则、组织观念等等，都是外来的、现代的话语，是抽象的。概念的抽象性使得它容易流于表面的形式，难以获得实质内容。而通过唤起人们内心那种“更老的习俗道德”，即作为积极自由的羞愧感，可以让不被人们熟悉甚至不被完全理解的社会主义理念得到广泛的认同，并通过具体行动进一步内化为新的价值。

五 “无”作为新人的最高价值：否定交换价值和自我的对象化

如果说梁三老汉所代表的传统农民的历史性转变，实质基础是社会主义新的普遍价值批判性地包含了旧的特殊的伦理世界，那么，农会

① 柳青:《创业史》第一部,第 421 页。

② 柳青:《创业史》第一部,第 146 页。

主席郭振山的精明算计，他处处宣扬的报恩思想和讨债行为，则始终处于社会主义新人的对立面。郭振山劳动能力强、头脑清楚，是个有能力的好庄稼人和老党员。然而，在小说中，对应“羞愧”所带来的积极自由，郭振山倒向的是作为消极自由的“内疚意识”。他最初“在党”的目的也十分明确，就是获得政治资本、赢取交换价值。

1951年冬天，郭振山用余粮从钉鞋匠王跛子手里买了两亩桃林地，受到下堡乡党组织的批评，他也在全乡的党员大会上做了检讨，“那满腮胡楂的大脸盘，火烫烫地发烧”。然而，这种内疚意识并没有让他真正地接受批评并进而改变思考和行为的方式。他一回到家，看到那两亩桃林地，就觉得挨点批评也值得。被卢支书当面批评时，郭振山“内心钟摆的巨大摆动”也是剧烈的，他的内心有两个声音反复争吵：“他脑袋一想热，就想豁出来不创家立业了，创国家大业吧。……但他在被窝一翻身，又改变了主意：不能拿过光景的事赌气！”[①] 为了更加完整地表现这个老党员的历史复杂性，柳青又直接、详尽地加入了一段描写郭振山心理变化的插叙：1952年冬天，查田定产、开整党会议，郭振山也曾真诚地向往社会主义，他把社会主义的宏伟远景和已经取得胜利的全国解放联系了起来。他说：“红军走雪山，过草地的那工夫，也不知道啥时光全国解放喀。可是他们走破了脚还是走，十几年就打倒了老蒋。这社会主义也许只要一二十年工夫吧？”紧接着，在开完整党会议一同回家的路上，郭振山还跟梁生宝热烈地讨论怎样搞好互助合作，怎样帮扶困难户度春荒。然而，“当他睡在炕上婆娘娃子们中间的时候，西厢屋郭振海强壮的鼾声，东厢屋牛棚里牛啃铡碎玉米杆的声音，棚上头保卫粮食的猫咬住老鼠的声音，一下子就把他拉回现实世界了。……‘咱当个普普通通的党员算哩！咱光把村里的行政工作办好算哩！’他想，‘光荣！光荣！咱没那条件光荣啊！’”[②] 郭振山这种“社会主义也许只要一二十年工夫”的乐观期待，仅仅是一种只和主观愿望相关的肤浅态度，就像县委杨副书记讽刺的那些官话套话一

---

① 柳青：《创业史》第一部，第154页。

② 柳青：《创业史》第一部，第155~158页。

样——社会主义是“一项长期的、复杂的、光荣的、艰巨的任务”，这些词汇笼统、惰性，没有针对具体困难的具体思考，对社会主义的理解仅仅处于抽象的概念而外在于具体的经验世界，也就无法对庄稼人的生活世界施加影响。

能干的庄稼人郭振山为什么要当党员呢？小说一开始，我们就看到郭振山一边嫉妒梁生宝得到上级表扬，在大会上“露了脸”，一边盘算着自己发家的“第一个五年计划”，把互助合作只当成一般行政事务来应付。精明的他甚至违背党规偷偷做起了生意，把自家余粮不是借给困难户度春荒，而是投资给商人韩万祥的砖窑。面对卢支书尖锐的批评、不信任的眼光，郭振山身上出现了痛苦的自我分裂，甚至想到了退党：“共产党员呀！共产党员呀！这么难当？……”这个念头过于可怕，头痛欲裂的他竟然轰地一声晕倒了。面对家里人的关心，郭振山什么也没说，但是，他内心的剧烈波动被叙事者一点一滴地描摹了出来：“共产党员郭振山痛斥庄稼人兼卖瓦盆的郭振山：‘你胡思乱想个啥？你想往绝路上走呀？放清醒点！你把眼睛睁亮！你怎敢想离开党？要在党！要在党！离开了党，蛤蟆滩的庄稼人拿眼睛能把你盯死！离开了党，仇人姚士杰会往你脸上撒尿呀！”[①] 这段内心独白说明，对郭振山而言，“在党”的实质是为了获得政治资本，依据的是交换价值理念。

在小说开端，梁三老汉反对梁生宝入党，在他看来，这是一条“拿开会当营生”的邪路。可是面对走上发家道路的老党员郭振山，梁三老汉却非常恭敬：“你在你的党好哩！”“你弟兄三人，外头有人干事，屋里有人种地，你们积极得起啊。”[②] 随着互助合作的发展，梁三老汉逐渐也懂得了帮扶贫雇农的道理，可是他仍然不甘心，拿着郭振山土改时尽分好地的事情质问儿子：“只有你傻瓜！人家当党员有利，你当党员尽吃亏！”[③] 也就是说，“在党”是为了一个“有”字，不管是“有”政治权力，还是“有”近水楼台先得月的经济利益，总得为点儿什么目的、

---

① 柳青:《创业史》第一部，第 157 页。
② 柳青:《创业史》第一部，第 35 页。
③ 柳青:《创业史》第一部，第 128 页。

交换点儿什么东西。然而，对于社会主义新人梁生宝来说，“在党”所标示出的位置恰恰是交换价值的对立面。在整党会议上，净得一级好地的郭振山被严厉批评，新党员梁生宝受到震动，宣誓入党以后，他又加了一段自己的话：“毛主席！我是讨吃娃出身！十冬腊月，我跟俺妈到这蛤蟆滩落脚。我是光着屁股来的。我长大了，为私有财产拼过命，也没算啥！我这时要加入你这光荣党了，我啥也不谋。穷庄稼人都有办法，我就有办法！我决不辱没党的名誉……”[①] 在梁生宝看来，要“在党”，首先是要“啥也不谋”。郭振山的“在党”是为了“有”，而社会主义新人的“新”就体现在“无”的宣言里。这个“无”不是“虚无”，不是价值的缺失，而是否定旧的根深蒂固的交换价值、树立新的普遍价值。

正如前文已经讨论过的，交换价值包含着特定的经济内容，在旧的伦理世界里表现为“恩义”“良心”原则，在个体的心理深层体现为“内疚意识”，其总体关系就是尼采所说的债权人和债务人的关系。而新价值必须对此彻底否定，在个体的心理层面，这个否定的过程依靠了更古老的“羞愧感”，从而推动主体积极行动、获得尊严和觉悟。尊严虽然不是新的价值，但是普通劳动者获得自尊的方式发生了变化，以前是靠个人发家，现在是走社会主义道路。

《创业史》所呈现的不是一个已经打好了整体性地基、封闭不变的传统中国，而是一个无限发展的、不断分化的蛤蟆滩，在这里生活的每一个平凡人，心灵都正处于震荡和摇摆中。对于老党员郭振山来说，是庄稼人的富裕中农理想和保持“在党”的政治生命之间的矛盾；对年轻团员徐改霞来说，是当一个现代的社会主义工人还是传统庄稼院媳妇的区别，是强烈的自尊心、男女平等的新观念和女性为了爱情与家庭而奉献自己的传统观念之间的矛盾；对梁生宝来说，是党的立场、组织、原则、政策和蛤蟆滩稻地里变化不息的具体实践之间的矛盾，也是个人真挚情感的归宿和集体事业的需要之间的矛盾。激起这些持续不断的变化的，正是中国共产党及其领导的、历史上没有过的新事物——社会主

---

① 柳青：《创业史》第一部，第111页。

义。从柳青对小说的多次修改也能看出，在不同的历史条件下，“社会主义”这个新事物在中国农村的发展充满了矛盾、妥协、分化：徐改霞最终还是离开了蛤蟆滩去参加城市工业化；贫农能不能以“土地集中互助组”的形式搞互助劳动，仍然悬而未决；农村互助合作的基础应该依靠有车有马的中农（这是县委陶书记对中央相关政策条文的理解）还是依靠贫雇农去团结中农（以区委王书记和梁生宝为代表的对互助合作实践的理解）；土地入股与劳力入股的比例应该如何安排，等等。凡此种种，恰好说明了“社会主义”在中国是一条“从无到有”的路，是鲁迅先生预言的“世上本没有路，走的人多了，也便成了路”的那条路。

要在“无路”的地方显现出“有路”来，社会主义的新价值就表现为一个阐释循环。新人梁生宝和徐改霞都认为，最高的价值就是共产党所代表的“光荣”，而共产党之所以是“光荣党”，是因为它所承认和捍卫的最高利益是人民的利益，它的根本力量来自组织起来的觉悟了的人民。在小说中，作为历史主体的、觉悟了的人民也就是“社会主义新人”。社会主义新人作为能动的中介，把共产党和人民联系了起来。也就是说，正是有了梁生宝互助组的实践，共产党的主张——作为新事物的农业合作化——才不再是一个外在于蛤蟆滩春种秋收的抽象概念，而上升为“稻地两熟”——新的、具体的生产内容。与此同时，也正是梁生宝积极地、不断地组织起贫雇农的力量，使得现实中的具体困难不再是一般性的、杂乱无章的内容，使得社会的、经济的复杂内容没有溢出或者压倒正在浮出地表的新的历史形式——社会主义 。

如果继续追问，作为中介的社会主义新人的能动性又是从哪里来呢？ 首先，作为统一实践和认识的历史主体，面对纷繁芜杂、不断变化的现代世界，社会主义新人对自己的估价是“无”——不是对历史主体的否定，而是把自己对象化。在全县的生产动员大会上，梁生宝满怀激情地跳上台，接下了大王村省劳模王宗济的挑战，然后一心扑在互助合作的事业上。他也曾经担心，万一互助组合作生产失败了怎么办？然而，他几乎是立刻对自己说:“自己有什么？全下堡乡谁不知道咱乳名叫宝娃，本来没多大本领嘛，现在也并没丢人不丢人的问题。党受到大影响，因为这是党指的路嘛。”[①] 一个共产党员、互助组组长，在面对未知的挑战和试验时，首先把自我对象化，也就相当于在自我意识的内部确立了一个对立面，使得具有片面性真理的行动可以被否定。“社会主义”是新事物、新道路，有着复杂的可能性、开放性——换稻种可能失败，如何团结中农有争议，劳力入股和土地入股的比例是个大问题，等等。在这些纷繁复杂、不断分化的具体事物面前，自我意识通过把自己对象化，创造出一个对立面，主体就能把否定的环节保持在自我意识的内部，从而在下一个环节从内部再次统一这个对立面。

社会主义新人的道德谱系既是“新”的，比起那些同时代的道德观念来又是更“旧”的。尼采曾经这样论述:“道德”的含义是指对风俗习惯的尊重、服从，而不管这一风俗习惯的内容、缘由是什么，也就是说，只要是服从、遵守一时一地的伦理风俗，就是“道德的”。然而，任何伦理风俗都有自身确立的过程，一旦确立以后，人们就很难再去追溯其历史的、社会的根源，而只把它看作一个固定不变、静止的道德原则。换言之，任何具体的伦理习俗在最初制定的时候，都是依靠“不道德的”或者“非道德的”力量，是听命于一个“更高的权威”。[②] 在《创业史》中，比“内疚意识”更古老的是“羞愧感”，比“恩义”和良心更“旧”的价值是尊严，对于中国农民来讲，“更高的权威”当然是为了土地、为了活下去的生与死的搏斗。社会主义新人的道德谱系既植根于更古老的“羞愧感”、尊严，同时也是“新”的，因为在社会主义时期，“生死搏斗”的内容大部分不再是革命战争的胜负，而是全国范围内的百废待兴，是复杂多变、层出不穷的人民内部矛盾。

---

① 柳青:《创业史》第一部，第 357 页。

② “道德完全是（因而也只是）对作为行为和评价的传统方式的任何可能习俗的服从。哪里不存在传统，哪里也就不存在道德；……自由的人就是不道德的人，因为他在一切事情上都自己做主而不肯依赖传统；……如果一行动之发生不是传统使然，而是出于别的动机（比如对个人有用的动机），甚至哪怕是出于那些从前的传统认可的动机，它就应该被称为不道德，而行动者自己也感觉它不道德：因为行动者这样做并不是为了服从传统。何为传统？传统是一种居高临下的权威，人们之所以听命于它，不是因为它的命令对我们有好处，而是因为它命令。”（〔德〕尼采:《朝霞》卷一，田立年译，刘小枫主编《尼采注疏集》，华东师范大学出版社，2006，第 47~48 页）

回到本文开端对"史诗 - 小说"文体的讨论，《创业史》曾经面临的最大挑战，同时也是最感人的成就，就是在一个不断分化的现代世界里，试图为一个最高的、普遍的价值赋予恒久的生命。这个价值的根源不仅有舶来的普遍理论，更与一时一地的特殊伦理世界有着千丝万缕的联系。这个伟大的社会主义价值通过普通人的形象，充盈在他们的日常生活和心理结构里，成为一种持续不断的、现代而强烈的、不可计算的精神、激情、能量和意志。由此，《创业史》不只有一般文学史的意义，而是为当代中国人的自我梳理、自我表达和自我理解提供了一个具有高度和厚度的参照物。在一个持续不断的自我理解和自我表达的过程中，面对现实难题的人民能够再一次把自己对象化，从自我意识的内部出发扬弃片面性、统一矛盾，从而成为伟大历史长河的一部分。

柳青的“道”与“路”

罗　成

上篇：“安心”的战争

——作为建国史诗的《铜墙铁壁》及其文明论意义

在柳青的创作中，1951 年 3 月完成并在同年 9 月出版的《铜墙铁壁》，不仅被纳入当年人民文学出版社的“文艺建设丛书”，而且很快被改编为电影《沙家店粮站》并于 1954 年上映。作品诞生之初似颇受重视，但纵观后来的文学史，相较同时代的其他革命战争题材作品如《保卫延安》（1954 年）、《红日》（1957 年）等，相较作者之后的农业合作化题材作品《创业史》（1960 年、1979 年），这一部最早反映中国人民解放战争的长篇小说，显然被遗落在了新中国文艺经典的行列之外。那么，这部作品究竟遭遇了什么？何种历史接受状况导致了它的湮没无闻？它实际具有怎样的艺术价值及思想意义？

一　诗与政治：被湮没的与被误解的

《铜墙铁壁》问世后，20 世纪 50 年代的批评界就产生了一些重要的评价。最早亦即影响最深远的评论是 1951 年署名李枫的文章[①]，它肯定作品“是一部正确描写在人民革命战争中，人民群众的伟大力量的作

---

① 李枫：《评柳青的〈铜墙铁壁〉》，《文艺报》第 5 卷第 3 期（1951 年 11 月 25 日）。

品”，“毛主席形象出现在这部小说中，是作者一个成功的尝试”，但却认为“艺术形象还有不够生动的地方”乃至“比较缺少更深的感人力量”，甚至“作者对于作品中的某些人物，还没有很好去接触他们的灵魂深处”。[①]1952年，王瑶则高度肯定作品：“结构完整，取材宏大，但在情节安排上也并没有浪费或牵强的地方。人物也写得相当好，譬如从村干部石得富在粮站工作的勤劳勇敢中，我们是可以体会到陕北农村青年的新的优良品质的。”[②]1954年，巴人特别将《铜墙铁壁》作为“一个对照形象的实例”，详细分析了石得富与石永公、曹安本与金树旺这两对人物形象，并认为“人物描写上的成功”“其原因除作者有较高的艺术概括能力外，怕还由于作者有过深入农村工作的生活经验”。[③]1960年，冯牧、黄秋耘肯定作品“成功地反映出作为解放战争中整个西北战场转捩点的沙家店战役的伟大图景”，“令人感觉到人民解放军雷霆万钧的磅礴气势和水乳交融般的军民关系”，“主人公石得富的形象也塑造得相当成功，给读者留下一个不可磨灭的印象”。[④]

80年代后的研究，则主要因袭了李枫的批评，如：“总的说来，《铜墙铁壁》是不太成功的。它对于战争时代的社会生活本质的概括是肤浅的，对那个时代历史面貌的呈现是模糊的，存在着概念化的毛病。”[⑤]有些评论甚至自相矛盾：“尽管它在人物性格塑造方面存有缺欠，然而它的思想艺术成就，却是不容低估的。”乃至认为：“不能左右逢源地舒展笔力，通过充分的情节安排展开矛盾冲突，展现人物的内心世界，塑造出有血有肉、性格鲜明的丰满形象。”[⑥]

因此，作品的历史接受状况可概括为：思想主旨的高度肯定，艺术手法的具体否定。但这两者可以分开吗？何况王瑶、巴人等同时代人反

---

① 李枫:《评柳青的〈铜墙铁壁〉》,《文艺报》第5卷第3期（1951年11月25日）。

② 王瑶:《建国初期的文艺运动》,《王瑶全集》第8卷，河北教育出版社，2000，第230页。

③ 巴人:《文学论稿》下册，新文艺出版社，1954，第563页。

④ 冯牧、黄昭彦:《新时代生活的画卷》,《文艺报》编辑部编《文学十年》，作家出版社，1960，第91~92页。

⑤ 刘建军等:《论柳青的艺术观》，上海文艺出版社，1981，第132页。

⑥ 小溪:《〈铜墙铁壁〉的思想艺术新探》，人文杂志编辑部编《柳青纪念文集》，1984，第245、254页。

而更多肯定了其艺术手法的成功。而从李枫到80年代的批评都建立在“思想 / 艺术”二分的基础上，艺术分析实际丧失了与历史分析的有机联系，甚至简单套用“概念化”“人物性格缺欠”等措辞强行评判作品。其中是否隐含了更为隐蔽的偏见？这种看似理解实则误解的认知状态，不仅对作品丰富的思想意义熟视无睹，而且过快漠视了作品素朴的艺术表达，从而打断了艺术手法与思想主旨之间内在生动的联系，予以不公正的历史评价与美学评价。

《铜墙铁壁》展现的是 1947 年 8 月中国人民解放战争西北战场沙家店战役的一个侧面，如此剪裁选题、塑造人物、讲述故事，是基于柳青对“人民解放战争”的历史理解。遗憾的是，作品长期以来未获真正把握。评论界确实意识到了作品的历史意图，即扉页题注毛泽东的政治论述：“真正的铜墙铁壁是什么？是群众，是千百万真心实意地拥护革命的群众。”所以，相关评论都顺承“人民支援战争”此核心逻辑展开。但是，柳青的创作意图能完全等同作品意涵吗？文学创作难道只是为政治论述做了一个文学注脚吗？作为文学文本的《铜墙铁壁》与作为政治文本的题注之间究竟构成何种关系？如果沙家店粮站的故事仅仅被读解为“拥军支前”，柳青的创作其实就被狭隘理解为意识形态图解而非创造性写作。当人们只能片面地看见“人民”对“战争”的支援，就再也看不见“战争”对“人民”的锻造；只能片面地看见政治论述对文学创作的激发，就再也看不见文学创作对政治论述的丰富。

在这种片面认知中，文学批评已经被政治论述所高度规定，其问题正是马克思曾批评的，将文学视为“时代精神的单纯的传声筒”[①]。当文学的政治性被直观理解为政治论述，人们就忽视了：最好的文学，应该是既有关政治论述又丰富政治论述；最好的政治，则是要把握流动的历史状况中活生生的人心状态，即“历史人心”。[②] 文学政治性的核心，就

① 〔德〕马克思：《致斐·拉萨尔》，《马克思恩格斯选集》第四卷，人民出版社，1995，第554页。

② 作为方法论的“历史人心”，我称之为“历史中的‘人—文’学”。参见拙文《“感动”的启蒙——早期鲁迅文艺思想起源的内面构造及历史意义》，《文艺理论研究》2019年第2期。

在于经由艺术形式对政治理解进行丰富，在人心与历史的激荡中，探究个体与共同体的“性与天道”。

与中华人民共和国成立同步创作的《铜墙铁壁》，恰恰是用文学方式既高度关怀建国政治，又创造性地呈现了建国政治中丰富的“历史人心”状态。在此意义上，《铜墙铁壁》正是被长期湮没而又历久弥新、褒贬不一且深受误解、源于现实却高于现实的一篇建国史诗。

二　史诗面目与行动的人：从“历史人心”出发

何种意义上，《铜墙铁壁》可以被理解为中华人民共和国的建国史诗？首先须区分“史诗性”与“史诗”。新中国文学观念出现“史诗性”的自觉，源于1954年6月《保卫延安》的出版。同年7月，冯雪峰率先发表《〈保卫延安〉的成就及其重要性》，提出：“这部作品，大家将都会承认，是够得上称为它所描写的这一次具有伟大历史意义的有名的英雄战争的一部史诗的。”[①]其实在1952年，冯雪峰就称丁玲的《太阳照在桑干河上》“也已经在一定的高度上成为一篇史诗了”[②]。杜鹏程因此也声称：“中国革命战争的伟大历史性场面，人民解放军的英雄业绩，本身就是一首壮丽无比的史诗。”[③]但他们其实并未给出“史诗”的理论性界定，多属于一种批评性遣词。学者姚丹称之为“史诗性”并概括了三个特征：抽象把握历史本质的理性思考能力，具体描写英雄人物的感性表达功底，文字还能传达一种启人向上的精神氛围。[④]因此，“史诗性”是为证明“伦理与行动的集体性”服务的，英雄人物最终也是要在集体性上达成自我伦理与行动的一致。[⑤]但无论是“伦理与行动的集体性”，还是“伟大历史性场面”与“英雄业绩”，“史诗性”的实质是偏重于思想主

① 冯雪峰：《〈保卫延安〉的成就及其重要性》，《文艺报》1954年第14~15期。

② 冯雪峰：《〈太阳照在桑干河上〉在我们文学发展上的意义》，《文艺报》1952年第10号。

③ 杜鹏程：《平凡的道路》，《杜鹏程研究专集》，福建人民出版社，1983，第22页。

④ 姚丹：《为“人民文学”的“史诗性”开山——共和国早期冯雪峰的批评实践与理论贡献》，《文学评论》2014年第3期。

⑤ 姚丹：《为“人民文学”的“史诗性”开山——共和国早期冯雪峰的批评实践与理论贡献》，《文学评论》2014年第3期。

旨的评判，艺术形式则往往以伟大、恢宏、向上等风格描述为特征。因此，特定历史逻辑中的“史诗性”话语生产，实际上遮蔽了“史诗”本应更厚实的文明史视野。易言之，近代老黑格尔式“理性－历史”目的论，成为迫切追求民族国家现代化的新中国文学的认识论装置，导致历史目的论高度规定着文学的生产与评价。而“史诗”较之“史诗性”的差异在于，它没有那种近代进步主义的历史目的论色彩，而是要通过活生生的行动来展现人在历史中经受的各种考验，纵观从荷马史诗到《尤利西斯》，战争、旅行、生活皆可为史诗，并不以重大历史题材为唯一条件。“史诗”关注的是“历史人心”，以“认识你自己”为文明论意义，而非近代理性中心主义追求的“历史本质”。真正的史诗，在“史”的意义上源于历史生活，在“诗”的意义上又高于历史生活。

因此，基于“史诗”与“史诗性”的这一历史哲学根本差异，“史诗性”标准就不能自明地成为重读《铜墙铁壁》的判断标准。就新中国文学而言，如果说《保卫延安》象征着“史诗性”的开端，那么《铜墙铁壁》则隐匿着“史诗”的真正秘密。建国史诗，如果仅从历史题材来界定，那么只能得到“史诗性”，若无自觉的艺术反思，则易沦为历史素材的堆砌和政治论断的印证，把握不了“历史人心”及其艺术手段。因此，真正的“史诗”视角，关键在于跳脱题材决定论及历史目的论，自觉回避“史诗性”的比附、隐喻、象征等修辞，回到文学传统中“史诗”的本来面目，立足于文明论意义来把握《铜墙铁壁》的史诗品格。

何谓“史诗”？亚里斯多德曾在《诗学》中指出：

> 史诗和悲剧相同的地方，只在于史诗也用“韵文”来摹仿严肃的行动，规模也大；不同的地方，在于史诗纯粹用‘韵文’，而且是用叙述体；就长短而论，悲剧力图以太阳的一周为限，或者不起什么变化，史诗则不受时间的限制。[①]

① 〔古希腊〕亚里斯多德:《诗学》，罗念生译，人民文学出版社，2002，第 15 页。

古希腊史诗和悲剧的差别仅在语言、规模等形式，二者皆是“摹仿”的艺术。荷马被称为“诗人”也是由于善摹仿，而摹仿的对象则是“行动中的人”：

> 最重要的是情节，即事件的安排；因为悲剧所摹仿的不是人，而是人的行动、生活、幸福，幸福与不幸系于行动；悲剧的目的不在于摹仿人的品质，而在于摹仿某个行动；剧中人物的品质是由他们的“性格”决定的，而他们的幸福与不幸，则取决于他们的行动。他们不是为了表现“性格”而行动，而是在行动的时候附带表现“性格”。[①]

可见，在以“摹仿”为本质的史诗中，行动优于性格。一直到黑格尔的“史诗”理解，仍有痕迹：“至于史诗以叙事为职责，就须用一件动作（情节）的过程为对象，而这一动作在它的情境和广泛的联系上，须使人认识到它是一件与一个民族和一个时代的本身完整的世界密切相关的意义深远的事迹。”[②]无疑，史诗就是通过动作的摹仿和情节的叙事，来引起人们感性的怜悯与恐惧以陶冶情感，又或引起人们对于个人、民族与时代的理性深思，经由艺术追究人的生活与幸福应该是什么、人如何通过行动去获得应有的生活与幸福。史诗的思想意义，在于有助于人对现实生活经验的理解，激发对应然生活状态的追求；史诗的艺术意义，则呈现为对“人的行动”亦即历史经验所构成“情节”的摹仿或叙述。

借此“史诗”视野观照，《铜墙铁壁》其实讲述了一个隐匿在“情节与性格”的展开中有关新中国“生活与幸福”的故事。作为建国史诗，它包含了战争如何锻造人民、人民如何展开行动、行动如何磨炼品质、品质如何调整行动、行动如何改变历史等情节与性格、形势与人心层层互动的丰富意旨，最终指涉着“新中国是什么”“新的中国人是什

---

① 〔古希腊〕亚里斯多德：《诗学》，罗念生译，第 18 页。

② 〔德〕黑格尔：《美学》第 3 卷下册，朱光潜译，商务印书馆，1981，第 107 页。

么”“新中国的生活与幸福应该是什么”“通过怎样的行动才能获得生活与幸福”等问题的历史理解。情节与性格的相互塑造，构成了其史诗品格的艺术依据。

传统上，关于作品的“性格”分析集中于主人公石得富的新品质，如“勤劳勇敢”[①]“对党和人民事业有无限的忠诚”[②]“机智勇敢”[③]等。这些观点相当敏锐却又流于直观，虽然都抓住了第四章《石得富》[④]中主人公在前线担架队荣获“勤劳勇敢”锦旗的事迹，但过快地以“勤劳勇敢”等直观特征封闭了新品质的行动呈现及历史理解。石得富的出场，正是以一种战时环境的行动构造隐现了新品质的历史展开。老葛同志赶赴镇川堡去领导支前工作，在乌龙铺通往镇川堡的大路上，他与运粮的民工队伍突遇敌机来袭。此时，“嗡嗡的声音越来越清楚，越来越带着威胁的劲气。民工的队伍里呈现出不稳，前前后后挑担的和赶驴的都停下来了”[⑤]。这一场景恰切地呈现了既忙且乱的战争环境、变幻莫测的敌我形势、人心惶惶的紧张状态。就在此场景中：

> 地畔上站一个背枪的民兵，正在给停在河滩里的民工讲话：
>
> “只要戴伪装，飞机过来千万不要动。人一乱跑开就坏了，正好成了扫射的目标。”
>
> ……
>
> “等一等再走啊！”那民兵热心地在地畔上吼叫着：“老乡们听我说啊……”
>
> 只见那民兵又象在群众大会上演说一般，可嗓子给大家讲解：飞机撂弹也好，扫射也好，都要先旋一个圈圈。头一回过去，总是

① 李枫：《评柳青的〈铜墙铁壁〉》，《文艺报》第5卷第3期（1951年11月25日）。

② 巴人：《文学论稿》下册，第561页。

③ 徐文斗、孔范今：《柳青创作论》，陕西人民出版社，1983，第41页。

④《铜墙铁壁》的初版本中，一共十九章，每章均有标题，后来的修订本与文集本中，小标题被删去了，仅保留章的序列。参柳青《铜墙铁壁》，人民文学出版社，1951。下文标有页码的引文，皆引自此版本，不另注。

⑤ 柳青：《铜墙铁壁》，第9页。

没事。你以为他们走了，不当心，二一回过来，就来不及防了。[①]

在“两省三州六县十八镇店”的民工队伍里，一个普通民兵居然出来稳住了群众。在安抚人心这个行动中隐现的艺术性格，似较“勤劳勇敢”等品质，更能应对战时环境。这种品质，就是“热心”而又“当心”。热心，指人物性格中敢于担当、勇为人先的品质；当心，则指人物性格中面对复杂形势善于用心的品质。问题是，这种品质从哪儿来？

作品利用穿插的艺术手法，在两次有关沙家店粮站负责人的讨论中，展现了石得富的经验根源。一次是，曹区长介绍石得富自小揽长工长大，过去管民兵工作，历次群众运动中都非常积极，但认为他只能跑腿、抓坏蛋、斗地主，而领导方面经验不够。另一次是，二木匠认为石得富当了模范回来，说话行动都变了。原因是，在随军抬担架支援野战军的三个月中，石得富作为担架队排长，工作能力得到了极大锻炼。虽然作品主线是通过石得富办粮站来展示人民力量的伟大，但这些穿插又丰富地叙述了人民中的“这一个”是怎样更新自我而获得力量的。在战争叙事与人物成长的交织中，普通中孕育着不普通的新品质。人民支援战争，使战争具有人民性，但战争也锻造人民，赋予人民以新的品质，这便是作品表现“人民—战争”内在连带经验构造的匠心独运。

当故事叙述石得富曾获锦旗荣誉，人物性格中更宝贵的某种质素就闪现了出来，作品的艺术手法也正契合着这种质素。作品初次勾勒他是“一个背枪的民兵”，别人眼中则是“一个走路的”，然而当老葛见区领导时，才得知一路结伴的这个人原来是前线模范。老葛于是更加满意，因为石得富一路上只字未提，正是这种谦虚谨慎、不骄不躁的“虚心”，映衬着他一贯讷于言而敏于行的性格与行动。热心、当心、虚心，人物行动中所隐现的“历史人心”，便构成了再理解这一“建国史诗”的出发点。

① 柳青:《铜墙铁壁》，第9~10页。

三 性格与环境："人民英雄"及其"历史性格"

严格地看，热心、当心、虚心，只是故事起始人物已具备的品质，仍算不上人物通过成长所获新品质。要找到新品质，就需要理解石得富更进一步的性格成长，这又必须基于对艺术性格的既有认知方式形成批判性反思。

关于作品的艺术性格，一直有两类观点。一种是肯定其人物性格塑造，如："在这作品里所出现的人物，作者是都赋予以明显的个性和相互对照、补充的性格的。"[①]另一种则批评其人物性格的开掘，如"作者对于作品中的某些人物，还没有很好地去接触他们的灵魂深处"[②]，甚至，"作者没有写出来在这场伟大的战争中，人们的思想、感情和心理的丰富的变化和表现"乃至"作家在作品中写不出来有深度的性格冲突，便无法创造出典型的艺术环境；而没有典型环境，作家也就无法塑造出典型性格"。[③]

看似言之凿凿的批评性观点，实际上将性格塑造等同为"灵魂深处"与"性格冲突"，这一批评症候暗合了近代西方黑格尔式"基督教-市民社会"的生活感与艺术感。当对"性格"自身的深度、冲突的刻画显得远比"行动"更重要时，黑格尔式"冲突"[④]就取代了亚里斯多德式"行动"。但"冲突说"并非一种自明普适的艺术恒论，黑格尔其实也区分了西方历史的"英雄时代"与"散文气味的现代"。[⑤]黑格尔认为，近代的戏剧体诗展现"性格冲突"，根源是西方近代个人的独立自足性已经缩小到狭隘的私人领域，而在国家领域与市民社会领域，个体只是一个受各种社会关系局限的成员。因此，"性格冲突"与"灵魂深处"，其实是新教改革与布尔乔亚阶层兴起以来的西方近代社会心理的艺术反映。马克思更是以"悲剧性冲突"批评拉萨尔、歌德等作家笔下的"幻想性

① 巴人：《文学论稿》下册，第560页。
② 李枫：《评柳青的〈铜墙铁壁〉》，《文艺报》第5卷第3期（1951年11月25日）。
③ 刘建军等：《论柳青的艺术观》，上海文艺出版社，1981，第133页。
④〔德〕黑格尔：《美学》第3卷下册，朱光潜译，第286页。
⑤〔德〕黑格尔：《美学》第3卷下册，朱光潜译，第240页。

冲突”。马克思认为，济金根与伯利欣根等封建骑士形象的真正悲剧在于，他们以骑士与神圣罗马帝国皇帝的权力冲突遮蔽了更根本的市民、农民与封建领主之间的阶级冲突，亦即以主观矛盾遮蔽现实矛盾。因此，他主张文学应“在更高得多的程度上用最朴素的形式恰恰把最现代的思想表现出来”[①]。恩格斯同样强调“较大的思想深度和意识到的历史内容，同莎士比亚剧作的情节的生动性和丰富性的完美的融合”[②]。情节而非性格，才是超越近代布尔乔亚文学观、理解古典英雄史诗的关键。

可见，以“灵魂深处”与“性格冲突”这种市民戏剧的标准来衡量人民英雄的叙事，在艺术与历史的合理性上是错置的。反而是黑格尔的“古代英雄”，马克思的“最朴素的形式”，恩格斯的“情节的生动性和丰富性”昭示着，只有把人民英雄视为“行动中的人”，按照亚里斯多德所说“人的行动、生活、幸福”这种素朴的文学感与伦理感去考量，才能发现英雄身上的新品质。同时，现代中国的人民英雄毕竟不是古希腊的史诗英雄，不仅要将英雄还给英雄而非市民，更应将人民英雄还给人民。如果简单套用黑格尔“个体的独立自足性”[③]去把握石得富，就会得到“英雄”而失去“人民”。《铜墙铁壁》展现的是“人民中国”建国经验的历史横断面，作为建国目的之“国”与建国主体之“英雄”都诉诸“人民”这一根本理解。因此，不同于荷马叙述的那些近神而自足的英雄，柳青叙述的则是源自“一般人”而又“比一般人好”[④]进而还能带动更多普通人变得更好的英雄，这才是真正的人民英雄。因此，它不是古希腊仅仅供“有教养的听众欣赏的”[⑤]精英史诗，而是现代中国要为更广大普通老百姓喜闻乐见的人民史诗。

此外，肯定性观点是否会更有道理呢？巴人认为：“作品主要是以两个农村党员的形象（即石得富与石永公），在革命战争中对革命战争

① 〔德〕马克思：《致斐·拉萨尔》，《马克思恩格斯选集》第四卷，第 554 页。
② 〔德〕恩格斯：《致斐·拉萨尔》，《马克思恩格斯选集》第四卷，第 557~558 页。
③ 〔德〕黑格尔：《美学》第 1 卷，朱光潜译，第 237 页。
④ 〔古希腊〕亚里斯多德：《诗学》，罗念生译，第 6 页。
⑤ 〔古希腊〕亚里斯多德：《诗学》，罗念生译，第 88 页。

不同的情绪，思想，行动的相互对照相互贯通而展开的。”[①]但两类形象的对比，易将人物性格简化为本质主义的“真善美”与“假丑恶”的二元对立，进而简单肯定一方而否定另一方。这种“性格对照”的艺术观，其实隐匿着近代“二元论的浪漫主义”[②]的影响，在浪漫主义的艺术手法中，“首先而最重要的是对比”[③]。因此，这种观点易将现实史诗理解为带有艺术性格象征化倾向的浪漫史诗，从而将艺术形象予以既鲜明又刻板的本质化指认。但从彻底的现实主义来看，两类形象实是历史性差异而非本质性差异，形象之间其实还存在相互转化的历史可能性，而非本质决定论。

立足于“史诗”视野，对《铜墙铁壁》的人物性格就需要放到一个真正的现实主义叙事传统中来重新理解，它既不同于新教布尔乔亚社会的“灵魂深处”，也不同于近代浪漫主义文学的“性格对照”，而以性格基于行动在环境中的经验展开为出发点。

小说开场就从各个侧面勾勒出了特定历史环境的内在紧张感，即西北战场的形势与地方干部工作经验、老百姓日常感觉之间的错位。老葛叮嘱米脂县委书记：“记着，不要只看见野战军要进攻榆林，要想着将来本县也可能是战场，就不至于临时手忙脚乱。”[④]战场的历史形势与县领导的主观看法之间的紧张感构成了作品的核心基调。同时，当野战军大规模向北线榆林调动后，婆姨们关切儿子、兄弟、娃他爸能不能抽空探家，支前民工们对胡宗南的轻视与对野战军攻克榆林的乐观，构成了老百姓对形势的主观看法。这些关切、信心、乐观的心态，固然可被理解为人民对战争胜利的坚定信念，但并非就是老百姓的性格，实质只是诸种主观心态描绘，而性格则需要在人物行动中被理解。面对敌机空袭，民工队伍就呈现出“不安”“不稳”“慌乱”“心不在焉”“无

---

① 巴人：《文学论稿》下册，第561页。

② 〔丹麦〕勃兰兑斯：《十九世纪文学主流》第5册，李宗杰译，人民文学出版社，1997，第24页。

③ 〔丹麦〕勃兰兑斯：《十九世纪文学主流》第5册，李宗杰译，第23页。

④ 柳青：《铜墙铁壁》，第2页。

心”“松了口气”“变了脸色”“心嘣嘣跳”“动摇”。[①]虽然老百姓的表现由“稳”变“慌”，但前“稳”未必是真“稳”，而后“慌”也未必会“慌”，“稳”或“慌”都不能被直观理解为性格。行动中的老百姓隐现的性格应是“盲目”，即仅凭自我狭隘经验去仓促应对环境变化，体现为脱离客观现实的乐观、自信、粗心、鲁莽。面对北线的战场形势，米脂、绥德、葭县的老百姓仅凭过去“三战三捷”等胜利经验就轻视敌人，遇到形势变化则又手足无措。因此，作品由“常”到“乱”予以战时环境历史化处理，艺术地彰显了看似自信乐观的老百姓在行动中自然流露的性格，即“历史人心”。

相较而言，石永公则反映了另一种性格。他通常被放在石得富的对立面，如“家庭观念重”“老娘、婆姨、娃娃离不了”“胆小怕事”“不肯挑重担子”等，但这些直观看法不免脸谱化与类型化，作品刻画石永公的妙处实则在于历史性。曹区长最初介绍他：“倒是个党员，还略微能写能算，只是有个肚疼病，春上还当行政主任，一打起仗事务多，他常误事，才换了另一个人。”[②]甚至，“办事稳，细致，当过几年行政主任，笔砚算盘都还能动一下”[③]。在群众会议上，会计老陈提议石得富负责粮站、石永公管粮账、疤虎过斗，众人均认为“永公这人实在心细”。[④]这样勾勒并非要简单肯定石永公，而是要在历史意识中来观照“行动中的人”究竟具有何种“性格”。历史地看，他在后来敌军三十六师直逼沙家店的严重形势下，“和平时期的稳重呀，老练呀，细致呀，现在最后暴露了是不行的”[⑤]。乃至突围后，“直端到柴家圪崂他丈人家里躺倒了”[⑥]。其前“稳”后“慌”也只是直观特征，真正性格流露于时刻打听“毛主席是否已经过黄河”的行动中。这种性格就是“犹疑”，即基于自我主体性的匮乏去仓促应对流动变化的环境，体现为忽视主体能

① 柳青：《铜墙铁壁》，第 11~15 页。

② 柳青：《铜墙铁壁》，第 30 页。

③ 柳青：《铜墙铁壁》，第 36 页。

④ 柳青：《铜墙铁壁》，第 55 页。

⑤ 柳青：《铜墙铁壁》，第 142 页。

⑥ 柳青：《铜墙铁壁》，第 243 页。

力的悲观、怯懦、摇摆不定。这种性格缺乏真正的自我理解与意志，形势稍加变化就强调客观困难，工作撂挑子乃至动摇瓦解。

《铜墙铁壁》对人物性格的历史洞察与艺术呈现，已经内在地达到了恩格斯界定的现实主义艺术境界："据我看来，现实主义的意思是，除细节的真实外，还要真实地再现典型环境中的典型人物。"[①] 这一理解有两层意义：首先是"细节的真实"，即描写刻画的细致逼真，但仅此是无法与自然主义、浪漫主义相区别的。更重要的是"真实地再现典型环境中的典型人物"。其中，"真实"是指人物与环境相蕴相生，环境提供了人物成长的历史前提与社会基础，人物则在应对环境与付诸行动时凸显性格，环境与性格的"真实"是历史的真实而非本质的真实；"典型"则指人物与环境的塑造既源自生活又高于生活，通过特殊个体与特别场景来富于社会感与时代感地表征现实。以此来看，老百姓与石永公各自性格的生成，既非在孤立的自我意识中，亦非在刻板的对立类型中。"盲目"与"犹疑"的典型性与真实性，正是人物在面对环境流动变化而应之以行动的过程中，基于历史经验的鲜明呈现。因此，《铜墙铁壁》的艺术追求，不是静态本质的真实而是动态历史的真实，不是静观描绘的典型而是动作赋形的典型，不是心灵如画的尽美而是行动如诗的尽善亦尽美。

四 "惊惶失措"到"发烧后悔"：正心与安心

经此艺术认识论反思再来看石得富：同样面对西北战场变幻莫测的形势，他有别于"盲目"与"犹疑"的新品质究竟是什么？品质生成于行动构成的情节，即从榆林战役到沙家店战役的过程中，他和几位村干部通过护粮、突围、被捕、支援军队、打击敌人所展开的一系列行动。要理解这个"严肃、完整、有一定长度的行动"[②] 中主人公的性格成长，首先就得把握系列战役的历史形势以及人物采取的行动。

---

① 〔德〕恩格斯：《致斐·拉萨尔》，《马克思恩格斯选集》第四卷，第 683 页。

② 〔古希腊〕亚里斯多德：《诗学》，罗念生译，第 16 页。

总体上，作品前六章主要在呈现一种山雨欲来风满楼的北线战场形势，干部和老百姓凭借野战军接连打胜仗的经验都等待着榆林前线胜利的消息。但出乎意料，从 8 月 5 号野战军北进榆林前线到 8 月 13 号运粮的民工止步了，形势暗变。对沙家店来说，北线榆林战事未明而南线又传来坏消息，胡宗南军队分路朝绥德突进，而人们都认为野战军很快就会去消灭他们，沙家店将变成南线作战的后方，因此并不慌张。实际上，敌人三十六师绕沙漠增援榆林侥幸成功，野战军撤围，三十六师要来占镇川堡与南线的敌人会合。因此，这一“南北夹攻”的形势比人们主观估计的严重多了。沙家店恰好处在北线与南线的中心，区委书记和区长又被派去大路以北和以南进行备战与游击，粮站还得维持原状，负责人石得富便处在了即将到来的战场暴风眼中心。

尽管石得富答应尽力办粮站，但形势仍在变化，地主尚怀宗造谣公家撤退乃至野战军败战，却侥幸逃脱。公家的非战斗机关都在向黄河边渡口转移，石得成的丈母娘跑反带来了“毛主席朝黄河边走了”的消息。虽然石得富坚信毛主席绝不过黄河，但随着南线敌人日益逼近而北线野战军迟迟没有动作，“沙家店的群众情绪开始动荡了”①。而粮站还存着一百三十五石六斗多的粗细粮食，既没有民工来运粮，也没有上级的指示，三十六师又即将抵达。在众人的焦急不安中，石得富最终决定去镇川堡看看。但当他见到老葛时，“感到脸有点发烧。他听见葛专员对那穿黄军衣的干部说的话，就后悔他没有象前几天一样，坚持等着葛专员的指示。在这里的民工和干部，包括专员在内，都是这样镇静的时候，不免显着他惊惶失措了”②。

由此细节可见：其一，石得富面临严峻形势和不安氛围，虽然口头坚信，但跑来打探的实际行动，显示他还是有所“惊惶失措”。人物的性格表现并未脸谱化，而有一种艺术的现实感。其二，当石得富“发烧”“后悔”时，就有了较之热心、当心、虚心不同的新品质，即作为自我批评意识的“正心”及其结果的“安心”：“他就带着一种迎接迫

① 柳青:《铜墙铁壁》，第 105 页。
② 柳青:《铜墙铁壁》，第 114 页。

在眼前的紧张战斗的精神，扯开大步回沙家店了”[①]。其三，在由“惊惶失措”到“发烧后悔”的转变过程中，石得富亲见老葛的榜样而见贤思齐、反身而诚，自感愧悔。可见，人物性格并非完全受制于对环境的反应，这时战场形势尚未变化，但他的身心却有了看似波澜不惊实则静水深流的成长。作品隐现出另一种性格生成的逻辑，即对具有感召力“榜样”的“摹仿”。

更深的“安心”，则迸发在回沙家店的路上，他偶遇了地方部队的行军：

> 这两个警备团是由各县保安队的底子新编起来，战士们几乎都是绥德分区的子弟。一个偶然的凑合使从榆林前线下来的民工，很多人在这里看见了他们的小子、兄弟、女婿……南大街上这里那里，民工们里头有人招手，喊叫着奶名，因为时间仓促，无头无尾报告两句家里的情形：
>
> “哎，虎栓，咱妈病强了，你放心吧……”
>
> “哎，满囤儿，那回信上说的那事办好了，你不要担心啊……”
>
> “哎，铁柱，你媳妇添了个小子，大小平安……”
>
> 虎栓呀，满囤儿呀，铁柱呀……答应着，咧嘴笑着，右手捏枪带，伸出左手招着，脚步声嚓嚓地，不停不息地，头也不回地过去了。多少人被这场面感动得湿了眼睛。[②]

民工们与子弟兵不期然邂逅的这个场景，既自然流露着“人民—军队”关系的水乳交融，又艺术地回答了“人民军队的斗志从何而来”这一核心问题。在这个文学细节中，家国关系超越了传统的“舍家卫国”“公而忘私”等惯常理解，从而包蕴了一种新的自我认识、集体认识和战争认识。人民战争并不是在小家与大家之间做取舍，家庭的私与集体的公之间并不存在刻板的二元对立。冯雪峰曾在评论《保卫延安》

---

① 柳青:《铜墙铁壁》, 第 115 页。

② 柳青:《铜墙铁壁》, 第 115~116 页。

时认为，周大勇这个英雄人物身上“普通的然而英勇非凡的战士的特色尤其鲜明”，他体现着“一个普通人怎样成为一个不能摧毁的坚强的革命战士的成长”，其中冯雪峰特别看重的是，“他是那种除了自己的部队就没有另外的家，也不相信还会有比这更好的另外的家的人中的一个”。“在他们，唯一快乐、光荣的事情，就是为人民而战斗，而牺牲。”[①]显然，这种“史诗性”理解将家与国、公与私、普通人与革命战士予以了本质化对立，甚至都没有顾及部队与地方的鱼水关系，“人民”仅仅成为一种历史目的论的证词。当然不能否认，一定存在那些“没有另外的家”的战士，但这绝不会是普通人的真正常态，否则就很难解释仅仅几年后，“保家卫国”的志愿军出征鸭绿江的英雄气概从何而来。相较基于历史目的论的“史诗性”，《铜墙铁壁》的这一幕才真正具有刻画“历史人心”的“史诗”品质。人民军队的斗志恰恰来源于作为私的家庭在物质和精神上均获得安顿，这样一来子弟兵才拥有更充实、更饱满、更有创造性的战斗意志与战斗智慧。家庭以“放心”“不要担心”来安顿奔赴战场的儿郎，子弟兵报之以“咧嘴笑着”但“头也不回”的安心坚定一往无前。石得富也在寻找队伍中的兄弟得贵，可他只发现了二耐儿：

> 石得富喊叫了他一声，他拐过头来，两个人只面对面笑了笑。多么豪迈的一笑啊！[②]

这回头一笑，更是为现代中国战争文学留下了一个永恒的精彩瞬间。军民同根的情深，普通一兵的成长，人民军队的豪迈，使石得富“身上添了一股新的力量”。作品表达深情而淡漠、豪迈又安宁、壮烈且乐观，新的品质及军民关系也最饱满地呈现其中：大战将临，前线军民仓促照面又匆匆别离，紧张至极的环境中人物却又安心至极，“面对面笑了笑”，此时无声胜有声。环境与人物之间的状态仿佛意料之外却

① 冯雪峰：《〈保卫延安〉的成就及其重要性》，《文艺报》1954年第14~15期。

② 柳青：《铜墙铁壁》，第116页。

又情理之中，带着笑迎向战斗，源于安着心守护家园。子弟兵的回眸一笑，其艺术动人之处更在于，它让我们经受了一种似曾熟悉而又不无新生的文学惊奇，那是来自古典史诗中“击鼓其镗，踊跃用兵”的号角之声。但在现代人民史诗中，迎着隐隐炮声前进的人民军队，既没有“不我以归，忧心有忡”的伤感不安，也没有“死生契阔，与子成说”的徒然回忆，而是通过战争主体与战争目的的“人民性”，达至一种新生的艺术境界与历史深度：战争不是为了战争而战争，战争价值也不是成王败寇，人民战争的根本历史正当性在于老百姓通过战争能够获得真正的身心安顿。安心，既是人民支援战争最根本的历史动力，也是战争锻造人民最核心的新人品质。

当石得富回到沙家店，金书记也赶回带来一个惊人消息，南线占了绥德的敌军并没有来米脂，而是全朝黄河畔跑去了，毛主席在黄河畔的露面正是为了吸引敌军：“我们时常喊叫保卫毛主席，保卫党中央。毛主席和党中央就留在咱陕北，咱们这回要不顾一切困难，帮助野战军把三十六师消灭了！”[①] 领袖与人民的相互安心，这才是人民战争赋予“死生契阔，与子成说”的新历史意涵。作品的艺术把握与历史把握，继承了传统又更新了传统。

五　模范与摹仿：自我理解与人文化成

在石得富见老葛的情节中，作品再现了人物通过“摹仿”完成的性格成长，即“安心”。安心，是指主体意识与客观环境之间基于冷静把握而达成一种均衡、节制、能动的关系，它既非偏重主体意识的盲目，也非偏重客观环境的犹疑。至此，可以归纳两种性格的生成逻辑：一是自然生成，即人物面对环境变化而应之以行动，表现出自然而然的性格生成；另一则是人文化成，即人物出于对“比一般人好”的榜样的“摹仿”，表现出人文习得的性格感化。

作为新品质的“安心”在石得富身上的扎根，正是通过人文化成的

① 柳青：《铜墙铁壁》，第121页。

“摹仿”来达致的。经历过老葛的“镇静”、军民相遇的“放心”、毛主席牵制敌军等等之后，石得富愈加安心，进而，区委书记金树旺的回来更是给了他自觉观摩与习得品质的契机。

首先，金树旺给石得富说过一个乌龙铺群众帮助后方医院转移伤兵过黄河的故事。在三十六师逼近沙家店而粮食尚未转移的紧张形势下，石得富向大家转述了这个故事，告诫众人“不要光往好处想，碰上困难才不会慌”。由此，众人“一个个对东面的群众转移伤兵显出钦佩的神情。兰英和银凤更是啧啧赞叹那里的妇女帮助军队的精神”。二木匠表态：“我不模范，这回就要跟你这个模范学！”[①]

其次，在队伍撤退而老百姓着慌的情况下，金树旺身先士卒与村干部一起疏散粮食并坚持到敌人进村。作品这样刻画道：

> 金树旺象所有党的领导者一样，看见自己领导底下有这么一个把全部注意力都集中到工作上的同志，对同志亲弟兄一般关心，他是多么喜欢。……金树旺要石得富作好精神准备，克服一切困难支援部队作战。[②]

显然，作为“领导者”的金树旺当然包含了干部的责任意识，但更重要的是一种高度自觉且眼光长远的模范教育意识，即通过“行动中的人”来影响、培养、锻造基层干部乃至一般人。在作品最初，金树旺就曾认为石得富是“战场上考验过的”，应该“重视这个同志‘新的开展’”，并提出：

> 一个同志在平时看起来是平平常常的，可是在严重关头上就特别容易表现出好坏来。石得富这个同志是还年轻，我们注意教育，不要让他骄傲起来就好了。[③]

① 柳青：《铜墙铁壁》，第129页。
② 柳青：《铜墙铁壁》，第123~124页。
③ 柳青：《铜墙铁壁》，第22页。

金树旺教育干部的眼光正是历史的，干部品质并不是直观依据“平时”简单判定，而是要遭遇“严重关头”的历史变化时，视其言行是否一致、表里是否如一，真正的品质体现在环境变动的历史考验中：

> 有一部分和平时期发展起来的干部，平时看他们还不错，严重的斗争会证明他们是不行的；另一方面，定有很多的英雄、模范人物出现。[①]

这种历史眼光看到了干部蜕变与模范新生的两种可能性。因此，金树旺培养新的干部，更自觉“注意教育”避免“让他骄傲”。教育的最好方式，就是自我表率的“身教”而非仅仅“言传”。因此，金树旺在粮站坚持亲自执笔上阵。

> 他看秤星。两杆秤同时过起来快，争取时间疏散，尽可能让已经到了沙家店的群众，不要因为敌人来了而空手回去。窑里院里的群众一致大声叫好。他在这里坚持而又亲自动手的精神，吸引了许多群众敬佩的眼睛，石得富和疤虎干得更加带劲了。[②]

这个艺术场景最丰富地表现了模范人物的“安心”品质。人物看星记账的动作与敌军即将到来的环境相蕴相生，形势激发行动，而行动又不完全被动于形势。“两杆秤”这个细节高度隐现出人物性格中以审慎、敏锐、均衡、节制为特征的安心品质。再结合金树旺在战争中的结构性位置，同时看两杆秤，也就寓意着同时看北线和南线两个战场形势发展，更寓意着同时看两种干部在严重关头的品质变化。生活与艺术，现实与理念，行动与品质，完美地融合在了人物行动中，言有尽而意无穷。撤退时，金树旺在墚顶上的桑树林里，冒着天空不时掠过的敌机，从容地与石得富、石永公一起算粮账，更使石得富“深深地被区委书记

① 柳青:《铜墙铁壁》，第 81 页。
② 柳青:《铜墙铁壁》，第 136 页。

这一天作出的榜样所感动”[①]。

至此，金树旺通过讲故事的“言传”与做工作的“身教”，其言行合一既“感动”了石得富，更引起了群众的“叫好”与“钦佩”，甚至激发了人们“要跟模范学”的更高觉悟。相较传统批评依托第四章对石得富“勤劳勇敢”的直观理解，实际上第十二章围绕金树旺塑造的“安心”与“模范”才是整部作品的真正题眼所在。石得富的性格获得突破性成长，正是从老葛、金书记等榜样行动中熏陶与习得的结果。

但是，安心是否与盲目、犹疑构成了一种新的类型对比？表面上看，安心、盲目、犹疑，确实是历史主体面对历史环境而形成的三种不同类型的主体性状态，安心是审慎节制，盲目是主观压倒客观，犹疑是客观压倒主观。如果止步于此差异性，那么仍易流于性格本质主义。安心、盲目与犹疑之间的关系需要形成恰切的历史理解，三者都不能被直接固定为人物道德标签。传统批评指认石得富与石永公，金树旺与曹本安等构成了性格对照，但若把性格回置于行动过程加以历史性把握，则根本不存在刻板的二元对立，人物性格本是特定历史产物，人物与人物之间更有性格的感化与摹仿。在一定历史条件下，盲目、犹疑均可转化为安心，安心如果“骄傲起来”也会转化为盲目或犹疑。人物性格是历史而人文锻造的，“嘴上没毛、说话不牢”的石得富可以通过战争历练为那个冷静、坚定、聪明的模范。石得富的“安心”源于“摹仿”以身作则的金树旺，而金树旺的品质又与在镇川堡从容指挥的老葛异曲同工，而这一品质更根本的榜样其实是举重若轻、安之若素牵着敌人鼻子转战陕北的毛主席与党中央。至于银凤、兰英、疤虎、二木匠、老陈等普通群众，都在各级模范身上观摩与习得新的品质，才能一次次迎向危险而胜利完成任务。在此，先进、普通与落后之间实为历史性关系而非本质性差异。因此，人与人之间围绕“安心”产生的“模范—摹仿”关系，才是这场扭转乾坤的沙家店战役中最无形又最关键的因素。

无疑，石得富的第一个“模范”是基于他自然品质的热心、当心与

---

① 柳青:《铜墙铁壁》，第 141 页。

虚心，而完成沙家店粮站护粮支军任务后，他再次成为“模范”却是基于他自觉“摹仿”。在此，“摹仿”不仅具有经典的艺术意义，而且深深呈现出某种“人文化成”的历史意义。

《铜墙铁壁》中“摹仿”作为叙事行动元的隐现，契合着亚里斯多德的人文理解：“人和禽兽的分别之一，就在于人最善于摹仿，他们最初的知识就是从摹仿得来的。”[①]在他看来，“摹仿”是人的“天性”和“本能”，从“摹仿”中获得“知识”的过程是快乐的，这种快乐在于：“我们一面在看，一面在求知，断定每一事物是某一事物，比方说：‘这就是那个事物。’”[②]他启示着我们，当普通人面对“比一般人好”的“模范”时，除了会产生“叫好”“钦佩”的感受，伴随的还有更高的“求知”快乐，即普通人从“模范”身上理解了：“这就是那个模范。”亦即“这就是我们应该成为的人的样子”。从而，普通人自觉进入“模范—摹仿”关系，照着作为“行动中的人”的“模范”的言行去调整、校正、改造自己的行动与生活。借此古典“史诗”视野，我们也就深入进了隐藏在“模范—摹仿”中更深刻的知识学也是伦理学的意义：“模范”就是普通人的一面镜子，他能使普通人不仅反观到“自己是什么样的人”，而且期待着“自己应该成为什么样的人”。当普通人参照“模范”而行动，要从“自己是什么样的人”朝向“自己应该成为什么样的人”转变时，高尚的、严肃的摹仿就发生了。一种更具人文意义的性格品质，就在作为“人的天性”的“摹仿”过程中人文而又历史地型构起来了。

小结：安心者安天下

在文明论的意义上，《铜墙铁壁》并非一个简单直观的革命战争题材故事，而是通过特定战争环境中普通人民的行动及其性格成长，在历史与人性的诸层面，隐现了“何为人民战争”“什么是人民的新的品

① 〔古希腊〕亚里斯多德：《诗学》，罗念生译，第10页。
② 〔古希腊〕亚里斯多德：《诗学》，罗念生译，第10页。

质”“如何锻造具有如此品质的人民”等关于“人民中国”的核心追问。“安心”品质，既奠定了新的中国，又锻造了新的人民。作为建国史诗的《铜墙铁壁》，其文明论意义正是以文学方式探讨了新中国的“性与天道”这一立国根基问题。也因此，虽与其他同时代作品看似均为革命历史题材，但唯有《铜墙铁壁》是一部真正的建国史诗，而非当代文学史一般意义上的“史诗性”作品。

《铜墙铁壁》中的“安心”意涵，既继承了传统又更新了传统。一方面，它与中国传统的“安之若素”一脉相承：“君子素其位而行，不愿乎其外。素富贵，行乎富贵；素贫贱，行乎贫贱；素夷狄，行乎夷狄；素患难，行乎患难，君子无入而不自得焉。”[①]金树旺希望石得富不要骄傲起来就好。另一方面，“安心”归根结底来源于人民又服务于人民。尽管石得富工作起来不顾家，也没能照顾生病的母亲，表面上似不如石永公“安家”，但作品处处交代石永福婆姨在照顾他母亲，同时他每次回村都担心群众财产受损，后来受伤更受到婆姨们精心照料，人民英雄是“素人民，行乎人民”。因此，石得富区别于古代史诗英雄，而是现代人民史诗的英雄，更是有人民气概的英雄。

中国传统史观认为“得民心者得天下”，《铜墙铁壁》呈现出中国人民解放战争的创造性历史文明意义则是“安心者安天下”。中国人民解放战争不同于“汤武革命”以来朝代鼎革的意义在于，战争不再是精英自上而下的“解放 / 统治”，而是人民主体自下而上、自内而外的“自我解放 / 安顿”，我他关系的“得民心”变为了自我内在的“安心”，中国人民解放战争同时深深扎根在人民身内的精神世界与身外的生活世界的双重解放上，解放即安心。

虽然作品只讲述了石得富在战争中短短几天的行动，[②]却直抵了人民战争与人民中国的根基，石得富的“安心”赋予了作品以经典史诗般高

① 《中庸》，《阮刻礼记注疏》第十三卷，浙江大学出版社，2015，第 3454 页。

② “显然，史诗不应像历史那样结构……惟有荷马的天赋的才能，如我们所说的，高人一等，从这一点上也可以看出来：他没有企图把战争整个写出来，尽管它有始有终。”参〔古希腊〕亚里斯多德：《诗学》，罗念生译，第 69~70 页。

尚严肃的品格。至于那些传统误解，在重视行动与情节的史诗视野里，不再是唯一艺术标准。亚里斯多德说过：

> 一出悲剧，尽管不善于使用这些成分，只要有布局，即情节有安排，一定更能产生悲剧的效果。就像绘画里的情形一样：用最鲜艳的颜色随便涂沫而成的画，反不如在白底子上勾出来的素描肖像那样可爱。①

在“战争”中走向“安心”，主人公石得富的行动轨迹，不仅呈现了人物性格的成长自觉，并且寓意着历史进程的文明自觉。从“三千年未有之大变局”到“中国人民站起来了”，千百万群众的智慧、意志与感情由“一盘散沙”而重新凝聚的“历史人心”，才是人民中国及其建国史诗的性命根基。柳青笔下的人民英雄，既是美学的，也是历史的，更是文明的。

下篇：“生活”的长征

——1949 年前后柳青的文学经验及其精神史意义

下文试图集中考察作者柳青在中华人民共和国成立前后的人生道路与创作道路，将《铜墙铁壁》的创作视为一个“文学事件”，在其历史经验褶皱的展开过程中，透过曲折漫长的回乡旅程去考察作者自我革命的隐微契机。同时，对勘诗与历史的差异，揭示作家与文本共同彰显的“有生气的安心”这一精神史意义。

一 “生活积累”的艺术创造：在亲历与采访之外

如果说，《铜墙铁壁》通过战争叙事触及人民中国的根基问题而富于现代史诗的品格，那么，作者柳青跋涉山河而艰难返乡，又伴随新中

① 〔古希腊〕亚里斯多德：《诗学》，罗念生译，第 19 页。

国成立投入创作的生活长征，则更犹如另一种史诗般的身心历程而赋予了作品艺术动人的现实感觉与理想魅力。

在传统评论中，有关《铜墙铁壁》的创作理解，长期存在一种刻板取向，即认为作品的艺术成就十分有限：“柳青没有亲身参加这次斗争，他主要是靠过去的生活经验和后来的采访写的。他在写作过程中虽然下了很大功夫，但终究因为具体的生活感受不丰富，也就难以写出生活气息浓郁的作品来。”[①] 甚至，柳青的女儿刘可风后来撰写《柳青传》也沿袭了这一评价：“作品的生活气息不浓，人物的立体感不强，缺少生动的细节。这两本书都不太成功，虽然它们在当时的社会情况下都已经是比较好的作品了。”[②]80 年代以来，《铜墙铁壁》的评价因此形成了一套固定的话语倾向。实际上，这一批评的依据来源于柳青在 1954 年回答《文艺学习》的一段话：

> 八、在你的作品中有没有完全靠听来的故事写成的？
>
> 答：《铜墙铁壁》就是靠听来的故事写成的，但并非“完全”。事件发生时我不在陕北，后来回去把沙家店粮站从头到尾的详细过程全部记录下来，给我谈的人把屁股都坐疼了，要求我“饶”他们。我怎么能“饶”他们呢？白天黑夜谈，谈了半个月，我记下有好几万字。可是我写作时却很少用他们谈的东西，一九五一年冬天，改编电影剧本的同志到沙家店，回来对我说，除了个别人，大多数他在那里连影子也找不到。他把小说从头至尾念给沙家店的人听，他们大吃一惊，说绝大部分人和事都是从来也没有过的。他们对银凤这个人更莫名其妙，说这本书“酸”啦！
>
> 自然，我没有那个详细的谈话记录，也写不出《铜墙铁壁》，虽然它并不成功。此外，如果我不是陕北人，又没在陕北农村长期

① 徐文斗、孔范今：《柳青创作论》，第 40 页。另参小溪：《〈铜墙铁壁〉思想艺术新探》，《柳青纪念文集》，第 254 页。

② 刘可风：《柳青传》，人民文学出版社，2016，第 107 页。

生活的经历，有再详细的谈话记录也写不出来。[①]

在这段答问中，首先，柳青承认作品是靠“听来的故事”写成，但强调“并非完全”。柳青对创作经验的理解实际是：故事不等于作品，采访也不等于创作。进而，他谈了三个关键：其一，虽然“记下有好几万字”，但写作“却很少用他们谈的东西”；其二，“如果我不是陕北人，又没在陕北农村长期生活的经历，有再详细的谈话记录也写不出来”；其三，“绝大部分人和事都是也从来也没有过的”。综此三点，这个作品根本不是“靠听来的故事写成的”。柳青的表述包含了采访故事、生活经验与艺术虚构的三个面向。虽然采访故事、生活经验提供了写作素材与现实感觉，但是艺术虚构及其对“故事”与“生活”的社会历史理解，才是作品如此选题剪裁、塑造人物、讲述故事的真正关键。简言之，采访故事在柳青创作实践中仅是一个引子，而非关键，更非全部。

20 世纪 80 年代的批评往往以柳青没有亲身参加战争为由，直接质疑其作品的“生活感受”与“生活气息”，其根本问题是把“生活感受”直观归因于“亲身参加”，这实际是一种基于特定时代批评意识的机械反映论。难道作家没有亲身经历就不能创作好的艺术作品吗？难道亲身参加就必定使作品有生活气息吗？难道“亲身参加”等于全部的创作经验吗？如果连“亲身参加”在创作实践中的结构性位置都未厘清，就简单以亲身参加与否而直观对接作品的生活感受，那么此种批评既脱离作品本身又脱离了创作实践。历史地看，在特定历史状况中受到相关评论影响，柳青的某些自我表述也是原因之一。柳青确实认为“虽然它并不成功”，但这能否就此作为评判作品的标准，仍有反思空间。50 年代中期，杜鹏程的《保卫延安》及所获“史诗性”评价，实际遮蔽了《铜墙铁壁》中“史诗”品格的彰显。[②]对此，柳青又是怎样理解的呢？

---

① 孟广来、牛运清编《中国当代文学研究资料・柳青专集》，福建人民出版社，1982，第 25 页。

② 参见本文上编：《“安心”的战争——作为建国史诗的〈铜墙铁壁〉及其文明论意义》。

1956年2月27日至3月6日，在中国作协第二次理事会（扩大）会议上，柳青发言：

杜鹏程同志告诉我说，他写《保卫延安》写了九遍，用的稿纸有一大竹篮。是的，他写这本书下了很大功夫；但是，我认为最主要的是他跟随战斗部队从青化砭战斗一直走到新疆。如果没有这个坚实的基础，——没有他对战斗者和战斗生活的长期的亲近，他的决心再大，再化费几年的时间，恐怕也很难写出那么些人物来。

我到北京开会，看到作家协会创作委员会理论批评组的一份座谈会记录。有人说，我写的《铜墙铁壁》和《保卫延安》比起来，它的读者是少得多的。我要把这个话在这个会议上公开出来。座谈会的发言者把两本书的差别，归结到有没有艺术内容上，显然也是对的。但是艺术内容从哪里来的呢？难道主要的不是拿生活做基础吗？由于战争形势的突然变化，我没有能赶得上参加陕北的战争。我是靠过去和平时期的生活经验和后来的采访写的。人们可以看出，我也下了一些工夫，别人也劝过我再下一些工夫，写的更丰满些；可是我没有信心。我知道：作家不考虑自己的生活资本，凭空加工，要比驼背的人爬山还要困难。驼背的人多化些力气和多费些时间，终究可以爬上山巅；而作家没有雄厚的生活积累，无论如何登不上艺术的高峰。

我并不抹煞托尔斯泰写《战争与和平》和法捷耶夫写《青年近卫军》的巨大事实。间接材料是可以写的，作家亲身经历的终究有限；但是作家必须有对付间接材料的消化力。组成这种消化力的因素很多，其中最主要的还是生活积累。想像并不能在任何时候帮助作家，它只是有条件地帮助作家。任何作家，对生活的重要性只停留在口头上，不能把它表现在行动上，总是吃亏的。[①]

① 柳青：《柳青的发言》，见中国作家协会编《中国作家协会第二次理事会会议（扩大）报告、发言集》，人民文学出版社，1956，第301~302页。

这段发言坦诚地表达了柳青对于杜鹏程的钦佩，但同时未尝没有隐含某种委婉的申辩。一方面，柳青强调艺术内容的源泉是“拿生活做基础”。因此，比“写了九遍”更重要的是，杜鹏程“跟随战斗部队从青化砭战斗一直走到新疆”作为“坚实的基础”。至此，柳青只是把杜鹏程还给杜鹏程，并不存在与人对比。

另一方面，柳青公开了中国作协的一份座谈记录，其中认为“《铜墙铁壁》和《保卫延安》比起来，它的读者是少得多的”。柳青的看法是:“把两本书的差别，归结到有没有艺术内容上，显然也是对的。”传统批评观点认为,《铜墙铁壁》由于读者少与缺乏艺术内容而不如《保卫延安》，但这两点都有可能失之主观臆断。其一，读者多少，究竟属于艺术消费标准，还是艺术价值标准呢？历史上，鸳鸯蝴蝶派的读者可是远远超过新文学。其二，艺术内容到底怎么分析，虽无公开，但参照《保卫延安》的“史诗性”评价，特别是结合杜鹏程的代表性说法，“中国革命战争的伟大历史性场面，人民解放军的英雄业绩，本身就是一首壮丽无比的史诗”[①],艺术内容也许特指战争场面与军队领导。柳青承认“显然也是对的”，可以理解为《铜墙铁壁》并没有重点反映战争场面和军队领导等特定内容。但是，跳出直观而狭义的战争视角，柳青却借沙家店护粮的故事反映了战争最终胜利的“人民性”根源。因此,《铜墙铁壁》只是没有侧重“战场”这一特定内容，但并不缺乏柳青所熟悉的老百姓生活与心态作为艺术内容。因此，柳青其实并非对《铜墙铁壁》较之《保卫延安》缺乏艺术内容有认同，而是认同“艺术内容”有无的重要性，特别是进一步强调生活基础是艺术内容的来源。《保卫延安》与《铜墙铁壁》的艺术内容差别，不是谁有谁无，而是各有其侧重表现与问题意识。

柳青就创作的困难实际强调了两点：其一，“靠过去和平时期的生活经验和后来的采访写的”，“也下了一些工夫”；其二，“作家亲身经历的终究有限”，“作家必须有对付间接材料的消化力”。在“消化力”

① 杜鹏程:《平凡的道路》,《杜鹏程研究专集》，第22页。

这一理解中，“最主要的还是生活积累”，“想像”也要依托“生活积累”才能有条件发挥作用。在此，柳青是借对比《铜墙铁壁》与《保卫延安》为契机，重在强调“生活基础”尤其是“生活积累”的重要性。生活积累，较之生活基础，并不拘泥于直观共时的生活场景，而是纳入了隐匿历时的生活脉络，隐含着一种历史实践论的理解。通过巧妙借用托尔斯泰与法捷耶夫的例子，他将“亲身经历”予以了相对化。因此，并非机械反映论的“亲身参加”，而是历史实践论的“生活积累”，才是柳青式“消化力”的隐秘核心。

柳青提到托尔斯泰和法捷耶夫，就是要破除将“亲身经历”等同于生活全部的误解，艺术对生活的表现应该是一个既包容“亲身经历”又高于“亲身经历”的过程。无论是间接材料，还是亲身经历，都不能直观等同于“生活积累”。两者进入艺术创作，同样需要以“生活积累”为核心的“消化力”。

杜鹏程的生活积累是“对战斗者和战斗生活的长期的亲近”，从而《保卫延安》呈现了“战斗者与战斗生活”的艺术内容。柳青虽然没有亲身参加沙家店战役，但有别种生活积累，这就是“过去和平时期的生活经验和后来的采访”。《铜墙铁壁》的真正艺术内容，既不是后来的采访，也不是“和平时期的生活经验”，而恰恰是处于“和平时期的生活经验”与“后来的采访”、亲身经历与原始素材之间那个流动变化的特定历史形势，以及人物相应的行动和品质。《铜墙铁壁》也反复强调这个细节：“一个同志在平时看起来是平常的，可是在严重关头上就特别容易表现出好坏来。”[①] 在亲身经历与采访素材之外，柳青敏感地捕捉了一个富于生活积累的艺术构造空间，通过艺术想象去诱发、呈现、展开、试验这些问题：从“和平时期”突然转入“战争时期”的“严重关头”会发生什么？和平时期的群众和干部面对战争环境的变化，会如何反应？如果有新的英雄和模范涌现，新的品质又是什么？

① 柳青:《铜墙铁壁》，第 30 页。

二 自我感的精神构造：安稳之间与转弯路上

柳青能够捕捉和平转为战争的历史特定时刻，并消化其中所包含的“较大的思想深度和意识到的历史内容”[①],固然与和平生活与采访素材有关，但仅此不足以完整把握其创作状态，因为《铜墙铁壁》绝不是机械直观反映论，而是在亲身经历与道听途说、生活经验与真实故事、和平心态与战争行动之间展开了一个亦实亦虚、即心即物、乱中觅定的艺术创作过程。那么，柳青的艺术洞察为何会如此充实而融通？

有关柳青的创作历程，既有研究主要有两类。一类将柳青创作区分为三个阶段：第一阶段为1939年至1945年，创作有短篇小说集《地雷》；第二阶段是1945年至1951年的“过渡阶段”，创作有长篇小说《种谷记》（1947）和《铜墙铁壁》（1951）；第三阶段是以《创业史》为标志的成熟期[②]。另一类则将柳青的生活道路与创作道路相结合考察，划分为前期和后期。前后期各有一个中心，即“米脂三年”与“长安十四年”。[③]“米脂三年”对于柳青的生活道路和创作道路具有重要意义，[④]有学者认为“‘米脂三年’，已经包含了‘长安十四年’实践的雏形”[⑤]。但是,处于“米脂三年”与“长安十四年”之间的历程如何理解？它与前后两段历程又呈现何种历史关系与艺术关系？柳青在这一时期的生活与创作，是否也与《种谷记》《铜墙铁壁》这两部同期作品一样，遭遇了不应该的忽视？这段历程内蕴的精神状态又如何影响了柳青的艺术表达？只有深入这段历程，撑开柳青生活史乃至精神史的褶皱，才能真正看清“亲身经历”中“自我感”的精神构造。

1956年进行《创业史》第二遍修改工作的柳青，在一份自传中提及：

① 〔德〕恩格斯:《致斐·拉萨尔》(1859),《马克思恩格斯选集》第四卷，第557页。

② 徐文斗、孔范今:《柳青创作论》，第397~398页。

③ 蒙万夫、王晓鹏:《柳青传略》，陕西人民教育出版社，1988，第1~2页。

④ 孟广来、牛运清编《中国当代文学研究资料·柳青专集》，第6~9页。

⑤ 蒙万夫、王晓鹏:《柳青传略》，第8页。

> 我这二十年东奔西跑，不曾在一个地方稳住。假使我1945年不要到东北去，也许我会写得好一点。到处跑，哪里也不深。1943—1945年，在米脂的三年较深，可惜思想水平太低，没有把生活表现得好。
>
> 我现在的志愿就是在这里住下去。一边生活，一边不急不躁的把这本书尽我的能力写好些。如果我再东跑西颠，一辈子也写不好。[①]

在社会主义改造完成的历史时刻，柳青既没有反映外部的社会变化，也没有表现内在的革命道理，更没有提及《创业史》的具体创作，呈现的却是一个标准的自传写作，作者反思自我同时立志未来。其中的核心生活感是“东奔西跑”“东跑西颠”，人生愿望是“在一个地方稳住”“不急不躁”。此种反思与期许，源于他对生活与创作的自我省察，也隐现了他对生活之“深”与创作之“好”的真诚追求。根本上，“二十年”的自我理解，是一个从“不稳”到“稳住”的过程。结合生活道路与精神道路来看，柳青从地方感上反思生活道路，如“不曾在一个地方稳住”“到处跑，哪里也不深”“在这里住下去”“东跑西颠”都是“身体—空间”意义的未扎根，“不急不躁”则更多隐现出某种精神感及心灵特征。

1949年4月16日经西北局同意，柳青因病离开了为准备《铜墙铁壁》而采访半年多的陕北，月底到达北平后，经安子文介绍给周扬，周扬让他参加第一次文代会。6月26日写作《转弯路上》，7月2日至7月19日参加了第一次全国文学艺术工作者代表大会。会后经周扬同意，赴秦皇岛写作《铜墙铁壁》，12月完成初稿返回北京。[②]以往研究都将《转弯路上》视为柳青“米脂三年”生活与思想的重要文献。为文代会所作的这篇自传，其精神感值得注意：“你要革命，你就不能只想吃好的。那么我为什么头一回下乡，那么想延安，那么不安心不深入，急于

① 蒙万夫等编《柳青写作生涯》，百花文艺出版社，1985，第8页。

② 刘可风:《柳青传》，第98页。

回去呢？难道不是嫌乡下比延安苦吗？比延安寂寞吗？挖到心底，简直是庸俗！……现在毛主席在文艺座谈会上指出过去的错误，我回到正路上来，我还能不安心吗？至于改行的问题，我根本没有考虑，在革命队伍里'知难而退'是莫大的耻辱，没脸见同志们的面，组织上不调转我的工作，我不能要求。"[①]

除了与群众干部打成一片、克服物质生活困难等经验，更引人注目的是那些精神感觉的鲜活呈现。他从"想延安""想吃好的""嫌乡下苦""调工作"等生活经验，通过"挖到心底"进行严格的自我批评，正是想要"安心""深入"。但效果如何呢？在1956年的自传里，柳青写道："1943—1945年，在米脂的三年较深，可惜思想水平太低，没有把生活表现得好。"为什么1956年会得出与1949年略有差异的看法？"可惜思想水平太低"如何理解？"挖到心底"还不算"安心"吗？其实，1956年的自传说得很清楚，米脂三年既"较深"又"太低"，"较深"是指生活上"稳住了"，"太低"则意味着"稳住"并未达到真正的"安心"，因此"没有把生活表现得好"，这是指对《种谷记》的创作反思。相较《转弯路上》，1956年的自传增添的是历史意义而非个体意义的精神反思。

米脂三年，柳青确实"深入"生活，"安心"下来，既"稳"且"安"。此时的"安心"就是"不嫌他们的汗臭""惦念乡上""不脸红""挺带劲"[②]，简直是对《在延安文艺座谈会上的讲话》关于"感情起了变化"[③]的体知，但其限度恰恰也就在这里。米脂三年的"安心"，实际是以改造小资产阶级知识分子的思想感情为实践目的，促使自我融入工农兵群众的生活。这主要是在"和平时期"陕甘宁边区内部的心态调整，尚未展现出更多的历史生产性潜能，如《铜墙铁壁》所表现的那种领导群众在变化的历史形势中坚持斗争的"安心"。所以，柳青的米脂

① 孟广来、牛运清编《中国当代文学研究资料·柳青专集》，第8~9页。

② 孟广来、牛运清编《中国当代文学研究资料·柳青专集》，第10页。

③ 毛泽东：《在延安文艺座谈会上的讲话》，《毛泽东选集》第三卷，人民出版社，1991，第851页。

三年确有身心突破，但偏于旧我心理的个体改造，尚未触及历史中的集体能动性。

1956年的自传却包含了柳青对于米脂三年的经验再反思，这就是基于1949年6月到1956年3月间完成《铜墙铁壁》又开始进入《创业史》的创作经验。特别是石得富、梁生宝等人物形象的创作，反过来促进了作家的经验反思。一般研究均认为，米脂三年完全改变了柳青的创作道路，但经上述精神褶皱的历史展开，此类论述多少都有些流于直观。米脂三年的“安心”在特定历史条件下有特定的历史针对性，它主要解决的是抗战中大量涌入根据地的知识分子的思想感情问题。易言之，它解决了革命者的“旧我”问题，但是“新我”尚未完全确立。依此，《种谷记》与《铜墙铁壁》也许就不仅是题材差异，而是隐含着由“深入生活”走向“塑造新人”的更深层精神质地的变化。

由此，对“1949年6月”的历史化，有助于把握《铜墙铁壁》创作前夕作家的精神构造。需注意两点。其一，1949年6月柳青的自我理解，不能直接等同于米脂三年的完成状态，因为中间还有1945年9月至1949年6月的历程。其间，柳青离开陕北奔赴大连写作《种谷记》（1947年7月出版），将短篇小说结集为《地雷》（1947年2月出版），而后离开大连曲折返陕完成沙家店战役的采访工作。《转弯路上》内在地应包含《种谷记》的创作过程和《铜墙铁壁》的采访过程，此外还包括东北、晋察冀、陕北经验等在内的完整时空脉络。其二，1949年6月写作的历史时刻，既是第一次文代会召开的前夕，又是新中国建立的前夕，更是柳青即将动笔创作《铜墙铁壁》的前夕。

文学史叙述通常借《转弯路上》把握柳青“米脂三年”的直接经验。虽有一定道理，却又很不充分，因为这种理解止步于“过去的过去性”，却没有注意“过去的现在性”，更未把握“过去的未来性”。《转弯路上》并非纯粹的回忆写作，而是有一个被普遍忽视的缘起：

> 编者要我写一点关于《种谷记》的什么，我只能写出以上的事情。至于《种谷记》，则是失败了，虽然它比我四三年下乡以前

计划的那个保佃斗争的“长篇”成功，它却远不能满足党和人民的要求。有些同志很惋惜我失败的地方，我非常感激他们的好心肠。不过我是不能和那些成功的同志们比的，我才在转弯，正摸索着。我显然不是什么天才，《种谷记》只是我的头一个习作。最要紧的不是缺点和失败本身，而是怕你把缺点也当成优点，失败也当成功——那就糟了！[①]

首先，此文与《种谷记》具有内在相关性，在某种意义上可将其视为《种谷记》中“生活积累”的自我解释。其次，柳青虽言失败，但也承认比 1943 年下乡前的写作计划要成功，具有历史眼光。至于“它却远不能满足党和人民的要求”，则需要特别思考。这也许正是《铜墙铁壁》将要承担的艺术任务：如何将一个村庄的文学叙述推进到更具历史意识的层面，如何将村干部在“先进”与“落后”之间的性格矛盾进一步结构到历史形势变化中去，如何考察新的英雄模范生成机制等等。最后，“我才在转弯，正摸索着”，这意味着米脂三年并未真正完成“转弯”，当前时刻依然在“转弯路上”，此种自我感无疑会影响《铜墙铁壁》的创作。

将“安心”置于《种谷记》《铜墙铁壁》两部作品的内在相关性中，《转弯路上》的精神感，既构成了米脂以来柳青生活状态与创作状态的自我理解，又构成了他投入《铜墙铁壁》创作状态的自我期待。进而，也成为《铜墙铁壁》创作实践的特定认知前提，其复杂构造与作品中“严重关头”的艺术构造，正好形成一种“胸中之意”与“笔下之意”的契合状态。

三　现实感的认知再造：严重关头与虚实意涵

就《铜墙铁壁》的创作实践而言，在柳青的“亲身经历”中，那种从“不安”出发的自我感，才是隐匿在“严重关头”这一艺术洞察背

① 孟广来、牛运清编《中国当代文学研究资料·柳青专集》，第 10~11 页。

后的关键构件。但另一方面，“采访素材”到底包括些什么？柳青如何“消化”这些素材？艺术表达与故事素材之间的“用”与“弃”，又能呈现出作家什么样的现实感？

1945 年 9 月，柳青接到中央组织部调令，从绥德出发随军奔赴东北，1946 年 3 月被分配到大连工作，除了主管大众书店，期间主要完成了《种谷记》的创作。1947 年 7 月，《种谷记》甫一出版，柳青立刻要求回陕北参加战争，此时沙家店战役尚未打响，之后他经历了长达十个月的回乡旅途，于 1948 年 8 月回到延安。

有关《铜墙铁壁》的故事素材，以往研究常聚焦于柳青在陕北八个多月的采访，并因他未亲身经历而指责作品缺乏生活感受。一个明显而又易被忽视的事实却是，回乡计划的一波三折，为柳青创作积累了重要而丰富的现实感。第一次，柳青打算从大连到烟台，经山东、河北、山西已连成一片的解放区，越华北、翻太行、跨黄河回陕北，但刚刚启程，烟台就被敌人占领，交通断绝。第二次，柳青想从辽南出发，随东北民主联军的夏季攻势插到热河，但这次攻势没有达到预期目的。第三次，柳青绕道朝鲜经哈尔滨，才得以成行。[①]三次寻路经验，看似与《铜墙铁壁》无直接关系，但作家在这种战争形势的波谲云诡和瞬息万变中，一定产生了与米脂三年、大连两年那种相对稳定的生活状态迥然对照的现实感。《铜墙铁壁》写的虽是沙家店战役，但变幻莫测的现实感却从大连就开始积累了。

在途经冀东区时，柳青发现当地土改斗争过火，导致老百姓投向敌区。走访了一些地方后，他向区党委和周恩来反映了土改中“左”的偏向，冀东区书记吴德邀请他参加了土改纠偏和复查工作。柳青显示出很强的工作方法和能力，安顿了当地老百姓。此外，他和工作组组长配合很好，十分尊重当地干部，每次到区委请示汇报，他都坚持让组长去。[②]这看似与《铜墙铁壁》无甚关系，但作为工作组领导，柳青处理复杂状况的工作能力，原则性与灵活性相结合的工作方法，尊重同志与锻炼下

① 刘可风:《柳青传》，第 90~91 页。

② 刘可风:《柳青传》，第 92~93 页。

属的高风亮节，这些都是柳青身体力行的好品质，《铜墙铁壁》中那些干部考察、培养、锻炼问题的现实感正是扎根于冀东区的工作实践。

同时，柳青的创作意识，随着漫长的旅途也发生了历史变化。最初，在《种谷记》接近完成之际，他一直记挂陕北的战争。他“精神上一度十分不安”，想离开舒适的大连回陕北“投身于火热的解放战争”。[①] 同时，1947 年 2 月抗战题材的短篇小说集《地雷》刚刚结集出版。柳青认为自己严重欠缺战争生活经验，“不但结构不了反映复杂激烈的战争、概括力强的作品，连需要正面描写战斗场面的细节时，也觉得能力不足”[②]。提升刻画战争场面的文学能力，成为柳青最初的创作动力。

1947 年 12 月经过哈尔滨时，刘白羽建议柳青：“可你没参加战争，是可惜了，你要知道这是决定中国人民命运的最后一战啊！”柳青的回应是：“我一定要参加战争，可是东北生活不熟悉，写不出，我想立刻回陕北，毛主席还在那里，我想我能赶上，我还要为最后一战出点力。”[③] 但在冀东区完成土改复查，再次上路已是 1948 年 6 月，陕北的重大战役已全部结束，战线南移。7 月，柳青途经西柏坡，与中宣部部长陆定一有一番对话：

> 陆定一问他：“为什么要回陕北去呢？”他说：“我想反映陕北人民在战争中的作用”。陆定一听过他的写作计划，感慨道：“没有陕北人民的支持，就没有陕北战争的胜利。”他介绍了陕北人民在战争中许多英勇无畏支援前线的事迹，一再对柳青说：“陕北人民要好好描写！”[④]

由于形势变化，参加战争的初衷不能实现，直接描画战斗生活又非所长，柳青不再试图去描写战斗场面，而是自觉转移到了陕北人民的表

① 蒙万夫等编《柳青写作生涯》，第 23 页。
② 刘可风：《柳青传》，第 89 页。
③ 蒙万夫、王晓鹏：《柳青传略》，第 41 页。
④ 刘可风：《柳青传》，第 94~95 页。

现主题上。虽然无法直接体验战争，但柳青的现实感却获得了再结构的契机。这一调整反而使得柳青可以依靠长期的现实感积累来支撑创作。在漫长的回乡途中，他“一路想象着《种谷记》的人物在战争中的表现，想把他们连续写下去”[①]。回到陕北，当第一次见到西北局的习仲勋，柳青就获得了重构故事的突破契机。习仲勋告诉他：“陕北是根据地，十来年主要是和平环境，没有经历过战争，所以，战争一来，干部们一时不适应，暴露出一些缺点，犯了一些错误。”柳青关心战争中哪些问题最突出，习仲勋说：“主要是粮食问题，大兵团的运动战，需要集中粮食很急，需要转移和疏散粮食也急，陕北的交通运输条件差，干部和群众大多忙于粮食。”[②]这一对话已凸显了干部问题和粮食问题，也触及了由“和平环境”转为“战争一来”的形势变化与人心波动。这就对柳青在创作中艺术构造“严重关头”起到了极为重要的作用。

柳青回乡旅途积累的现实感，既有变化莫测的形势发展，又有干部培养的自我体知，也有从战斗转移到人民的创作变化，更有和平环境变为战争环境及其人心考验的问题意识。因此，他虽进行了八个月的调查，却“写作时却很少用他们谈的东西”，因为最根本的生活积累，并非缺失的战争经验，亦非采访的故事素材，而是回乡途中的诸种经验。

1954 年，柳青曾多次谈及《铜墙铁壁》的创作经验。如第一次听到一个村干部办粮站的故事，就被“抓住了”，乃至“第一天接触到这个人，听了他讲自己的故事，冲动到恨不得当天晚上就动笔”，但“接触了更多的实际，就改变了主意，写了《铜墙铁壁》”。[③]从一个真人真事的短篇发展为一个长篇，“更多的实际”到底是什么？柳青如是说：

> 除了沙家店，我在刘家峁仓库住过一星期，在战时也有粮站的高家坻住过两天，我经常到米脂县仓库去看他们如何工作。我还在有一个民兵战斗英雄（……）的村里住过五天，又在有一个战时宁

① 孟广来、牛运清编《中国当代文学研究资料·柳青专集》，第 20 页。

② 刘可风:《柳青传》，第 95 页。

③ 孟广来、牛运清编《中国当代文学研究资料·柳青专集》，第 20 页。

> 死不屈的村干部的村里住过三天。我到过五个区的领导机关，和他们乱谈战时的生活和工作。我到葭县城、乌龙铺、镇川堡，我下小馆和人们拉扯战时他们自己的遭遇。[①]

柳青是脚踏实地下了功夫的，这些工作的意义，一是有助于把握细节的真实，比如去看仓库如何工作，不难发现作品中金树旺看星过秤这一饱含生活气息又寓意丰富的经验来源；二是有助于把握典型环境的构造，从县城一直到粮站乃至小馆，作品中民工们或婆姨们的七嘴八舌等“自己的遭遇”正源于此；三是从葭县、乌龙铺、沙家店、镇川堡一路走访，给作家提供了活生生的地方空间感，即作品中南线与北线、无定河与黄河畔那些醒目的文学空间。

至于小说的原型主人公折得富和沙家店村，柳青更是花了很大功夫。他与折得富“坐在炕上拉谈十来天，和当时的粮站会计谈了九天，其他的人，只要能说上粮站情况的，就找来坐在炕上不断地问战争经过……”[②]诸如慰劳伤员的苹果与鸡蛋，妇女们缝有“消灭胡匪”与自己姓名的军鞋，准备绿豆汤消火等细节，都进入了作品，使文学细节具有浓厚的生活气息。但是，主人公石得富却非完全照着折得富画出来的：

> 《铜墙铁壁》里的石得富是三个人的事迹合起来的，他的模特儿（年纪、个性、外表特征和有类似的恋爱故事）是我当乡文书的那个乡的民兵队长，事件发生时他已参军二年，我听说已经当了排长。而那三个人都在四十岁上下，互相离几十里。在沙家店办粮站的那个有老婆和孩子，性格暴躁，强迫命令作风严重，但是对敌斗争顽强得很。我把这三个人的事揉合在一个模特儿的身上，费了很大劲，还是没把人物写活。至于区委书记金树旺和区长曹安本，两个都是我过去当乡文书时区上干部的影子，但却增添了许多别人的东西。[③]

---

① 孟广来、牛运清编《中国当代文学研究资料·柳青专集》，第 23 页。

② 刘可风:《柳青传》，第 96 页。

③ 孟广来、牛运清编《中国当代文学研究资料·柳青专集》，第 24~25 页。

这里有两个问题。其一，石得富、金树旺、曹安本这几个典型人物，原型还是来自“米脂三年”。虽是沙家店故事，但柳青的问题意识隐隐延续了“米脂三年”的“安心”意旨。其二，典型环境的调查，许多都写入了小说，而典型人物的采访，却更多艺术加工。环境“实录”与人物“虚构”相结合，“亦实亦虚”能够在艺术表达上圆融自洽，关键就是柳青回乡途中的现实感积累，赋予了人物形象以真正的艺术生命力。

折得富与石得富的差距，其实正是经典史诗意义上的常法。正如亚里斯多德所说：

> 既然悲剧是对于比一般人好的人的摹仿，诗人就应该向优秀的肖像画家学习；他们画出一个人的特殊面貌，求其相似而又比原来的人更美；诗人摹仿易怒的或不易怒的或具有诸如此类的气质的人〔就他们的“性格”而论〕，也必须求其相似而又善良，〔顽固的“性格”的例子〕例如荷马写阿喀琉斯为人既善良而又与我们相似。[①]

借此古典诗学视野来看，所谓“求其相似而又比原来的人更美”，并非仅仅意在“美化”人物，而是有着艺术与伦理的交叠意义：“求其相似”，可以让作为“一般人”的读者从主人公的身上认出自己来；“又比原来的人更美”，则可以让主人公给作为“一般人”的读者起到模范表率的作用，从而引起“一般人”去摹仿那些值得追求的高尚品质。真实的折得富，“有老婆和孩子，性格暴躁，强迫命令作风严重，但是对敌斗争顽强得很”，但正是“按照人应当有的样子来描写”[②]，“石得富”就比折得富显得“更美”，而且也值得被包括折得富在内的所有人民群众视为“模范”去摹仿。

---

① 〔古希腊〕亚里斯多德：《诗学》，罗念生译，第 42~43 页。

② 〔古希腊〕亚里斯多德：《诗学》，罗念生译，第 79 页。

四 文学感的历史改造：结构视角与历史眼光

1951年9月，人民文学出版社在“文艺建设丛书”中推出了《铜墙铁壁》。同月，柳青在《人民日报》发表文章《毛泽东思想教导着我》，特别提及了《种谷记》和刚出版的新作：

> 我的小说《种谷记》就有不少这样的痕迹，虽然把有别于劳动人民的思想感情强加到我的人物的情况较少，但是那种描写手法显露出我有一定程度的欣赏我的人物和他们的生活之嫌……我在那本小说里的歌颂、谴责和鞭挞，都是有限量的。我太醉心于早已过时的旧现实主义的人物刻划和场面描写，反而使作品没有获得足够的力量。……我在新的小说《铜墙铁壁》里作了最大的努力，有了一些改进。[①]

柳青认为，《铜墙铁壁》比《种谷记》有了“一些改进”，表面上是指新的艺术手法相对于“旧现实主义”的差异。但在《种谷记》中，思想感情已经站在了劳动人民立场，只是描写手法有失“欣赏”之嫌。那么，“一些改进”和“最大的努力”究竟是什么?《种谷记》讲述了抗战后期陕北农村变工互助的故事，《铜墙铁壁》则讲述了沙家店战役中村干部护粮支军的故事，对于柳青而言，“改进”与“努力”绝不会仅仅是题材差异，一定涉及文学感觉的突破，这就需要比照《种谷记》与《铜墙铁壁》的“变”与“不变”。

《种谷记》的故事发展到第十七章时，出现了一个新情节：“伊克昭盟发生了大事变，蒙古人不堪反动派的蹂躏”而起义，毗邻榆林地区的鄂尔多斯草原变成了战场：

> 除过现驻长城内外的傅作义、马占山、陈长捷和何文鼎所部之外，宁夏的马鸿逵也奉命由西线包剿，而在北线包头五原一带的日

① 孟广来、牛运清编《中国当代文学研究资料·柳青专集》，第18页。

> 本人，则隔着河套参观。在无定河流域的山头上，受苦人近日每天都看见飞机南北飞行着，金属的嗡嗡声震荡着天宇。[①]

这一情节当然不是故事主线，却构成王家沟原定的变工计划被破坏的缘由。突变的北线形势加上各种民间消息，坏人老雄更是有意造谣：“平了鞑子，返转就收拾八路军！”这就造成了村行政王克俭左顾右盼的动摇，他和存恩老汉一起抢下种而破坏了变工协议。作品中有一句话：“人在真正的恐怖中，有时倒还能听之任之地过活，唯独在自己制造的恐怖中，愈来愈加重着恐怖的气氛。”[②]“恐怖”其实是自己制造的，对王家沟的生活并没有实质危险。柳青将伊克昭盟事变结构进变工故事中，这个艺术构思已经跳出了一个村庄的内部，试图在更整体的局面中去“由大观小”地审视一个村庄，看看它会产生什么情况。但伴随这个带有突破萌芽性质的艺术构造，作品也遭遇了“限量”，王家沟人的心思很快就回到了村庄内部：“人们不说别的，只拉谈种谷的事情，仿佛伊盟事变已是很久以前的历史事件了，没有人提它。”[③]《种谷记》的文学感，一方面，的确深入了陕北农村的现实生活，行政王克俭、排长维宝、农会王加扶这些农民形象都鲜明各异又有根有据；另一方面，这种深入生活的“限量”是尚未将“生活”放到一个更历史的环境中去考察，仅仅当作“自己制造的恐怖”不了了之。试想，如果“真正的恐怖”来临，每个人物能否还“听之任之地过活”呢？他们又会呈现哪些变化？这些变化中将有什么新的品质？其实，这些正是《铜墙铁壁》比《种谷记》“努力”和“改进”的地方：其一，超越村庄层级的内部视角，把一个村庄摆到县城、镇、区、村的结构性视野中，考察上级政策领导与基层工作落实之间的层层经验；其二，将静态生活放到一个突变的历史环境中，考察历史形势中的各种人心变化。

在《种谷记》中，除了农会、行政、劳模、排长这些农民群像，教

① 柳青：《种谷记》，《柳青文集》第一卷，人民文学出版社，2005，第164页。

② 柳青：《种谷记》，《柳青文集》第一卷，第174页。

③ 柳青：《种谷记》，《柳青文集》第一卷，第178页。

员赵德铭也是非常有意义的一个形象，其塑造无疑具有特别针对性，它艺术地承载着“米脂三年”小资产阶级知识分子改造后的自我理解。赵德铭本来是一个想去延安学习的中学生，结果没有毕业便被分配到乡下做小学教员，这“给了他一个很大的打击，他几乎是一路叹着气去开学的”[①]。经过整风运动，“如梦初醒，如病痊愈”，“像丢掉了一个大包袱一样，又轻松又愉快地来到”王家沟。[②]出场时，赵德铭已经过整风运动，“村里的样样工作他都要插手”，变成了一个扎根农村的忙人。可见，“深入生活”“与群众打成一片”并不是塑造这一形象的用意所在。随着故事展开，赵德铭自身还是显露了看似不起眼但实际上严重的问题：事情顺利的时候满怀空想，事情不顺的时候则消极沮丧乃至乱发脾气。当老雄散布谣言促使王克俭和存恩老汉提前抢种导致变工决议被破坏以后，赵德铭又乱发脾气，“起先他对破坏决议的人所发的脾气已经有点过火，而后来他竟对反对破坏决议的人也发起来了”[③]。经过群众大会和程区长的教育，他才幡然醒悟：

> 想起昨天以来他自己感情上的变化，觉得好比受了一回教育，很失悔他昨天后晌的无谓生气。现在，他们每个人对他又全是那么可亲，即使破坏决议的人，他现在也明白不是个人可憎的问题了。让儿黑夜对区长的哭诉使真相大白，他奇怪老雄完全靠空幻的希望支持着自己，而不学白家沟的白三先生那样认清潮流的现实态度，他能支持多久呢？假使他所希望的形势永远不会到来，那么他将会怎样呢？赵德铭从这件事情，对王加扶也有了进一步的了解：你不要看他是个老粗，他有眼光，有气魄，总是不慌不忙，看得准拿得稳，可是他连自己的名字也不识。人类里边有的是人才，可惜旧社会全埋没了他们。[④]

① 柳青：《种谷记》，《柳青文集》第一卷，第 24 页。
② 柳青：《种谷记》，《柳青文集》第一卷，第 25 页。
③ 柳青：《种谷记》，《柳青文集》第一卷，第 189 页。
④ 柳青：《种谷记》，《柳青文集》第一卷，第 218 页。

赵德铭已经认识到了自己的错误，更重要的是，在程区长的教育下获得了用历史眼光看人看问题的醒悟。进而，他看到老雄“完全靠空幻的希望支持着自己”，而看到王加扶“看得准拿得稳”。但其反思主要还是靠程区长的言语激发，此种自我改造要真正由“知”落实到“行”，还需要历史的锻造和考验。因此，在这段“醒悟”情节中还隐藏了知与行、主观意识与客观环境之间的无形距离，这个症候就是其心理细节：“假使他所希望的形势永远不会到来，那么他将会怎样呢?”这个想法仍然有很强的主观性，因为还可以设想另一种可能性：“假使他所希望的形势真的到来，那么我们将会怎样呢?”差别就在于，“永远不会到来”的认知状态就是视谣言为谣言，而如果意识到“也许真的到来”或者“也许有可能到来”，其认知状态才达到一种更高意义的历史眼光。那就不会只是依据社会身份或阶级关系来简单诠释人物形象，更不会把“如此状态”当作了“必然状态”，而是能随历史环境的变化展现人物心态的相应变化。达到这个时刻的文学感觉，才真正具有了能动性的历史眼光，而非仅仅解释性的效果。由此，《种谷记》的结尾便显出了更多意味：

> 赵德铭在中学里曾经不止一次听过外来教员嫌陕北山沟里的景物单调，北平来的同志谈景山，青岛来的同志谈海湾，上海来的同志谈公园，武汉来的同志谈黄鹤楼……赵德铭没有离开过陕北一步，他想象不来那些地方的好处，好到什么程度。他只被目前的天堂一样的景色迷惑了，陶醉了，他像受苦人一样爱恋着这家乡和家乡的土地。他在村道上像一个大将军一样轩昂阔步地走着，一个人放大了嗓子，骄傲地唱着一支全边区流行的，除过老汉、老婆和吃奶娃娃之外，全会唱的歌子……[①]

无疑，赵德铭在扎根农村、深入群众上是完成了自我改造的，从出

① 柳青：《种谷记》，《柳青文集》第一卷，第224页。

场的“叹着气”到结尾的“爱恋着”都是最鲜明而又最凝练的表达。但此种自我感确立的前提是：将以前对延安城市生活的渴求转移到了对家乡土地的歌唱，生活方向和思想感情的确获得了改造。可是生活仍然会遇到历史变动，“目前的天堂”也许真的只是“目前的”。能否看到历史的变动，乃至在历史的变动中是否依然能找到“爱恋”的理由，也许才是这个文学形象的“限量”及值得“改进”的地方。

到了《铜墙铁壁》，赵德铭这类人物形象几乎完全消失，即使有区秘书尚生光这样的知识分子角色，却已完全不是表现的重要对象。知识分子角色在作品中的淡出，意味着柳青的文学感，不再以特定历史状况中的“知识分子改造”作为构思要点。或许，石得富并不只是折得富等三个原型的糅合，更内在包含了《种谷记》的王加扶和赵德铭这两个艺术形象。《铜墙铁壁》较之《种谷记》的“改进”，并非仅仅是思想感情和描写手法，更是现实感与自我感的双重推进，在现实感上更富于结构性的整体视野，在自我感上不再以“改造小资产阶级”作为前提，而是更注重把握“历史人心”，即人心在历史形势变动中的变化状况，以及从中产生的“新人”及其“新的品质”。

余论：走向“有生气”的“安心”

对比《转弯路上》与《毛泽东思想教导着我》，同样叙述生活道路与创作道路，但柳青的自我理解已发生了微妙而重要的变化。《转弯路上》主要反思“缺点和失败”，“逐渐地改造自己”[①]，《毛泽东思想教导着我》则试图“成为一个有生气、有出息、对革命有用的人”，“我也获得了一点在困难中微笑的革命品质”[②]。为什么有此变化？两篇文章写于《铜墙铁壁》创作的一前一后，由自我改造变为“生气”“出息”乃至“微笑”，未尝不是《铜墙铁壁》这一创作实践的精神影响。“生气”“出息”“微笑”，不正是新的“安心”状态吗？

---

① 孟广来、牛运清编《中国当代文学研究资料 · 柳青专集》，第 7~9 页。

② 孟广来、牛运清编《中国当代文学研究资料 · 柳青专集》，第 10~16 页。

“安心”，正是柳青的文学道路和生活道路中深深隐匿的一个母题。

首先，“安心”是指革命或战争应该带给人民一种值得期待的生活状态，它关涉着“新中国的生活与幸福应该是什么”这个根本问题。在早期短篇小说《废物》中，柳青就曾描写过一个“喋喋不休，固执己见而且好吹牛的老头子”王得中，宁冒战死的危险也要跟着队伍走，因为“做在里边，吃在里边，这就是好家。又不受谁的冤气，一个人一辈子还想怎么呢?”[①] 光棍一条的流民王得中，最终在革命队伍中找到了“家”的感觉，身心安顿才最后视死如归。在《地雷》中，李树元老头子的一辈子，“他所看见的世界，他所关心的世界很小；这个世界便是他的家”，既担忧送地雷的儿子，又因为支前是打鬼子而“整个地陷入一种既非完全忧虑，也非完全乐观的境况中”，世道的变化使这个庄稼汉“竟也不懂庄稼汉心理上所起的变化了”。最后银宝的英雄事迹上了报，村民和村长都非常尊敬他，“老头子眼泪快掉下来了”，感慨着“这世道还要把我改变一下哩”[②]。早期的柳青已显出了独特的艺术洞察力，他从革命与战争中捕捉着比表面的战斗、牺牲、壮烈显得更平静、更自然、更有关普通人身心的信息，即革命并非破坏或毁灭，人民战争是要重建每个人在社会中身心安顿的自我感、秩序感乃至尊严感。

但是，早期的柳青又因为没有经过思想改造和“深入生活”，所以在反映革命带来的生活变动时，有时也会呈现出如《喜事》[③] 中的旧妇离婚新妇泣等混乱现象。到了《铜墙铁壁》中对银凤、兰英的塑造，革命带给家庭的意义则起了大变化，兰英与马金宝的恋爱使“这旧式婚姻一下子就完全变成新式的了”，马连长不仅自己在部队上节节进步，而且为了追赶对象的进步，兰英也入学识字，担任妇女主任，入党，更加积极工作。[④] 银凤与石得富之间的恋爱，也从一个“郎情女意”甚而被人误解为“酸”的传统乡村爱情故事，发展成了由爱而慕，进而摹仿先进

① 柳青:《废物》,《柳青文集》第四卷，第 61 页。
② 柳青:《地雷》,《柳青文集》第四卷，第 31~44 页。
③ 柳青:《喜事》,《柳青文集》第四卷，第 77~90 页。
④ 柳青:《铜墙铁壁》，第 60 页。

与互相学习的故事。石得富是模范，银凤也积极争当模范，本来被误解的爱情在紧张形势下反而获得了众人理解，个体感情因与人民事业的结合，也更坚定更安心。新旧婚恋不再是二元对立，在人民战争的历史性构造中，“人民性”同样可以将传统婚姻感情予以包容与安顿。

其次，“安心”是指柳青笔下人物的一种新的品质，即在主观意识面对复杂变化的客观环境时能够清醒、冷静地认清形势与解决问题，它关涉着“新的中国人应该是什么”这个根本问题。在早期作品《牺牲者》中，柳青通过一个班在夜间执行警戒哨的场景叙述了一个青年战斗英雄马银贵的成长与牺牲，马银贵从小做工受剥削，后来参加了革命队伍，十分守纪律，讲学习讲团结且从不请假，也常教导青年队员“打完日本还有工作哩，不要受了批评就嘴噘起来了”。甚至连曾在阎锡山队伍里当过兵的刘占鳌都感慨：“到八路军里来，俺才看见这样坚决的战士。”[①] 这个故事已经显示出柳青对“新人”的最初关注，只是由于生活经验与创作经验所限，未能呈现出“新的品质”的历史依据。在《种谷记》中，王加扶也是一个“有眼光，有气魄，总是不慌不忙，看得准拿得稳”的主人公，石得富更是如此。在这类人物的文学刻画中，“安心”品质及其所扎根的“深入生活”“历史眼光”，以近于古典素朴的艺术手法展现着“它们是我们曾经是的东西，它们是我们应该重新成为的东西”[②]。这样一个充满古典史诗品格意味的命题，才是柳青文学经验一以贯之的核心题旨。

再次，“安心”是指柳青生活道路中有关现实感与精神感的自我理解与自我反思，它关涉着“一个将生命融入时代的作家是什么样的人”这个根本问题。柳青一生从新中国成立前的东奔西走到1952年落户长安县，其中行迹由“不稳”到“稳住”，也是心迹由“不安”到“安心”。从早期自恃出身成分好、入党早、早期作品思想正确等“很革命”的自我感，在米脂三年的下乡中才痛省这三个思想包袱，通过与群众打

---

① 柳青:《牺牲者》,《柳青文集》第四卷，第13~19页。

② 〔德〕席勒:《论素朴的诗与感伤的诗》,《秀美与尊严》，张玉能译，文化艺术出版社，1996，第263页。

成一片完成了“深入生活”的自我改造，后来又通过漫长曲折的回乡旅程积累了诸种现实感和历史感，进一步完成了“深入历史”的自我改造，并走向了“有生气”“有出息”“对革命有用的人”等崭新的“安心”理解。

《铜墙铁壁》正处在了柳青的文学道路与生活道路由反思旧我迈向再塑新我的“转弯路上”。作品不仅反映了沙家店战役的历史细节与生活经验，歌颂了作为“真正的铜墙铁壁”的“千百万真心实意地拥护革命的群众”，同时更艺术地探讨了千百万人民的“真心实意”究竟从哪儿来这个核心问题。它来自整风运动的正心诚意，来自从毛主席到村干部的集体表率，来自子弟兵与老百姓一家人的相互安顿，来自领导人民战争的人本就是人民中的一分子，更来自每一位普通老百姓在观摩英雄模范时产生的新的自我期许。石得富与折得富的差异，就是“诗”与“历史”的差异：“写诗这种活动比写历史更富于哲学意味，更被严肃地对待；因为诗所描述的事带有普遍性，历史则叙述个别的事。”[①] 相较个别事件的沙家店战斗，作品的“哲学意味”及其“普遍性”正是“安心”。

如果说，《铜墙铁壁》的文本内容具备着《伊里亚特》般的高尚品质，那么，柳青的创作道路则隐现出《奥德赛》般的身心磨炼。在文本与主体的双重意义上，由“安身”而“安心”，进而走向“有生气”，柳青从陕北再出发，走向了更高的美学境界与更新的历史追求。

① 〔古希腊〕亚里斯多德：《诗学》，罗念生译，第24~25页。

伦理世界的技术魅影

——以《创业史》中的“农技员”形象为中心

李　哲

在《创业史》中，柳青对韩培生这一人物着墨不多，即使相较于小说中那些为数众多的次要人物，他也显得颇不起眼。而在针对《创业史》的研究中，人们也把目光更多集中在梁生宝、梁三老汉这些性格鲜明的人物身上，而对韩培生没有太多关注。然而，韩培生显然不是一个可有可无的角色。对这个人物而言，真正富于意味的并不是性格特征，而是其作为“农业技术员”的身份。正如小说中派遣韩培生下乡加入互助组的区委书记王佐民所说，技术员“要克服单纯推广农业新技术的偏向，要帮助做点巩固和提高互助组的工作”[①]。从这个意义上说，技术员韩培生凝聚着柳青对“技术”与“合作化运动”之间关系的深入思考。本文试图借助社会史的视野观照《创业史》及韩培生这一独特的人物形象，以此展开对20世纪50年代中国“农业技术”话语多重意涵的挖掘和讨论。

一

1978年，邓小平在全国科学大会上提出了“科学技术是生产力”的著名论断。细究起来，这一论断有两点值得注意：第一，将“技术”

① 柳青:《创业史》第一部，中国青年出版社，1960，第422页。以下所引第一部，除非特别注明，均指此版本。

与“科学”连用，形成“科学技术”这一当下通行的说法；第二，则是把“技术”归入生产力的范畴，并将其视为促进生产力提高的工具性中介。这种对“技术”的理解深度参与了“新时期”以“现代化”为鹄的的主流意识形态建构，正如蔡翔在其《流水三十年》的《自序》里所言：“‘现代化’，也更多地被技术化，或者可以称之为‘技术现代性’。正是‘技术’（科学）的介入，这一所谓的历史转折才可能完成，显然，技术崇拜—科学崇拜—制度崇拜—意识形态崇拜，也正是1980年代的逻辑演变，这一逻辑帮助中国重新回到‘世界体系’之中。”[①] 当然，如果从中国共产党“技术话语”内部整体流变来看，上述理解并非一以贯之，尤其《创业史》所涉及的“农业技术”[②] 更是有着自身特定的历史内涵。因此，有必要在中国共产党领导的革命实践和社会主义建设实践中对“技术”予以历史性把握，而这也正是理解《创业史》中“技术叙事”的重要前提。

20世纪40年代中期，中国共产党各革命根据地发动的“大生产运动”中，“技术”问题曾经得到高度重视和广泛报道，这可能代表了革命战争时期中国共产党对“技术”的普遍理解。当时的太行根据地领导人赖若愚在一篇总结性文章中提及：“运动中涌现了大批劳动英雄，各种技术能手和领导生产的模范工作者，并在他们的领导之下，农业生产上广泛的组织起来了……”[③] 与20世纪80年代相比，20世纪40年代中期的中国共产党人对“技术”的理解有诸多特殊性。

首先，20世纪40年代所指涉的“技术”虽然也有诸多“科学”意识的成分，但它并不等同于20世纪80年代以后现代化意义上的“科学技术”，而更多关联着乡村内部在地的农事经验。因此，所谓“技术能手”并不是那些掌握了现代科学知识的人，而是指乡村内部土生土长的“庄稼把式”，“主要是把土生土长的技术能手组织起来，利用他们的实

① 蔡翔：《当代文学与文化批评书系·蔡翔卷》，北京师范大学出版社，2010，第2页。

② “技术”这一概念的历史内涵颇为丰富，但受论域所限，本文所涉及的“技术”仅指“农业技术”。

③ 赖若愚：《太行两年来翻身杀敌生产经验》，《人民日报》1947年1月15日。

际经验加以提高，才有了新的成绩和创造”。[①] 甚至在很多地方，那些有丰富耕作经验的老农民也会成为共产党人极为倚重的“技术人员”——“受训的干部下去，结合有经验的老农，以及劳动英雄等组成提高生产技术的指导核心；不断地向群众学习，采用科学与经验结合的方法推动耕作技术。”[②]

其次，20 世纪 40 年代的中国共产党人不把“技术”视为某种客观、中立的自足性的领域，“技术工作”的重点不在科学研发，而在推广、传播：“技术能手和技委会不仅自己要有技术，更要善于组织群众技术，明确了这一点后，在作法上就不是单纯自己干，而是面向群众，发现群众创造，组织群众经验，传播群众技术。”[③] 由此可见，此一时期的“技术”是与“组织起来”的政治实践密切相关的，它“不仅推动了生产运动，且使党与群众的关系得到进一步改善”[④]。从这个意义上说，此时的“技术”并不能归于单一生产力范畴，而恰恰属于某种生产关系的层面——它充满了政治能动性，也体现着中国共产党人对马克思主义生产力与生产关系问题创造性的理解。

新中国成立之后，“技术”的外部语境和它自身的内涵都发生了巨大的变化。1949 年 12 月，全国农业生产会议召开，会议确定了“一九五〇年以恢复生产为主的总方针，制定了增产粮食一百亿斤、植棉五千万亩、产皮棉十三亿斤的总计划，并明确提出各地可因地制宜，拟定主要特种作物出口产品的恢复与增产的要求”[⑤]。如此，各地乡村的农业生产已经被组织进一个全国性的农业部门，并通过这个部门被纳入新中国整体的经济运行机制。这其实意味着，原本作为革命根据地的广大农村，愈发凸显了自身作为经济单位的功能属性，甚至可以说，

---

① 席凤洲：《组织改进农业技术》，《人民日报》1946 年 12 月 12 日。

② 黎城联合办公室：《增产的保证 精耕细作提高技术》，《人民日报》1946 年 11 月 12 日。

③ 《农业技术领导中的群众路线——太行三专区一年农林工作检讨》，《人民日报》1947 年 12 月 9 日。

④ 史林琪：《前太行区的生产运动与经验的介绍》，《人民日报》1949 年 9 月 3 日。

⑤ 《全国农业生产会议闭幕制定明年增产计划增产粮食百亿斤、植棉五千万亩、产皮棉十三亿斤》，《人民日报》1949 年 12 月 26 日。

“经济”在共和国的国家体制中已经形成了一套相对自足的“发展”逻辑。事实上，50年代由国家针对乡村发动的多项“运动”（如新的“土地改革运动”、“爱国丰产运动”以及本文重点论述的“合作化运动”和1958年的“大跃进运动”）都高度重视“生产”问题，并要求农村干部群众“集中精力在丰产事业上”。

正是基于上述外部语境的更迭，原本在“大生产运动”中发展起来的“技术”及其内涵也发生了微妙变化。首先，此时的“技术”不再指涉乡村内部的“农事经验”，而是指从苏联大规模引入的现代农业科学技术。这意味着，“技术”逐渐脱离了乡村内部的“农事经验”，而变成了来自乡村外部的异质性存在。其次，“技术”的政治意涵开始淡化，它逐渐以某种“生产投入”要素的方式被纳入整体的经济运作过程，并成为提高农作物产量的工具性中介。此时，一种新兴的“技术话语”开始流行，其中的典型即是以米丘林、李森科为代表的苏联农业生物学说。这种学说强调的是借助技术提高农作物产量，如作为中央人民政府农业部顾问的苏联农学专家卢森科就宣称“中国农业生产存在着无限的潜在力”，要求农民打破“反动的‘土地报酬递减率’和‘生产极限’说的影响”[①]。也正是在这种新“技术话语”的指引下，中国乡村的农业生产实践发生了巨大变化：“广大农民在已有劳动实践的基础上，因为逐渐接受了苏联先进经验的影响，在爱国增产竞赛运动中，出现了许多丰产典型，从而打破了‘生产到顶’的保守思想。”[②]由此，在革命战争时期处于“生产关系变革”层面的“农业技术”，已经在新中国成立后的经济建设中转移至“生产力发展”的范畴，或者说，它从既往的政治语境中游离出来，而深度嵌入经济领域，形成了一个“技术—经济”一体的现代化逻辑。

当然，“技术—经济”的逻辑并不意味着它对“技术—政治”逻辑的完全取代，事实上，20世纪50年代中国的“技术话语”兼具双重属性。一方面，以技术追求“丰产”的设想实际暗合了邓小平“科学技术

① 李蓬茵：《中国人民感谢苏联农学专家卢森科》，《人民日报》1952年8月23日。
② 李蓬茵：《中国人民感谢苏联农学专家卢森科》，《人民日报》1952年8月23日。

是生产力”的论断，把“生产”视为“压倒一切的中心任务”的说法在50年代颇为流行。但另一方面，当时中国共产党内的农村工作者们也充分意识到“技术—经济”这一现代化逻辑在提高劳动生产率的同时，也会脱离群众的实际需要和切身利益，进而游离出“社会主义”的根本方向。因此，此时“农业技术”话语常常呈现出某种具有兼容性的策略：“我们曾反对教条主义，反对技术上的投降主义，搬用外国的一套，反对沉迷于个人兴趣，企图向外国取得博士学位的脱离群众的做法，也反对抵抗应用现代自然科学成就的经验主义。”[①]表面看来，这种兼容主义呈现出某种以“群众路线”制衡“唯技术主义”的趋向，如有的报道指出：“从事农业科学研究工作的人员，则必须结合广大群众的丰富经验进行试验研究。”[②]但实际上，这种看似相辅相成的“技术—政治”关系是以“技术”（“经济”）对“政治”的吸纳和消解为前提的：“我们不能满足于已有的技术成就及群众的现有经验。必须学习先进的农业科学理论——米丘林学说。”[③]

在这一前提之下，“老农”这个在革命战争时期具有“技术—政治”意涵的群体同样被纳入了“技术—经济”的逻辑。例如在20世纪50年代的快板剧《深耕密植多打粮》中，作者讲述了一个父子二人“比收成，看谁粮食打得多”的故事，儿子由于采用了“深耕密植法”而实现了丰产，父亲则“在事实面前相信了新法种田的好处，表示今后也要采用新办法了”，而邻居单干户老王则受到震动，“提出要求参加互助组”[④]。事实上，这种看似消弭内在矛盾的兼容性叙事有着非常严重的“经济”偏向。首先，互助组的成功是通过“丰产”证明的。这实际上意味着把互助组和单干户两者放进了一个能够通过量化数字通约的比较结构，它掩盖了两者在社会发展道路上的根本差异，进而把政治意

① 田活农：《战时农村中的科学普及工作》，《人民日报》1949年7月26日。

② 本报讯：《开展群众性的提高农业技术运动争取一九五一年农业丰收》，《人民日报》1951年3月2日。

③ 本报讯：《开展群众性的提高农业技术运动争取一九五一年农业丰收》，《人民日报》1951年3月2日。

④ 陶熊：《深耕密植多打粮》，华东人民出版社，1954，首页。

义上的“路线斗争”转变成了经济层面的“竞争”。其次，快板剧所说的“丰产”也是通过“技术变革”来实现的，这实际上契合了50年代“把老农生产经验提高到科学水平”[①]的“技术进步”叙事。在这样的叙事中，冲突的展开乃是在一条线性的“经济发展”维度上，是“新技术”对“旧经验”的代替，而政治经济学层面的社会语境被悄然抽空了。需要指出的是，这种“技术”层面的“新旧矛盾”被视为是完全可以调和的，是可以随着经济发展的现代化进程予以自然化解的。正因如此，快板剧最终是一个“父子和好如初”的大团圆结局。

但针对此类“技术进步”叙事需要提出的问题是：互助组的增产究竟是生产关系变革本身的效果，还是仅仅在于推行了新技术？新技术既然能被互助组采用，那又为何不能被单干户所采用？而单干户在“比拼”失败后要求加入互助组，究竟是对它所代表的社会理想的认同，还是仅仅在于可以牟取私利？显然，“技术进步”叙事对此类问题只能予以搁置和回避，而正是以此为基础，“技术进步”叙事才会将“社会主义合作化运动”窄化为一场“去政治化”的“现代化运动”。

二

在《创业史》中，柳青借助县委杨书记之口指出：“在互助合作这方面，还要做出榜样来，叫群众看一看哩。有一部分先进群众，讲道理，可以接受，可是大部分庄稼人要看事实哩！这个和土改不同，你说得天花乱坠，他要看是不是多打粮食，是不是增加收入。”[②]事实上，梁生宝的原型人物王家斌之所以能够进入柳青的视野，首先在于他领导的互助组实现了“丰产”，如柳青自己所言：“秋收的时候，有一天，区委书记孟维刚高高兴兴地跑来找我了，说四村那个重点王家斌互助组丰产了。他们有一亩五分九厘做合理密植试验的稻田，达到了每亩九百九十七斤半的

① 《华北农业技术会议总结》，《人民日报》1951年3月2日。

② 柳青：《创业史》第一部，第242页。

平均产量，其余都达到平均六百二十五斤，创造了全区的丰产新纪录。”[①]对柳青而言，“丰产”同样构成了“互助组”真正成功的标志，在这一点上，柳青与同时期大部分“合作化”题材的小说作者们并没有根本区别。

但是，《创业史》的叙事并没有成为一个“技术进步”的现代化叙事，他的独特之处在于对“丰产”原因的追问。与其他人不同，柳青把“丰产”的原因指向了王家斌这个“新人”的“社会主义觉悟”：“新的人物总是在人们不知不觉中生长起来，当他们做出了惊人的业绩时，人们才看见他们。”[②]这种指向显然带有鲜明的建构性。在 20 世纪 50 年代的中国，包括“密植”在内的现代农业技术开始由苏联大规模引入，并对各地农村的丰产起到了至关重要的作用。正如柳青自己所说，王家斌互助组实现丰产的关键是在那“一亩五分九厘做合理密植试验的稻田”。但对于主持“密植试验”的农业技术指导员曹大个的情况，柳青却没有详细交代，他只是在文中隐约提及，王家斌的互助组“过河要趟水，河底是卵石，夜里去开会，行动很不便；我一回也没去过，有一个农业技术指导站的同志经常住在那里”[③]。显然，柳青似乎把更多的精力用于“发现”互助组领导人王家斌身上的“新人的性格”，而曹大个这个长期驻扎互助组的重要人物始终在柳青视野的边缘，如“魅影”一般若隐若现。很难把这种“视而不见”视为偶然，因为这不仅仅是对某个具体人物的喜恶，更涉及柳青对“技术”之于“合作化运动”价值意义的判断——他显然不愿意把“技术革新”视为王家斌互助组取得成功的主导因素，而他理想中的“社会主义新人”及“社会主义”本身都对能够实现“丰产”的“技术”有着疏离和规避。

与皇甫村互助组的曹大个一样，《创业史》中的技术员韩培生这一人物也是“高大个子”，同样的职业身份和相似的体貌特征，表征着两者之间有非常密切的渊源。当然，与《灯塔，照耀着我们吧！》（后文简

① 柳青：《灯塔，照耀着我们吧！》，《柳青小说散文集》，中国青年出版社，1979，第 13 页。

② 柳青：《灯塔，照耀着我们吧！》，《柳青小说散文集》，第 15 页。

③ 柳青：《灯塔，照耀着我们吧！》，《柳青小说散文集》，第 13 页。

称《灯塔》）中一笔带过的曹大个不同，《创业史》中的韩培生显然已经是一个远为丰富、立体且有着完整“经历”的人物。由此可以说，《灯塔》中那个被略写的人物在长篇小说《创业史》中被柳青大幅度地“展开”了。但需要指出的是，这种“展开”并不意味着柳青对这一人物及与之相关的“技术”在态度上有所改变。因为随着人物一起“展开”的，正是那种在《灯塔》中已经出现的人物关系的不平衡性——在《创业史》的小说叙事中，柳青把两个人物嵌入了一个充满对应的结构，这使得记述散文中彼此疏离的“焦点人物”与“边缘人物”产生了某种近距离的反差效果。

通过对记述散文与小说两个文本的比对，我们能很容易看出柳青“展开”人物并呈现人物间“反差”的叙事效果。首先需要提及的是梁生宝“买稻种”这一关键情节。“买稻种”意味着梁生宝的出场，在诸多柳青研究者那里，它也最充分地体现了梁生宝大公无私的“觉悟”和“社会主义新人”品性。这一认识也与作家柳青自身的创作意图若合符节。在《灯塔》中，柳青也写到了王家斌买稻种的故事：“农业技术指导员曹大个帮他们的互助组订了水稻合理密植计划，他就自告奋勇坐火车到几百里以外的眉县去买优良稻种。”[①] 在这里，“买稻种”的细节已经被详细地铺陈出来：“他除了车票、稻种价、脚价，没多花一个钱。他用竹篮子提着干锅饼，来回吃了一路。”[②] 正是通过这些细节，柳青试图把握王家斌身上“新人的性格”。但问题在于，柳青在《灯塔》中的叙述同样暴露了另一个重要事实：王家斌买稻种是“自告奋勇”，这个“自告奋勇”指向的人物恰恰是技术员曹大个。也就是说，“买稻种”这一体现“新人性格”的行动本身是对“水稻合理密植计划”的实施，是这个整体计划中的某个特定环节。而到了《创业史》的小说叙事中，柳青把与曹大个相应的技术员韩培生的出场时间大幅度后移，而“买稻种”也就成为专属于梁生宝一人的独立行动——一个没有前因的、具有开端性的事件。可以说，柳青在现实中对“典型人物”的“发现”过

① 柳青:《灯塔，照耀着我们吧！》,《柳青小说散文集》，第 14 页。

② 柳青:《灯塔，照耀着我们吧！》,《柳青小说散文集》，第 14 页。

程，其实也是把“人物”从“水稻合理密植计划”这类“技术”范畴予以抽离的过程；而他在叙事上对“典型人物”的“呈现”，同样也伴随着对“技术”的“遮蔽”和“变形”。由此，王家斌所身处的“技术语境”，在《创业史》的梁生宝身上已被悄然抹除。

如果说有关梁生宝的叙事是在理想层面展开，那么韩培生和他所代表的“技术”则处于错综复杂的现实矛盾中，他的经历折射出合作化运动困难的一面。如前所述，相比原型而言，《创业史》中的技术员韩培生的出场时间被大幅度后移，柳青特意把韩培生到来的时间安排在梁生宝带领部分社员进山割竹子的节点上，前者不仅住进了后者空出的草棚屋，而且也在事实上代行了后者在互助组中的领导职能。因此，韩培生此时的工作其实包括两个方面：第一，作为技术员推广先进的农业技术，帮助互助组实现增产；第二，作为一个“技术型领导”，管理互助组日常事务，并推进互助合作工作顺利展开。但这两项工作的效果却大不相同：作为农业技术员的韩培生非常出色地完成了任务，选种、育秧、除虫都是一把好手，而互助组在他的技术加持下也确实实现了丰产。但是，这个暂时由“农业技术员”领导的互助组，却先后遭遇了生禄、拴拴两起退社事件，陷入了濒临散伙的严重危机。这种充满症候性的叙事暴露出柳青对“技术”及“合作化运动”关系的深刻认识：第一，“丰产”本身并不等于“合作化运动”的成功；第二，“技术”（“技术—经济”逻辑）与“合作化运动”存在着难以调和的根本性矛盾。

与那些信仰“技术进步”叙事的文学创作者相比，柳青这种充满症候性的叙事意味着另外的视野和维度，这是基于他对“社会主义”更为现实和深刻的理解。1951 年，柳青曾访问过社会主义苏联，在其他人关注“苏联”的现代化物质景观时，他却指出：“人们不应该光羡慕人家的成就，而更重要的是学习人家创造这些成就的精神……那就是积极的工作精神和朴素的生活态度已经不止为少数先进分子所具有，而是变成社会道德的一般水平了。”[①] 这种对“苏联”独特的感受方式，自然也

① 柳青：《苏联人民——真正幸福的人们》，《人民日报》1952 年 2 月 13 日。

会投射到他对中国自身社会主义建设事业的认知上，即他不仅要建设一个富强的现代化国家，也要建构一个公平正义的理想社会。从这个意义上说，柳青对“合作化运动”和“社会主义”的理解是从“信仰”层面展开的，其中隐含着一个具有超越性的伦理维度。正是这个超越性维度的存在，使得柳青对现代化充满了疑问和反思。

《创业史》的故事发生在20世纪50年代初中国从“土地改革”向“社会主义改造”的过渡时期。在“土地改革”中，中国广大农民分到了土地，而中国共产党人也践行了“耕者有其田”的许诺。对此时期获得土地的农民而言，“信仰”与“利益”是高度一体的状态。但在柳青这种对“社会主义”充满热情信仰和清醒认识的作家眼中，“利益”与“信仰”的一体化状态恰恰是令人忧虑的，他通过自己的观察发现：“人们用镜框子把土地证装起来，挂在屋墙上毛主席像下边，却打着自己的小算盘。”[①] 在这些农民眼中，毛主席几乎成了个人土地财产的保护神，而那种更为宏阔的社会主义理想则在现实面前丧失了自身的超越性。柳青其实已经认识到，“改变贫穷的生活，没有什么了不起的困难；改造落后意识，才是我们党真正的负担”。[②] 在这里，前半句话点出了“社会主义革命”和“新民主主义革命”之间的连续性，而后半句话才真正划出了两者之间的分野。对柳青而言，隶属于“社会主义革命”范畴的“农村合作化运动”必须从两个维度上同时展开——它既是一场经济革命，但同时更是一场触及“意识”的社会革命、政治革命和伦理革命。在“新民主主义革命”的话语范畴中，“经济”和关乎公平正义的“伦理”实际上被处理成两个前后相续的历史阶段，即中国先通过发展资本主义建成富裕强盛的民族国家，然后再通过国家主导的分配机制实现社会主义层面上的平等诉求。而在“社会主义革命”的话语范畴里，两个历时性的因素被并置于共时性的场域之中，所以它们之间必然产生某种内在的结构性矛盾。如何面对和克服这种矛盾，不仅对中国共产党人的执政能力提出了严峻挑战，也对写作此类题材的作家的创作态度和叙事

① 柳青:《灯塔，照耀着我们吧！》,《柳青小说散文集》，第12~13页。
② 柳青:《创业史》第一部，第65页。

能力构成重大考验。

与其他作家不同，柳青在《创业史》中的叙事不是一个在线性时间维度上展开的“新旧交替”过程，而是一个以“阶级话语”构筑起的矛盾重重的世界。尽管在“土地改革”之后地主已经不复存在，但是村中的“自发势力”如野草般蔓延，富农姚士杰对新政权暗藏祸心，富裕中农梁生禄打着自己的如意算盘，而贫农王瞎子则对互助合作的前途毫无信心，即使像土改涌现出的进步人物郭振山也开始牟取私利。这一系列人物结构起一组组尖锐矛盾，富农与贫下中农之间，中农与贫农之间，乃至贫农与贫农之间——在乡村社会内部，这些矛盾甚至超出了“阶级”的畛域，成为某种弥散性的存在。可见，柳青心目中的“社会主义革命”是对“新民主主义革命”不足的超越与克服。因此，“社会主义革命”所召唤出的先进人物必然要有与“新民主主义革命”完全不同的精神品格，他必须破除那种“利益—信仰”的一体化关联。正是在此意义上，梁生宝这类理想型的人物才得以诞生。在其身上，“利益”和“信仰”被离析开来且形成尖锐的矛盾——“利益”成为“信仰”的试金石，而“信仰”则必须在对“个人利益”的弃置中保持自身的纯粹性。

在这种充满政治性和伦理性的社会空间中，像快板剧《深耕密植多打粮》那种“技术进步”叙事根本就无法生成。在柳青笔下，那些有“经验”的、作为“庄稼把式”的老农，恰恰是富裕中农郭世富这类人物，而掌握了现代农业技术的韩培生也是一个强烈要求进步的中农知识分子，两者不可能被纳入“新技术”代替“旧经验”这种自足性的现代化演进链条之中。在柳青那里，根本不存在任何“自足性”的技术场域，甚至“技术自足性”本身都是被特定意识形态话语强力塑造的结果。从这个意义上说，柳青在真正意义上恢复了技术本就应有的政治语境，也把那种“技术—经济”的现代化逻辑置于被严肃审视的对象化位置上。

三

如上所述，柳青在《创业史》中彻底消解了技术在叙事上的自足性维度，这使得小说中技术员韩培生的“技术实践”需要在更广阔的视域中予以充分理解。事实上，"技术员"不仅指称着韩培生的技能，也意味着他的身份。《灯塔》中的曹大个长期驻扎在合作组工作，如柳青自己所说："有一个农业技术指导站的同志经常住在那里。"[①]但在小说中，韩培生却是由区委书记王佐民派遣入组——"摆在你们组里搞水稻密植"[②]。所以对于梁生宝的互助组，技术员韩培生实际上成为一个半途加入的外来者。

这种外来者的身份意味着农业技术员韩培生充当了"国家"与"乡村"之间的中介性角色，"技术推广"的一端是代表国家意志的技术员韩培生，而另一端则是梁生宝互助组的组员乃至整个蛤蟆滩的村民。在这里，"技术推广"不可能是一个单向度、直线式的过程，而是意味着"国家"与"乡村"之间的双向互动——"国家"将"农业技术"推广至"乡村"内部的过程，必须同时也是"乡村"将"异己"的"技术"予以吸纳并转换为内部经验的过程。具体而言，派遣技术员韩培生直接进驻互助组不仅需要他把新式农业技术传播到农村，而且意味着他必须将自身真正嵌入乡村社会内部并深度参与"合作化运动"进程——他既是"农业知识"的普及者，也是新式"农业生产经验"的创造者。正是在这个意义上，韩培生的"农业技术推广"是具有多重维度的实践。

这种实践大致可以分为科学实践、社会实践、政治实践和伦理实践四种类型。首先，"技术推广"乃是指向自然界的科学实践。柳青非常细致地描摹了韩培生在技术推广工作中的诸多场景，如果从农业技术层面来看，这些场景似乎能够组成一个完整的技术程序链条。而作为这种科学实践的结果，则是试验田中的新式秧苗的茁壮成长，柳青用非常传神的笔触写道：

> 梁生宝互助组的扁蒲秧，不管互助组在人事方面发生了什么事情，它只管它往高长。秧苗出息得一片翠绿、葱茂、可爱，绿茸茸的毯子一样，一块一块铺在秧床上。在灿烂的阳光照耀下，这种

① 柳青：《灯塔，照耀着我们吧！》，《柳青小说散文集》，第13页。

② 柳青：《创业史》第一部，第246页。

> 绿，真象宝石一样闪光哩！
>
> 扁蒲秧不能感觉人的喜、怒、爱、憎，当微风吹拂过来的时候，秧床上泛起了快活的波纹。[①]

在这里，韩培生精心培育的扁蒲秧被归入“自然界的规律”，这似乎是一个“自足性”领域，它在柳青笔下被呈现为某种充满了诗性的“风景”。但问题在于，这片被“风景化”的试验秧田并非在展示韩培生“农业技术推广”的成果，反而暴露出那种指向“自然界”的科学实践在乡村世界中的“脱域”。在柳青笔下，“风景”的出现恰恰是在合作组面临退社危机的时刻，所以它越是“可爱”，就越会昭示出技术员韩培生内心的分裂感——“但培育这些扁蒲秧的韩培生，看见自家孩子一般可爱的秧苗，想起互助组的分裂，他心中怎能不难受呢？”[②]

正是基于此，韩培生技术实践无法指向单一的“自然界”，而必须顾及乡村社会内部各种复杂的社会关系。从这个层面来看，“农业技术推广”工作隐含着多重复杂的面向：一方面，韩培生虽然只是一个个体，但他有多重身份，如技术员、国家干部、中农、青年知识分子等等；另一方面，无论是互助组组员还是蛤蟆滩村民，都不是铁板一块的整体，他们分属于不同阶级，财富状况、文化水平和政治觉悟差异很大。因此，“技术推广”必然遭遇一个复杂的社会关系网络，技术员韩培生“进入乡村”不仅是空间位移，更意味着他将自身嵌入乡村内部错综复杂的社会关系之中。这种关系的建立已经超出了科学实践的范畴，而构成了一种社会实践。

与科学实践相比，社会实践充满了互动性。技术员韩培生“进入乡村”的过程中必须面对这些既成的社会关系模式，要么自觉地嵌入它，要么对其予以调适、改造或者弃置。就此而言，欢喜和生宝妈两个人物与韩培生的交往颇具典型性。事实上，欢喜在小说中是与韩培生一同出场的。区委书记王佐民就曾叮嘱生宝“应该把欢喜留在家里下稻秧子”，

① 柳青:《创业史》第一部，第435页。

② 柳青:《创业史》第一部，第435页。

这不仅是为了“实行一系列的新技术”，也是为了“在人事上给将来做准备”，“准备咱的技术人才”。[①]在描写韩培生到来之前，柳青也用相当的篇幅讲述了欢喜的求学和成长经历，及其对“新技术”的企盼。从这个意义上说，在韩培生到来之前，他与欢喜之间已经确立起某种具有“师生”意味的社会关系。基于此，柳青生动描摹了欢喜迎接韩培生到来的场景，韩培生被蛤蟆滩接受的过程，是以被欢喜这个“少年学生”热情接受为开端的：“他和这个比他高一头的韩同志，并排走着，多么兴奋，多么荣耀！”[②]在这里，欢喜的“兴奋”和“荣耀”并不来自韩培生的“技术”本身，而来自后者作为“文化人”的身份——“韩同志肩上挂的那一挎包书，引起他深深的尊敬。他深信：这是一个有学识的人。”[③]一个是有学识、有文化的老师，另一个则是求知若渴的少年学生，韩培生显然嵌入了这种既有的“师生关系”，也正是在这种“师生关系”中，“技术推广”转化为“技术教育”。

另一个值得注意的人物则是生宝妈。同欢喜一样，生宝妈对韩培生与乡村的关系同样抱有预设的期待，在她看来，韩培生“好象不是政府为了发展互助合作事业，派农技员来蛤蟆滩的，好象是这几家庄稼户为了多打粮食，请个‘把式’来给技术上的指导似的”。正是基于此，老妈妈对韩培生心生感激，并帮助他浆洗枕巾，缝补袜子，还“隔两天单另给他做一顿面吃”。[④]但与欢喜不同，生宝妈预设的这种关系却不是韩培生所能接受的，对此，他展开了坚决而有分寸的抵制：“他和老妈妈商量：往后不要给他单另做面条吃；一定要给吃，把要给他吃的东西，隔些日子做得大伙在一块吃一顿……”[⑤]在这里，技术员韩培生显然对自己的干部身份有非常自觉的认识，对生宝妈“好意”的谢绝，是基于党员干部的原则、工作纪律以及“为人民服务”的宗旨。也正是在这种“谢绝”中，韩培生把生宝妈预设的那种“把式”与“主家”之间的关

① 柳青:《创业史》第一部，第 246、247 页。
② 柳青:《创业史》第一部，第 315 页。
③ 柳青:《创业史》第一部，第 315 页。
④ 柳青:《创业史》第一部，第 420 页。
⑤ 柳青:《创业史》第一部，第 421 页。

系，悄然改造成了那个理想的、充满鱼水情的“干群关系”，而老妈妈对自己的特殊照顾也被转化为群众对党的工作的支持。

与科学实践不同，社会实践的成功并非“技术推广”的直接效果，而恰恰来自乡民对韩培生身份认定上的“去技术化”。如果说对与欢喜关系的描写还标识着韩培生作为“外来者”的身份，那么在写到与生宝妈的关系时，韩培生则已经变成了乡村社会的“自己人”。柳青在这一章的开头就写到女人们和娃娃们都叫他“老韩”，他知道：“农村群众把党和政府派下来的干部，不管年纪大小、职位高低，统称老张、老李或老王的时候，那里头已经带着了解、亲热和尊敬的混合意味了。”[①] 这种社会人事关系层面的融入不仅意味着技术员韩培生真正进入了乡村内部，也意味着国家意志以技术员这个“人”为中介获得了在乡村立足、施行、展开的契机。

但是，社会实践的成功并不意味着“技术推广”的真正完成。就韩培生来说，无论欢喜还是生宝妈，都只是与他构成了一种点对点的人情关系，而他的“技术推广”工作显然不是在这个层面展开，而是需要进入一个乡村社会内部的公共空间之中。与那种点对点的人情关系不同，“技术推广”在乡村公共空间的实践远为复杂，技术及其所携带的国家意志会激活乡村内部多重的力量，并将他们之间以及他们与国家之间的博弈推到前台，这就进入了政治实践的范畴。对这一点，柳青借助韩培生“下秧”这一情节的描写予以了极为生动的呈现。在柳青笔下，韩培生推广“新式育秧法”的工作是在村民众目睽睽之下进行，“不知不觉中间，人们沿着秧子地的塄坎，站满了一圈。高高低低的人影子，倒映在泥水里”。[②] 在这里，“秧子地”已经成为技术员与村民之间二元互动、多人参与的公共空间。但是，韩培生与村民互动的整体过程，却呈现出前后两种截然不同的态势：在前半部分，韩培生身体力行的实践与口头宣讲相互结合，达到了非常好的效果，“他的话投了庄稼人的心”。但是在后半部分，村民的评价却急转直下，人们却开始对他的“技术”充满

① 柳青:《创业史》第一部，第 418 页。
② 柳青:《创业史》第一部，第 317 页。

疑虑、鄙视乃至咒骂。为什么会出现如此剧烈的转折呢？一个表面的原因就在于韩培生的“新技术”与本地农民的“旧经验”产生了尖锐的冲突，“他第一次和蛤蟆滩的群众接触，就直率地、毫无保留地说出全部真理，伤了这些庄稼人的自尊心”。[①]

对此问题，当时众多的“合作化”题材作品也多有涉及，但像《深耕密植多打粮》这类作品大多将其纳入“技术进步”的逻辑。而在《创业史》中，两者却构成了尖锐的、难以调和的政治矛盾。事实上，韩培生所贬低的“满天星”正是对互助组怀有二心的梁生禄私自所下的秧苗，所以这不仅刺伤了庄稼人的“自尊心”，更是把互助组中贫农与富裕中农的矛盾暴露无遗。在柳青那里，贫农与富裕中农、富农之间的矛盾指涉着农村两条发展路线的尖锐矛盾。与乡村社会中那些虽错综复杂却可以化解的社会矛盾相比，这一矛盾更具贯穿性和根本性。在这样一个视野中重新审视，就会发现孙水嘴对“新技术”的蔑视和姚士杰“啥鸡巴‘扁蒲秧’？不如干脆叫成‘政策秧’算哩”[②]的咒骂都具有鲜明的政治意义——他们都不是反对“技术”，而是抵制国家推行的“合作化运动”和社会主义理想本身。如果说科学实践是一种“主体—客体”的认知活动，社会实践是指充满互动性的交往、协调活动，那么政治实践则必然是一种充满“路线斗争”的权力活动。因此，政治实践所遭遇的矛盾是难以通过“脱域”规避或通过“协调”化解的，而只能通过权力的博弈本身予以克服。

但是，恰恰是在这最根本性的政治实践层面上，技术员韩培生的“技术推广”活动遭遇了难以逾越的障碍，甚至可以说，韩培生根本无法将他的“技术推广”工作纳入政治实践的范畴。这一点，在他对“退组”事件的处理中表现得淋漓尽致。在拴拴和梁生禄两户人家退组后，互助组陷入了空前的危机。这个时候的韩培生不得不放下“技术推广”的事务，而去做两家人的说服教育工作。对于王瞎子，韩培生试图用“增产”的效果说服老汉——“互助组要用集体的力量压倒富裕中农”，

① 柳青：《创业史》第一部，第319页。
② 柳青：《创业史》第一部，第320页。

但是王瞎子却“打断了农技员的宣传”，他对庄稼地有一种顽固、自负的经验性认知，这彻底消解了韩培生“技术促进生产”的言说：“甭说稻子，连水渠边的野草，我王老二都知道它们姓啥名谁，怎个脾性！你们甭糊弄我哩！”[①]与王瞎子不同，梁生禄其实欣然接受了韩培生推广的新式技术，对此，韩培生将之理解为中农“进步的表现”，但欢喜的话却指出了这一“进步”背后的利益逻辑：“眼看见是有利益的事，人们就情愿着哩。”[②]在这里，王瞎子对“技术”的顽固拒绝和梁生禄对“技术”的欣然接受共同表征着技术员韩培生在政治实践层面的挫败。对韩培生而言，王瞎子是一个无法接受任何改变的老顽固，“他是蛤蟆滩公认的死角，什么风也吹不动他”。[③]而梁生禄则让人看到，那种被认为是“自足”和“开放”的技术本身恰恰是与“阶级性”相互关联的——所谓“自足性”意味着技术可以不接受政治的干预，而它的“开放性”则表征着它能够为各方自由共享。但在一个阶级社会中，“技术”实际上成为资本的构成要素，而上述两者恰恰为处于强势地位的阶级掌握技术的社会运作，进而垄断技术革新福利大开方便之门。在这里，作为技术员的韩培生充分意识到“技术”自身的局限，韩培生虽然能够通过“技术推广”促进粮食的增产，却不能通过“技术”阻止互助组的分裂；他虽然能够通过社会实践嵌入乡村内部错综复杂的关系，但这并不意味着他深度参与到“合作化运动”这一历史进程之中。

对于上述问题的严重性，韩培生自身最初并不明了，他对县委“团结中农”的精神有着比较教条式的理解。从这个意义上说，他的政治实践之所以没有办法展开，根本原因在于他对“合作化运动”固守着“去政治化”的理解——那种“去政治化”的科学实践、社会实践都无法真正触动“合作化运动”遭遇的政治性核心问题。与韩培生不同，互助组组长梁生宝却对此有非常清醒的理解：“这如今的互助组和土改不同哩！土改中间，贫农和中农没矛盾，一股劲儿斗地主。这如今互助组里

---

① 柳青：《创业史》第一部，第339页。

② 柳青：《创业史》第一部，第425页。

③ 柳青：《创业史》第一部，第268页。

头，贫农和中农矛盾才大哩！”[①]在柳青看来，韩培生对“团结中农”这一问题的“去政治化”理解其实与他的阶级意识和政治身份有密切的联系——他是一个出身中农的知识分子。在柳青笔下，这种充满“阶级意识”的身份认定并不是僵化的，相反，它恰恰为韩培生的政治实践提供了重新展开的契机。对这个中农知识分子来说，政治实践首先不是指向外在于自身的“合作化运动”，而是指向了自身——在这里，“主体”和“客体”的位置发生了互换。事实上，韩培生始终对自己的政治身份有非常清醒的意识，“中农知识分子”“普通的党外技术干部”这类指称自我的称谓会反复出现在他的脑际，而像欢喜、生宝妈这类接受他技术的“劳动人民”也构成了他涤荡自我、进行自我教育的媒介：“环境可以鼓舞人的！生活在劳动者中间，使人更多地更高地要求自己。”[②]无论是与欢喜讨论“团结中农”的政策，还是通过日记“热烈地歌颂当时正在对面屋里搂着才娃睡觉的生宝他妈”[③]，都是他在政治实践中自居“客体”位置的表征。对中农知识分子而言，似乎只有通过对自身不断的质疑、反思和改造，才能真正获得进步的政治意识和无产阶级的立场。从这个层面上来说，拴拴和梁生禄退组事件固然标识出韩培生以自身为主体的政治实践遭遇了挫败，但对这条自居“客体”位置的政治实践路径而言，这一挫败又构成了必不可少的关键性的环节。正是在这样一种挫败之后，韩培生才真正获得了那种对合作化运动切身的政治意识：“离开了互助合作的基础，甭想在单干农民里头，大规模地推广农业新技术；要是能普遍推广，那一定是一个资本主义的新农村。中国不走这条路！”[④]

韩培生这种以自身为“客体”的政治实践是颇有深意的，可以将之视为柳青克服“技术—经济”逻辑的理想方案。如果说资本主义将“技术”视为资本要素并期望获得相应的红利回报，那么柳青则试图烛照

① 柳青:《创业史》第一部，第 239 页。
② 柳青:《创业史》第一部，第 418 页。
③ 柳青:《创业史》第一部，第 421 页。
④ 柳青:《创业史》第一部，第 435 页。

出“技术—经济”逻辑背后隐含的政治意涵，并试图以一种颇为激进的方式将“技术”从资本要素的位置上解放出来。在《创业史》中，给技术员韩培生最大动力的并非“技术红利”的回报，而是其作为中农知识分子追求“进步”的强烈冲动。早在下乡以前，韩培生就“向领导表示了自己争取入党的意图”；而在互助组分裂危机后与梁生宝见面时，他“入党的要求更强烈了”。[①] 从这个意义上说，韩培生居于“客体”位置的政治实践本质上构成了某种“克己复礼”的伦理实践。而这一伦理实践的表现，就在于他对自身“技术员”和“国家干部”身份的涤荡，他所涤荡的是“技术员”身份加持的文化象征资本，以及“国家干部”身份附带的权威。也正是在这种“追求进步”的过程中，韩培生的“技术推广”才真正构成了“为人民服务”的社会主义实践。

四

“技术推广”的四重实践过程既是韩培生作为中农知识分子“追求进步”的过程，也是他作为青年的成长过程。在《创业史》第二部中，柳青笔下的韩培生已经成为一个稳重干练的“驻社干部”，这意味着他不仅融入了乡村社会关系，同时也真正投身到“合作化运动”的历史进程中。但奇怪的是，作为“驻社干部”的韩培生负担的工作已经不再和“技术”有任何关系，在柳青的叙述中，他“分管建社的‘四评’（评土地、劳力、牲畜和农具），并且帮助小会计欢喜建账”。[②] 就此而言，“克己复礼”的伦理实践进行得太过彻底，它不仅克服了“技术—经济”逻辑滋生的种种资本主义弊端，甚至连“技术”本身都克服了。因此，韩培生“成长”的完成同时意味着“成长”的终结——这个时候，他已经成为梁生宝身边的“影子人物”，他与这位曾经崇拜的“梁伟人”同样“进步”，但是他“技术员”身份的丰富性和复杂性也随之消失。

但需要指出的是，韩培生这种“进步”的完成（或者说是终结）并

① 柳青：《创业史》第一部，第443页。

② 柳青：《创业史》第二部（上），中国青年出版社，1977，第176页。

不意味着一个“政治伦理”世界的最终实现。事实上，柳青提供的伦理实践方案只能聚焦在韩培生这个具体的人物身上，因此，那种“技术—经济”逻辑的克服也只是在韩培生个人身上克服，而在整个蛤蟆滩的伦理世界中，“技术”及与之相关的“技术—经济”想象，仍然像魅影一般四处飘荡。柳青显然也意识到了这一点，在描写韩培生抵达蛤蟆滩的场景时，他已经呈现出了“技术”存在的另类方式。在描写欢喜迎接韩培生的情节时，柳青提及后者随身带了一个盒子，这个盒子在少年欢喜眼中充满了神秘色彩：“那人肩上挂一个鼓鼓囊囊的挎包，手里提一个白布包袱，包着什么盒子呢？”[①] 在小说的第二十六章，这个盒子隐藏的秘密被揭开了：“韩培生带来了几张表明稻螟虫、小麦吸浆虫和玉米钻心虫怎样由虫卵变成幼虫、又由幼虫变成成虫的彩色示意图。农技员把它们在泥巴墙上挂了起来，给梁生宝光棍农民的住室，增添了科学和文化的气氛。”[②] 在这里，这个被揭开的秘密不仅仅没有消除盒子的神秘感，反倒把这种神秘感推到了极致：“在老婆婆心目中，那些书籍和玻璃盒子贵重到神圣不可侵犯的程度。而带来这些东西，完全是为了帮助她的庄稼汉儿子，从事一桩毛主席提倡的崇高事业。看来，老婆婆对待农技员的东西，比敬神用的东西还要严肃哩。”[③] 在生宝妈这个目不识丁的农村妇女看来，这个象征着“技术”的盒子不仅“神秘”而且“神圣不可侵犯”，甚至就是“神”本身，甚至“毛主席提倡的崇高事业”[④] 也被嵌入在这样一种虔敬的神性话语之中。可以说，这个盒子及其代表的“技术”本身被赋予了某种神话意味，它像古希腊神话中的潘多拉魔盒，释放出了“现代化”这个幽灵。柳青似乎已经意识到，“技术”不仅是具体的“物”，或者附着于技术员身上的技能和身份，还是一种神秘的、弥散的“科学和文化的气氛”。从这个意义上说，韩培生的政治实践和伦理实践只是克服现实层面的“技术”，而对那种基于“技术—经济”

① 柳青：《创业史》第一部，第 314 页。
② 柳青：《创业史》第一部，第 418 页。
③ 柳青：《创业史》第一部，第 419 页。
④ 柳青：《创业史》第一部，第 419 页。

逻辑展开的社会想象却不仅无法完全祛除，反而会在“想象”层面予以充分展开。

在与梁三老汉夫妇的交谈中，韩培生就向老两口展示了那种基于“技术—经济”逻辑的现代化想象：“农技员给老两口宣传怎样用机器犁地，用机器剪羊毛和挤牛奶……他说：有的是烧汽油的动力，有的是电动。”[①] 事实上，韩培生的这种“技术想象”与其说是社会主义的，倒不如说是现代化维度上的“国家想象”：“在吃饭的时候，他说些这个拥有六亿人口的大国其他地方发生的新事。有时候，经常看报纸的农技员，也说些其他国家发生的新事。”[②] 如前文所述，技术员韩培生本身即是一个“国家”与“乡村”之间的中介性人物，这种“中介性”角色甚至比“技术员”的身份本身更为关键，所以《创业史》第二部中“技术员”身份的消失反而凸显了他作为国家干部的身份，也强化了他与“国家—乡村”二元结构的密切关联。正因如此，韩培生的“技术想象”不可能不以“国家—乡村”的二元结构为基本框架，也必然试图将“乡村”纳入“国家”整体的现代化想象之中。

如果结合历史情势来看，这种“国家想象”确实契合了新中国成立初期的经济战略。“如果我们能把国家工业化的好处，特别是工业化对农民的利益讲清楚，就能激发农民的爱国主义热情，积极支援国家的建设，踊跃地把粮食按照合理价格卖给国家。如果我们能把农业合作化的好处，把苏联农民的幸福生活，给农民讲清楚，就能鼓舞农民参加互助合作运动的热情，愿意和工人阶级一起走社会主义的道路。”[③] 而具体来看，这一战略落实到乡村的“技术想象”时呈现出两重属性：从空间上看，它是一种“异域想象”，无论是“用机器犁地”还是“用机器剪羊毛和挤牛奶”的畅想，都昭示出这种“想象”是以苏联现代化的集体农庄为样板。从某种意义上说，它们是列宁“苏维埃政权加全国电气化”的共产主义理想在中国乡村社会中的投射。而从时间上看，这又是一种

① 柳青：《创业史》第一部，第 430 页。

② 柳青：《创业史》第一部，第 430 页。

③ 沙英：《逐步实现国家对农业的社会主义改造》，《人民日报》1953 年 11 月 17 日。

“远景想象”，也就是说，乡村的现代化需要经过漫长的过程才能实现，如在《创业史》第二部中，杨书记就问韩培生和牛刚：“你们两位说，端着碗在饲养室吃饭的娃们长成小伙子的时候，咱们能把现在的老牛和毛驴换成拖拉机吗？”[①]

“空间”上的“异域”和“时间”上的“远景”其实意味着国家层面的“现代化想象”之于乡村的异质性，因此它落实到乡村内部并为个体农民所接受并非易事。例如，梁三老汉和生宝妈就难以理解韩培生口中的诸多“异质性”知识，后者因此不得不“拿到黄堡镇来过的大卡车、每天在汤河流域上空飞过的北京—西安班机做比方，老两口就明白了这不是吹。只有电这种玩艺儿，一下子解释不清楚，老两口也马马虎虎相信了”[②]。在这里，“飞过的北京—西安班机”在宣讲现代知识的同时，也呈现出某种国家范围的想象空间，但对老两口而言，这种“国家想象”连同那种现代化知识本身都无法根本理解，而只能“马马虎虎相信”。柳青自己似乎也意识到，这种谈论在乡村社会内部更多具有娱乐功能，他们仅仅使得老两口“从这些谈论里，感到世界有趣，忘了儿子和女儿不在家的郁闷”。[③]有趣的是，当韩培生与老两口笑谈“现代化”最开心的时候，王瞎子却突然上门，要求拴拴退组。这显然是柳青在叙事上的有意安排，“合作组分裂”的残酷现实中断了韩培生建构“国家想象”的过程。

事实上，这种在“国家”层面展开的“现代化现象”之所以难以在乡村社会内部落地，是因为它自身存在着某种矛盾。

首先，“国家想象”的“异质性”不仅无法衔接乡村社会内部的现实实践，反而会把“乡村”与“国家”放置于充满反差的“现实—理想”结构中。在这种结构性的“反差”中，“现实”常被视为某种难以改变、改造的顽固客体。从此意义上说，恰恰是那种“异质性”的“国家现代化想象”本身“想象”出了王瞎子这类“顽固”的人物，这个被

① 柳青：《创业史》第二部（上），第 176 页。

② 柳青：《创业史》第一部，第 430~431 页。

③ 柳青：《创业史》第一部，第 431 页。

韩培生称为“清朝的冤魂”的老汉只能通过旧社会的巫鬼观念想象新社会，以至于韩培生在他葬礼上宣称：“五〇年的时候，开头他说土改是乱世之道。最后他不得不参加乱世，又说是天官赐福。”[①]显然，这个顽固的老汉不仅仅标志着以韩培生为主体的政治实践的挫折，同时也标志他建构“国家想象”的失败。就此而言，第二部中所写的王瞎子的葬礼别具意味，在这里，“所有的人都不怀疑：是总路线的宣传和灯塔社的建立，结束了老汉不光彩的一生”。[②]但问题在于，老汉这“不光彩的一生”恰恰暴露了那种以“国家”为主体的“现代化想象”失效的一面，以至于只有通过王瞎子肉身的死亡来让这种“想象”充分展开。

其次，国家层面的“现代化想象”是整体的想象，它没有给农民个体留出足够的想象空间。在这种“想象”中，农民个体的现实利益、精神诉求往往被驱逐在“理想”之外，而成为某种具有负面意义的“现实”。而当个体的现实利益和精神诉求在“国家想象”中找不到位置时，个体自身往往会成为“想象”的主体，而这种“自我”想象也自然会与“国家”整体“想象”出现抵牾。就此而言，郭振山即是一个典型的例子。他固然也有对“国家”的想象，但这种现象完全剔除了社会主义的伦理层面，被窄化为一场“技术—经济”逻辑上的工业现代化。在其眼中，“国家”是唯一的主体，而农村和农民只能被嵌入由“国家”发动的“工业化”进程之中。如此，那种“农业支持工业，工业反哺农业”的历时性想象，也就只留下了“农业支援工业”的单一维度。但问题在于，这种单向度的“支援”已经不再意指农村整体对工业和国家的支援，而是指农村中的个体离开农村投身国家的工业化进程。正是基于这种认知，郭振山才强烈主张改霞离开蛤蟆滩，“投身国家的工业化建设”。而如果再进一步分析，就会发现在郭振山的这种想象中，“工业”与“农业”并不是平等互助的关系，而是重新变成了森严的等级关系。对他而言，投身工业并不真是为了工业建设本身的需要，而是因为工业建设在国家处于优先发展的位置上，能够实现更大的个人价值和分

① 柳青：《创业史》第二部（上），第63页。

② 柳青：《创业史》第二部（上），第63页。

配到更多的个人利益。正如郭振山对改霞妈妈所说的那样:“你看河那岸下堡村的职工家属，哪一家不是掀了房上的稻草换瓦顶?哪一家不是雨伞、胶鞋、暖水瓶、花布被子，……样样全!”[①] 事实上，“雨伞、胶鞋、暖水瓶、花布被子”这些充满了摩登气味的物件是以现代的生活方式而非生产模式向乡村发出“现代化”的诱惑。

如果说郭振山对“个人”的想象还仅仅停留在个人生活和物质利益层面，那么改霞对“个人”的理解则囊括着个人的情感、事业以及如何在伟大的历史运动中实现个人价值的理想层面，后者显然呈现出更为尖锐的社会心理问题。事实上，这种兼具“理想”和“现实”的思考与20世纪80年代文学中突出的“人生”问题有极为密切的关联，但是，在韩培生那种国家层面的现代化“想象”中，并没有为改霞这样的“个人”以及她的“人生”腾出位置，也无法为她的选择提供有效的意识形态支撑。在1977年重版的《创业史》中，柳青笔下的改霞已经落入郭振山建构的那种“工业化想象”中:“这样我留在蛤蟆滩，几十年以后，我就是一个抱孙子的老太婆了。我还是奔城里的社会主义吧。”[②] 在这里，“城市”已经成为“农村”社会发展的蓝图和样板，“国家—乡村”的二元关系被窄化成充满等级意识的“城乡关系”。如果韩培生的想象还有对乡村自身的期待(如“拖拉机开进村庄”)，那么改霞基于个人对城市的想象则已经与乡村无关，那是她个人的选择，是对自己在城市中的事业和生活方式的“想象”。进一步说，这种“想象”甚至必须以“个人”脱离“乡村”为基本前提。

在20世纪80年代以后的新时期文学叙事中，改霞其实成为一个具有原型意义的形象，而她的“离乡”也已经成为经典的叙事方式。但是，不变的是那个“国家—乡村”的二元结构，以及由它产生并不断被再生产的“城乡等级”。只是此时，城市散发出的现代魅影已经充满了消费主义气息，似乎很难再有什么政治或伦理的维度能够对它予以有效制衡了。与当年的改霞相比，香雪们的选择已经不再有什么激烈的内心

① 柳青:《创业史》第二部(下)，第221页。

② 柳青:《创业史》第一部，中国青年出版社，1977，第247页。

挣扎，新的意识形态把青年们的“离乡”改写为“进城”，而“乡村”本身则被风景化。但是，很难将这种“新时期”的叙事视为与《创业史》的断裂。从某种意义上说，乡村中那种“个人”本身即是“国家想象”建构的结果，只是到了新时期之后，那些被贬斥为“自私自利”的“个人”又在新的“国家想象”中被吸纳整合，并获得了合法化乃至神圣化的意义。

《创业史》汇校本说明

刘芳芳

柳青生前，《创业史》（第一部）共有四个版本。分别是初刊本，连载于《延河》1959 年 4 月号—11 月号；再刊本，刊登于《收获》1959 年第 6 期（11 月）；初版，中国青年出版社 1960 年 6 月第 1 版；修订版，包括农村版，中国青年出版社 1977 年 11 月北京第 10 版和 1977 年 12 月北京第 11 版。其中，第二十二章在再刊本之后，初版之前，以《深山一家人》为题，在《延河》1960 年 3 月号上第三次刊载过。

《创业史》（第二部）共有两个版本。初刊本，持续刊登于《延河》1960 年 10 月号—1979 年 3 月号；初版即修订版，由中国青年出版社分别于 1977 年 6 月出版第二部上卷，1979 年 6 月出版第二部下卷。其中，《延河》1961 年 1 月号刊载的《创业史》第二部第三章和第四章实为再刊，初刊以《入党》为题，于《上海文学》1960 年 12 月号上刊载；《延河》1978 年 2 月号刊载的第十五章和 1978 年 3 月号刊载的第十六、十七章为再刊，初刊以《梁生宝和徐改霞——〈创业史〉第二部上卷不连接的两章》为题，于《收获》1964 年第 1 期上刊载；《延河》1978 年 11 月号刊载的第二十、二十一章，《延河》1979 年 1 月号刊载的第二十四章和《延河》1979 年 2 月号刊载的第二十五章为再刊，这四章初刊于 1978 年第 10 期《人民文学》，初刊和再刊几无差别；初刊本无第八章至第十三章，用附记交代了初版本的第十章至第十三章的情况[*]；第二部下卷（第十四至二十八章）中的第十四章，在初刊发表时就已经修改过，故初版的变动不多；第十八到第二十八章柳青未及修改，再刊和初版同样变动不多。

一　体例说明

《〈创业史〉汇校本》第一部所依据的版本为，初刊本、初版本和农村版修订本。以农村版修订本为考察底本。凡初刊、初版与修订版不同者，一一注明“初刊……，初版……”；凡注明“初刊（版）……”者，表示初刊和初版完全一致；凡只注明“初刊……”者，表示初版与修订本完全一致；凡只注明“初版……”者，表示初刊与修订本完全一致。另，中国青年出版社最新版本的2009年版《创业史》，亦与修订本略有出入，必要时予以标示。为方便研究者查看，《〈创业史〉汇校本》的注释，凡字体加粗者，表示“初刊或初版或初刊（版）无……”或者“初刊或初版或初刊（版）为……”；凡注脚数字加黑者，表示“初刊或初版或初刊（版）有……”或者段落的异动。举第一部第十五章“改霞的犹豫”一段为例：

> 她的心**沉重得很**①。她感到难受，觉得别扭。②她问她自己：你是不情愿离开这美丽的蛤蟆滩，到大城市里去③参加国家工业化吗？她心里想去呀！对于④一个向往着社会主义⑤的青年团员，**没有比参加工业化更理想的了。听说**⑥许多军队干部和地方干部，⑦都转向工业⑧。参加工业已经变成一种时尚了。工人阶级的光荣**也**⑨吸

*　参见《延河》1961年10月号第14页“作者附记”：“《创作（业，疑初刊误）史》发表到第七章，在全部完成以前，不再逐章发表了。作者愿趁这个机会，向所有已经改编，正在改编和准备改编《创业史》第一部为电影剧本、话剧本、歌剧本、戏曲剧本和连环画脚本的同志们要求：最好暂缓改编；如果不得不立刻改编，请不要展开梁生宝与对立面的面对面斗争，不要把徐改霞当做女主人公安排。这不符合整个《创业史》的总意图。逐章发表这几章的动机，就是想以事实说服那些不是从这方面就是从那方面把第一部当做完整、独立的小说要求的同志们。此外，作者企图拿历史创造英雄的观点来写这部小说的努力，我希望改编者考虑。”

引着改霞。[⑩] **一九五一年和一九五二**[⑪] 年，西安的工厂到县里来招人，愿去的还少，需要动员。但是**一九五三**[⑫] 年不同了，**“社会主义”已经代替“土地改革”，变成汤河流域谈论的新名词。**[⑬] 下堡小学多少年龄大的女生，**都打主意**[⑭] 去考工厂了。她们有一部分人，[⑮] 谈论着[⑯] 前两年住了工厂的女同学**所介绍**[⑰] 的城市生活：吃的什么、穿的什么、住的什么、用的什么、看的什么……**团支部委员**[⑱] 改霞从旁听见，扁扁嘴，耸着鼻子，鄙弃这些富裕中农的姑娘。她们要多俗气有多俗气，尽想着“楼上楼下、电灯电话”！改霞考工厂不是为了这些。**她打听到国家要先工业化，农村才能集体化以后，郭振山叫进工厂的话，才对她有了影响。**[⑲]

注释：

①“沉重得很”初刊（版）为“沉沉地下坠”。

② 初刊（版）有“她向自己提出一个问题，严肃地寻求肯定的回答。”。

③ 初刊（版）有“，”。

④ 初刊（版）有“她、一个土改中出现的积极分子、”。

⑤ 初刊（版）有“幸福美景”。

⑥“没有比参加工业化更理想的了。听说”初刊（版）为“还有比参加工业化更理想的吗？的确，”。

⑦ 初刊无“，”。

⑧ 初刊（版）有“了”。

⑨ 初刊无“也”，初版为“，”。

⑩ 初刊（版）有“靠自己的思想，她打消不了参加工业这个诱人的念头。”。

⑪“一九五一年和一九五二”初刊为“1951 年和 1952”。

⑫“一九五三”初刊为“1953”。

⑬ 初刊（版）无“‘社会主义’已经代替‘土地改革’，变成

汤河流域谈论的新名词。”。

⑭“，都打主意”初刊为“都想”。

⑮“，”初刊为“热烈地”，初版为“，热烈地”。

⑯初刊有“从”。

⑰“所介绍”初刊为“打听来”。

⑱“团支部委员”初刊为“。”，初版为“。团支部委员”。

⑲“。她打听到国家要先工业化，农村才能集体化以后，郭振山叫进工厂的话，才对她有了影响。”初刊（版）为“；她从画报上看到过郝建秀的形象，她就希望做一个那样的女工。新中国给郝建秀那么可怜的女孩子，开辟了英雄的道路，改霞从她的事迹受到了鼓舞。”。2009年版同初刊（版）。

《〈创业史〉汇校本》第二部依据的版本为，初刊本和初版本。以初版本为考察底本。凡初刊与初版不同者，注明“初刊……”。其中，初版第二部第三章和第四章，同时依据了《上海文学》1960年12月号的初刊本，和《延河》1961年1月号的再刊本进行校勘；初版第二部第十五、十六、十七章，同时依据了《收获》1964年第1期的初刊本，和《延河》1978年2~3月号的再刊本进行校勘。初版第十章至第十三章因无对应的初版本，而单独列出。举第二部第三章为例：

①郭振山每次都这样讲话，给在座的同志很深的印象。他的讲话总要占去每次会议一半甚至一半以上的时间，**直至**②使人感觉到他比党支书能行**为止**③。**这次支部会上他会**④给大伙讲些什么热烈的话呢？难道他**因为他**⑤整党学习时受过批评，互助合作方面⑥落在同村几个年轻同志的后头，**党支书这回没有首先单独征求他的意见就不讲话**⑦吗？……同志们**拿吃惊**⑧的眼光，盯着五村代表主任宽阔的肩背和相当大的后脑瓜，**看他到底讲不讲话**⑨。

注释：

①初刊此处不另起一段。

②初（再）刊无“直至”。

③“为止”初（再）刊为“。整党教育以后，革命已经走上一段新的路程了；宣传过渡时期总路线以后，新的路程已经给灯塔照耀得明明亮亮了”。

④“这次支部会上他会”初（再）刊为“振山同志在这次支部会上”。

⑤“因为他”初（再）刊为“能因为”。

⑥初（再）刊有“又”。

⑦“，党支书这回没有首先单独征求他的意见就不讲话”初（再）刊为“了，就不讲话了”。

⑧“拿吃惊”初（再）刊为“就拿这样”。

⑨初（再）刊无“，看他到底讲不讲话”。

二 《创业史》第一部汇校说明

《创业史》的第一部汇校共有5854*个注释，即《创业史》第一部大约涉及了5854处改动。**下面结合小说整体结构和内容的变动，分初刊和初版之间、初版和修订本之间分别说明。

（一）初刊和初版之间

1.《创业史》初刊从“题叙”（《延河》1959年4月号）至第二十章（《延河》1959年7月号），题目为《稻地风波》，第二十一章（《延河》1959年8月号）以后题目改为《创业史》。初版统一改为《创业

* 根据不同的汇校统计方式，得出的注释数目是不同的。例如，若根据每个完整的长句汇校，或者不计标点符号、个别异体字等，最终的注释数目肯定会少于5854。由于《创业史》的改动很零散，且有标点符号等方面的改动，固以这样的汇校方式为权宜（详见338页注）。第二部的汇校方式同第一部。

** 一般情况下，一条注释对应一处改动。特殊情况除了章节的页码、出处等，还有少数几条是小说原文中的注解，这里忽略不计。

史》。初刊第三则题头为“家业使弟兄们分裂……”，初版改“家业”为“财产”。初版删去初刊的第四则题头：“这不象长篇小说，也不是诗。我希望读者不那么计较形式。我实际上在编写很长的生活故事。模仿群众创作，取个书名叫《创业史》吧！——摘自作者的日记”。初版第二章为初刊第五章，初版第五章为初刊第二章。

2. 初版第二十二章“深山一家人”，无论从内容上，还是在结构上，都发生了很大的变化。初版的深山场景更给人身临其境的感觉，结构安排上更有条理。初版第十六章“生宝杨书记相见”，增改了2200多字生宝和杨书记相见的场景，使得生宝和党领导人的认同场面更热烈，更突出了杨书记的理论修养。初版第二十一章“素芳在姚士杰四合院”，删去了一些有关肉欲的描写，素芳受欺凌和不自主的形象更鲜明。初版第三十章“生宝和改霞约会”，节制性地删改梁生宝的个人感情，如初刊有：“生宝在这一霎时，心动了几动。**他伸开**强有力的臂膀，把这个对自己倾心相爱的闺女搂在怀中。但当他刚刚准备亲她嘴的时候，他停住了。他没有这样做。”* 初版改为：“生宝在这一霎时，心动了几动。**他真想伸开**强有力的臂膀，把这个对自己倾心相爱的闺女搂在怀中，亲她的嘴。但他没有这样做。”** 修订本则改为：“生宝在这一霎时，**似乎想伸开**强有力的臂膀，把表示对自己倾心的闺女搂在怀中。改霞等待着，但他没有这样做。”***

3. “题叙”改动之处最多，13000字共有445个注释，其中，初刊和初版之间的改动有423处；第二十二章“深山一家人”次之，14000字共有307个注释，其中，初刊和初版之间的改动有272处；第二十七章“生宝韩培生相见”改动最少，4900字有79个注释，其中，初刊和初版之间的改动有47处。

4.《创业史》第一部汇校涉及的主要句式为“初刊……”、“初版……”、“初刊（版）……”等。其中，初刊与初版之间关系的表述主

---

* 柳青：《创业史》，《延河》1959年10月号，第104页。

** 柳青：《创业史》，中国青年出版社，1960年6月版，第487页。

*** 柳青：《创业史》，中国青年出版社，1977年12月版，第549页。

要是“初刊……”和“初版……”。二者包含的具体句式情况如表1。

表1 《创业史》初刊与初版之间的汇校句式

“初刊……”式4451处	“初版……”式451处
“初刊无……”式1969处	“初版为……”式261处
“初刊为……”式1878处	“初版有……”式124处
“初刊有……”式304处	“初版无……”式25处
“疑初刊误”238处	“疑初版误”12处
“初刊此处/段……”式31处	“初版此处/段……”式0处

从表1来看，初刊和初版之间的变动有将近5000处，初版对初刊的增改之处要远远大于删减之处。其中很大一部分是以“，”为主的标点符号的变动，例如，1969处“初刊无……”式中，有1088处“初刊无‘，’”；1878处“初刊为……”式中，有200处“初刊为‘，’”；124处“初版有……”式中，有37处“初版有‘，’”；等等。举第一部“题叙”为例：

> 梁三树根一般粗糙的大手，①小心翼翼地捧着早晨从镇上买来的一尺红标布。**他**②感激地说：
>
> ……
>
> 于是，下堡村那**位**③整个冬天忙于给人们写卖地契约的穷学究，④戴起他的老花眼镜了。**他**⑤俯身在一块磨盘大的石头上，⑥把那块红标布铺展开来了。梁三在一旁**恭恭敬敬地**⑦端着灯笼，其余的男人蹲在周围。**大伙**⑧眼盯着毛笔尖在红标布上移动⑨。

注释：

①初刊无“，”。

②“。他”初刊为“，”。

③“位”初刊为“个”。

④初刊无“，”。

⑤“了。他”初刊为“，”。

⑥（原文注：）按照迷信的说法，写过寡妇改嫁（初刊有“的”）契约的地方，（初刊无“，”）连草也不再长，所以在河滩。

⑦“恭恭敬敬地”初刊为“小心翼翼的”。

⑧“。大伙”初刊为“，”。

⑨初刊有“起来”。

可以说，以“，”为主的标点符号的改动，是初版《创业史》最主要的修辞性变动之一。“，”的添改，从根本上改变了《创业史》第一部初刊的原始风貌。[①] 初版在初刊的语言基础上，加入了大量的“，”，并将初刊的一部分“，”改为“。（+人称）”等，使得小说语言无论在视觉上，还是在语气的表达方面，都增加了大量的节点，从而延缓了整个小说语言的能指进程，增强了语言的表达效果。

（二）初版和修订本之间

1. 初版的“出版说明”逐部介绍四部《创业史》的主要内容；修订本的“出版说明”只介绍了第一部，然后补充说明：“这次再版时，作者又进行了一些重要的修改。”

2. 修订本对初版的修改，主要体现在删改和增改方面。第二十九章“退社风波和白占魁入组”，修订本删掉2700字左右杨副书记父辈的战斗故事和梁生宝的童年故事；第一部的结局，修订本删掉1300字左右“路线决议”，使得小说结局的政治性相对减弱。修订本进一步删改情爱性方面的内容和作者认为不必要的议论性语言，增改工业路线对于改霞进城的影响，主要分布在第十五章、第二十四章、第二十一章、第三十

① 需要说明的是，《创业史》第一部初版之前的再刊本中，以“，”为主的标点符号的改动就已基本完成。《〈创业史〉汇校本》出于选取版本、体例等的考虑，加之再刊本的修改不及初版完善，故未将再刊本纳入此次汇校之中。再刊本参见柳青《创业史》，《收获》1959年第6期，第96~320页。

章、第一部的结局等处。

3. 第三十章“生宝和改霞约会”，4000 字共有 128 个注释，其中，修订本对初版的改动有 98 处；第十五章“改霞生宝生嫌隙”，9300 字共有 256 个注释，其中，修订本对初版的改动有 144 处；第二十八章“姚士杰的快活”，修订本的改动最少，4700 字共有 84 个注释，其中，修订本对初版的修改有 27 处。

4. 初版和修订本之间涉及的主要句式是“初刊（版）……”和“初版……”。两者关系使用的具体句式如表 2。

表 2 《创业史》初版与修订版之间的汇校句式

“初刊（版）……”式 1502 处	“初版……”式 451 处
“初刊（版）为……”式 935 处	“初版为……”式 261 处
“初刊（版）有……”式 359 处	“初版有……”式 124 处
“初刊（版）无……”式 179 处	“初版无……”式 25 处
“疑初刊（版）误”14 处	“疑初版误”12 处
“初刊（版）此处 / 段……”式 10 处	“初版此处 / 段……”式 0 处

较之初版对初刊的增改之处最多，修订本对初版的修改（935 处）最多，删除之处（359 处）次之。其中，大部分仍旧是以“，”为主的标点符号的修改。例如，935 处“初刊（版）为……”式中，有 230 处“‘，’初刊（版）为……”，62 处“……初刊（版）为‘，’”。举第三十章为例：

“哼！①”改霞在心里鄙视白占魁，说，②“他早先也赞成土改。头削得尖尖往积极分子里头钻哩。咱不要他当村干部……”

“现时也不要他当干部。**你放心！**③光要他互助生产。”生宝坚定地声明。

注释：

①“！”初刊（版）为“，”。

②“，”初刊（版）为“：”。

③“。你放心！”初刊为“，”。

除了标点符号，语气词的修改和段落的异动等，也是《创业史》第一部的主要修改内容。它们和《创业史》中文字性的内容变动一样，都是《创业史》修改的重要组成部分，这里不再一一赘述。

三 《创业史》第二部汇校说明

《创业史》初版第二部共 28 章，上卷 13 章，第十至十三章无对应的初刊本；下卷 15 章，第十四章虽有初刊本，初版与之相较，变动不多；第十五、十六和十七章，有初刊本与再刊本；第十八至二十八章，作者未及修改，再刊和初版变动亦不多。因此，《创业史》第二部的有效校勘主要集中在初版的前 9 章，和第十五、十六、十七章这 3 章上。由于前 9 章和这 3 章之间的“断裂”较大*，且出于说明的方便，《创业史》第二部的汇校说明只集中在初版的前 9 章。

《创业史》第二部前 9 章的初版，继续第一部修订本的修改策略，**主要表现在，淡化情爱方面的描写，继续素芳的性格改造，强化县委杨副书记的形象，突出合作社的内部矛盾。内容变动最多的是：第五章，删改了千字左右素芳哭丧及相关的心理活动；第七章，删改了千字左右

* 第九章与第十五章之间相差 5 章，这 5 章的内容与人物都涉及较广。下卷第十五、十六和十七章在初刊中的副标题是“《创业史》第二部上卷不连接的两章”，可见，第二部的部分章节在再刊和初版中也有一定的变动。内容上，初版这 3 章主要删改了梁生宝在改霞走后，对刘淑良和改霞的对比态度；强调郭振山对生宝、改霞关系的影响。有一个细节是，指出郭振山领导的联组的卖肉行为是“做生意”，初刊借用十几岁的刘保儿之口“傻里傻气天真地说”出来，再刊和初版则改为是灯塔社社员清醒的自觉辩护与“斗争”。

** 《创业史》第一部修订本和第二部初版的出版时间相去不远。第一部修订本的出版时间是 1977 年 11 月，第二部初版的出版时间为 1977 年 6 月。

刘淑良的心理活动，以及刘淑良的身世；第九章，删改约 3500 字杨副书记和陶书记关于“政治问题”与“经济问题”的对话，相对弱化了杨国华和陶书记的矛盾，并删掉杨书记关于梁生宝婚事的梦境和杨国华“决定踏雪步行”的过程。

第二部前 9 章共有 1744 个注释，其主要汇校句式如表 3。

表 3 《创业史》第二部前九章的汇校句式

“初刊……”式 1463 处	“初（再）刊……”式 293 处
“初刊为……”式 876 处	“初（再）刊为……”式 174 处
“初刊有……”式 282 处	“初（再）刊有……”式 59 处
“初刊无……”式 243 处	“初（再）刊无……”式 55 处
“初刊此处 / 段……”式 27 处	“初（再）刊此 / 段……”式 3 处
“疑初刊误”26 处	“疑初（再）刊误”1 处

对照《创业史》第一部修订本的修改来看，第二部前 9 章的初版同样是修改之处（876 处）最多，删减、增加次之。不过第二部的修改所涉，首先是文字性的变动，标点符号的改动相对较少。举第二部第八章为例：

> 三个老中农听着，一个个都点着头，**表示佩服郭振山精明**①。他们的观点接近：②灯塔社男干部的**阵势倒还罢了，要是出乱子，就在**③女人们这方面。**在他们老脑筋的印象里，无论哪个大家庭分家，都先是女人们过不到一块。**④**他们很高兴**⑤能够站在这样近的旁边，**看见**⑥全区第一个农业社的**成立和垮台**⑦。这是多么有趣的事情啊！⑧

注释：

① 初刊无“，表示佩服郭振山精明”。

②“：”初刊为“。”。

③“阵势倒还罢了，要是出乱子，就在”初刊为“阵营还强；将来出乱子，就看”。

④ 初刊无“在他们老脑筋的印象里，无论哪个大家庭分家，都先是女人们过不到一块。”。

⑤“他们很高兴”初刊为“的确！”。

⑥“看见”初刊为“观看”。

⑦“成立和垮台”初刊为“演变”。

⑧ 初刊有“不！他们的眼界很狭窄，对他们来说，这是世界上第一个农业社！”。

从第二部初版 9 章的修改密度及其统计数据来看，《创业史》第二部的修改力度并不亚于第一部。很多问题也不是只修改一遍，而是反复修改，不断修改。例如语气词“了”的问题，《创业史》第一部初版关于“了”的改动有 114 处，修订本有 18 处，第二部初版 9 章仍有 63 处。*

表 4 《创业史》第一、二部语气词“了”的修改统计

第一部 初版（114）	第一部 修订本（18）	第二部 初版 9 章（63）
初刊无“了”，76 处	初刊（版）无“了”，1 处	初刊无“了”，3 处
初刊为“了”，29 处	初刊（版）为“了”，6 处	初刊为“了”，4 处
初刊有“了”，9 处	初刊（版）有“了”，11 处	初刊有“了”，56 处

与英语不同，“，”的增减，可以使汉语的长句变为短句，延缓语

* 为了汇校方便，很多语气词，与标点符号以及前后的字词放在一起进行校注，这部分数据不统计在内。如《创业史》第一部第四章：

任老四穿好破棉袄，结好腰里的稻草绳腰带，掮起镢头和铁锨了。他[①]大舌头嘴里溅着唾沫星子……（①“了。他”初刊为“，”）

第二部第八章：

他来到梁生宝草棚院前面的土场上，[②]走到敞开的街门口，看见院里空无一人。（②“，”初刊为“了。他”。）

速；[*]“了”的变化，在汉语中则大多表示时态的完成与否。柳青对“了”和以“，”为主的标点符号的修改，包括对其他“哩”等语气词的修改，都可以被视为柳青对于自己中英文写作素养之间的一个努力调整。换言之，《创业史》在语言层面的修改过程，是柳青不断压抑自己的英文素养，建立新的中文写作秩序的过程。这个过程当然不是单向的，而是他的中英文之间、方言和规范汉语之间等相互交织、融合和碰撞的过程。

结语

《创业史》汇校本大致有如下几个方面的特征。首先，《创业史》中标点符号、语气词和段落异动等都是《创业史》修改的重要组成部分。其次，《创业史》第二部的修改现象更为复杂，值得进一步探究。再次，以联系的整体的视角看待《创业史》第一部和第二部的修改至关重要。《创业史》四部的设想和写作本身就是紧密联系的一个统一体，柳青在修改《创业史》的时候，同样有着缜密而系统的思考。无论是从文学性的角度，还是从社会史的视野，甚或两者的结合来看，都应将《创业史》第一部和第二部的修改过程结合起来进行考察。例如郭振山这个人物形象，在第一部修订版中，是和改霞参加工业化紧密联系在一起的，但结合第一部初版和第二部初版的修改来看，郭振山精明、能干、同情富农等方面的形象，也变得更加立体和鲜明了。而且，柳青的修改策略，不是简单地增加郭振山影响改霞的语言表述，而是利用人物的心理活动来刻画郭振山的丰富形象，这就涉及《柳青传》中反复提到的新技术。有研究者已经提到柳青对“自由间接引语”的使用情况，但是柳青的思考和写作还不止于此，还应该展开更充分的研究。此外，柳青写作和修改过程中表征出来的现代性的历史观，也值得做更进一步的研究。本文篇幅所限，暂做这一点零碎的说明。

---

* 《柳青随笔录》第 56 条披露，柳青强调“生活的语言”的特点之一正是：句子结构多为“短句”，“每句一个概念。连接词和前置词比较少，显得简明流畅”（《柳青随笔录》，《现代中文学刊》2018 年第 2 期）。

附:《创业史》第一部第三十章、第二部第九章汇校

第一部第三十章①

初夏的夜晚，既没了春寒，炎热还要过些日子。西风从渭河上游的平原上，掠过正在扬花灌浆的麦穗，吹了过来。风把白天太阳照晒的热气，都带向晋南和豫西去了。有风的晚上，蚊子顾不得叮人。因为多数稻地没泡上水，蛤蟆的叫声也不到最厉害的时候。

多迷人的夏夜啊！放了水的稻地里，到处是星光闪闪。谈恋爱的年轻人，在这样的夜晚，院墙怎么能圈得住呢?

在晚饭以前，已经做好了出去的一切准备，改霞急匆匆地吃过饭就起身了。她刚出草棚屋的时候，外边很黑，只看见终南山和东原黑糊糊的大轮廓。但当她走出街门的时候，北原、下堡村、房屋、树林、道路和田坎，都可以分辨出来了。

妈追到街门外，朝她的背影喊叫:

"改霞！你见天黑间往外跑做啥？你见天黑间有事吗?"

改霞根本没有吭声。只管她照着预定的路线走去。

"你早些回来啊！②甭叫我又出来吼叫你啊!"

然后，改霞听见她妈没好气地关了街门。改霞不在乎这一套，她已经决心不再拿自己的人生大事，迁就这位封建**思想**③的老妈妈了。

---

① 见农村版修订本第543~550页；初刊见《延河》1959年10月号第101~104页；初版见第481~489页。

② 初刊有"晚哩,"。

③ 初刊（版）无"思想"。

[1]她现在摸到一点**老人的脾性**[2]了。当她迁就妈的时候，妈就对她抓得更紧；但当她表现得十分坚定的时候，妈也就是那么回事了。她相信，**妈**[3]将默认她所做出来的既成事实。

改霞已经是决心要跟生宝过**了**[4]。这一点，现在，什么人也不能改变了[5]。代表主任的思想,改霞已经看透啦。嘴巴上那一套拥护党的漂亮话,再也蒙蔽不了**二十一**[6]岁的改霞了[7]。**改霞这回可亲眼看见**[8]生宝被互助组的纠纷**苦恼**[9]着,**而**[10]代表主任却很轻爽,埋头和他兄弟振海插那二亩新槎稻地的秧，也不主动去**给生宝**[11]帮个忙！什么思想！

自生宝从山里回来那天起,改霞每天晚上,[12]到下河沿[13]稻地中间的小路上去转游。她希望能碰见生宝。她渴望着和他在翻身渠那边的桃树林里去谈一谈。她要向他解释误会,说明他上次在黄堡大桥附近,[14]怎样伤了她闺女的自尊心;但现在，他早已被原谅了。她要表白，[15]她对他的一片真心实爱，始终没有变过。她已经在心里**想**[16]好了词句，怎样对生宝说明**她两次进城的不同心情**[17]，详细地剖析她离开他以后，内心经历过的难受和愧悔。她要说的话太多了。夏夜短吗？没关系！只要生宝情

---

① 初刊（版）有段落:"'你也是从二十岁上过来的！你做闺女的时候，顶挂心的是啥？你甭多劳那份心吧！妈，我的事儿不要你管罗。我的身子是你养的，我的心是党的。'改霞在接近成熟的青稞中间的路上走着，这样想着，怨而不恨。"

② "老人的脾性"初刊（版）为"规律"。

③ "妈"初刊为"她"。

④ "了"初刊（版）为"罗"。

⑤ "了"初刊（版）为"罗"。

⑥ "二十一"初刊为"21"。

⑦ "了"初刊（版）为"啦"。

⑧ "改霞这回可亲眼看见"初刊（版）为"亲爱的"。

⑨ "苦恼"初刊（版）为"缠"。

⑩ 初刊（版）无"而"。

⑪ 初刊（版）无"给生宝"。

⑫ 初刊无","。

⑬ 初刊有"一带"。

⑭ 初刊无","。

⑮ ","初刊（版）为"："。

⑯ "想"初刊（版）为"编"。

⑰ "她两次进城的不同心情"初刊（版）为"：离开了他，她觉得到城里多么没意思！她，准备举她两次进城的不同心情为例"。

愿，她将在桃林里，[①] 和他待到黄堡镇东原上空，[②] 发出鱼肚白的时候，待到庄稼人吆着牛，[③] 在晨光熹微中上地的时候。她不怕妈说！ [④] 在改霞心中，生宝不是那号爱赌气的年轻人，不会由于她一度的做作而记恨她。她知道他是这号人——青年人的年龄，中年人的老诚！这号人的热情，常常比**一般** [⑤] 青年人容易表现出来的热情，还要宝贵。改霞不是从外貌上心爱生宝的，她爱他的“人”——对于这个“人”字，**改霞还** [⑥] 说不出全部的道理来。但有一点，对她是清楚的：[⑦] 他做事和普通人不一样。

改霞要告诉生宝：团县委王亚梅同志说，党县委的书记们对生宝的印象很好。她相信：生宝听了一定 [⑧] 会感到鼓舞的。她估量，生宝准是被县上挑选成重点培养的对象了。

改霞已经下定决心：从今以后，她自己要**主动** [⑨]，而不再象从前那样**总等着** [⑩] 生宝对她主动。这倒并不是势利眼的想法，而是她已经从上次的经验中肯定：生宝的心思全**花** [⑪] 在党交给他的事业上 [⑫] 了，而对于和女人在一块的兴趣，比一两年前淡薄 [⑬] 多了。改霞决定：当她和他一块在田间小路上走着的时候，她将学城里那些文化高的男女干部的样子，并肩走路，**而不象农村青年对象一前一后走路。** [⑭]

---

① 初刊无“，”。

② 初刊无“，”。

③ 初刊无“，”。

④ 初刊（版）此处另起一段。初刊（版）有：“爱情，改霞现在才体会到，对于待嫁的姑娘，简直是燃烧在心中的一堆红火。世俗的礼教、（初版为“，”）父母的干涉，舆论的压迫，常常不能扑灭这一堆火。除非小伙一方变心，或者男方缺乏和这种痴心相适应的热情。”

⑤ 初刊无“一般”。

⑥ “改霞还”初刊（版）为“才上了小学三年级的改霞，”。

⑦ 初刊（版）有“生宝是英雄！这被大伙承认虽然还是将来的事情，但改霞看出了苗头：”。

⑧ 初刊（版）有“会高兴的，”。

⑨ “主动”初刊（版）为“显得主动些”。

⑩ “总等着”初刊（版）为“，故意做作着逼使”。

⑪ “花”初刊（版）为“化”。

⑫ 初刊（版）有“去”。

⑬ 初刊（版）有“得”。

⑭ “，而不象农村青年对象一前一后走路。”初刊（版）为“。她将把身子紧挨着他茁壮的身子，肘子擦着肘子，这样她感到非常地幸福。……”。

但是，事实一再使她失望——头一夜，农技员韩培生同志还没走[①]；第二夜，生宝在冯有义草棚院算工帐[②]；第三夜，生宝又在冯有义草棚院安排夏收和插秧[③]。这第三[④]夜，改霞曾经决心在水渠边一棵[⑤]白杨树底下，[⑥]等着他散会，[⑦]可是[⑧]妈在官渠岸，[⑨]朝下河沿一股劲吼叫：

"改霞哎——改霞哎——改霞哎——"

声音又高，拖得又长，夜间听得很远，[⑩]恐怕河对岸下堡村的每一个屋子里，都能听见。改霞在[⑪]白杨树底下的黑暗中，[⑫]听着心慌，只好怏怏不乐地回去，对妈凶了一气。娘俩差点干起仗来……

"我这么大的人，狼能把我吃了吗？你吼叫啥？……"

多年的寡妇妈妈，想起没了男人，自己管教不住闺女，哭了一场[⑬]，改霞又心软了。

第四夜，改霞在铁轮车的草路上，碰见了生宝。但欢喜和他在一块朝冯有义草棚院走着[⑭]，她能说什么呢？表情和眼色在黑夜中又失了效用，她只能和他打个一般的招呼。等到他们向冯有义草棚院走去以后，她在心里亲昵地骂道：

"死欢喜！[⑮]你就是生宝的尾巴！老跟在他后头！"

……现在，这已经是第五夜了。这一回，改霞决心更大，[⑯]决定再不

① 初刊（版）有"哩"。
② 初刊（版）有"哩"。
③ 初刊（版）有"哩"。
④ "第三"初刊为"一"。
⑤ "棵"初刊为"颗"。疑初刊误。
⑥ 初刊无"，"。
⑦ "，"初版为"；"。
⑧ 初刊有"她"。
⑨ 初刊无"，"。
⑩ "，"初刊为"。"。
⑪ 初刊有"水渠边一颗"。"颗"，疑初刊误。
⑫ 初刊无"，"。
⑬ "场"初刊为"阵"。
⑭ "着"初刊（版）为"哩"。
⑮ 初刊（版）有"我恨死你！"。
⑯ 初刊（版）有"勇气更足。她"。

避讳欢喜了！她决定要当着欢喜的面，**约会生宝**[①]！她不能这样成半夜[②]地在野外跑[③]。怕什么呢？欢喜也许现时会笑一个大闺女追小伙子；但当她住到姓梁的草棚院里，成了生宝媳妇的时候，这还算什么呢？人，光光是一时的面皮**抹**[④]不开罢了。

看！看！生宝和欢喜又在夜色苍茫中出现了。他们从田间草路，转到大车路上来了。

改霞加快脚步迎上去，免得他们很快从大车路，[⑤]又转到通冯有义草棚院的田间草路上去。

"你到哪里去呀？"到了跟前，改霞心中紧张地问。

"研究夏收和插秧的活路安排。[⑥]"生宝很自然地回答，然后又按礼节问，[⑦]"你上哪里去呀？"

改霞心里一**沉**[⑧]：生宝**怎么对她这样说话呢**[⑨]？从前和她说话，总是和[⑩]所有搞对象的人一样，很不自然；现在他和她说话，同一个普通的没有什么特殊关系的人一样，大大方方，很自然了。改霞不由得心沉，**觉得**[⑪]别扭，懊悔**她**[⑫]不该听代表主任**煽惑，进城去考工厂**[⑬]……

但**她现在懊悔已经晚了。**[⑭]她立刻强自笑笑，**表示讨他喜欢，又亲切得象一家人似**[⑮]地问：

---

① "约会生宝"初刊（版）为"约生宝幽会"。
② 初刊（版）有"价慌慌溜溜"。
③ 初刊（版）有"罗"。
④ "抹"初刊为"摸"。
⑤ 初刊无"，"。
⑥ "。"初刊（版）为"，"。
⑦ "，"初刊（版）为"："。
⑧ "沉"初刊为"怔"。
⑨ "怎么对她这样说话呢"初刊（版）为"对她冷淡了"。
⑩ 初刊（版）有"乡下"。
⑪ 初刊无"觉得"。
⑫ 初刊（版）无"她"。
⑬ 初刊（版）无"煽惑，进城去考工厂"。
⑭ 初刊（版）无"她现在懊悔已经晚了。"。
⑮ "，表示讨他喜欢，又亲切得象一家人似"初刊（版）为"。她怕他在黑夜看不清楚她笑，又忸**妮**（初版为"怩"）动了动穿着夏装显得很苗条的身子，表示她是讨他喜欢的意思。然后她又亲切（初版有"**得象一家人似**"）"。

“夏收和插秧的活路，**怎么**[1]还没安排好吗?”

生宝**却只**[2]事务式地说:

“本来已经安排好了[3]，人事方面[4]变动太大，又新入了增福和白占魁两户，得另安排一遍……”

这时候，聪明的欢喜已经看出，[5]改霞是非把组长**缠**[6]住不可了。欢喜知道这两个人一度很受人注意的关系。聪明的小家伙笑说:

“宝哥，你们说话，我先走了。”说着，扯大步头前走掉了。

于是，生宝和改霞，只有**生宝**[7]和改霞两人，**单独**[8]在黑夜无边的关中大平原上了。[9]

路旁渠边的夏蛤蟆，嘎嘎地叫着。在他们走过的时候，夏蛤蟆停住了，钻进水里头去。等**他们**[10]走过去以后，它们又把脑袋伸出水面来，继续嘎嘎地叫了起来……[11]

两个人[12]沉默了片刻。走了十多步远，双方还找不到起头的词句。生宝**看来一点也没有夜游的那种悠闲神情，反倒使人觉得他忙着要离开的样子**[13]。改霞[14]事先安排好的词句，由于生宝的冷淡，又完全被打乱了。她不知道怎样起头，才能比较自然地谈到两个人的[15]关系上去。

---

① 初刊（版）无“怎么”。

② 初刊（版）无“却只”。

③ “了”初刊（版）为“哩”。

④ 初刊（版）有“,”。

⑤ 初刊无“,”。

⑥ “缠”初刊为“黏”，初版为“粘”。

⑦ “生宝”初刊为“他”。

⑧ 初刊无“单独”。

⑨ 初刊（版）有:“生宝明白（初版为“感觉到”）了——幸福在向他进攻。”

⑩ “他们”初刊（版）为“恋人”。

⑪ 初刊此后有单独段省略号“……………………”。

⑫ “人”初刊（版）为“恋人”。

⑬ “看来一点也没有夜游的那种悠闲神情，反倒使人觉得他忙着要离开的样子”初刊（版）为“除了改霞考工厂的事情，脑子里一时想不出其他的意思；但他不愿意提别人不成功的事情，伤别人的情感”。

⑭ 初刊（版）有“呢?”。

⑮ 初刊（版）有“那个”。

但改霞的心情是兴奋的。她和他并肩走着，**她**[①]的海昌蓝布衫的窄袖**挨着**[②]生宝"雁塔牌"白布衫宽袖。[③]

终于，改霞想到，[④]应该从生宝眼时最心切的话题说起。

"你们互助组怎收了白占魁呢?"改霞**很关心地**[⑤]问。

[⑥]生宝，经过了几天的急剧变化，很感慨地望着终南山说：

"有啥法子哩！他要入嘛！有啥理由不收他哩？他的出身是在旧社会卖过兵的，他的成**份**[⑦]可又是贫农。**你说怎办呢？**[⑧]"

"哼！[⑨]"改霞在心里鄙视白占魁，说，[⑩]"他早先也赞成土改。头削得尖尖往积极分子里头钻哩。咱不要他当村干部……"

"现时也不要他当干部。**你放心**！[⑪]光要他互助生产。"生宝坚定地声明。

过了一霎眼的工夫，生宝为了更能说服对方，加添说：

"这号事，我问过卢支书才定点的。我不敢自作主张……"

"他的女人烂脏……"

"翠娥在解放前，白占魁当兵不在的那几年，是太烂脏哩！解放后这几年，社会风气好了，也没人到她那草棚屋去了。"

"她不爱劳动！"

"那不要紧。白占魁也是一路子货咯。改造哩嘛！"

"啊啊！"改霞在生宝身旁走着，赞叹地说，[⑫]"我真服气你！你**真个**

---

① "她"初刊（版）为"勇敢地用自己"。

② "挨着"初刊（版）为"，去接触"。

③ 初刊（版）有："夏夜的微风把她身上的雪花膏气味，送到生宝的鼻孔里去。"

④ 初刊无"，"。

⑤ "很关心地"初刊为"显着很关心地样子"。

⑥ 初刊此处不另起一段。

⑦ "份"初版为"分"。

⑧ 初刊无"你说怎办呢?"。

⑨ "！"初刊（版）为"，"。

⑩ "，"初刊（版）为"："。

⑪ "。你放心！"初刊为"，"。

⑫ "，"初刊（版）为"："。

坚决！[①]"

从这里，改霞用一种打动人心的抒情调子，继续倾诉说：

"**你知道吗？**[②]近时你互助组这个退组，那个不实行计划，**我都知道。**[③]我总是替你着急。我心里思量，[④]叫你怎么办呢？区上把你的互助组当重点[⑤]。你又在县上和人家挑战应战，到农忙时，可又散伙了。[⑥]**我心里真急哪！**[⑦]自你从山里头回来，我见天黑间在这一节路上，溜转着等你。[⑧]你哪里知道呢？我听说郭锁儿想退组，我跑到郭锁儿的草棚屋，劝郭锁儿的媳妇，**别**[⑨]让郭锁儿退组。我给彩霞讲：互助合作是贫雇农彻底翻身的大路，单干没前途。……"

在从大车路拐向田间草路的地方，生宝站住了。[⑩]改霞借着星光和稻地水面反映蓝天的夜光，观察到生宝脸上欣愉的笑容。她高兴了。

但现在走到分路的地方了。[⑪]

改霞柔媚地把一只闺女的小手，放在生宝穿"雁塔牌"白布衫的袖子上，轻轻地、轻轻地说：

"[⑫]你还生**我**[⑬]的气吗？那一回在黄堡桥头上，你太给人**难堪了，我**[⑭]才不是……"

---

① "真个坚决!"初刊（版）为"这么坚决?"。

② "你知道吗?"初刊（版）为"生宝哥，你不知道。"。

③ 初刊（版）无"我都知道。"。

④ ","初刊（版）为"：" 。

⑤ 初刊（版）有"哩"。

⑥ 初刊（版）有"叫你怎么办呢?"。

⑦ "我心里真急哪!"初刊（版）为"生宝哥，你不知道，我比你还急哪！我，人在屋里，心在跟着你跑哩。"。

⑧ 初刊（版）有:"我自恨我是个闺女，不能跟上你做点工作，把互助组巩固好。"

⑨ "别"初刊（版）为"硬住不"。

⑩ 初刊有:"伟大而崇高的爱情把生宝的铁心圪瘩熔炼了!"初版有:"崇高的爱情，使生宝的铁心疙瘩开始熔炼了!"

⑪ 初刊（版）有:"真是叫人心急。时间呀，这时的一霎眼工夫，比平时的几天、几个月还要宝贵呀!"

⑫ 初刊（版）有"生宝哥,"。

⑬ "我"初刊（版）为"人"。

⑭ "难堪了，我"初刊为"难看了，人"，初版为"难堪了，人"。

她的两只长眼毛的大眼睛一闭，做出一种**娇嗔**[①]的样子。[②]

[③]好象改霞身体里有一种什么东西，通过她的热情的言词、聪明的表情和那只秀气的手，传到了生宝身体里去[④]了。[⑤]**生宝在这一霎时，似乎想伸开强有力的臂膀，把表示对自己倾心的闺女搂在怀中。改霞等待着，但他没有这样做。**[⑥]

共产党员的理智，**显然**[⑦]在生宝身上克制了人类**每每**[⑧]容易放纵感情的弱点。**生宝的这个性格，是改霞在土改的时候就熟悉的。**[⑨]现在眨眼就是夏收和插秧的忙季。[⑩]知更鸟在每一家草棚院的庭树上，花言巧语地警告："小伙子小伙子贪睡觉！田禾黄了你知道？"而**改霞面对的**[⑪]生宝呢？又不是一般的小伙子。他领导着一个断不了纠纷的常年互助

---

① "娇嗔"初刊（版）为"公然挑逗"。

② 初刊（版）有："然后，她把身子靠得离生宝更贴近些，……"

③ 初刊（版）有："生宝的心，这时已经被爱情的热火溶（初版为"融"）化成水了。生宝浑身上下热烘烘的，"

④ "去"初刊（版）为"来"。

⑤ 初刊（版）有：

> 他感觉到陶醉、浑身舒坦和有生气，在黄堡桥头上曾经厌恶过改霞暖天擦雪花膏，那时他以为改霞变浮华了；现在他才明白，这是为他喜欢才擦的。
>
> 女人呀！女人呀！即使是不识字的闺女，在爱情生活上都是非常细心的；而男人们，一般都比较粗心。

初刊（版）此处另起一段。

⑥ "生宝在这一霎时……但他没有这样做。"初刊为："生宝在这一霎时，心动了几动。他伸开强有力的臂膀，把这个对自己倾心相爱的闺女搂在怀中。但当他刚刚准备亲她嘴的时候，他停住了。他没有这样做。"

初版为："生宝在这一霎时，心动了几动。他真想伸开强有力的臂膀，把这个对自己倾心相爱的闺女搂在怀中，亲她的嘴。但他没有这样做。"

初刊（版）有"第一次亲吻一个女人，这对任何正直的人，都是一件（初版有"人生"）重大的事情啊！"

⑦ 初刊无"，显然"，初版无"显然"。

⑧ "每每"初刊为"每次"。

⑨ "生宝的这个性格，是改霞在土改的时候就熟悉的。"初刊（版）为"他一想：这（初版为"一搂抱、"）一亲吻，定使两人的关系急趋直转，搞得火热。今生还没真正过过两性生活的生宝，一定（初版为"准定一"）有空子，就渴望着和改霞在一块。要是在冬闲天，夜又很长，甜蜜的两性生活有什么关系？共产党员也是人嘛！但"。

⑩ 初版有："他必须拿崇高的精神来控制人类的初级本能和初级感情。"

⑪ 初刊（版）无"改霞面对的"。

组，白占魁也入组了。[①]他没有权利任性！他是一个企图改造蛤蟆滩社会的人！[②]

“啊呀！”他突然想起了，说，“有义草棚院一大群组员等着开会哩。”[③]

“我跟你一块去开会。”改霞更来了劲儿。

“不好[④]。”

“我在外头等着你！”

“甭等哩。改霞！**你**[⑤]放平稳一点吧。再甭**急急慌慌**[⑥]哩。我这阵**没空儿思量**[⑦]咱俩的事，**你要是真……那就**[⑧]等秋后我消停了再……好吗？改霞？就这样吧！”

说毕，生宝坚决地转进田间草路。他扯大步，向有嘈杂声的冯有义草棚院走去了。

改霞在路口上站着。夜幕遮盖着**可怜**[⑨]的闺女。她用小手帕揩着眼泪。**唉！听上郭振山考工厂哩，弄得人家说自己急急慌慌。**[⑩]**很显然，**

---

① 初刊（版）有：“考虑到对事业的责任心和党在群众中的威信，他不能使私人生活影响事业。”

② 初刊有两段：

接着他又想起这时正在有义草棚院等他的一大群组员，人家等着他开会，他在这里抱个女人亲嘴！顿时觉得自己每一霎时都不应当忘记自己是什么人啊！

生宝轻轻地松开他搂抱改霞的胳膊，把等待他亲嘴的改霞轻轻推离身体。他恢复了严肃的平静，说：。

初版有两段：

啊呀！他这才想起正在有义草棚院等他的一大群组员来了，人家等着他开会哩，他在这里考虑是不是抱住个女人亲嘴哩！顿时觉得自己每一霎时，都不应当忘记自己是什么人啊！

生宝轻轻地推开紧抱着他、等待他搂抱的改霞，他恢复了严肃的平静，说：”

③ “‘啊呀！’……‘有义草棚院一大群组员等着开会哩。’”初刊（版）为“‘我去开会呀！人们等组长哩。……’”

④ 初刊（版）有“看”。

⑤ “你”初刊（版）为“心”。

⑥ “急急慌慌”初刊（版）为“慌慌溜溜”。

⑦ “没空儿思量”初刊（版）为“上了马哩！”。

⑧ 初刊（版）无“你要是真……那就”。

⑨ “可怜”初刊（版）为“可爱”。

⑩ 初刊无“唉！听上郭振山考工厂哩，弄得人家说自己急急慌慌。”。“急急慌慌”初版为“慌慌失失”。

这件事使生宝对她有了新的看法。[①] 一刻以后，她向官渠岸的柿树院走去了。她决定不让妈看出她哭过的痕迹。大约所有不惹女人爱的男人，都象孙水嘴那样不好摆脱吧？大约所有惹女人爱的男人，都象生宝这样高傲吧？改霞开始从根本上怀疑：两个强性子结亲，是不是能好！……

① 初刊（版）无“很显然，这件事使生宝对她有了新的看法。”。

第二部第九章[①]

西伯利亚寒流按照气象预报的时间，到达了大关中平原。约莫是多半下午的光景，越过渭河南来的七级老北风，把**端着大老碗蹲在村巷里**[②]吃饭的庄稼人，统统赶回各自家屋去了。[③]滗河南北两岸的旷野里，狂风凶猛地卷起道路上的尘土，无情地喀喳喀喳折断公路两旁树上的细枝。**这时在滗河川推着自行车赶路**[④]的中共渭原县委副书记杨国华，[⑤]连窦堡镇也**走**[⑥]不到了，别说进**县**[⑦]城吧。他赶紧折转，踏着顺风车子，经过滗河流域空寂无人的村巷，**原路**[⑧]返回大王村[⑨]。这时，风力大约达到了八级。乌云在远处的地面上翻滚。进了大王村街**巷**[⑩]，杨国华已经望不见滗河南岸的终南山[⑪]。副书记顺路**进**[⑫]大王乡政府去**摇**[⑬]城里的电话，**线路早已经不通了**[⑭]。杨国华推车回到工作组住的庄稼院，办公室里白天点

---

① 见初版本第 109~118 页；初刊为第七章，见《延河》1961 年 10 月号，第 9~14 页。

② “端着大老碗蹲在村巷里”初刊为“蹲在各村巷里端着大老碗”。

③ 初刊有“啊呀!”。

④ “这时在滗河川推着自行车赶路”初刊为“骑自行车”。

⑤ “，”初刊为“下了车子。唉!”。

⑥ “走”初刊为“蹬”。

⑦ 初刊无“县”。

⑧ 初刊无“原路”。

⑨ 初刊有“了”。

⑩ “巷”初刊为“上”。

⑪ 初刊有“了”。

⑫ “进”初刊为“到”。

⑬ “摇”初刊为“要”。疑初刊误。

⑭ “线路早已经不通了”初刊为“这条专为县上领导的重点村而架设的线路，也早已断了”。

起了灯工作。他**对同志们笑**[①]说：

“哈呀！老天发脾气这么**厉害**[②]？根本不管**你**[③]有什么要紧事情！灯塔社**快要成立**[④]，我非到下堡村去**一趟不行啊**[⑤]！”

参加大王村工作组[⑥]的几个年轻干部建议：等天好了，杨书记可以翻过滹河南岸的高原，从大王村直接到下堡村，**不必回县城去。**[⑦]

“不行！”杨国华笑说，“灯塔社**出问题了**[⑧]。县**上**[⑨]昨天打电话来，叫我回去。陶书记要再研究一下……”

天黑时，狂风竟变成了暴风雪。谷粒一般大小的雪粒，啪啦啦地敲打着大王村的庄稼院、瓦房顶和土围墙。白天已经安排过五一社**的工作，县委副书记**[⑩]现在身在大王村一间庄稼人小屋，精神上已经在[⑪]下堡村。他借着石油灯光，[⑫]从头至尾重新细看一遍灯塔社建社第一阶段和第二阶段的工作报告。[⑬]看完以后，杨国华在庄稼人小屋脚地两个粮食席囤中间走来走去，**系统地、认真地考虑**[⑭]蛤蟆滩的社会形势、**基本**[⑮]群众觉悟的程度和骨干力量的强弱。考虑的结果，杨国华对梁生宝、他周围的**几个人**[⑯]和拥护他的群众，仍然是有信心的。尽管[⑰]建社过程中，**社外的少数几个村干部有些不满意**[⑱]的表现，但县委副书记还是不[⑲]放弃他对

① “对同志们笑”初刊为“笑着对同志们”。
② “厉害”初刊为“坚决”。
③ “你”初刊为“人家”。
④ “快要成立”初刊为“要开成立大会”。
⑤ “一趟不行啊”初刊为“不行嘛”。
⑥ “参加大王村工作组”初刊为“解放后参加工作”。
⑦ “，不必回县城去。”初刊为“去……”。
⑧ “出问题了”初刊为“有了问题哩”。
⑨ “上”初刊为“里”。
⑩ “的工作，县委副书记”初刊为“工作的县委副书记，”。
⑪ “在”初刊为“到了”。
⑫ 初刊有“正在”。
⑬ 初刊有：“他要对他马上要去的蛤蟆滩的基本状况，有一个系统的、认真的考虑。”
⑭ “系统地、认真地考虑”初刊为“考虑着”。
⑮ 初刊无“基本”。
⑯ “几个人”初刊为“人手”。
⑰ 初刊有“没有预料到”。
⑱ “社外的少数几个村干部有些不满意”初刊为“郭振山和官渠岸的村干部会有些不健康”。
⑲ 初刊有“情愿”。

梁生宝的**支持**[①]！**不过，十多年农村工作都是民主革命时期，杨国华承认自己对社会主义革命缺少经验**[②]。他问他自己:我是不是偏信了王佐民呢？王佐民是不是偏信了卢明昌呢？**果然是逐级地偏听偏信，最上层的那个领导者是要犯错误的**[③]。杨国华想，他**早该**[④]到下堡村去，拿自己的眼睛看看**那里的各种活动**[⑤]……

这样想着，县委副书记**发觉外面的暴风不知**[⑥]什么时候停了。**好**！[⑦]他明天回到县里，**当天**[⑧]就可以到下堡村去了。他从小炕边拿起手电筒，[⑨]走出门去看，啊呀！鹅毛大雪片纷纷扬扬，非常慷慨地从房檐上头往庄稼院倾倒[⑩]。好家伙！手电光几乎照不见庄稼院那头的柴垛和街门[⑪]。

"**好好地下**[⑫]三伏的雨，数九的雪。这一场下得带劲！"杨国华仰头鼓励正在努力下雪的天公说，"[⑬]照这样实心实意**认真下一夜最好。这就帮了我们的大忙**[⑭]！我们宣传老百姓不[⑮]迷信，可我们从来也不**否定天时**[⑯]的作用……"

杨国华独自一个**开玩笑。愉快的心情显示灯塔社和**[⑰]梁生宝的问题

---

① "支持"初刊为"兴趣"。

② "不过，……杨国华承认自己对社会主义革命缺少经验"初刊为"凭着十多年农村工作的切身体验，杨国华不相信他是从印象出发，错看了梁生宝"。

③ "果然是逐级地偏听偏信，最上层的那个领导者是要犯错误的"初刊为"当然，偏听又偏信，一个领导者就快要犯错误了"。

④ "早该"初刊为"无论如何要"。

⑤ "那里的各种活动"初刊为"。"。

⑥ "发觉外面的暴风不知"初刊为"突然发觉：外面的暴风雪不知在"。

⑦ 初刊无"好!"。

⑧ 初刊无"当天"。

⑨ 初刊有"关心地"。

⑩ 初刊有"罗"。

⑪ 初刊有"了"。

⑫ "好好地下"初刊为"好!"。

⑬ 初刊有"好好下!"。

⑭ "认真下一夜最好。这就帮了我们的大忙"初刊为"下一夜吧！你要帮共产党的忙哩"。

⑮ 初刊有"要"。

⑯ "否定天时"初刊为"小视你"。

⑰ "开玩笑。愉快的心情显示灯塔社和"初刊为"笑着，愉快极了。他脑子里有成千陕北和关中的村干部的印象,"。

对他不是那么严重[①]。而这场大雪对**春节**[②]后冬小麦返青的好处,却**使**[③]负责互助合作事业的县委副书记,从心眼里头往外舒服[④]。他回到**农家**[⑤]小屋,非常**满意**[⑥]地上炕**睡觉。只是**[⑦]在入睡以前,两个孩子的父亲**由于比较冷才想到在县城的小儿女会不会感冒?他们的母亲也下乡了。**[⑧]……

……第二天早晨,[⑨]杨国华[⑩]穿好衣裳,**第一件事是出去看看雪下了多少。他开门出了小屋,**[⑪]他的眼睛一下子睁不开了。在一片刺眼的白光中,他的上下眼皮固执地往一块纠合。他**仅仅能眯缝着眼看**[⑫],只见

---

① 初刊有“,不至于影响他的心情”。
② “春节”初刊为“立春”。
③ “使”初刊为“弄得具体”。
④ 初刊有“哩”。
⑤ 初刊无“农家”。
⑥ “满意”初刊为“幸福”。
⑦ “睡觉。只是”初刊为“睡下了。”。
⑧ “由于比较冷才想到在县城的小儿女会不会感冒?他们的母亲也下乡了。”初刊为:“还由变天想到小女儿感冒该好了吧?”
⑨ 初刊有:

杨国华在庄稼人小屋炕上醒来,穿衣裳哩。不知怎么样,副书记觉着心里头怪别扭的。一定是“夜梦不祥”!什么梦呢?他一时间脑子里一片模胡。要是他被什么响动惊醒来,或者要是他一醒来就有紧急的事情,这个梦就算完了。但现在,他是睡足觉醒来的,又不甚忙。他一定能够追寻到这个梦的踪迹。他坐在炕上,毛衣上边披着棉衣,下决心追踪!

啊啊!是一个大风的下午,他在黄堡镇上。噢,他碰见了梁生宝。梁生宝愁容满面,看起来十分苦恼。对!碰见了他,梁生宝一下子高兴了。梁生宝把他拉到人不挤的地方说话。说什么呢?噢,说找到了一个对象,女方很满意梁生宝,只是女方的父亲是一个目光短浅的贫农老汉,要好多东西。梁生宝说他的钱都投进互助组了,没有钱买;再说为了结婚向互助组要投资,影响也不大好。梁生宝要求他去教育女方的父亲,别要那么多东西;只要女婿好,婚后日子过得和美,比穿上几件衣裳强……

可笑!滑稽!由于晚上集中注意力阅读灯塔社建社工作报告,认真地考虑了蛤蟆滩的问题,杨国华记忆里的一个陈旧的痕迹(去年春天里曾和梁生宝在黄堡区委谈话),在睡眠意识里杂乱无章地与昨天的大风和他想过梁生宝这些新鲜的印象,取得了不合情理的联系。杨国华笑了笑,这个梦只有一个意义——他要支持梁生宝,这在他意识里非常强烈!

“好嘛!只要有可能,我一定支持你!”杨国华对他脑子里的梁生宝说。

初刊此后另起一段。
⑩ 初刊有“迅速地”。
⑪ “第一件事是出去看看雪下了多少。他开门出了小屋,”初刊为“开门出小屋了。”。
⑫ “仅仅能眯缝着眼看”初刊为“象眯缝眼的人一样”。

天地间是笼笼统统的一片**白光**[①]。他低下了头去。过了好一阵，**重新抬起头来，他才逐渐**[②]分清楚哪是雪盖的终南山，哪是滈河南岸的高原，哪是土墙外其他庄稼院的房顶和庭树。啃哟！下了这样厚的一场雪！院里头他面前的一[③]棵刺槐，树枝都被雪压弯了。赶紧！扫雪归田——这是当前的一件紧要事情。[④]县委副书记杨国华**相信所有的区这回都行动起来。**[⑤]群众是刚刚被总路线的宣传动员起来的[⑥]……

早饭以后，大王村“五一”**农业生产合作社的全体男女老少，连工作组同志都出动扫雪归田。杨国华起身回县城去**[⑦]。他不骑自行车,也不带行李，[⑧]用绳子结住了棉裤腿，象在陕北当区干部时一样，只背一个装文件的挂包，矫健地扯大步投进了刺眼的茫茫大平原了。

[⑨]隔着玻璃窗，**从**[⑩]院里隐约可以看见戴近视眼镜的**县委书记，正在他办公室聚精会神地工作**[⑪]。他左手指头夹着冒烟的香烟,放在办公桌上。**他的右手即使不写的时候，也拿着钢笔。这样，他有时候吸一口左**

---

① 初刊无“白光”。

② “重新抬起头来，他才逐渐”初刊为“他重新抬起头来，这才”。

③ “一”初刊为“这”。

④ 初刊有:“糟糕！电话线断了!”

⑤ “相信所有的区这回都行动起来。”初刊为:“想：所有的区大约都会动起来的吧?”

⑥ 初刊有“嘛”。

⑦ “农业生产合作社的全体男女老少……杨国华起身回县城去”初刊为“联合农业社的全体男女老少，出动扫雪归田了，杨国华也起身回县城了”。

⑧ 初刊有:

> 决定踏雪步行。在早晨扫开雪的大王村街上，一大帮穿干部服的工作组干部和穿庄稼人衣裳的社干部，把杨书记围住了。大伙劝他等一天，公路就扫开了。杨国华连半天也不等。这算什么了不起的困难？全县互助合作的新局面，加上这一场雪，年轻的县委副书记浑身是劲。而且，平原上的公路不象陕北的山路，踏雪走没一点凶险。
>
> 杨国华对所有围着他的同志们说：
>
> “灯塔社比这里工作进度慢，牲口还没合槽哩。你们看嘛，离春节还有几天呢？春节一过，县上就要开互助合作代表会啦。哪里还有一天的空空呢？灶王爷快走啦!”
>
> 感激县委副书记亲自指导了这么多天的五一社干部们，那么过意不去。他们商量派人牵匹骡子，去送杨书记进城。杨国华仰头对着退云的天空张大了口，哈哈大笑起来了。然后他向大伙挥一挥手，一拧身就出村走了。穿了一个工作组干部给的胶鞋，

⑨ 初刊有“前后窗户的房子,”。

⑩ 初刊无“从”。

⑪ “县委书记，正在他办公室聚精会神地工作”初刊为“陶书记，正在屋里聚精会神地办公”。

手的香烟，有时候用右手的钢笔在[①]文件上画一画，**写一写。这位书记睡眠不足和患着慢性胃炎，他的脸色总是苍黄**[②]、晦暗、缺乏光气。他[③]每天平均要看五万字的文件——打字印的、刻**蜡**[④]版印的和笔写的，高高地垒在他[⑤]办公桌的两边。**对于中央和省级的文件,他**[⑥]是那样专心致志**阅读，认真地、严肃地考虑着。**[⑦]为了县级各部门的主管干部阅读文件时容易抓住要点，他**给他们**[⑧]画着记号、写着**眉批**[⑨]。这县城里街上的市声和陇海路渭原车站的火车叫声，**不影响这位本县主要掌握政策者安静地**[⑩]工作。尽管[⑪]他坐久了腰疼，**他**[⑫]从来不躺下去批文件[⑬]。**他在这方面的刻苦精神是众所周知的。**[⑭]

踏雪归来的杨国华站在有**一片**[⑮]小竹林的院里，**看了一阵，很佩服陶书记这股坐办公室的劲头**[⑯]。副书记没有打破这砖圆门小院的肃静，没有惊扰书记办公。等公务员[⑰]开了副书记办公室的门，杨国华就悄悄走进自己房里去了。

“陶书记**最近**[⑱]还打针吗?”他问公务员。

---

① “。他的右手即使不写的时候，……有时候用右手的钢笔在”初刊为“的右手拿着钢笔。他有时候吸一口香烟，有时候用钢笔在办公桌上的什么”。

② “，写一写。这位书记睡眠不足和患着慢性胃炎，他的脸色总是苍黄”初刊为“。由于睡眠不足和慢性胃炎，你看老陶的脸色还是不好看——苍白”。

③ 初刊有“老兄”。

④ “蜡”初刊为“腊”。

⑤ 初刊有“老兄”。

⑥ “对于中央和省级的文件，他”初刊为“老陶”。

⑦ “阅读，认真地、严肃地考虑着。”初刊为“、认真严肃地阅读着、考虑着，”。

⑧ 初刊无“给他们”。

⑨ “眉批”初刊为“批语”。

⑩ “不影响这位本县主要掌握政策者安静地”初刊为“不要妄想影响这一县的主要决策人安静的”。

⑪ 初刊有“关节炎使”。

⑫ “他”初刊为“老陶”。

⑬ 初刊有“哩”。

⑭ 初刊无“他在这方面的刻苦精神是众所周知的。”

⑮ “一片”初刊为“两丛”。

⑯ “看了一阵，很佩服陶书记这股坐办公室的劲头”初刊为“微笑着看了一阵，他很钦佩陶书记这股爬桌子的劲儿”。

⑰ 初刊有“来”。

⑱ 初刊无“最近”。

"打着呢。"

"胃病好些了没?"

"[1] 吃药哩!"

"你要记住!"杨国华叮咛公务员,[2] "你每天晚上到时候要催陶书记睡觉。[3] 你不催他,他能一直熬到天亮 [4] !"

"就是的!我 [5] 一夜给他端几回洗脸水。**意思就是催他休息……**[6] "

"端几回 [7] ?"

"至少三回。有时还发脾气 [8] ……"

杨国华笑了笑,**内心颇为惋惜** [9] 。公务员拿着副书记的脸盆走了以后,杨国华坐在沙发上,**一边脱下踏泥的鞋袜,换上** [10] 从陕北寄来一直没 [11] 穿的"棉窝窝"。[12] 洗过脸,公务员给副书记房里生火 [13] ,杨国华阻止了,**说他当时就要下乡,然后** [14] 就到隔着会议室的陶书记办公室**谈话** [15] 。

"老陶!"杨国华在滴着消雪水的门台上走着,兴奋地叫了一声。

"噢?老杨回来了?"陶书记在屋里头的办公桌上埋头答应。

杨国华揭起棉布门帘**走** [16] 进热烘烘的房里。**戴着近视眼镜** [17] ,穿一身蓝卡几布棉衣的陶书记,**现在放下手里的钢笔,** [18] 从他的弹簧圈椅里站起

---

① 初刊有"还"。
② ","初刊为"。"。初刊此处另起一段。
③ 初刊此处另起一段。疑初刊误。
④ "天亮"初刊为"下两点去"。
⑤ "就是的!我"初刊为"催啦嘛!"。
⑥ 初刊无"意思就是催他休息……"。
⑦ "端几回"初刊为"端去凉了,再端"。
⑧ "至少三回。有时还发脾气"初刊为"就是的"。
⑨ "内心颇为惋惜"初刊为"表示还满意"。
⑩ "一边脱下踏泥的鞋袜,换上"初刊为"脱下了带泥的胶鞋。他现在换上丈母娘"。
⑪ 初刊有"舍得"。
⑫ "。"初刊为"了。嘿!真个舒服!真个暖和!"。
⑬ 初刊有"的时候"。
⑭ "说他当时就要下乡,然后"初刊为"叫他到他家告诉准备饭。然后他"。
⑮ "谈话"初刊为"来了"。
⑯ "走"初刊为",满面笑容踏"。
⑰ "戴着近视眼镜"初刊为"这时"。
⑱ 初刊无"现在放下手里的钢笔,"。

来了。**相当高大的身躯，走过来同副书记握手，然后两位领导者在沙发里坐下。旁边，大型的钢炭炉子上的水壶发出嗞嗞声**[①]。

“**你**[②]昨天没有回来，我[③]以为你这两天不能回来了。刚下了这么厚一场雪，你怎么走的呢？”陶书记关心地说**，脸上显出很文静的首长的表情**[④]。

杨国华笑着拍拍他的大腿。他**一直**[⑤]按捺不住内心的兴奋，立刻**从沙发里站起来，手舞足蹈地说起他路上所得的感慨**[⑥]。

“老陶！你**应该出城去看看今天的景致！嗬呀！**[⑦]我们年年冬里发动扫雪归田，哪一年也不象今天这样普遍、热烈！男女老少都出动了，带着铁锹、木锨、扫帚、担笼、簸箕，全到村外的大小路上[⑧]。真个是‘江山如此多娇’！真个是‘红装素裹，分外娇娆’！**总路线的力量真伟大！**[⑨]”

陶书记听**了**[⑩]，高兴得笑**眯着眼睛。**[⑪]“伟大！嗯！就是伟大！我们党每[⑫]提出新的**任务**[⑬]，都要出现**新的**[⑭]局面。抽烟！”

副书记接住了香烟，同书记两人重新[⑮]在并摆的单人沙发里坐下。**从无边**[⑯]的雪原上走来的杨国华，摘了棉[⑰]帽，光着他体育教员似的平

---

① “相当高大的身躯……大型的钢炭炉子上的水壶发出嗞嗞声”初刊为“高大、魁梧，戴着近视眼镜，脸上是有学识、有修养的表情”。

② 初刊无“你”。

③ 初刊有“还”。

④ 初刊无“，脸上显出很文静的首长的表情”。

⑤ “一直”初刊为“实在”。

⑥ “从沙发里站起来，手舞足蹈地说起他路上所得的感慨”初刊为“手舞足蹈地发抒起他路上的感慨来了”。

⑦ “应该出城去看看今天的景致！嗬呀！”初刊为“没出城看看今天的景致吗？嗬嗬！”。

⑧ 初刊有“来罗”。

⑨ “总路线的力量真伟大！”初刊为“你说总路线的力量多么伟大？”。

⑩ “了”初刊为“着”。

⑪ “眯着眼睛。”初刊为“眯了眼睛：”。

⑫ 初刊有“次”。

⑬ “任务”初刊为“路线”。

⑭ “新的”初刊为“这种”。

⑮ “副书记接住了香烟，同书记两人重新”初刊为“现在，书记和副书记吸着了香烟了。两人”。

⑯ “。从无边”初刊为“来以前，从无边奔放”。

⑰ 初刊有“布”。

头。**公务员进来从暖瓶里给两位领导者倒了两杯茶水。书记站起从玻璃柜里**[①]取出他喜欢的咖啡糖，款待下乡归来的副书记。杨国华不客气地拣起一块，剥了纸包皮，投进嘴里[②]。好热！[③]房里的钢炭炉**离沙发太近**[④]，杨国华索性解开棉袄上所有的扣子，敞开他穿毛衣的怀来[⑤]。

[⑥]有滋有味地**嚼了一块糖，喝了几口茶，杨国华**[⑦]就抓紧时间**先**[⑧]汇报大王村的工作。四个社的牲口全部合了槽。联社委员选出来了。章程也通过了。只有土地和劳力的分配比例，章程上暂时没具体规定。[⑨]原则上规定劳力比土地的分配比例要大，具体的将来看产量高低再定。[⑩]产量**越高**[⑪]，劳力分配的比例也相应地提高。**总目标是**[⑫]做到户户社员都能增加收入。**这看起来是个经济问题，实际上是阶级路线问题。**[⑬]杨国华在大王村费了那么多的时间和脑筋，**想不到现在谈着谈着，发现陶书记竟然脸板得挺平，没有一点反应。他似乎是听不明白，又似乎是没兴趣听。这使杨国华禁不住大吃一惊。极用心地体会上级文件里说些什么，而对下面发生些什么无心细问，掌握政策的人这种领导作风，使杨国华不止一次为他负责的互助合作运动的发展担心。**[⑭]

---

① “。公务员进来从暖瓶里给两位领导者倒了两杯茶水。书记站起从玻璃柜里”初刊为“，自己动手从暖瓶里倒了两杯开水。这时间，陶书记从玻璃柜里，”。

② 初刊有“去了”。

③ 初刊有“看见”。

④ “离沙发太近”初刊为“子呼呼直响”。

⑤ 初刊有“，如同在自己的房里一样”。

⑥ 初刊有“工作精神使杨国华十分钦佩的陶书记，现在也很安静地在沙发上坐下来了。杨国华一边喝水，”。

⑦ “嚼了一块糖，喝了几口茶，杨国华”初刊为“吃糖，一边”。

⑧ “先”初刊为“，”。

⑨ “。”初刊为“，”。

⑩ “。”初刊为“；”。

⑪ “越高”初刊为“高了”。

⑫ “总目标是”初刊为“总之要”。

⑬ “这看起来是个经济问题，实际上是阶级路线问题。”初刊为“这个问题是这样复杂，”。

⑭ “想不到现在谈着谈着……为他负责的互助合作运动的发展担心。”初刊为：

以至于谈着谈着，他不禁感慨起来了。

“老陶！咱们有时把政治问题和经济问题分不清楚，”杨国华兴致勃勃地谈起他这回下乡最深切的感想，“咱们不是以为劳力比土地的分配比例越大，对贫农越有利吗？因此在政治上越先进吗？”

（接上页⑭）“是啊！”陶书记转过脸来，认真地看着汇报人。

“可是实际情况不一定是这样。”杨国华饶有兴趣地笑着，侃侃而谈，“我们这回可在大王村挨户研究了几个生产队。有些贫农劳力并不强。一般中农，劳力都不弱。所以，在政治上依靠贫农，团结中农，可是在分配问题上，贫农和中农都是一样的劳动人民。以为劳力的分配比例大些，对贫农一定有利；实际一结算，好些劳力弱的贫农，反而要减少收入。贫农队伍庞大，情况很复杂……”

“中农呢？”

“除过少数几户富裕中农，无论分配比例怎样变化，一般的都不差上下。中农劳力也不弱，土地也不少。他们两头都能占住。这是他们的特点。扣除生产投资、公积金和公益金以后，分配数量一固定，任你劳动报酬和土地报酬的比例怎样变化，都不能影响他们的收入。老陶！我这回深深地体会到这一点：农业社的分配问题是个经济规律问题。劳动占多大比例，要由经营管理水平和生产水平来决定，不能由我们凭主观愿望来决定。……”杨国华非常坦率地说出他的心得。自从一九五三年中央“十月决议”传达下来以后，他和陶书记争论少了；看法上一接近，他说话也就挺随便了。

“不能说得那么绝对吧？”陶书记也坦率地说，“譬如防止富裕中农的土地剥削，就是政治问题嘛。嗯？中央和省委批下来的文件，经常强调这一点。”

为了解决分配比例的问题，杨国华在大王村开了好几夜的调查会。他和工作组干部一块，又试算了好几天，老陶现在还钻不进分配问题的核心里去，杨国华觉得这是很自然的。他这回去大王村以前，对这个问题的看法也是表面的、肤浅的。

杨国华微笑着，拿起茶杯，喝了几口水。借喝水的工夫，他考虑着：怎样说才能给老陶解释清楚呢？……

“是这么个情况，”杨国华放下茶杯，非常有兴趣地笑说，“防止富裕中农的土地剥削，只要规定劳力分配的比例比土地大，就行了。那几户富裕中农爱来不来！我想，说是政治问题，就是这个限度。至于劳力比土地的分配比例究竟大多少，不能由我们规定一个先进的比例，写在章程里，让群众通过。老陶，中央不是还指示来吗？要保证每户社员都增加收入！这是农业社的根本问题。我们办事情，主要地是从全面问题考虑呢？还是从局部问题考虑呢？当然，要把保证每户社员增加收入做为着眼点。怎样的分配比例才能保证每户社员都增加收入，这个问题就只有增产的幅度才能决定。我们主观上把劳力的分配比例规定大些，要是将来的生产水平不那么高，就不光限制了富裕中农的土地报酬，相当一批贫农也要因为土地报酬减少收入了。老陶，你忘了。土改以后，土地占有的差额不太大了。”

杨国华热烈地解释着，注视着陶书记的表情。他看见老陶用右手摸着他的脸颊，非常注意地听着。那近视眼镜后面的眼神表明，老兄在用脑筋考虑着。杨国华很满意，拿起茶杯喝水。他说：“这一说明，你就拐过这个弯了吧？”

“照你这么说，将来高级社要取消土地报酬，这些劳力弱的贫农又怎么办呢？”陶书记转过脸，继续不理解地问。

杨国华放下茶杯说：“将来取消土地报酬，是全体社员都取消，不是只有一部分社员取消嘛。那是社会主义革命的另一个阶段了，也是另一种分配制度了。以我的眼光看，那时候生产水平普遍提高了，经营范围也扩大了，根本没有劳力和土地的分配比例这个问题了。”

“那么，所有劳力弱的贫农都能增加收入了？”

“我想，有不能增加的，也是少数几户。拿公益金补贴他们一点，生活就可以比入社以前过得美！”杨国华满怀着理想和信心，很勇敢地预言。

陶书记现在开始用右手扶着他的下巴颏了。杨国华熟悉老陶的思索问题的姿态。中华牌香烟在他手指间燃烧着，冒着烟。杨国华在心里头笑：你的手指头所以烧得那笨拙地发了一阵呆以后,杨国华看了看手表。**他对陶书记干**[①]笑说:“老陶!谈一谈下堡村的问题吧!我今天下午就到那里去。[②]”

“**啊呀**[③]!今天下午就去吗?你从大王村跑回来的,到下堡村还有几十里哪。明天去吧!”陶书记认真地劝止。

杨国华努力笑着说:一天走几十里路算什么?解放战争中间,一天跑过一百几……”

“现在没那么紧急。”

(接上页注)么焦,恐怕就是你经常这样深思的原故吧?副书记抽着烟,喝着水,让书记从容地考虑这个问题。

现在,陶书记转过脸来了。他把香烟头扔进痰盂里头。

“不对!老杨,”陶书记非常严肃地坚持,“分配问题是政治问题。嗯,我们给五一社提出先进的分配比例,就是向他们提出政治任务。大王村是我们全县的重点,难道不应该在分配比例上先进一点吗?你曾经说过:五一社要比其他农业社早一两年升级,取消土地报酬,给全县的社会主义合作化带头。这就是政治问题嘛。互助合作运动,政治问题和经济问题怎么分清楚呢?老杨,中央没有这样说过嘛!我们在理论性和政策性问题上,最好不要随便乱说。咱两个现在不辩论,好不好?打电话给大王村的工作组,叫把你们调查出来的材料整理出来咱研究,好不好?”陶书记说这些话的时候,神气非常自信,非常诚恳。

杨国华听了,吃惊地瞪着眼睛。他手里举着香烟,吃惊得一动也不动。

“好嘛!”他拙嘴笨舌地说了一句。

一种复杂的心情一下子代替了兴奋,滔滔不绝的杨国华,现在觉得他除过了这两个字,再想不出任何的词句,可以使谈话不要突然冷场。他经常自问:他能不能学得象老陶一样有涵养;但他的气质属于感情变化强烈和迅速的一类人,他不象老陶那样从容,冷静和安定,从来不太显露情绪。杨国华清清楚楚记得不久以前看过一个文件,是一九五三年十月举行全国第三次互助合作会议期间,中央领导同志和汇报人谈话的记录,说关中地区的互助合作发展可能比陕北快、四川坝子可能比阜平山区快。杨国华知道:陕北和阜平山区是老解放区,政治上是先进的,但经济上是落后的。这难道不是把政治问题和经济问题分开来看吗?唉!老陶!老陶!你看得文件太多了。可惜你记性太坏了。你联系上实际、联系上理论,把文件的精神在脑筋里消化开来的,有多少呢?这个老问题又钻进杨国华脑筋里来了。杨国华心里多么惋惜。老陶是辛辛苦苦、兢兢业业、拿上十年寒窗的精神念文件哩。杨国华已经感觉到自己指导互助合作运动中常常分不清政治问题和经济问题的苦恼;但领导他的陶宽同志还不承认有这个问题存在。总路线传达下来以后,两个人这还是第一次发生分歧。他现在不愿意立刻提出中央领导同志谈话的内容,和老陶辩论。等到春节以后,五一社的材料整理给他,县上召开互助合作代表会期间再说,更好一些……这不是圆滑,因为老陶是那么自信,一下子不容易说服。

① “。他对陶书记干”初刊为“,对陶书记”。

② “。”初刊为“呀!”。

③ “啊呀”初刊为“咦咦”。

“也不消停!”杨国华说,[①]“王渡区的前进社、[②]九寨区的光明社和三官庙区的红旗社,都开过成立大会了。灯塔社牲口还没合槽[③]。眼看到春节了。”

“嗯,那里的建社工作是落到后边了。”陶书记承认,右手摸着头顶上的长头发,笑着,“当初常委会讨论的时候,你说要给南边沿山的两个区树立**一面**[④]旗帜。我同意这种想法。现在看起来,那里建社的条件可能还不够成熟。嗯,急了一点。”

“你觉得他们究竟哪些方面差呢?”杨国华注意听陶书记很有分寸的谈话。

陶书记很从容地说:“首先,常年互助只有八户。踏踏实实地认真互助只有一年。粮食统购运动中间,才搞起来联组,**马上**[⑤]建社。嗯,你考虑这是不是一个问题?”

“这是**第一点**[⑥],”杨国华**不表态地说**[⑦],“还有呢?”

“骨干力量也不强。”陶书记很冷静地分析,“梁生宝年轻,有股干劲,可是,缺乏锻炼。嗯,副主任倒有三十几岁,听说办法不多,还有点农民的执拗。会计嘛,小学刚毕业一年,是个娃子,算盘子上还不会归除。魏奋说,建社过程中,那个行政村的代表主任郭振山倒是起了很大的作用。土改时是先进人物,后来是人民代表,那个同志相当有能力……”

杨国华心里头纳闷:“魏奋在两次汇报会上,为什么不谈这些呢?为什么单独同**陶书记**[⑧]谈这些呢?大概是因为我积极主张办这个社,不好意思当我的面谈实际情况吧?其实大可不必!”

“两个人的品质怎么样呢?”杨国华内心平静地问,“魏奋说来没?”

---

① “,”初刊为“;”。疑初刊误。

② “、”初刊为“,”。

③ 初刊有“哩”。

④ “面”初刊为“个”。

⑤ “马上”初刊为“就”。

⑥ “第一点”初刊为“个问题”。

⑦ “不表态地说”初刊为“不如意地承认”。

⑧ “陶书记”初刊为“老陶”。

陶书记很公道地说:“品质嘛，基本上都是好同志。郭振山作风更正派。梁生宝解放初期男女关系方面有点问题，说主要是同本村的一个姑娘和一个邻居媳妇，群众里有些议论。嗯，有问题，也不大。年轻人嘛，解放前在秦岭山区躲过兵役，山里头风俗混乱，可能受些影响。说这两年梁生宝的事业心占了压倒优势，这方面**没有**[①]问题……”

“噢噢！哪方面是**有**[②]问题呢?”杨国华惊讶地问，真想不到梁生宝有这么一段不**好的经历**[③]。

陶书记很慎重地说:“你去亲自了解一下再说吧。初步看起来，王佐民他们可能是只拿一九五三年一年的表现，看这两个人了。如果真是这样，不好。嗯，不全面。我发现王佐民看问题有些偏激。[④]老杨，你要注意。一个人在一个地方的历史地位，不是一回简单的事情。郭振山一时间认识的模糊，不能否定他的能力、[⑤]经验和群众威信。梁生宝一时间突出的表现，也不能把他估计高了。有年龄的限制嘛。老杨，你说不是这个道理吗?”

“道理是完全正确的,”杨国华[⑥]淡淡地笑说:“**事实是怎么样，现在还难说。**[⑦]”

“为啥呢?”陶书记惊奇地盯着这个相当**厉害**[⑧]的副书记。

“等我到下堡村，在蛤蟆滩看一看再说吧！现在，你说灯塔社怎么办吧？能下马吗?”

“这个问题，也等你去具体了解以后，咱再决定。”陶书记很稳健地说，“总的来说，要是能够说服了群众的话，他们搞一年互助联组再建社，条件就更成熟一点了。那时候，究竟郭振山挂帅好呢，还是梁生宝挂帅好呢？可以看得比现在更明显一点了。嗯，最好是避免一开始就给这个村子埋下分裂的根子。”

---

① “没有”初刊为“不是主要”。
② “有”初刊为“主要”。
③ “好的经历”初刊为“光彩的生活”。
④ “。”初刊为“,”。
⑤ “、”初刊为“,”。
⑥ 初刊有“思量着说，他丝毫也不觉得问题严重。他”
⑦ “事实是怎么样，现在还难说。”初刊为“我现在还没有发言权哩!”。
⑧ “厉害”初刊为“倔强”。

“要是不能说服群众呢？老陶，县委已经批准了。**社**[①]名字也叫出去了。”

“那就只好把这个包袱背起来嘛。你给王佐民说清楚：我们县级试办社站队，本来没有**排上**[②]黄堡区。他这个胖小伙子硬挤进来了。他们要多出点力，不要[③]依靠县上。好不好？”

“好！”杨国华痛快地说，“很明确！你不给亚梅同志捎什么东西吗？老陶？”

“捎啥呢？她快回来了。[④]”

“情书一封嘛。你写好，我吃过饭来取。或者你叫公务员送过来……”

“算了吧！”陶书记幸福地笑一笑，“在这方面，我也是没有你热情。”

……

杨国华**就在县委机关匆匆忙忙吃了一顿，也顾不得回家属院去把儿子和女儿看一看**[⑤]，就在下午两点钟的光景，踏上了县城到黄堡镇的公路[⑥]。他并不因为自己主张建立灯塔社患得患失。**他也不怕负这个责任**[⑦]。在白茫茫的雪原上，**徒步跋涉的副书记**[⑧]杨国华满怀着感情，奔向有问题的地方。革命对他是充满感情的**事情**。[⑨]他永远不能不凉不热地对待任何人的问题和任何工作的问题。在一路，杨国华脑筋里始终摆不脱一个念头，**事情并不象魏奋汇报的那样。**[⑩]

“梁生宝！你到底是一个什么脚色呢？[⑪]”

---

① 初刊无“社”。

② 初刊无“排上”。

③ 初刊有“单纯”。

④ 初刊无“。”。疑初刊误。

⑤ “就在县委机关匆匆忙忙吃了一顿，也顾不得回家属院去把儿子和女儿看一看”初刊为“回县委机关后门对面的家里了。他匆匆忙忙和李英兰一块吃了一顿陕北做法的胡萝卜羊肉饺子，话也顾不得说，也没工夫同儿子和女儿要一要”。

⑥ 初刊有“了”。

⑦ “。他也不怕负这个责任”初刊为“，后悔或紧张”。

⑧ “徒步跋涉的副书记”初刊为“先烈杨茂林的遗子”。

⑨ “事情。”初刊为“事业，”

⑩ “，事情并不象魏奋汇报的那样。”初刊为“——”。

⑪ 初刊有“……”。

作者简介

刘跃进，1958年生，中国社会科学院文学研究所一级研究员，中国社会科学院学部委员。兼任《文学评论》主编、中华文学史料学学会会长。主要著作包括《南北朝文学编年史》（与曹道衡先生合著）、《门阀士族与永明文学》、《〈玉台新咏〉研究》、《秦汉文学渊源及其嬗变》、《秦汉文学地理与文人分布》等。

洪子诚，1939年生，1961年毕业于北京大学中文系。曾任北京大学中文系教授，2002年退休。主要著作有《作家姿态与自我意识》《1956：百花时代》《中国当代新诗史》《中国当代文学史》《问题与方法——中国当代文学史讲稿》《我的阅读史》《材料与注释》《读作品记》等。

程光炜，1956年生，文学博士。中国人民大学文学院教授、博士生导师。中国当代文学研究会副会长，中国文学批评研究会副会长。主要从事中国当代文学史、当代作家年谱研究。曾在《文学评论》《文艺研究》《当代作家评论》《文艺争鸣》《中国现代文学研究丛刊》和《南方文坛》等核心杂志发表论文200余篇。主要著作有《文学讲稿："八十年代"作为方法》《文学史二十讲》《文化的转轨》等。曾多次赴欧美、日本和港澳台地区讲学和访问。

吴进，1956年生，美国俄勒冈大学文学博士，陕西师范大学文学院教授，西安翻译学院文学院教授。有专著《柳青新论》（2013）。在

《文学评论》《中国现代文学研究丛刊》《陕西师范大学学报》《西北大学学报》《文化中国》等刊物发表论文20余篇。

贺桂梅，1970年生，北京大学中文系教授，中国现当代文学专业博士生导师。2015年度教育部“青年长江学者”。2000年毕业于北京大学中文系，获文学博士学位，同年留校任教。2012年曾在日本神户大学担任特任准教授。主要从事中国现当代文学史研究，同时进行当代中国思想史研究、现状文化批评与20世纪中国女性文学研究。出版著述《转折的时代——40~50年代作家研究》（2003年）、《“新启蒙”知识档案——80年代中国文化研究》（2010年）、《女性文学与性别政治的变迁》（2014年）、《思想中国——批判的当代视野》（2014年）、《赵树理文学与乡土中国现代性》（2016年）等。目前主要从事1940~1970年当代文学的“民族形式”建构、女性形象与当代中国的主体认同（1940~2010）等课题研究。

程凯，1974年生。1993~2004年就读于北京大学中文系，文学博士。现任职于中国社会科学院文学研究所，研究员。曾出版专著《革命的张力——“大革命”前后新文学知识分子、新青年的历史处境与思想探求》。近期发表论文包括:《“受害者”的翻转——重读〈新的信念〉与〈我在霞村的时候〉》《乡村变革的文化权力根基——再读〈小二黑结婚〉与〈李有才板话〉》《“群众创造”的经验与问题——以“〈穷人乐〉方向”为案例》等。

何浩，1975年生。2005年毕业于北京师范大学中文系。2005年至今，任职于中国社会科学院文学研究所文学理论研究室。2006年，赴美国波士顿学院政治系访学一年。目前关注中国现当代思想史，近几年学术工作集中于革命根据地、新中国建国史研究。

李娜，1975年生，复旦大学中文系博士，中国社会科学院文学研究所台港澳文学与文化研究室研究员。主要从事战后台湾文学研究。著有《林班歌·部落志》《舞鹤创作与台湾现代性的曲折》；整理编辑《无悔：陈明忠回忆录》等。近期发表论文有《试析1950~60年代台湾青年的“虚无”，重新理解“现代主义与左翼”》《台湾研究领域需要的“人文知识思想再出发”》。

刘卓，1979年生，2012年毕业于纽约大学东亚研究系，现任职于中国社会科学院文学研究所文学理论研究室，研究方向为中国现当代文学、文学思想史。目前的研究题目包括延安时期的文学生产和文学观念、现实主义问题等。在《文艺理论与批评》《文学评论》《中国现代文学研究丛刊》等发表多篇论文，编有《延安文艺研究读本》；同时担任《外国美学》编辑。

何翔，1978年生，北京大学中文系文学专业学士、比较文学硕士，纽约大学比较文学博士。2012年开始任教于美国新墨西哥大学(University of New Mexico)外国语言文学系。主要研究领域：现当代中国文学和电影，文学批评和文学理论。目前正在撰写英文专著*The Ideological and The Figural of Socialist New Man in Chinese Literature and Culture, 1949-1966*，集中讨论讨五六十年代文学文化中的“社会主义新人”形象难题。

罗成，1982年生，中山大学中文系副教授，硕士生导师。2009年于北京师范大学文学院获博士学位，研究方向为文艺美学与文化研究，出版专著有《回心与转意——新时期中国美学的复苏（1978~1985）》，主持教育部项目1项，发表论文30余篇，入选“第六届士恒青年学者计划”（2017），近年发表的论文有《“感动”的启蒙——早期鲁迅文艺思想起源的内面构造及历史意义》《为身心立命——以李泽厚晚期思想中的“历史－哲学”难题为中心的考察》。

李哲，1984年生，2014年毕业于四川大学文学与新闻学院，获文学博士学位，现为中国社会科学院文学研究所现代文学研究室副研究员，主要从事中国现当代文学研究和鲁迅研究，出版专著两部，在《文学评论》《社会科学研究》《中国现代文学研究丛刊》等刊物发表学术论文若干。

刘芳芳，1986年生，延安大学文学院讲师，陕西师范大学硕士、博士。研究专业为文艺美学。目前主要从事中国当代文学和延安文艺研究。

后 记

本书是2017年10月中国社会科学院文学研究所主办“社会史视野下的中国现当代文学研究——以柳青为中心”学术讨论会的论文集。它集中反映了近年来柳青研究的前沿收获。书中收录了现当代文学研究领域老、中、青三代学者围绕柳青作品的文学史地位、思想意义、政治意涵等展开的崭新讨论。很多论文对《创业史》《种谷记》《铜墙铁壁》等柳青代表作采取历史、文学、社会、思想的交叉视角展开了细致、深入的解读，重新激发其文学认识与历史认识价值。

中国社会科学院文学研究所“北京·中国当代史读书会”自2013年开始推动“社会史视野下的中国现当代文学研究”计划，以引进“社会史视野”的方式重审赵树理、丁玲、柳青、周立波、李准、浩然等20世纪40~70年代作家的成长历程、创作道路，探求其作品蕴含的社会、政治、文化、思想经验。所谓“社会史视野”不是一个特别给定的、结构的方法，而是一种动态的、生成性的理解。它意在破除研究这一时段文学时，基于固化的“政治”“文学”理解而逐渐凝结成的“政治”与“文学”相对立的思维定式。它关注革命实践落实于社会基体时所遭遇的挑战，同时聚焦社会基体怎样因应、涵容和消化革命的冲击，试图从此交互关系中重新看待政治性社会实践的激发力、创造力及其边界、限度。这一时期的作家，一方面，出于对革命政治的信任，深度嵌入社会改造和民众精神改造的大潮；另一方面，在如盐入水的融合历程中，作家又从民众生活、精神转变的曲折中收获不能被一时政治要求所回收的体会、认知与表达。就此而言，他们的创作蕴含着将固有的政治感觉与文学认知相对化，并从中产生新的社会感知、人的理解及文学体认的能量。

毛泽东在《延安文艺座谈会上的讲话》中把“与工农兵群众相结合”界定为文艺工作者自我更新的必经之途。此后，直到70年代末，“深入生活”（尤其指通过“参与工作”来“深入生活”）、“与工农兵群众相结合”成为当代文学的体制性要求。然而，其间，真正自觉而彻底贯彻“深入生活”号召，并将其有效转化为自己创作方法的作家首推柳青。《讲话》发表（1943年）后柳青即主动响应“下乡运动”号召，于米脂县吕家硷乡担任文书三年，写出了前期代表作《种谷记》。50年代初，他力主作家“社会化”，拒绝“机关化”，放弃城市生活，在陕西长安县蹲点十四年，写出“十七年文学”的经典《创业史》。柳青不仅是《讲话》所指示的创作道路的践行者，更将《讲话》等革命文艺要求转化为自己内在的创作原理、生活原则和主体成长路径。他创造性地摸索、打造属于自己的深入工作、深入生活的方法，并在主体性地把握政策、政治的基础上打磨、塑造出有着独特风格的现实主义创作方法，一定程度上克服了十七年文艺创作机制的结构性矛盾。对“柳青道路”的追踪、剖析有助于我们体认从“现代文学”向“当代文学”转换过程中，作家主体的成长轨迹，其政治感、社会感、写作方式的变化、突进；有助于透视十七年文艺创作机制的构成、要求与内在矛盾；更有助于我们理解一个富于社会、政治、艺术的责任感与洞察力的作家如何在回应时代、扎根现实而成长的同时养成一种超越时代、批判现实的能力。

为准备此次研讨会，我们做了大量前期工作。2016年“北京·当代中国史读书会”在陕西省作家协会的大力支持下举办了“柳青研究青年工作坊”。我们在董颖夫老师带领下，采取田野走访形式探访了柳青当年的工作、创作基地——皇甫村和长安区，拜访了孟维刚等当年与柳青一起从事合作化工作的“老搭档”，对柳青晚年的“忘年交”李旭东老师进行了访谈，采访了柳青先生的女儿、《柳青传》的作者刘可风老师，与当地文史研究者交流，查阅了地方文献档案。2017年，中国社会科学院文学研究所又与陕西省作家协会、榆林学院联合举办了“新语境、新视野、新方法下的柳青研究”国际研讨会。会后实地走访了柳青的陕北老家吴堡县，其学习、工作过的绥德、米脂等地。这种结合地方史、在地脉络，将文本研读与实地走访、田野调查、口述访谈结合起来的方法也是我们在推动“社会史视野下的中国现当代文学研究”时尝试的新路。为此，要特别感谢在这些活动中给予大力支持的中国社会科学院文学研究所前所长刘跃进学部委员，陕西省作家协会黄道峻书记，陕西省作家协会李国平副主席，榆林学院文学院贺智利院长，陕西柳青研究会董颖夫副会长。

因为有了两年的准备、铺垫、沟通，此次会议提交、发表的论文都很厚重，在材料使用、研究方法、思想阐释上均有引人瞩目的突破。除论文集中的作者外，会议还邀请到薛毅、罗岗、郭春林、倪伟、贺照田、何吉贤、萨支山、仝志辉、吴志军、苏敏逸、黄文倩、姜涛、冷霜、鲁太光、常利兵、李志毓、符鹏、金浪、杨晓帆、张高领等文学、历史领域资深与新锐学者，他们认真、细致的论文评议、圆桌发言和现场讨论激发出更多拓展性思路。会后，许多学者吸收评议、讨论意见对论文进行了修改、补充，甚至重写，这才有了论文集汇聚的成稿。可惜的是，有几篇会议论文由于各种原因最终未能收入此文集——像解志熙老师的《一卷难忘唯此书——〈创业史〉第一部叙事的真善美问题》（已收入其个人论文集《寄堂丛谈》）——就此也向作者深致歉意。

希望随着论文集的出版，此次会议的成果能为更多的研究者所了解，推动柳青研究迎来新的面貌，也令“社会史视野下的中国现当代文学研究”释放出更大的空间与可能。

编 者

图书在版编目（CIP）数据

社会史视野下的中国现当代文学研究：以柳青为中心 / 程凯编 . -- 北京：社会科学文献出版社，2024.3
ISBN 978-7-5228-1464-3

Ⅰ. ①社… Ⅱ. ①程… Ⅲ. ①中国文学－现代文学－文学研究－文集②中国文学－当代文学－文学研究－文集
Ⅳ. ① I206.6-53

中国国家版本馆 CIP 数据核字（2023）第 032077 号

社会史视野下的中国现当代文学研究
——以柳青为中心

编　　者 / 程　凯

出 版 人 / 冀祥德
组稿编辑 / 李建廷
责任编辑 / 胡百涛
责任印制 / 王京美

出　　版 / 社会科学文献出版社 · 人文分社（010）59367215
地址：北京市北三环中路甲 29 号院华龙大厦　邮编：100029
网址：www.ssap.com.cn
发　　行 / 社会科学文献出版社（010）59367028
印　　装 / 三河市尚艺印装有限公司

规　　格 / 开　本：787mm × 1092mm　1/16
印　张：24.25　字　数：360 千字
版　　次 / 2024 年 3 月第 1 版　2024 年 3 月第 1 次印刷
书　　号 / ISBN 978-7-5228-1464-3
定　　价 / 138.00 元

读者服务电话：4008918866